W0224541

btb

Aus Freude am Lesen

btb

Die Bronzestatue

Halla, aufstrebende Abteilungsleiterin eines Ministeriums, wird tot im Plenarsaal der Regierung aufgefunden – mit einem schweren Gegenstand hinterrücks erschlagen. War es Mord aus Leidenschaft? Das Opfer hatte einen außergewöhnlich hohen Männerverschleiß. Oder steckt kühle Berechnung hinter der Tat? Ranghohe Politiker, die ihr nahe standen, verhalten sich ungewöhnlich unkooperativ. Die junge Anwältin Stella Blómkvist nimmt die Ermittlungen auf …

Das ideale Verbrechen

Ein weiterer Fall für Stella Blómkvist: Vor laufender Kamera wird eine der berühmtesten Journalistinnen des Landes ermordet. Mitten im hitzigen Live-Gespräch kippt die Moderatorin tot um, nachdem sie einen Schluck aus dem einzigen Wasserglas auf dem Tisch genommen hat. Bei der Obduktion stellt sich heraus, dass das Opfer offensichtlich Ecstasy-Pillen mit verändertem Wirkstoff zu sich genommen hat. Ist der Täter in Medienkreisen zu suchen?

Autorin

Stella Blómkvist ist das Pseudonym einer bekannten isländischen Persönlichkeit des öffentlichen Lebens. Inzwischen sind etliche Krimis von ihr erschienen, allesamt in hohen Auflagen, die von großem Insiderwissen zeugen: Politik, Medien, Gerichtswesen sind die Bereiche, in denen sich die Morde abspielen. Ganz Island rätselt, wer die geheimnisvolle Unbekannte wohl sein mag, und wartet gespannt auf den nächsten Kriminalfall aus ihrer Feder.

Stella Blómkvist bei btb

Der falsche Zeuge. Roman (73280)
Der falsche Mörder. Roman (73352)

Stella Blómkvist

Die Bronzestatue
Das ideale Verbrechen

Zwei Romane in einem Band

btb

Die isländische Originalausgabe von »Die Bronzestatue« erschien 1997 unter dem Titel »Morðið i Stjornarrádinu«, die Originalausgabe von »Das ideale Verbrechen« erschien 2000 unter dem Titel »Morðið i Sjónvarpinu« bei Mál og menning, Reykjavík.

FSC
Mixed Sources
Product group from well-managed forests and other controlled sources

Cert no. GFA-COC-1223
www.fsc.org
© 1996 Forest Stewardship Council

Verlagsgruppe Random House FSC-DEU-0100
Das FSC-zertifizierte Papier *Munken Print* für Taschenbücher aus dem btb Verlag liefert Arctic Paper Munkedals AB, Schweden.

Einmalige Sonderausgabe Mai 2007
Die Bronzestatue
Copyright © 1997 by Mál og menning
Copyright © der deutschsprachigen Ausgabe 2003 by btb Verlag in der Verlagsgruppe Random House GmbH, München
Das ideale Verbrechen
Copyright © 2000 by Stella Blómkvist/Mál og menning
Copyright © der deutschsprachigen Ausgabe 2004 by btb Verlag in der Verlagsgruppe Random House GmbH, München
Umschlaggestaltung: Design Team München
Umschlagmotiv: Horst Mink
Satz: IBV Satz und Datentechnik, Berlin
Druck und Einband: Clausen & Bosse, Leck
EM · Herstellung: BB
Printed in Germany
ISBN 978-3-442-73651-5

www.btb-verlag.de

Die Bronzestatue

Aus dem Isländischen
von Elena Teuffer

Winter

1

»Scheiß Leben!«

Na endlich! Meine japanische Schrottkarre kriecht im Schneckentempo mit durchdrehenden Rädern aus der Parklücke und den steilen Abhang hinauf. Hat mit Sicherheit irgendeinem Schlaumeier einige Millionen eingebracht, diese Glatteis-Rutschbahn zu konstruieren.

Ich selber bin auch schon ganz durchgedreht. Hämmere mit den Fäusten aufs Lenkrad, das unter meinen Schlägen erzittert, und fluche aus tiefster Seele auf dieses Hundewetter, die Schneeschieber, die die Straße immer viel zu spät freiräumen, und die Ganoven aus der Politik, die den ganzen Klüngel auch noch steuern. Und dann natürlich auch auf den Vollidioten, der sich von der Kripo hat erwischen lassen, damit ich am frühen Sonntagmorgen aus dem Bett geklingelt werde. Und obendrein auch noch diese Scheißkälte.

»Minderbemittelter Schwanzträger!«

Sogar mein Wortschwall ist gegen mich. Wird gleich zu Dampf, der auf der Windschutzscheibe gefriert. Die Heizung bringt nichts. Stöhnt gerade mal ein bisschen das Eis an.

Ich versuche, die Windschutzscheibe von innen mit meinen schwarzen Wollhandschuhen abzuwischen. Sie beschlägt natürlich sofort wieder.

»Verdammtverdammtverdammt!«

Ein schwaches Wispern meldet sich aus den Tiefen alter Erinnerungen zu Wort: »Aber Stella! Du sollst doch nicht fluchen. Das ist so unweiblich!«

Sagt Mama.

Ganz wenige sind auf den Straßen unterwegs. Kein Wunder! Niemand ist so blöd, sich bei diesem Wetter vor die Tür zu wagen – außer meiner Wenigkeit.

Vom Wind zerzauste Schneeberge, die höher als mein Auto sind, türmen sich am Straßenrand. Sie starren vor Schmutz und haben Löcher, wie heruntergekommene Schlösser in den Elendsländern der Welt. Halb abgebröckelte und verwitterte Wände, die die Räumfahrzeuge hinterlassen haben.

Entweder völlig verrücktes Schneetreiben oder arktische Kälte. So war es die letzten Wochen. Verdammter Mist, immer noch hier auf der Eisscholle festzuhängen. Ich hätte mich schon längst vom Acker machen sollen. Auf die Kanaren. Oder nach Florida. In die Sonne, zum Sand und den braun gebrannten Männern.

Den gut gebauten, südländischen Männern.

Die wären allemal besser als diese Weichlinge hier zu Hause – alles Schlappschwänze, vor lauter Stress und Saufgelagen.

Meine nächtliche Eroberung wollte jedenfalls lieber Bacchus als mir frönen. Schlief zweimal nach halb vollbrachter Tat ein wie ein kraftloser Alter. Wachte erst nach ein paar Ohrfeigen wieder auf, der Rohrkrepierer. Bei mir schläft keiner ein. Jedenfalls nicht ohne meine Erlaubnis.

Er rührte sich noch nicht mal, als heute Morgen das Telefon zu läuten begann.

Unverschämtheit! Ich hielt mir die Ohren zu und versuchte, die Gehirnzellen in Ruheposition zu behalten, aber das Telefon klingelte weiter. Und klingelte. Eine unerträgliche Tortur.

Schließlich trat ich die Flucht nach vorne an, schubste den Kerl vom Venushügel, streckte mich zum Telefon und nahm ab.

Es war Raggi. Einer von den Goldjungs bei der Kripo.

»Stella, Schätzchen? Hab ich dir die Tour vermasselt?«

Ach, du liebe Zeit! Dass man ausgerechnet am Sonntagmorgen an einen Bullen geraten muss, der sich für witzig hält. Als sei ein Kater samt abgefülltem Typen noch nicht genug. Ich krieg die Krise!

»Wir haben hier einen alten Bekannten von dir«, sagte Raggi. »Er will dich als Anwältin.«

»Ist mir doch egal.«

»Er will aber nur dich!«

»Ach ja?«

»Wir wollen ihn für mindestens ein paar Wochen auf Eis legen. Der steckt echt bis zum Hals in der Scheiße.«

»Gott! Ich mach gleich vor Angst ins Bett!«

»Lass den Quatsch.«

»Ein richtig großer Fisch, sagst Du? Hat er vielleicht einige alte Bäume abgefackelt, die Vigdis* seinerzeit gepflanzt hat?«

»Du hast doch immer noch den gleichen Humor, Stella.«

Endlich fand ich meinen Wecker unter der Bettwäsche auf dem Fußboden und warf einen Blick auf das fluoreszierende Ziffernblatt.

»Du gemeiner Hund! Es ist ja erst sieben!«

»Da kann ich doch nichts für. Der Knabe muss noch heute Vormittag vor dem Richter erscheinen.«

* Vigdís Finnbogadóttir, ehemalige Präsidentin Islands, hat während ihrer Amtszeit von 1984–1996 unzählige Bäume gepflanzt. (Anm. d. Übers.)

»Besorg wen anders.«

»Er bittet aber darum, dass du kommst.«

»Es wird aber nicht jedem gegeben, der bittet.«

»Haha! Wer sagt das?«

»Ich sag das. Zu dir, Herzchen.«

»Übrigens tue ich dir einen echten Gefallen, ich sag's dir. Das ist 'ne Sache, an der du deinen Spaß haben wirst.«

»Beglück doch wen anders!«

»Es wär jedenfalls mal eine Abwechslung von deinem üblichen Kram, die Schulden von anderen Leuten einzutreiben.«

»Kleinkriminelle sind doch alle gleich.«

»Einige von ihnen landen manchmal ganz unerwartet in großen Affären.«

»Wer ist es denn?«

»Saemundur Jónasson.«

»Kenne ich nicht.«

»Doch, doch, du hast ihn schon mal vertreten. Zweimal, wenn ich mich recht erinnere. Damals ist er wegen Einbruch und Sachbeschädigung verknackt worden.«

»Bei mir klingelt's immer noch nicht.«

»Mensch! Du musst dich doch an ihn erinnern! Man sagt, er sei so schön. Soll Frauen ohne Ende haben. Manche nennen ihn deshalb Sexy Saemi.«

»Aaach, der Saemi! Der ist doch nur ein kleiner Fisch.«

»Dann ist er jetzt aber verdammt groß geworden.«

»Wieso?«

»Mord, Stella. Mord.«

Ein Schauer durchlief meinen Körper, und ich bekam eine Gänsehaut. Wie bei einem unerwarteten Kuss in die Leiste. Ich setzte mich auf und schüttelte den Kopf, bis mir nicht mehr schwindelig war.

»Machst du Witze?«, fragte ich.

»Nein, nein, großes Pfadfinderehrenwort!«

Nichts unterbrach die Stille außer dem ungeduldigen Rauschen in der Telefonleitung und den Atemzügen des schlafenden Typen.

»Okay. Ich komme.«

Ich schmiss den Hörer auf die Gabel. Machte mich auf ins Bad. Drehte die Dusche voll auf. Ließ Lust und Schweiß im Schampooschaum ersaufen. Der starke, heiße Strahl peitschte meinen Körper. Gesicht. Schultern. Brüste. Magen. Oberschenkel. Rücken. Hintern. Lockerte die Muskeln. Machte die Adern weit. Ließ das Blut in Wallung geraten. Verlockend wie fordernde Hände.

Uff!

Keine Zeit zum Trödeln!

Ich stellte das Wasser ab. Trocknete mich von oben bis unten ab. Zog mich dann in Windeseile an; Socken, Unterwäsche, Pullover, Hose, Lederjacke, Winterstiefel. Warf im Schlafzimmer einen Blick in den Spiegel. Griff mir den Fön, blies die Feuchtigkeit weg und bürstete mir dann die Haare so lange, bis mein glänzendes Schmuckstück in Wellen auf die Schultern fiel. Trug ein bisschen Lippenstift auf. Mehr nicht. An mir werden die Kosmetikmogule nicht reich.

Dann rief ich ein Taxi und scheuchte mein nächtliches Spielzeug aus dem Bett. Der Typ war völlig verschlafen und schlecht gelaunt, während ich ihm in die Klamotten half. Danach schleifte ich ihn den Gang entlang, die Treppe runter, an meinem Büro im Erdgeschoss vorbei, zur Eingangstür hinaus und verfrachtete ihn ins Taxi. Der Typ döste immer noch. War weder richtig im Hier und Jetzt, noch anderswo.

»Ciao, ciao«, sagte ich und knallte die Autotür zu. Mir fiel noch nicht mal mehr sein Name ein. Warum auch. Er war schon Schnee von gestern.

Sexy Saemi?

Auf dem Weg durch die dreckige, verschneite Stadt versuchte ich, mich genauer an ihn zu erinnern. Du hast ihn vor ein paar Jahren mal vertreten, hatte Raggi gesagt. Vor ungefähr vier. Vielleicht auch fünf.

Einbruch?

Ja, ganz richtig. Bei einem Großhändler in der Innenstadt. Die Tour hatte sich nicht gelohnt. Man sagt, er mische dicke im Drogengeschäft mit.

Sachbeschädigung?

Ach du liebe Zeit, ja! Er hatte ein Gemälde zerfetzt. Und nebenbei noch auf den glänzenden Tisch des Direktors gemacht. War ein ganz netter Haufen. Wie konnte ich das vergessen? Der Richter fand das gar nicht witzig. Hat ihn ein paar Monate von Staats wegen untergebracht.

Saemi war nur einer vom Fußvolk in der Unterwelt der Hauptstadt.

Mord?

Vielleicht einen anderen Fixer.

»Schwein und Schwein gesellt sich gern.«

Sagt Mama.

2

»... Das Gesicht sowie das Haar und der Hals der Leiche sind von Blut überströmt ... Rumpf und Arme sind völlig mit geronnenem Blut beschmiert ... Ein breiter Streifen geronnenen Blutes geht vom Hals aus auf der rechten Seite über Brust und Unterleib bis hinunter auf den rechten Oberschenkel ... Auf beiden Beinen sind größere und kleinere Blutspritzer ... Auf dem Scheitel befindet sich eine klaffende Wunde, in der man die mehrfach gebrochene Kalotte sehen kann ... Im vorderen Bereich der Wunde ist ein Loch in der Schädeldecke, das bis in den Stirnbereich reicht … Eine lange Wunde verläuft vom oberen Nacken schräg nach unten auf die linke Schulter … In der Mitte der Stirn ist eine klaffende Wunde … Sie hat zerrissene, ungleichmäßige Ränder und reicht bis zum Knochen … Auf dem Grunde der Wunde ist der Knochen völlig zersplittert …«

Ich höre auf zu lesen.

Es bestand überhaupt kein Zweifel, woran sie gestorben war. Viele schwere Schläge auf den Kopf. Bäng! Bäng! Bäng!

Werfe einen Blick auf die Fotos.

Oh Mann!

»So empfindlich am Morgen?«, fragt Raggi grinsend.

An seinem Bauch überschlagen sich die Speckrollen, und der Mond auf seinem Hinterkopf befindet sich schon lange in der zunehmenden Phase.

Vielleicht nimmt er für jedes Haar, das er verliert, ein paar Gramm zu?

»Hast du ein Foto von ihr?«, frage ich. »So, wie sie früher mal ausgesehen hat? Jedenfalls etwas anderes als diese Schlachthofsszenen?«

»Hier.«

Halla.

Süß.

Nein, umwerfend. Sexy. Schwarzes Haar bis auf die Schultern. Blitzende Augen. Herausfordernder Blick. Volle, lächelnde Lippen. Mit einem Traumbusen aller Muttersöhnchen. Voller Lebenslust.

Tot.

Sie wurde gestern Morgen gefunden. Samstagmorgen. In der Staatskanzlei am Laekjartorg. Die Mitarbeiter waren früh gekommen. Es wurden Gäste erwartet. Ein offizieller Besuch. Irgendein wichtiger Regierungsheini aus dem Ausland sollte um neun Uhr im Haus empfangen werden. Kurz davor wurde die Leiche im Konferenzraum der Regierung aufgefunden. Aber die Kripo wurde erst gerufen, als die hohen Tiere auf eine Sightseeing-Tour gefahren waren.

Und dann haben sie über Weltpolitik gefaselt, während die kalte Leiche eines ermordeten Mädchens im Nebenzimmer lag.

Wow!

Die gerichtsmedizinische Untersuchung brachte ans Licht, dass Halla schon am Vorabend gestorben war. Wahrscheinlich gegen neun Uhr.

Sie war Abteilungsleiterin. Hatte schon für die Partei gearbeitet, als der jetzige Premierminister noch Parteivorsitzender war. 28 Jahre. Eine junge Frau, die auf dem Weg nach oben ist.

War.

Und Saemi?

»Wahrscheinlich der neueste Lover«, sagt Raggi.

Sie wechselte sicher oft. Schlaues Mädchen.

In ihrer Beziehung standen die Zeichen auf Sturm. Jedenfalls hatten sie sich am Freitag heftig gestritten. Am Mordtag. Saemi hatte ihr in ihrem Büro im Ministerium gedroht. Zeugen hörten das wütende Gebrüll bis auf den Gang. Einer der Kollegen berichtete auch, dass Halla einmal erwähnt hatte, dass sie Angst vor Saemi habe. Er sei so unberechenbar. Die Goldjungs hatten Saemi am Samstagmittag gekascht. Er hatte bei sich zu Hause geschlafen. Beteuerte natürlich seine Unschuld. Sagte, dass er am Freitag nach dem Krach mit Halla aus der Stadt gefahren sei. Erst früh am Samstagmorgen sei er nach Hause gekommen und habe sich dann direkt hingelegt. Auf dem Weg habe er niemanden getroffen, den er kannte – niemanden, der seine Tour bezeugen könnte.

»Saemi wird schon irgendwann gestehen«, meint Raggi.

»Egal, ob er schuldig ist oder nicht?«

»Klar ist er schuldig. Das ist doch offensichtlich. Er hat eine lockere Hand, dieser aufbrausende und eifersüchtige Choleriker. Er war doch auch bestimmt betrunken oder gedopt. So ist das doch normalerweise mit solchen Geschichten.«

»Wo ist die Waffe?«

»Wurde bisher noch nicht gefunden.«

»Und blutige Kleidung?«

»Auch nicht.« Raggi rutscht unruhig auf seinem Stuhl hin und her. Die Rettungsringe auf seinem Bauch wogen auf und ab wie auf Wellen. »Wir haben natürlich sowohl bei ihm zu Hause als auch im Auto alles durchsucht, aber haben nichts dergleichen gefunden«, fährt Raggi fort. »Saemi hat die Kleidung und das Mordwerkzeug irgendwo verschwinden lassen. Das findet sich schon noch. Aber vielleicht gibt er uns in ein paar Tagen selber den Hinweis, wo die Waffe ist.«

»Hast du gar keine Zweifel?«

»Die Ermittlungen haben natürlich gerade erst begonnen. Aber alles weist darauf hin, dass Saemi unser Mann ist. Man muss einen einfachen Mordfall ja nicht komplizierter machen, als er ist.«

Ich stopfe die Unterlagen in meine Aktenmappe. Die Fotos und die Kopien der polizeilichen Protokolle. Sage lächelnd zu Raggi: »Na dann woll'n wir mal sehn, wie es eurem Othello ergeht!«

3

Das winzige Gesprächszimmer hat keine Fenster. In der Mitte stehen ein Tisch und drei Stühle. Grelles Licht von oben.

Sie bringen Saemi herein und schließen die Tür.

»Setz dich«, sage ich.

Er ist älter, als ich erwartet habe.

Natürlich. In fünf Jahren ändert sich viel.

Er ist schlank, sonnenstudiogebräunt und nett anzusehen, aber keine auffallende Sexbombe mehr. Das dunkle Haar ist kurz geschnitten.

Als ich ihn zuletzt sah, hatte er eine große Klappe und war sehr von sich eingenommen. Gab einen Scheißdreck darauf, was andere sagten oder wollten, war sich immer selbst der Nächste und dachte, ihm gehörten alle Frauen. Jetzt steht er unter Hochspannung. Vielleicht hat er nicht direkt Angst. Aber er ist ein bisschen eingeschüchtert. Unsicher.

»Das ist ja vielleicht ein Blödsinn«, sagt er und lacht nervös. »Wie in einem abgefahrenen Thriller.«

»Ach ja?«

»Mir wäre doch im Traum nicht eingefallen, auf Halla loszugehen!«

»Da hat sie aber was anderes gesagt.«

»Dieser Krach da am Freitag hat doch nichts weiter zu bedeuten! Das waren doch nur ein paar Worte, die im Streit gefallen sind. In vielen Ehen passieren täglich Dinge, die noch viel schlimmer sind!«

»Ihr wart aber nicht verheiratet.«

»Ich habe Halla nach diesem Krach noch nicht mal mehr getroffen.«

»Was zu beweisen wäre.«

»Muss man seine Unschuld beweisen?«

»Wie du vielleicht weißt, ist Mord ein netter Familienspaß«, antworte ich. »Es liegt doch direkt auf der Hand, den Liebhaber zu verdächtigen. Dich!«

»Liebhaber!« Er winkt entrüstet ab. »Du klingst, als wüsstest du nicht, dass sie ein ganzes Arsenal von Typen verschlissen hat!«

»Kurz bevor sie ermordet wurde, hast du ihr noch alles Übel der Welt angedroht. Und außerdem hast du kein Alibi.«

»Ich bin einfach nur kurz aus der Stadt gefahren. Wollte einfach irgendwohin fahren, um mich abzureagieren. Du weißt doch, wie das ist.«

»Nein, weiß ich nicht. Wie ist es denn?«

Er guckt mich wütend an. Als ich seinen Blick unerschrocken erwidere, zuckt er nur ratlos mit den Schultern.

»Wo bist du hingefahren?«

»Auf den Snaefellsnes. Zuerst wollte ich eigentlich gar nicht weit fahren, nur mal gerade raus aus der Stadt. Aber dann bin ich einfach weiter Richtung Westen gefahren.

»Gleich stehn wir vor dem Richter und haben deshalb jetzt nur wenig Zeit«, sage ich und werfe dabei einen forschenden Blick in die schokoladenbraunen Augen. »Wenn du wieder hierher zurückkommst, versuchst du dich zu erinnern, was du wann gemacht hast. Und zwar ganz genau! Du bekommst ja genügend Zeit dafür.«

Er nickt.

»Ich will, dass ich über jedes Detail Bescheid weiß. Sogar wo du zum Pinkeln ausgestiegen bist. Und wann. Wir müssen deinen Weg genauestens zurückverfolgen und versuchen, nachzuweisen, wann du wo warst. Dann wird es wahrscheinlich auch möglich sein, jemanden zu finden, der sich an dich oder an das Auto erinnert, in dem du gefahren bist.«

»Muss ich denn weiter hier drin bleiben?«

»Ja sicher! Die werden Untersuchungshaft beantragen. Mit Sicherheit für einige Wochen. Ich lege Einspruch ein. Sie kommen durch. Ich lege Berufung beim Obersten Gericht ein. Da wird es zweifellos genauso laufen. Du sitzt auf jeden Fall ein paar Wochen, das ist klar. Mach dir keinen Kopf deswegen. Das Essen ist genießbar.«

»Scheiße!«

»Mir etwas vorzunölen hat keinen Zweck. Wenn du unschuldig bist, solltest du nur darüber nachdenken, was du seit Freitagmorgen gemacht hast. Jedes Detail. Jede Minute. Wenn du mich anlügst, sag's lieber gleich. Ich habe noch genug anderes zu tun.«

»Glaubst du mir auch nicht?«

Ich starre wieder in die dunklen Augen, die schnell anfangen zu tanzen wie Quecksilber.

»Was ich glaube, spielt keine Rolle«, antworte ich schließlich.

»Aber ich sage die Wahrheit! Ich war's wirklich nicht!«

Sie öffnen die Tür.

»Zeit zu gehen«, verkündet der eine von den Goldjungs. Sie führen Saemi raus auf den Gang.

Raggi bleibt noch kurz bei mir stehen. »Und?«, fragt er.

»Saemi ist unschuldig wie ein Babypopo.«

»Was soll er denn sonst sagen?«

Ich zucke mit den Schultern.

»Wir beantragen erst mal vier Wochen«, meint Raggi.

»Von jetzt an bin ich bei allen Verhören dabei«, sage ich und nehme meine Mappe.

»Das ist im Gesetz so vorgesehen.«

»Dann könnt ihr euch wenigstens nicht erlauben, ihn fertig zu machen.«

»Pass bloß auf, dass keiner diesen Mist hört, Stella. Andere könnten dir das krumm nehmen.«

»Ich mein das ernst! Ihr habt keine Zeugen, keine Tatwaffe, keine Beweise, kein Geständnis! Nur irgendwelche banalen Streitereien.«

»Wir haben einen starken und begründeten Verdacht.«

»Es wäre ja nicht das erste Mal, dass ihr Unschuldige in den Knast schickt.«

Er läuft rot an.

»Ganz ruhig, Raggi Herzchen. Pass auf deine Pumpe auf.«

Er hat mir immer noch nicht verziehen, als wir in den Gerichtssaal kommen. Die Sache ist schnell gelaufen. Der Richter braucht noch nicht einmal eine Bedenkminute. Vier Wochen Untersuchungshaft.

4

Im Bett geht's mir am besten.

Dort liege ich nackt unter der Bettdecke und lese die Polizeiakte. Als ich nach Hause gekommen bin, habe ich versucht, noch mal einzuschlafen, aber es hat nicht geklappt. War viel zu gestresst und überspannt. Deshalb begann ich zu lesen.

Halla wurde zwischen den Nobelsesseln im Regierungssaal gefunden. Rechts vom Konferenztisch, wo sich die hohen Tiere über die Wampe streichen und unsere Steuern erhöhen. Auf dem Fußboden war das meiste Blut. Ein großer, unregelmäßiger Fleck auf dem Teppich. Rotbraun.

Diese Herzchen kriegen dann wohl einen neuen Teppich.

Dann gab es noch überall Blutspritzer. Auf den Sesseln. Auf einer Wand. Und auf dem schönen, glänzenden Regierungstisch.

Richtig echtes Blut auf dem Tisch, wo die politischen Betonköpfe kaltblütig finanzielle Einschnitte beschließen. Die wahre Würze beim Einschneiden. Hahaha!

Mir bleibt das Lachen im Halse stecken.

Raggi hatte nichts von dem erfunden, was sich am Freitagmorgen abgespielt hat. Halla und Saemi hatten sich angekeift, dass die Fetzen flogen. Die Leute auf dem Flur und sogar in den anliegenden Büros hatten die Stimmen gehört.

Saemi hatte geschrien: »Ich schlag dich windelweich, du verdammtes Miststück! Diebische Hure!« Oder etwas in der Richtung.

Wenn es um ihren verletzten Stolz geht, sind Männer nie besonders kreativ in ihrer Ausdrucksweise.

Niemand konnte allerdings genau berichten, um was es in dem Streit eigentlich ging. Halla hatte ihren Kollegen danach nichts erzählt. Tat so, als wäre nichts passiert.

Cooles Mädchen.

Aber wahrscheinlich war es Eifersucht. Das meinten jedenfalls die meisten in ihrer Zeugenaussage. Zumal sich Halla nicht an einen Kerl binden wollte. Sie war selbstständig. Lebenslustig. Fröhlich. Frei und ungebunden.

Hmmmm …

Aber was steht hier? Ehrgeizig. Leichtlebig. Sagte Haukur. Die rechte Hand des Premierministers.

Ich lege die Aussage auf die Bettdecke, schaue hoch an die weißgestrichene Decke und gehe in der Erinnerung einige Jahre zurück.

Interessant, dass gerade Haukur meint, es sich leisten zu können, andere Leute für ihren Ehrgeiz zu kritisieren. Er stank ja selber meilenweit danach. Schon während des Jurastudiums war er ständig damit beschäftigt, an seiner Karriereleiter zu basteln. Bekam dann direkt von der Uni weg eine Stelle bei der Partei. Hat sich gründlich beim Parteivorsitzenden eingeschleimt und durfte ihn dafür in die Staatskanzlei begleiten, als die Partei an die Macht kam. Ein echter Arschkriecher.

Werde am besten mal mit ihm reden. Alte Bekanntschaft aufwärmen.

5

Ich erreiche Haukur zur Abendessenszeit. Bei ihm zu Hause.

Beinahe hätte er den Hörer auf die Gabel geschmissen, aber auch andere können Arschkriecher sein. So gelingt es mir, ihn am Telefon zu halten.

Ich habe es gleich im Gefühl, dass er auf Halla nicht gut zu sprechen ist.

»Ich will natürlich nicht schlecht über Tote reden«, sagt er.

»Aber?«

»Ganz unter uns?«

»Natürlich.«

»Du weißt doch, manche Frauen legen es direkt darauf an, vergewaltigt zu werden. Die zeigen das doch deutlich mit ihrem Verhalten.«

»Hmm-hmm.«

»Wenn irgendwer so was an sich zieht, dann ist das Halla.«

»Ach ja?«

»Sie hat die Männer gewechselt wie die Unterhosen und sich durch die Betten gepennt.«

»Wirklich?«

»Und sie hat es noch nicht mal verheimlicht. Ganz im Gegenteil. Sie hat mit den Gefühlen der Männer gespielt. Man könnte vielleicht sagen, dass jemand Mitleid mit Saemi hatte. Hallas Verhalten hat ganz einfach starke Reaktionen herausgefordert, auch wenn niemand hätte absehen können, dass es auf diese Art enden würde.«

»Also hat Halla nur das bekommen, was sie verdient hat, oder was?«

»Ja, eigentlich schon, obwohl sich das jetzt, wo sie tot ist, natürlich sehr unhöflich anhört. Aber sie hat wirklich alles erobert, was einen Schwanz hat, und bildete sich viel darauf ein, wie freizügig sie sei.«

»Was du nicht sagst! Dann hat sie sich einfach wie ein Mann verhalten?«

Ein lautes Lachen schallte durch den Hörer. »Ach ja, richtig«, sagt Haukur, »ich hatte ganz vergessen, dass du auch eine von denen bist!«

»Von denen?«

»Ja, von diesen Emanzen, die alle Männer hassen.«

»Halla war ja wohl kaum so eine …?«

»Nein, Stella. Man kann über Halla sagen, was man will, aber sie war vor allem eine Frau.«

»Vermutlich ist sie ziemlich fähig in ihrem Job gewesen?«

»Sie konnte schon tüchtig sein.«

»Sie ist immerhin Abteilungsleiterin geworden! Eine Frau muss sich dafür ganz schön ins Zeug legen!«

»Wie man's nimmt. Aber natürlich kann man sich nicht nur in Hollywood hochschlafen.«

Haukur lacht laut über seinen eigenen Witz. Er ist immer noch der gleiche unerträgliche Arroganzpinsel.

»Hast du vielleicht auch mit ihr geschlafen?«, frage ich.

»No comment.«

Als er lacht, muss ich an einen hässlichen, fetten Fisch denken, der sein Maul aufreißt. Widerlicher Typ.

»Höre ich da einen leichten Ton der Eifersucht?«

»Jetzt reicht's aber, Stella!«

»Wo warst du denn eigentlich am Freitagabend?«

Haukur wird wieder sauer. »Ich denke, wir beenden jetzt das Gespräch«, sagt er und schmeißt den Hörer auf die Gabel.

»Idiot!«, sage ich wie zu mir selber und ärgere mich, dass ich mich von ihm völlig unnötig aufregen lasse.

»Zügele dein Temperament, Stella. Eine Xanthippe will keiner.«

Sagt Mama.

6

Mord ist ein Festbankett.

Die Pressegeier machen sich in den ersten Tagen nach dem Mord gierig über alles her, was sie kriegen können. Was sollten sie auch sonst tun? Eine junge und schöne Frau ermordet am Konferenztisch der Regierung. Noch besser, wenn es im Ledersessel des Ministerpräsidenten selbst gewesen wäre. Aber weniger hat auch schon für einige Titelseiten gereicht.

Auf den verschiedenen Fernsehkanälen werden Bilder vom Regierungstisch gezeigt. Ohne Leiche. Auch ein Bild von Halla. Sie rekonstruieren in Details, wo, wann und wie die Leiche gefunden wurde und zitieren die Goldjungs, dass es sich nur um eine persönliche, nicht aber um eine politische Tragödie handelte. Ein enger Freund der Verstorbenen sei bereits festgenommen und zu vier Wochen Untersuchungshaft verurteilt worden, weil man ihn der Tat verdächtige. Das klingt, als wäre Saemis Geständnis nur noch eine Formsache, die man bald abhaken könnte.

Der Ministerpräsident äußert sich in einem Fernsehinterview zur Sache.

»Warum wurde nicht sofort, als die Leiche gefunden wurde, die Polizei gerufen?«, fragt einer der Pressegeier. »Ist diese Verzögerung nicht ein schwerwiegendes Vergehen?«

Der Ministerpräsident zeigt sich gerührt. Ob vom Donner oder vom Mitleid, ist nicht klar erkennbar. Es sei unglaublich, dass sich ein solches Unglück ausgerechnet in der Staatskanzlei ereignen muss, in diesem altehrwürdigen, historisch so wichtigen Haus. Und dann natürlich auch, dass ausgerechnet diese nette Person das Opfer des Gewalttäters werden muss.

»Das ist unverständlich«, sagt er. »Aber Gottes Wege …«

»Warum wurde die Polizei nicht sofort zum Tatort gerufen?«, wiederholt der Pressegeier seine Frage mit ernster Miene.

»Das ist doch für alle klar ersichtlich«, antwortet der Ministerpräsident, und schiebt überlegen sein Kinn vor. »Wir Isländer konnten doch diese bedauernswerte Tat nicht zum Gegenstand bilateraler Gespräche werden lassen.«

»Aber ist es nicht wirklich ungeheuerlich, wenn sogar der Ministerpräsident die Ermittlungen eines Mordfalls auf diese Weise verzögert?«, fragt der Pressegeier so schockiert, dass die Skandalträchtigkeit seiner Frage direkt von seiner rotgepunkteten Krawatte zu strahlen scheint.

Der Ministerpräsident zieht es vor, diese Frage in einem ausführlichen Monolog zu beantworten. Er redet über menschliche Gefühle und der Verantwortung von Einzelnen und dem ganzen Land. Nach dieser langen Rede weiß keiner eigentlich mehr, worauf er hinaus will. Dann hat er ein Heimspiel.

Saemis Name wird in der Glotze nicht genannt. Er erscheint nach dem Wochenende in der Montagsausgabe von DV*. Es wird betont, dass er nicht gestanden habe. Diese Typen wissen sich zu schützen.

Zwischen den Zeilen kann man aber lesen, dass sich die Pressegeier verarscht fühlen, weil der Schurke so schnell gefasst wurde.

Nichts Spannendes.

* Nachmittags erscheinende Zeitung im Yellow-Press-Stil (Anm. d. Übers.)

Und dann kann man noch nicht mal auf den Ministerpräsidenten losgehen, weil ihn sogar der Präsident der Goldjungs selbst in Schutz nimmt.

»Diese kleine Verspätung bei der Meldung des Leichenfunds hat nichts am guten und leistungsfähigen Gang der Untersuchung geändert«, berichtet er und hält es für die selbstverständlichste Sache der Welt, dass der Ministerpräsident, dieser rechtschaffene Ehrenmann, keine andere Wahl hatte, als die hohen ausländischen Gäste erst aus dem Haus der Staatskanzlei zu verabschieden, bevor die Ermittlungen der Polizei begannen.

7

Am dritten Tag treffe ich Saemi wieder. Im gleichen Raum. Am gleichen Tisch. Er ist fleißig gewesen. Hat alles, an was er sich erinnern konnte, auf ein Blatt notiert. Alles, was ihm passiert war, seit er am Freitagvormittag aus Hallas Büro gefegt war bis die Polizei bei ihm 24 Stunden später anklopfte.

Er war aufgebracht aus der Stadt gefahren. Ziellos. Einfach nur weg. Kurz vor Kjós beruhigte er sich langsam und überlegte, was er tun sollte. Hat dann beschlossen, einen Abstecher in den Westen zu machen und zum Snaefellsnes zu fahren. Dort hatten seine Eltern auf einem Bauernhof gewohnt, der schon seit langem verwaist war.

Saemi fuhr also weiter Richtung Westen und kam tatsächlich ans Ziel, obwohl es auf den vereisten Wegen nur langsam vorwärtsging. Aber im Westen gab es natürlich außer Ruinen im Schnee nichts zu sehen. Ein verfallenes Wohnhaus. Umgekippte Zäune. Menschenleere Einöde.

Nach einem kurzen Aufenthalt kehrte er wieder zurück nach Reykjavík. Am Freitagabend gegen zehn Uhr fuhr er los und fuhr die Nacht durch. Kam gegen Morgen in die Stadt und ging sofort ins Bett.

Ich höre mir schweigend seinen Bericht an und nehme ihn anschließend auf der Suche nach eventuellen Zeugen Stück für Stück auseinander.

Saemi behauptet, niemanden getroffen zu haben, den er kennt. Auf dem Weg zum Snaefellsnes, wahrscheinlich um sechs Uhr herum, hat er sich in Borgarnes einen Hamburger gekauft, aber sonst mit keinem geredet. Doch, mit einem Jungen, bei dem er getankt hat.

»Wann war das?«

»Das war ziemlich spät am Abend. Wahrscheinlich kurz vor Mitternacht.«

»Wo?«

»Wie ich schon gesagt habe, im Westen.«

»Wo im Westen?«

»Das war halt auf irgend so einem Bauernhof auf dem Land, wo man auch tanken kann. Ich bin schon auf Reserve gefahren.«

»Wie heißt der Hof?«

»Keine Ahnung.«

»Hast du keinen Kassenzettel?«

»Kassenzettel?«

»Sag mir, dass du mit Karte bezahlt hast!«

Er schüttelt den Kopf. Zuckt dann mit den Schultern: »Ich zahle immer cash.«

»Wie sah denn dieser Junge aus?«

»Das war einfach so ein ganz normaler Junge. Rothaarig.«

»Wie alt?«

»Vielleicht im Konfirmandenalter. So was in der Kante.«

Ein rothaariger Konfirmand? War das der rettende Strohhalm?

Ich versuche, aus Saemi noch mehr über die Fahrt herauszuquetschen, aber er hat nichts Neues mehr zu bieten. Massiert sich nur die dunklen Haarwurzeln seines Bartes am Kiefer und grinst dümmlich.

»Okay. Erzähl mir was über Halla«, fordere ich ihn auf.

»Was willst du über sie wissen?«

»Wie sie war. Und eure Beziehung.«

»Findest du es komisch, dass wir zusammen waren?«

»Ihr kommt ja nicht gerade aus dem gleichen Stall.«

»Wir wussten beide, wie man das Leben genießt.«

»Wann habt ihr euch kennen gelernt?«

»Das ist allerdings schon ziemlich lange her. Bevor sie in die Politik ging und eine von den feinen Leuten wurde.«

»Wollte sie dich loswerden?«

»Unsere Beziehung war nicht so. Manchmal waren wir zusammen, manchmal nicht, das war alles. Oft haben wir uns lange Zeit nicht getroffen.«

»Mir wurde da aber etwas anderes berichtet. Warst du nicht einfach nur ihr neuestes Spielzeug? Hatte sie nicht schon ziemlich schnell genug von dir?«

Er schüttelt den Kopf: »Wir sind schon vorher oft zusammen gewesen.«

»Gingen eure Treffen da auch immer mit Schlägereien aus?«

»Meinst du diese Streiterei da am Freitag?«

Ich nicke.

»Das war nichts Ernsthaftes.«

»Ach nein?«

Seine Unlust ist beinahe mit Händen zu greifen.

»Um was ging es in eurem Streit?«

»Ich will darüber nicht sprechen.«

»Warum nicht?«

»Das spielt keine Rolle mehr.«

»Natürlich spielt das eine Rolle. Mach dir klar, dass ich in dieser Geschichte auf deiner Seite bin. Lass hören!«

»Sie war mir noch was schuldig.«

»Für was?«

»Das hat mit der Sache nichts mehr zu tun.«

»Du hast sie verdammtes Miststück und diebische Hure genannt, nur weil sie dir Geld schuldete?«

»Wer sagt das?«

»Du hast ja nicht gerade geflüstert.«

»Das spielt doch keine Rolle mehr«, wiederholt er, lehnt sich im Stuhl zurück und verschränkt die Arme vor der Brust.

»Was hast du vor mir zu verbergen?«

»Nichts.«

»Dann erzähl's mir doch!«

Die schokoladenbraunen Augen starren zur Decke. »Hören die hier nicht alles ab?«, fragt er.

»Natürlich nicht.«

»Bist du sicher?«

»Mach dir mal klar, dass das hier die Realität ist. Du bist in einem Gefängnis in Island. Und nicht in irgendeinem idiotischen amerikanischen Streifen.«

Er leckt sich die Lippen. »Ich wurde einfach so wütend, als sie gesagt hat, dass sie es für einen anderen gebraucht hat.«

»Dein Geld?«

»Das, was sie mir schuldete.«

»Deine Andeutungen sind so undurchsichtig, ich kapier immer noch nicht, worum es geht.«

»Sie hat gesagt, dass sie meinen Stoff jemand anderem spendiert hat.«

»Es war ihr doch nicht verboten, mit anderen zusammen zu sein?«

»Nein, natürlich nicht. Aber sie sollte meinen Stoff nicht für andere Typen verwenden.«

Stoff?

Na klar! Wer hat denn behauptet, dass der alte Dealer nicht mehr seinem Geschäft nachginge?

Ich blicke ihn scharf an: »Hast du Halla Drogen gegeben?«

Er verschränkt wieder seine Arme und schaut mich schweigend an.

»Verkaufst du vielleicht immer noch?«

»Man kann hier drin einfach nicht solche Sachen besprechen.«

Er geht mir immer mehr auf die Nerven. »Ich kann einfach nicht arbeiten, wenn ich im Dunklen tappe. Ich muss alles wissen, was sie über dich haben.«

Saemi leckt sich die Lippen und vermeidet es, mich anzusehen.

»Bist du jetzt auf einmal auf den Mund gefallen oder was?«

»Ich rede nicht weiter darüber«, wiederholt er.

»Okay. Du bist dir hoffentlich im Klaren darüber, dass das deine Beerdigung ist, nicht meine. Ich kann hier rausgehn, wann immer ich will.«

Er schweigt.

»Du warst also eifersüchtig?«, frage ich schließlich, um die Stille zu durchbrechen.

»Nein, nein, sie hat das nur so gesagt, und dann wurde ich wütend.«

»Damit haben die Goldjungs ein klares Motiv.«

»Manchmal hat sie mich extra aufgeregt. Mich wütend gemacht. Dann hat sie nur gelacht, wenn ich ausgerastet bin.«

»Ach.«

»Aber wir haben uns immer wieder versöhnt.«

»Am Freitag wohl kaum?«

Er tut so, als hätte er die Frage nicht gehört. »Sie hat's genossen.«

»Was?«

»Mich so wütend zu machen. Damit wir uns dann wieder versöhnen konnten.« Der alte Frauenheld bekommt kurz glänzende Augen. »Das waren Versöhnungen, die haben vor Sex nur so gesprüht!«

Dieser Gesichtsausdruck geht mir tierisch auf die Nerven. »Warst du ansonsten einer von Hallas vielen Gespielen?«

Das Grinsen verschwindet.

»Ich hab dir das schon vorhin gesagt«, antwortet er genervt. »Wir haben nicht zusammen gewohnt oder so was. Wir haben nur ab und zu unseren Spaß miteinander gehabt. Das war alles!« Er hebt die Hand wie zu weiteren Erklärungen. »Politik ist nicht gerade mein Ding.«

»Was ist denn dein Ding?«

Er rasselt herunter: »Dealen, einen draufmachen und das Leben genießen, so lang man kann. Okay?«

Ich stehe auf und nehme meine Aktentasche: »Okay. Tschüss!«

8

In pecunia veritas.

Ich liebe Geld. Und zwar eine ganz besondere Spezies von Geld. Sammelt sich hauptsächlich bei denen an, wo es nichts zu suchen hat. Die tun immer so, als ob sie noch nie welches gesehen hätten, wenn ich bei ihnen auftauche und kassieren will. Aber letzten Endes krieg ich die Kohle doch. Oft mit Gewalt wie Clint Eastwood. Aber ich brauch nicht mal eine Magnum dazu. Die Gesetze sind meine Waffe.

Die Goldjungs haben kein Interesse daran, Saemi sofort zu verhören. Vielleicht am Donnerstag, hatte der Vizepolizeipräsident gemeint.

»Was ist mit diesem Benzinjungen?«, frage ich.

»Was meinst du?«

»Damit hat Saemi doch eventuell ein Alibi.«

Der Vize schaut Raggi forschend an.

»Er hat was davon gesagt, dass er im Westen an irgendeinem Bauernhof getankt hat«, sagt Raggi. »So gegen Abend. Hört sich alles ziemlich unglaubwürdig an.«

»Ich kann das natürlich selber checken, wenn ihr keine Zeit dazu habt.«

Das Gesicht vom Vize verdüstert sich noch mehr. »Du lässt die Finger von dem Fall!«, sagt er scharf. »Wir brauchen keine Freizeit-Detektive, meine Gute!«

Meine Gute?!

Ich überlege gerade, ob ich mich über diesen Chauvinisten-Schnüffler hermachen soll, als Raggi mich am Arm packt und auf den Gang zieht.

»Du wirst dich später noch mal dafür bedanken«, meint er bloß.

Natürlich geht mich das nichts an, was die machen. Ich habe genug zu tun, um Kohle auf mein eigenes Konto zu scheffeln. Treibe alle möglichen Schulden ein; Wechsel, Pfandbriefe, Schecks und Kreditkartenrechnungen.

Man soll nicht meinen, ich betreibe Geldwäsche. Bei mir geht alles mit rechten Dingen zu. Nur Kauf und Verkauf. Manche kaufen Häuser, Autos, Diamanten. Allen möglichen Scheiß. Ich kaufe Schulden.

Alles in allem klappt das Eintreiben gut. Man darf eben einfach nicht nachgeben. Weder der großen Klappe noch dem Gejammer.

Unglaublich, was manche trotzdem versuchen. Als ob ich sie dazu genötigt hätte, ihren Namen zu schreiben! Ich überhöre schon lange ihr Genöle. Für mich ist das nur wie Mäusefiepsen am Vogelfelsen.

Das Leben der Schuldner geht mich nichts an. Diese Angeberschweine sind des Öfteren ganz schön erstaunt. Glauben, dass sie mit mir umgehen können wie mit jeder anderen Ehefrau. Aber sie lernen schnell.

Die, die sofort bezahlen, kommen am besten weg. Wenn sie unverschämt werden, ist Schluss mit lustig. Ich muss nicht warten. Sie besitzen immer irgendwelche Immobilien. Checke das immer, bevor ich kaufe. Irgendwas, das Geld bringt. Manche sind sogar Kultursnobs. Besitzen Malereien oder alte Schwarten. Pinseleien von irgendwelchen toten Heinis decken oft einen Wechsel oder sogar zwei.

Bei mir geht's aber auch immer schnell zur Sache: Krönchen auf den Tisch oder ich ziehe vor Gericht! Pfändung. Zwangsvollstreckung. Wenn sie sich dann immer noch anstellen, wird zwangsversteigert. So ist das Leben.

Mein Büro ist im Erdgeschoss. Ein unpersönliches Arbeitszimmer direkt unter dem Schlafzimmer. Ein großer Schreibtisch, ein paar Stühle, Aktenschrank an der Wand, Telefon auf dem Tisch, Computer und Drucker. Keine Fotos von Papa oder Mama. Nichts, was an etwas anderes als an die Arbeit erinnert. So will ich das haben.

Im Flur, neben der Eingangstür, ist ein Schild mit meinem Namen: Stella Blómkvist, Rechtsanwältin, zugelassen für das Oberste Gericht. Und ein anderes Schild, was genauso aussieht, hängt draußen am Haus.

Zuerst war ich nur mit Straftätern beschäftigt. Mit der Verteidigung von allen möglichen Kleinganoven. Besoffene Typen, die banale Beträge stahlen, sobald sie aus dem Knast raus waren. Gedopte Freaks, die lange Finger machten, um sich den nächsten Schuss zu finanzieren. Hab wahrscheinlich gedacht, ich würde gegen die Klauen des Unrechts kämpfen. Wenn nicht sogar die Welt retten.

Dann kam ich darauf, dass die Welt sich gar nicht retten lassen will. Da habe ich angefangen, an mich selber zu denken.

Niemand wird an Kleinkriminellen reich. Deshalb begann ich, Schulden zu kaufen. Zuerst nur ein paar. Dann mehr. Und noch mehr.

»Reich wird man nur, wenn man seine Hände in anderer Leute Taschen hat.«

Sagt Mama.

9

Ich habe zuerst gedacht, dass er ein Schuldner wäre. Der Typ, der mich am Mittwochabend angerufen hat. Er wollte seinen Namen nicht nennen. An der Stimme habe ich gemerkt, dass er etwas älter war. Würdig.

Er wollte mir einen Gefallen tun.

Was?!

Wenn gesetzte Herren einem einen Gefallen tun wollen, sollte man gut auf sein Portemonnaie aufpassen. Oder so irgendwie.

»Komm ins Büro«, sagte ich.

»Das wäre nicht – ähem – nicht so sinnvoll in der momentanen Lage.«

»Über Zahlungsvereinbarungen spreche ich nur in meinem Büro.«

»Du verstehst mich falsch, meine Liebe. Ich schulde dir nichts. Ich möchte dir nur bestimmte Informationen zukommen lassen. Dir helfen.«

»Ich brauche keine Hilfe.«

»Da hab ich aber was anderes gehört.«

»Wie bitte?«

»Mir wurde gesagt, dass es für deinen Mandanten im Moment ziemlich schlecht aussieht.«

»Welcher Mandant?«

»Entschuldige, wenn ich mich nicht deutlich genug ausgedrückt habe, aber ich meine natürlich deinen Mandanten in dieser – ähem – unschönen Sache in der Staatskanzlei.«

»Was weißt du darüber?«

»Sollen wir uns nicht jetzt gleich treffen und die Sache besprechen?«

Was denn sonst?!

Er gab mir genaue Erläuterungen, die ich befolgte. Deswegen sitze ich nun alleine in der Dunkelheit im kalten Auto in der nordwestlichen Ecke eines Parkhauses und verbringe meinen Abend damit, den Mond, die Schiffe im Hafen und den verdunkelten Tacho anzuglotzen.

Dieser dämliche Idiot lässt mich hier in der Kälte warten!

Ich habe mittlerweile das Gefühl, das das ein blöder Witz ist. Irgendein dummer Streich eines wütenden Schuldners oder eines enttäuschten Lovers.

Auf einmal öffnet sich die Beifahrertür, er setzt sich und schlägt die Tür zu.

Er trägt einen dicken Mantel. Hat eine Fellmütze auf und einen langen Schal um den Hals.

Ich versuche, das fleischige Gesicht im fahlen Mondschein besser zu erkennen. Die Augenbrauen sind schwarz und buschig. Die Nase groß und adlerähnlich.

Er kommt direkt zur Sache: »Die Leute machen sich Sorgen.«

»Wer macht sich heutzutage keine?«, stelle ich locker die Rückfrage.

»Also, hör zu. Die Polizei konzentriert sich auf den Geliebten des Mädchens. Auf diesen Saemi, deinen Mandanten. Die, die den Fall bearbeiten, halten das für einen einfachen Fall: Eifersucht, die zu dem Totschlag führte. Aber nicht alle sind dieser Meinung.«

»Warum nicht?«

»Du wirst es nicht glauben, aber die Geschichte ist viel

verworrener. Die Wurzeln dieses – ähem – dieses Vorfalles liegen viel tiefer. Wir haben Interesse daran, dass alles bis ins Detail untersucht wird. Du kannst davon ausgehen, dass solche Nachforschungen deinem Mandanten zugute kämen.«

»Wir? Wer ist wir?«

»In dieser Phase des Falles kann ich dir darüber nichts sagen, meine Liebe. Vielleicht später. Ich bin eigentlich auch nur eine Art – ähem – eine Art Gesandter.«

Er lacht leise.

»Wer bist du?«

Er verstummt bei der Frage und fummelt an seinem Schal herum.

»Wie heißt du?«

Keine Antwort.

»Wer hat dich geschickt?«

Er öffnet die zwei obersten Knöpfe seines Mantels, steckt eine behandschuhte Hand in die Innentasche, zieht ein weißes Kuvert hervor und gibt es mir.

»Meine Aufgabe ist es nur, dir diesen Brief zu überbringen«, sagt er. »Darin sind einige Hinweise, die deinem Mandanten nutzen könnten. Ich wurde mit diesem Brief geschickt, um dich zu überzeugen, dass das ernst gemeint ist. Das ist kein Scherz, meine Liebe. Es wird darauf vertraut, dass du Bewegung in die Sache bringst, zumal es für deinen Mandanten das Beste ist.«

»Es handelt sich wohl kaum um Sorge für Kleinkriminelle. Mir kommen die Tränen! Warum gehst du damit nicht gleich zu den Goldjungs?«

»Goldjungs?«

»Zur Kripo, Mann! Du solltst mit denen reden, die den Fall untersuchen, wenn du wichtige Informationen hast.«

»Ich habe momentan nicht mehr dazu zu sagen, meine Liebe«, sagt er und knöpft sich den Mantel zu. Dann öffnet er schnell die Tür, knallt sie hinter sich zu und verschwindet in der Dunkelheit.

Ich sitze allein und verlassen in meinem Auto.

Was für Angeber!

»Was soll eigentlich dieses dämliche Versteckspiel?«, rufe ich, schmeiße den Brief auf die Rückbank und mache mich an meiner Tür zu schaffen.

Als ich mich endlich aus dem Auto geschält habe und mich nach dem Gesandten umsehen kann, ist er schon in ein anderes Auto eingestiegen, das in nächster Nähe geparkt wurde. Er lässt den Motor an und schaltet das Licht ein, was mich einen Moment blendet.

»Na hör mal!«

Er antwortet mit Gasgeben.

Ich versuche, meine Augen auf das Nummernschild am Heck zu heften, als das Auto die Ausfahrt hinunterfährt, aber ich kann nur den ersten Buchstaben und die letzte Zahl erkennen. Springe dann wieder hinein ins Auto, grabsche mir die Aktentasche vom Rücksitz, öffne sie, nehme Blatt und Stift und schreibe die Nummer auf. Oder besser gesagt das, was ich von ihr gesehen habe.

Was für ein Auto war das eigentlich?

Ein mittelgroßer Personenwagen. So viel ist sicher. Ansonsten weiß ich nichts über Automarken. So was ist was für Papas Lieblingsjungen. Für mich sieht eine Blechdose wie die andere aus. Außer ein Benz.

Ich öffne den Umschlag erst, als ich nach Hause gekommen bin, im weichen Fernsehsessel sitze und zwei Schlucke aus meinem halb vollen Glas mit Jack Daniels aus Tennessee pur getrunken habe, um mich wieder aufzuwärmen.

Im Umschlag ist ein weißes Blatt Papier. Darauf einige maschinengeschriebene Zeilen:

»Hallas Mitarbeiter in leitenden Funktionen sind in den letzten Tagen hochgradig nervös. Was befürchten sie? Dass die Ermittlungen Hallas Geheimnisse ans Licht bringen. Zum Beispiel Informationen über Privatpartys, die sie für einflussreiche Politiker und Geschäftsleute gab und auf denen Kokain und Callgirls im Angebot waren. Ist es wahr, dass die Polizei in Hallas Wohnung Rauschgift gefunden hat, es aber geheim hält? Sowie ihre dubiosen Geschäfte mit dem Pornokönig der Innenstadt? Wusstest du, dass man in Hallas Wohnung eingebrochen und sie durchsucht hat, kurz nachdem sie umgebracht wurde? Wer steckt hinter der Tat? Wonach wurde gesucht? Warum wurde der Einbruch nicht öffentlich erwähnt?

Halla besaß eine blaue Tasche, die sie als »ihre Versicherung« bezeichnete. Wo ist sie? Beinhaltet sie Informationen, für die hochrangige Männer alles tun würden, damit sie geheim bleiben? Hat der Einbrecher vielleicht gerade diese Tasche gesucht? Oder ist sie eventuell in den Händen der Polizei, die dann auch diesen Aspekt des Falles verschweigt? Oder wurde sie aus Hallas Wohnung gestohlen? Einflussreiche Männer werden alles tun, was in ihrer Macht steht, um die Ermittlungen zu Gunsten deines Mandanten zu sabotieren. Willst du zulassen, dass es ihnen gelingt, ihn zum Sündenbock zu machen?«

Keine Unterschrift.

Ich trinke meinen Jack Schluck für Schluck aus, während ich den Brief noch einmal lese. Sehr genau. Wort für Wort.

Hochgestellte Männer. Kokain. Zuhälterei. Pornokönig. Einbruch. Blaue Tasche. Verborgenes Geheimnis.

Hmmm … Interessante Mischung, die einem verschiedene Möglichkeiten bietet.

»Wasser wird nicht von selber trüb.«

Sagt Mama.

10

Drei von den Goldjungs versuchen, Saemis Widerstand zu brechen. Der Vizepolizeipräsident ist dabei der beste Vertreter seiner Zunft; ein großer, schlanker und gerissener Typ mittleren Alters, im Anzug, mit einer getupften Krawatte.

Wir sitzen an zwei Tischen in einem engen, fensterlosen Zimmer und hören Saemi zu, der die Geschichte seiner Reise immer aufs Neue wiederholen muss.

Die Goldjungs beachten ihn nicht weiter und geben ihr Bestes, um ihn dazu zu bringen, den Mord zu gestehen. Sie reiten immer wieder darauf herum:

»Wir wissen, dass du sie umgebracht hast.«

»Gib's doch endlich zu. Das ist das Beste für dich.«

»Du weißt doch, dass du bei einer Falschaussage eine noch härtere Strafe aufgebrummt kriegst.«

»Wie hast du sie umgebracht?«

»Was hast du mit der Mordwaffe getan?«

»Du glaubst doch nicht im Ernst, dass dir einer deine Märchen abkauft?«

»Hör doch auf mit dem Theater. Gesteh endlich.«

»Jetzt sag doch die Wahrheit. Du warst wütend. Eifersüchtig. Und deshalb hast du sie umgebracht.«

Aber Saemi lässt sich nicht kleinkriegen und beharrt weiter auf seiner Geschichte mit der Fahrt in den Westen zum Snaefellsnes. Und auf dem Treffen mit dem Benzinjungen. Da versuchen sie, seinen Bericht in Einzelteile zu zerlegen. Zumal ja vieles sehr vage erscheint. Saemi kann zum Beispiel den Benzinjungen nicht näher beschreiben und weiß nur noch, dass er rothaarig war. Die Goldjungs versuchen, diesen Schnitzer auszuschlachten.

»Du gibst vor, dass dieser Junge der Einzige ist, den du während deiner ganzen Fahrt gesehen hast, und trotzdem weißt du nicht mal, wie er aussieht?«, fragt der Vize. Seine Skepsis riecht man zehn Meilen gegen den Wind.

»Ziemlich unwahrscheinlich«, kommentiert Raggi.

»Ich war einfach mit was ganz anderem beschäftigt«, antwortet Saemi. »Außerdem konnte ich ja da noch nicht wissen, dass dieser Junge einmal sehr wichtig für mich sein würde. Er hat mir einfach nur das Auto vollgetankt.«

»Gib's doch zu, dass du ihn einfach nur erfunden hast, wie alles andere in deinem Abenteuer auch«, sagt der Vize.

Jetzt kann ich mich einfach nicht mehr länger zurückhalten.

»Ich gucke mir meine Tankwarte auch nicht besonders genau an«, sage ich. »Und ihr?«

Sie sehen etwas unentschlossen aus.

Dann sagt der Vize barsch: »Du hältst dich da raus!«

Ich schaue Raggi an: »Wann hast du das letzte Mal getankt? Wo? Wie sah der Tankwart aus?«

Raggi antwortet umgehend: »Vorigen Montagmorgen, gegen acht Uhr. Hier an der Tankstelle um die Ecke. Der Tankwart ist etwas älter, so um die fünfzig, das Haar wird langsam grau. Er hat ein schmales und wettergegerbtes Gesicht mit blauen Augen. Hat einen blauen Overall an. Willst du sonst noch was wissen?« Er grinst siegesgewiss.

Verdammt!

Ich hätte besser die Klappe gehalten.

Die Goldjungs amüsieren sich königlich, bis der Vize seine Lachmuskeln wieder im Griff hat.

»Kommen wir wieder zur Sache», sagt er.

Sie wenden sich wieder Saemi zu: »Warum ersparst du uns allen nicht Zeit und Mühe? Jetzt erzähl uns doch endlich, wie sich alles zugetragen hat!«

»Ich hab nichts mehr zu sagen«, antwortet Saemi sauer. Er hat die Nase voll von den Fragen. »Ich habe nichts erfunden. Und mir ist scheißegal, ob ihr mir glaubt oder nicht!«

Einen Moment lang herrscht Schweigen, währenddessen sie abwechselnd auf Saemi schauen oder einander Blicke zuwerfen.

Dann fragt Raggi auf einmal: »Erledigst du eigentlich immer noch die Drecksarbeit für Sigvaldi?«

Die Frage überrascht mich.

War Saemi im Dienst des Pornokönigs der Innenstadt, wie der Verfasser des namenlosen Briefes Porno-Valdi nannte? Im Dienste des Mannes, den viele für den einzig wahren Drahtzieher von Reykjavíks Unterwelt hielten?

»Ich habe zur Zeit keine feste Arbeit«, antwortet Saemi schlecht gelaunt.

»Wir wissen natürlich, dass du Arbeitslosengeld bekommst. Aber das reicht wohl kaum, um dich über Wasser zu halten?«, fragt Raggi.

»Ich lebe genau so auf Kosten des Staates wie ihr auch. Ja und?«

Der Vize lässt den Gefängniswärter kommen: »Nehmt ihn mit!«

Sie führen Saemi aus dem Zimmer und schließen die Türe hinter sich.

Da gehe ich zum Angriff über: »Was machen die Ermittlungen in Sachen Einbruch?«

Die Gesichter der Goldjungs bekommen den starren Ausdruck von Schaufensterpuppen.

»In Hallas Wohnung?«, frage ich weiter. »Ist der Fall gelöst?«

»Wovon redest du?«, fragt der Vize barsch.

»Du weißt doch ganz genau, wovon ich rede. Den Einbruch in Hallas Wohnung. Da wurde alles auf den Kopf gestellt, ist mir gesagt worden.«

Der Vorgesetzte wirft einen Blick auf Raggi, der den Kopf schüttelt und guckt dann wieder auf mich.

»Ich kann dir über den Fall keine Auskunft geben«, bemerkt er. »Und schließlich geht dich das ja auch nichts an.«

»Ach ja? Hat der Einbruch nichts mit dem Mordfall zu tun?«

»Ich sage dir nichts über den Fall. Nichts!«

Die Goldjungs schreiten wichtigtuerisch einer nach dem anderen aus dem Raum. Raggi geht zuletzt. In der Tür dreht er sich nach mir um: »Wo hast du das mit dem Einbruch her?«

»Ich hab meine Verbindungen.«

»Das hätte ich mir ja denken können.« Er kommt zurück ins Zimmer und bleibt an dem Tisch stehen, wo ich sitze. »Zwischen dem Mord und dem Einbruch muss ja nicht unbedingt ein Zusammenhang bestehen«, sagt er. »Solche Einbrüche kommen heutzutage oft vor.«

»Aber in der Wohnung war alles durchwühlt, nicht wahr? Als ob jemand nach einem bestimmten Gegenstand gesucht hätte?«

Raggi schweigt einen Moment. »Das war nicht besonders schlau, denen zu stecken, dass hier irgendwo im Amt eine undichte Stelle ist«, sagt er schließlich.

»Ist mir doch egal, ob die anfangen zu rotieren oder nicht.«

»Das könnte aber ziemlich unangenehm für mich werden.«

»Ich kann natürlich bezeugen, dass du nichts ausgequatscht hast.«

»Das bringt mir nur leider nichts.«

»Ihr betreibt ja wohl kaum Hexenverbrennungen hier?«

»Der Einbruch an sich ist kein Geheimnis. Wir haben das bloß noch nicht an die Öffentlichkeit gegeben.«

»Was hat der Dieb gesucht?«

»Weiß ich nicht. Wahrscheinlich Geld.«

»Vielleicht eine blaue Tasche?«

»Was?«

Raggis verwunderte Miene ist überzeugend. Vermutlich macht er mir nichts vor.

»Jedenfalls hat er kein Rauschgift gefunden«, erzähle ich locker weiter, als würde ich über das Wetter reden. »Ich habe gehört, dass ihr ja schon alles einkassiert habt.«

Raggi wird plötzlich blass. Dann wieder knallrot. »Hat Saemi dir von dem Stoff erzählt?, fragt er aufgebracht. »Hat er Halla etwas besorgt oder was?«

»Warum fragst du, wenn du es doch eh schon weißt?«, antworte ich und lächele.

»Wir kriegen ihn. Verlass dich drauf.«

»Ihr habt also tatsächlich Rauschgift gefunden?«

»Warum fragst du, wenn du es doch eh schon weißt?«, äfft Raggi mich nach. Er versucht zu lächeln, aber es gelingt ihm nicht besonders gut.

»Okay. Kann ich Hallas Wohnung sehen?«

»Das müssen andere entscheiden.«

»Ich stelle hiermit förmlich einen Antrag.«

»Ich werde diese Bitte weiterleiten.«

Wir gehen zusammen auf den Gang hinaus.

»Was hast du vorhin mit dieser blauen Tasche gemeint?«, fragt Raggi.

»Och, nichts Besonderes. War nur so aus der Luft gegriffen.«

»Ach ja?« Er scheint mir das nicht abzunehmen.

Als wir an die Eingangstür kommen, beginnt Raggi zu lachen: »Die Geschichte mit dem Tanken war wohl ein Schuss in den Ofen!«

Ich zucke nur mit den Schultern.

»Pech, dass du ausgerechnet an mich geraten bist«, setzt er fort. »Ich tanke nämlich immer an der gleichen Tankstelle.«

»Ach ja?«

»Bei meinem Schwager!«

Verdammte Cliquenwirtschaft!

Aber Raggis Gelächter war schon immer ansteckend. Wir gehen hinaus in Schnee und Kälte und kichern wie die Blöden.

11

Ich kann Versteckspiele einfach nicht ausstehen.

Dieser geheimnisvolle Bote macht mich wahnsinnig nervös. Er hat versucht, mich auszunutzen! So was kann man ungehobelten Kerlen mittleren Alters nicht durchgehen lassen. Dass ich versuche, sie auszunutzen, schon eher.

Zu guter Letzt beschließe ich, dass ich den Kerl finden muss.

Leichter gesagt als getan. Was weiß ich eigentlich über diesen Typ? So gut wie nichts. Die einzige Information, die ich über ihn in der Hand habe, sind Bruchstücke seines Autokennzeichens. Und damit ist ja noch nicht mal gesagt, dass er mit seinem eigenen Auto gekommen war. Aber das Kennzeichen ist trotzdem der einzige Anhaltspunkt.

Zum Glück habe ich einen weiter entfernten Cousin namens Sindri, der mir in solchen Fragen weiterhelfen kann. Er ist ein Computerfreak ersten Ranges. Er werkelt schon während seiner Arbeitszeit ständig an Computern herum, und wenn er damit fertig ist, zieht es ihn direkt nach Hause, wo er an seinen eigenen weiterbastelt. Hängt wie ein Besessener stundenlang im Internet in unglaublichem Glückseligkeitsrausch. Der Computer, sein Ein und Alles.

Ich erkläre ihm mein Problem: Ich muss den Besitzer eines Autos ausfindig machen und der einzige Anhaltspunkt, um ihn zu finden, sind die Buchstaben, die ich für einen Augenblick im dunklen Parkhaus gesehen hatte.

»Zeig mir doch mal, was ein Computer so alles kann«, sage ich und schenke ihm mein liebenswürdigstes Lächeln.

»Er macht genau das, was ich ihm befehle«, antwortet Sindri. »Das Problem ist natürlich, dass viel zu viele Nummern dabei herauskommen und damit die Liste viel zu lang wird.«

Ich schaue ihn mit dem Ausdruck tiefster Bewunderung an.

»Wenn du die Automarke wüsstest, wäre das ein Kinderspiel«, setzt er fort. Er schaut mich fragend an.

»Wie ich eben schon sagte, es war nur so ein normaler Personenwagen. Weder groß noch klein. Ein relativ neues Durchschnittsauto.«

»Das hilft uns aber nicht wirklich weiter«, sagt Sindri und schüttelt den Kopf. Aber einen Augenblick später fügt er hinzu: »Vielleicht lässt sich ja doch was machen. Wir können die Suche wenigstens etwas eingrenzen. Einige Autos, deren Nummern in Frage kommen, sind mit Sicherheit stillgelegt. Außerdem können wir die ältesten Autos weglassen, sagen wir sieben Jahre und älter?«

»Okay.«

»Busse, Lastwagen, Kurierfahrzeuge und Vans können wir auch vergessen. Vielleicht auch die allerkleinsten? Trabant und solche Miniwagen?« Wieder dieser fragende Blick.

»Das war jedenfalls kein billiger Kleinwagen, den Mutti zum Einkaufen nimmt«, sage ich und lächele wieder süß. »Die kenn ja sogar ich!«

Sindris Gesicht heitert sich auf.

»Ich werd mich mit dieser Sache mal genauer befassen und drucke dir dann eine Liste aus dem Kennzeichenregister aus«, sagt er.

»Danke, bist ein Schatz!«

»Aber du musst dich drauf einstellen, dass sie ziemlich lang wird.«

Ich lehne mich zu Sindri hinüber und küsse ihn auf die Backe.

»Hör mal, Schnuckelchen«, flüstere ich, »denk nur dran, dass in diesem Fall nicht die gute alte Regel, ›je länger, desto besser‹ gilt!«

Der Gute läuft tatsächlich rot an.

12

Bei mir beginnen die Wochenenden freitags.

Diesen ehemaligen Tag des Fastens und der Askese habe ich zum Tag des Magens und der Geschmacksnerven gemacht. Da veranstalte ich immer ein exquisites Festessen für mich selber.

An den meisten Wochentagen esse ich was Schnelles unterwegs, wie die meisten. Dieses übliche Fast-Food-Zeug. Aber nie an Freitagabenden. Da benutze ich die erlesene Ausstattung, die meine Küche zu bieten hat. Werde zum Chef de Cuisine. Genieße das Kochen, Essen und Trinken.

Heute Abend habe ich Lust auf was Spanisches. Gambas el Jerez. Filete Empanado. Vina pomal. Sorbete de Champán. Licor 43 zum Kaffee. Der pure Genuss!

Ich vergesse alle Sorgen des täglichen Lebens für ein paar Stunden. Spät am Abend liege ich dann im Wohnzimmer entspannt im weichen Sofa, mit dem Likörglas zwischen den Brüsten und den Füßen auf der Sofalehne. Ein liebliches Wohlgefühl breitet sich im ganzen Körper aus.

Ich habe bis jetzt noch gar nicht ernsthaft darüber nachgedacht, wie der Mordfall aussähe, wenn Saemis Aussage tatsächlich stimmen würde.

Irgendwer hatte Halla ins Jenseits befördert. Da gibt's nichts dran zu rütteln. Wenn es nicht Saemi war – dann jemand anderes.

In den Medien wurde weiter so getan, als wäre es nur eine Frage der Zeit, bis Saemi gestehen würde. Trotzdem habe ich alle Redaktionen von Fernsehsendern und diversen Zeitungen angerufen und denen deutlich zu verstehen gegeben, dass er alle Beschuldigungen von sich weist.

Aber wenn Saemi wirklich unschuldig wäre? Dann würden die Verbindungen zu den Mitarbeitern gecheckt. Zu den Herren und Knechten. Aber selbstverständlich zuerst zu den Knechten! Die Herren sorgen für sich und die Ihren. Die halten zusammen und bringen rechtzeitig ihre Schäfchen ins Trockene.

Ich recke mich zu der Aktenmappe hinüber, in der ich noch die Fotos verwahrt habe. Schaue mir Halla in der Blüte ihres Lebens an. Hat sie wirklich zu Orgien eingeladen? Hat sie gedealt? Gab sie Drogenpartys für die oberen Zehntausend?

War das das furchtbare Geheimnis, das die Großen der Republik rotieren ließ?

Nichts ist unmöglich.

Halla war schön und antörnend, sogar auf einem Foto. Alle sagten übereinstimmend aus, dass sie die Jungs an sich zog wie ein Magnet. Und dass sie diese Gabe zu nutzen wusste, um Karriere zu machen. Intelligent und schlau.

Intelligent?

Was hätte ein intelligentes Mädchen gemacht, das bis zum Hals in dubiose Machenschaften verwickelt war? Ihre Geheimnisse gut abgesichert, oder?

Na klar.

Aber wie? Sie versteckt?

Kaum.

Vielleicht hat sie jemanden gebeten, die Geheimnisse für sie aufzubewahren? Vielleicht einen Kollegen?

Schon wahrscheinlicher.

Und die blaue Tasche? Ob es sie wirklich gibt? Ob sich

in ihr die heimlichen Informationen befinden, wie in dem Brief des geheimnisvollen Boten angedeutet wurde?

Und wenn dem so wäre, bei wem würde sie sich jetzt befinden? Bei einem Freund oder einer Freundin? Beim Einbrecher? Vielleicht sogar bei den Goldjungs?

Fragen über Fragen!

Und keine Antworten.

Ich gieße mir wieder ein Glas ein. Öffne ein paar kneifende Knöpfe an meinen Klamotten. Vielleicht schaffen es die Goldjungs ja mal an einem der nächsten Tage, diesen Benzinjungen ausfindig zu machen. Und wenn es ihn wirklich gibt? Dann wäre das zweifellos der erste Schritt, um Saemis Unschuld zu beweisen. Ansonsten säße er weiterhin in der Patsche.

Saemi. Sexy Saemi.

Seeexyyy!

Ungewöhnlicher Beiname, der diverse Assoziationen hervorruft. Vielleicht sollte man mal abchecken, was da dran ist – oder auch nicht.

Später.

Jetzt gibt es jedenfalls nicht viele Alternativen. Aber dann muss man sich mit dem begnügen, was am Nächsten liegt und nicht über das nachdenken, was man doch nicht kriegen kann.

»Es ist so gut, praktisch veranlagt zu sein.«

Sagt Mama.

13

»Ich hab sie in zwei Listen eingeteilt«, erklärt mir Sindri.

»Aha.«

»Hier, auf der einen, sind alle Kennzeichen aufgelistet, die in Frage kommen und bei denen die Wagenhalter Herren über Vierzig sind. Wenn du Glück hast, ist einer von denen dein Mann.«

»Wie viele sind es?«

»Ich habe 98 Namen.«

»Und wenn ich Pech habe?«

»Dann hat der Mann ein Auto gefahren, das auf den Namen eines anderen Familienmitgliedes zugelassen ist, zum Beispiel auf die Ehefrau oder ein Kind. Die sind auf der anderen Liste erfasst. Da habe ich noch zusätzlich 214 Namen.«

Er schaut von seinen Computerausdrucken auf: »Du könntest unter Umständen auch richtig Pech haben. Wenn er das Auto von einem Freund oder Bekannten geliehen hat, ist seine Adresse auf diesen Listen nicht erfasst.«

»Du bist aber verdammt aufmunternd«, antworte ich.

»Es ist immer am besten, gleich von Anfang an alle Möglichkeiten in Betracht zu ziehen, die sich einem bei so einer Sache bieten«, sagt er und lächelt verlegen.

Er gibt mir die Listen. Da sind Kennzeichen, Marken und Jahrgang der Autos vermerkt. Und auch die Namen der Besitzer samt Personennummern und Adressen.

So Stella, sei artig und bedank dich!

»Du bist ein Prachtkerl, Sindri. Mit dieser Waffe werde ich den Knaben schon zur Strecke bringen!«

Er zeigt mir seine Freude mit einem schüchternen Lächeln.

312 Namen. Ein Idiotenjob, den geheimnisvollen Boten aufzutreiben.

Ist es das wert?

Natürlich nicht.

Aber er wollte anonym bleiben. Das ist für mich Grund genug, um ihm Benehmen beizubringen.

Leider gibt es nur einen Weg, ihn zu finden: Klinken putzen.

Einfach anklopfen und nach dem Hausherren fragen. Und dann von Tür zu Tür ziehen, bis der Geheimnisvolle vor einem steht. Das ist der einzige Weg.

312 Häuser. Ohne Erfolg, wenn ich totales Pech hätte.

Vielleicht habe ich ihn schon nach dreißig oder vierzig Besuchen gefunden?

Ich muss mir ein Anliegen einfallen lassen. Irgendwas Gewöhnliches, auf das alle anspringen.

Natürlich! Eine Meinungsumfrage!

Aber zu welchem Thema? Was passt am besten zu diesem Hornochsen? Hundehaltung?

Nein, Schweinehaltung ist zehnmal besser!

Hey, das ist doch genial!

Bist du für oder gegen Schweinehaltung in der Stadt? Wart's ab, ich zahl's dir heim!

14

Ein Staubsauger?

Ja, auf vollen Touren.

In einem unbewohnten Haus?

Raggi bleibt in der halb geöffneten Haustüre mit dem Schlüssel in der Hand stehen, schiebt dann aber die Tür ganz auf und geht hinein.

Ich komme ihm nach. Glaube nicht an Gespenster. Jedenfalls nicht am helllichten Tag. Halla hat in einem zweigeschossigen Reihenhaus gewohnt. Mit rotem Holz verkleidet und weißen Fensterrahmen. Spitzer Dachstuhl. Wir gehen dem Geräusch nach und kommen in ein Wohnzimmer, das aussieht, als wäre es direkt einer Einrichtungszeitschrift entnommen. Glas, Chrom und helle Farben. Eingerahmte Plakate an den Wänden. Eine Stereoanlage vom Feinsten. Ein riesengroßer Fernseher.

»Hallo«, ruft Raggi.

Sie schaut vom Staubsauger auf und starrt uns an. Klein, dunkelblond und mit Kurzhaarschnitt. Sieht wahnsinnig fit aus.

Mit dem rechten Fuß würgt sie den Staubsauger ab und fragt: »Seid ihr von den Bullen?«

Sie hat eine tiefe Stimme. Fast männlich.

»Wer bist du?«, fragt Raggi.

»Lilja.«

»Lilja?«

»Ja, Lilja Rós.«

»Wie bist du hier reingekommen?«

»Durch die Tür natürlich«, antwortet sie schnippisch.

Raggi ist aus alter Gewohnheit geduldig. »Die Eingangstür war abgeschlossen«, sagt er.

»Ich habe einen Schlüssel.«

»Wer hat ihn dir gegeben?«

»Halla natürlich. Wer sonst?«

»Was machst du hier?«

»Ich staubsauge gerade.«

Raggi stöhnt.

Lilja Rós geht zum Angriff über: »Das war ja wohl notwendig, hier mal gründlich aufzuräumen. Ihr habt ja die Wohnung hinterlassen wie ein Schlachtfeld!«

Raggi schaut sich um. Ich folge seinen Augen. Das Wohnzimmer ist sauber und ordentlich. Alles an seinem Platz wie auf einer Einrichtungsausstellung.

»Ja, du hast ja wirklich gründlich aufgeräumt«, sagt Raggi.

»Ihr seid ja auch keine gewöhnlichen Schmutzfinken.«

»Hast du eine Genehmigung eingeholt?«

»Von wem sollte ich mir eine Genehmigung holen?«

»Während einer laufenden Ermittlung ist es nicht gestattet, dass Unbefugte die Wohnung betreten.«

»Du bist doch selber ein Unbefugter«, antwortet Lilja Rós. »Ich wohne immer hier, wenn ich in der Stadt bin.« Sie tritt mit dem linken Fuß auf den Staubsauger. »Und ich sehe überhaupt nicht ein, dass ich auf einer Müllkippe hausen soll!«

Der Staubsauger heult wieder los.

»Machst du jetzt mal das Ding aus«, fordert Raggi sie auf.

Als Lilja Rós einfach weiter den Teppich mit dem Staubsauger traktiert, geht er zu ihr hin und macht das Gerät selber aus.

»Wann bist du hergekommen?«, fragt er dann ruhig.

»Gestern Abend.«

»Von wo?«

»Aus dem Norden natürlich.«

»Wohnst du da?«

»Ja, ich bin sofort in die Stadt geflogen, nachdem ich mit meinem Unterricht fertig war.«

»Also bist du Lehrerin im Norden?«

»Ja, ich bin Sportlehrerin in Blönduós.«

»Und du wohnst hier, wenn du in der Stadt bist?«

»Das hab ich dir doch eben schon gesagt.«

»Kannst du mir einen Ausweis zeigen?«

»Warum?«

»Wärst du bitte so nett?«

Lilja Rós stöhnt genervt, holt aber dann ein kleines rotes Portemonnaie. Raggi schaut sich den Führerschein eingehend an.

»Kann jemand deine Geschichte bestätigen?«, fragt er nach einer Weile. »Also, ich meine, dass du das Recht hast, dich hier aufzuhalten?«

»Glaubst du mir nicht?«

Raggi antwortet nicht, sondern schaut sie nur fragend an.

»Viele im Norden wissen davon«, antwortet sie schließlich. »Zum Beispiel der Rektor meiner Schule.«

Raggi notiert sich Namen und Telefonnummer. »Sei so nett und setz dich einen Moment. Ich muss das überprüfen.« Er geht raus auf den Flur.

Lilja Rós setzt sich unlustig in einen Sessel, der neben einem kleinen, mit Intarsienarbeiten verzierten Tisch steht. Mit ihren Blicken folgt sie Raggi.

Jetzt bin ich dran.

Ich nehme ihr gegenüber auf dem Sofa Platz und lächele.

»Nimm's locker. Raggi frisst keinen.«

Lilja Rós schaut mich an. Die Kälte des Nordens spricht immer noch aus ihren hellblauen Augen.

»Bist du auch bei der Polizei?«

»Nein.«

Sie wartet auf eine weitere Erklärung von mir.

»Ich bin Anwältin.«

»Was machst du hier?«

»Sehen, wie Halla gewohnt hat.«

»Warum?«

»Das komplettiert das Bild.«

Sie lehnt sich im Sessel nach vorne.

»Hauptsache, dieser Unmensch kommt nicht davon«, sagt sie bedrückt.

Ich verkneife mir eine Antwort.

»Ich habe Halla vor ihm gewarnt«, erzählt sie weiter. »Immer und immer wieder. Aber sie hat nur darüber gelacht.«

»Vor wem hast du sie gewarnt?«

Sie guckt mich verwundert an. »Na, vor Saemi natürlich!«

Reggi steht immer noch auf dem Flur mit dem Hörer am Ohr.

»Das kann doch kein anderer gewesen sein«, setzt sie fort.

»Er streitet es aber ab.«

Lilja Rós springt auf: »Ihr glaubt doch wohl nicht alles, was er sagt?«

»Wenn er schuldig ist, wird er zweifelsohne auch verurteilt.«

Raggi erscheint wieder. »Alles in Ordnung, meine Gute, du kannst hier bleiben«, sagt Raggi.

Lilja Rós tut, als ob sie nicht hört, was er sagt. »Ist es gar nicht sicher, ob Saemi der Mörder ist?«, fragt sie aufgebracht.

»Ich habe da keine Zweifel«, antwortet Raggi. »Obwohl er immer noch abstreitet, die Tat begangen zu haben.«

»Natürlich streitet er es ab. Der Typ ist ein Ungeheuer, der lügt wie gedruckt!«

Mir reicht's.

»Wolln wir uns jetzt nicht mal die Bude angucken?«, frage ich und stehe auf.

Aber Lilja Rós bohrt halsstarrig weiter. »Sie scheint mir aber nicht so sicher zu sein wie du«, sagt sie und nickt in meine Richtung.

Raggi beginnt zu lachen. »Natürlich nicht, sie wird ja auch dafür bezahlt!«, antwortet er.

»Danke, Herzchen«, sage ich.

»Wie meinst du das?«, fragt Lilja Rós.

Raggi scheint erstaunt: »Nanu, hat sie dir das nicht gesagt?«

»Was?«

»Dass sie Saemis Verteidigerin ist?«

Lilja Rós schaut mich angriffslustig an, als sei ich eine Spinne, die ihr die Nase heraufkrabbelt: »Du verteidigst diese Bestie auch noch?«

»Er hat die gleichen Rechte wie jeder andere auch«, antworte ich und zucke gleichgültig mit den Achseln.

»Schämst du dich nicht?«

»Wer weiß, vielleicht ist er ja unschuldig?«

Sie schaut mich einen Moment schweigend an. Es hat ihr die Sprache verschlagen. Geht dann wieder zum Staubsauger, macht ihn an und beschäftigt sich eingehend mit dem Teppich.

Raggi winkt mich zu sich und grinst.

»Wer Judas zum Freund hat, braucht keine Feinde mehr.«

Sagt Mama.

15

Im ersten Stock befinden sich drei Zimmer.

Oh, là, là!

Ein Schlafzimmer ganz in Rosa. Ein Liebesnest ganz wie in einem romantischen Albtraum. Rosane Wände. Rosanes Bettzeug. Rosaner Überwurf mit Rüschen auf einem breiten Himmelbett.

Und weiß.

Ein weißer Schrank und Schminktisch. Ein weißer, daunenweicher Teppich auf dem Fußboden. Dicke weiße Gardinen, um die aufdringlichen Blicke neugieriger Augen abzuhalten.

Unglaublich.

Liebe in Technicolor-Farben wie in den schnulzigen Streifen, die im alten Cinemascope gezeigt wurden. Als Mama vor Rührung im Kino geweint hat.

Nur die Spiegel passen nicht dazu.

Menschengroße Spiegel an den Wänden, um zwei Seiten des Bettes zu spiegeln. Die gab es in den alten Schnulzfilmen nie.

Nebenan ist ein zweites Schlafzimmer.

Das totale Gegenteil.

Ein altes Ehebett mit Holzrahmen. Zwei Matratzen. Weiße Bettbezüge. Eine blaue Wolldecke. Hell gestrichene Wände. Blauer Teppich mit kleinen weißen Sternchen.

Das dritte Zimmer im oberen Stock ist eine Art Arbeitszimmer. Hier sieht es aus, als hätte eine Bombe eingeschlagen. Zeitungen, Bücher und Papiere überall. Auf dem Fußboden und auf dem Schreibtisch, der unter dem Fenster steht. Sogar auf dem Bildschirm vom Computer, dem Drucker und dem Modem. In den hohen Bücherregalen, die zwei Wände bedecken, liegen die Bücher herum, als habe man sie in Eile einfach dort hineingeworfen.

Ich bemerke Lilja Rós erst, als ich ihre Stimme hinter mir höre.

»Hier muss ich erst noch aufräumen«, sagt sie.

»Darauf wär ich im Leben nicht gekommen.«

Lilja Rós tut so, als hätte sie meine Bemerkung nicht gehört.

»Halla war immer so ordentlich«, erklärt sie. »Als ich zuletzt hier zu Besuch war, stand noch alles in Reih und Glied.«

»Als wir hier zum ersten Mal hereinkamen, sah es genauso aus wie jetzt«, berichtet Raggi. »Hatten noch andere Personen außer dir und Halla einen Schlüssel zur Wohnung?«

Lilja Rós lässt sich die Frage durch den Kopf gehen.

»Nicht, dass ich wüsste«, antwortet sie schließlich. »Aber Halla hätte natürlich jemandem den Haustürschlüssel geben können, ohne mir etwas davon zu sagen.«

»Saemi zum Beispiel?«

»Das wäre möglich.«

»Hatte Halla nicht ihre Schlüssel dabei, als sie zur Arbeit ging?«, frage ich.

»In ihrer Tasche, die man in ihrem Büro in der Staatskanzlei gefunden hat, war ein Schlüsselbund«, antwortet Raggi.

»Und?«

»Daran befand sich der Schlüssel für die Eingangstür hier. So sind wir hier reingekommen. Ich bin jetzt auch mit Hallas Schlüssel hier.« Raggi streicht sich über seine Glatze. »Aber irgendwer war vor unseren Männern hier drin, so viel ist sicher. Trotzdem gab es keine Spuren eines Einbruchs.«

»Der Einbrecher muss also einen Schlüssel gehabt haben?«

»Vielleicht«, antwortet Raggi und wendet sich wieder Lilja Rós zu. »Du könntest uns eine große Hilfe sein«, erklärt er ihr. »Wir haben versucht herauszufinden, ob etwas gestohlen wurde. Wir sind aber nicht weit gekommen, da wir keinen Bekannten von Halla dabeihatten, der uns hätte helfen können. Da könnten wir dich gebrauchen.«

»Halla hatte grundsätzlich immer wenig Bargeld im Haus«, sagt Lilja Rós. »Der Computer ist der teuerste Gegenstand im Arbeitszimmer und er ist immer noch da. Und die Stereoanlage ist auch noch an ihrem Platz.«

»Was beweist, dass das kein normaler Einbruch war«, werfe ich ein und betrachte das Arbeitszimmer genauer.

An der Wand gegenüber des Schreibtisches hängt ein großes, eingerahmtes Farbfoto.

Darauf ist ein unterirdischer See zu sehen, auf dem Leute in einem kleinen Boot herumfahren. Das Wasser ist tiefblau. Unter dem Foto steht: Grotta azzurra.

»Wo wurde dieses Foto gemacht?«, frage ich.

»Auf Capri«, antwortet Lilja Rós. »Das ist die blaue Grotte. Wir sind da vor einigen Jahren mal hingefahren.«

Raggi hat einen Entschluss gefasst. »Ich möchte einen Mitarbeiter kommen lassen, der dir helfen soll, hier Ordnung reinzukriegen. Dann wird es auch einfacher zu sehen, ob etwas Wichtiges verschwunden ist.«

Er kramt das Telefon unter dem Zeitungsstapel auf dem Schreibtisch heraus und telefoniert. In der Zwischenzeit gehe ich an die Regale und greife mir hier und da ein Buch heraus. Es gibt Krimis, Liebesromane, Reiseführer und Abenteuer aus fernen Ländern.

»Halla stand wohl nicht so auf Weltliteratur?«

»Sie hat die meisten dieser Bücher geerbt«, antwortet Lilja Rós. »Eigentlich fand sie die gar nicht so toll.«

»Und was ist mit dem Computer?«

»Sie hat viel mit ihm geschrieben. Briefe und Protokolle und anderes in dieser Art. Sie musste oft noch zu Hause weiterarbeiten. Außerdem war sie über ihren Computer mit ihrem Büro verbunden. Und eigentlich auch mit Leuten überall. Wegen ihrer Arbeit, verstehst du?«

Raggi legt auf. »Wir warten einen Moment. Einer unserer Männer wird gleich hier sein, der mit dir die Sachen durchgeht. Er schreibt all das auf, von dem du meinst, dass es fehlt.«

Ich gehe zum Schreibtisch und öffne die oberste Schublade.

»Lass die Finger davon, Stella«, sagt Raggi.

Ich schließe die Schublade wieder. Ein Versuch war's wert.

Als es an der Türe klingelt, geht Raggi runter und öffnet dem Goldjungen.

Ich nutze die Gelegenheit: »Ungewöhnlicher Einbruch, findest du nicht?«

»Was meinst du damit?«

»Da steht eine teure Stereoanlage im Wohnzimmer. Ein scheißteurer Fernseher. Ein genau so teurer Computer hier oben. Genau das, worauf es gewöhnliche Diebe am meisten abgesehen haben. Aber nichts davon wurde gestohlen. Findest du das nicht merkwürdig?«

»Ich weiß nicht ...«

»Die müssen doch etwas Bestimmtes gesucht haben, nicht wahr?«

»Ich hab wirklich keine Ahnung«, antwortet Lilja Rós und schaut mich mit unstetem Blick an.

»Vielleicht eine blaue Tasche?«

Sie erstarrt zur Salzsäule und erbleicht. Schaut mich schweigend an, bis sie die Stille nicht mehr länger erträgt.

»Was weißt du von einer blauen Tasche?«, flüstert sie.

»Das wollte ich eigentlich dich fragen.«

»Ich weiß nichts«, murmelt sie und schaut weg.

Raggi kommt in die Tür, stellt seinem Kollegen Lilja Rós vor und geht dann wieder die Treppe runter.

»Komm, Stella, die Besuchszeit ist vorbei!«, ruft er mir zu.

»Wir sehn uns bald wieder«, sage ich. Lilja Rós antwortet nicht und vermeidet es, mir in die Augen zu sehen.

16

Jackie Daniels hinterlässt immer so ein wunderbares Gefühl im Hals.

Wenn ich drei Doppelte getrunken habe, geht's mir halbwegs erträglich nach der Schwerstarbeit des Tages. Vergesse die gepeinigten Füße und den Rücken. Lasse mich von der erotischen Wummermusik einlullen.

Im Eldóradó gibt es zwei große Säle und einige kleinere Zimmer. Der eine große Saal ist zum Saufen und Tanzen, der andere zum Saufen und Glotzen. Die kleinen Zimmer sind sowohl zum Saufen und Glotzen, als auch dazu da, um über anderweitige Befriedigung als die der Augen zu verhandeln.

Ich habe mir einen abgelegeneren Platz ausgesucht. Die Bar befindet sich links, die kleine Bühne rechts von mir und eine von Regenbogenfarben beleuchtete Menge vor mir auf der Tanzfläche. Genau der richtige Platz, um Bacchus im Schnelldurchlauf durch den Körper zu jagen. Sammle Kräfte für die Nacht. Lebe wieder neu auf.

Was für ein Tag!

Ich habe mehr als siebzig Namen auf Sindris Liste durchgestrichen. Bin die Straßen abgelaufen. Habe geklingelt, gelächelt, gelabert.

Ohne Erfolg.

Bei acht Adressen war keiner zu Hause. Wird mich morgen einen weiteren Besuch kosten. Wenn ich denn Lust habe, diesen dämlichen Idiotenjob weiterzumachen. Was zum Teufel geht es mich an, wer mir diesen Zettelheini geschickt hat?

Ahhh!

Wie schön Jackie den Körper reinigt! Schleckt mit brennender Zunge die Nerven. Ich schließe die Augen und fühle, wie das Feuer durch die Adern fließt. Bis in die Fingerspitzen und in die Zehen. In die Brust. Und den Bauch.

Ahhh!

Jemand tippt mir auf die Schulter. Zweimal. Reißt mich aus Bacchus' sinnlicher Umarmung.

Ich öffne träge die Augen.

Ein junger Kerl guckt von oben auf mich herunter. Er ist gut angezogen und Sonnenbank gebräunt.

Leckerchen! Scheint brauchbar zu sein!

»Bist du Stella Blómkvist?«, fragt er. »Die Rechtsanwältin?«

»Und wenn?«

»Sigvaldi will mit dir reden.«

Ich stehe auf und folge dem Kerl durch die Menschenmenge auf dem Tanzboden in den Spiegelsaal. Dort wackeln einige Mädels mit den Hintern, ziehen sich aus und schlenkern ihre Busen vor verschwitzten, kurzatmigen Männern, die ihnen mit Geldscheinen zuwinken.

Porno-Valdi sitzt in einem Chefsessel mit hoher Lehne in einem großen Büro, das sich neben einer Bar befindet. Er hat einen schwarzen Anzug und ein schwarzes Hemd an und guckt sich im Fernsehen die Strip-Show eines Mädchens auf Video an. Ich begutachte schweigend das dunkle, glänzende Haar und den Drei-Tage-Bart.

Plötzlich dreht er sich im Sessel zu mir hin, legt die Hände auf den Tisch und starrt mich mit stechendem Blick an. Lächelt dann ganz plötzlich, aber auch nur mit dem Mund. Er hat Ähnlichkeit mit einem Raubtier.

»Was darf ich dir anbieten?«, fragt er.

Ich schaue von ihm auf das Standbild auf dem Bildschirm. Das Mädchen ist gerade dabei, den rosanen Slip auszuziehen. Schaue ihm dann wieder in die schwarzen Augen: »Ich steh eigentlich mehr auf Schwänze.«

Er stellt das Videogerät aus, lässt sich zurück in seinen Sessel fallen und lacht laut auf. Die schwarzen Brusthaare springen aus dem offenen Ausschnitt.

Njamm njamm ... Verlockendes Raubtier.

Sigvaldi wurde zuerst berühmt für den Import von Mädchen. Sie kamen massenweise ins Land, um sich in diesem erotischen Etablissement zu verdingen. Dann begann der Dorfklatsch zu blühen und Sigvaldi wurde auch noch berühmt-berüchtigt für alles andere, was ihm bisher noch niemand hat nachweisen können.

»Was willst du trinken?«

»Jack Daniels.«

Er gibt dem jungen Kerl ein Zeichen. Der verschwindet durch die Tür und kommt einen Moment später mit einer Flasche und zwei Gläsern wieder.

»Prost«, sagt Sigvaldi.

Ich lasse Jackie einen Moment die Zunge umschmeicheln, bevor ich ihn den Hals herunterrinnen lasse.

Ahhh!

Schaue dann wieder in die dunklen Augen: »Macht es dir wirklich Spaß, so eine Mösenbar zu besitzen?«

Er lacht nicht. Guckt mich stattdessen unbewegt an.

»Was wird aus Saemi?« Seine Frage unterbricht die minutenlange Stille.

»Hast du Interesse an ihm?«

»Haben die irgendwelche Beweise?«

»Erzähl mir zuerst, warum du Interesse an Saemi hast. Arbeitet er für dich?«

»Saemi ist ein alter Freund«, antwortet er schließlich. »Wir kennen uns schon seit der Grundschule.«

»Mir wurde gesagt, dass er für dich arbeitet.«

»Das kommt schon mal vor. Ich kann mich auf Saemi immer verlassen, wenn es darum geht, einen Gefallen sorgfältig zu erledigen.«

»Er könnte jetzt einen Gegengefallen gut gebrauchen.«

»Also haben sie Beweise?«

»Nicht direkt.«

»Was heißt das?«

»Sie haben keine Zeugen, um zu beweisen, dass Saemi an dem Abend am Tatort war. Die Mordwaffe haben sie auch noch nicht gefunden.«

»Aber?«

»Saemi hat kein Alibi. Er hat sich an diesem Tag mit Halla gestritten. Ziemlich heftig sogar. Viele haben gehört, dass er ihr alles Übel der Welt angedroht hat.«

»Ich hatte ihn gewarnt.«

»Vor wem?«

»Vor Halla natürlich.«

»Gab es einen Grund dazu?«

Die schwarzen Augen glühen vor Wut. Oder Hass: »Sie war ein Menschenfresser.«

»Du hast sie also gekannt?«

»Ja, und sie mich auch«, antwortet er und lächelt kurz.

Ja, ein verlockendes, aber gefährliches Raubtier.

Ich gucke Sigvaldi fragend an. Aber er will nicht weiter über Halla reden. Nur über Saemi. »Es ist unglaublich, was Eifersucht selbst mit den gerissensten Männern macht«, sagt er. »Ich will Saemi helfen, so gut es möglich ist. Wenn es eine Frage des Geldes ist, lass es mich wissen. Ich kümmere mich darum. Okay?«

»Es geht nicht um Geld.«

»Gaui!« Er guckt zum jungen Mann hinüber. »Sorg dafür, dass Stella heute Abend hier alles bekommt, was sie möchte!«

Als ich schon an der Tür bin, fängt er plötzlich an zu lachen.

»Mösenbar! Verdammt treffendes Schlagwort! Vielleicht sollte ich es in einer Anzeige verwenden?«

»Dann schick ich dir 'ne Rechnung für's Copyright!«

Er lacht wieder, nimmt dann die Fernbedienung vom Tisch und lässt das Video weiterlaufen.

Der junge Kerl begleitet mich an meinen Platz zurück. Redet dann mit dem Barkeeper, der mit einem vollen Glas an meinen Tisch kommt.

Kurze Zeit später hört man lauten Trommelwirbel, der DJ brüllt eine Ansage ins Mikro, und die Kerle im Saal klatschen wild.

Ich öffne die Augen wieder und bin leicht genervt. Will am liebsten meine Ruhe haben. Aber es ist Showtime.

Ein kleines aufblasbares Plantschbecken wurde auf der Bühne aufgestellt. Ein paar kräftige Kerle schütten weißes Matschzeug aus Plastikeimern ins Becken.

Die Typen im Saal klatschen und rufen, als zwei Mädchen mit Minitangas die Bühne betreten. Sie tragen dünne T-Shirts mit blauer Aufschrift: »Milch ist gesund.« Die Joghurtschlacht kann beginnen.

Die beiden Mädchen sind noch Teenager. Sie stehen verlegen im starken Scheinwerferlicht. Die eine ist blond, die andere ist dunkelhaarig.

Schließlich steigen sie vorsichtig ins Plantschbecken. Die Joghurtfüllung reicht ihnen bis zur Mitte der Waden. Sie beobachten sich gegenseitig.

Die Rufe im Saal werden lauter. Die Mädchen werden zu Taten angefeuert. Sie fangen an, sich zu schubsen und halten einander an den Armen fest. Ehe man es sich versieht, hat die Schlacht richtig begonnen. Die beiden ringen miteinander in der Mitte des Beckens, wälzen sich in der weißen Schmiere und versuchen, einander unterzutauchen. Jedes Mal, wenn die Positionen wechseln, wird das Gegröle im Saal lauter. Die dünnen Hemdchen reißen. Die feuchten Brüste hüpfen. Die Kerle an der Bühne kriegen einen Steifen.

Schließlich kann die Dunkelhaarige die Blonde außer Gefecht setzen. Sie hält sie an einem Bein und um den Hals fest, hebt sie hoch und lässt sie dann in den Joghurt fallen, sodass er weit auf die Bühne spritzt. Steht dann siegesgewiss in der Mitte des Bassins und hält den Bikinislip mit einer Hand hoch.

Sie hat gewonnen.

Die Blondine steht langsam auf und wischt sich das Zeug aus dem Gesicht. Das Hemdchen ist zerfetzt und der Tanga verschwunden.

Die Schamhaare sind schwarz.

Was sonst! Nichts ist das, was es zu sein scheint.

Die Pseudoblondine verschwindet heulend aus dem Blickfeld, während die Siegerin mit ausgestreckten Armen auf und ab geht. Wird mit Klatschen, Rufen und Schreien gefeiert. Auf einmal springen zwei betrunkene Typen auf die Bühne zur Siegerin, knien vor ihr nieder und lecken ihr Joghurtflecken von den Oberschenkeln.

»Schmeckt der Joghurt nach Fotze?«, schreit ein Typ, der

mit einem leeren Glas in der Hand direkt an der Bühne steht.

Wahnsinnig witzig.

Der Lärm im Saal steigert sich noch, wird dann aber zu Hohngelächter, als das Mädchen den Rückzug von der Bühne antritt.

Irgendwie kommt mir der Typ von hinten so bekannt vor. Als das Mädchen hinter die Kulissen verschwunden ist, dreht er sich um und geht zur Bar.

Haukur.

Er besorgt einige Gläser mit doppeltem Ginger-Wodka.

»So was aber auch! Hast du heute Abend etwas zu feiern?«, frage ich.

Er dreht sich um. Zögert. Fragt dann: »Willst du vielleicht auch einen mittrinken?«

»Okay.«

»Du musst mir dann schon tragen helfen.«

Ich hole mir einen doppelten Jack an der Bar. Nehme dann drei Gläser mit dem Ginger-Wodka, während Haukur die Kreditkartenquittung unterschreibt.

»Wie steht's mit deinem Skandinavisch?«, fragt er und nimmt die anderen drei Gläser.

»Englisch ist besser.«

»All right. Sie sprechen auch Englisch.«

»Wer?«

»Ich bin mit ein paar Skandinaviern hier. Wir sind auf einer internordischen Konferenz, mit den Schwesterparteien von den anderen skandinavischen Ländern, verstehst du?«

Haukur wird am Tisch freudig begrüßt. Die Gläser verschwinden eins nach dem anderen in den Händen der skandinavischen Brüder.

Er stellt mich als alte Schulkameradin vor.

»And how was he in school?«, fragt einer.

»Lousy!«

Haukur schüttelt den Kopf und versucht zu lächeln. Sagt, dass ich eine nette Verrückte sei.

Endlich fängt Jack an, so richtig zu wirken. Die Müdigkeit ist wie weggeblasen. Alle Sorgen sind vergessen. Ich fange unter dem Regenbogenlicht zu tanzen an. Gebe mich dem schnellen Rhythmus hin. Gebe auch mein Bestes, was die skandinavische Zusammenarbeit angeht. Umschmeichele die politischen Brüder. Nehme mir einen nach dem anderen vor. Mache sie abwechselnd an. Spüre, dass sie was wollen. Und dass sie konkurrieren. Welch ein Genuss!

17

Das Spielchen endet gegen Morgen, als die skandinavischen Brüder in Richtung Hotel verschwinden. Sie sind abgefüllt bis zum Rand, aber sauer. Sie sind nicht befriedigt worden, trotz immer neuer Versuche, bei der isländischen Schönheit zu landen.

Ich such mir meine Kerle selber aus.

Schließlich sind wir beide alleine bei Haukur im Wohnzimmer. Er hat glänzendes Parkett auf dem Fußboden. Pinseleien an der Wand. Ein schwarzer Flügel in einer Ecke. Ein großer Kamin. Eine schwarze Ledersitzgruppe. In diesem Haus mangelt es gewiss nicht an Krönchen.

Haukur hat sein Sakko ausgezogen und sich in einen der schwarzen Ledersessel gesetzt. Ich habe mich am Boden beim Kaminfeuer niedergelassen, das nur noch niedrig vor sich hinzüngelt.

Haukur hat eine Wampe bekommen; er fängt an, die offiziellen Bankette mit sich herumzutragen. Hat die ganze Nacht kräftig gebechert. Er hält eine dicke Zigarre in der

Hand, an der er ein wenig pafft. Hin und wieder muss er sie neu anzünden. Schweiß perlt auf seinem Gesicht.

Haukur starrt mich eine Weile schweigend an. Er sieht bekümmert aus. Er hat etwas Unberechenbares in seinem Blick. Etwas Manisches. Entweder Geilheit oder Hass.

»Ich hätte ja nicht gedacht, dass du so verdammt häuslich am Kamin aussehen kannst«, sagt er schließlich.

»Findest du?«

»Stell dir mal vor, du und häuslich!« Sein Lachen ist kurz und wenig fröhlich. »Wer hätte das gedacht!« Er hebt sein Glas und hält es an seine verschwitzte Wange. »Das muss eine Fata Morgana sein, dich dort sitzen zu sehen«, fährt er fort. »Völlige Täuschung natürlich. Alles ist vorgetäuscht. Das Leben ist doch sowieso eine traurige Farce, oder nicht?«

»Vielleicht«, antworte ich. »Dass du so philosophisch drauf sein kannst! Wer hätte das wohl gedacht!«

»Ich muss dir mal sagen, Stella, dass sich in dir alles vereinigt, was ich an Frauen verachte.«

»Wie nett!«

»Du bist frech, grob und zynisch. Und außerdem unmoralisch wie eine läufige Hündin.«

»Lächeln, Stella!«, sage ich zu mir selber.

»Du bist erst zufrieden, wenn es dir gelungen ist, Männer zu demütigen. Sie psychisch und physisch zu kastrieren. Frisst sie lebendig und schmeißt sie dann weg, als seien sie Müll.«

Ich lasse mein Lächeln versteinern wie eine verkrachte Schönheitskönigin, die unerwartet nur den fünften Platz bekommt, statt auf dem ersten zu landen.

»Ich habe gesehen, was du mit den Jungs gemacht hast«, sagt er.

»Haben sie nicht ihren Spaß gehabt?«

»Sie hätten dich allesamt nehmen und vergewaltigen

sollen. Das hätte dir vielleicht bessere Manieren beigebracht.«

»Wie nett gedacht.«

»Und dann sitzt du da an meinem Kamin wie eine unschuldige Vorzeigehausfrau aus einer Fernsehwerbung.«

»Du hättest vielleicht lieber, dass Halla hier säße?«

»Das musste ja kommen.«

»Was?«

»Deswegen bist du hier. Um mich über Halla auszufragen.«

»Ich bin nur neugierig.«

»Du bist ein verdammter Menschenfresser.«

Menschenfresser?

Das war das gleiche Wort, das Sigvaldi benutzt hat, um Halla zu beschreiben. Vielleicht waren Halla und ich uns irgendwie ähnlich? Seelenverwandte oder so? Oder Haukur und Sigvaldi waren beide dieselbe Sorte Machos?

Haukur lehnt den Kopf zurück und schließt die Augen.

»Erzähl mir doch was über Halla.«

Er scheint sich für jedes Wort anstrengen zu müssen.

»Wir haben zuerst für die Partei zusammengearbeitet«, sagt er. »Ich habe ihr geholfen, weiterzukommen. Sie war so zupackend. Sie war immer zur Mitarbeit bereit, egal wann. Hat immer gelächelt, gefragt, zugehört.«

Er öffnet die Augen, leert den Rest des Glases in einem Zug und schaut feindselig zu mir herüber. »Aber das war natürlich alles vorgetäuscht. Einfach nur ein Weg, um sich bei Leuten beliebt zu machen und sich die dicken Fische zu angeln. Um sie zu benutzen. Sie war ein Menschenfresser wie du. Aber sie hat ihr Spiel verdeckt gespielt. Niemand konnte sie richtig einschätzen, bis er nicht selber Opfer geworden und in ihrem Topf gelandet war.«

»Was konnte Halla dir anhängen?«

»Mir?«

»Tu doch nicht so. Ich weiß, wovon du sprichst. Über Hallas Strategien, Karriere zu machen. Also, was konnte sie dir anhängen?«

»Sie konnte mir nichts anhängen.«

»Du bist doch sicher auch auf ihren Koks-Partys gewesen?«

»Wer hat dir denn diese Storys aufgetischt? Saemi war ja wohl nicht so blöd?«

»Wieso?«

»Als seine Verteidigerin solltest du Rauschgift nicht erwähnen. Das ist, als wenn man einen Strick im Haus eines Erhängten erwähnt.«

»Was ist dein Strick?«

Er schweigt. Wartet.

»Du machst dir vielleicht Sorgen wegen dem, was sie hinterlassen hat?«, fahre ich fort. »Eine blaue Tasche?«

Das verschwitzte Gesicht wird blass.

»Was für eine blaue Tasche?«, fragt er schließlich.

»Wer versucht denn jetzt hier wen zu täuschen?«

»Drohst du mir?«

»Natürlich nicht.«

»Versuch nicht, mir Angst zu machen. Du bist wie ein blindes Katzenjunges, das auf Jagd geht. Du weißt überhaupt nichts.«

»Dann klär mich doch auf!«

Haukur stellt sein Glas ab und hievt sich unter größeren Schwierigkeiten aus dem Sessel. »Mach, dass du rauskommst!«, sagt er.

»Stell dich doch nicht so an!«

»Ansonsten schmeiß ich dich eigenhändig raus.«

Ich stehe auf, gehe zu Haukur, lege meine Hände auf seine Schultern und drücke ihn wieder in seinen Sessel.

»Möchtest du mich rausschmeißen?«, frage ich.

Er schweigt.

»Kannst du mich denn überhaupt nicht leiden?« Ich setze mich zu ihm auf die eine Armlehne, streiche mit der Hand über seine verschwitzte Stirn und kraule mit den Fingern sein Haar. »Ich glaube, du meinst das doch gar nicht so.«

Dann beuge ich mich zu ihm und küsse ihn auf die Lippen. Nach einigen Küssen nehme ich seine Hand und lege sie auf meine linke Brust.

»Lass mich in Ruhe«, sagt er und dreht sein Gesicht weg. »Um Himmels willen, lass mich in Ruhe!«

Ich warte auf der Sessellehne, bis er mich scharf ansieht.

»Du widerst mich an«, sagt er.

»Ihr widert mich alle an!«

Aha!

Ich stehe auf, gehe auf den Flur, rufe mir ein Taxi und ziehe meine Jacke an. Als der Fahrer draußen hupt, marschiere ich noch einmal zurück ins Wohnzimmer, wo Haukur immer noch regungslos im Sessel sitzt.

Ich kann mich einfach nicht zurückhalten, ihm zum Abschied zuzurufen: »Ich schick dir bei Gelegenheit einen Jungen vorbei!«

Es ist doch immer ein gutes Gefühl, das letzte Wort zu haben!

18

»Es ist scheißkalt hier draußen!«

Lilja Rós steht immer noch im hellblau-rosanen Trainingsanzug in der Tür und bewegt sich keinen Millimeter.

»Es wäre besser für uns, wenn wir uns drinnen unterhalten würden«, fahre ich fort.

»Wir haben nichts miteinander zu besprechen.«

»Ich denke aber doch.«

Sie rührt sich nicht von der Stelle.

»Mir sind unschöne Geschichten über Halla erzählt worden. Du warst doch ihre beste Freundin! Willst du nicht, dass ich ihre Version der Geschichten zu hören bekomme?«

Sie wirkt zögerlich. Unentschlossen.

Ich nutze schnell die Gelegenheit.

»Komm schon! Du kannst mich doch immer noch rausschmeißen.«

Endlich macht sie Platz und lässt mich in die Diele eintreten.

Ich bin halb erfroren. Ich habe den ganzen Nachmittag damit verbracht, den geheimnisvollen Boten zu suchen. Bin von Haus zu Haus gezogen, ohne Erfolg. Nirgendwo ein verdammter Geheimnistuer zu finden.

Jetzt ist es Abend geworden.

Nach diesem vertanen Tag habe ich beschlossen, einen Versuch zu wagen, um eingehender mit Lilja Rós zu reden. Mal hören, was sie über Halla, Haukur, Saemi, Porno-Valdi und alle Gerüchte zu sagen hat.

Ich folge ihr ins Wohnzimmer, setze mich in einen Sessel und versuche, die Kälte aus den Händen zu massieren. Sie setzt sich ins Sofa gegenüber.

Sie scheint schlechte Nerven zu haben. Ist irgendwie hibbelig. Guckt mir nur ab und zu für Sekundenbruchteile in die Augen.

»Hast du hier alles schon wieder komplett in Schuss gebracht?«

Sie antwortet mir nicht, aber fragt schließlich: »Wer hat dir unschöne Geschichten über Halla erzählt?«

»So einige.«

»Sicher Saemi.«

»Nein, das waren eher andere. Zum Beispiel einige ihrer Kollegen.«

»Männer natürlich.«

»Warum erwähnst du das?«

»Die können es einfach nicht vertragen, wenn Frauen Karriere machen. Sie versuchen, sie mit Lügen und Verleumdungen fertig zu machen. Halla hat das besonders zu spüren bekommen.«

»Ist sie mit den Männern in der Partei aneinander geraten?«

»Na klar.«

»Trotzdem ist sie so schnell befördert worden?«

»Halla war wirklich schlau. Sie wusste sich zu wehren. Sie war für die Männer nicht zu greifen. Sie sagte immer, dass sie darauf achtet, den schlauen Füchsen immer einen Schritt voraus zu sein.«

»Wie hat sie das gemacht?«

»Ich weiß über die Details nicht so genau Bescheid.« Lilja Rós springt auf. »Dir ist kalt«, stellt sie fest. »Ich mache uns einen Kaffee.« Sie geht in die Küche, ohne eine Antwort abzuwarten.

In der Tat herrscht immer noch klirrender Winter. Den ganzen Tag lang hat es Hagelschauer gegeben. Auf dem Land ist noch mehr Schnee gefallen als in der Hauptstadt, und die Straßen sind eigentlich überall unbefahrbar. Die Goldjungs sind deshalb noch nicht raus aufs Land gekommen, um den Benzinjungen ausfindig zu machen.

Lilja Rós bringt den Kaffee, stellt das Tablett auf den Couchtisch und setzt sich wieder. Sie hat sich die Trainingsjacke ausgezogen, unter der sie ein ärmelloses T-Shirt trägt. Die Muskeln ihrer Oberarme sehen aus wie gemeißelt, wie bei einem Leistungssportler.

»Sind das die berühmten Doping-Muckies?«, frage ich.

»Natürlich nicht«, antwortet sie umgehend. »Ich habe nur den ganzen Winter über viel trainiert. Ich denke sogar darüber nach, ob ich nicht an den isländischen Meisterschaften im Bodybuilding teilnehmen soll.«

»Hat Halla auch trainiert?«

»Nein, jedenfalls nicht mehr, nachdem sie in die Stadt gegangen ist. Sie hatte so viel anderes zu tun. Aber sie war mal eine gute Läuferin.«

»Seid ihr zusammen aufgewachsen?«

»Wir haben uns in Reykholt kennen gelernt. Du weißt schon, in der Bezirksschule. Wir sind im Internat auf einem Zimmer gelandet und wurden gleich gute Freundinnen. Von da an war ich in den Sommerferien bei Halla auf dem Land. Als ihr Vater starb und der Bauernhof verwaiste, war sie ganz alleine und zog zu uns.«

»Zu deiner Familie?«

»Ja. Später sind wir zusammen ins Gymnasium nach Laugarvatn gegangen. Ich wurde Sportlehrerin, aber Halla machte Abitur und fing dann mit einem Studium an der Uni an. Da hat sie die ersten Verbindungen zur Politik geknüpft.«

»Und was hast du gemacht?«

»Ich ging zum Unterrichten in meinen Heimatort. Aber wir hielten immer guten Kontakt. Während sie noch an der Uni war, kam sie in den Sommerferien weiterhin zu uns. Sie kam auch in den Weihnachtsferien. Später habe ich sie dann oft hier in der Stadt besucht.«

Sie ist den Tränen nahe, reißt sich aber zusammen. »In den letzten Jahren haben wir auch einige Male unsere Sommerferien zusammen im Ausland verbracht. Meistens in Italien. Halla konnte so toll Italienisch sprechen.« Lilja Rós ballt die Fäuste und ringt um Beherrschung bis der Damm bricht. Sie legt die Hände vors Gesicht, und die Tränen fließen in Strömen.

Ich wechsele den Platz und setze mich zu ihr ins Sofa.

»Das ist schon okay«, sage ich und lege vorsichtig meinen Arm um ihre Schultern. »Heul dich ruhig aus.«

Da zögert sie nicht länger, kuschelt sich an mich und weint wie ein kleines Kind.

19

Das Schneetreiben hat endlich eine Pause eingelegt. Ich hoffe nur, dass sich das Wetter für den Rest des Tages hält.

In der Innenstadt ist mittags nichts los. Dick eingemummelte Fußgänger tappen wie schwankende Zinnsoldaten den spiegelglatten Bürgersteig entlang. Ich beobachte sie durch das Fenster des Steakhauses, wo ich mir Nahrung verschaffe und für die Aufgaben des Tages Kräfte sammle. Hab noch zirka vierzig Namen von Sindris zweiter Liste übrig. Mache das nur aus verdammter Hartnäckigkeit weiter. Wie eine Bekloppte.

Danach gehe ich langsam die Austurstraeti entlang. Ich bin in Gedanken bei Lilja Rós. Die war gestern Abend völlig erledigt. Als sie schließlich aufgehört hatte zu weinen, ging ich mit ihr ins Bad. Habe ihr das Gesicht gewaschen und abgetrocknet wie einem Kind. Dann habe ich sie wieder ins Wohnzimmer geführt, wo wir uns nebeneinander aufs Sofa gesetzt haben.

»Du solltest hier nicht alleine sein«, sagte ich. »Gibt es nicht jemanden, der bei dir sein kann, während du dich wieder erholst?«

»Ich bin es gewöhnt, alleine klarzukommen.«

»Hast du Schlaftabletten?«

»Ich will nicht so ein Zeug schlucken.«

Ich schaute Lilja Rós forschend an, während sie sich langsam beruhigt. »Dieses Zeug, hast du gesagt. Was weißt du eigentlich über das Rauschgift, was hier gefunden wurde?«

Furcht stand ihr plötzlich in die Augen geschrieben. »Ich weiß nichts davon«, antwortete sie. »Nichts.«

»Soweit ich verstanden habe, waren das illegale Drogen. Hat Halla oft welche benutzt?«

»Das ist pure Verleumdung«, sagte sie und sprang auf.

»Okay.«

»Huch! Ich hab dich ja ganz vollgeheult!«, rief sie.

»Das macht doch nichts«, antwortete ich und guckte mir die Flecken an, die ihre Tränen auf meinem Kaschmirpullover hinterlassen haben. »Mach dir deshalb keinen Kopf.«

»Entschuldige. Ich habe mich normalerweise besser im Griff.«

»Ist schon gut. Schlaf dich erst mal richtig aus.«

»Ja, das könnte ich jetzt gebrauchen.«

Momentan brachte es ganz offensichtlich nichts, Versuche zu starten, sie noch mehr über Halla auszuquetschen. Dafür musste ich einen besseren Zeitpunkt abpassen.

Ich habe ihr eine meiner Visitenkarten gegeben. »Ruf mich an, wenn irgendwas ist.«

Sie nahm die Karte in die Hand.

»Sei ganz unbesorgt, du kannst mich ruhig anrufen«, wiederholte ich. »Auch wenn du einfach nur quatschen willst.«

Sie nickte und begleitete mich nach draußen. Sie beobachtete mich von der Tür aus, bis ich mich ins Auto gesetzt hatte.

Aber jetzt ist ein neuer Tag und ich bin in der Austurstraeti auf dem Weg Richtung Rathaus, wo ich mein Auto geparkt habe. Ich schlendere an der Buchhandlung und der alten Apotheke vorbei. Völlig in Gedanken versunken werfe ich einen Blick auf den Verkehr, während ich die Fahrbahn betrete. Gucke zur Hauptfiliale der Landsbanki hinüber. Bleibe mitten in der Bewegung stehen und habe das Gefühl, dass mein Herzschlag sich verdoppelt.

Kann das sein?

Der Typ, der im Sturmschritt die Stufen zur Landsbanki hocheilt? Von hinten ist es der gleiche, so viel ist sicher.

Er verschwindet in die Bank.

Was nun?

Jemand hupt mich an. Ich gucke schnell auf das Auto. Ein verärgerter Autofahrer knurrt mich durch die Windschutzscheibe an.

Ich kehre mitten auf der Posthusstraeti um. Kaufe eine DV von einem Zeitungsjungen an der Ecke. Lehne mich dann an die Apotheke, blättere in der Zeitung, ohne sie zu lesen und beobachte den Eingang der Bank. Warte darauf, dass der Mann wieder rauskommt.

Da öffnet er die Tür. Hat immer noch den gleichen Mantel an und hat den Schal um den Hals gewickelt. Bleibt kurz auf der Treppe stehen, um sich die Russenmütze aufzusetzen. Es besteht überhaupt kein Zweifel. Das ist der Kerl! Der geheimnisvolle Bote! Verdammtes Glück!

Er überquert die Austurstraeti und geht Richtung Austurvöllur, einem parkähnlichen Platz in der Innenstadt. Er geht auf das Parlamentsgebäude zu, ich in diskretem Abstand hinterher. Beobachte, wie er es betritt.

Was jetzt?

Habe keine andere Wahl, als auf ihn zu warten.

Ich gehe gemütlich zum Parlamentsgebäude und an drei schwarzen Ministerkaleschen vorbei. Verschwinde um eine Hausecke und warte.

Nach ein paar Minuten kommt er wieder heraus. Ein Mann im Anzug und großen schwarzem Hut folgt ihm. Sie gehen zusammen zu einem der Nobelwagen. Der Bote öffnet die Tür zur Rückbank sperrangelweit, der Mann mit dem Hut setzt sich hinein, der Bote schließt gekonnt die Tür und öffnet dann die Fahrertür, setzt sich, lässt das Auto an und fährt los.

Ich schreibe mir die Nummer auf, sprinte dann zum Parkplatz gegenüber des Rathauses, peitsche meine altersschwache Blechdose in Gang und jage die schwarze Luxuskarosse. Sie fahren die Laekjargata entlang, biegen in die Hverfisgata ab und fahren zum Arnarhvol, dem Regierungsgebäude, in dem diverse Ministerien untergebracht sind. Hier steigt der Typ mit dem Hut aus. Der Bote fährt weiter zum Parkplatz beim Schauspielhaus, wo er die Karosse in einer gekennzeichneten Parkbucht abstellt. Dann geht er selber ins Arnarhvol.

Was soll ich jetzt tun? Ich fahre eine Schleife um das Viertel herum und denke die Sache durch. Natürlich ist es völlig unnötig, dass ich hier länger rumhänge. Der Bote scheint der Chauffeur eines Ministers zu sein. Ich habe die Zulassungsnummer. Dürfte ein Kinderspiel sein, den Namen des Chauffeurs herauszufinden und damit den des Ministers, der ihn vermutlich zu mir geschickt hat.

Klare Sache.

Ich mache mich auf nach Hause ins Büro und führe ein paar Telefonate. Bekomme schnell die Infos, die ich haben will: Der Chauffeur heißt Kári und der Minister Gunnleifur.

Was für Spielchen treiben diese Männer?

Zweifellos irgendeinen komplizierten Machtpoker, den ich ohne Hilfe nicht durchschaue. Das ist nicht mein Ding.

»Mädels werden in der Politik zu alten Jungfern!«

Sagt Mama.

20

Am Tag danach spendiere ich ein Essen im Hotel Borg. Ein Mittagessen.

Thórólfur heißt er. Mein Aufklärer, der mich in die Geheimnisse der Politik einweiht. Er hat sein Jurastudium zusammen mit mir beendet. Hat sich dann der Zeitungsbranche zugewendet. Schreibt viel über Politik. Oft langweilige Ausführungen über die neuesten Possen irgendwelcher Ruhmesritter. Ich lese so was nie; sehe aber immer seinen Namen unter den Artikeln.

Mein unerwartetes Interesse an Politik überrascht ihn.

Ich berichtige ihn postwendend: »Ich bin nicht an Politik interessiert. Nur an gewissen Figuren im Machtpoker.«

»Ist das wegen der Mordsache?«, fragt er.

»Vielleicht.«

»Vielleicht? Bist du zu den Liberalen gegangen?«

Ich lache, wie es von mir erwartet wird.

»Gibt es nicht zwei Seiten an jedem Politiker wie beim Mond?«, frage ich dann. »Die schöne Vorderseite zur Veröffentlichung in der Presse. Und dann gibt es noch die Rückseite, die sie versuchen, vor uns unwissenden Wählern zu verheimlichen. Die nackte Wahrheit, nicht wahr?«

»Da ist was dran.«

»Die Vorderseite interessiert mich nicht. Ich hab keine Glanzbildchen mehr gesammelt, seit ich früher mal zum Kindergottesdienst gegangen bin. Aber du musst mir alles über die Rückseite erzählen.«

»Du willst also Klatsch und Gerüchte hören?«

»Ich will mal sehen, welche Farbe ihr Blut in Wirklichkeit hat.«

»Blau ist es jedenfalls nicht, so viel steht fest«, antwortet er und schneidet sein Steak.

Kaminrotes Blut rinnt immer noch aus dem leicht angebratenen Rindfleisch.

»Fangen wir beim Premier an. Wie ist der so hinter den Kulissen?«

»Im Großen und Ganzen eigentlich so wie im Fernsehen. Er hat Macht und Reichtum in die Wiege gelegt bekommen, wie alle wissen. Er hat nie diese alltäglichen Probleme des gemeinen Volkes gehabt. Hat nie nachts vor Sorgen wachgelegen, dass er nicht die Kronen für die nächste Rate des Hauses zusammenkratzen kann, verstehst du?«

Ich nicke.

»Er hat unheimlich viel Spaß an der Macht. Das können alle sehen. Er genießt auch das ausschweifende Leben und was damit zusammenhängt. Du weißt schon, alle möglichen Feste und Empfänge zu besuchen und ausländische Staatsoberhäupter zu empfangen. Er findet es im Allgemeinen toll, im Rampenlicht zu stehen.«

»Wo ist die Ferse dieses Achilles?«

»Tja, er gilt als versessen auf andere Frauen, jedenfalls mehr als auf seine eigene.«

»Ist das offensichtlich?«

»Wer sehen will, der sehe …«, sagt Thórólfur und zuckt mit den Schultern. »Aber soweit ich das mitbekommen habe, scheinen das alles nur kurze Affären zu sein. Nichts Ernstes.«

»Einfach nur unschuldige Spielchen?«

»Ich stelle keine Bescheinigungen über Unschuld aus!«

»Weißt du irgendwelche Namen?«

»Ich hab so diverse Namen gehört.«

»Aber?«

»Das sind nur Gerüchte. Du weißt, wie Leute über die reden, deren Namen immer wieder durch die Presse geistern. Aber wir schreiben natürlich nicht über das Liebesleben der Minister, deshalb hab ich mich nie darum gekümmert, ob der Klatsch wahr ist oder nicht.«

»War Halla auch eine seiner Gespielinnen?«

»Das weiß ich nicht.«

Ich schaue Thórólfur streng an. Er zuckt wieder mit den Schultern, bevor er hinzufügt: »Es wird gemunkelt. Halla war eine wahnsinnig gut aussehende Frau.«

»Was weißt du sonst noch über sie? Politisch, meine ich?«

»Eigentlich nichts Besonderes. Allgemein betrachtet, kann man die, die Politik betreiben, in zwei Gruppen einteilen. Auf der einen Seite gibt es die Macher, auf der anderen Seite das Fußvolk.«

»Also Herren und Knechte?«

»Genau. Realistisch betrachtet gibt es auf diesem Gebiet wenige Herren, aber viele Knechte. Und Halla kam nie über ihre Stellung als Knecht hinaus.«

»Was für ein Knecht war sie denn?«

»Ich persönlich kannte sie eigentlich gar nicht. Zumal sie auch politisch gesehen keine Rolle spielte. Sie war nur eine von den politischen Angestellten, die die Parteivorsitzenden und Minister um sich geschart haben, damit sie sich um den ganzen politischen Kleinkram und Handlangerdienste kümmern, von denen die Bosse sich befreien wollen.«

Ich bestelle Kaffee.

»Wir kennen Haukur beide von der Uni. Wie steht's denn um ihn in der Politik?«

»Für ihn sieht's nicht so gut aus.«

»Lass hören!«

»Der arme Kerl ist nur der Steigbügelhalter. Alles, was er veranlassen kann, ist unterhalb des Ministerpräsidenten angesiedelt. Er hat nur als rechte Hand und Sekretär des Parteivorsitzenden Macht und Einfluss. Aber auch das taugt nicht, um ihn weiterzubringen. Sein Versuch, ins Parlament zu kommen, ist total in die Hose gegangen, obwohl er die uneingeschränkte Unterstützung des Vorsitzenden hatte. Er hat nur immer bei den Vorwahlen so schlecht abgeschnitten.«

»Warum, wenn er doch die Unterstützung des Vorsitzenden hatte?«

Thórólfur rührt in seinem Kaffee herum.

»Haukur ist natürlich nicht besonders tatkräftig«, antwortet er. »Aber ansonsten trauen ihm die Leute einfach nicht.«

»Das kann ich gut verstehen.«

»Viele haben das Gefühl, als würde Haukur auch mit dem Teufel selber Verträge schließen, nur um Karriere zu machen. Man sagt, dass er selber sein Programm ist.«

»Aber das ist doch üblich in der Branche.«

»Und dann gibt's da noch die Geschichten über sein Privatleben.«

»Ja?«

»Er gibt sich manchmal völlig die Kante und soll dann recht gewalttätig werden können. Vor allem gegenüber Frauen.«

»Inwiefern gewalttätig?«

»Es gibt da eine Geschichte, die sich ziemlich hartnäckig hält. Man sagt, dass Haukur ein Mädchen grob misshandelt habe. Er soll sie im Suff brutal geschlagen haben.«

»Wurde das vertuscht?«

»Es wurde jedenfalls keine Anklage erhoben, so viel ist sicher. Wir sind der Sache damals nachgegangen. Aber diese Geschichte lässt sich nicht ausrotten.«

Thórólfur guckt von seiner Tasse auf. »Natürlich kann das völlig aus der Luft gegriffenes Gerede sein«, sagt er. »Wie du weißt, erfinden die Leute allerlei Geschichten, und es ist völlig aussichtslos, sie bis zu dem zurückzuverfolgen, der das Gerücht in die Welt gesetzt hat. Aber eine Sache ist absolut klar: Haukur ist nicht sorgfältig genug in der Wahl seiner Freunde. Und das betrifft leider auch den Ministerpräsidenten.«

»Erzähl!«

»Einige in der Partei haben mir ihre Befürchtungen mitgeteilt, was die Freundschaft der beiden mit Porno-Valdi betrifft.«

»Dem Pornokönig?«

»Eigentlich kennen die sich schon lange. Bevor Valdi in die Strippbranche eingestiegen ist, hat er alles Mögliche für die beiden erledigt. Das ist schon lange her, noch zu Zeiten, als der Premierminister erst begann, die Karriereleiter zu erklimmen.«

»Ach, echt?«

»Mittlerweile hört man natürlich so haarsträubende Geschichten über Valdi, dass viele es völlig unverantwortlich finden, dass Politiker diesem Mann überhaupt nahe kommen. Aber die beiden lassen sich in dieser Sache nicht reinreden, soweit ich das mitgekriegt habe.«

»Wie kommt das?«

Er zuckt die Achseln.

»Hat Sigvaldi sie in der Hand?«, frage ich. »Irgendwas von früher?«

»So was wie alte, gemeinsame Jugendsünden?«

»Ja, so was in der Art.«

»Das kann schon sein«, antwortet Thórólfur nachdenklich. »Es ist jedenfalls erstaunlich, dass sie die Kontakte zu Valdi nicht schon längst abgebrochen haben. In der Partei herrscht Unruhe wegen der Sache.«

Wir bestellen uns mehr Kaffee.

»Und trotzdem sitzt der Parteivorsitzende fest im Sattel?«

»Ich habe nichts Gegenteiliges gehört.«

»Hat er einen Rivalen in der Partei? Jemand, der seinen Platz einnehmen will?«

»Stella, die Leute sind in der Politik, um an die Macht zu kommen«, sagt er und lächelt über meine Unwissenheit. »Natürlich hat er Rivalen.«

»Wer will den Posten mehr als andere?«

»Zum Beispiel ist Gunnleifur immer wieder im Gespräch.«

»Was du nicht sagst! Erzähl mir was über ihn!«

»Mann, Stella, du interessierst dich ja für die merkwürdigsten Leute!«

Ich lächele und warte ungeduldig darauf, dass er weitererzählt.

»Gunnleifur macht den Eindruck, aufrichtig und seriös zu sein«, sagt Thórólfur.

»Er ist nicht unbedingt ein großer Mann der Tat, eher so ein Beamtentyp als ein richtiger Politikus, wie man ja auch an seiner Arbeit als Minister sieht. Ziemlich farblos, würde ich sagen. Aber es ist recht offensichtlich, dass ihm sowohl der Parteivorsitzende als auch der Premierminister schwer im Magen liegen.«

»Ist er in der Partei beliebt?«

»Das ist schwierig zu beurteilen. Es könnte sein, dass seine Stärke besonders darin liegt, keine gefährlichen Feinde zu haben. Was an für sich schon bemerkenswert ist in der Politik.«

»Wenn der Premierminister morgen abtreten würde, nähme er dann seinen Platz ein?«

»Ja, Gunnleifur ist der zweite Vorsitzende.«

»Also der Kronprinz.«

»Das kann man so sagen, ja.«

»Mehr Kaffee?«

Thórólfur überlegt angestrengt, während er die Tiefen der Kaffeetasse ergründet. »Tut sich da was im Halla-Fall, über das ich schreiben kann?«, fragt er schließlich.

Ich versuche ihn zu überzeugen, dass sich momentan nichts für ihn Verwertbares zusammenbraut, merke aber, dass er mir nicht glaubt. Ist ja klar.

21

»Hei! Erinnerst du dich noch an mich?«

Er ist wirklich überrascht. Wie ein Dorsch auf dem Weg in die Köpfmaschine.

»Ähem ... Ähem ...«

»Willst du mich nicht hereinbitten?«, frage ich forsch, stoße die Tür auf und marschiere einfach an ihm vorbei in die Diele.

Kári schließt die Tür. Ihm fehlen immer noch die Worte.

Ich gehe einfach weiter direkt ins Wohnzimmer. Setze mich. Sehe ihn an, wie er mit Abstand hinter mir hergetappt kommt, wie bestellt und nicht abgeholt.

»Ansonsten habe ich keine Lust, mich mit dem Steigbügelhalter zu unterhalten«, füge ich hinzu. »Take me to your leader!«

Er schlufft ins Wohnzimmer und lässt sich in einen Sessel sinken.

»Ähem ... wie hast du mich gefunden?«, fragt er.

»Kein Problem«, antworte ich und strahle ihn siegesgewiss an.

»Aber ich will mit dem Boss selber reden. Mit Gunnleifur. Sofort.«

»Mit Gunn ... Gunnleifur?« Er verschluckt sich mit dem Namen. »Warum willst du mit Gunnleifur reden?«

»Hör schon mit diesen Spielchen auf. Ansonsten marschiere ich mit eurem Brief direkt zu den Goldjungs. Vielleicht willst du ja lieber mit denen reden?«

Er seufzt und sammelt seine Kräfte.

»Warte hier«, meint er schließlich. »Ich muss mal telefonieren gehen.«

»Ich bin nicht auf dem Sprung, Alterchen«, antworte ich und lehne mich gemütlich im Sessel zurück.

Kári steht auf, stolpert auf den Flur, verschwindet im Zimmer gegenüber und schließt die Tür.

Ich schaue mich in der Zwischenzeit um. Alte Möbel. Ein alter Teppich. Alles alt. An der Wand ein Bild mit Hafen. Saudárkrókur? Vielleicht ist der Alte vom Land?

Das Telefonat dauert nicht lang. Kári hat sich etwas erholt, als er wieder ins Wohnzimmer kommt. »Du bist ja ganz schön gewievt, meine Liebe«, sagt er.

»Was sagt der Boss?«

»Na ja, er wird dir das sicher selber sagen.«

»Jetzt sofort?«

»Ja, ich fahre dich.«

Er lässt die Ministerkutsche stehen. Als er das Garagentor öffnet, kommt das Auto vom Treffen zum Vorschein.

Das Kennzeichen ist nicht auf Sindris Listen. Da bin ich völlig sicher. Ich muss ihn einfach fragen: »Besitzt du das Auto schon lange?«

»Nein, erst einige Wochen. Ich hab da ein echtes Schnäppchen gemacht, denke ich.«

»Und du hast es ein bisschen in die Länge gezogen, zu melden, dass das Auto den Besitzer gewechselt hat?«

»Wie?«

»Das Auto ist nicht auf deinen Namen eingetragen.«*

Er lächelt: »Hast du das schon überprüft?«

»Verdammte Schlamperei!«

»Ja, vielleicht. Aber so was schiebt man doch gerne auf die lange Bank.«

Kári fährt in die Weststadt zu einer Nobelvilla am Meer. Das Schloss von Gunnleifur. Der Minister erwartet uns im Bücherzimmer. Sitzt in einem großen, schwarzen Leder-

* Ein Auto bekommt nur einmal eine Zulassungsnummer. Es behält diese auch bei Besitzerwechseln. (Anm. d. Übers.)

sessel mit hoher Rückenlehne. Die Regale an den Wänden sind voll mit Büchern. Einbände mit Goldprägung. Zweifellos die »Gesammelten Werke« von irgendwelchen toten Typen.

Er ist schlank. Trägt einen Kurzhaarschnitt mit einigen grauen Haaren. Hat einen blauen Anzug mit Weste an. Auf der Krawatte sind rote und blaue Streifen.

Gunnleifur ist mürrisch aber höflich. Bietet mir einen Platz an und gibt Kári ein Zeichen zu gehen und die Tür hinter sich zu schließen.

Ich komme sofort zur Sache. »Du hast mir einen Brief geschickt.«

Er will mir meine Behauptung noch nicht beantworten. »Zuerst muss klar sein, dass alles, was hier zwischen uns gesprochen wird, vertraulich ist«, sagt er. »Können wir uns darauf einigen?«

»Ich lasse mich nicht auf diese Art verpflichten.«

»Ach so, jaja. Dann haben wir eigentlich nichts zu besprechen.«

Ich bin nicht in der Stimmung, höfliche Überredungskünste an dem Kerl auszuprobieren. »Ich habe den Brief in der Hand«, sage ich. »Den Brief, den du mir durch Kári hast zukommen lassen. Willst du den vielleicht in der DV oder in der Wochenendpost lesen? Mit den dazugehörigen Erläuterungen? Oder eine Reportage darüber im zweiten Programm sehen?«

»Es ist völlig unnötig, mir zu drohen. Wir haben in dieser Sache gemeinsame Interessen zu wahren.« Gunnleifur versucht krampfhaft, mit seinen Lippen ein Lächeln zu Stande zu bringen. »Wir stehen in diesem Fall auf der gleichen Seite.«

»Dann hast du doch nichts zu befürchten.«

»Ja, genau. Aber weder kann ich noch will ich mich zu diesem Fall öffentlich äußern. Deswegen kann ich dir keine

Auskünfte geben, wenn es später möglich wird, meine Aussagen zu mir zurückzuverfolgen.«

Ich lächele sanft: »Dann musst du mir halt einfach vertrauen.«

Wir schauen uns in die Augen. Ich habe das Gefühl, dass seine Gehirnzellen mit voller Kraft Überstunden schieben.

»Also gut«, antwortet er schließlich. »Ich sag's dir, ich gehe damit ein großes Risiko ein. Meine Gegner würden mir die schlimmsten Absichten unterstellen, wenn etwas von unserem Gespräch an die Öffentlichkeit durchsickert. Kann ich mich in dem Punkt auf dich verlassen?«

»Natürlich«, antworte ich. »Wir sollten jetzt mal zur Sache kommen. Worum geht's eigentlich?«

Er starrt mir immer noch forschend in die Augen. Dann fällt er die Entscheidung. Allerdings ziemlich langsam. Steht auf und geht im Zimmer auf und ab. »Ich betrachte schon seit längerem mit Sorge, dass in gewissen Kreisen der Partei Korruption um sich greift. Vor allem bei einigen maßgebenden Persönlichkeiten in der Parteileitung. Ich habe sie bereits gewarnt, aber bin immer auf taube Ohren gestoßen.« Er bleibt stehen und starrt mich an: »Dieser schreckliche Vorfall unterstreicht nur das, was ich das ganze letzte halbe Jahr gepredigt habe: dass man mal richtig aufräumen muss. Die Wurzel des Übels ausrotten.«

»Werde deutlicher.«

»Macht verdirbt den Charakter, sagt man. Meiner Meinung nach ist das eine falsche Verallgemeinerung, aber sie passt trotzdem des Öfteren. Im Schatten der Macht kann Bestechung gedeihen. Die, die an der Macht sind, ziehen alle möglichen Leute an. Opportunisten, die Karriere machen wollen, finanziell abgesichert natürlich, alle Privilegien genießen, die die Macht mitbringt – natürlich auf Kosten der gemeinen Steuerzahler. Solche Leute sind bereit, alles zu tun, um ihre Stellung zu stärken – was auch immer.«

»Auch einen Mord begehen?«

Er setzt sich wieder in den Ledersessel. Sitzt ganz gerade, als würde er für eine Fernsehansprache an das Volk üben.

»Was auch immer«, wiederholt er mit bedeutungsschwerer Stimme.

»Ich habe kein Interesse an solchem moralischen Gequatsche. Nenn mir ein Beispiel!«

»Genau, ein Beispiel«, sagt er und reibt sich mit seinen Fingern das Kinn.

»Beispiele und Namen.«

»Ich meine natürlich die Leute, die sich um unseren Parteivorsitzenden gruppieren. Die sind für ihn und uns alle wahnsinnig gefährlich. Es gibt da Geschichten, die sind einfach unglaublich. Es wird über Unmoral auf höchster Ebene gesprochen, über Rauschgift und sogar Erpressung.«

»Ich wollte Namen!«

»Ja, genau. Ich bin überzeugt davon, dass Sigvaldi der Drahtzieher in dieser gefährlichen Mafia ist. Er hat gute Verbindungen zum Vorsitzenden und seinen engsten Mitarbeitern. Ich meine da zum Beispiel diesen Haukur. Sigvaldi hatte genauso guten Kontakt zu Halla. Es ist nicht erkennbar, welche undurchsichtigen Absichten dieser Verbrecher verfolgt. Er kann scheinbar überall seine Hände im Spiel haben, ohne dass die Polizei sich um ihn kümmert.«

»Willst du damit sagen, dass der Parteivorsitzende seine schützende Hand über Porno-Valdi hält?«

»Ich will dem Vorsitzenden nicht unterstellen, dass er weiß, was seine Mitarbeiter hinter den Kulissen unternommen haben. Er ist einfach kein Menschenkenner. Das ist und war schon immer sein größter Fehler.«

»Was hat das mit dem Mord an Halla zu tun?«

Gunnleifur legt die Hände auf den Schreibtisch.

»Halla war bekannt für ihre Privatpartys für ausgewählte Leute. Sigvaldi war da ebenso Stammgast wie seine neuesten Prostituierten. Da war alles erlaubt, wurde mir berichtet. Es ging völlig zügellos zu.«

Er beugt sich über den Tisch und starrt fast durch mich hindurch, bevor er hinzufügt: »Und alles wurde aufgenommen.«

»Aufgenommen?«

Er reckt sich im Sessel und lächelt.

»Ja, alles wurde aufgenommen«, wiederholt er. »Auf Video. Halla muss die ganze Herrlichkeit gefilmt haben.«

»Bist du sicher?«

»Mir wurde gesagt, dass sie nur ihre Videosammlung bei den richtigen Leuten erwähnen musste, um das zu bekommen, was sie wollte.«

»Bei welchen Leuten?«

Er winkt ab. »Bei vielen«, sagt er. »Ich erwähne jetzt keine Namen in diesem Zusammenhang. Ich habe keine Beweise. Die zu beschaffen, ist dein Job.«

»Wie denn?«

»Wenn du die Videos findest, hast du die Namen.« Er lacht kalt. »Und die Gesichter.«

»Im Brief hast du eine blaue Tasche erwähnt. Sind da vielleicht die Videos drin?«

»Mir wurde berichtet, dass sie von dieser blauen Tasche als ihrer Versicherung gesprochen hat«, sagt er. »Das kann gut möglich sein, dass sie die Videos in dieser Tasche aufbewahrt. Aber wenn nicht, dann irgendwo anders. Wenn du diese Materialien findest, kannst du die Bombe platzen lassen und damit deinen Klienten retten.«

»Und im gleichen Aufwasch für dich die Drecksarbeit erledigen.«

»Ich höre, dass unser Gespräch dem Ende zugeht«, sagt er. »Ich erwarte, dass du für dich behältst, was ich dir im

Vertrauen gesagt habe. Es ist für uns beide das Beste. Für uns beide, vergiss das nicht.«

»Soll das eine Drohung sein?«

Er öffnet die Tür. Kári wartet immer noch auf dem Flur.

»Das Beste für uns beide, sagte ich, nichts anderes. Kári fährt dich nach Hause.«

Gunnleifur schiebt mich höflich aber entschieden aus dem Bücherzimmer und schließt hinter sich die Tür.

»Komm schon, meine Liebe«, sagt Kári. Er packt mich am Arm, als hätte er es mit einem widerborstigen Schaf zu tun.

Ich marschiere wütend bis zum Anschlag hinaus in die Kälte.

Verfluchte Säcke!

22

Halla war ein Engel.

Ich glaub's einfach nicht!

Sie hatte bestimmt auch einen goldenen Heiligenschein und süße, kleine, weiße Flügelchen. Etwas anderes kann man jedenfalls nicht aus den Lobeshymnen herauslesen, die in den Tageszeitungen von heute abgedruckt sind.

Der Premierminister ist einer von den vielen, die an Hallas Beerdigungstag im Friede-Freude-Eierkuchen-Stil Nachrufe auf sie schreiben. Ein Artikel von Gunnleifur ist auch dabei, und sogar Haukur hat etwas geschrieben. Zumal das Morgunbladid knallvoll ist mit Verehrerbriefen. Lob und Preis in jedem Artikel. Es gab auch keinen Zweifel, über wen geschrieben wurde. Nicht über die katholische Mutter in Indien. Nicht über Florence Nightingale. Nein, nein, sie schreiben über Halla. Die nette, hilfsbereite, hoch begabte, fleißige, liebenswerte Halla. Über das Mädchen, das jedermanns Liebling war und auf direktem Wege in höchste Ämter.

Was für eine Heuchelei!

Aber so ist das wohl in der Politik.

Lilja Rós wollte sich um die Beerdigung kümmern. Sie stand ihr am nächsten, weil Halla sonst niemand hatte. Aber Lilja Rós war völlig aufgeschmissen. Wusste nicht, was sie in so einem Fall zu tun hatte. Darum hatte sie den Rettungsdienst angerufen. Mich. Ich bin noch am gleichen Tag zu ihr hin. Nach einigen Telefonaten war alles geordert: Pfarrer, Kirche, Chor, Blumen, Grab, Todesanzeigen.

Merkwürdig, dass niemand ihr Hilfe angeboten hat. Nicht von der Staatskanzlei. Auch nicht von der Partei.

»Der Pfarrer will sich mit dir treffen«, sagte ich ihr, nachdem alles geklärt war. »Er braucht persönliche Informationen über Halla. Für die Ansprache, verstehst du.«

»Mann, wie schnell du das auf die Reihe kriegst«, sagte sie. »Ich kenn mich mit so was überhaupt nicht aus.«

Nachmittags am Beerdigungstag sitzen wir im Wohnzimmer und erholen uns von der Trauerfeier. Lilja Rós hatte mich gebeten, sie nach dem Leichenschmaus im Gemeindehaus nach Hause zu fahren und verschwand direkt in der Küche, um Kaffee zu kochen.

»Ist so was nicht wahnsinnig teuer?«, fragt sie.

»Zweifellos so etwas über 100 000.«

»Aber ich hab nicht so viel cash.«

»Mach dir darüber keine Sorgen. Im Nachlass ist mit Sicherheit genug Geld vorhanden, um die Beerdigungskosten zu decken.«

»Nachlass? Oh Gott!« Sie beginnt zu heulen.

»Hat Halla ein Testament hinterlassen?«, frage ich Lilja Rós, als sie es geschafft hat, ihren Tränenfluss trockenzulegen.

»Ein Testament?«

»Ja, weißt du etwas davon?«

»Halla hat das nie erwähnt.«

»Bist du ganz sicher?«

Sie nickt und schaut weg.

»Du hast also kein Testament gefunden, als du hier aufgeräumt hast?«, frage ich erneut.

»Nein. Aber ich habe auch nicht danach gesucht.«

»Das wird sich schon noch herausstellen. Wenn sie kein Testament gemacht hat, werden einige entfernte Verwandte erben.«

»Meinst du das Haus? Ich habe noch nie darüber nachgedacht.«

»Glaubst du, dass sie wichtige private Unterlagen anderswo als hier im Haus untergebracht hat?«

»Ich weiß nicht. Aber sie hatte natürlich ein Bankschließfach.«

»Ein Bankschließfach? Wo?«

»In der Landsbanki.«

»Was du nicht sagst! Weißt du, wo der Schlüssel zu dem Fach ist?«

»Halla hatte alle Schlüssel an einem Bund.«

»Dann haben sie den Schlüssel.«

»Wer sie?«

»Die Goldjungs.«

»Wie?«

»Die Kripo.«

Ein Bankschließfach! Vielleicht wartet da die Lösung auf uns? Die blaue Tasche? Es gibt nur einen Weg, um das rauszukriegen.

Ich gehe in den Flur und rufe Raggi an. Erkläre ihm die Lage. Er lacht mich nur aus. Sie haben schon alles über das Bankschließfach gewusst!

»Wir sind direkt nach dem Wochenende mit dem Nachlassverwalter in die Landsbanki gegangen und haben das Fach ausgeräumt«, sagt Raggi.

»Und?«

»Und was?«

»Was war im Fach?«

»Das geht dich überhaupt nichts an.«

»Ach ja? Aber vielleicht geht es ja Lilja Rós etwas an?«

»Misch dich nicht in ihre Angelegenheiten ein.«

Ich grinse zufrieden: »Herzchen! Ich frage ja gerade in ihrem Namen!«

»Das glaube ich nicht!«

»Nein? Willst du dann nicht mal mit ihr reden?«

Raggi bleiben die Worte im Hals stecken.

»Er will mit dir sprechen«, sage ich und reiche Lilja Rós den Hörer. Sie nimmt das Telefon und hört zu. Sagt ab und zu »ja« und verdreht die Augen zu mir hin. Gibt mir dann wieder den Hörer.

»Wie machst du das eigentlich?«, fragt Raggi.

»Was?«

»Dich auf diese Art bei ehrlichen Leuten einzuschleichen?«

»Soll das ein Lob sein, Herzchen?«

»Ich habe sie auf den Nachlassverwalter verwiesen«, fährt er fort. »Da erfährt sie das, was sie wissen muss.«

»Bah, bist du gemein!«

»Das gehört zum Job, Stella.«

Einen Tag später fahre ich mit Lilja Rós zum Nachlassverwalter. Er ist ein junger Mann, frisch von der Uni. Sanft wie ein schüchterner Teenager.

»Das, was für Lilja Rós am wichtigsten ist, ist dieses Testament, das Anfang der Woche im Bankschließfach der Landsbanki gefunden wurde«, sagt er. »Dem zu Folge ist sie dem Gesetz nach die Alleinerbin der Verstorbenen.«

Ich strecke meinen Arm aus: »Darf ich mal sehen?«

Das Testament ist einfach und kurz: Lilja Rós bekommt nicht nur das Haus, sondern auch alles andere Eigentum, darunter Sparbücher und einen ganzen Haufen Staatsschuldverschreibungen.

»Auf welche Höhe beläuft sich das Eigentum?«

»Ich habe noch keine Zeit gehabt, das genau auszurechnen. Aber mir scheint, dass es so einige Millionen ausmacht.«

»Einige Millionen?«, fragt Lilja Rós.

»Die Verstorbene war ersichtlich gut betucht.«

Der Junge erklärt Lilja Rós, wie es in der Sache weitergeht. Er müsse erst eine Anzeige im Gesetzesblatt veröffentlichen, und in einer dreimonatigen Frist auf Meldungen von Leuten warten, die Anspruch auf den Nachlass erheben. Danach könne das Testament vollstreckt werden.

Ich fahre Lilja Rós nach Hause.

»Ich wusste gar nicht, dass Halla so reich war«, sagt sie und wirkt total platt.

»Was glaubst du, an was sie so viel verdient hat?«

»Ich hab wirklich keine Ahnung.«

Sie ist von Stress und Schlaflosigkeit der letzten Nächte total ausgelaugt, legt sich aufs Sofa und schläft sofort ein.

Genau der richtige Moment, um mich in der Wohnung umzusehen.

In Hallas Arbeitszimmer steht alles wieder in Reih und Glied. Lilja Rós hat Bücher, Zeitungen und Berichte wieder sorgfältig in die Regale sortiert und den Schreibtisch am Fenster aufgeräumt.

Ich setze mich an den Tisch und rüttele an einer Schublade nach der nächsten.

Alle sind abgeschlossen.

Schaue auf den dunklen Bildschirm des Computers. Vielleicht verbirgt er ein Geheimnis? Beuge mich zum Knopf, mache den Computer an, öffne das Schreibprogramm und gucke über eine lange Liste mit Files auf der Festplatte. Alles scheint auf eine oder andere Weise mit Politik zu tun zu haben.

Ich öffne aufs Geratewohl eine Datei. Es ist ein Bericht über ein Treffen, das der Parteivorsitzende mit Vertretern seines Wahlkreises hatte.

Öffne eine andere Datei. Auch nach dem Zufallsprinzip. Notizen von einem Treffen, das der Premierminister mit seinem norwegischen Kollegen hatte.

Nichts Interessantes.

Schließlich fahre ich den Computer wieder runter, schließe die Tür zum Arbeitszimmer und werfe einen Blick in das Schlafzimmer. Dieses rosane Etwas ist so unwirklich wie eine Bühne.

Ich setze mich auf das weiche Bett. Gucke mich selber im Spiegel an.

War irgendwas hinter diesen Spiegeln?

Ich stehe auf, gehe zu den Spiegeln. Fahre mit den Fingern vorsichtig an den Rändern entlang. Drücke sie an. Versuche, sie zu bewegen. Sie abzumachen. Sie zur Seite zu schieben.

Nichts ist von Erfolg gekrönt. Es bewegt sich nichts.

Natürlich nicht! So was passiert doch nur in Krimis!

23

»Komm sofort her!«

Raggi wartet meine Antwort nicht ab, sondern knallt den Hörer auf die Gabel.

Mann, macht der ein Megastress!

Da muss ja eine Bombe eingeschlagen haben! Bin gespannt, was passiert ist. Zehn Tage sind seit dem Mord in der Staatskanzlei vergangen, und die Kältewelle ist endlich vorbei. Kurz vor dem Wochenende hatte es aufgehört zu schneien. Da haben die Räumfahrzeuge angefangen, sich damit abzumühen, die Straßen freizukriegen.

Die Goldjungs waren am Wochenende auf die Snaefellsnes-Halbinsel gefahren. Und jetzt hatten sie schlechte Laune. Irgendwas war anders gelaufen, als sie sich das vorgestellt hatten. Und das konnten sie überhaupt nicht vertragen, diese Herzchen.

Raggi nimmt mich gleich zur Seite, als ich die Abteilung der Kripo betrete. Zieht mich in sein Büro. Er ist nur im Hemd. Mieft nach Schweiß und Mundgeruch.

»Wir müssen Saemi laufen lassen«, sagt er.

Daher weht also der Wind!

»Er hat dann also die Wahrheit gesagt?«, frage ich.

»Wir haben diesen Benzinjungen ausfindig gemacht. Er hat Saemi in einer Gegenüberstellung aus einer Gruppe Leute herausgepickt.«

»Und?«

»Der Junge gibt an, dass er bei ihm am späten Abend des Mordtages getankt hat. Die anderen Bewohner haben Saemi nicht gesehen, behaupten aber, dass der Junge zur fraglichen Uhrzeit rausgeschickt wurde, um einem Autofahrer Benzin zu verkaufen.«

»Was also bestätigt, dass Saemi überhaupt nicht in der Stadt war, als der Mord begangen wurde? Er hat ja immer auf seiner Version beharrt.«

»Es sieht tatsächlich so aus, als würde sie stimmen.«

»Bist du nicht sicher?«

»Ich war die ganze Zeit überzeugt davon, dass Saemi schuldig ist. Aber die Zeugen sind sich hundertprozentig sicher. Ihre Aussagen stimmen überein, was den Zeitpunkt und das Programm im Fernsehen angeht, als Saemi sich bemerkbar gemacht hatte. Und dann hat der Junge ihn bei der Gegenüberstellung wiedererkannt.«

»Dann scheint der Fall ja erledigt zu sein?«

»Es ist jedenfalls klar, dass Saemi nicht in der kurzen Zeit nach der Tat den ganzen Weg in den Westen gefahren sein kann«, sagt er und fährt sich über die Wampe. Plötzlich fliegt die Tür auf und der Vizepolizeipräsident steht mit wütendem Gesicht in der Tür.

»Was zum Teufel machst du hier, Ragnar?«, brüllt er. »Komm sofort mit!«

Als sich unsere Blicke kreuzen, schenke ich ihm ein extra nettes Lächeln.

Er dreht total ab und schreit: »Schmink dir dieses verdammte Gegrinse von deiner Fresse!«

»Es ist doch immer nett, sich mit einem Gentleman zu unterhalten«, antworte ich und lächele noch breiter.

»Ansonsten kannst du machen, dass du hier rauskommst!«, brüllt er weiter.

»Vielen Dank für die Blumen«, sage ich und schaue zu Raggi.

»Lass den Scheiß, Stella.«

Der Vize verschwindet wieder.

»Warte hier, bis ich wiederkomme«, sagt Raggi und folgt seinem Vorgesetzten.

Raggis Büro ist klein. Ein paar Regale. Aktenschränke. Ein Computer. Stapelweise Aktenmappen auf dem Schreibtisch. Ein Schreibtischstuhl auf Rollen.

Ich setze mich auf den Stuhl und werfe einen Blick auf die Akten. Finde schnell das Objekt meiner Begierde. Öffne die Mappe. Nehme die ausgedruckte Aussage des Benzinjungen in die Hand und beginne zu lesen.

Der Bauernhof liegt direkt an der Ringstraße, knapp südlich von der Bezirksgrenze vom Snaefellsnes. An diesem Abend hat die Familie Fernsehen gesehen. Derrick war gerade in voller Aktion, einen Mord zu lösen, als jemand am Weg gehupt hat. Der Junge wurde rausgeschickt, um den Kunden zu bedienen. Er konnte das Auto und den Fahrer beschreiben. Die Beschreibung passte gut auf Saemi.

Der Junge hat Saemis Auto vollgetankt. Sie haben sich nebenbei über die englische Fußballliga unterhalten. Hielten beide zu Liverpool. Der Fahrer hatte ein Liverpool-Käppi im Auto, das er dem Jungen geschenkt hat, bevor er weitergefahren ist.

Er hat dem Jungen ein Käppi geschenkt?

Komisch. Wieso hat Saemi das in seiner Aussage nicht erwähnt? Er verschenkt doch wohl kaum jeden Tag solche Käppis an unbekannte Jungs? Daran hätte er sich doch erinnern müssen!

Ich stecke die Kopie wieder in die Mappe und schließe sie. Stehe dann auf, mache die Tür auf und gehe auf den Flur.

Raggi kommt zurück.

»Er wird jetzt freigelassen«, sagt er bekümmert. »Da kommt wohl nichts anderes in Frage.«

Wir gehen zusammen den Gang bis zum Empfang entlang. Dorthin wird kurze Zeit später auch Saemi gebracht. Er grinst von einem Ohr zum anderen.

»Komm, ich fahr dich nach Hause«, sage ich, als die Formalitäten erledigt sind und Saemi seine persönlichen Gegenstände wiederbekommen hat.

»Gehört dir diese Schrottmühle?«, fragt er überrascht, als er mein altersschwaches Auto sieht.

»Willst du lieber zu Fuß gehen?«

»Ich habe nur immer gedacht, dass ihr Anwälte Kohle genug hättet, um euch was Besseres zu leisten.«

»Mach dir um mich keine Sorgen.«

»Willst du heute Abend mit mir feiern?«

»Ich bin beschäftigt.«

»Okay. Aber ich will heute Nacht mal so richtig einen

draufmachen und das Leben genießen!« Er breitet seine Arme aus. »Reykjavík here I come!«

Als ich vor seinem Mehrfamilienblock anhalte, springt er schnell hinaus, aber steckt noch mal den Kopf durch die offene Tür hinein.

»Gehn wir denn ein andermal zusammen aus?«, fragt er.

»Ja vielleicht, wenn du dir heute Nacht nicht dein bestes Stück brichst!«

»Da besteht keine Gefahr«, antwortet er lachend. »Er steht immer zur Verfügung!«

24

Die Presse spielt verrückt.
Der Halla-Fall ist geplatzt. Keine Lösung. Kein Mörder. Keine Anhaltspunkte. Eine ratlose Polizei.

Das, was eigentlich als einfacher, ja eigentlich schon gelöster Fall betrachtet wurde, ist auf einmal kompliziert und undurchsichtig geworden. Und gefährlich. Nicht zuletzt für die Politiker.

Jetzt, wo Saemi auf einmal aus dem Spiel ist, muss sich dann nicht die Aufmerksamkeit auf Hallas politische Gefährten und Kollegen richten? Wo sollte man sonst nach der Ursache des Mordes suchen? Waren hochgestellte Männer in den Fall verwickelt? War der Grund des Mordes vielleicht doch politisch und nicht persönlich, wie von den Ermittlern zuerst behauptet wurde?

In den ersten Tagen, nachdem Saemi freigelassen wurde, trauen sich die Massenmedien nur andeutungsweise, diese sich aufdrängenden Fragen anzusprechen. Aber die Klatschgeschichten verbreiten sich in Windeseile im Land. Bald scheinen alle alles über alle in der Staatskanzlei zu wissen. Besonders die Privatsachen. Wer mit wem schläft. Wer Alki oder Homo ist.

Aber der Mörder?

Viele Namen fallen überall da, wo Leute zusammenkommen; an Arbeitsplätzen, in Nähclubs, in Kantinen und auf Cocktailpartys. Auch Namen von Leuten in höchsten Ämtern. Aber natürlich weiß niemand etwas Genaues.

Und die Goldjungs?

Sie warten.

Auf was? Vielleicht auf ein neues deutsches Wunder? Wie vor ein paar Jahren, bei dem langwierigen Fall, bei dem die hiesige Kripo nicht weiterkam? Da kam ein deutscher Kriminalkommissar, der den Goldjungs im Handumdrehen die Lösung des Falles präsentieren konnte.

Mit Raggi ist nicht gut reden. Er flucht jedes Mal aus tiefster Seele, wenn ich ihn am Telefon erwische.

»Warum zum Teufel hängst du dich noch in den Fall rein? Der geht dich doch nichts mehr an«, sagt er.

»Wie du weißt, bin ich halt so verdammt neugierig.«

»Dann befriedige deine Neugier anderswo! Lass mich bloß in Ruhe!« Dann kickt er mich aus der Leitung.

Natürlich hat Raggi Recht. Der Fall geht mich nichts mehr an. Mein Mann wurde aus der Untersuchungshaft entlassen. Ich bin auch wieder frei. Kann mich wieder um meine Dinge kümmern. Krönchen kassieren und das Leben genießen.

Da ist nur die Scheiß-Kälte. Es hat zwar aufgehört zu schneien, aber dafür friert es nun gehörig. Unerträgliche Kältewellen jeden Tag.

Zu guter Letzt halte ich es nicht mehr aus. Scheiß auf die Kälte, den Mord und die Gerüchte. Buche mir einen Flug nach Florida und eine Ferienwohnung. Mache, dass ich zum Flughafen komme. Will nur weg. Weit weg. Dahin, wo Sonne, Meer und die braun gebrannten Kerle sind.

Sommer

1

Ich leere die kleine Flasche in ein bauchiges Glas und schaue dem Flüssiggold einen Moment beim sanften Schaukeln in seinem Aquarium zu. Dann schließe ich die Augen, genehmige mir einen großen Schluck und lasse den starken Alkohol Zunge und Hals ausbrennen, bis mir Glückstränen in die Augen steigen.

Hmmm! Traumhaftes Gefühl!

»Good?«

Wir sind auf dreiunddreißigtausend Fuß Höhe. Der Typ neben mir hat sofort Laptop und Filofax auf seinem Tisch ausgebreitet und sich auf sein Business gestürzt. Er will bestimmt nur nett sein.

Ich fliege gerade von Florida nach Hause, wo ich meinen Urlaub verbracht habe. Fünf Wochen im Paradies! Davon dreißig Tage mit Juan. Und dreißig Nächte.

Juan! Juan! Er war durchtrainiert und groß. My Black Beauty. Der wusste mit seinem besten Stück umzugehen!

Ahhh!

Langsam, langsam, keine feuchten Träume über den Wolken! Versuch auch, nett zu sein, Stella!

»Yes, very good«, antworte ich und lächele freundlich.

Fünf Wochen, in denen ich an kein anderes Eis zu denken brauchte als an das, was den Jackie in der Hitze Floridas kühl hält. Muss mich nicht um Schuldner kümmern. Und erst recht nicht um die Ganoven auf unserer Eisscholle. Es hätte nicht besser sein können.

»Isländische Zeitungen?«

Ich nehme das Morgunbladid aus der ausgestreckten Hand der Stewardess entgegen. Auf der Rückseite springt mir eine Schlagzeile in die Augen:

MORD IN DER STAATSKANZLEI:
Zum zweiten Mal in Hallas Wohnung eingebrochen

Es ist also noch einmal in das rote Reihenhaus eingebrochen worden. Der Einbrecher hatte die Wohnung wie beim letzten Mal durchwühlt hinterlassen.

Arme Lilja Rós. Nun muss sie schon wieder alles aufräumen!

Dem Bericht zufolge hatten die Goldjungs keine Erklärungen parat. Konnte Zufall sein, sagte der Vizepolizeipräsident. Musste nichts mit dem Mord zu tun haben. Es gab wieder keine Spuren eines Einbruchs an Türen und Fenstern, was natürlich darauf schließen lasse, dass irgendein Unbefugter den Schlüssel zum Haus besaß. Soweit man die Sache schon übersehen könne, wurde nur der Computer im Arbeitszimmer im ersten Stock gestohlen.

Aber im Fall werde natürlich noch ermittelt.

Es wird ermittelt! Alle wissen, was das heißt.

Aber der Mord selber?

Der Vize berichtet, dass mit voller Kraft daran gearbeitet werde, den Fall zu lösen. Es seien wichtige Hinweise eingegangen, denen man nachginge. Niemand könne erwarten, dass ein solcher Fall innerhalb von wenigen Tagen oder Wochen geklärt sei. Nun, oder auch Monaten. Gerüchte, dass irgendwelche einflussreichen Leute versucht hätten, die Ermittlungen zu sabotieren, seien völlig aus der Luft gegriffen. Solche Geschichten seien verantwortungslos und gefährlich und eine Schande für die Urheber.

Bla bla bla. Diese Herzchen hatten also noch immer keinen Schimmer.

Im Innenteil der Zeitung stoße ich auf weitere Artikel zum Thema Mord in der Staatskanzlei. Darunter ein detailgetreuer Bericht über eine Diskussion außerhalb der Tagesordnung im Parlament. Einige Abgeordnete der Opposition hatten scharf kritisiert, wie langsam die Ermittlungen der Polizei voranzukommen scheinen. Gleichzeitig forderten sie eine Erklärung zu den aufgetretenen Behauptungen, dass der Ministerpräsident sich unrechtmäßig in die Ermittlungen einmische. Dieser wies alle diesbezüglichen Anschuldigungen von sich und interpretierte sie als einen Versuch der verantwortungslosen politischen Hexenjagd.

Ich lege die Zeitung schnell wieder zur Seite und versuche, den Fall Halla zu vergessen. Er geht mich nichts an.

In den nächsten Monaten möchte ich über diesen Kram noch nicht mal nachdenken. Nein danke! Möchte nur abkassieren.

2

Auf meinem Schreibtisch ist alles ordentlich aufgeräumt.

Ich hatte mir einen Lehrling aus der juristischen Fakultät an Land gezogen, der jeden Tag in meinem Büro vorbeikommen sollte, während ich mich in der Sonne vergnügt habe. Er sollte Post holen, Briefe öffnen, den Anrufbeantworter auf Nachrichten abhören und das Notwendigste beantworten.

Er war eine Art Unfallversicherung.

Die Briefe, die ich in den letzten fünf Wochen bekommen habe, liegen samt den Anmerkungen des Jungen in einer Mappe auf dem Schreibtisch. Auch die Nachrichten vom Band, die wichtig sind. Diese sind hauptsächlich von den Schuldnern. Die waren mit Sicherheit hocherfreut zu hören, dass ich im Ausland war.

Jetzt ist die Freude vorbei.

Auf dem Tisch liegen auch Mitteilungen von Lilja Rós. Sie bitte mich, sie so schnell wie möglich im Norden anzurufen. Ich kümmere mich erst mal nicht darum.

Ich brauche nur zwei Wochen bis ich die Fahrt in die Sonne reingearbeitet habe. Ab dann heißt es wieder sparen. Der Winterschnee ist dank des Regens aus der Stadt verschwunden. Der Westen und der Norden sind allerdings immer noch völlig eingeschneit.

Das interessiert mich alles nicht. In diesen Tagen brause ich mit Hochgeschwindigkeit auf der Einbahnstraße des Mammon. Sehe kaum fern. Lese die Zeitungen gerade mal im Vorübergehen; werfe einen Blick auf die Schlagzeilen, Comics und Annoncen. Denke nur an das eine: wie ich am schnellsten die meisten Krönchen kassieren und sie durch meinen Broker Gewinn bringend anlegen lassen kann.

Ich vergesse alles andere, bis Lilja Rós eines Tages zu Besuch kommt und mich auf dem direkten Weg des Mammon stört. Sie wartet vor der verschlossenen Türe meines Hauses auf mich. Der hilflose Gesichtsausdruck verfehlt die Wirkung nicht.

»Willst du nicht reinkommen?«, frage ich.

Sie setzt sich auf den Stuhl, der mir gegenüber am Schreibtisch steht.

»Ich brauche eigentlich einen Rechtsanwalt«, sagt sie.

»Wozu?«

»Ich habe keine Ahnung vom System.«

»Meinst du die Erbschaft?«

»Ja.«

»Hat sich der Nachlassverwalter schon bei dir gemeldet?«

»Bei mir hat sich niemand gemeldet. Außerdem wird immer in das Haus eingebrochen, alles durchwühlt und zerstört. Da muss was gegen getan werden, ich weiß bloß nicht, wie. Bis das Schuljahr zu Ende ist, bin ich ja im Norden gebunden.«

»Zuerst musst du natürlich herausfinden, wie der Nachlass aufgeteilt wird. Ob sich Verwandte gemeldet haben. Wenn niemand Anspruch auf das Erbe erhebt, bist du gemäß dem Testament Alleinerbin. Das würde die Sache natürlich sehr vereinfachen.«

»Kannst du dich nicht für mich darum kümmern? Und ab und zu nach dem Haus gucken?«

Ich denke einen Moment darüber nach.

»Ich zahle natürlich auch«, schiebt sie noch hinterher. »Ich bin völlig ratlos.«

»Okay.«

Lilja Rós unterschreibt die Vollmacht, in der sie mich beauftragt, mich um ihre Angelegenheiten in der Hauptstadt zu kümmern.

»Ich nehme dann die Sache gleich morgen in Angriff«, sage ich. »Wie kann ich dich im Norden erreichen?«

»Wenn es sehr dringend ist, ist der Pager tagsüber am besten«, antwortet sie.

Ich schreibe mir die Nummer auf.

Lilja Rós scheint mit dieser Vereinbarung überglücklich zu sein, bedankt sich überschwänglich bei mir und fährt wieder raus aufs Land, um Muskeln zu trainieren. Die ihren und die anderer.

Am nächsten Tag gehe ich beim Nachlassverwalter vorbei. Der Fall scheint klar zu sein. Niemand hat sich auf die Aufforderung im Gesetzesblatt hin gemeldet und Ansprüche auf das Erbe angemeldet. Einige Schuldenrückforderungen sind eingetroffen, aber das sind alles Peanuts.

Der Nachlassverwalter zeigt mir eine Liste über die verschiedenen Teile des Nachlasses. Der Wert des Hauses wird auf über zehn Millionen Kronen geschätzt, wobei es aber mit knapp der Hälfte hypothekisiert ist. Die Sparbücher und Wertpapiere wiegen das aber auf der anderen Seite wieder auf. Der Wert des Nachlasses minus Schulden wird auf gute zwanzig Millionen geschätzt.

Davon wird natürlich noch die Erbschaftssteuer abgezogen.

Scheiß drauf.

Lilja Rós ist auf einmal reich.

3

Bei der Kripo ist dicke Luft.

Die Goldjungs riechen direkt nach Stress. Er rinnt an ihnen herunter wie Schweißperlen. Raggi versucht noch nicht mal, so zu tun, als ob er entspannt sei, als ich in sein Büro komme. Auf dem Tisch liegt eine Pappschachtel.

»Hier ist der verdammte Scheiß«, motzt er.

»Wie nett von dir.«

Auf allen Seiten der Schachtel ist mit großen Buchstaben ein Markenname aufgedruckt. »Das ist ja wirklich unglaublich!«, rufe ich fröhlich. »Ich wär ja nie drauf gekommen, dass ihr hier den Tag mit Kelloggs beginnt!«

»Stella!«

»Ich meine, gemessen an dem Erfolg ...«

Raggis Gesicht schwillt an.

»Warum probiert ihr's nicht mal mit Coco Puffs?«, schiebe ich nach.

»Spar dir deine dämlichen Witze.«

»Raggi, Herzchen. Wahnsinnsstress hier, oder was?«

Er fegt ein Blatt Papier zu mir über den Tisch. »Hier ist die Liste mit dem Inhalt der Schachtel«, sagt er wütend. »Du unterschreibst hier unten.«

In der Schachtel ist Hallas Eigentum, das die Goldjungs vom Tatort, aus Hallas Haus und aus ihrem Bankschließfach in der Landsbanki mitgenommen hatten. Man ging nun davon aus, dass sie für die Ermittlungen keine Rolle mehr spielten.

Ich nehme mir reichlich Zeit, um die Gegenstände in der Schachtel mit Raggis Liste zu vergleichen: Handtasche. Verschiedene Schminkutensilien. Einige Schmuckstücke. Ein Kästchen mit Disketten. Portemonnaie. Scheckheft. Sammelkarte fürs Schwimmbad. Führerschein. Handy. Kreditkarte. Geldscheine und Münzen. Diverse Kassenzettel. Lottoscheine. Pager. Schlüsselbund.

»Scheint alles an Ort und Stelle zu sein«, sage ich schließlich.

»Natürlich.«

Ich unterschreibe den Zettel und reiche ihn Raggi: »Mach mir eine Kopie, Herzchen.«

Raggi winkt erst ab, aber geht dann auf den Flur und kehrt umgehend mit einer Kopie in der Hand zurück.

»Hier«, quetscht er sauer aus sich heraus.

»Mann, bist du genervt.«

»Wir haben uns ja auch nicht in der Sonne vergnügt.«

»So wie gewisse andere?«

»Ja, genau, wie gewisse andere.«

»Das war der totale Wahnsinn.« Ich seufze genüsslich, nur um ihn noch mehr aufzuziehen.

»Ich kann's mir vorstellen. Unglaublich, dass Florida nach dieser Heimsuchung noch steht.«

Ich lächele süß: »Die Frage ist viel eher, ob in Florida noch alles steht!«

Raggi winkt wieder ab. Dann setzt er sich an den Tisch und versucht zu lächeln: »Okay, Stella.«

»Kommt ihr wirklich nicht voran?«, frage ich.

Er lehnt sich in seinem Stuhl zurück: »Was glaubst du?«

»Ach, ich verfolge diesen Fall nicht mehr. Geht mich nichts an.«

»Es geht alle was an. Alle sind verpflichtet, bei der Aufklärung eines Mordes zu helfen.«

»Du könntest eine Aufmunterung gut gebrauchen, Raggi. Komm mit essen.«

»Ich stecke bis über beide Ohren ...«

»Ich lad dich ein.«

»... in Arbeit.«

»Wir gehn ins Hotel Holt.«

Fünf Minuten später bin ich mit der Schachtel im Kofferraum und Raggi auf dem Beifahrersitz auf dem Weg in die Innenstadt.

Nach der Vorspeise beruhigt er sich etwas. Das Steak und der Rotwein tun das ihre, um ihn gesprächsbereit zu stimmen.

»Die machen uns verrückt«, meint er.

»Wer?«

»Alle. Die Politiker, die Tratschweiber, die Verrückten und die Pressefritzen.«

Ich bin das Mitleid in Person.

»Die Gerüchte, die in der Stadt kursieren, sind völlig unglaublich«, erzählt er weiter. »Und die Reporter fragen bei uns wegen jeder Klatschgeschichte nach, die sich irgendeine Oma für ihren Handarbeitsclub zurechtstrickt.«

»Zum Beispiel?«

»Heute Morgen kam wieder so eine Story, die schlug wirklich alle Rekorde!« Raggi beginnt zu lachen.

»Ja?«

»Der Premierminister war die letzten beiden Tage zu

Hause. Er hat irgendeine lächerliche Grippe. Also nichts Besonderes. Heute Morgen hat ein Presseheini angerufen und gefragt, ob wir ihn in U-Haft hätten. Den Premierminister selber!«

»Was du nicht sagst ...?«

»Ich glaube, dass die Leute langsam verrückt werden. Die Opposition macht die Sache auch nicht besser, indem sie versuchen, im Trüben zu fischen und diesen Fall zu benutzen, um sich an der Regierung zu rächen. Und wir sind dann die, die zwischen Hammer und Amboss geraten.«

»Aber mal im Ernst, ist denn der Premier weniger verdächtig als andere?«

Raggi verschluckt sich am Rotwein.

»Ich meine nur, dass alle, die enge Beziehungen zu Halla hatten, unter Verdacht stehen müssten.«

»Was meinst du mit ›enge Beziehungen‹, Stella?«

»Ach, du weißt schon, so ein kleiner Quickie nach Büroschluss.«

»Niemand hat uns bestätigen können, dass sie derartige Beziehungen miteinander hatten.«

»Die werden auch nicht gerade Eintrittskarten verkauft haben.«

»Außerdem ist sicher, dass der Premierminister den ganzen Abend in einer Besprechung war. Dafür haben wir viele Zeugen.«

»Also stand er doch unter Verdacht?«

»Überhaupt nicht. Aber wir haben selbstverständlich Erkundigungen über alle eingeholt, die regelmäßig mit Halla Umgang hatten und was sie an eben diesem Freitagabend gemacht haben.«

»So? Und wo war Haukur?«

»Der Assistent?«

»Genau der.«

»Der war unter Leuten.«

»Unter Leuten?«

»Ja, zuerst auf einem öffentlichen Empfang und dann auf einem Thorrablót.«

»Zwei Bankette an einem Tag. Kein Wunder, dass er aufgeht wie ein Hefeteig.«

»Oder besser gesagt auf dem Weg zum Thorrablót.«

»Wie, auf dem Weg?«

»Er war auf einem Thorrablót im Norden eingeladen und ist am Abend dahin geflogen.«

»Da hat er ja Glück gehabt.«

Raggi schaut auf: »Kannst du den nicht ausstehen?«

»Na ja, nicht direkt. Wir waren nur zusammen auf der Uni.«

Er wendet sich wieder seinem Steak zu: »Es wird gesagt, dass sich Haukur immer noch Hoffnungen macht, dass er eines Tages für den Norden einen Abgeordnetensitz im Parlament bekommt. Es ist mir wirklich unverständlich, wie manche sich ins Zeug legen, um Abgeordneter zu werden.«

»Wieso unverständlich? Dann ist man auf der Gehaltsliste des Landes. Macht, so viel man will. Reisen in jede Ecke des Landes. Unzählige öffentliche Bankette.«

»Übertreibst du nicht ein bisschen, Stella? Aber wo wir gerade bei Banketten sind. Das ist ein wahres Luxusessen.«

»Was ist mit dem Koks?«

»Was für Koks?«

»Tu doch nicht so. Ich weiß doch, dass ihr in Hallas Wohnung Kokain gefunden habt.«

Raggi schaut mich grinsend an: »Da hast du falsche Informationen bekommen, Stella. Wir haben kein Kokain gefunden.«

»Das glaub ich nicht.«

Er lehnt sich über den Tisch zu mir: »Aber wir haben eine ganze Palette Doping-Mittel gefunden.«

»Doping-Mittel?«

Er nickt.

»Wo kommen die denn her?«

»Wir haben überhaupt keine Ahnung. Zuerst haben wir gedacht, dass sie Lilja Rós gehören, weil sie im so genannten Bodybuilding aktiv ist. Aber sie bestreitet das. Behauptet, noch nie in ihrem Leben Doping-Tabletten gesehen zu haben.«

»Und das findest du nicht besonders glaubwürdig?«

»Ich muss zugeben, dass es mich nicht überzeugt. Wir wissen natürlich, dass viele dieser Mittelchen bei Bodybuildern im Umlauf sind.«

»Aber was ist dann mit den Geschichten wegen den Kokainpartys bei Halla? Ihr habt doch bestimmt diesen Aspekt des Falles schon beleuchtet?«

»Wir haben in jede Richtung ermittelt. In wirklich jede.«

»Und?«

»Ich glaube, dass man zum Beispiel über Hallas ehemalige Liebhaber ganze Romane schreiben kann.«

»Sie war nun mal frei und unabhängig.«

»Hmmm.«

»Und die Kokspartys?«

»Wir haben natürlich auch mögliche Rauschgiftverbindungen untersucht. Aber es gibt keine Beweise. Überhaupt keine. Nur ein paar ... wie soll ich sagen ... Hinweise.«

»In irgendeine bestimmte Richtung?«

»Eigentlich nicht. Nur eventuell zu deinem Freund.«

»Zu meinem Freund? Welchem?«

»Ich meine Saemi.«

»Der ist nicht mein Freund.«

»Weißt du, was er gerade macht?«

»Nein, es ist mir auch egal.«

»Er ist wieder als Laufbursche für Porno-Valdi aktiv.«

»Habt ihr Saemi immer noch im Visier?«

»Nein, eigentlich nicht.«

Ich schaue Raggi forschend an. »Dann ist es Sigvaldi! Habt ihr ihn endlich mal unter die Lupe genommen?«, frage ich.

»Endlich? Was meinst du mit endlich?«

»Du weißt doch selber, was die Leute reden. Dass ihr Sigvaldi aus politischen Gründen freie Hand lasst.«

»Das ist nur ein Teil des Geschwätzes und der Hysterie in der Gesellschaft. Wir haben Sigvaldis Geschäfte genauso auseinander genommen wie die anderer, wenn ein begründeter Verdacht vorlag. Aber wir haben dem Mann bisher nichts nachweisen können. Die Leute scheinen das zu vergessen.« Raggi legt das Besteck zur Seite und lehnt sich wieder über den Tisch: »Mit Saemi ist es genau das Gleiche. Natürlich weiß ich, dass er die Tat nicht begangen haben kann. Die Zeugen bestätigen das. Aber ich hab trotzdem ein unglaublich starkes Gefühl, dass er irgendwie in dem Fall drinhängt.«

»Du hast ein Gefühl? Gefühle beweisen gar nichts.«

»Du sagst es.«

»Mit Tatsachen bist du auf der sicheren Seite.«

»Ich weiß das selbst. Aber ich habe trotz aller Tatsachen, die es in dem Fall gibt, einfach dieses Gefühl.«

Der Ober kommt zu uns.

»Kaffee und Kognak, bitte«, bestelle ich.

Raggi lehnt sich in seinem Stuhl zurück. »Toll von dir, meine Liebe, so ein Essen!«, schwärmt er mit fast vollkommen zufriedenem Gesichtsausdruck. »Du lässt es uns ja wirklich ausgesprochen gut gehen!«

4

Ein ängstliches Mäuschen.

Das ist meine erste Assoziation, als ich meine neue Mandantin betrachte.

Birna ist klein und schlank, mit dunklem, glattem Haar, das gerade bis zum Kinn reicht, hat bleiche Lippen und ein ungeschminktes Gesicht.

Ich setze mich ihr gegenüber an den Tisch im Gesprächszimmer und überfliege schnell die Papiere, die die Goldjungs mir vor ein paar Minuten zugesteckt hatten. Sie ist neunzehn Jahre alt. Gerade von Brasilien gekommen, wo sie nur drei Tage Aufenthalt hatte. Ist auf dem Weg nach Hause in Kopenhagen zwischengelandet. Wurde in Keflavík auf dem Flughafen mit zwei Kilo Kokain in der Reisetasche festgenommen. Streitet alles ab. Behauptet, nicht zu wissen, wie das Kokain in ihre Reisetasche gekommen sei.

Die Goldjungs meinen zu wissen, dass sie ein Kurier für andere wäre und wollen sie dazu bringen, die Namen der Hintermänner preiszugeben. Sie fordern zwei Monate Untersuchungshaft.

Birna hält sich immer noch an ihre ursprüngliche Aussage, dass sie nichts weiß. Das verheißt nichts Gutes für sie.

»Es sieht schlecht aus«, sage ich.

»Aber das ist nicht mein Stoff«, antwortet sie sofort. »Jemand muss das Zeug in meine Tasche geschmuggelt haben.«

»Du glaubst doch nicht im Ernst, dass dir das einer abnimmt?«

»Aber wenn es doch wahr ist!«

»Ach ja? Was hast du denn eigentlich in Brasilien gemacht?«

»Ich habe nur meinen Freund besucht.«

»Du bist um die halbe Welt gereist, um diesen Freund zu besuchen und dann warst du nur drei Tage bei ihm, wenn ich dich recht verstehe? Wie kam das denn?«

Die Antwort kommt sofort: »Er hat mich betrogen. Er hatte eine andere in Rio und hat mich alleine im Hotel zurückgelassen. Dann bin ich einfach wieder nach Hause geflogen.«

Unglaubwürdige Geschichte?

Natürlich. Aber vielleicht auch so gelogen, dass sie schon fast wieder wahr sein könnte? Es gibt so viele verdrehte Sachen auf der Welt.

»Hältst du es für möglich, dass dein Freund das Rauschgift in der Tasche versteckt hat?«, frage ich.

»Nein, das glaube ich nicht«, antwortet sie und schüttelt den Kopf.

»Aus diesen Unterlagen geht hervor, dass du dich geweigert hast, seinen Namen zu nennen. Warum?«

Birna stöhnt selbstmitleidig: »Das ist ein einziger Albtraum.«

Ich schaue sie streng an und warte auf eine Antwort.

»Ich glaube einfach nicht, dass er das gemacht hat«, sagt sie schließlich. »Außerdem wollte ich ihn nicht in Schwierigkeiten bringen.«

»Ihn in Schwierigkeiten bringen?«, frage ich fassungslos. »Dein Freund hat dich betrogen!«

Sie schaut auf ihre Hände, die sie in ihrem Schoß windet.

»Du steckst bis zum Hals in Scheiße, nicht er!«

Birna antwortet nicht.

»Es könnte dir helfen, wenn du ihnen sagst, wie dein Romeo heißt.«

Sie schüttelt den Kopf. Ihr jämmerlicher Gesichtsausdruck geht mir unglaublich auf die Nerven.

»Du musst den Tatsachen ins Auge sehen«, sage ich scharf. »Die haben dich mit zwei Kilo Dope aufgegriffen.

Das bedeutet mindestens vier Jahre Knast. Und es ist wirklich kein Zuckerschlecken, einige Jahre hinter Schloss und Riegel zu verbringen, das kann ich dir sagen!«

Sie guckt mich mit großen braunen Augen an. Vereinzelte Tränen kullern die Wangen hinunter.

»Der einzig mögliche Weg, um ein milderes Urteil zu bekommen, ist zu versuchen, Informationen zu verkaufen«, fahre ich fort. »Aber dann musst du auch Hinweise auf diese Typen geben, die das Rauschgift besitzen.«

Sie schlägt die Hände vors Gesicht und bricht in Tränen aus.

Ich gestehe ihr zu, sich auszuheulen. Schiebe ihr dann ein Papiertaschentuch über den Tisch zu, als sie sich wieder gefangen hat und die Schluchzer weniger werden. Sie wischt sich die Augen und putzt die Nase.

»Also, dann wollen wir mal zum Gegenschlag ausholen. Bist du bereit?«

Sie schüttelt wieder den Kopf.

»Okay. Dann sieht die Sache folgendermaßen aus: Du bekommst Untersuchungshaft und wirst dann zu einer langen Gefängnisstrafe verurteilt.«

Ich stehe auf und stopfe die Unterlagen in meine Aktentasche: »Wir sehen uns heute Nachmittag wieder, wenn sie dich vor den Richter bringen. In der nächsten Woche komme ich dann zu Besuch. Ich rate dir, die Zeit zu nutzen und dir deine Sache gut zu überlegen.«

Birna kommt mir unglaublich hilflos zwischen den beiden stattlichen Wärtern vor, die sie zwischen sich nehmen, den Flur entlangführen und in ihre Einzelzelle bringen.

In den letzten Jahren habe ich einige Mandanten betreut, die in einer ähnlichen Situation waren. Birna ist nur ein weiteres, dummes Opfer. Es macht mich immer wieder wütend, wenn ich junge Mädchen treffe, die noch das ganze Leben vor sich haben und den Mund nicht aufmachen! Sie opfern leichtfertig viele Jahre ihres Lebens für ordinäre Ganoven, die auf ihr Schweigen bauen, damit sie in Ruhe ihre krummen Dinger drehen können.

»Der Teufel ist nie arbeitslos.«

Sagt Mama.

5

»Ist das nicht das Haus von der?«

»Von wem?«

»Ach, du weißt schon, von der, die in der Staatskanzlei abgemurkst wurde.«

»Was ist damit?«

»Ach nichts. Ich wollte nur mal fragen.«

Der Typ dreht sich wieder mit beleidigter Miene um und fährt fort, das Schloss an Hallas Haustür auszuwechseln. Oder besser gesagt an Lilja Rós' Haus. Es gehört ja jetzt ihr.

Sie hatte gesagt, dass sie entschlossen sei, das Haus nicht zu verkaufen, obwohl sie selber vorhatte, weiterhin den meisten Teil des Jahres im Norden zu verbringen. Sie wollte es auch nicht vermieten. Das ist natürlich ihre Sache. Sie wird es sich wohl leisten können, ein Haus zu besitzen, das sie die meiste Zeit des Jahres fast nicht nutzt. Kein Problem für Millionäre.

Ich hielt es für nötig, das Schloss auswechseln zu lassen und habe die Sache gleich in Angriff genommen. Es gibt keinen Grund, darauf zu warten, dass der Langfinger ein drittes Mal zuschlägt und das Haus auf den Kopf stellt.

Lilja Rós hatte die Spuren des zweiten Einbruchs schon beseitigt und aufgeräumt. Innen steht wieder alles in Reih und Glied, wie bei einer Vorzeigehausfrau.

Ich warte auf dem Flur, bis der Typ das neue Schloss angebracht hat. Schließe dann die Haustür von innen ab, gehe hinauf in den ersten Stock, stelle die Kelloggsschachtel der Goldjungs auf den Schreibtisch, lege meine schwarze Lederjacke über die Stuhllehne und setze mich an den Schreibtisch, an dem Halla viele Stunden verbracht hat. Vor dem Computer, der jetzt gestohlen worden war.

Warum dieser Einbruch? Was wollte dieser Langfinger hier? Es war doch sicher kaum nur der Computer, der ihn lockte? Da hätte er ihn doch schon beim ersten Mal mitgehen lassen können.

Hier gab es etwas, das er unbedingt haben wollte. So viel ist sicher. Vielleicht ist es immer noch hier. Aber was? Und wo?

Fragen über Fragen!

Einer der Schlüssel vom Schlüsselbund passt auf das Schloss vom Schreibtisch. Ich öffne eine Schublade nach der anderen und krame in ihnen herum. Aber es befindet sich nichts Ungewöhnliches in ihnen. Nur diverse Papiere. Notizen, Briefe und Berichte. Ich lese einige Unterlagen quer. Hat alles nur mit ihrer Arbeit zu tun, wie es scheint.

In den Schubladen befinden sich auch Disketten in rauen Mengen, die in Plastikschachteln sortiert sind. Auf manchen sind eindeutig Computerspiele drauf. Andere sind mit Etiketten versehen, auf denen mit schöner Handschrift Stichworte zum Inhalt vermerkt sind. Es sieht so aus, als handele alles nur von Politik. Stellungnahmen, Reden, Berichte, Briefe, Notizen. Zweifellos alles langweiliges Geschwafel für Leute, die sich nicht für Politik interessieren.

Letztendlich habe ich die Nase voll. Schließe die Schubladen wieder und gehe über den Flur in das Schlafzimmer. In dieses rosane.

Ich finde es immer noch genauso unglaublich wie beim ersten Besuch. Ist es wirklich möglich, umgeben von dieser Geschmacksverirrung einzuschlafen?

Ich setze mich auf das weiche Bett, lege meinen Kopf auf

ein großes Kissen und betrachte mich selbst im Spiegel, der über dem Bett an der Decke hängt.

Dieses Zimmer erinnert mich noch am ehesten an eine Kulisse im Theater. An eine Bühne. War Halla vielleicht eine Art Regisseurin hier? Oder nur einer der Schauspieler?

Hmmm.

Die Matratze ist wirklich gut. So unheimlich weich. Garantiert aus Amerika! Ich schließe die Augen und döse eine Weile. Und setze mich dann ganz plötzlich hellwach im Bett auf. Die Disketten!

Die Disketten wurden im Bankschließfach aufbewahrt. Warum?

Ich stehe schnell auf, eile ins Arbeitszimmer und durchwühle die Kelloggsschachtel, bis ich alle Disketten aus dem Schließfach zusammen habe.

Es sind acht Stück.

Das Einzige, was auf ihnen draufsteht, sind die Nummern. Eine Zahl auf jeder Diskette. Nummeriert, von eins bis acht. Aber nichts anderes, was darauf hinweisen würde, was auf ihnen gespeichert wurde.

Merkwürdig.

Die Goldjungs haben doch mit Sicherheit die Disketten auf ihren Inhalt abgecheckt. Sie konnten das unmöglich vergessen haben. Vielleicht haben sie nur noch mehr von diesem trivialen, politischen Blabla gefunden?

Vielleicht.

Aber warum wurden Disketten im Schließfach aufbewahrt, wenn auf ihnen nichts Wichtiges gespeichert ist?

Da stimmt doch was nicht!

Ich werfe mir die Jacke über, stecke mir die Disketten in die Tasche und sause die Treppe hinunter.

6

»Scheiß Buchstabensalat!«

Ich springe auf und pfeffere die Maus weg, sodass sie scheppernd auf dem Schreibtisch landet.

Am liebsten würde ich dem Computer die Fresse polieren. Aber es gelingt mir noch rechtzeitig, mich zusammenzureißen. Außerdem haben Computer keine Fresse. Jedenfalls noch nicht.

Egal, was ich mache – Fehlanzeige. Der Computer zeigt mir nur irgendeinen Schwachsinn auf dem Bildschirm. Völlig unverständliches Gewäsch.

Eigentlich kann ich mit Computern so gut wie gar nicht umgehen. Das ist einfach nicht mein Fall. Ich betrachte sie nur als eine Art bessere Schreibmaschine, die es mir erleichtert, Briefe zu schreiben und die Buchhaltung zu erledigen.

Nachdem ich mit den Disketten aus dem Bankschließfach nach Hause gekommen war, ging ich sofort in mein Büro, schaltete den Computer ein, startete das Programm mit der Textverarbeitung, steckte die Diskette, die Halla als Nummer eins beschriftet hatte, ins Diskettenlaufwerk und öffnete die Datei, die auf ihr gespeichert war.

Kinderspiel.

Das, was dann auf dem Bildschirm erschien, war allerdings alles andere als ein Kinderspiel. Ganz im Gegenteil. Buchstaben, Zahlen und Zeichen, zu einem sinnlosen Gemisch kombiniert, sprangen mir entgegen.

Ich wechselte die Diskette und versuchte mein Glück aufs Neue. Aber das Ergebnis war immer das Gleiche: Auf allen Disketten war dieser unverständliche Buchstabensalat.

Uff!

Ich gehe mit langen Schritten zum Aktenschrank, öffne die unterste Schublade, greife nach der halb leeren Flasche Jackie Daniels und genehmige mir einen kräftigen Schluck.

Aaaah!

Nehme dann die Flasche mit zum Schreibtisch, setze mich wieder vor den Computer und glotze den Buchstabensalat an.

Was zum Teufel ist das eigentlich?

»Manchmal sieht man vor lauter Bäumen den Wald nicht.«

Sagt Mama.

Vielleicht hat sie Recht, wie schon manches Mal zuvor. Vielleicht bin ich irgendwie computerblind?

Das kann man schnell herausfinden.

Ich genehmige mir noch einen Schluck. Stelle dann die Flasche auf den Fußboden, lange nach dem Telefon und rufe meinen Cousin Sindri an. An so was wird er sicher seine Freude haben.

Kurze Zeit später sitzt Sindri vor dem Computer.

»Wo ist das Problem?«, fragt er.

Ich reiche ihm die Diskette mit der Nummer eins.

»Siehst du die hier?«

»Ja sicher.«

»Dann sag mir, was drauf ist.«

»Das kann doch nicht so schwierig sein!«

Sindri steckt die Diskette ins Laufwerk und traktiert mit geübten Fingern die Maus.

Fortissimo!

»Da ist eine große Datei drauf«, sagt er.

»Ach ja?«

»In PGP abgespeichert, wie ich sehe.«

Er klickt wieder fleißig mit der Maus herum. Hört dann damit auf und verdreht seine Augen nach schräg-oben, um mich anzusehen, denn ich stehe hinter ihm.

»Hast du das Programm nicht gespeichert?«

»Was für ein Programm?«

»PGP natürlich.«

»Wozu brauchst du das?«

»Um die Datei zu entschlüsseln.«

»Entschlüsseln? Ist es denn verschlüsselt?«

»Das steht hier«, sagt er und zeigt auf den Bildschirm. »Ciphertext Datei. Und dann dahinter: PGP.«

»Aha.«

Sindri guckt mich auf einmal argwöhnisch an.

»Die Diskette gehört doch dir, oder?«, fragt er zögerlich.

»Sie ist auf Bitten der Besitzerin bei mir in Verwahrung.«

»Ach so.«

»Ich muss sehen, was auf ihr gespeichert ist.«

»Dafür brauchst du erstens PGP. Und zweitens …«

Uff! Ich habe genug von dieser Abkürzung, die er mir so nett um die Ohren haut. »Verdammt noch mal, was ist das eigentlich?«

Sindri nimmt die Lehrerhaltung ein. »Das ist eine englische Abkürzung und heißt Pretty Good Privacy«, doziert er. »Das ist ein tolles Programm, um Texte zu ver- und zu entschlüsseln.«

»Was du nicht sagst.«

»Es funktioniert wie ein Schloss, das man abschließt, um etwas wegzusperren. Um zu vermeiden, dass deine Unterlagen von jemandem Unbefugtem gelesen werden.«

»Okay. Und wo bekomme ich das Programm?«

»Eigentlich überall. Du kannst es über verschiedene Adressen im Internet herunterladen. Aber das ist natürlich nicht genug.«

»Warum nicht?«

»Du brauchst auch noch den richtigen Kryptographie-Schlüssel zu dieser Datei.«

»Und wo bekomme ich den her?«

»Na, bei dem natürlich, der die Datei verschlüsselt hat.« Er lächelt verlegen.

»Und wenn ich den richtigen Schlüssel nicht habe?«, frage ich.

»Dann kann man das Dokument nicht entschlüsseln.«

»Keine Chance?«

»No way.«

»Kannst du nicht den Schlüssel für mich finden?«

Er überlegt einen Moment. »Wo ist der Computer, der das Dokument ursprünglich verschlüsselt hat?«

»Er wurde gestohlen.«

»Ach so.« Sindri zuckt mit den Schultern. »Dann bist du wohl schachmatt«, sagt er.

»Scheiße!«

Mein Computer schnurrt weiter in die Stille, als ob nichts sei. Ihm sind meine Probleme natürlich herzlich egal.

»Gibt es wirklich keine Möglichkeit, den Schlüssel zu knacken?«, frage ich wieder. Wirklich gar keine?«

Sindri schüttelt den Kopf.

»Was ist denn mit allen diesen Computerfreaks, die man im Kino sieht? Kinder, die sich in Computer einhacken und einen Weltkrieg anzetteln?«

»Das gibt's nur im Film.«

»Scheiß Computergedöhns!«

Es muss doch eine Möglichkeit geben! Es gibt doch immer eine. Ich gehe im Zimmer auf und ab. Bleibe dann auf einmal stehen. Lilja Rós! Vielleicht weiß sie etwas über einen Schlüssel?

Ich suche die Nummer ihres Pagers heraus, grapsche das Telefon und hinterlasse ihr die Nachricht, dass sie mich zurückrufen möchte. Sie antwortet mir innerhalb von zwei Minuten. Ich erkläre ihr das Problem.

Es folgt ein langes Schweigen im Hörer.

»Bist du noch da?«, frage ich ungeduldig.
»Ja«, antwortet sie.
»Also, was ist jetzt, weißt du was darüber?«
»Ich … Ich kann dir nicht helfen.«
»Bist du ganz sicher?«
»Ja. Lass die Sache auf sich beruhen.«
Ich schmeiße den Hörer auf die Gabel.
Die Sache auf sich beruhen lassen? Da kennt sie mich aber schlecht, wenn sie glaubt, dass ich mich so schnell geschlagen gebe!
Nie!

7

»Neeeiiin!«
Mein Magen versucht, seinen Inhalt in den Hals hochzudrücken.
»Hiiilfeee!!!«
Ich werde in den Sitz gedrückt. Ich ducke mich so gut es geht und die Sicherheitsgurte es erlauben.
»Hahaha!«
Dieses höhnische Gelächter kommt vom Sitz neben mir. »Bist du so ein Angsthase?«
Ich bemühe mich redlich, mein Gleichgewicht wiederzufinden. Normal zu atmen. Die Muskeln zu entspannen. Meinen verkrampften Griff um die Sicherheitsgurte zu lösen.
»Das war doch noch gar nichts! Nur ein kleiner Sturzflug«, sagt Saemi und grinst fies, während er am Steuer des Flugzeuges sitzt.
Natürlich musste er sich so aufspielen. Mal zeigen, was für ein toller Kerl er ist. Verdammte Macho-Allüren!
Nach dem Regen heute Morgen ist der Himmel strahlend

blau über dem Land. Man sieht einige Boote wie kleine Flecken auf dem spiegelglatten, weiträumigen Faxaflói. Die Stadt, die unter und vor uns liegt, erinnert mich an aneinander gereihte Spielzeughäuschen.

»Natürlich habe ich keine Angst«, beantworte ich schließlich seine Frage. »Du hast mich mit diesem Looping nur total überrascht!«

»Sei ganz unbesorgt. Das ist eine hundert Prozent zuverlässige Maschine, glaub's mir!«

Saemi hatte mich vorhin auf der Laekjargata angehupt. Er fuhr einen Benz. Zwar einen alten, aber immerhin einen Benz.

Er hatte mir angeboten, einzusteigen und auf einen Flug mitzukommen. Eine halbe Stunde später waren wir schon über der Hauptstadt in der Luft.

»Fliegen und ein Auto. Wie kommst du denn zu diesen Reichtümern?«, frage ich.

»Die Geschäfte gehen gut.«

»Was für Geschäfte?«

»Erledigungen eben, Menschenskinder!«

Mann, mann ... »Was für Erledigungen, Menschenskind?«

Saemi lacht: »Warum gehst du denn immer gleich an die Decke?«

Oh, là. là, Stella, ganz ruhig bleiben.

»Ich erledige Sachen für Leute«, erklärt er. »Ich fliege raus aufs Land. Besorge meinen Auftraggebern verschiedene Dinge, die sie dringend brauchen.«

»So'n Kleinkram taugt doch wohl kaum für ein Flugzeug und einen Benz?«

»Ich bin Miteigentümer des Flugzeuges. Mit gehört zwar nur ein kleiner Teil, aber ich fliege oft. Es gibt viel zu tun.«

»Wer sind die anderen Besitzer?«

»Einige Freunde.«

»Welche Freunde?«

»Einige«, wiederholt er.

»Porno-Valdi oder was?«

Er wird misstrauisch: »Wie kommst du darauf?«

»Mir wurde gesagt, dass du für ihn arbeitest, kleine Gefallen erledigst.«

»Wer sagt das?«

»Ich habe meine Quellen.«

»Valdi hat sich mir als guter Freund erwiesen«, meint Saemi nach einer kurzen Überlegungspause. »Das ist kein Geheimnis.«

»Hoffentlich hast du kein Rauschgift an Bord.«

»Wie kommst du denn darauf?«

»Es sind so gewisse Geschichten im Umlauf.«

»Zum Beispiel?«

»Dass du angefangen hast, Rauschgift zu verkaufen. Und dass dein Freund Valdi der Drahtzieher ist.«

»Das ist doch kompletter Schwachsinn.«

»Ach wirklich?«

»Und überhaupt, es gibt gar keinen Drahtzieher.«

»Nein?«

»Nein, in dieser Branche gibt es verschiedene kleine Könige. Nicht einen, der alle Fäden in der Hand hat. Das ist nur dummes Geschwätz.«

Saemi steuert das Flugzeug über den Hafen auf den Flugturm zu. In die Einflugschneise zum Landen.

»Ich habe dich im Winter gar nicht bei der Beerdigung gesehen«, sage ich.

Er antwortet nicht.

»Die Goldjungs haben übrigens immer noch keine heiße Spur.«

»Da kann ich auch nichts dran ändern.«

»Die sind doch immer völlig ratlos, es sei denn, die Kriminellen klopfen besoffen bei ihnen an.«

Saemi lacht und fragt dann:
»Und du, Stella? Hast du den Fall schon gelöst?«
»Wie kommst du darauf?«
»Einfach so. Mir wurde nämlich gesagt, dass du immer noch an der Sache dran bist, obwohl es dich nichts mehr angeht.«
»Wer sagt das?«
»Das ist doch egal. Hast du schon eine private Theorie?«
»Wer weiß?«
Das Flugzeug hüpft zuerst nur auf einem Rad, als es den Boden berührt, aber läuft dann weich auf der Landebahn aus.
»Wer ist denn der Täter?«, fragt Saemi.
»Ich weiß es nicht. Noch nicht. Aber es gibt da einige, die einen guten Grund gehabt hätten, scheint mir.«
»Was für Gründe?«
»Tu doch nicht so unschuldig. Du weißt doch mit Sicherheit alles über Hallas Tricks.«
Saemi guckt mich ernsthaft an. »Was weißt du denn über diese so genannten Tricks?«
»Mehr als du glaubst.«
»Wie bist du an diese Informationen gekommen?«
»Ich habe meine Verbindungen.«
»Hat jemand … ähm … irgendwas an Material in den Händen?«
»Was für ein Material?«
»Na ja, du weißt schon, halt Material …«
Ich lächele freundlich: »Wer weiß?«
Er gibt es auf, mich weiter auszufragen.
»Wo soll ich dich absetzen?«, fragt er, als wir wieder am Auto sind.
»Zu Hause beim Büro.«
Der Benz schnurrt los.
»Halla hatte viele Eisen im Feuer«, sagt Saemi. »Viel-

leicht hat sich eins davon zu guter Letzt als zu heiß herausgestellt.«

»Weißt du welches?«

»Nein. Dann hätte ich es natürlich sofort erwähnt.«

»Natürlich.«

»Glaubst du mir das nicht?«

»Nein.«

»Warum?«

»Weil du selber bis über beide Ohren in Geschäfte und Gefallen, wie du das nennst, verstrickt bist. Du hast doch kein Interesse daran, die Aufmerksamkeit der Obrigkeit auf Hallas Tricks zu lenken. Und du hast noch weniger Interesse daran, den Goldjungs einen Gefallen zu tun.«

»Das stimmt nicht«, antwortet er. »Wenn ich etwas wüsste, was der Sache auf die Sprünge helfen würde, würde ich es sagen. Aber ich habe leider nichts zu bieten.«

Wir sind bei mir zu Hause angekommen.

»Du bist immer noch nicht mit mir ausgegangen«, sagt er. »Wie wärs mit heute Abend?«

»Ich bin beschäftigt«, antworte ich und steige aus.

»Okay. Wenn du Lust hast, sagst du Bescheid.« – Saemi grinst angeberisch und schlägt mit der Faust ein paar Mal auf die Hupe.

Wirklich ein echter Macho!

8

Ein Bett! Ein Königreich für ein Bett!

Ich bin total fertig. Werfe einen schnellen Blick auf die Uhr. Es wird bald drei. Allerdings in der Nacht. Ein ganzer Tag und fast eine halbe Nacht habe ich erfolglos Hallas Papiere durchsucht. Hier ist nichts anderes als Geschwätz über Politik zu finden. Kein Passwort zu den Geheimnissen.

Ich recke mich und stehe dann vom Schreibtisch auf, gehe über den Flur in das rosane Gruselkabinett. Kicke meine Schuhe von den Füßen. Schmeiße die Bluse auf den Flur. Meine schwarzen Hosen auch. Lege mich in dem weichen Bett auf den Rücken.

Hmmm!

Nehme das eine Kissen in den Arm. Drücke es an mich. Drehe mich auf die Seite. Ziehe die Knie an.

Schlafen. Nur schlafen.

Ich hatte mir geschworen, mich erst dann geschlagen zu geben, wenn ich am Ende einer Sackgasse angelangt bin.

Es war mir gelungen, Sindri zu überreden, mit seinem Laptop zu Halla nach Hause zu kommen und die Disketten in ihren Schubladen durchzuchecken. Er sollte herauskriegen, ob nicht auf irgendeiner eine Kopie von diesem verdammten Programm darauf ist. Pretty Good Privacy. PGP.

Sindri hatte eine Diskette nach der anderen in seinen Laptop geschoben und die Inhaltsverzeichnisse mit stoischer Ruhe und Geduld durchsucht.

»Bingo!«, rief er schließlich.

»Was hast du gefunden?«, fragte ich und eilte rüber zu ihm.

»Hier ist zumindest schon mal eine Kopie des Programms«, antwortete er. »Gucken wir uns mal den Schlüsselring an.«

»Den Schlüsselring?«

»Das ist eine Art Ablage im Programm für verschiedene Geheimschlüssel.«

Im Null-Komma-Nix erschien eine Buchstabenkolonne auf dem Bildschirm.

»Guck mal!«, sagte er. »Hier ist ein Schlüssel auf ihren Namen!«

»Du bist ein Genie!«, rief ich und küsste ihn auf den Hinterkopf.

Sindri legte eine neue Diskette ein, klickte wild auf der Maus herum und schaute dann zu mir. »Jetzt brauch ich nur noch das Passwort«, sagte er.

»Das Passwort?«

»Ja, ohne können wir das Dokument nicht entschlüsseln.«

»Aber ich habe kein Passwort.«

»Dann musst du es finden. Sonst hängst du fest.«

Immer wieder der gleiche Scheiß!

»Okay. Wie sieht so ein Passwort aus?«

»Es kann eigentlich alles sein«, antwortete Sindri und zählte mit Hilfe seiner Finger auf: »Ein Buchstabe oder mehrere. Eine Zahl oder mehrere. Eine Mischung von Buchstaben und Zahlen. Ein Wort oder ein ganzer Satz. Egal, was.«

»Das ist doch bescheuert«, sagte ich und hob abwehrend die Hände.

Sindri lächelte verlegen. »Manchmal suchen sich die Leute etwas aus, was sie oft ansehen, aber was so alltäglich ist, dass es niemandem einfallen würde, es mit einem Passwort in Verbindung zu bringen«, erklärt er weiter. »Der Titel eines Buches zum Beispiel.«

»Um es nicht zu vergessen, oder was?«

»Genau.«

»Irgendetwas, was gleichzeitig offensichtlich und völlig absurd ist?«

»Jahaaa. Aber es ist natürlich am wahrscheinlichsten, dass sie ihr Passwort irgendwo aufgeschrieben hat, im Kalender oder auf irgendeinen Zettel«, sagte Sindri. »Es kann nämlich niemand ein verschlüsseltes Dokument öffnen, wenn das Passwort verloren geht – noch nicht mal der, der das Dokument erstellt hat.«

»Was für'n Scheiß!«

Er guckte beleidigt, als ob ich ihn privat und persönlich für das größte Verbrechen verklagen würde.

»Nimm mich nicht so ernst«, sagte ich und klopfte ihm auf die Schultern. »Ich bin einfach nur schlecht drauf.«

Sindri versuchte, ein Lächeln zu Stande zu bringen und guckte mich mit einem Hundeblick an, der mich gleichzeitig rührte und nervte.

Mein lieber Cousin hat sich merkwürdigerweise lange Zeit eingebildet, dass ich eine Art Traumfrau sei. Er lebt immer noch in der Hoffnung, dass er irgendwann das feuchte Paradies heimsuchen darf.

Vielleicht. Aber nicht jetzt.

Ich habe ihn nach Hause geschickt und weiter Hallas Papiere durchsucht. Währendessen habe ich mich immer wieder gefragt, warum ich mich noch mit diesem verdammten Kram beschäftige. Tief drinnen war mir die Antwort natürlich klar. Einfach nur Starrsinn. Ich habe mich in diesen Sumpf begeben, jetzt muss ich auch selber sehen, wie ich da wieder herauskomme. Ich vertrage es einfach nicht, mich geschlagen zu geben. So bin ich einfach. Gebe mich nur mit Tatsachen zufrieden.

Auf dem weichen Bett im rosanen Schlafzimmer schwebt mein Bewusstsein zwischen Wachen und Schlafen. Zusammenhanglose Bilder ziehen an meinem inneren Auge vorbei wie Filmabschnitte im Schnelldurchlauf mit unterschiedlichen Themen. Halla. Saemi. Lilja Rós. Raggi. Der Premier. Gunnleifur. Haukur. Porno-Valdi. Blaue Tasche. Rauschgift. Computer. Disketten. Geheimnisse. Passwort. Flugzeug. Benz.

Winzige Puzzleteilchen. Ohne Zusammenhang.

Aber es gibt trotzdem einen Zusammenhang. Muss es geben. Warum komme ich nicht drauf?

Halla ist tot. Sie hat von ihren Geheimnissen gelebt und sie gut verwahrt. Hatte sie wahrscheinlich auf der Festplatte in ihrem Computer gespeichert und auf den Disketten, die im Bankfach waren.

Doppelte Absicherung.

Aber warum hat sie dann ständig von der blauen Tasche als ihre Versicherung geredet?

Wenn die Geheimnisse schon auf den Disketten im Bankfach waren, waren sie jedenfalls nicht in einer blauen Tasche.

Da fehlt der Zusammenhang.

Die verschlüsselten Dokumente auf den Disketten und die blaue Tasche. Alles ist eng miteinander verknüpft. Musste so sein. Aber wie?

Geben die Disketten einen Hinweis auf die blaue Tasche?

Vielleicht.

Aber es sind einige Disketten. Sindri hat gesagt, dass sich auf ihnen große Dokumente befinden. Viel mehr Text, als ein bloßer Hinweis auf einen anderen Aufbewahrungsort für die Geheimnisse.

Ich drücke das weiche Kissen mit Händen und Füßen an mich und lasse die Mühle in meinem Kopf weitermahlen.

Disketten. Blaue Tasche. Zusammenhang.

Wo ist der Zusammenhang?

Ein Hinweis?

Auf was? Auf den Aufbewahrungsort der blauen Tasche? Kaum.

Ich besitze die Disketten, aber nicht die blaue Tasche. Was, wenn es andersherum ist?

Wenn ich die blaue Tasche, aber nicht die Disketten hätte? Ist das Passwort zu den verschlüsselten Dokumenten vielleicht in der Tasche?

Moment mal!

Und wenn es andersherum wäre ... Ja, andersherum!

Von einem Moment zum anderen bin ich hellwach. Setze mich im Bett auf. Vielleicht ist die blaue Tasche keine normale Tasche? Mit Sicherheit ein Versteck, aber weder aus

Schweineleder noch Kaninchenfell? Sondern aus Plastik?

Kann das sein?

Ich schmeiße das Kissen weg, komme aus dem Bett, gehe über den Flur in Hallas Arbeitszimmer, mache Licht an und setze mich auf den Stuhl.

Uff!

Er ist kalt. Ich bekomme eine Gänsehaut auf den nackten Oberschenkeln. Ich mache den Computer an, lade die Textverarbeitung und stecke eine Diskette aus dem Bankfach in den Computer.

Und jetzt?

Verdammt noch mal! Ich habe nicht genau aufgepasst, wie Sindri das gemacht hat. Ich hatte keine Ahnung, wie ich das Programm benutzen sollte. PGP.

Jetzt gibt es nur eine Möglichkeit: Sindri anrufen.

Nach meiner Uhr zufolge wird es gleich fünf. Es ist schon fast Morgen. Ich beschließe, dass Sindri nicht ausschlafen muss.

Ich recke mich zum Telefon und hebe den Hörer ab.

9

Ich lasse es klingeln, und klingeln, und klingeln.

Endlich wird mit verschlafener Stimme geantwortet.

»Sindri?«, frage ich.

»Nein!«

Nach einer Weile kommt er ans Telefon. Murmelt etwas und verspricht, wieder zu mir zu kommen.

Sofort?

Sofort.

Eine halbe Stunde später sitzt er wieder vor dem Computer und hört sich meine Ausführungen an, dass die »blaue

Tasche« das richtige Passwort zu Hallas verschlüsselten Dokumenten sein muss.

»Wenn die zwei Wörter ›blaue Tasche‹ der Schlüssel sind, dann stellt sich nur die Frage, wie sie geschrieben werden«, sagt Sindri. »Wir können ein paar Versionen ausprobieren und gucken, ob eine passt.«

Er versucht ein paar Mal, das Dokument auf einer der Disketten zu entschlüsseln, aber der Computer gibt ihm immer wieder die gleiche blöde Antwort. »Das klappt nicht«, sagt er.

Verdammt!

»Fällt dir nichts Neues ein?«

»Nein«, gestehe ich deprimiert.

»Dann gehe ich jetzt wieder nach Hause, schlafen.«

Ich begleite Sindri zur Tür und küsse ihn auf die Backe. Gehe dann in die Küche, mache mir einen Kaffee und nehme mir einen vollen Becher mit ins Arbeitszimmer. Als ich wieder vor dem Computer sitze, nippe ich am Kaffee. Recke mich dann zu Jackie, kippe einen großzügigen Schluck in die schwarze Flüssigkeit und probiere noch mal. Was für ein Unterschied!

Nichts bringt einen mehr auf Vordermann als ein Jackie-Kaffee.

Lehne mich dann im Stuhl zurück. Lege die Hände um die heiße Tasse. Lasse meinen Blick erst über die Decke, dann über die Wände schweifen.

Nein, leider nicht. Mir fällt nichts Neues ein.

Schließlich betrachte ich das schöne Farbfoto, das direkt gegenüber an der Wand hängt. Bewundere das abenteuerlich blaue Wasser in der Höhle. Lese die Worte unter dem Bild: Grotta azzurra.

Die blaue Grotte.

Was hatte Lilja Rós mir im Winter über Italien erzählt? Dass die Freundinnen dort öfter zusammen Sommerferien gemacht haben und dass Halla sich für alles, was italienisch war, so begeistert hat. Hat sogar Italienisch gelernt.

Italienisch?

Die blaue Grotte? Grotta azzurra.

Ich richte mich im Stuhl auf.

Hat Sindri nicht gesagt, dass manche etwas als Passwort wählen, was sie oft vor sich sehen? Das konnte natürlich genauso gut auf Italienisch wie auf Isländisch sein.

Ich stelle die Tasse auf dem Schreibtisch ab, ziehe Sindris Laptop zu mir herüber und versuche, das Dokument auf der Diskette Nummer eins mit dem neuen Passwort zu entschlüsseln. Grotta azzurra.

Der Computer antwortet mir sofort. Auf Englisch, wie üblich: »Error. Password incorrect.«

Mist!

Auch meine Versuche, die zwei italienischen Worte in diversen Varianten einzugeben, ändern nichts an der Sache: Ich bekomme immer die gleiche Antwort.

Verdammt noch mal!

Ich nehme mir wieder meine Tasse, lehne mich im Stuhl zurück, trinke mehr Jackie-Kaffee und überlege.

Moment mal!

Warum habe ich denn auf einmal die blaue Grotte als denkbares Passwort benutzt, anstelle der blauen Tasche?

Was war ich für ein dummes Huhn!

Ich schimpfe laut mit mir selber, während ich das englisch-italienische Wörterbuch aus dem Regal ziehe. Dann suche ich das italienische Wort für Tasche.

Sacco?

Das war ja nicht sehr schwierig.

Jetzt nehme ich mir wieder den Computer vor und versuche, den Text der ersten Diskette aufs Neue zu entschlüsseln. Als das Programm um das Passwort bittet, schreibe ich »sacco azzurra« und warte gespannt auf das Ergebnis.

Der Computer antwortet sofort: »Error: Password incorrect.«

Ich gebe die beiden Wörter in verschiedenen Schreibweisen ein. Aber das Ergebnis ist immer das Gleiche. Nein danke.

Uff!

Vielleicht ist ja meine Wortwahl total falsch? Ich habe nie Italienisch gelernt. Habe überhaupt keine Ahnung von der Sprache. Außer das bisschen, was alle können: O sole mio!

Mio?

Meine blaue Tasche? Sacco azzurra mio?

Warum nicht?

Man kann's ja noch mal probieren, einmal mehr oder weniger ist auch egal.

Als der Computer um das Passwort bittet, gebe ich die neue Antwort ein und mache mir keine großen Hoffnungen, was die Reaktionen des Computers betrifft. Starre dann ziemlich lange ungläubig auf den Bildschirm, als dort die englischen Worte erscheinen: »Password correct. Just a moment …«

Unglaublich! Ich habe den Schlüssel geknackt!

Kurz darauf erscheint eine neue Frage auf dem Bildschirm: »Output Datei already exists. Overwrite (y/n)?

Ich springe jubelnd auf, grapsche nach der Tasse, kippe mir den kalten Jackie-Kaffee rein und gröle total unmelodisch:

»O sole mio!«

10

Arschlöcher!

Ich hab doch immer schon gewusst, dass Politiker selbstdarstellungssüchtige Egoisten sind, die nur darauf aus sind, möglichst oft vor irgendwelche Kameras zu laufen. Aber dass manche ganz offensichtlich Kriminelle sind, die es sich genauso leicht erlauben können, Gesetze zu brechen wie auf Ministerpartys in französischem Rotwein zu schwelgen, das wusste ich nicht. Jedenfalls nicht, bevor ich Hallas Tagebücher gelesen hatte.

Ich glaube, ich gehe nie wieder wählen!

Halla hat einige Politiker bis auf die Knochen durchleuchtet sowie deren finanzielle Hintermänner und ihre Handlanger aufgedeckt.

Zwielichtige Gesellen!

Sie hatte jahrelang Tagebücher geschrieben, vom ersten Tag ihrer Arbeit bei der Partei an. Hat alles Mögliche notiert. Was auf Besprechungen, an denen sie teilgenommen hatte, passiert war. Gespräche, die sie mit Kollegen und Freunden geführt hatte. Geschichten, die sie über Politiker, Finanzspekulanten und Beamte gehört hatte, denen sie vorgestellt wurde.

Halla beschrieb die Männer, die sie getroffen hatte, schonungslos; von vielen sehr persönliche Details, ihre Angewohnheiten, Unarten, Interessen, die sie verfolgten, Wahlkampfstrategien und was sie für ihre politischen Freunde und Verwandten getan hatten.

Sie versuchte auch, die politischen Karten zu lesen. Welche Abgeordneten auf dem Weg nach oben waren und welche man scheuen sollte wie der Teufel das Weihwasser. Und sie hatte nichts beschönigt.

Außer den Tagebüchern hatte sie sechzehn Dossiers

über einflussreiche Persönlichkeiten in Politik und Wirtschaft angelegt. In denen hielt sie nicht nur ihre eigenen Kontakte über Jahre hinweg fest, sondern analysierte auch noch die Schwächen jedes Einzelnen und die gröbsten Vergehen. Beschrieb Bestechlichkeit und Machtmissbrauch, aber auch Gewalttätigkeit, Alkoholprobleme und Untreue ihren Ehefrauen gegenüber. Was für eine Lektüre!

Wahnsinn! Diese Informationen waren zweifellos ihre Waffen auf der politischen Karriereleiter. Auf Hallas Karriereleiter.

Als ich das letzte Dossier auf der letzten Diskette durchgelesen habe, bin ich steif und durchgefroren. Ich werfe einen Blick auf die Uhr. Kann es kaum glauben, dass es schon vier Uhr ist.

Seit dem frühen Morgen habe ich pausenlos über den Tagebüchern und den Dossiers gehangen und sie von Anfang bis Ende durchgelesen. Habe darüber völlig die Zeit vergessen.

Aber jetzt bin ich fertig.

Ich stehe auf, mache den Computer aus, nehme die Disketten mit ins rosane Schlafzimmer und lege sie in die Schublade des Nachttischchens, bevor ich unter die Bettdecke krieche. Überlege dann, was ich mit den Disketten machen soll, oder besser gesagt, mit den Informationen, die sich darauf befinden.

Sogar ein Greenhorn in der Politik konnte schnell erkennen, dass Hallas Behauptungen ein politisches Feuerwerk entzünden konnten. Dabei war es völlig egal, ob manche ihrer Berichte möglicherweise nur Tratsch waren. Einige Dinge hatte sie offensichtlich persönlich erfahren. War selber Zeuge von Ereignissen oder sprach mit namentlich erwähnten Augenzeugen. Andere Sachen hatte sie von irgendwelchen Kollegen gehört.

Natürlich wusste ich nichts über den Wahrheitsgehalt

dieser Berichte. Aber auch wenn nur ein winziger Teil dessen, was Halla in ihren Tagebüchern aufgezeichnet hatte, den Tatsachen entsprach, mussten die Disketten für hochgestellte Männer der Politik und Finanzwelt eine Bedrohung sein. Für Männer, die eigentlich eher im Knast als in der Staatskanzlei oder in Banken sitzen sollten. Kein Wunder, dass einige einen riesen Schiss vor Hallas Geheimnissen hatten. Vor der blauen Tasche!

Manchmal wird die Bedrohung stärker als alles andere. Hatte einer dieser Männer vielleicht die Hosen derart gestrichen voll, dass er auch vor einem Mord nicht zurückgeschreckt war? Zum Beispiel Haukur? Oder Porno-Valdi?

Vielleicht.

Allerdings sind auf den Disketten nur die Behauptungen von Halla, aber keine direkten Beweise. Nichts, was vor Gericht anerkannt würde.

Aber es wird auf andere Beweismittel hingewiesen. Es ist von Videos die Rede, die bei LR in Verwahrung seien.

LR?

Klare Sache.

Ich drehe mich auf die Seite und ziehe die Bettdecke über den Kopf.

Diese zwei Buchstaben können nur Lilja Rós bedeuten. Das liegt doch auf der Hand. Die Gute weiß also doch mehr, als sie zugibt. Die Maus, die sich davonschleicht!

Ich bin fest entschlossen, sie mir mal anständig vorzuknöpfen. Aber das muss warten. Jetzt steht erst mal etwas anderes auf dem Programm:

Schäfchen zählen.

11

Sonne?

Ich öffne die dicken, weißen Vorhänge.

Strahlender Sonnenschein!

Ist jetzt endlich der Sommer ausgebrochen? Kann das sein?

Nein! Das glaube ich nicht. Diese gleißende Helligkeit muss eine Täuschung sein. Nur irgendeine Kältesonne.

Seit ich heute Morgen im rosanen Schlafzimmer wach geworden bin, habe ich meine Hausaufgaben gut gemacht. Ich weiß jetzt, was ich zu tun habe.

Gewissen Typen ein bisschen Feuer unterm Hintern machen!

Und Vorsichtsmaßnahmen treffen. Eine Kopie vom Sprengstoff machen und ihn an einem sicheren Ort deponieren. Die Originale ebenfalls gut unterbringen, zum Beispiel im Bankschließfach. Das dürfte ein sicherer Ort sein.

Zuerst aber drucke ich Dossiers über zwei Männer aus: Haukur und Sigvaldi. Ich möchte Raggi die Papiere zeigen. Mal sehen, ob er Interesse daran hat.

Und wenn nicht?

Okay. Dann hätte ich jedenfalls mein Schärflein zur Gerechtigkeit beigetragen. Kein Grund, sich in der Sache zu überanstrengen. Das sind sowieso alles Kriminelle. Sigvaldi und Haukur waren vielleicht schlimmer als alle anderen. Wenn man Hallas Dossiers Glauben schenkt, waren die beiden seit einigen Jahren schon Verbündete, allerdings unter Sigvaldis Führung. Mit Hallas Informationen in Händen könnten die Goldjungs diese beiden Korruptionszwillinge festnageln, wenn sie denn überhaupt irgendein Interesse daran hätten, sich mit so einflussreichen Ganoven anzulegen.

Geht mich das eigentlich irgendwas an? Vielleicht nicht. Ich bin schon lange zu alt für dieses Gerechtigkeitsbusiness. Das ist deren Sache, nicht meine. Ich bin nur Anwältin.

Es hat eine halbe Stunde gedauert, die Disketten zu kopieren. Ich hatte erst ein paar Probleme, unbenutztes Plastik ausfindig zu machen. Ich wollte nicht andere Texte von Halla überschreiben, obwohl ich den Eindruck hatte, dass es darin nur um unbedeutende Politik ging. Zum Schluss fand ich einige Disketten mit Computerspielen und kopierte die Texte darauf.

Halla würde sie wohl kaum vermissen, da wo sie jetzt war. Keine Computerspiele im Himmel!

Oder vielleicht doch? Kleine Engel, die Teufelchen abschießen? Warum nicht? Im Jenseits gibt's bestimmt auch schlaue Geschäftemacher.

Die Disketten mit den Kopien lege ich wieder an die Stelle zurück, wo ich sie her habe: in eine kleine Kiste, die mit anderen Computerspielen halb gefüllt ist. Lege sie dann in eine Schreibtischschublade und stecke sowohl die Dossiers über Haukur und Sigvaldi als auch die Originaldisketten von Halla in meine Aktentasche.

Danach springe ich kurz unter die Dusche, ziehe mich wieder an und gehe hinaus in die Sonne. In die Kältesonne.

Der Mann am Informationsschalter der Bank sieht sich zuerst mit ernstem Gesichtsausdruck außer Stande, einer sündigen Frau wie mir Eintritt in das Heiligtum zu gewähren. Er muss weichen.

Hallas Schließfach in diesem Tempel des Mammon ist leer. Ich lege die Disketten auf den blanken Stahl, mache das Fach zu und schließe es ab, lächele den ernsten Typen sündig an und gehe hinaus in die Sonne.

Sonne? Wo ist sie denn?

Ich hab's doch gewusst! Sie ist schon wieder hinter einer Wolke verschwunden.

»Am 9. Juli kommt der Sommer. Und bleibt nur kurz.«
Sagt Mama.

12

Raggi gelingt es, die ganze Zeit ein Pokerface zu bewahren, während er Hallas Dossiers über Haukur und Sigvaldi liest. Verzieht keine Miene, die mir zu erkennen geben könnte, was er denkt.

Ein Profi.

Kurz, nachdem Halla angefangen hatte, bei der Partei zu arbeiten, begann sie mit dem Sammeln von Informationen, die sie in Dossiers über die beiden zusammenstellte. Haukur war zu der Zeit Abteilungsleiter im Büro und Sigvaldi eine Art Laufbursche mit besonderen Befugnissen für die Partei und den Vorsitzenden.

In Haukurs Dossier ging es zuerst nur um harmlose Gerüchte über innerparteiliche Streitigkeiten. Sie handelten unter anderem davon, wie Haukur namentlich erwähnten Freunden und Mitstreitern innerhalb der Partei zu besseren Posten verhalf, aber denen, die beim Vorsitzenden keine Gnade gefunden hatten, den Weg verbaute. Er sprach mit Schlüsselfiguren. Flüsterte in die richtigen Ohren. Halla nannte dieses Bündnis »Die gute alte Ränkeschmiede«.

Haukur diente dem Vorsitzenden mit größter Ergebenheit. Ein wahrer Stiefelknecht. Aber war trotzdem manchmal verärgert. In Gesprächen mit Halla hatte er so manches Mal Dampf abgelassen, wie undankbar der Vorsitzende sei. Und dass es Probleme wegen seiner Frauengeschichten gebe.

Später wurde es richtig ernst. Sigvaldi und Haukur hatten mit einigen Geschäftsmännern Vereinbarungen über finanzielle Unterstützung der Partei und des Vorsitzenden getroffen. Halla hatte herausgefunden, dass in manchen Fällen Prozente in ihre eigenen Taschen flossen.

Nach einem feuchten Thorláksmessuabend flossen die Prozente auch in Hallas Tasche: Haukur hatte einen Jungen zu sich ins Büro geschmuggelt. Halla erwischte sie, wie sie sich auf allen vieren einen runterholten. Machte auch noch einen Schnappschuss von der Herrlichkeit.

Aus den Tagebüchern geht allerdings hervor, dass Sigvaldi den Umständen nachgeholfen hatte. Er hatte den minderjährigen Jungen besorgt. Und die Kamera auch.

Halla und Sigvaldi hatten offenkundig während ihrer ersten Jahren bei der Partei oft gemeinsame Sache gemacht. Waren gleichzeitig Verbündete und Rivalen. Das, was sie über Sigvaldi schrieb, war irgendwie nicht so direkt wie ihre Beschreibungen der politischen Kollegen. Irgendwas schien sie zurückgehalten zu haben, wenn es um ihn ging, sogar in diesen geheimen Tagebüchern.

Die Kampfszenen im rosanen Schlafzimmer, um die sich die nicht auszurottenden Gerüchte spinnen, fanden viel später statt, als Haukur der Assistent des Vorsitzenden geworden war und Sigvaldi einen eigenen Laden aufgemacht hatte und den netten Kosenamen Porno-Valdi bekommen hatte.

Halla hatte bei sich zu Hause Partys für geschlossene Gesellschaften gehalten, die sowohl feucht als auch gedopt waren. Haukur hatte zu tief ins Glas geguckt und zu viel gekokst und war so schlimm verwirrt, unruhig und aufgeregt, dass Halla ihn für eine Weile im Schlafzimmer geparkt hatte, damit er sich beruhigen konnte.

Aber als sie eine Stunde später wieder hereinkam, traf sie ein blutiges Schlachtfeld an. Ein junges Mädchen lag bewusstlos auf dem Boden, furchtbar zugerichtet nach einer schlimmen Misshandlung. Haukur lag schlafend auf dem Boden neben dem Mädchen, mit blutverschmierten Händen und Schuhen.

Sigvaldi kam Halla zur Hilfe. Er fuhr mit einem seiner Mitarbeiter und dem Mädchen zur Ambulanz. Er gab vor, sie bei einem nächtlichen Spaziergang in der Innenstadt gefunden zu haben. Haukur kam davon. Allerdings hatte Sigvaldi ihn natürlich seitdem in der Tasche. Was er in den nächsten Jahren auch verschwenderisch ausnutzte.

Halla behauptete aber, dass Sigvaldi weitaus mehr zu den Geschehnissen im rosanen Schlafzimmer beigetragen hatte, als sie an jenem Abend gedacht hatte. Sie erwähnte in diesem Zusammenhang Bilder, die an sicherer Stelle verwahrt würden.

Ich beobachte Raggi, wie er die Unterlagen langsam in der Stille meines Büros liest.

Schließlich schaut er von den Papieren auf. »Wo hast du das her?«, fragt er.

»Ich habe es dir doch vorhin schon mal gesagt.«

»Dann sag's mir noch mal.«

»Ich habe das von einer Diskette ausgedruckt, die Halla gehört hat. Sie war in der Schachtel mit ihrem Kram drin, die du mir neulich gegeben hast. Das, was ihr aus dem Bankschließfach geholt habt. Ist das jetzt klar?«

»Wo ist diese Diskette jetzt?«

»Im Bankschließfach. Ich habe sie heute Morgen wieder dorthin gebracht.«

»Hier geht es um Videos, die zwei gesetzeswidrige Ereignisse dokumentieren. Weißt du vielleicht, wo sie aufbewahrt werden?«

»Keine Ahnung.«

»Wird nicht an einer anderen Stelle auf der Diskette erwähnt, wo sich diese Bilder befinden?«, hakt Raggi noch mal nach und guckt mich mit dem gleichen Pokerface an.

»Dann hab ich das wohl übersehen.«

Raggi stöhnt. »Nun gut, das wird sich dann hoffentlich später herausstellen«, sagt er, faltet die Seiten sorgfältig zusammen und steckt sie in seine Jackentasche. »Dann wollen wir jetzt mal deine Diskette holen.«

»Eigentlich gehört sie ja Lilja Rós.«

»Wie meinst du das?«

»So wie ich das gesagt habe, die Diskette gehört Lilja Rós. Sie ist ein Teil von ihrem Erbe. Müssen wir dann nicht zuerst ihre Erlaubnis einholen?«

»In diesen Schriftstücken sind Behauptungen über kriminelle Handlungen. Ich brauche keine Erlaubnis, um solche Beweisstücke sicherzustellen.«

»Soll ich nicht doch anrufen?«

Raggi schaut mich eine Weile schweigend an. »Dann ruf doch an«, antwortet er schließlich locker.

Ich hebe den Hörer ab und wähle die Nummer im Norden.

Keine Antwort. »Sie ist nicht zu Hause«, sage ich und wähle die Nummer von der Schule.

Gleiche Sache hier.

Also lege ich den Hörer auf. »Es geht niemand dran. Ich werde es auf ihrem Pager versuchen.«

Ich schlage die Nummer nach und schicke ihr eine Nachricht. Dann warten wir schweigend in meinem Büro.

Die Minuten verstreichen, ohne dass Lilja Rós sich meldet. Raggis Gesicht verdüstert sich immer mehr.

»Du hast doch sicher den Schlüssel zum Bankschließfach?«, fragt er schließlich nach längerer Wartezeit.

»Ja, ich habe ihn in Verwahrung, aber nur als ihre Rechtsanwältin.«

»Und?«

»Ich kann die Diskette nicht ohne die Einwilligung des Besitzers herausgeben. Das liegt doch klar auf der Hand.«

»Du begibst dich auf unsicheren Boden.«

»Wieso?«

»Du weißt doch sicher selber am besten, welche Strafe

verhängt wird, wenn man der Polizei Beweismittel unterschlägt.«

»Ich unterschlage nichts«, rufe ich sauer. »Ganz im Gegenteil! Habe ich nicht mit euch Kontakt aufgenommen? Habe ich dir nicht die Dossiers von Halla aus eigener Initiative gezeigt?«

Raggi schweigt.

»Ihr hattet das alles monatelang bei euch! Es ist doch nicht meine Schuld, wenn ihr nicht gesehen habt, was ihr da in den Händen haltet! Und jetzt, wo ich dich darauf aufmerksam mache, kommst du mir nur mit Drohungen.«

»Wir nehmen dann selber Kontakt zu Lilja Rós auf«, sagt Raggi und steht auf. »Oder wir gehen einen anderen Weg.«

Ich lache spontan auf.

Er stürmt wütend auf den Flur. Ich folge ihm, bleibe an der Tür stehen und schaue Raggi an: »Gewisse Leute würden sich bedanken.«

Raggi zieht seine Jacke vom Haken und zieht sich hastig an.

»Jedenfalls die, denen man Manieren beigebracht hat.«

Er fegt hinaus, aber dreht sich auf dem Bürgersteig mit saurer Miene um. »Danke«, sagt er trocken.

Wusst ich's doch! Hänschen kann als Hans doch noch etwas lernen!

13

Das Mäuschen ist völlig am Ende.

Mich überrascht das nicht. Die ersten Tage im Gefängnis sind immer die schlimmsten, besonders in der Einzelzelle. Später kriegt man dann Tabletten, die den Aufenthalt dort erträglich machen; tagsüber was Beruhigendes und abends was zum Schlafen. Und ab und zu ein wenig unter der

Hand gehandeltes Koks, um das triste Dasein ein wenig aufzupeppen.

Bevor ich auf's Land, zu Birna ins Gefängnis gefahren bin, hatte ich Raggi über den Stand der Dinge in ihrem Fall ausgefragt. Um herauszufinden, was die Goldjungs vorhatten.

»Sie wird eine lange Haftstrafe kriegen, das ist doch klar«, sagte er.

»Aber wenn sie Informationen ausspuckt, die euch weiterhelfen?«

»Das ist doch ein dummes Lieschen. Was sollte die schon wissen?«

»Mit Sicherheit ein paar Namen.«

Raggi zuckte mit den Schultern. »Du weißt doch, wie der Laden läuft«, meinte er. »Wir müssen wasserdichte Informationen kriegen, damit das bei Gericht irgendwelchen Einfluss auf das Urteil hat.«

Wasserdichte Informationen.

»Ich ertrage das nicht, hier zu sein«, wispert Birna am Tisch im Gesprächszimmer.

»Darüber hättest du mal nachdenken sollen, bevor du dich auf diesen Blödsinn eingelassen hast.«

Für einen Augenblick scheint es, als wolle sie anfangen zu heulen. Aber dann reißt sie sich zusammen. »Kannst du gar nichts machen?«, fragt sie.

»Die haben Beweismittel in den Händen. Ganze zwei Kilo.«

Sie schaut mich mit ihren großen, braunen Augen bittend an.

»Es könnte dein Urteil möglicherweise mildern, wenn du ihnen Namen geben könntest«, lege ich nach. »Wenn du auf die verweisen könntest, die dich benutzt haben. Auf die, denen das Kokain gehört.«

Sie hatte ganz offensichtlich die Zeit in den letzten Tagen gut genutzt, um über ihre Lage nachzudenken.

»Ich weiß nicht, wie die heißen«, antwortet sie.

»Aber du musst doch wissen, wer dir diese Fahrt nach Brasilien angeboten hat?«

»Also, das war so. Ein Mädchen hat mich gefragt, ob ich nicht in ein paar Tagen viel Geld verdienen wollte.«

»Wann war das?«

»Vor ein paar Monaten.«

»Um wie viel Geld ging's dabei?«

»Dreihunderttausend.«

»Und du hast einfach okay gesagt?«

Sie nickt.

»Was hat sie dir dann gesagt? Was musstest du dafür tun, um das Geld zu bekommen?«

»Da hat sie mir noch nichts weiter gesagt. Nur dass mich demnächst jemand anrufen würde.«

»Und dann?«

»Jemand hat mich angerufen.«

»Wann?«

»So vor drei Wochen.«

»Wer war das?«

Birna schüttelt den Kopf: »Ich kannte die Stimme nicht. Aber er hat Englisch gesprochen.«

»Was hat er dir gesagt, was du tun sollst?«

»Ich sollte nach Brasilien reisen, in einem bestimmten Hotel drei Nächte bleiben, dann zurück nach Kopenhagen fliegen und von da aus direkt nach Hause.«

»Sonst nichts?«

»Nein.«

»Hat er nichts von Kokain gesagt?«

»Ich habe es die ganze Zeit nicht gesehen. Erst, als die Polizei es mir hier zu Hause gezeigt hat.«

»Wie ist es denn dann in deine Tasche gekommen?«

Sie zuckt mit den Schultern: »Jemand im Hotel muss das Zeug da reingelegt haben.«

»Du musst aber doch einen Verdacht gehabt haben, um was es bei der Aktion ging?«

»Ich habe nur versucht, nicht darüber nachzudenken«, antwortet sie mit leiser Stimme. »Ich hab das Geld so dringend gebraucht.«

»Hast du das Hotel in Rio selber gebucht?«

»Nein, das Zimmer war schon für mich reserviert worden.«

»Wer hat sich darum gekümmert?«

»Ich weiß es nicht.«

»Und der Freund?«

»Den habe ich nur erfunden, um überhaupt etwas zu sagen«, antwortet sie peinlich berührt.

»Okay.«

Eine Weile herrscht Schweigen in dem kleinen Zimmer.

»Machen wir weiter«, sage ich dann. »Was solltest du tun, als du wieder nach Hause gekommen bist?«

Sie leckt sich die bleichen Lippen.

»Jemanden anrufen.«

»Wen?«

»Das war die Nummer eines Pagers. Ich sollte mittwochnachmittags, eine Woche, nachdem ich angekommen war, dort anrufen und eine Nachricht senden.«

»Was für eine Nachricht?«

»Das waren ein paar Zahlen.«

»Und dann?«

»Dann sollte jemand mich zurückrufen.«

»Aber du weißt nicht, wer?«

Sie schüttelt wieder den Kopf.

»Und was ist mit dem Geld?«

»In Kopenhagen habe ich nur Geld für die Reise bekommen. Und für das Hotel.«

»Und die dreihunderttausend?«

»Die sollte ich hier zu Hause bekommen.«

»Wenn der Stoff in die richtigen Hände gelangt war, oder was?«

»Könnte sein.«

»Okay.« Ich durchdenke kurz die ganze Sache. »Mir scheint, du hast zwei Infos, die du den Bullen verkaufen kannst«, sage ich dann und schaue Birna streng an. »Zum einen den Namen deiner Freundin. Zum anderen die Nummer des Pagers und die Nachricht, die du senden solltest. Stimmt's?«

Sie nickt.

»Bist du dabei?«

»Muss ich dann nicht ins Gefängnis?«

»Doch, aber sie werden dir möglicherweise die Zeit verkürzen.«

»Ist das nicht sicher?«

»Nein, es ist möglich, aber nicht sicher. Aber wenn du überhaupt nichts sagst, kannst du darauf wetten, dass du lange in den Knast wanderst.«

Sie sitzt für einen Moment regungslos. »Hast du einen Zettel?«, fragt sie dann.

Als ich ihr Papier und Stift reiche, schreibt sie den Namen ihrer Freundin in Kopenhagen auf, die Nummer des Pagers und die Zahlennachricht, die sie senden sollte, und schiebt dann das Blatt zu mir über den Tisch.

14

Sirenengeheul direkt hinter mir!

Ich bin auf dem Weg nach Hause. Bin gemütlich in östlicher Richtung eine kleine Nebenstraße am Meer entlanggefahren und habe hin und wieder einen Blick auf den Berg Esja geworfen, dem die Abendsonne dunkles Rouge aufgelegt hat.

Ich kriege einen wahnsinnigen Schrecken, schere nach rechts aus an den Straßenrand und drossele meine Geschwindigkeit. Völlig instinktive Reaktionen eines gesetzestreuen Bürgers!

Das Polizeiauto fährt an mir vorbei und biegt plötzlich vor mir ein, sodass ich eine Vollbremsung machen muss.

Verdammt, ich bin sicher, dass ich nicht zu schnell gefahren bin!

Zwei Verkehrspolizisten in schwarzer Uniform steigen aus dem Auto und richten ihre Mützen, während sie auf mich zukommen.

Ich kurbele das Fenster herunter und lächele sie an: »Ist etwas passiert?«

Es sind zwei gut aussehende Jungs. Mit Sicherheit um die dreißig. Der eine sieht sehr skandinavisch aus, wie ein Wikinger, der andere ist ein Rotschopf. Beide strahlen durch ihre Uniformen Autorität aus.

Die schwarzen Polizeihosen des Wikingers sind eng. Und ich meine eng! Sind sicher zwei Nummern zu klein. Sehen aus wie eine schwarze Zwangsjacke für Hüften und Bauch. Ich glotze unfreiwillig auf die Muskelpakete, die sich bei jedem Schritt bewegen. Und fange an, meine Chancen auszurechnen. Kann mich einfach nicht zusammenreißen.

Dann kommt er an die Autotür, öffnet sie und sagt frech: »Mach den Motor aus.«

»Was?«

»Mach bitte den Motor aus.«

»Warum?«

»Mach ihn einfach aus!«, wiederholt er barsch. Er wirkt kühl und überheblich.

»Okay«, antworte ich und drehe den Schlüssel.

Er hält die Türe weit auf: »Steig bitte aus.«

»Um was geht es?«

»Steig ruhig aus.«

»Ich kenne meine Rechte.«

»Ich zweifele nicht daran.«

Der Rotschopf in der schwarzen Uniform öffnet auch mal den Mund: »Wir haben den Hinweis bekommen, dass du Alkohol getrunken hast, bevor du mit dem Auto weggefahren bist. Wir wollen dich nur ins Röhrchen blasen lassen.«

»Ich besoffen? So ein Blödsinn!«

»Weigerst du dich, zu blasen?«

»Nein, nein.«

»Dann komm mal mit rüber in unseren Wagen.«

Ich gebe auf. Mir bleibt ja auch nichts anderes übrig.

Die beiden Polizisten gehen mit mir zum Streifenwagen. Der Wikinger öffnet die Tür zur Rückbank und lässt mich einsteigen. Setzt sich dann selber auch zu mir. Der andere steigt auf der Fahrerseite ein.

»Ist ganz schnell vorbei«, sagt der Wikinger, zieht das Gerät mit dem Röhrchen aus einer schwarzen Tasche und reicht es mir.

Der Rotschopf lässt das Auto an und fährt los.

»Na hör mal!«, rufe ich. »Wohin fährst du?«

Er antwortet nicht, sondern fährt in östlicher Richtung weiter die Straße entlang. Der Wikinger tut so, als sei nichts passiert.

»Du nimmst das Röhrchen in den Mund und bläst ein paar Mal hinein«, erklärt er mir ruhig.

»Was ist mit meinem Auto?«

»Das fährt nicht von alleine weg.«

»Aber es ist nicht abgeschlossen! Und ich habe meine Tasche darin!«

»Fang an zu blasen.«

Ich blase. Und blase. Und gebe ihm dann das Gerät.

Der Wikinger schaut sich alles genau an.

»Du bist ja total nüchtern!«, stellt er dann grinsend fest.

Ich gucke aus dem Seitenfenster. Der Streifenwagen befindet sich auf Ártúnsbrekka, einer dreispurigen Schnellstraße, die aus der Stadt herausführt.

»Wie wärs denn mal mit Umkehren?«, frage ich.

»Nur Geduld, das eilt nicht«, sagt der Wikinger und macht es sich im Sitz bequem. Verdammter Schwanzträger!

»Du wendest jetzt sofort!«, brülle ich.

Der Fahrer lacht nur und gibt noch mehr Gas.

»Ansonsten zeige ich euch an!«

Der Wikinger grinst wie zuvor. »Uns anzeigen? Wofür denn?«

»Wofür? Gesetzeswidrige Festnahme. Oder sogar Entführung!«

»Aber, aber, kleines liebes Schnuckelchen, du hast doch selber darum gebeten, mitkommen zu dürfen, nicht wahr?«

»Find ich auch«, sagt der Rotschopf.

»Du warst doch so begeistert von uns«, fährt der Wikinger fort. »Wärst doch fast über uns hergefallen!«

»Mistkerl!«

Obwohl der Streifenwagen in voller Fahrt ist, versuche ich die Tür zu öffnen. Aber der Wikinger ist schneller, greift mit einer seiner starken Riesenpranken um meinen Hals und zieht mich zu sich.

»Du tust mir weh!«

»Dann hör auf, uns Ärger zu machen«, antwortet er und drückt meinen Hals so fest zu, dass ich mich nicht bewegen kann.

Dann beginnt er mit der anderen Hand, die Knöpfe meiner Bluse aufzumachen. Schiebt den Stoff zur Seite. Streicht mit den Fingern über meine Brüste. Bohrt und kneift. Nimmt dann die eine Brustwarze zwischen zwei Finger und presst sie fest zusammen.

»Gefällt dir das?«

»Sadist!«

Er lässt los, aber nur, um sich die andere Brustwarze vorzunehmen und sie mit allen Kräften zwischen seinen Fingern zu quetschen.

»Na?«, fragt er.

Ich unterdrücke mein Schmerzempfinden. Tu dem Typen doch nicht den Gefallen, ihm etwas vorzujammern.

»Das reicht«, sagt der Fahrer.

Der Wikinger hört mit der Folter auf, aber hält meinen Hals immer noch fest. »Ach komm, an ihr ist doch sowieso nichts dran. Das sind doch keine Brüste, nur Spiegeleier!«, sagt er.

»Verdammter Hund!«, rufe ich und knöpfe mir die Bluse wieder zu. »Dafür wirst du bezahlen!«

Er lacht und lockert den Griff um den Hals. Ich schiebe seine Pranke weg und versuche, die Schmerzen vom Nacken wegzumassieren, während ich aus dem Seitenfenster gucke.

Wohin bringen die mich eigentlich?

Da ist die Esja. Der Rotschopf ist mit uns an Mosfellsbaer vorbeigefahren und rast den Vesturlandsweg entlang.

Plötzlich drosselt er die Fahrt, biegt von der Ringstraße nach links ab und fährt auf einem schmalen Weg Richtung Meer.

Ist das nicht Álfsnes?

Ich war noch nie hier, zumal es hier nichts anderes als Erde und Steine zu sehen gibt. Und dann natürlich Müll und anderes Ekelzeug, das Bagger an diesem abgelegenen Ort in die Erde eingraben. Was wollen diese durchgeknallten Heinis hier eigentlich? Die sind wohl zu allem fähig.

Der Rotschopf fährt rasant in einen großen Krater, wo Planierraupenfahrer sich lange austoben konnten, um das Gelände zu zerstören.

Niemand ist zu sehen.

Natürlich nicht. Diese schwarzuniformierten Verrückten wollten selbstverständlich keine Zeugen für ihre brutalen Taten.

Als der Pseudo-Niki Lauda den Polizeiwagen endlich zum Stehen gebracht hat, fasse ich schnell an den Türöffner, werfe die Tür auf, springe heraus und laufe ein paar Meter vom Auto weg, bevor ich mir erlaube, mich umzusehen.

Sie bleiben beide im Auto sitzen. Grinsend.

»Ja ja, Liebes, wolltest du nicht hierhin fahren?«, ruft der Wikinger durch die offene Tür. Er grinst seinen Kollegen an. »Sie wird sich hier inmitten des ganzen Zeugs sicher wohl fühlen«, fährt er fort.

Beide lachen herzlich.

Schließlich macht der Wikinger die Autotür zu. Der Rotschopf gibt so kräftig Gas, dass die Räder des Streifenwagens die ganze Strecke bis zum Weg Erde aufwirbeln.

Ich stehe mutterseelenallein in der Mitte des Kraters. Auf einer verlassenen Müllkippe von zwei grobschlächtigen Bullen zurückgelassen.

Was für eine Sauerei!

»Man sollte euch die Säcke abschneiden!«, rufe ich ihnen rasend vor Wut hinterher; und bekomme den vom Auto aufgewirbelten Staub direkt in den Mund. Den widerlichen Müllkippenstaub. Bah!

Selber schuld.

»In den Wind zu reden bringt nichts.«

Sagt Mama.

15

Die ganze Bude ist total verwüstet worden.

Sie sind durch die Fenster auf der Rückseite des Hauses eingestiegen, die sie eingeschlagen haben. Haben die Tür zu meinem Büro eingetreten. Haben die Aktenschränke ausgeräumt und die Papiere über den ganzen Fußboden verteilt. Haben die Schreibtischschubladen aufgesprengt. Alles ist völlig hinüber.

Die gleiche Geschichte in der Wohnung im ersten Stock; Kleidung aus den Schränken gerissen, Bücher aus den Regalen geworfen, meine Sachen in alle Richtungen verteilt. Ich setze mich auf den Fußboden, wühle das Telefon hervor und rufe zuerst die Polizei, dann Raggi an.

Es ist schon fast zwei Uhr nachts. Ich habe drei Stunden gebraucht, um von der Müllkippe nach Hause zu kommen.

Drei Stunden!

Dann bin ich auch noch von oben bis unten eingesandet.

Natürlich war wie üblich keiner unterwegs, wenn man jemanden braucht. Ich musste also den ganzen Weg von der Deponie zur Ringstraße zu Fuß gehen. Erst da konnte ich eine Mitfahrgelegenheit ergattern.

Viele sind allerdings an mir vorbeigerast ohne anzuhalten. Auch solche, die ganz alleine in ihrem Auto saßen. Verdammte Feiglinge! Haben sicher gedacht, dass ich gedopt war. Oder verrückt.

Schließlich war es mir gelungen, einen Motorradfreak anzuhalten. Zuerst hatte er mich nur ausgelacht. Hatte gedacht, das sei ein Gag. Aber dann hatte er mich mitgenommen und in der Seitenstraße abgesetzt, wo mein Auto noch immer an der gleichen Stelle stand. Sogar der Schlüssel steckte noch. Ich bin so schnell ich konnte nach Hause ins Chaos gefahren.

Die Warterei macht mich nervös. Als die Bullen endlich erscheinen, werfen sie nur einen Blick auf die ganze Herrlichkeit, nehmen meine Personalien auf und erklären mir dann, dass ich auf die Goldjungs warten soll. So ein Einbruch ist anscheinend viel zu kompliziert für gewöhnliche Polizisten.

Raggi erscheint mit einer ganz ansehnlichen Mannschaft. Sie versuchen, einen leeren Flecken auf dem Boden für ihre Füße zu finden und schauen sich dann um.

»Wurde etwas gestohlen?«, fragt Raggi.

»Etwas gestohlen?« Ich lache, wütend über so eine dämliche Frage. »Wie um alles in der Welt kommst du denn auf die Idee?«

Raggi bewahrt seine Ruhe. »Ich meine, ob du weißt, ob etwas fehlt. Zum Beispiel Geld, Kreditkarte, Schecks? Vielleicht ein paar Schuldbriefe?«

»Weiß der Teufel! Ich muss mir selber schon fast Gewalt antun, um ruhig zu bleiben. Komm mit in die Küche. Ich will dir jetzt mal eine Geschichte erzählen«, presse ich hervor und gehe voraus.

»Macht schon mal die Fotos, Jungs!«, gibt Raggi Anweisung und folgt mir.

»Mach die Tür zu!«

Er schließt die Küchentür und setzt sich mir gegenüber an den Tisch. Dann überschwemme ich ihn mit großartigen Ausführungen über die Geschehnisse des Abends und der Nacht. Mein Wortschwall ergießt sich wie eine Flutwelle über Raggi.

Er sagt kein einziges Wort, während ich berichte. Dann fragt er betont langsam: »Willst du damit sagen, dass dich zwei Polizisten unter falschem Vorwand festgenommen haben, dich aus der Stadt gefahren und dort ausgesetzt haben, damit ihre Helfershelfer hier ungestört einbrechen konnten?«

»Das liegt doch auf der Hand.«

»Und wozu?«

»Das liegt doch auch auf der Hand.«

»Ach ja? Würdest du es mir dann bitte deutlicher erklären?«

»Aber sicher.« Ich lehne mich über den Tisch: »Das Einzige, was du können musst, ist zwei und zwei zusammenzählen. Dann musst du dabei weniger als fünf und mehr als drei rauskriegen.«

Er antwortet nicht. Guckt mich nur gelassen an.

»Erstens: Bei Halla wurde zweimal eingebrochen. Zweitens: Der Einbrecher hat offensichtlich nicht gefunden, was er gesucht hat. Drittens: Ich habe dir gestern gesagt, dass ich Hallas geheime Tagebücher habe. Viertens: Heute Abend ist bei mir eingebrochen worden, wie bei Halla, genau zu der Zeit, als irgendwelche Bullenschweine auch noch dafür gesorgt haben, dass niemand im Haus ist.« Ich starre Raggi aufgebracht an: »Das Ergebnis ist vier. Bingo!«

»Spiele ich in dieser Verschwörung des Jahrhunderts auch eine Rolle?«, fragt Raggi völlig verärgert.

»Vielleicht«, antworte ich und schau ihm direkt in die Augen. »Wenn du keinem von unserem gestrigen Gespräch erzählt hast, dann steckst du da mit drin.«

Er schweigt.

»Allerdings glaube ich da nicht richtig dran. Du hast doch die Informationen über Haukur und Sigvaldi sicher an andere weitergegeben.«

Raggis Gesichtsausdruck bleibt regungslos.

»Du weißt natürlich am besten selber, mit wem du geredet hast. Aber es wird dir nicht gelingen, mich davon zu überzeugen, dass dieser Einbruch Zufall war.«

»Du bestehst also auf dieser fantastischen Geschichte?«, fragt Raggi nach längerem Schweigen.

»Fantastische Geschichte? Was meinst du mit fantastisch?«

»Ich will nur wissen, ob wir diesen Bericht in einem Protokoll festhalten sollen.«

»Natürlich!«

»Hast du die Nummern dieser Polizisten?«

»Die hatten keine Nummern.«

»Jeder Polizist hat eine Nummer.«

»Die beiden aber nicht.«

»Oder ihre Namen?«

»Das ist vielleicht eine blöde Frage! Meinst du, die haben sich mir persönlich vorgestellt, oder was?«

»Hast du das Kennzeichen vom Streifenwagen?«

»Nein.«

»Das auch nicht?«

»Ich hatte keinen Grund, mir die Nummer zu merken, bevor ich in ihr Auto eingestiegen bin. Und als sie sich vom Acker gemacht haben, war vor lauter Staub nichts zu sehen.«

»Willst du trotzdem an deinem Bericht festhalten?«

»Verdammt noch mal! Ich wusste es doch schon immer, dass ihr die Wahrheit nicht vertragen könnt! Ihr schlagt ihr ja permanent ins Gesicht, aber müsst ihr sie gleich ganz umbringen?«

Raggi steht auf, bespricht etwas mit seinen Leuten auf dem Flur und kommt dann wieder zu mir in die Küche.

»Du überdenkst die Sache bis morgen«, sagt er. »Komm dann um 10 Uhr zu mir, dann nehmen wir dein Protokoll auf.«

»Fährst du jetzt schon?«

»Um zehn Uhr«, wiederholt er und stürmt samt den anderen Goldjungs hinaus.

Ich sitze eine ganze Weile erschöpft in der Küche und wanke schließlich in mein Büro, wo es aussieht, als hätte eine Bombe eingeschlagen. Setze mich völlig fertig auf den Fußboden zwischen die Schuldscheine und Buchhaltungsbücher. Habe noch nicht einmal mehr die Kraft, wütend zu sein. Lege mich auf den Rücken und funktioniere ein paar dicke Bücher zu einem Kissen um. Versuche, ins Traumland abzugleiten.

»Mit der Nase in Büchern schlafen Kinder gut ein.«

Sagt Mama.

16

Der Vizepolizeipräsident ist wie Elliot Ness.

Er geht voran, als sie im Sturmschritt bei mir zur Tür hereinmarschieren. Dann kommen die Goldjungs einer nach dem anderen und stellen sich in einer Reihe vor meinem Schreibtisch auf.

Klopfen noch nicht mal an.

»Wir haben einen Hausdurchsuchungsbefehl«, sagt der Vize mit ernster Miene und reicht mir ein Papier.

Hausdurchsuchung bei mir?

Ich lasse mir den Hausdurchsuchungsbefehl zeigen und lese ihn mir durch. Alles rechtens.

»Du kannst uns allen die Arbeit erleichtern, wenn du sie uns gleich gibst«, fährt der Vize fort.

»Was soll ich euch geben?«

»Die Disketten, die du aus dem Bankschließfach geholt hast.«

»Welche Disketten?«

»Jetzt tu doch nicht so unschuldig. Ich meine natürlich die Disketten von Halla.«

»Die, die ich bei euch neulich abgeholt habe?«

»Du hast sie heute Morgen aus dem Bankschließfach geholt. Wir müssen sie haben.«

»Was ist das denn für ein Blödsinn? Ich habe sie vor zwei Tagen selber ins Schließfach gelegt und danach nicht mehr angerührt.«

Der Vize sieht mich scharf an.

»Hiermit möchte ich dich vorwarnen, dass das Verweigern der Zusammenarbeit mit der Polizei schwerwiegende Konsequenzen nach sich zieht«, sagt er. »Mach dir klar, dass wir an einem Mordfall arbeiten.«

»Ich verstehe einfach nicht, wo das Problem liegt«, antworte ich, stehe auf und halte mich an der Tischkante fest. »Ich habe diese Disketten vorgestern in das Bankschließfach gelegt und habe Raggi noch am gleichen Tag darüber informiert. Die müssen doch immer noch da sein.«

»Nein, sie wurden heute Morgen herausgenommen, wie du natürlich weißt. Wir haben einen Zeugen, der sagt, dass du sie abgeholt hast.«

»Ich?«

»Ja, du.«

»Was für ein Zeuge?«

»Der Bankangestellte, der dich bedient hat. Das ist doch kein Geheimnis.«

»Was für ein Schwachsinn! Das bildet der sich nur ein!«

»Ach ja?«, ruft der Vize und schnaubt vor Wut. »Einbildung? Vielleicht so wie deine Geschichte gestern mit den beiden Polizisten? Und dem Ausflug auf die Müllkippe? Oder wie?«

Die sind einfach nicht zu retten. Ich setze mich wieder hin und zucke gleichgültig mit den Achseln. »Macht doch, was ihr wollt. Versucht nur, nicht wieder alles durcheinander zu schmeißen. Ich bin gerade fertig geworden, das Chaos vom Einbruch zu beseitigen.«

Sie verteilen sich auf die Zimmer. Stecken ihre Nasen in jede Schublade. Drehen jedes Teil um.

Ich war gestern Morgen zu Raggi gefahren, um ein Protokoll aufnehmen zu lassen. Beschrieb alles noch einmal in allen Details: Die Fahrt zur Müllkippe. Die beiden Polizisten, die mich dort hingebracht haben. Das Auto. Gab sogar den Namen und die Telefonnummer des Jungen an, der mich auf seinem Weg in die Stadt mitgenommen hatte.

Ich sah es ihm an, dass er mir nicht glaubte.

Und jetzt das!

Ich war nicht zur Bank gegangen, seit ich die Disketten in das Schließfach gelegt hatte. Trotzdem behauptete der Vize, dass er einen Zeugen dafür hätte, dass ich die Disketten wieder abgeholt hätte. Ich wusste natürlich, dass das eine Lüge war. Wenn nicht der Vize selber log, dann der Zeuge.

Was wird hier eigentlich gespielt? Versuchen die Goldjungs einen Mord aufzuklären oder machen sie gemeinsame Sache mit den Politikern und wollen etwas vertuschen? Kann man keinem mehr trauen? Noch nicht einmal Raggi?

Die Goldjungs suchen und suchen, aber finden natürlich nichts. Die Disketten sind nicht bei mir.

Aber sie befinden sich auch nicht im Bankschließfach, wenn man den Goldjungs Glauben schenken konnte. Weil ich es nicht war, musste jemand anderes sie aus dem Schließfach geholt haben.

Aber wer?

Die Goldjungs selber wohl kaum. Dann würden sie ja nicht bei mir alles auf den Kopf stellen. Wer kam denn sonst in Frage?

Es musste jemand sein, der zu den Schließfächern anderer Zugang hatte, der einen Bankangestellten dazu bringen konnte, eine falsche Zeugenaussage abzugeben. Einer, der die Polizei dazu benutzen konnte, für sich die Drecksarbeit erledigen zu lassen. Ganz normale Ganoven sind zu so was nicht in der Lage.

Schließlich versammeln sich die Goldjungs auf dem Flur.

Mit leeren Händen. Der Vize ist jedoch noch nicht ganz fertig. Er zieht ein anderes Papier aus der Tasche und zeigt es mir. Ein Hausdurchsuchungsbefehl für Hallas Haus.

Ich lese mir das Papier durch. Alles rechtens. Natürlich!

Er möchte den Schlüssel haben.

Sicher nicht!

»Ich komme mit und schließe euch auf«, sage ich.

Er bietet mir an, in seinem Wagen mitzufahren. Ein Angebot, das man nicht ablehnen kann.

Ich sitze auf dem Sofa im Wohnzimmer, während sie alles durchsuchen. Als sie endlich fertig sind, ziehen sie mit einer Kiste im Arm davon.

»Was ist in der Kiste?«, frage ich.

»Das geht dich nichts an«, antwortet der Vize. Er ist wütend.

»Lehn dich nicht zu weit aus dem Fenster«, fügt er hinzu. »Wir haben eine unterschriebene Zeugenaussage, dass du heute Morgen am Schließfach warst. Deine Position als Anwältin hängt am seidenen Faden. Du kannst dankbar sein, dass wir dich nicht sofort festnehmen.«

Ich sage nichts. Es hätte sowieso keinen Zweck. Ich starre die Goldjungs nur abwechselnd an und warte darauf, dass sie verschwinden. Schließe hinter ihnen die Türe ab und höre sie wegfahren. Dann gehe ich hoch in den ersten Stock, in Hallas Arbeitszimmer, und öffne die Schublade.

Sie haben fast alle Disketten von Halla mitgenommen. Aber nicht die Schachtel mit den Computerspielen. Die ist noch an Ort und Stelle.

Ich öffne die Schachtel und gehe die Disketten durch.

Die Computerspiele mit den Kopien von Hallas Tagebüchern sind alle noch da: Marathon. Sim Tower. Lemmings. Indiana Jones. Links Pro. Alone in the Dark. King of Solitaire. Verdammtes Glück!

Ich lege sie wieder an ihren Platz zurück. Schließe die

Schublade. Setze mich dann an den Schreibtisch und durchdenke die ganze Sache.

Jetzt geht es darum, mit Bedacht zu handeln. Einige Spielchen in die Zukunft zu planen und sich vor Tretminen in Acht zu nehmen. Das ist das Erste.

Dann muss ich einen Gegenangriff organisieren. Alle zur Verfügung stehenden Waffen und Männer einsetzen. Raggi? Gunnleifur? Oder die Presse? Es ist allerhöchste Zeit, diesen Biestern, die mir Streiche spielen, mal einen kräftigen Schuss vor den Bug zu verpassen. Sie unter Druck zu setzen.

»Man soll andere für sich die Kastanien aus dem Feuer holen lassen.«

Sagt Mama.

17

Regentropfen rinnen die Windschutzscheibe herunter.

Laut Wetterdienst sollte es heute den ganzen Abend wie aus Eimern gießen. Aber der Regen kommt nicht richtig in Gang. Die meiste Zeit kommen nur ein paar vereinzelte Tropfen wie bei einem alten Mann.

Ich sitze alleine in meiner japanischen Schrottkarre und warte in Sichtweite von Raggis Wohnung. Hatte ihn am frühen Abend mal angerufen, aber da ging keiner ans Telefon. Er war noch nicht nach Hause gekommen. Bei den Goldjungs wurde mit Volldampf Nachtschicht geschoben. War sicher nötig.

Ich finde es wichtig, mit Raggi unter vier Augen zu sprechen. Ich muss mir zuerst darüber klar werden, wer hier versucht, wen zu decken, bevor ich einige gehaltvolle Kapitel aus Hallas Tagebüchern Gunnleifur zuspiele. Oder der Presse.

Raggi wohnt in einem Mehrparteienhaus. Auf der zweiten Etage in einer Fünf-Zimmer-Wohnung, die bis auf die staatlichen Kredite schuldenfrei ist. Ich habe heute Vormittag seinen Grundbucheintrag abgecheckt. Scheint alles normal zu sein.

Ich traue ihm nicht mehr. Jedenfalls nicht ganz.

Traue keinem.

Wollte es trotzdem noch mal probieren. Vielleicht ist er ja okay.

Vielleicht.

Endlich sehe ich Raggis Auto. Es nähert sich dem Block.

Raggi fährt langsam in eine Parklücke vor dem Haus. Er ist alleine im Auto.

Ich lasse den Motor an, fahre die Straße entlang und auf den Parkplatz. Halte hinter Raggis Auto an. Raggi steigt gerade aus.

»Darf ich dich zu einer kleinen Fahrt einladen?«, frage ich durch das geöffnete Fenster.

Raggi dreht sich blitzschnell auf dem Asphalt um: »Was zum Teufel machst du hier?«

»Dir eine Runde durch die Stadt anbieten.«

»Ich bin auf dem Weg ins Bett.«

»Ich verspreche auch, dich nicht auf einer Müllkippe auszusetzen.«

Raggi schließt sein Auto ab und kommt zu mir. Er kann kaum noch seine Füße heben. »Eigentlich darf ich gar nicht mir dir sprechen, so wie der Fall momentan aussieht«, sagt er.

»Hab ich die Pest, oder wie?«

»Manche glauben das, ja.«

»Stell dich doch nicht so an, wir müssen reden.«

»Ich kann nichts sagen.«

»Vielleicht kann ich dir aber etwas sagen.«

»Dann komm ins Büro«, sagt Raggi und wischt sich ein

paar Regentropfen von der Glatze. »Ich will jetzt nur noch schlafen.« Er sieht tatsächlich müde aus.

»Raggi, ich muss mit dir reden. Dringend.«

Er schaut mich schweigend an. Seufzt dann tief, geht um das Auto herum, öffnet die Tür zum Beifahrersitz, setzt sich und schließt die Tür.

Ich fahre im Rückwärtsgang vom Parkplatz und fahre durch die Weststadt. Bis raus nach Seltjarnarnes. Halte schließlich am Steinwall beim Meer an, wo kein anderes Auto zu sehen ist und stelle den Motor ab.

Raggi hat auf der ganzen Fahrt kein einziges Wort gesagt.

»Was zum Teufel ist eigentlich los?«, frage ich.

Er guckt mich argwöhnisch an und antwortet mit einer Gegenfrage: »Müsstest du das nicht eigentlich mir erklären?«

»Ich?«

»Tu doch nicht so unschuldig.«

»Was soll ich denn getan haben?«

»Sag mir nur, was du für Spielchen spielst. Dann kann ich dir vielleicht helfen.«

»Alles, was ich dir berichtet habe, ist wahr. Jedes Wort. Ich spiele keine Spielchen.«

»Guck dir den Fall mal von unserer Perspektive an, Stella. Du kommst zu mir mit Unterlagen. Da werden zwei landesweit bekannte Männer schwerwiegender Vergehen beschuldigt. Du behauptest, dass die Unterlagen Ausdrucke von den Disketten sind, die Halla hinterlassen hat. Wir sind im Prinzip geneigt, das zu glauben, wenn wir irgendwelche Beweise für die Richtigkeit deiner Aussage bekommen. Aber du weigerst dich, uns diese geheimnisvolle Diskette zu übergeben. Erklärst, dass sie im Bankschließfach liegt. So weit alles klar. Wir besorgen uns die Erlaubnis, das Schließfach zu öffnen. Und dann stellt sich heraus, dass das Fach leer ist. Der Bankangestellte behauptet steif und fest, dass nur du am Schließfach warst. Niemand sonst. Und als Tüpfelchen auf dem I servierst du uns noch dein unglaubliches Abenteuer, dass dich zwei Polizisten, die niemand zu kennen scheint, entführt haben sollen. Was sollen wir davon halten?«

»Und was haltet ihr davon?«

»Das ist doch völlig klar. Wir glauben, dass du uns wahrscheinlich täuschen willst. Dass es diese Diskette nie gegeben hat. Dass du, oder jemand, der mit dir unter einer Decke steckt, die Dossiers erstellt hat, um uns auf angesehene Bürger zu hetzen. Um politischen Staub um diesen Fall aufzuwirbeln. Als ob der Fall nicht schon genug aufwirbeln würde.«

»Habe ich dann bei mir selber eingebrochen und alles zerstört?«

»Warum nicht? Das ist schon vorgekommen.«

»Und wozu hätte ich das tun sollen?«

»Weiß der Teufel.«

»Okay, dann weiß ich alles über eure Fantasien. Möchtest du nicht auch die Wahrheit hören?«

»Ich hab mir in den letzten Tagen so viel Schwachsinn anhören müssen, dann vertrage ich die eine Story auch noch.«

»Ich habe durch Zufall Disketten gefunden, auf denen Halla ihre Tagebücher und Dossiers über unappetitliche Geheimnisse alter und neuer Mitarbeiter gespeichert hat. Hab sie von euch bekommen.«

Raggi schüttelt den Kopf.

»Ich habe zwei von Hallas Dossiers ausgedruckt, wie du weißt. Über Haukur und Sigvaldi. Habe die Disketten in Hallas Schließfach gelegt. Oder besser gesagt, in Lilja Rós' Schließfach. Habe dir die Ausdrucke gegeben. Habe dir auch gesagt, wo sich die Disketten befinden. Und damit fing der Zirkus an.«

Raggi guckt mich sauer an.

»Am Tag darauf werde ich entführt. Natürlich kann ich nicht beweisen, dass die Täter Polizisten waren, aber sie fuhren einen Streifenwagen und hatten Uniformen an. Während ich auf der Müllkippe hocke, werden meine Wohnung und mein Büro auf den Kopf gestellt. Dann werden auch noch die Disketten aus dem Bankfach gestohlen, zu dem nur ich Zugang habe. Und ein Bankangestellter wird dazu gebracht, eine Falschaussage zu machen, dass ich die Disketten selber wieder geholt hätte.«

Raggi hört schweigend zu.

»Und das Schlimmste an der ganzen Sache ist, dass ich niemandem außer dir gesagt habe, wo sich die Disketten befinden. Wenn also andere über den Aufenthaltsort der Disketten Bescheid wussten, dann haben sie die Kenntnisse von dir.«

»Ich berichte nur meinen Vorgesetzten, wenn es neue Informationen im Zusammenhang mit einem Fall gibt, den wir gerade bearbeiten. Niemand anderem.«

»Dann haben die weitergetratscht.«

»Das weiß ich nicht.«

»Das sind jedenfalls die nackten Tatsachen des Falles. Ich kann mir das nur so erklären: Einflussreiche Staatsmänner fürchten die Informationen, die Halla gesammelt hatte. Eure Leute haben jemandem von den Disketten erzählt. Die Tour zur Müllkippe, das Verschwinden der Disketten aus der Bank, der Einbruch bei mir – der ganze Rattenschwanz, der folgte, nachdem du die Infos weitergegeben hattest, ist auf deren Mist gewachsen.«

»Und wer sind diese geheimnisvollen Staatsmänner?«

»Ich weiß es nicht. Aber natürlich kann man davon ausgehen, dass Haukur und Sigvaldi ihre dreckigen Finger im Spiel haben.«

»Wie kommst du darauf?«

»Ich hab das im Gefühl.«

Raggi stöhnt. »Weiblicher Instinkt, oder was?«

»Du hast doch selber gelesen, was Halla über Haukur geschrieben hat. Dem ist doch alles zuzutrauen.«

»Wer sagt das? Was ist, wenn in diesen Papieren völliger Quatsch steht? Erfunden von dir oder jemand anderem? Es gibt keine Beweise für das, was da steht. Überhaupt keine.«

»Du glaubst doch nicht im Ernst, dass ich dich verarsche?«

»Warum solltest du nicht?«

»Du weißt doch, dass ich die Wahrheit sage. Und natürlich weißt du auch, dass in den höchsten Ämtern so einiges faul ist.«

Raggi starrt schweigend durch die Windschutzscheibe. Die schwarzen Steine am Strand und die dunkelgrauen Wolken kann man nur undeutlich durch die regennasse Windschutzscheibe erkennen.

Schließlich sagt er: »Auch wenn es die Disketten gäbe und sie sich in unseren Händen befinden würden, könnten wir wenig damit anfangen.«

»Warum?«

»Weil irgendwer egal was auf so einer Diskette speichern kann. Man kann nicht beweisen, wer was oder wann geschrieben hat. Als Beweismittel sind sie nichts wert. Und das weißt du.«

»Aber die Behauptungen über Haukur müssen doch Anlass geben, den Mann zu verhören?«

»Wozu? Es sind doch alles namenlose Anschuldigungen.«

»Was ist mit dem Mädchen, auf das er losgegangen ist? Ihr Name steht in dem Dossier, das ich dir gegeben habe.«

»Sie weiß nichts.«

»Habt ihr sie verhört?«

»Sie erklärt, dass diese Geschichte reine Erfindung ist«, antwortet Raggi. »Ihre Aussage ist natürlich noch ein Grund dafür, dass dir niemand glauben will.«

»Teufel noch mal!«

Raggi packt mich fest am Arm: »Hör mal, Stella, es gibt da nur eine Sache, von der ich mir vorstellen könnte, dass sie unsere Leute überzeugen könnte.«

»Was?«

»Diese Videos, von denen in deinen Dossiers die Rede ist. Wenn es sie denn gibt.«

»Ich weiß nichts über sie.«

»Was ist mit Lilja Rós?«

»Sie behauptet, auch nichts über sie zu wissen.«

»Das hat sie uns auch gesagt«, antwortet Raggi und lässt meinen Arm los. »Aber vielleicht weiß sie mehr, als sie zugeben will. Hast du nicht ganz guten Kontakt zu ihr?«

»Ich denke schon.«

»Dann solltest du diesen Kontakt ausschlachten. Du kannst jetzt alle Hilfe brauchen.« Raggi stöhnt müde. »Wenn wir nur diese Videos hätten, auf denen man eindeutig sehen kann, wie Haukur das Mädchen misshandelt, hätten wir endlich etwas Brauchbares in der Hand.«

»Dann glaubst du mir?«

»Ich möchte dir noch mal eine Chance geben, das ist alles. Und das bin auch nur ich. Meine Vorgesetzten sehen die Sache völlig anders. Die wollen dich festnageln.«

Das Auto springt sofort an.

»Denk dran, dass Lilja Rós deine einzige Hoffnung ist«, fährt er fort. »Quetsch sie aus.«

»Okay.«

Ich wende das Auto und schalte die Scheinwerfer ein.

Ich glaub's nicht! Es hat aufgehört zu regnen!

18

Verdammt noch mal! Alles vermasselt!

Ich muss direkt an Birna denken, als der Nachrichtensprecher im zweiten Programm von der Festnahme eines Kuriers berichtet, der zwei Kilo Kokain im Gepäck hatte.

Bei irgendjemandem muss eine undichte Stelle sein. Informationen sind an die Presse durchgesickert. Vermutlich hat derjenige damit Birnas Aussichten auf ein milderes Urteil zunichte gemacht.

Sie hatte sich meinen Rat zu Herzen genommen und den Goldjungs alles gesagt, was sie über die Hintermänner wusste. Darunter auch die Nummer vom Pager.

Die Goldjungs hatten sofort zu planen begonnen, wie man den Besitzer des Rauschgiftes am besten in die Falle locken könnte. Beschlossen, so zu tun, als sei es Birna gelungen, mit dem Stoff einzureisen. Schickten sie nach Hause, wo sie von zwei Kollegen Tag und Nacht überwacht wurde. Ließen sie den Pager anrufen. Warteten immer noch auf Antwort. Sie wollten das bevorstehende Treffen beschatten und den Ganoven auf frischer Tat festnehmen.

Aber dieser Plan, der sich anhörte, als sei er direkt aus einem amerikanischen Gangsterfilm entnommen, gehörte jetzt wahrscheinlich schon zur Vergangenheit. Man kann doch sicher davon ausgehen, dass der Hintermann wie jeder andere auch die Radio- und Fernsehnachrichten verfolgt. Unglaublich, dass diese Amtsschimmel nie die Klappe halten können.

Ich bin immer noch völlig aufgebracht, als das Telefon klingelt.

Es ist Sigvaldi. »Wir müssen uns mal unterhalten«, sagt er.

»Über was, zum Teufel?«

»Darf ich dich auf ein Glas einladen?«

Die Wachsamkeit wird schnell von der Neugier besiegt. »Warum nicht?«, sage ich.

»Ich schicke dir ein Auto. Ist in zwanzig Minuten da. Passt das?«

»Okay.«

Es ist ein Benz.

Ich lasse zehn Minuten auf mich warten. Nur mal um deutlich zu machen, wer hier das Sagen hat.

»Hi Baby!« Der Fahrer dreht sich um, als ich mich auf den Rücksitz setze. Es ist der Super-Macho höchstpersönlich. Saemi.

Sein Gegrinse geht mir auf die Nerven. »Immer noch der gleiche Laufbursche, wie?«

»Immer noch die gleiche Zimtzicke, wie?«, fragt er im gleichen Tonfall zurück und lacht über meine schlechte Laune.

Ich muss mich zusammenreißen. Darf mir nicht von allem und allen die Laune verderben lassen, auch wenn mir etwas nicht passt.

Saemi fährt schnell in die Innenstadt auf den Parkplatz hinter dem Eldóradó. Lässt mich durch die Hintertür herein und lotst mich an der Mösenbar vorbei in Sigvaldis Büro. Es ist niemand da.

Saemi nimmt mir meine Lederjacke ab und hängt sie auf einem Kleiderbügel in einen Schrank, der sich direkt neben der Tür befindet. Gießt mir dann ein Glas ein und reicht es mir.

»Ich gehe jetzt Bescheid sagen, dass du da bist«, sagt er.

Jackie enttäuscht einen nie.

Ich gehe auf und ab und fühle, wie der starke Alkohol meinen Hals weich werden lässt. Setze mich in den schwarzen Chefsessel mit der hohen Lehne, lasse meine Arme auf den weichen Armstützen ruhen und lehne mich zurück.

Klasse Sessel für's Ego.

Dann kommt Sigvaldi. Er ist immer noch ganz in Schwarz.

»Du hast es dir in meinem Stuhl gemütlich gemacht, wie ich sehe«, sagt er. Sein Lächeln gelangt nicht bis in die Augen.

Ich sitze unbeweglich. Er hatte mich doch glatt warten lassen!

Saemi füllt mein Glas auf und gießt ein weiteres ein, geht dann aber hinaus und macht die Tür hinter sich zu.

Sigvaldi setzt sich auf die Tischkante, beugt sich zu mir vor und prostet mit mir. Sein Blick ist scharf und stechend.

»Man erzählt sich so einiges über dich in der Stadt«, sagt er.

»Wie nett. Gibst du was zum Besten?«

»Man sagt, dass du dich neuerdings auf Müllkippen rumtreibst.«

»So so.«

»Auch, dass dich die Polizei unter die Lupe genommen hat.«

»Ist das irgendwie neu?«

»Man sagt sogar, dass du jetzt so dick in der Tinte sitzt, dass du dein Büro bald in den Knast verlegen musst!«

»Glaubst du das etwa?«

»Ich glaube, dass du deine Nase in Sachen steckst, die dich nichts angehen«, antwortet er und beugt sich noch näher zu mir.

»Ach ja?«

»Diese Beschäftigung war schon immer höchst zweifelhaft, wenn nicht sogar direkt schädlich für die Gesundheit.«

»Soll das eine Drohung sein?«

»Eine Drohung? Wie kommst du denn darauf?«

»Über gewisse Leute wird gesagt, sie seien zu allem fähig.«

»Und meistens haben ja diese Geschichten einen wahren Kern. Deswegen ist es immer am besten, vorsichtig vorzugehen.«

»Ich bin nie vorsichtig. Das ist so langweilig.«

Er starrt mich eine Weile schweigend an und fährt dann fort: »Trotzdem möchte ich dir empfehlen, dich in der nächsten Zeit lieber um deine Juristerei zu kümmern, statt zu versuchen, die Arbeit der Polizei zu erledigen.«

»Tu ich das gerade?«

»Hör schon mit diesem Versteckspiel auf! Ich weiß, dass du versucht hast, die Polizei auf mich zu hetzen!«

»Auf dich? Wieso sollte ich das tun?«

»Deine Aktionen in diesem Fall sind sowohl unverständlich als auch dumm. Hör auf, mich mit Dreck zu bewerfen. Das ist ein guter Rat von mir.«

»Wenn es keinen Dreck gibt, kann ich doch auch keinen werfen, oder?«

»Mir wurde gesagt, dass du durchtriebener als der Teufel bist«, sagt Sigvaldi. »Aber denk dran, dass nicht alle Müllkippenbesuche so glimpflich enden müssen.«

»Was willst du damit sagen?«

»Nichts Besonderes. Ich will dich nur daran erinnern, dass es manchmal am besten ist, wenn man andere einfach in Ruhe lässt.«

»Drohst du mir jetzt schon wieder?«

»Ich drohe niemandem, ganz im Gegenteil. Das ist nicht mein Stil. Ich gebe dir nur einen guten Rat.«

»Das bringt nichts. Ich finde es immer so verdammt schwer, gute Ratschläge anderer zu befolgen.«

»Mach es doch in diesem Fall trotzdem.«

»Und wenn nicht?«

Sigvaldi steht auf und nimmt einen tiefen Schluck Jack. »Ich verstehe natürlich gut, dass du zur Zeit ziemlich gestresst bist«, sagt er. »Zuerst wirst du in nicht gerade sympathischer Gesellschaft auf die Müllkippe gefahren. Dann wird bei dir eingebrochen und irgendwelche trampeligen Ganoven stellen dein Haus auf den Kopf wie ein Wirbelsturm in der Karibik. Du machst dir doch bestimmt Sorgen, was dir als Nächstes passiert.«

»Waren das vielleicht deine Ganoven?«

Er grinst.

»Deine oder die von Haukur«, setze ich nach, als von ihm kein Kommentar kommt. »Aber das kommt ja aufs Gleiche heraus. Du hast ihn doch eh in der Tasche, stimmt's?«

»Worauf willst du hinaus?«

Ich habe keine Lust länger um den heißen Brei herumzureden. »Halla nahm kein Blatt vor den Mund.«

Sigvaldi erbleicht. »Also stimmt es doch«, sagt er.

»Was?«, frage ich und strahle siegesgewiss.

»Dass du Hallas Tagebücher hast.«

»Wer sagt das?«

»Hast du die Disketten? Oder hast du den Text als Ausdruck?«

Ein spöttisches Grinsen ist alles, was er von mir als Antwort bekommt.

Er taxiert mich eine Weile, als ob er Schwierigkeiten hätte, sich zu einer Entscheidung durchzuringen. Dann fragt er auf einmal: »Sind die Disketten zu verkaufen?«

Ich lache völlig spontan laut auf.

Sigvaldi wird vor Wut weiß im Gesicht. »Ich lasse mich von niemandem erpressen«, sagt er mit drohender Stimme. »Und schon mal gar nicht von einem alkoholabhängigen Weibsstück.«

Ich stelle mein Glas ab und stehe auf.

»Die meisten halten es für besser, mich als Freund zu haben, denn als Feind«, fährt er fort. »Denk dran.«

»Meine Jacke ist da in dem Schrank«, sage ich.

Er glotzt mich eine Weile wütend an, geht dann aber zur Tür und öffnet sie. »Saemi, bring sie nach Hause!«, ruft er.

Ich nehme mir Zeit, meine Jacke anzuziehen. Mache meine Knöpfe in Ruhe zu und schaue Sigvaldi währenddessen lächelnd an.

»Ich warne dich«, wiederholt er. »Es ist das Beste für dich, wenn du damit aufhörst, Lügengeschichten über mich zu verbreiten.«

»Mir kam allerdings der Gedanke, dass es ein paar Journalisten geben könnte, denen es Spaß machen würde, einen Blick auf die Papiere zu werfen. Da gibt's doch für einige Wochen Material über Gewalt, Drogenmissbrauch und Bestechung.«

»Niemand wird diese Verleumdungen drucken.«

»Bist du da ganz sicher?«

»Ja.«

»Ich nicht. Ganz im Gegenteil. Ich glaube, dass einige Reporter ziemlich scharf auf diese Goldgrube wären.«

»Das, was dort über mich steht, ist von vorne bis hinten erlogen und ganz bestimmt nicht von Halla geschrieben.«

»Hast du die Papiere gesehen?«

»Ich halte mich auf dem Laufenden.«

»Das hat Halla offensichtlich auch getan. Welche Summe habt ihr dem Mädchen eigentlich dafür bezahlt, dass es schweigt?«

»Welchem Mädchen?«

»Dem, auf das Haukur losgegangen ist.«

»Ich sag's dir zum letzten Mal: Hör auf, dich in meine Sachen einzumischen.«

»Was, wenn nicht?«

»Manche benehmen sich derart, dass sie Unfälle geradezu provozieren.«

»Oder Mord? Wie Halla?«

»Das hab ich nicht gesagt.«

Beim Herausgehen drehe ich mich in der Tür noch mal nach ihm um. »Valdi? Herzchen?«

»Ja?«, antwortet er. Mit einem Hoffnungsschimmer in seinen dunklen Augen.

»Fick dich ins Knie!«

Es verschlägt ihm die Sprache. Er hält das halb leere Glas in der Hand und gafft mich an.

Saemi lacht erst, als wir schon die Hverfisgata entlangfahren. »Du bist unglaublich! So mit Valdi zu reden!«, sagt er.

»Ich lass mich von keinem erpressen.«

Im Handumdrehen sind wir wieder zu Hause.

»Wann bittest du mich herein?«

»Nicht jetzt.«

»Willst du dich nicht ein bisschen entspannen? Ich hab ein paar tolle Massagetechniken drauf.«

»Hahaha! Der alte Frauenheld packt seine Tricks aus!«, lehne ich höhnisch lachend ab.

Als ich die Tür zur leeren Wohnung öffne, bedauere ich fast, dass ich sein Angebot ausgeschlagen habe. Ich könnte heute Abend Gesellschaft gebrauchen. Aber es bringt nichts, vertanen Möglichkeiten nachzutrauern.

»Es ist zu spät, Amen zu sagen, wenn die Messe längst vorbei ist.«

Sagt Mama.

19

Ich drücke am frühen Morgen auf die Klingel.

Gunnleifur ist erstaunt, mich zu sehen. Weist mich schnell in seine Bibliothek, schließt die Tür, bietet mir einen Platz an, setzt sich selber in den großen Sessel und guckt mich unentschlossen an.

»Ich muss gestehen, dass mich dein Besuch völlig überrascht«, sagt er. »Ich hätte, um ehrlich zu sein, nicht gedacht, dass wir uns noch einmal wiedersehen.«

Er verstummt. Wartet ab. Ist auf der Hut.

Jetzt bin ich dran. »Als wir letztes Mal miteinander gesprochen haben, ging es dir hauptsächlich um Korruption innerhalb der Partei«, sage ich.

»Ja, genau.«

»Willst du was in der Sache unternehmen?«

»Zum Beispiel?«

»Aufräumen. Leute austauschen.«

»Warum fragst du mich ausgerechnet jetzt danach?«

»Ich muss wissen, ob du bereit bist, die Sache in Angriff zu nehmen, wenn du die richtigen Informationen bekommst.«

»Ach so.« Gunnleifur lehnt sich über den Tisch. »Die richtigen Informationen, sagst du.«

»Wie lautet die Antwort?«

»Das hängt natürlich davon ab, wie gehaltvoll die Hinweise sind«, sagt er. »Wenn ich Beweismaterial gegen bestimmte Männer in die Hände bekommen würde – Beweise über Machenschaften, die sich nicht mit den Tätigkeiten eines Parteivorsitzenden vereinbaren lassen – dann würde ich umgehend zur Tat schreiten. Aber natürlich zuerst innerhalb der Partei.«

»Nehmen wir an, es gäbe Dokumente über schwere Vergehen einiger Mitarbeiter, die dem Parteivorsitzenden nahe stehen. Was würdest du damit machen?«

»Gegen wen richten sich die Anschuldigungen?«

»Ist das wichtig?«

Er antwortet mit einer Gegenfrage: »Von wem stammen diese Dokumente?«

»Nehmen wir an, Halla hat entsprechende Unterlagen erstellt.«

»Halla?« Gunnleifur kann seine Aufregung nicht länger verbergen. »Hast du ihre Unterlagen gefunden? Die blaue Tasche?«

»Vielleicht.«

»Das sind ja wirklich unerwartete Neuigkeiten!«, ruft er und reibt sich die Hände. »Ich wusste gar nicht, dass du immer noch an diesem Fall arbeitest.«

»Die Wege des Daseins sind unerforschbar oder so ähnlich.«

»Was hast du also in der Hand?«

»Ich kann dir Dossiers über zwei Freunde geben.«

»Zwei Freunde?«

»Sigvaldi und Haukur.«

»Haukur. Aha.«

»Wenn du versprichst, auf die beiden Druck auszuüben.«

»Druck? Warum?«

»Ich habe meine Gründe.«

»Ach ja?«

»Sigvaldi schikaniert mich. Es wird Zeit, ihm endlich mal Manieren beizubringen. Und Haukur ist ein Krimineller.«

»Ja, genau. Ich verstehe dich gut. Diese Dossiers – hast du sie dabei?«

»Ja.«

»Darf ich sie mal ansehen?«

»Deswegen bin ich hier.«

Ich lege meine Dokumentenmappe auf den Schreibtisch, öffne sie, nehme einen großen braunen Umschlag heraus und gebe ihn Gunnleifur. Er zieht die Papiere aus dem Umschlag: Eine Kopie der Dossiers über Haukur und Sigvaldi.

Gunnleifur liest gierig eine Seite nach der anderen und sagt manchmal »ja« oder »genau« zu sich selbst. Vergisst mich eine Weile völlig.

»Bemerkenswerte Unterlagen«, sagt er schließlich, sortiert die Seiten, legt sie ordentlich zusammen und auf den braunen Umschlag. »Zweifellos sehr bemerkenswerte Unterlagen.«

»Reicht das?«

»Es sieht gut aus.«

»Alle beide sind natürlich Kriminelle.«

»Ja, genau. Eins wollte ich noch fragen: Hier steht etwas von Videos, auf denen besagte Szenen zu sehen sind.«

»Bisher sind sie noch nicht gefunden worden.«

»Ach nein? Nicht?«

»Ich bin noch auf der Suche.«

»Ah ja.«

Gunnleifur steckt die Seiten wieder in den Umschlag zurück. »Sag mal, hat Halla nicht noch mehr solcher Dossiers über andere Leute geschrieben?«

»Ich denke schon. Sie hat viel geschrieben.«

»Hast du auch Papiere über andere?«

»Vielleicht.«

»Ah ja.«

»Sie hat Dossiers über alle möglichen Leute erstellt. Auch über dich.«

Er verzieht keine Miene. »Ich habe nichts zu befürchten«, sagt er ruhig.

»Ansonsten wäre ich auch nicht hier«, antworte ich. »Was aber nicht heißt, dass du ein Engel wärst.«

»Ach nein? Nicht?«

»Ich habe jedenfalls keine Informationen, dass du ein Krimineller bist.«

»Aha.« Er zögert kurz, fragt aber dann doch: »Sie hat doch mit Sicherheit einiges über den Vorsitzenden geschrieben?«

»Das ist ziemlich wahrscheinlich.«

»Dieses Dossier wäre sehr nützlich.«

»Das hier war die erste Ration«, sage ich und stehe auf.

»Vielleicht bekommst du später einen zweiten und größeren Happen. Das hängt davon ab, was du mit diesem machst.«

»Ach ja?«

Ich muss ihn einfach ein bisschen aufziehen: »Ja, genau.«

Er lächelt. Völlig unerwartet. Sieh mal an. Der Kerl ist also doch nicht ganz humorlos.

»Ich finde schon raus«, sage ich kurz angebunden, schließe meine Mappe und marschiere hinaus. Ich bin schon auf dem Flur, bevor er überhaupt Zeit findet, aufzustehen. Ich verlasse eilig das Haus und knalle die Tür hinter mir zu.

Aaaah!

Es geht mir so unglaublich gut, als ich die frische Morgenluft vor der Türe tief einatme. Keine Chance geben. Diesen Typen zeigen, wo's langgeht. Das ist der Trick.

»Macht ist das beste Rauschmittel.«

Sagt Mama.

20

Ich nehme eine Flasche Jackie mit zum Abendessen zu Lilja Rós. Weiß aus Erfahrung, dass in Hallas Bar nur Wodka, Gin und Scotch zu finden sind.

Sie hat sich zurechtgemacht. Das helle Haar hochgesteckt. Sich geschminkt. Ihr neues, hellblaues Sommerkleid angezogen.

Es gibt typisch isländische Küche: Lammkeule mit karamellisierten Kartoffeln. Mit Sicherheit tausend Kalorien in jedem Bissen! Der Rotwein war gerade mal genießbar. Kalifornischer Burgunder für arme Leute.

Ich habe Lust auf meinen Jackie, lange bevor wir mit dem Essen fertig sind. Aber ich reiße mich zusammen. Der Abend ist noch lang und die Flasche schnell leer.

Nach dem Essen gehen wir rüber ins Wohnzimmer und setzen uns auf das weiche Sofa. Ich verlange, dass sie Jack auf zivilisierte Art trinkt, nämlich pur. Sie protestiert, gibt aber schließlich doch nach und trinkt ein Glas. Und dann noch eins. Wird offener. Ihre Wachsamkeit lässt nach.

Natürlich wusste sie, dass ich an Hallas Tagebücher herangekommen war, aber konnte es einfach nicht fassen, wie es mir gelungen ist, das richtige Passwort zu finden. Wiederholt ständig, dass sie von nichts gewusst hat.

»Hat Halla dir nie gezeigt, was sie geschrieben hat?«

»Das Tagebuch war völlig privat«, antwortet Lilja Rós. »Halla hat keinen darin lesen lassen, nicht einmal mich.«

»Aber du hast von dem Tagebuch gewusst.«

»Natürlich.«

»Bist du nicht neugierig geworden?«

»Politik hat mich noch nie interessiert.«

»Aber es ist doch ganz normal, ein bisschen neugierig zu sein.«

»Halla hat mir manchmal gezeigt, was sie geschrieben hatte. Es ging dabei um Finanzgeschichten, Wahlen und so was. Ich fand das nicht besonders spannend.«

»Mir fehlt alles, was sie im letzten Jahr geschrieben hat. Weißt du vielleicht, wo das gespeichert ist?«

»Könnte es nicht auf der Festplatte von ihrem Computer gewesen sein? Auf dem, der gestohlen wurde?«

»Sie hat dich also nicht gebeten, Kopien ihrer Tagebücher aufzubewahren?«

Lilja Rós schüttelt den Kopf und lächelt. Sie hat so einen besonderen schuldbewussten Gesichtsausdruck. Als ob sie lügen würde und sich dafür schämt.

»Die Geschichte von Halla zeigt, dass Wissen Macht ist, nicht wahr?«

»Sie kam in kurzer Zeit ziemlich weit, wenn es das ist, was du meinst«, antwortet Lilja Rós.

»Hmmhmm …«

»Es war nicht leicht für sie. Trotz dem ganzen Geschwafel über Gleichberechtigung haben Frauen in der Politik noch lange nicht die gleichen Möglichkeiten wie Männer. Die Männer bestimmen, wo's langgeht.«

»Also hatte Halla ihre Position damit verbessert, dass sie die Männer bespitzelte und dann entsprechende Informationen für ihre Karriere nutzte?«

»Sie hat sie nur mit ihren eigenen Waffen geschlagen.«

»Mir scheint, dass sie dabei ein bisschen zu weit gegangen ist.«

»Halla hat oft gesagt, dass sich Frauen in der Politik stärker behaupten müssen als Männer, einfach nur, um ihr Dasein zu rechtfertigen. Sie war einfach schlauer als sie und gut organisiert mit allem, was sie sich vornahm.«

»Das merkt man.«

»Natürlich hat sie genau verfolgt, was die Männer gemacht haben und hat ihre Schnitzer gnadenlos ausgenutzt, wenn sich eine Gelegenheit bot. Das machen alle in der Politik.«

»Aber die Videos mit Haukur? Wo er das Mädchen schlägt? Wo sind sie?«

Lilja Rós beginnt zu lachen. »Manchmal bist du echt wie Halla«, sagt sie.

»Ich?«

»Ich meine nicht das Aussehen. Aber von der Art – du denkst immer nur an deine Arbeit! Entspannst du dich eigentlich nie?«

»Natürlich entspanne ich mich auch. Ich war fünf Wochen in Florida.«

»Dann entspann dich jetzt mal und hör auf, mich über diese unliebsame Sache auszufragen.«

Ich recke mich zur Jackie-Flasche und gieße uns beiden noch mal ein Glas ein. »Stoßen wir an«, sage ich.

Der Jack zeigt seine Wirkung bei Lilja Rós. Also quetsche ich sie weiter aus: »Du bist die Einzige, die mir erzählen kann, wie Halla wirklich war. Du hast sie am besten gekannt.«

Lilja Rós wiederholt seufzend: »Ja, ich habe sie am besten gekannt.« Sie lässt sich zur Seite fallen und legt den Kopf auf die Sofalehne. »Halla war oft so einsam in der Stadt. Sie hat mich manchmal gebeten, in die Stadt zu kommen und bei ihr ab und zu ein Wochenende zu verbringen, einfach nur, um Gesellschaft zu haben.«

»Aber ich dachte, sie hatte so viele Freunde?«

»Meinst du Männer?«

»Hmmhmm ...«

»Das war nur körperlich. Manchmal ein Teil der Arbeit. Oder ein One-Night-Stand. Rein, raus und fertig!« Sie lacht. »Aber Halla hatte keine engen Vertrauten hier in der Stadt. Keine echten Freunde.«

»Aber du wusstest schon, dass sie viele Bekannte hatte?«

»Natürlich. Sie hat mir manchmal alles haarklein erzählt und sich über die Kerle lustig gemacht. Sie hat sie benutzt, wenn sie Lust auf sie hatte. Ansonsten waren sie völlig bedeutungslos für sie.«

Lilja Rós hebt die Füße und legt sie in meinen Schoß. Streckt sich dann ganz aus und schließt die Augen.

»Aber die Videos? Wo sind sie?«

»Was für Videos?«

»Zum Beispiel das Video, auf dem Haukur das Mädchen schlägt?«

Sie öffnet wieder die Augen: »Warum fragst du eigentlich ständig nach diesen Videos?«

»Für mich ist es sehr wichtig, dass sie gefunden werden. Außerdem sind die Videos möglicherweise der Schlüssel zur Lösung des Falles. Die Erklärung für Hallas Tod.«

Sie guckt mich eine Weile schweigend an.

»Neeeiiin, das glaube ich nicht«, sagt sie dann.

»Warum nicht?«

»Natürlich ist Haukur durchtrieben und korrupt, aber er hätte es nie gewagt, Halla etwas anzutun.«

»Bist du sicher?«

»Ja, genau deshalb, weil du fragst.«

»Ich komm nicht ganz mit.«

»Haukur wusste sehr genau, dass es für ihn die schlimmsten Konsequenzen hätte, wenn er Halla etwas antun würde. Das war ihre Versicherung.«

Vielleicht.

Ich bleibe hartnäckig: »Ich muss trotzdem diese Videos kriegen. Wenn ich die nicht finde, lassen mich die Goldjungs nie in Frieden.«

Sie zieht ihre Füße zu sich, setzt sich und hebt das Glas: »Auf ex?«

Wir trinken die Gläser aus.

»Ich habe viele Videos von Halla und mir«, sagt sie. »Willst du sie sehen?«

»Okay.«

Der Fernseher ist am anderen Ende vom Wohnzimmer. Lilja Rós holt ein paar Videokassetten aus einem Schrank.

»Sind das alles Videos von euch beiden?«

»Keine Sorge, du sollst dir nicht alles angucken«, antwortet sie lachend und schiebt eine Kassette ins Videogerät.

Wir setzen uns vor den Fernseher.

Es sind alles normale selbst gedrehte Aufnahmen. Man sieht Halla, Lilja Rós und andere Leute, die ich nicht kenne. Manche Passagen sind in der Wohnung aufgenommen, andere im Urlaub. Dann gibt es noch Bilder von Halla an ihrem Arbeitsplatz.

Irgendwie ist es komisch, Halla auf einmal lebendig im Fernsehen zu sehen. Zu sehen, wie sie spricht, lacht und

Grimassen zieht. Sie war wirklich eine gut aussehende Frau. Aber sie wirkt auf mich trotzdem ganz anders als auf den Fotos, die ich gesehen hatte.

Jetzt hält sie gerade eine Rede. Macht das wirklich gut. Bringt die Leute zum Lachen. Sie bedankt sich für ein Geschenk, das sie von ihren Arbeitskollegen bekommen hat. Hält es in der einen Hand. Sieht aus wie moderne Kunst. Eine gegossene Statue aus Metall.

»Das habe ich an Hallas fünfundzwanzigstem Geburtstag aufgenommen«, erklärt Lilja Rós. »Da hat sie noch in der Parteizentrale gearbeitet.«

»Die Rede war wirklich gut. Hat sie viele Reden gehalten?«

»Halla war gut. Sie hat sich immer mit Elan für alles eingesetzt, was sie sich vorgenommen hatte.« Sie schiebt eine andere Kassette in das Videogerät. »Hier müssen Bilder von ihr und dem Ministerpräsidenten drauf sein.«

Sie findet die Passage schnell. »Ich habe das in ihrem Büro in der Staatskanzlei aufgenommen, an dem Tag, an dem sie dort angefangen hat.« Stolz schwingt in der Stimme mit.

Da ist Halla zusammen mit dem Premier. Und Haukur. Alle mit dem schönsten Sonnenscheinlächeln. Halla setzt sich an den Schreibtisch und die Männer stehen neben ihr, küssen sie auf die Wange und schauen dann in die Kamera.

Dann kommen andere Bilder von Halla, auf denen sie alleine am Schreibtisch sitzt und Papiere durchsieht, am Computer schreibt oder telefoniert.

»Das ist alles gestellt«, erzählt Lilja Rós. »Das ist doch gut geworden, findest du nicht?«

»Ja, es sieht wirklich echt aus.«

Jetzt steht Halla am Schreibtisch. Sie schaut eine Weile in die Kamera und sagt etwas, was man nicht hören kann. Dann nimmt sie einen Blumentopf und stellt ihn auf eine

Ecke des Tisches, hinter das Telefon. Neben das Kunstwerk, das Geburtstagsgeschenk.

Ich hole Jackie und die Gläser und gieße uns beiden noch mal ein. Dann gucken wir weiter Videos an, bis ich genug gesehen habe und zu gähnen anfange.

»Ich gehe jetzt nach Hause und leg mich hin.«

»Du kannst doch in Hallas Bett schlafen«, sagt Lilja Rós, krabbelt auf den Knien zum Videorecorder und macht ihn aus.

»Nein, ich fahre lieber nach Hause.«

»Warum, hier ist doch genug Platz?«

»Okay, dann schlafe ich im rosanen Gruselkabinett.«

»Im rosanen Gruselkabinett?«, wiederholt sie und lacht aus vollem Hals. »Das passt ja super!«

»Schläfst du nie da?«

»Um Gottes willen, nein, das würde mir im Traum nicht einfallen!«

Ich stehe auf, gebe ihr eine Hand, ziehe sie auf die Füße.

Es ist noch ein bisschen Jackie in der Flasche. Deshalb nehme ich das Glas und die Flasche mit, sage gute Nacht zu Lilja Rós, steige die Treppe hinauf und gehe in das rosane Schlafzimmer.

Dort angekommen, kippe ich mir den Rest ins Glas, nehme einen Schluck, stelle die Flasche auf den Boden und das Glas auf den Nachttisch, ziehe die Tagesdecke vom Bett, schiebe das Federbett zur Seite und setze mich schwerfällig auf die Matratze.

Ich bin fast besoffen. Mannomann. Ich sehe es mir deutlich an, als ich in den großen Spiegel an der Wand gucke. Da springt mir mein Spiegelbild entgegen, das auch auf dem rosanen Bett sitzt. Fast besoffen.

Ich stehe wieder auf, gehe zu der anderen Spiegelwand und betrachte mein Gesicht. Fahre mit den Fingern durch mein Haar.

Es besteht kein Zweifel, ich werde bestimmt nie Miss World. Nicht mein Ding. Aber Spiegeleier?

Ich knöpfe mir die Bluse auf, ziehe sie aus der Hose und lasse sie auf den Boden fallen. Ich nehme beide Brüste fest in die Hände und streiche meine Zeigefinger über den Brustwarzen hin und her, bis sie mir antworten. Aber dann hebe ich die Arme und verschränke die Hände im Nacken, sodass sich die Brüste nach vorne heben.

Verdammte Lüge!

Meine Brüste sind vielleicht nicht groß. Eigentlich sind sie tatsächlich recht klein. Aber straff. Verlockend. Juan konnte jedenfalls nie genug von ihnen kriegen. Es sind aber nie und nimmer Spiegeleier!

Juan!

Jetzt könnte ich ihn gebrauchen.

Ich werde schon feucht, wenn ich nur an ihn denke! Streiche wieder über die Brüste. Presse sie aneinander, wie er es gemacht hat. Fahre dann mit der anderen Hand den Magen herunter. Öffne den Gürtel. Ziehe den Reißverschluss herunter. Schiebe die Hose über die Hüften. Lasse meine Hose auf den Boden rutschen und steige aus den Hosenbeinen heraus. Strecke mich vor dem Spiegel.

Streiche mit den Fingern leicht über den Nabel. Den Unterleib herunter. Bis hinein in das weiche, heiße, feuchte Paradies.

Das wird eine von diesen Nächten.

Ich bin in der Fantasie mit Juan schon weit gekommen, als ich ein Geräusch neben mir höre.

Jemand keucht. Irgendwo im Schlafzimmer.

Ich halte den Atem an. Ich stehe einen Augenblick wie zu einer Statue erstarrt. Atme dann aus, gehe rückwärts zum Bett, setze mich hin und horche.

Was hatte ich gehört?

Atemzüge?

Ja, jemand hat geatmet. Ganz nah bei mir.

Halla wird ja wohl kaum in ihrem rosanen Gruselkabinett spuken. Jedenfalls nicht, wenn ich da bin. Ich glaube nicht an Geister. Auch nicht mitten in der Nacht.

Was war es dann?

Der Spiegel – könnte es sein, dass sich jemand hinter dem großen Spiegel befindet?

Es scheint so.

Wut entflammt so plötzlich in mir, wie der Geysir im Haukadalur spuckt, wenn man Seife in ihn hineinschmeißt. Die Wut stürmt ungebremst durch den ganzen Körper. Verdammt noch mal! Es gibt nur einen Weg, die Wahrheit ans Licht zu bringen.

Ich beuge mich zur leeren Flasche herunter, fasse sie am Hals, richte mich wieder auf, gehe näher an die Wand heran und lege alle meine Kraft in die Jack-Daniels-Flasche.

Der Spiegel zerspringt in tausend Stücke.

Sieben Jahre Unglück! Und mit Sicherheit noch irgendwas zusätzlich, weil er so groß ist.

21

Lilja Rós schreit vor Entsetzen.

Hinter dem zerbrochenen Spiegel kommt ein schmaler, länglicher Raum zum Vorschein, eine Art enger Gang. Da sitzt sie auf einem kleinen Stuhl, hält sich die Hände schützend über den Kopf und kreischt panisch in einem fort, auch als schon längst keine Scherben mehr über sie regnen.

Neben dem Stuhl steht eine Videokamera auf einem Stativ.

Langsam verebben die Schreie. Sie nimmt die Hände vom Gesicht und schaut mich an. Angst spricht aus ihren Augen.

»Ich habe nichts gemacht, ich habe wirklich nichts gemacht!«, jammert sie wehleidig.

Sie ist mit Scherben übersät. Sie sind in ihrem Haar und im Gesicht, auf dem hellblauen Schlafanzug und auf dem Boden um sie herum.

»Es stimmt wirklich«, jammert sie weiter, »ich habe die Kamera nicht angerührt!«

»Was zum Teufel hast du denn dann gemacht?«

»Ich habe nur ... nur ... geguckt.«

Sie ist immer noch völlig verängstigt und atmet schnell und flach.

Ich werfe einen schnellen Blick auf die Kamera und starre dann Lilja Rós wieder wütend an.

»Warst du vielleicht Hallas Kameramann?«, frage ich barsch. »Obwohl du immer so getan hast, als wüsstest du nichts über die Videos?«

»Nur ... nur manchmal«, antwortet sie und schluckt schwer.

»Nette Arbeitsverteilung bei euch, das kann man wohl sagen.«

»Aber meistens war es wirklich ganz harmlos.«

»Ganz harmlos!«

»Du weißt doch, was ich meine.«

»Mir kann es doch völlig egal sein, was du filmst, solange nicht ich das Objekt bin!«

»Ich habe dich wirklich nicht gefilmt. Es ist noch nicht mal eine Kassette in der Kamera. Guck, hier.«

Sie öffnet die Videokamera. Das Kassettenfach ist leer.

»Okay«, sage ich und merke, wie meine Wut langsam verfliegt. »Ich bin ja nicht von der Filmprüfstelle.«

Ich setze mich wieder auf das Bett.

Sie beguckt sich die Spiegelscherben auf dem Fußboden. »Ich komme hier nicht barfuß raus«, sagt sie kurz darauf und lächelt schüchtern.

Da hat sie Recht. Gefährliche Scherben liegen überall.

Ich stehe auf, ziehe die dicke, rosane Tagesdecke vom Bett und breite sie über die Scherben am Boden aus.

»So, jetzt kannst du über die Tagesdecke laufen.«

Sie steht vom Stuhl auf und tritt vorsichtig auf eine Kante der Decke.

»Warte!«, rufe ich.

Sie guckt mich ängstlich an.

»Schüttel dich mal kräftig!«

Bei jeder ihrer Bewegungen fallen Scherben von ihrem blauen Schlafanzug.

»Augenblick!« Ich flitze schnell ins Badezimmer, um eine Haarbürste zu besorgen. »Du hast so viele Scherben im Haar. Ich bürste sie dir gerade raus.«

Ich taste mich über die weiche Decke vor und spüre die Scherben wie kleine Steine unter meinen Fußsohlen.

»Beug dich mal vor!«

Ich bürste ihr größere und kleinere Scherben aus dem hellen Haar, die vor uns auf die Decke fallen.

»Die Haare sind okay«, sage ich schließlich, »jetzt ist der Schlafanzug dran.«

Sie knöpft das Schlafanzugoberteil auf und lässt es hinter sich auf den Boden fallen. Die Schlafanzughose ereilt das gleiche Schicksal.

Lilja Rós ist das wandelnde Muskelpaket. Nirgendwo ein Gramm Fett zu sehen. Sie hat einen großen Anhänger an einer silbernen Kette um den Hals, ein rotes Herz mit kleinen blauen Steinen liegt zwischen den Brüsten.

»Jetzt kannst du kommen.« Ich halte sie an einem Arm fest, führe sie vorsichtig über die Decke und lasse sie sich aufs Bett setzen.

Geschafft!

Es ist noch ein bisschen Jackie im Glas übrig, das auf

dem Nachttisch steht. Ich trinke einen Schluck und reiche Lilja Rós den Rest.

Sie trinkt auf ex.

»Also, du hast nur geguckt, oder wie?«

Sie wird knallrot.

»Das hast du doch gesagt.«

»Ja«, flüstert sie.

»So, wie du es früher so oft getan hast, stimmt's?«

Sie nickt.

»Macht dir das Spaß?«

»Manchmal.«

»Das war doch eine nette Show, findest du nicht?«

Lilja Rós hebt den Kopf. Sie ist immer noch rot. Dann lässt sie die Augen langsam sinken.

Ich habe total vergessen, dass ich nackt bin.

Sie streckt die Hand aus. Ihre Finger zittern, als sie mich mit den Fingerspitzen berührt.

Das musste ja kommen.

Eigentlich bin ich noch nicht mal überrascht. Wahrscheinlich habe ich im Innersten damit gerechnet. Habe mich nur geweigert, darüber nachzudenken.

Als ich mich ins Bett lege, schließe ich die Augen und erlaube ihr, zu tun, was sie möchte. Und versuche, an Juan zu denken.

Die Nacht ist noch lang.

»Oh Gott, oh mein Gott!«, stöhnt sie einige Zeit später, presst sich gegen mich, als sei sie im wahrsten Sinne des Wortes auf dem Weg in den Himmel, und drückt ihre trainierten Oberschenkel so fest zusammen, dass ich mir vorkomme, als läge ich in einer Schraubzwinge.

»Halla! Halla!«, ruft sie.

Ich mache trotzdem weiter.

»Lieber ein schlechter Liebhaber als ein leeres Bett.«

Sagt Mama.

22

Dorftanz!

Die ausgelassene Stimmung eines feucht-fröhlichen Tanzabends ist genau das Richtige, um einen wilden Tag angemessen ausklingen zu lassen. Der totale Wahnsinn.

Lilja Rós hatte mich und meinen Kater um die Mittagszeit mit kohlrabenschwarzem Kaffee geweckt. Auf dem Tablett lag auch ihr Anhänger. Das große Herz mit den blauen Steinen. Ich schaute sie fragend an.

»Halla hat ihn mir vor langer Zeit geschenkt«, sagte sie. »Jetzt möchte ich ihn dir schenken.«

Ich nahm den Anhänger, um ihn mir um den Hals zu hängen. Aber Lilja Rós hielt mich zurück.

»Es ist ein Medaillon, das man öffnen kann«, sagte sie.

»Wie?«

Sie zeigt auf einen winzig kleinen Knopf unter einem Stein. Als ich ihn drücke, öffnet sich das Medaillon.

Im kleinen Fach befindet sich ein Schlüssel. War das vielleicht der Schlüssel zum Glück?

»Ich hab schon davon gehört, dass man Hufeisen für Glücksbringer hält. Aber noch nichts dergleichen über einen Schlüssel«, sage ich.

Lilja Rós schließt das Medaillon wieder.

»Das ist ein echter Schlüssel.« Sie lächelt. »Ich kann dir auch sagen, auf welches Schloss er passt.«

Jetzt geht mir ein Licht auf.

»Ich glaube, ich weiß es«, antworte ich. »Das ist ein Schlüssel für ein Bankschließfach.«

»Stimmt.«

»Wo ist das Schließfach?«

»Im Norden.«

»Sind dort etwa die Videos versteckt?«

Sie nimmt das Medaillon und legt es mir an der Kette um den Hals.

»Komm mit mir in den Norden«, sagt sie, »und schau selber nach.«

Das ist eines dieser Angebote, die man einfach nicht ablehnen kann.

Also sind wir in den Norden gefahren.

Sie hatte einen Leihwagen besorgt. Mit Allradantrieb. Wollte mir auf dem Weg ein bisschen was vom Land zeigen.

Als wir im Borgarfjördur waren, öffnete ich eine Flasche Jackie. Es reichte ja völlig, wenn einer von uns beiden nüchtern ist. Lilja Rós erklärte sich freiwillig bereit, auf der Hinfahrt diesen Part zu übernehmen.

In Blönduós wohnt sie alleine in einem kleinen Reihenhaus. Erst haben wir es uns gemütlich gemacht und uns mit Snacks voll gestopft, dann haben wir uns auf den Weg zu einem echten Tanz auf dem Land begeben. So gegen Mitternacht sind wir bei dem Versammlungshaus des Bezirkes angekommen. Alles ist proppenvoll. Und alle besoffen. Lilja Rós kennt viele.

Im Handumdrehen habe ich einen ganzen Fanclub mit Saufkumpanen um mich geschart. Einige der Männer sind wandelnde Muskelpakete, die wie Lilja Rós Bodybuilding als einziges Hobby haben.

Ich tanze mit ihnen. Flirte mit einigen. Zwei sehen ganz gut aus. Verheißen Gutes. Der eine fragt mich, ob ich nicht mit ihm draußen spazieren gehen will. Natürlich will ich.

Draußen ist es hell, aber bewölkt. Sommernacht auf dem Land. Motorengeräusche überall. Rufe und Schreie. Wütendes Gekreische und Verfluchungen. Lachen und Weinen.

Das Muskelpaket ist eine enttäuschende Nummer. Sein ganzes Dasein ist anscheinend nur darauf ausgerichtet,

Muskeln aufzubauen. Sie wölben sich geschmeidig unter meinen Händen, groß und gestählt – alle, bis auf den Muskel, auf den es hierbei ankommt. Er ist vernachlässigt worden. Zumal er ja auch nicht auf den Isländischen Meisterschaften präsentiert wird.

Der Tanzabend ist schon fast zu Ende, als ich auf der Tanzfläche grob am Arm gepackt und herumgewirbelt werde.

»Ach nein«, sagt eine bekannte Stimme, »ist das nicht unsere Müllkippenkandidatin?«

Der Wikinger und der Rotschopf stehen mir großspurig grinsend gegenüber. Ohne Uniformen. Halten mich zwischen sich fest.

»Wir müssen uns mal ausführlicher unterhalten«, sagt der Wikinger.

»Verdammte Idioten!«, rufe ich.

»Lasst mich in Ruhe!«

Sie führen mich zwischen sich aus dem Saal, obwohl ich mich nach besten Kräften wehre und mich mit den Füßen gegen die Laufrichtung stemme.

»Eine wahre Freude zu sehen, wie begeistert du über unser Zusammentreffen bist!«, setzt der Wikinger grinsend fort. »Wie eine läufige Hündin.«

»Sehr witzig!«

Wir sind jetzt schon im Freien. Sie schleifen mich zum Parkplatz, der neben dem Versammlungshaus liegt. Da dreht mir der Wikinger plötzlich den Arm auf dem Rücken hoch und presst mich an ein Auto, während der Rotschopf an einem anderen Wagen die Türen öffnet.

Sie sind mit einem Benz da.

»Wir wollen dich noch mal auf eine kleine Fahrt mitnehmen. Dir hat es doch letztes Mal so gut gefallen!«, sagt der Wikinger.

Sie versuchen, mich gerade auf die Rückbank des Benz'

zu bugsieren, als Lilja Rós mir zuruft: »Stella, wohin fährst du?«

Ich kann in einer schnellen Bewegung einen Schritt rückwärts machen und mich zur Hälfte umdrehen.

»Diese verdammte Idioten wollen mich entführen!«, rufe ich ihr zu.

Der Wikinger schiebt mich wieder auf das Auto zu. Schubst mich dann auf den Rücksitz und ist selber schon fast eingestiegen, als sich ein Schatten in der Tür zeigt.

»Was ist denn hier los?«, fragt das Muskelpaket.

»Hilf mir hier raus!«, rufe ich.

»Sie macht immer so ein Theater«, sagt der Wikinger und lacht.

»Ach ja?«

Das Muskelpaket taxiert den Wikinger schweigend eine Weile, aber packt ihn dann ganz plötzlich an einer Schulter und schmeißt ihn so leicht, als wäre er ein schwarzer Müllsack, auf den Parkplatz. Reicht mir dann eine Hand und hilft mir aus dem Auto. Einige Zuschauer haben sich eingefunden, um die Schlägerei zu verfolgen. Lilja Rós steht in der ersten Reihe.

»Ich rate dir, dich nicht einzumischen«, sagt der Wikinger und steht auf. »Wir sind nämlich von der Polizei.«

»Dann zeig mal deinen Ausweis«, antwortet das Muskelpaket.

»Der lügt wie gedruckt! Das sind zwei Irre aus Reykjavík!«, rufe ich.

Die Zuschauer rücken enger heran.

»Sie kommt mit uns«, sagt der Wikinger mit Autorität in der Stimme.

»Das glaube ich nicht«, sagt das Muskelpaket, legt seinen Arm um mich und geht eng umschlungen mit mir an dem Wikinger vorbei.

Der Rotschopf hat sich hinter das Steuer gesetzt.

»Komm, wir hauen ab!«, ruft er.

Der Wikinger scheint anderer Ansicht zu sein. Er kommt mir hinterher, bis ihm das Muskelpaket den Weg verbaut. Sie stehen sich gegenüber. Groß und kräftig. Mit gegrätschten Beinen. Bereit, aufeinander loszugehen.

»Ich hab gesagt, du sollst kommen«, ruft der Rotschopf wieder.

Ich betrachte den Wikinger eingehend. Da bekomme ich eine Idee. Kann der Versuchung einfach nicht widerstehen.

»Ach, jetzt fällt's mir wieder ein, ich wollte mich doch noch für den Ausflug bedanken!«, sage ich und lächele.

»Nichts zu danken«, antwortet der Wikinger und grinst breit. »Ich wusste doch, dass es dir gefallen hat.«

Ich gehe einen Schritt auf ihn zu. Lächele sanft. Dann geb ich's ihm. Einen Tritt. Mit voller Kraft. Direkt oben zwischen die Beine.

Es vergehen einige Sekunden, bevor er schreit. Dann fällt er auf die Knie und hält sich die Hände auf seine empfindlichste Stelle und schreit wieder.

»Nichts zu danken, Schätzchen«, rufe ich ihm zu. »Ich weiß doch, dass es dir gefallen hat!«

»Bravo!«, ruft einer der Zuschauer. Jemand anderes beginnt zu klatschen. Andere klatschen mit.

Lilja Rós zieht mich mit sich.

»Komm schon, Stella, ich bitte dich«, sagt sie. Sie guckt das Muskelpaket an. »Du auch. Das ist sicherer.«

Wir machen, dass wir in den Mietwagen kommen. Lilja Rós fährt los, gibt Gas und ist in kürzester Zeit auf der Ringstraße.

Ich bin überglücklich.

»Das hab ich noch nie gemacht. Aber manchmal hat es mich schon verdammt gereizt.«

»War es genauso toll, wie du es dir vorgestellt hast?«, fragt Lilja Rós.

»Toll? Es war ein einzigartiges Gefühl! Der Himmel auf Erden!«

23

Ich kann nicht wieder einschlafen.

Obwohl wir den Forderungen der Müdigkeit erst gegen vier Uhr nachgegeben haben, bin ich schon drei Stunden später aufgeschreckt und sitze hellwach im Bett.

Nachdem ich mich eine Weile unter der Bettdecke hin und her wälze und einige Versuche, wieder einzuschlafen, erfolglos bleiben, ziehe ich mir den weißen Bademantel an, den Lilja Rós mir geliehen hat. Dann schleiche ich die Holztreppe herunter, mache mir Wasser heiß für eine große Tasse löslichen Kaffee, setze mich in einen Sessel im Wohnzimmer und versuche, mein Gehirn vom Nebel der Nacht und dem jaulenden Kater zu befreien.

Als meine Riesentasse leer ist, streune ich durch die Wohnung. Gestern Abend hatte ich keine Möglichkeit, sie mir genauer anzusehen. Im Erdgeschoss befinden sich Wohnzimmer und Küche, eine Waschküche und ein Zimmer, das Lilja Rós zur Unterrichtsvorbereitung nutzt.

Die Morgensonne scheint direkt durch das Fenster ins kleine Zimmer. Dort steht alles fein säuberlich sortiert und aufgeräumt, wie auch sonst überall in der Wohnung. Jedes Teil hat seinen Platz.

Aber Lilja Rós hat vergessen, den Computer auf dem Schreibtisch auszumachen. Die Maus scheint geradezu darauf zu warten, dass ich ein bisschen mit ihr herumspiele. Der Schreibtischstuhl hat einen weichen Bezug, der mich an den Oberschenkeln kitzelt, als ich mich setze und nachsehe, was Lilja Rós auf ihrer Festplatte gespeichert hat.

Eine lange Reihe mit Titeln von Dateien erscheint auf

dem Bildschirm. Eine Mappe weckt sofort mein Interesse. Ihr Titel heißt kurz und knapp: HALLA.

Ich zögere.

Natürlich habe ich nichts an diesem Computer zu suchen, schon gar nicht, seinen Inhalt durchzustöbern. Aber die Neugier wird stärker als alles andere, wie schon so oft.

»Verbotene Früchte schmecken am besten.«

Sagt Mama.

In der Halla-Datei gibt es eine ganze Menge Dokumente. Sie sind alle mit einem Zahlencode benannt; zuerst vier Ziffern, dann zwei und noch mal zwei. Und zum Schluss drei Buchstaben: PGP.

»Klare Sache, Watson«, sage ich zufrieden zu mir selbst. Das müssen Kopien von Hallas Tagebüchern sein, sortiert nach Jahr, Monat und Tag. Sie hat sie also auch hier hingeschickt. Natürlich durch die Telefonleitung. Damit sie bei Lilja Rós in sicherer Verwahrung sind.

Natürlich habe ich die drei Buchstaben am Ende sofort erkannt. Sie sind die Bestätigung dafür, dass der ganze Text auf gleiche Weise verschlüsselt wurde wie der auf den Disketten in der Stadt.

Ich überfliege die Titel der Dokumente. Die Jahreszahlen zeigen, dass es die gleichen Texte sind, die ich im Süden gelesen habe.

Aber hallo!

Nicht ganz. Da tauchen Daten auf von den letzten Jahren, in denen Halla noch lebte. Die hatten auf den Disketten aus dem Bankschließfach gefehlt.

Jetzt zögere ich nicht mehr länger. Krame in Windeseile aus meiner Erinnerung Sindris Erklärungen hervor. Finde schnell das Programm Pretty Good Privacy und rufe es auf dem Bildschirm auf. Öffne das letzte Dokument, das Halla in den Norden geschickt hat. Setze das italienische Passwort ein.

Bingo!

Ich brauche ungefähr zwei Stunden, um das letzte Jahr, in dem Halla lebte, als Tagebuchversion durchzulesen. Als ich damit fertig bin, gehe ich wieder in die Küche und mache mir noch einen Kaffee, setze mich dann ans Küchenfenster, verfolge in Gedanken versunken die Kinder beim Spielen auf der Straße und versuche, die neuen Informationen zu verdauen.

Bin ich der Sache eigentlich näher gekommen?

Vielleicht, vielleicht auch nicht.

Unbestritten ist allerdings, dass sich Halla in den letzten Monaten ernsthafte Sorgen wegen ihrer Geschäfte mit Sigvaldi machte. Vor allem deshalb, weil er meinte, dass die Polizei ihn wegen Verdacht auf Rauschgiftschmuggel genauer unter die Lupe nehmen wollte. Valdi wollte, dass Halla ihren politischen Einfluss geltend machte, um Nachforschungen zu verhindern. Das hätte natürlich die Aufmerksamkeit der Polizei auf sie selber gelenkt. Deshalb hatte sie sich auch herausgeredet, um nichts in Valdis Sache unternehmen zu müssen. Sigvaldi war aufgebracht und drohte ihr alles Übel der Welt für ihre Untätigkeit an.

Hatte er zum guten Schluss mehr getan als nur gedroht?

Vielleicht.

Und dann war da noch die Pager-Geschichte, wie Halla sie nannte. Das war wirklich eine merkwürdige Sache. Halla war immer mit ihrem Pager unterwegs. Eines Tages bekam sie eine Nachricht, die sie nicht verstand. Rief trotzdem beim Absender an. Ein Mann antwortete. Sagte ihr, dass sie ihr »Paket« am zentralen Busbahnhof abholen könne. Der Abholzettel, den sie benutzen sollte, war bereits durch den Briefschlitz am roten Haus geschoben worden.

Legte dann auf.

Am nächsten Tag fuhr sie zum Busbahnhof, um das Paket abzuholen. Aus irgendeinem Grund zögerte sie, als sie die Wartehalle betrat. Fand die ganze Sache ziemlich merkwürdig. Suchte sich erst mal einen Platz wie ein Fahrgast, der auf die Abfahrt seines Busses wartet. Beobachtete die Paketausgabe. Überzeugte sich davon, dass es dort mehrere Mitarbeiter gab. Aber sie hatte den Verdacht, dass man sie in eine Falle locken wollte. Deshalb verließ sie die Wartehalle wieder, ohne das Paket abgeholt zu haben.

Lilja Rós war an diesen Tagen in der Stadt. Sie bot sich sofort an, das Paket abzuholen. Halla widerstrebte das. Fand es gefährlich. Vermutlich versuchte Porno-Valdi, sich an ihr zu rächen. Trotzdem stimmte sie letzten Endes zu.

Nachmittags fuhr Lilja Rós alleine zum Busbahnhof. Als Halla nach Hause kam und sie zu Abend gegessen hatten, öffneten sie zusammen das Paket in der Küche. In ihm befand sich nur ein Kochbuch. Nichts anderes. Keine Nachricht. Keine Erklärungen.

Vielleicht sollte ihr das nur einen Schrecken einjagen? Wollte Porno-Valdi seine Muskeln spielen lassen? Ich verstand die Geschichte ebenso wenig wie Halla.

Ich gehe wieder hoch in die obere Etage, setze mich ans Bett und tippe Lilja Rós an. »Es ist schon Mittag«, sage ich. Als sie ein paar grunzende Laute von sich gibt, füge ich hinzu: »Es ist ganz tolles Wetter!«

Sie reckt sich genüsslich, setzt sich dann auf und lässt die Beine aus dem Bett hängen. »Hast du schon geduscht?«

Ich schüttele den Kopf.

»Dann komm.«

Am Nachmittag will sie mir unbedingt zeigen, wo sie als Teenager auf dem Land gewohnt hat. Bei Halla.

Der Weg, der zum Haus führt, ist schlecht erhalten. Hier und da liegen mitten auf dem schmalen Lehmweg große Steine. An anderen Stellen haben sich tiefe Schlaglöcher gebildet, wo die Erde weggespült wurde.

Lilja Rós fährt im Schneckentempo auf den Hof zu.

Das alte Wohnhaus ist verwittert. Die Wände geben nach. Die Farbe blättert großflächig ab. Die Eingangstür hängt nicht mehr in den Angeln.

Auf dem Vorplatz steigen wir aus dem Auto und gehen ins Haus. Hier ist alles verwahrlost und von Pferden und Schafen vollgeschissen.

Lilja Rós geht voran. Zeigt mir das Zimmer, in dem sie und Halla zusammen während der Sommerferien geschlafen haben. Es ist klein und leer.

Traurigkeit liegt drückend wie ein Albtraum über diesem halb verfallenen Haus. Hier hatten Menschen geschuftet und gelitten. Geliebt und gestritten. Vor langer, langer Zeit. Wozu?

Ich mache, dass ich rauskomme. Lilja Rós folgt mir kurz darauf mit Tränen in den Augen. Ich gucke automatisch weg, während sie ihre Fassung wiedergewinnt. Ich schaue über die kleine Heuwiese, die jahrelang außer Tieren auf Futtersuche niemand genutzt hat.

Das ist ein verlassener Ort. Verlassen von Menschen. Und von Gott. Wenn er sich denn überhaupt mal irgendwann so weit in den Norden gewagt hat.

Ich habe in meiner Geschichte auch einen Platz, den ich verlassen habe. Das alte Hotel an der Ringstraße in den Ostfjorden, wo ich aufgewachsen bin. Zuerst habe ich bei Mama und Papa gewohnt. Dann nur noch bei Papa, nachdem Mama weggegangen ist. Ich bin dort seit Jahren, seit ich angefangen habe, in der Stadt zu studieren, nicht mehr hingefahren. Schon der Gedanke daran jagt mir im hellen Sonnenschein einen Schauer durch den Körper.

Lilja Rós schweigt den ganzen Weg bis zur Ringstraße.

»Es ist komisch, nach so vielen Jahren wieder herzukommen«, sagt sie schließlich. »Mir kommt alles hier viel, viel kleiner vor, als ich es in Erinnerung hatte.«

»Das ist nur der Beweis dafür, dass niemand darauf bauen kann, dass seine Erinnerungen Tatsachen sind.«

»Alles sieht jetzt so klein und heruntergekommen aus. Und verlassen.«

»Die Erinnerungen sind meistens besser als die Wirklichkeit.«

»Das ist eine furchtbare Vorstellung.«

»Ganz und gar nicht.«

Sie hält an. Schaut aus dem Fenster. »Ich finde es besser, den Hof aus der Ferne zu sehen«, sagt sie.

»Mach dir ein Prinzip draus: Wenn du von einem Ort schöne Erinnerungen hast, fahr nie wieder hin.«

»Vielleicht hast du Recht.«

»Die Kehrseite der Medaille ist natürlich was anderes: wenn du schlechte Erinnerungen von irgendeinem Ort hast, dann lohnt es sich auch nicht, wieder hinzufahren.«

»Warum?«

»Weil es dort bestimmt nicht besser geworden ist!«

Lilja Rós fängt an zu lachen. »Getreu deiner pessimistischen Regel sollte man also nie zweimal an den gleichen Ort fahren.«

»Das wäre vernünftig. Schützt vor Enttäuschungen.«

Gegen Abend kommen wir wieder nach Blönduós. Lilja Rós ist auf der Ausfahrtsspur zum Parkplatz vor einer Tankstelle, als ich den Wikinger entdecke. Er steht an einer Zapfsäule und füllt den Benz.

»Nicht abbiegen! Fahr weiter!«, rufe ich im Befehlston.

Sie guckt kurz zu mir, aber fährt dann wieder zurück auf die Ringstraße und fährt genau vor der Nase des Wikingers weiter.

»Sie sind hier«, sage ich.

»Wer?«, fragt Lilja Rós.

»Diese beiden Idioten aus Reykjavík.«

Sie überquert schnell die Brücke des Flusses Blanda und fährt ins Dorf hinein. »Sie sind uns dann wohl heute Nacht nachgefahren, vom Gemeindehaus aus«, sagt sie.

»Vielleicht. Ich finde es wahrscheinlicher, dass sie uns schon die ganze Zeit auf den Fersen sind.«

»Meinst du ab Reykjavík?«

»Ja.«

Ich lasse mir die Sache durch den Kopf gehen, während Lilja Rós vor dem kleinen Reihenhaus einparkt. Es konnte doch kein Zufall sein, dass diese Wilden hier aufgetaucht sind. Die sind hinter uns her.

Aber warum?

Zweifellos, um uns zu beobachten. Zu sehen, was wir hier im Norden machten. Wen wir treffen würden. Ob uns irgendwas ausgehändigt würde. Das lag klar auf der Hand.

Jetzt ging es darum, sie abzuhängen. Wieder nach Reykjavík zu kommen, ohne dass sie es bemerken würden – und wenn, dann erst zu spät. Mit unserer Beute, wegen der wir hier hochgefahren sind.

Wir gehen schnell ins Haus. Ich folge Lilja Rós in die Küche, wo sie anfängt, das Abendessen vorzubereiten.

»Ich will nicht erst morgen nach Hause fahren«, sage ich.

»Aber wir müssen doch in die Bank?«

»Ja, schon. Wie gut kennst du den Filialleiter?«

»Hier kennt eigentlich jeder jeden.«

»Dann sprich jetzt mit ihm. Wir müssen noch heute Abend ans Schließfach.«

»An einem Sonntagabend? Das kommt für ihn sicher nicht in Frage.«

»Dann musst du ihn halt bequatschen.«

Wir setzten uns, trinken Kaffee und schmieden einen Plan.

Als Lilja Rós sich mit Koffein Mut angetrunken hat, ruft sie den Filialleiter an. Ich finde, sie klingt sehr überzeugend. Sie behauptet, dass sie ganz unerwartet schon heute Nacht zurück in die Stadt fahren muss. Muss unbedingt einen Gegenstand mitnehmen, der im Bankschließfach liegt. Hört sich Mitleid erregend an.

Schließlich bekommt sie, was sie will. Der Filialleiter verspricht, sie am Abend um zehn zu treffen. In der Bank.

24

Es ist zehn Uhr.

Wir warten schon seit ein paar Minuten vor der Bank, als der Filialleiter mit einem schwarzen Jeep kommt.

Er geht mit uns direkt zu den Schließfächern, wo ich den Schlüssel aus dem Medaillon hole, das Fach aufmache und spontan laut auflache.

Im Fach ist eine Handtasche. Und sie ist blau.

Die blaue Tasche!

Es gibt sie also doch.

Ich gucke mir ihren Inhalt an, während Lilja Rós das Fach abschließt. In der Tasche befinden sich ein paar Videokassetten. Nichts anderes. Schließe dann die Tasche, nehme den Schlüssel und lege ihn wieder in das Medaillon.

Lilja Rós bedankt sich überschwänglich auf dem ganzen Weg bis zur Straße beim Filialleiter.

Ich untersuche die Videokassetten genauer, als wir wieder bei Lilja Rós zu Hause sind. Sie sind alle unbeschriftet.

»Komm, wir gucken mal rein«, sage ich.

Lilja Rós wird verlegen. Ich habe aber keinen Videorecorder«, antwortet sie.

»Echt nicht?«

Unglaublich! Da hat man die Videos in den Händen und kann nicht sehen, was für Material auf ihnen ist. Verdammt noch mal!

»Okay.« Ich versuche, ruhig zu bleiben. »Dann müssen wir damit wohl warten, bis wir wieder in der Stadt sind.«

»Und eigentlich habe ich gar keine Lust, sie anzusehen.«

»Hast du ja wohl auch schon, nicht wahr?«

»Ein paar Ausschnitte.«

»Und den Rest hast du selber gefilmt?«

Sie lässt den Kopf hängen.

»Was ist denn eigentlich da drauf? Außer Haukurs Starauftritt, meine ich?«

»Ach, Filme von Hallas Partys.«

»Und?«

»Szenen aus dem Schlafzimmer.«

»Mit Halla?«

»Nein, hauptsächlich mit anderen Leuten.«

»Vielleicht mit dir?«

»Nein.«

»Okay.«

Sie überlegt kurz und fügt dann hinzu: »Jedenfalls nicht wissentlich mit mir.«

»Na, das wird sich dann ja zeigen.«

Wir fangen an, unser Gepäck zusammenzusuchen. Das geht schnell, denn wir hatten uns kaum die Zeit genommen, unsere Sachen auszupacken. Dann geht Lilja Rós ins Arbeitszimmer und fuhrwerkt dort herum, während ich mir noch einen Riesenbecher Kaffee hole.

Etwas später kommt sie wieder in die Küche. »Warst du am Computer?«, fragt sie.

Es hat keinen Sinn, zu lügen. »Ja«, antworte ich.

»Warum hast du nicht um Erlaubnis gebeten?«

»Weil du geschlafen hast.«

Sie macht ein merkwürdiges Gesicht. Sie guckt mich mit einer Mischung aus Argwohn und Angst an.

»Ich wollte dich nicht wecken. Du hast heute Morgen so fest geschlafen«, fahre ich fort.

»Ach ja?«

»Ich konnte nicht mehr schlafen. Und ich hatte nichts anderes zu tun.«

»Hast du etwas Neues in den Tagebüchern entdeckt?«

»In welchen Tagebüchern?«

»Natürlich in Hallas. Du hast sie doch heute Morgen gelesen.«

»Woher weißt du das?«

»Der Computer speichert von selber Kopien dessen, was zuletzt auf dem Bildschirm war. Alle fünf Minuten.«

»Ach …«

»Ich habe neue Kopien von Hallas Tagebüchern gefunden, die sie in den letzten Monaten, bevor sie gestorben ist, geschrieben hat. Sie wurden heute Morgen gespeichert, als du sie gelesen hast.«

»Ach so.«

Sie guckt mich immer noch an.

»Nein«, beantworte ich schließlich ihre Frage. »Ich habe nichts Neues gefunden, was wichtig wäre. Außer, was sie über Sigvaldis Drohungen geschrieben hatte. Und die Geschichte mit dem Pager.«

»Mit dem Pager?«

»Ja, erinnerst du dich nicht? Die Sache mit dem Paket, das du am Busbahnhof abgeholt hast?«

»Ach, das.«

»Fandest du das nicht auch merkwürdig?«

»Ja.«

»Hast du jemals herausgefunden, wer das Paket geschickt hat?«

»Nein.«

Lilja Rós setzt sich an den Küchentisch, wo wir warten, bis es zwei Uhr nachts ist. Dann wollen wir los und wieder nach Hause in die Stadt fahren.

»Was machen wir mit den Männern?«, fragt Lilja Rós.

»Die schalten wir noch für eine Weile aus, bevor wir fahren.«

»Wie?«

Ich stehe auf, gehe zum Küchentisch und öffne die Schublade, wo das Besteck verwahrt wird. »Das wird sich zeigen«, antworte ich und lächele zufrieden, als ich das scharfe Fleischmesser entdecke.

Wir entdecken ihren Benz auf dem Parkplatz vor dem Hotel.

Ihren Benz?

Obwohl ich selten darauf achte, wie japanische Blechkisten aussehen, übersehe ich eigentlich nie einen Benz. Ich erkenne direkt, dass ich diesen hier schon einmal gesehen habe. Und sogar in ihm gesessen habe. Das ist das Auto, in dem Saemi mich zum Eldórado gefahren hat, um Porno-Valdi zu treffen.

Klare Sache.

Ich schreibe mir das Kennzeichen auf. Will in der Stadt mal überprüfen, auf wen dieser Wagen zugelassen ist. Ich persönlich wette auf Sigvaldi.

Alle im Dorf scheinen um zwei Uhr nachts tief zu schlafen. Keine Bewegungen im Hotel, Niemand auf dem Parkplatz.

Lilja Rós wartet im Leihwagen, während ich den Benz frisiere. Zuerst lasse ich die Luft aus den Reifen. Aus einem nach dem anderen. Stoße dann das tolle Fleischmesser bis zum Schaft in die luftleeren Reifen.

Wunderbar!

Mit dem können uns die ungehobelten Mistkerle in den nächsten Stunden nicht verfolgen. Das ist sicher. Auch wenn es ein Benz ist.

25

Lilja Rós ist völlig übermüdet, als wir am frühen Morgen wieder in die Stadt kommen. Sie ist den überwiegenden Teil der Strecke gefahren und macht sich deshalb auf dem direkten Weg ins Bett, nachdem wir die Reisetaschen in den Flur bugsiert haben.

Ich kann nicht direkt schlafen gehen. Ich muss mir einfach zuerst die Videos ansehen!

Erst mal falle ich aber über die Vorräte im Kühlschrank her. Schmeiße ein paar Eier in die Pfanne. Toaste Brot. Hole mir Joghurt und Apfelsaft. Nehme alles mit ins Wohnzimmer und mache es mir vor dem Fernseher gemütlich.

Vor mir liegen ein paar Stunden Kino.

Es handelt sich jedenfalls nicht um Filme der Rubrik »für die ganze Familie«. Die meisten Abschnitte zeigen, was sich im Schlafzimmer abspielt. Offensichtlich durften sich während der Partys eine ganze Menge Leute dorthin zurückziehen, um sich in guter Gesellschaft zu entladen. Sich im Bett herumwälzen.

Ein paar Gesichter kommen mir bekannt vor. Abgesehen von Halla. Und dem Premier. Sie sind in einem netten Abschnitt zusammen.

Die Eintönigkeit geht mir bald auf die Nerven. Die Qualität des Filmes ist auch nicht immer die beste. Und man hört nichts von dem, was im Zimmer gesagt wird.

Dann beginne ich zu spulen.

Zwischendurch gibt es Szenen, die woanders im Haus aufgenommen wurden. Im Wohnzimmer oder auf den Fluren. Sogar auf der Toilette. Es gibt die gleichen Bilder von Partys, bei denen die Gäste ihre Kleidung anließen. Tanzten, tranken, rauchten, etwas für die Nase nahmen.

Für die Nase?

Ich halte das Video an. Spule zurück. Und langsam vorwärts.

Ja, sie schnupften. Aber keinen normalen Schnupftabak.

Ich betrachte die Sequenz genauer. Da sitzen ein paar Leute zusammen im Wohnzimmer und ziehen etwas die Nase hoch. Einer nach dem anderen. Entweder wussten sie nicht, dass sie gefilmt wurden oder es war ihnen egal. Musste Koks sein.

Nein, was sehe ich denn da? Kann das sein?

Ich spule das Video wieder zurück. Lasse es dann wieder vorwärts laufen. Halte das Band an.

Lilja Rós ist auf der Mattscheibe deutlich zu erkennen. Und grade dabei, weißes Pulver zu schnüffeln.

Die Gute überrascht mich doch immer wieder. Was war mir nicht im Frühsommer durch den Kopf gegangen? Genau: die Maus, die sich davonschleicht!

Lilja Rós ist in mehreren Szenen zu sehen. An einer Stelle vergnügt sie sich mit Halla im rosanen Gruselkabinett. Sie halten sich im Arm und wälzen sich auf dem Bett, als sie von etwas gestört werden. Halla schiebt Lilja Rós von sich weg, nimmt einen Pager vom Nachttisch, schaut ihn an, wirft ihn Lilja Rós zu, streckt sich dann nach einem anderen Pager, der genauso aussieht, guckt ihn ebenfalls an und fängt dann an zu telefonieren. Am Ende des Gespräches legt sie sich wieder auf den Rücken und lächelt Lilja Rós an, die ihren Pager achtlos zur Seite wirft und sich wieder über Halla beugt.

Ich höre ein Schniefen hinter mir.

Es ist Lilja Rós. Sie war ins Wohnzimmer gekommen, ohne dass ich sie bemerkt hatte, und schaut mit Tränen in den Augen auf die Bilder vom Video.

»Setz dich zu mir«, sage ich und ziehe sie zu mir aufs Sofa.

Wir gucken uns zusammen das Video bis zu Ende an.

»Was war das da für eine Sache mit den Pagern?«, frage ich, als sie sich wieder eingekriegt hat.

»Wir hatten beide genau das selbe Gerät«, antwortet sie. »Manchmal wussten wir nicht, wer von uns angerufen wurde. Aber es war meistens für sie.«

Haukurs Starauftritt ist auf der letzten Videokassette, die ich ins Gerät schiebe. Die Videokamera war schon einige Zeit gelaufen, als er völlig besoffen ins Schlafzimmer torkelt.

Er setzt sich mit dem Glas in der einen Hand aufs Bett. Nimmt gerade noch einen Schluck, als ein Mädchen hereinkommt. Sie setzt sich neben ihn. Küsst ihn immer wieder. Zieht ihm das Sakko aus. Löst die Krawatte.

Als Haukur sie wegstößt und sich rücklings auf das Bett fallen lässt, zieht sich das Mädchen aus. Schnell. Bis sie nackt vor ihm steht. Dreht sich um sich selber und streicht mit den Händen über ihren Körper wie eine geübte Stripperin. Kniet sich dann über Haukur, öffnet seine Hose und bemüht sich, ihn mit Schlecken auf Touren zu bringen. Plötzlich tritt Haukur sie aus dem Bett. Als sie vom Bett rollt, schlägt sie kräftig mit dem Kopf auf dem Fußboden auf. Beide liegen bewegungslos an ihrem Platz.

War das alles?

Ich spule vor. Lasse dann wieder langsam weiterlaufen. Da war endlich eine Bewegung. Ein paar Leute sind ins Zimmer gekommen. Jemand beugt sich über das Mädchen am Boden. Kommt mir bekannt vor. Nun guckt der Typ nach Haukur im Bett. Dreht sich dann um.

Ich bin unangenehm überrascht. Es ist Saemi.

Er spricht mit jemandem, der so weit vom Bett weg steht, dass man ihn nicht auf dem Film sehen kann. Es sieht aus, als hätten sie eine Auseinandersetzung. Saemi schüttelt den Kopf. Hört dem Unsichtbaren zu. Guckt erst zum Mädchen, dann wieder zum Mann, den die Kamera nicht erfasst. Flucht. Zieht sich dann die Schuhe aus. Wirft sie zur Türe. Zieht Haukur die Schuhe aus und sich an. Steht beim Mädchen. Schaut wieder den Unsichtbaren an. Sagt etwas. Wartet.

Plötzlich beginnt Saemi, das Mädchen, das bewusstlos auf dem Boden liegt, zu treten. Immer wieder. Tritt sie mit den schwarzen Schuhen blutig. Tritt sie in die Brust, den Magen, ins Gesicht. Sie wird durch die kräftigen Tritte herumgeschleudert.

Endlich hört er auf zu treten und schaut mit finsterer Miene auf. Zieht dann die Schuhe aus. Steckt sie wieder auf Haukurs Füße, zieht ihn dann vom Bett herunter auf den Boden und schiebt ihn neben das blutige Mädchen. Steigt über beide drüber und verschwindet aus dem Bild.

Kurze Zeit später sieht man deutlich drei oder vier Blitzlichter, als würden Fotos geschossen. Dann wird die Kamera ausgeschaltet.

Wir sitzen eine Weile schweigend vor dem grauen Bildschirm.

Die Sache hatte sich völlig anders abgespielt, als ich erwartet hatte. Haukur hatte zwar das Mädchen von sich weg auf den Boden getreten, aber sie nicht anderweitig misshandelt. Das hatte Saemi getan. Für solch einen brutalen Angriff wandert er bestimmt ein paar Jahre in den Knast. Und das Video ist seine Eintrittskarte. Er schien allerdings auf Anweisung gehandelt zu haben. Aber auf dem Video war an keiner Stelle ersichtlich, wer den Befehl gegeben hatte.

»Hast du das schon mal gesehen?«, frage ich.

»Ja«, antwortet Lilja Rós. »Deshalb wusste ich ja auch, dass Saemi zu allem fähig ist.«

»Aber da war mit Sicherheit noch jemand mit ihm im Zimmer«, fahre ich fort. »Weißt du, wer?«

»Halla hat's mir gesagt.«

Ich schaue sie fragend an.

»Es war Sigvaldi«, antwortet sie schließlich. »Er hat die ganze Sache organisiert.«

»Das musst du alles den Goldjungs erzählen, sobald wir ihnen das Video bringen.«

»Sie können die Kassette behalten«, sagt Lilja Rós entschlossen. »Die anderen möchte ich vernichten.«

Ich werfe einen Blick auf die Uhr. Es ist Mittagszeit. »Okay. Am besten, ich rufe jetzt schnell Raggi an«, antworte ich.

»Denk daran, ihm von den Typen im Norden zu berichten. Und gib ihm die Autonummer.«

»Keine Sorge, das vergesse ich bestimmt nicht.«

Die Verbindung steht sofort. Berichte Raggi erst von der Fahrt in den Norden und von den beiden Kumpanen mit dem Benz. Er nimmt die Neuigkeiten gelassen auf. Schreibt sich trotzdem das Autokennzeichen auf und verspricht, es zu überprüfen.

Als ich ihm von dem Video mit der Misshandlung erzähle, ist er allerdings ganz gespannt. Lässt mich am Telefon warten, während er den Vize anruft.

»Um zwei Uhr, Stella«, sagt er nach einer Weile. »Komm mit der Videokassette um zwei Uhr hierher.«

»Was mache ich nicht alles, um euch Deppen auf die Sprünge zu helfen …«

»Du kannst so viel Müll von dir geben, wie du willst, wenn nur das Video in Ordnung ist«, sagt Raggi aufgeregt.

»In Ordnung? Das nagelt den Ganoven direkt ans Kreuz! Fester als die Nägel von Golgatha.«

Nur nicht den Ganoven, mit dem ich gerechnet hatte.

26

Raggi holt uns am Empfang ab und führt uns hoch in ein großes Büro, wo die Polizeipräsidenten auf uns warten.

Der Präsident und der Vize.

Ich nehme die Videokassette aus meiner Aktentasche und reiche sie Raggi. Er schiebt sie sofort in das Videogerät.

Die drei sitzen schweigend da und schauen sich den Film an. Dann werfen sie sich gegenseitig finstere und entschlossene Blicke zu.

Der Polizeipräsident schreitet mit langen Schritten zu uns herüber. »Ich möchte mich persönlich bei euch beiden bedanken, dass ihr uns dieses Material gebracht habt.«

Er klingt feierlich. Als ob er der Staatspräsident wäre, der uns das Ritterkreuz verleihen würde.

»Ragnar nimmt das Protokoll auf«, fährt er fort und schaut seine Untergebenen an. »Und um vier treffen wir uns zu einer Besprechung.«

Raggi geht mit uns runter in sein Büro, wo ich die Aufnahme des Protokolles verfolge. Lilja Rós hält sich an unsere Absprachen. Wir hatten vereinbart, was sie sagen durfte. Erstens: wo und wann sich die Tat ereignet hatte. Zweitens: die Behauptungen von Halla, dass Sigvaldi dabei gewesen sei und Saemi befohlen habe, das Mädchen zu treten und dann Fotos zu machen. Dieselben, die er dann benutzt hatte, um Haukur davon zu überzeugen, dass er das Mädchen im Rausch misshandelt hätte.

Ich lese mir das Protokoll durch, bevor Lilja Rós unterschreibt.

»Dieses Mal kommt er nicht davon«, sagt Raggi.

»Wer?«

»Saemi natürlich!«

»Der ist doch eh nur ein Handlanger. Wie oft soll ich dir das noch sagen?«

»Wusstest du, dass das Auto auf ihn eingetragen ist?«

»Was für ein Auto?«

»Dieser Benz, den ich für dich abchecken sollte.«

»Ich glaub's nicht!«

»Der Computer lügt nicht.«

»Ich war immer total sicher, dass dieses Ungeziefer im Auftrag von Haukur oder Sigvaldi unterwegs wäre.«

»Vielleicht mischen sie ja alle zusammen in dieser Sache mit«, sagt Lilja Rós.

»Was passiert als Nächstes?«, frage ich aufgeregt.

»Das wird mit Sicherheit in der Besprechung entschieden«, antwortet Raggi. »Wir müssen alles genau beweisen können, bevor wir zur Tat schreiten.«

»Ihr nehmt Saemi doch sicher fest?«

»Das liegt doch auf der Hand, findest du nicht?«

»Doch, doch, er kommt ja an dem Video nicht vorbei.«

»Und dann wird es sogar für dich schwierig.«

»Für mich? Ich werde mich von diesem Fall fern halten.«

»Das sollte ein Witz sein.«

»Aber die Hintermänner kommen natürlich wie immer davon.«

»Sei doch nicht so pessimistisch, Stella.«

Lilja Rós ist schon an der Tür.

»Hör mal, gibt's schon was Neues im Fall Birna?«, frage ich Raggi noch schnell.

Er schüttelt den Kopf. »Wir haben bisher immer noch keine Antwort bekommen.«

»Okay.«

Ich fahre Lilja Rós in die Innenstadt und mache mich dann auf die Suche nach Saemi. Ich finde, ich muss mit ihm sprechen. Privat und persönlich eine Erklärung von ihm fordern. Nach einer Stunde finde ich ihn endlich auf dem Flughafen. Er macht die Maschine startklar für einen Flug in den Westen.

»Hast du Lust auf noch eine Tour?«, fragt er grinsend.

»Wo ist dein Benz?«

Das Grinsen verzieht sich zu einer Grimasse.

»Ausgeliehen«, antwortet er.

»Arbeiten diese beiden Grobiane für dich?«

»Was für Grobiane?«

»Diese Typen, die mich neulich entführt und Lilja Rós und mich am Wochenende in den Norden verfolgt haben. Die waren mit deinem Benz unterwegs.«

»Ich hab keine Ahnung, wovon du sprichst.«

»Tu doch nicht so. Das Spiel ist aus.«

»Was für'n Spiel? Fußball?« Ihm vergeht das Lachen schnell. Er scheint endlich zu kapieren, dass etwas Ernstes passiert ist.

»Ich habe die blaue Tasche gefunden«, sage ich. »Mit dem Video, in dem du die Hauptrolle spielst.«

Die sonnengebräunten Wangen erbleichen. »Wo ist das Video?«

»Ich habe es nicht mehr. Der Fall geht mich nichts mehr an. Ich will nur wissen, auf wessen Veranlassung mich dieses Ungeziefer entführt hatte. Damit ich's ihnen heimzahlen kann.«

»Haben die Bullen das Video?«

Ich nicke.

»Verdammte Scheiße!«

»So, wie die Sache jetzt steht, kannst du mir doch die Wahrheit erzählen.«

»Willst du damit sagen, dass ich erledigt bin?«

»Ich habe immer gesagt, dass du nur ein Handlanger bist, wie ein Bauer im Schach. Und die Bauern werden immer zuerst geopfert.«

»Aber manchmal setzen sie den König matt.«

»Glaubst du wirklich, dass du der richtige Mann dafür bist?«

»Nicht, solange er noch Turm und Dame hat.« Saemi hält die Hände in den Hüften und schaut über die Landebahn, wo gerade eine Passagiermaschine zum Landen ansetzt. »Verdammte Scheiße«, wiederholt er.

»Antwortest du mir jetzt mal?«

»Du hältst dich doch für so unglaublich schlau«, sagt er und schaut mich wütend an. »Lern Schach spielen!«

Dann geht er langsam auf das kleine Flugzeug zu.

27

Ich schrecke jäh hoch.

Mein Herz schlägt so schnell und laut in meiner Brust, dass ich es in der Stille hören kann. Alles um mich herum ist dunkel.

Ich reibe mir die Hände im Gesicht. Fahre mit den Fingern durchs Haar. Schüttele mich im Bett. Versuche, richtig wach zu werden.

Ich habe schlecht geträumt. Was für ein Albtraum! Ich habe einen Mann durch die dunkle Stadt verfolgt. Bin hinter ihm hergegangen, von einer Straße in die nächste. Habe nicht gesehen, wer es war. Habe auch nicht gewusst, warum ich ihn verfolgte. Bin ihm nur hinterhergelaufen. Der Abstand zwischen uns hat sich nicht verringert, aber ich habe nicht aufgegeben. Bin immer weiter gelaufen.

Plötzlich sind wir in einem Hinterhof gelandet, der in drei Richtungen geschlossen war. Nur ein Weg, um herein- und hinauszugelangen. Mein Weg.

Ich habe mich dem Mann genähert. Bin schon fast bei ihm, als er sich plötzlich umdreht. Er hat eine Maske an.

Genau dieselbe, die ich vor langer Zeit mal auf einem Aschermittwochsball angehabt hatte. Irgendwas hat er in der Hand gehalten.

Als ich stehen geblieben bin, ist er auf mich zugerannt. Hat den Gegenstand in der hoch erhobenen rechten Hand gehalten. Da habe ich endlich gesehen, was es war. Die Statue! Das Kunstobjekt, das Halla zum Geburtstag geschenkt bekommen hatte. Er hat es wie einen Knüppel in der Hand gehalten und ist direkt auf mich zugelaufen. Ich habe ihn auf mich zukommen sehen, mit dem ausgestreckten Arm. Das glänzende Kunstobjekt zielte direkt auf meinen Kopf. Es gab keine Ausweichmöglichkeit. Ich habe versucht, zu schreien, aber konnte nicht. War wie gelähmt. Mir wurde schwarz vor Augen. In dem Moment bin ich schweißgebadet und mit Pulsrasen aufgewacht.

Ich versuche, mich in der Dunkelheit zu orientieren. Beuge mich dann zur Nachttischlampe. Mache Licht an.

Ich liege alleine in meinem Bett. Hinter zugezogenen Vorhängen. Gucke auf meinen Wecker. Es ist immer noch mitten in der Nacht. Habe gerade mal zwei bis drei Stunden geschlafen.

Lege mich im Bett auf den Rücken. Schließe die Augen. Merke, wie sich die Ereignisse von gestern wieder ins Gedächtnis drängen.

Raggi hatte mich gegen sechs Uhr abends angerufen.

»Hast du was von Saemi gehört?«, fragte er ohne große Vorreden.

»Was meinst du?«

»Sein Flugzeug ist verschwunden.«

»Wie, verschwunden?«

»Der Tower in Ísafjördur hat vor ungefähr einer Stunde den Funkkontakt zu ihm verloren. Sie glauben, dass das Flugzeug abgestürzt ist.«

Ich sah Saemi noch einmal vor mir. Wie wütend und aufgeregt er war, als wir gestern auf dem Flugplatz auseinander gegangen waren.

»Hat er einen Hilferuf gesendet?«, fragte ich.

»Nein, ich glaube nicht. Aber eine Maschine der Flugüberwachung und ein paar Helikopter müssten jetzt im Gebiet angekommen sein. Allerdings ist dichter Nebel über dem Hochland im Westen. Die Suche kann sich also hinziehen.«

Ich blieb am Ende des Gespräches in meinem Büro sitzen und durchdachte diese unerwarteten Neuigkeiten.

Unfall oder Absicht?

Hatte Saemi wirklich gedacht, dass er alle Hoffnungen begraben kann? Dass er sich nicht auf die letzte Schlacht mit dem König einlassen könnte? Hatte er sich angesichts der Übermacht geschlagen gegeben?

Vielleicht.

Aber was hatte er mir da noch mal auf dem Flugplatz gesagt? Ein König, der noch einen Turm und eine Dame zur Verfügung hat, kann nicht von einem Bauern matt gesetzt werden? Das war doch so?

Sigvaldi war natürlich der König. Musste sein. Aber von was für einem Turm hatte Saemi gesprochen? Haukur oder was?

Und was für eine Dame?

Halla war zweifellos eine Art Dame. Aber sie war schon längst tot und begraben. Und mir fiel keine andere Dame in diesem Schachspiel ein.

Oder?

Die Bilder von Halla und Lilja Rós kommen mir aus dem Gedächtnis wieder hoch. Ihr Spiel im rosanen Gruselkabinett. Ich war mir immer so sicher, dass Halla die war, die das Heft in der Hand hatte. Etwas anderes kam nicht in Frage. War das vielleicht ein Missverständnis?

Ich schloss die Augen und sah die beiden wieder vor mir.

Das ausgelassene Spielchen auf dem Bett, bei dem Lilja Rós die Rolle der Stärkeren einnahm. Die Verwechslung der Pager.

Die Pager!

Irgendwas war da mit den Pagern, das mich schon länger gestört hatte. Irgendwas, auf das mich mein Unterbewusstsein schon lange vergeblich aufmerksam machen wollte. Ich hatte es immer wieder von mir weggeschoben. Was zum Teufel konnte das sein?

Plötzlich schoss mir die Antwort wie ein Blitz durch den Kopf. Ich hieb ganz unfreiwillig mit der Faust auf den Tisch.

Die Nummer!

Ich sprang auf, ging zu einem der Aktenschränke, öffnete ihn, nahm zwei Akten heraus und legte sie auf den Schreibtisch. Atmete tief ein, bevor ich die Schriftstücke in der einen Mappe durchsuchte.

Die Pager-Nummer, die Birna mir gegeben hatte. Und den Goldjungs. Ich hätte sie doch gleich wiedererkennen müssen, als ich sie zum ersten Mal gesehen hatte. Jetzt wusste ich es. Mir hatte nur die Bestätigung gefehlt.

Da war sie.

Ich schrieb die Nummer auf ein gelbes Memo-Zettelchen. Legte dann Birnas Unterlagen zur Seite und öffnete die andere Mappe. Blätterte, bis ich das richtige Blatt gefunden hatte. Sah sofort, dass die Pager-Nummer, die ich hinter dem Namen meines Mandanten vermerkt hatte, die gleiche war. Schrieb sie auf dem gelben Zettel unter die andere Nummer. Legte dann den Stift hin.

»Was bin ich für eine verdammte Niete!«, schimpfte ich mich selber aus und schloss die Mappe. »Idiot!«

28

Ich bin immer noch schweißnass, als ich langsam aus dem Bett hervorkrieche. Wird wohl das Beste sein, unter die Dusche zu springen und sich den Schrecken der Nacht abzuspülen.

Ich tippele mit schnellen, kleinen Schritten über den Flur ins Bad. Stelle mich unter den kräftigen Strahl. Stelle das Wasser so heiß ein, dass ich es gerade noch ertrage.

Danach sitze ich lange vor dem großen Spiegel des Schminktisches im Schlafzimmer und rufe mir das Gespräch von gestern Abend mit Lilja Rós ins Gedächtnis.

Nach den Abendnachrichten im Fernsehen war ich zu ihr gefahren. Ich hatte immer noch den Schlüssel zum Haus und ließ mich selber hinein.

Warf zuerst einen Blick ins Wohnzimmer, aber da war sie nicht.

Ihre Tasche lag auf dem Telefontisch im Flur. Nach kurzem Zögern kramte ich in ihrem Zeug. Suchte so lange, bis ich ihren Pager gefunden hatte. Schaltete ihn ein. Das Gerät hatte die Nummern und Nachrichten der letzten Anrufer gespeichert. Ich durchsuchte den Speicher, bis Birnas Nachricht vor meinen Augen blinkte. Die endgültige Bestätigung für das, was ich eh schon wusste.

Plötzlich merkte ich, dass ich noch mal aufs Klo musste, bevor ich nach oben gehen und mich mit Lilja Rós auseinander setzen würde.

Blieb dann wie angenagelt in der Tür stehen.

Sie saß auf dem Stuhl im Badezimmer mit einem Strohhalm in der einen Hand. Es waren noch ein paar weiße Körnchen auf dem Handspiegel übrig, der vor ihr auf dem Tisch lag.

Wir erschraken beide.

Lilja Rós hatte sich schnell wieder unter Kontrolle. Beugte sich vor und sog die letzten Kokain-Körnchen mit dem einen Nasenloch hoch. Legte dann den Spiegel und den Strohhalm in eine Schublade.

Versuchte so zu tun, als ob nichts wäre.

Ich konnte meinen Mund einfach nicht halten: »Bist du etwa abhängig von diesem verdammten Gift?«

»Natürlich nicht«, antwortete sie sofort. »Ich nehme vereinzelt etwas, wenn ich Lust darauf habe.«

»Was heißt vereinzelt?«

»Na ja, ab und zu eben.«

»Vielleicht jeden Tag?«

»Wieso verhörst du mich hier eigentlich?«, fragte sie verärgert. »Das geht dich doch überhaupt nichts an!«

»Du machst dich kaputt, wenn du nicht aufhörst.«

»Ich bin in Topform.«

»Und was glaubst du, wie lange noch?«

Sie brauste wieder auf.

»Ich muss mir von dir keine Moralpredigten anhören«, keifte sie mich an. »Ich bin schon in der Lage, mich um mich selber zu kümmern!«

»Das sagen die Alkis auch.«

Ihre Augen glänzten boshaft: »Dann müsstest du das ja selber am besten wissen!«

Okay, es reicht.

Ich war nicht hierher gekommen, um mit Lilja Rós über ihren Rauschgiftkonsum zu streiten. Eine andere Sache war wichtiger.

»Wo hast du das Kokain her?«, fragte ich.

Sie antwortete nicht.

»Das kostet doch sicher auch etwas?«

Die Antwort kam umgehend: »Ich kann's mir leisten.«

Ich starrte sie an. Der Gedanke kam ganz von alleine. Ja, du kannst es dir leisten. Jetzt schon.

Sie schien meine Gedanken lesen zu können. »Halla hat mir oft geholfen. Sie hatte immer mehr als genug von dem Zeug.«

»Woher hat sie es gekriegt?«

»Von hier und da.«

»Und du?«, wiederholte ich meine Frage. »Wo kriegst du jetzt den Stoff her?«

Sie antwortete mir genau so wenig wie beim ersten Mal.

»Importierst es vielleicht selber, oder wie?«

Sie sah den Pager in meiner Hand und fuhr sich schnell mit der Zunge über die Lippen. »Was meinst du?«, fragte sie kurzatmig.

»Wie ich sehe, hast du die Nachricht erhalten.«

»Was für eine Nachricht?«

»Diese hier.« Ich wedele mit dem Pager in ihre Richtung. »Aber hast dich wohl nicht getraut zu antworten, was?«

Sie atmete einmal tief ein. »Nicht, nachdem du mir von Birnas Festnahme erzählt hast«, antwortete sie dann einfach gerade heraus.

»Ich?«

»Ja, weißt du es nicht mehr?«

»Ich habe dir nie etwas über diesen Fall erzählt.«

»Dann hast du es wohl vergessen. Unglaublich, wie Alkohol das Gedächtnis beeinflusst. Ich kann mich noch ganz deutlich erinnern. Falls jemand danach fragen sollte.«

»Danach fragen?«, wiederholte ich.

»Ja, aber dazu wird es wohl nicht kommen, oder?«

Sie steht auf, geht langsam zur Tür, nimmt mir den Pager aus der Hand und macht ihn aus. »Wir sollten diese unerfreuliche Sache vergessen«, sagte sie und lächelte. »Wir sind doch so gute Freundinnen geworden.«

Für einen Moment fehlten mir einfach die Worte. Dann bemühte ich mich, meine Wut im Zaum zu halten, die mich schier überwältigte. »So gute Freundinnen, dass du mich ohne zu zögern anlügst, um dich selbst zu retten?«, sagte ich ruhig, aber merkte, dass meine Hände vor Wut zitterten.

»Sei nicht so dramatisch«, antwortete sie.

Ich drehte mich schnell auf dem Absatz um und stürmte den Flur entlang auf den Ausgang zu.

»Stella?«, rief Lilja Rós hinter mir her, bevor ich die Haustür erreichte.

»Was?«

»Du bist immer noch meine Anwältin. Das bedeutet doch, dass du an die Schweigepflicht gebunden bist und nichts weitergeben darfst, was zwischen uns gesprochen wird, nicht wahr?«

Verdammte Frechheit!

29

Auf in den Kampf! Für mich und Mammon!

Ich habe uns beide viel zu lange vernachlässigt. Stehe deshalb früh auf, entschlossen, weder lebende noch tote Gespenster mehr zu jagen und mich stattdessen auf meine edle Mission als Geldeintreiberin zu konzentrieren. Keine Ganovenspielchen mehr! Die Krönchen kommen nicht von selber zu mir. Ich muss sie mir erarbeiten. Muss dreist sein. Es drauf ankommen lassen.

»Dem, der zögert, ist das Glück nicht hold.«

Sagt Mama.

Ich überfliege während des Frühstücks einen Artikel im Morgunbladid. Leute vom Rettungsdienst hatten gegen Mitternacht im Westen das Wrack des Flugzeuges gefunden. Konnten nichts mehr tun. Waren sicher, dass Saemi auf der Stelle tot war. Game over. Die Ermittlungen nach der Ursache des Unfalls waren bereits aufgenommen worden, aber es konnte Tage, wenn nicht Wochen dauern, bis ein Ergebnis vorlag.

Ich ziehe los. Bin den ganzen Tag unterwegs. Komme erst gegen acht Uhr abends nach Hause. Völlig geschlaucht, aber um ein paar Krönchen reicher als am Morgen.

Während ich den Anrufbeantworter abhöre, ziehe ich mir die Klamotten aus. Lilja Rós hat angerufen. Zweimal. Bittet mich um Rückruf.

Ganz bestimmt nicht!

Die anderen Anrufe sind von Schuldnern. Sie wollen mit mir besprechen, ob sich eine Zahlungsfrist nicht verschieben lässt. Oder eine Zwangsversteigerung. Oder dieses und jenes. Das sind die üblichen Punkte der Tagesordnung. Nichts Besonderes.

Heute gehe ich nicht in die Dusche, sondern lasse Wasser in die Badewanne einlaufen. Lege mich ins Schaumbad. Spüre, wie das knallheiße Wasser den Körper nach und nach wieder aufleben lässt.

Das Telefon klingelt.

Ich gehe nicht dran. Ich genieße es zu spüren, wie die Müdigkeit langsam mit dem Wasser verdampft. Gehe dabei schon mal die schwierigsten Rückforderungsfälle durch, die morgen auf mich warten. Teile mir den Tag ein. Lasse mich von keinem abenteuerlichen Unsinn ablenken.

Schließlich steige ich aus der Wanne, trockne meinen heißen Körper sorgfältig ab und lege mich ins Bett.

Das Telefon klingelt wieder. Ich hebe den Hörer ab.

Es ist Lilja Rós.

»Bist du immer noch wütend?«, fragt sie.

»Was hast du denn gedacht?«

»Was ich gesagt habe, hab ich nicht so gemeint.«

»Ach, wirklich?«

»Nein, nein«, sagt sie versöhnlich. »Es war das Rauschgift, das mich so verändert hat. Du musst mir verzeihen.«

»Was hast du jetzt vor?«, frage ich nach kurzem Schweigen.

»Ich wollte schon oft aufhören. Vielleicht schaffe ich es jetzt«, antwortet sie.

»Und was ist mit Birna?«

»Ich weiß nicht. Kann ich denn etwas machen?«

»Ansonsten wird sie zu einigen Jahren Gefängnis verurteilt.«

»Kriegt sie die nicht sowieso?«

»Das ist nicht sicher.«

Für eine Weile höre ich nur ihre schnellen Atemzüge am Telefon. »Ich habe dich heute Nacht so vermisst«, sagt sie dann.

»Die Sache ist jetzt vorbei.«

»Ach, sei doch nicht so.«

»Wir sprechen da nicht weiter drüber.«

»Sag das nicht.«

»Doch, es kommt nicht in Frage und Schluss.«

»Aber du wirst mich doch nicht anzeigen, oder?«

»Ich habe gestern Abend deine Vollmacht zerrissen. Mit deinen Angelegenheiten habe ich nichts mehr zu tun.«

Sie schweigt einen Moment. »Hat Ragnar dich heute schon erreicht?«

»Nein. Ich war ja auch unterwegs.«

»Er hat mich am Nachmittag angerufen und bat mich, dir etwas auszurichten, falls er dich nicht selber erreichen würde.«

»Also, wie lautet die Nachricht?«

»Er möchte, dass du die Männer identifizierst, die dich entführt haben.«

»Wann?«

»Sie arbeiten heute Abend auf einem Neubau in Kópavogur. Er bittet dich, um elf Uhr dorthin zu kommen.«

»Heute Abend um elf?«

»Ja, heute Abend. Er wird dort sein, um sie festzunehmen, wenn es die richtigen Männer sind.« Lilja Rós gibt mir eine Adresse.

»Eigentlich habe ich gar keine Lust, heute Abend aus dem Haus zu gehen«, sage ich.

»Ragnar hat gesagt, dass es wichtig sei.«

»Es wäre natürlich klasse, diese Typen in Handschellen zu sehen.«

Lilja Rós möchte noch mehr erzählen, aber ich bin nicht in der richtigen Quatschlaune.

»Ich habe jetzt keine Zeit dafür«, antworte ich.

»Kommst du morgen vorbei? Bitte!«

»Ich weiß noch nicht.«

»Ich muss überlegen, was ich tun soll. Du musst mir dabei helfen!«

»Okay, dann bis morgen.«

Ich lege den Hörer auf und sammle meine Klamotten zusammen. Setze mich aufs Bett und denke scharf nach.

Warum war keine Nachricht von Raggi auf meinem Anrufbeantworter, als ich nach Hause kam. Hätte er nicht eine Nachricht aufs Band gesprochen? Wenn er mich schon so dringend heute Abend treffen will?

Ich hebe den Hörer ab und rufe bei Raggi zu Hause an. Keine Antwort.

Dann rufe ich bei der Kripo an. »Er ist unterwegs«, sagt das Telefonfräulein. »Aber er kommt später am Abend noch mal wieder.«

»Vor elf?«

Sie weiß es nicht genau.

Ich lege auf und ziehe mich an. Als es halb elf ist, rufe ich wieder bei der Kripo an.

Er ist immer noch nicht da.

Ich hinterlasse eine Nachricht und betone, dass Raggi sie noch vor elf erhalten muss. Egal, was er gerade machte.

Ziehe mir dann Lederjacke und feste Stiefel an, grabsche mir die Autoschlüssel und meine Aktentasche und gehe hinaus in den Sommerabend.

30

Das Mehrfamilienhaus scheint menschenleer zu sein.

Es war nicht schwer, das Haus zu finden. Drei Stockwerke mit zwei Treppenhäusern. Die Hausnummer steht mit großen Ziffern auf der Straßenseite. Wurde dort mit Pinsel und Teer hingekleistert. Das Haus steht als Rohbau. Eigentlich schon mehr als das. Fenster sind eingesetzt und Wellblech auf dem Dach.

Zwei Autos wurden vor dem Haus geparkt. Aber nirgendwo in der Nähe des Hauses ist auch nur eine Menschenseele unterwegs.

Ich warte gelassen im Auto darauf, dass Raggi sich blicken lässt. Es ist schon nach elf, aber es kommt niemand.

Vielleicht haben sie sich im Haus versteckt und warten dort? Obwohl ich kein Licht sehe? Könnte sein.

Ich versuche zuerst beim näher liegenden Treppenhaus, in das Haus zu kommen. Die Tür wurde aus rohen Holzlatten zusammengenagelt. Sie ist mit einem Vorhängeschloss zugesperrt. Ich gehe zum anderen Treppenhaus. Auch hier gibt es eine rohe Brettertür. Aber sie ist nicht abgeschlossen.

Ich begutachte das Schloss. Es hängt an der Tür, wo es hingehört. Verriegelt. Jemand hat die Tür geöffnet, indem er das Befestigungsstück aus der Wand gerissen hat. Ja und?

Da hatte sicher mal jemand den Schlüssel zu Hause vergessen. Musste sich beeilen und hat sich halt stattdessen mit der Nagelklaue Zutritt verschafft.

Nichts Besonderes.

Ich gehe hinein. Taste mich langsam vorwärts, um nicht über die Planken am Boden zu fallen. Schaue mich um.

Hier drinnen ist noch alles im Rohzustand. Die Zementverschalungen sind frisch entfernt worden. Die Wände noch nicht verputzt. Die Installateure fangen gerade an, sich heimisch einzurichten.

Die Treppe selber ist auch aus Beton gegossen. Noch kein Geländer. Die Enden einiger Eisenstangen ragen noch aus der Wand. Hier und da stehen auch dicke starke Eisenstangen senkrecht aus den Treppenstufen und -absätzen hervor, an denen das Geländer angebracht werden soll.

Ich schaue in alle Zimmer im Erdgeschoss.

Keine Menschenseele.

Wende mich der Treppe zu. Gehe hoch in den ersten Stock. Da sieht alles genauso aus. Ich gehe in die eine und in die andere Wohnung, aber da ist auch niemand.

Noch eine Etage.

Steige Stufe für Stufe die Treppe hoch. Komme auf dem obersten Treppenabsatz an. Schaue mich um. Gucke dann in die Zimmer.

Das Ganze ist doch die totale Verarschung. Hier arbeitet überhaupt niemand!

Ich gehe schnell die Treppen herunter. Auf dem Weg nach draußen springe ich über das Zeug auf dem Fußboden im Erdgeschoss.

Halte plötzlich inne.

Der Keller! Da habe ich noch nicht geguckt!

Vorsichtig taste ich mich die Treppe herunter. Bleibe dann für einen Moment im düsteren Gang stehen und versuche mich in der Dunkelheit zu orientieren.

Es gibt wenige und nur kleine Fenster im Keller. Die meiste Helligkeit kommt von oben durch das Treppenhaus.

Ich versuche, etwas in der Dunkelheit zu erkennen.

Plötzlich sehe ich Sternchen! Und zwar eine ganze Menge.

Dann geben meine Knie nach und ich falle nach vorne. Ich habe Wahnsinnsschmerzen am Kopf und in der einen Schulter. Reflexartig halte ich mir den Arm vors Gesicht, während ich auf den groben Boden sinke.

Ein zweiter Schlag kommt auf mich nieder. Er landet auf den Schultern.

Vor meinen Augen dreht sich alles. Ich schreie vor Schmerzen und Angst auf und versuche, auf allen vieren davonzukrabbeln. Weiß nicht, in welche Richtung. Nur weg. Weg von den Schlägen. Weg von den Schmerzen.

Ich stoße mir den Kopf. Taste mit den Händen vor mir herum.

Das ist die Betontreppe, die ins Erdgeschoss führt.

Bei diesem Anblick fühle ich neue Kraft in mir. Krabbele auf allen vieren die Treppe hoch, dem Licht entgegen. Komme irgendwie oben an. Dort stehe ich auf und möchte aus dem Haus laufen.

Verdammt!

Ich bin über die Latten am Boden gestolpert. Falle hin. Drehe mich auf den Rücken. Fühle, dass mir Flüssigkeit in die Augen rinnt. Drehe mich auf die Seite. Stütze mich auf einen Ellenbogen und versuche, mir die Augen mit dem Handrücken auszuwischen.

Meine Hände! Alles rot!

Das ist ja Blut! Mein eigenes Blut!

Dann höre ich, wie jemand die Kellertreppe hochsteigt. Unter größten Anstrengungen gelingt es mir, mich hinzusetzen. Ich sehe den Angreifer einige Treppenstufen unter mir stehen. Er hat eine dicke Jacke an und eine Mütze über den Kopf gezogen.

Wie eine Maske.

Ich sehe ihn ganz deutlich im Dämmerlicht. Erkenne ihn wieder. Es ist der Mann aus dem Albtraum.

Er geht langsam die letzten Stufen hoch, auf mich zu. Hält etwas in der behandschuhten Hand.

Eine Eisenstange?

Nein. Es ist ein Brecheisen.

Er ist jetzt oben angekommen. Bleibt ein paar Meter entfernt von mir stehen. Schaut mich durch die Maske an. Nimmt dann das Werkzeug in beide Hände. Hebt es hoch über seinen Kopf. Rennt zu mir und lässt das Brecheisen mit voller Kraft heruntersausen.

Ich rolle mich zur Seite. Höre, wie das Brecheisen mit aller Macht auf den betonierten Fußboden aufschlägt, genau dort, wo ich gesessen habe. Der Hieb ist so stark, dass die Waffe dem Angreifer aus den Händen springt.

Jetzt geht es um Leben und Tod.

Ich rolle mich wieder zurück. Trete dem Mann so fest ich kann in die Kniekehlen. Er fällt hin.

Ich stehe auf. Mir ist schwindelig. Bin immer noch etwas orientierungslos und benommen. Versuche trotzdem, aus dem Haus rauszukommen.

Aber der Angreifer ist schneller und greift nach mir. Hält das eine Bein fest, sodass ich lang hinschlage.

Dann legt er seine Hände eng um meinen Hals. Fasst zu. Drückt und drückt. Ich taste nach seinen Händen. Versuche, den Griff zu lockern. Aber er ist stärker als ich.

Ich bekomme keine Luft mehr. Fühle, dass ich ersticke. So ist es also, in den Klauen des Todes zu landen.

Als ich sicher bin, dass alles vorbei ist, lässt der Druck am Hals nach. Ganz plötzlich! Ich japse nach Luft.

Dann höre ich es auch. Das Sirenengeheul, das den Angreifer aus dem Takt gebracht hat.

Ich nutze die Gelegenheit. Ziehe die Beine an. Trete ihn so fest ich kann. Direkt in den Solarplexus.

Der Angreifer landet am oberen Treppenabsatz auf dem Rücken. Er liegt direkt vor mir und kriegt kaum Luft.

Ich nutze meine letzten Kräfte, packe seine Füße und schiebe ihn vom Treppenabsatz herunter.

Aus dem Keller ertönt ein Geschrei, das einem durch Mark und Bein geht. Es vermischt sich mit dem lauter werdenden Sirenengeheul vor dem Haus. Ich höre in der Ferne Rufe und Schreie vieler Männer, die ins Haus gerannt kommen.

»Hier ist überall Blut!«, ruft einer.

Ich sitze benommen auf der obersten Treppenstufe. Wie zwischen Wachen und Schlafen. Dann kommt jemand und sieht nach mir. Untersucht mein Gesicht. Wischt mir einen Großteil des Blutes aus dem Gesicht.

»Wie geht es ihr?«

Es ist Raggi. Es beugt sich über mich und fährt gleich fort, ohne eine Antwort abzuwarten: »Ist der Angreifer immer noch hier?«

»Da unten«, flüstere ich und zeige auf den Keller.

Raggi geht die Treppe herunter. Ruft dann: »Bringt einen Scheinwerfer her!«

Ein barmherziger Samariter beschäftigt sich mit meinem Kopf und dem Hals. Verbindet mich. Gibt mir eine Spritze.

Für einen Moment weiß ich nicht, ob ich noch lebe oder schon tot bin, bis ich langsam wieder zu mir komme.

»Wer ist es?«, frage ich Raggi, als er wieder die Treppe hochkommt.

»Leider habe ich deine Nachricht viel zu spät erhalten«, antwortet er, streckt seine Hände aus und hilft mir beim Aufstehen.

»Sie muss sofort auf die Unfallstation«, sagt der barmherzige Samariter.

»Du willst es doch sicher selber sehen?«, fragt Raggi.

Na klar.

Er stützt mich vorsichtig, während er mir die Treppe herunterhilft.

Der Angreifer liegt immer noch im Flutlicht der Goldjungs auf dem Kellerboden am Fuße der Treppe. Er ist genau dort aufgekommen, wo die Enden der Eisenstangen aus dem Boden hochstehen. Er ist in eine Stange gefallen, deren blutiges Ende den Körper durchbohrt hat.

Die Goldjungs hatten die Jacke geöffnet und die Maske abgenommen, sodass ich das Gesicht erkennen konnte.

Lilja Rós.

Herbst

1

Eigentlich hätte ich mausetot sein müssen.

Das sagten jedenfalls die Ärzte im Krankenhaus nach der ersten von vielen Operationen. Die Schulter hatte mir mit Sicherheit das Leben gerettet. Hatte den ersten Schlag gedämpft. Aber deshalb war sie auch schlimm gebrochen.

Obwohl der nächste Winter vor der Tür steht, muss ich mich immer noch von dem Angriff erholen. Konnte mich monatelang nicht um mein Büro kümmern. Bekam Hilfe, um das Wichtigste zu erledigen. Alles andere musste warten.

Den Ärzten war es gelungen, meine Schulter wieder zusammenzubasteln. Trotzdem ist es noch lang hin, bis sie wieder in Ordnung ist. Trotz der Gymnastikübungen jeden Tag wird sie wahrscheinlich nie wieder vollständig hergestellt.

Lilja Rós hatte mehr Glück. Die Eisenstange, die ihr beim Fallen die Seite durchbohrt hatte, hatte keine wichtigen Organe zerstört. Sie hat sich bestimmt schnell erholt.

Jetzt sitze ich vor meinem Fernseher und gucke mir mit sinkendem Interesse die Nachrichten an. Ich bin eben ins Wohnzimmer gekommen. Hatte heute den besten Tag meines Lebens, seit ich fast gestorben wäre. Habe ein Glas Jackie in Reichweite.

Der Parteivorsitzende ist gefallen. Das erste Programm zeigt gerade Bilder vom Parteitag, als der Vorsitzwechsel stattfand. Offiziell heißt es allerdings, dass der Premier sich nicht wieder zur Wahl gestellt hat. Was natürlich ganz richtig ist. Er wusste, dass er keine Chance mehr hatte. Ein Realist.

Die Skandalgeschichten hatten ihn zu Fall gebracht. Der Mord an Halla. Die vorläufige Festnahme von Haukur. Aber vor allem die Geschichten wegen seiner vielen Verbindungen zu Porno-Valdi.

Allerdings sollte man nicht meinen, dass auch nur einer wegen dieser Sachen ins Gefängnis gewandert wäre. Die Goldjungs hatten Valdi und Haukur zwar mehrfach verhört und auch bei ihnen zu Hause nach Beweismaterial gesucht. Aber sie hatten keinen Erfolg. Als es drauf ankam, konnte das Video auch nicht viel ausrichten. Es war natürlich niemand anderes drauf zu sehen als Saemi, der das Mädchen misshandelt hatte. Jetzt war er tot und konnte gegen niemanden aussagen.

Die Ursachen des Flugunglückes waren immer noch ungeklärt. Die Untersuchungskommission hatte keine Anzeichen dafür gefunden, dass die Maschine defekt war, als Saemi abstürzte. Wahrscheinlich menschliches Versagen des Piloten, ließen irgendwelche Oberschlauen verlauten.

Menschliches Versagen?

Ich glaube das einfach nicht.

Es wurde schnell beliebt, Saemi die Schuld anzuhängen.

Auch die beiden Idioten, die mich auf die Müllkippe gebracht und Lilja Rós und mich in den Norden verfolgt hatten, sagten aus, dass sie für Saemi gearbeitet hätten.

Der Staatsanwalt hat sie beide angeklagt. Aber ich bin mir ziemlich sicher, dass sie nur eine winzige Strafe auferlegt bekommen. Wahrscheinlich ein Bußgeld, das Sigvaldi für sie bezahlt. Sie waren ja sowieso seine Handlanger, so wie Saemi es gewesen war.

Die Goldjungs wussten das natürlich auch. Aber sie konnten Sigvaldi genau so wenig beweisen wie an den Tagen zuvor und mussten ihn deshalb nach einigen Stunden Verhör laufen lassen.

Auch Haukur mussten sie laufen lassen. Als Politiker war er aber empfindlicher der allgemeinen Meinung ausgesetzt als Valdi und wurde genötigt, von allen seinen Parteiämtern zurückzutreten.

Und jetzt ist der Parteivorsitzende den gleichen Weg gegangen.

Ich schaue mir Gunnleifur auf dem Bildschirm an. Er nimmt den Jubel auf dem Parteitag besonnen auf. Lächelt sogar hin und wieder. Bald würde er Premierminister. Ob die Korruption damit etwas zurückgeht?

Vielleicht.

Ich war diesbezüglich jedenfalls zuversichtlich, als ich ihm Hallas Dossier über den Parteivorsitzenden ausgedruckt und zugeschickt hatte. Halla hatte mit Sicherheit auf dem Parteitag das ihre dazugetan.

Ich genehmige mir einen großen Schluck Jackie.

Aaah!

Nach ein paar mehr Schlucken fühle ich mich vielleicht wieder wie ein Mensch.

Lilja Rós ist in Haft.

Die Goldjungs hatten sie verhört, aber sie erzählte ihnen fast nichts, was sie hören wollten. Konnte den Angriff auf mich natürlich nicht abstreiten, versuchte aber die Tat auf das Rauschgift zu schieben. Wegen eines Rausches, der sie gewalttätig werden ließ, wusste sie nicht mehr, was sie tat.

Verdammte Lüge!

Sie hatten bei ihr zu Hause Kokain gefunden. Sowohl hier in der Stadt als auch im Norden. Sie wird für versuchten Mord angeklagt. Und zweifellos auch für Rauschgiftbesitz.

Der Mord an Halla liegt hingegen immer noch als ungelöster Fall auf dem Schreibtisch der Goldjungs. Sie strengen sich wirklich an zu beweisen, dass Lilja Rós am Werk war. Nachdem sie mich angegriffen hatte, kamen sie auf die Idee.

Die Goldjungs fanden schnell heraus, dass Lilja Rós finanziell ziemlich schlecht dastand, bevor sie von Halla geerbt hatte. Hatte überall hohe Schulden.

Koks ist teuer.

Trotzdem ist es ihnen immer noch nicht gelungen, zu beweisen, dass Lilja Rós am Tag, an dem Halla ermordet wurde, in Reykjavík war. Lilja Rós selber streitet alle Anschuldigungen der Art ab. Deswegen sind die Goldjungs im Patt.

Ich gieße mir mehr Jackie ins Glas. Nehme einen Schluck und wälze ihn im Mund hin und her, bis mir Tränen in die Augen steigen.

Aaah!

Natürlich sollte ich mich freuen, nach so einem hinterlistigen Anschlag noch am Leben zu sein. Aber ich denke selten daran, dankbar zu sein.

Trotzdem habe ich etwas zu feiern, denn ich habe jetzt einen Benz. Unglaublich, aber wahr: ich brause zur Zeit mit einer silbergrauen Nobelkarosse, die vom Himmel gefallen zu sein scheint, durch die Stadt.

Unglaubliches Glück gehabt! Vielleicht hat es dem da oben Leid getan, dass er so grausam zu mir war und mir den Benz als Schmerzensgeld geschickt?

Ich war dabei, die Zeit bei einem Autohaus totzuschlagen, als ich die silbergraue Karosse zum ersten Mal sah. Das Auto wurde mit Volldampf auf den Parkplatz gefahren und sah aus wie ein Ritter in blank polierter Rüstung. Ich konnte nicht anders, als dieses Traumauto begeistert anstarren.

Die Frau, die aus dem Benz ausstieg, war um die fünfzig, im Gesicht ein sorgfältig gepinseltes Gemälde und edel mit Pelz bekleidet. Bemerkte sofort, dass ich mit dem Auto liebäugelte.

»Willst du das Auto kaufen?«, sprach sie mich direkt an.

»Es ist mit Sicherheit viel zu teuer für mich«, antwortete ich.

»Was hast du cash zur Verfügung?«

»Jetzt gerade?«

»Ja.«

»So eine halbe Million, glaube ich.«

»Das passt ja ausgezeichnet«, sagte sie und steuerte auf das Autohaus zu. »Komm!«

Ich traute meinen eigenen Ohren kaum.

Sie ging auf einen leicht ergrauten Verkäufer zu, der hinter einer Theke saß und wedelte ihm mit dem Fahrzeugbrief vor der Nase herum.

»Sie möchte mir das Auto da abkaufen«, sagte sie. »Kannst du bitte die Sache für mich regeln?«

»Aber natürlich«, antwortete der Verkäufer und sah sich den Brief genauer an. »Habt ihr schon einen Kaufpreis ausgehandelt?«

»Fünfhunderttausend.«

»Bitte?« Der Verkäufer konnte sein Befremden nicht verbergen. »Ist er irgendwie beschädigt?«

»Er ist völlig in Ordnung.«

Der Verkäufer stand auf und ging zum Fenster. »Ist es dieser Silbergraue da?«, fragte er.

»Ja.«

»Aber, meine Verehrteste, das ist ein E 320. Der bringt leicht ein paar Millionen.«

»Willst du diese Angelegenheit jetzt regeln oder nicht?«

Er schaute wieder auf den Fahrzeugbrief und fragte dann: »Darf ich bitte einen Ausweis sehen?«

Sie öffnete ein Portemonnaie mit allen möglichen Kreditkarten.

Der Verkäufer setzte sich an den Computer, rief die Informationen über den Benz auf und verglich sie mit dem Führerschein.

»Ähem, scheint alles in Ordnung zu sein«, sagte er und schaute die Frau an. »Aber willst du nicht doch lieber mit der Entscheidung warten?«

»Nein.«

»Sollen wir nicht selber das Auto von dir kaufen? Sagen wir, für zwei Millionen? Das ist ein fairer Preis.«

»Fair!«, rief ich empört. »So ein Auto kostet fünf oder sechs Millionen!«

»Ich habe ihn für fünfhunderttausend verkauft«, antwortete die Frau entschieden. »Wenn du den Papierkram nicht für mich erledigen willst, dann gehe ich eben woandershin.«

Da gab er auf. Als wir den Kaufvertrag unterschrieben hatten, tauschten wir den Scheck gegen den Autoschlüssel.

»Jetzt ruf mir bitte ein Taxi, mein Guter«, sagte die Bepelzte zum fassungslosen Verkäufer.

»Soll ich dich nicht fahren?«, fragte ich.

»Ja, danke schön.«

Das Auto war ein wahrer Traum. Aber das war mir von vornherein schon klar. Ein Superbenz mit Automatikschaltung. Ich konnte allerdings überhaupt nicht verstehen, warum sie ihn für fast nichts loswerden wollte.

Ich musste sie einfach danach fragen.

»Dieses Auto ist das Ein und Alles meines Mannes«, sagte sie. »Hat mir nie erlaubt, ihn zu fahren.«

»Trotzdem war er auf deinen Namen registriert?«

»Ja, aber nur, um Steuern zu sparen. Der kriegt einen Schock, wenn er nach Hause kommt.« Sie lächelte bei der Vorstellung.

»Ist er im Ausland?«

»Er hat sich sein Flittchen mit nach London genommen«, antwortete sie und lachte kalt. »Deshalb habe ich beschlossen, es ihm heimzuzahlen. Ich wollte dafür sorgen, dass das der teuerste Fick der isländischen Geschichte wird.«

Einige Tage später rief mich ihr Mann an und verlangte, den Kauf rückgängig zu machen. Er wurde ganz schön wütend, als ich ihn nur auslachte und ihn bat, seiner Frau herzliche Grüße zu bestellen.

Ich mache das Fernsehen aus und gehe mit Jackie in der Hand ans Fenster und proste meinem Benz zu.

»Anderer Leute Unglück wird selten beweint.«

Sagt Mama.

2

Obwohl ich mich großzügig am Jackie bedient habe, sitzt immer noch ein kalter Schauer in mir. Zumal er nicht von gewöhnlicher Kälte kommt.

Ich mache das Videogerät an. Lege die Kassette ein und mache es mir in meinem Fernsehsessel gemütlich. Sehe, wie sie auf dem Bildschirm erscheinen. Die beiden Freundinnen.

Ich habe sie heute besucht. Lilja Rós. Habe sie zum ersten Mal nach dem Angriffsabend getroffen. Sie hatte schon oft darum gebeten, mit mir sprechen zu dürfen, aber ich war nicht so begeistert davon. Die Goldjungs sagten auch zuerst nein. Dann hatten sie ihre Meinung geändert. Haben mit Sicherheit gedacht, ich könnte sie dazu bringen, etwas über die Sache mit Halla preiszugeben. Schließlich ließ ich mich unter der Bedingung erweichen, dass wir zwei alleine sein würden und keine Aufnahmegeräte in Gang seien.

Raggi versprach es und fuhr mich zum Gefängnis.

Lilja Rós erwartete mich in einer kleinen, gemütlichen Zelle im ersten Stock. Alles tipptopp aufgeräumt wie überall, wo sie gewohnt hatte. Sie stand am vergitterten Fenster in einem hellblauen Trainingsanzug und Hausschuhen.

»Danke, dass du gekommen bist«, sagte sie.

Ich wusste nicht, was ich antworten sollte.

»Willst du dich nicht setzen?«

Es gab in diesem Zimmer einen Stuhl an einem kleinen Tisch direkt bei der Tür. Ich setzte mich.

Lilja Rós nahm auf der Schlafliege Platz. »Ich wollte dir selber sagen, wie Leid es mir tut, dass ich dich verletzt habe.«

»Ach ja?«

»Ich finde die Vorstellung einfach furchtbar. Ganz lange konnte ich es überhaupt nicht glauben, dass ich auf dich losgegangen sein soll.«

»Wirklich nicht?«

»Ich wusste nicht, was ich tat.«

»Du hast es sehr wohl gewusst.«

Sie schüttelt den Kopf: »Ich war total im Rausch.«

»Hast du wirklich gedacht, dass ich dich wegen dem Kokainschmuggel anzeigen würde?«, fragte ich. »War das der Grund?«

»Ich wusste nicht, was ich getan habe«, wiederholte sie.

Jetzt reichte es mir. »Hast du mich herkommen lassen, damit ich mir Märchen anhören soll?«

»Nein, ich habe gehofft, dass du mir vergeben könntest.«

»Warum?«

»Mir geht es wirklich schlecht damit, dass ich dir das angetan habe.«

»Der Fall ist nicht in meiner Hand.«

»Ich weiß. Natürlich bekomme ich meine Strafe. Aber es

würde mich nicht mehr so belasten, wenn du mir vergeben würdest.«

Sie schien aufrichtig zu sein. Wie schon so oft. Aber ich war gegen Lilja Rós geimpft. Bis ans Lebensende.

»Versuch nicht, mich für dumm zu verkaufen«, sagte ich. »Du wusstest ganz genau, was du getan hast.«

»Das stimmt nicht«, antwortete sie. »Das Rauschgift hatte mich zu der Zeit völlig im Griff, obwohl ich darauf geachtet hatte, dass es niemand bemerkt. Es macht einen zu einem völlig anderen Menschen. Ich merke das jetzt so richtig, wo ich davon los bin.« Sie schaute mir in die Augen und fragte wieder: »Vergibst du mir?«

»Für Vergebung bin ich nicht zuständig«, antwortete ich. »Sprich mit einem Pfarrer.«

»Ich habe Gott schon um Vergebung gebeten.«

Ich konnte mir dieses verdammte »Asche-aufs-Haupt«-Geschwätz nicht mehr anhören und stand auf.

»Willst du schon weg?«

»Ich hab keine Lust, mir so einen Schwachsinn anzuhören.«

»Bitte bleib doch noch«, sagte Lilja Rós.

Ich zögerte.

»Ich wollte dich auch bitten, mir einen Gefallen zu tun.«

»Was?«

»Ich habe die Videos nie vernichtet. Du weißt schon. Kannst du das für mich machen?«

»Mir ist das egal.«

»Ich fände es aber besser.«

»Na gut.«

Wir schauten uns schweigend an, bis es peinlich wurde.

»Sie haben mich auch über Halla ausgefragt«, sagte sie schließlich.

»Das überrascht mich nicht.«

»Die scheinen zu glauben, dass ich ... ich über sie hergefallen bin.«

»Natürlich, bist du ja auch.«

»Ich hatte es irgendwie im Gefühl, dass du das auch denkst«, sagte sie langsam.

»Ich denke das nicht nur, ich weiß es. Du hast sie umgebracht. Genau so, wie du mich umbringen wolltest.«

Sie schüttelt den Kopf. »Du kannst das gar nicht wissen.«

»Ach?«

»Weil es nicht wahr ist.«

»Die Goldjungs wissen es auch. Früher oder später wird es ihnen sicher gelingen, dir die Tat nachzuweisen.«

»Sie war meine beste Freundin«, sagte Lilja Rós. »Ich hatte keinen Grund, ihr etwas anzutun.«

»Du hattest Gründe genug.«

»Was für welche?«

»Willst du, dass ich sie alle aufzähle?«

»Wenn du schon meinst, alles besser zu wissen als ich.«

»Okay. Du hast mehr oder weniger auf Hallas Kosten gelebt, aber warst trotzdem bis über beide Ohren verschuldet. Hattest ständig Geldprobleme. Also hast du versucht, die Sache ins Lot zu kriegen, indem du Rauschgift eingeschmuggelt hast.«

»Glaubst du das wirklich?«

»Wahrscheinlich haben deine Probleme mit Halla angefangen, als du das Paket am Busbahnhof abgeholt hast.«

»Mit dem Buch?«

»Halla hat eine Nachricht auf den Pager geschickt bekommen«, fuhr ich fort, ohne auf ihren Kommentar einzugehen. »Das Problem war nur, dass sie an diesem Tag aus Versehen deinen Pager mit zur Arbeit genommen hatte. Du hast mir selbst gesagt, dass ihr öfter eure Geräte verwechselt habt. Aber in diesem Fall hatte es ernsthafte Folgen.«

»So?«

»Halla merkte, dass die Nachricht für dich und nicht für sie selber war. Sie war intelligent und konnte zwei und zwei zusammenzählen. Da musstest du wohl oder übel alles zugeben, nicht wahr?«

Sie gab mir keine Antwort.

»Ich kann mir gut vorstellen, dass Halla völlig ausgerastet ist. Plötzlich warst du für sie gefährlich geworden. Du warst nicht mehr länger nur ein Junkie, was sie ja vielleicht noch okay fand, sondern hast den Drogenschmuggel organisiert. Das stand für sie einfach nicht zur Debatte.«

Ich fixierte Lilja Rós kalt: »Hat sie dir nicht angedroht, jeglichen Kontakt zu dir abzubrechen? Dich rauszuschmeißen und nie wieder was mit dir zu tun haben zu wollen?«

Sie leckte sich die Lippen.

»Vielleicht hast du dich noch zugekokst, bevor du auf sie losgegangen bist. Davon habe ich keine Ahnung. Aber versuch nicht, mir weiszumachen, dass du es nicht getan hast. Ich weiß es.«

Ihre Wangen färbten sich rot. »Denk doch, was du willst«, sagte sie schließlich. »Aber erklär mir doch, wie ich es getan habe.«

»Wie?«

»Ja, das scheinst du doch auch zu wissen.«

»Ich denke schon.«

»Lass mich nicht vor Neugier sterben.«

»An jenem Freitag warst du in der Stadt und hast wie immer bei Halla gewohnt. Natürlich hat sie dir von Saemis Wutausbruch erzählt, den er am Morgen hatte. Könnte ja sein, dass du selber die Ursache des Streits warst. Sie hatten sich wegen Rauschgift gestritten, das Saemi bei Halla aufbewahrt hatte. Es würde mich nicht weiter wundern, wenn du es gestohlen hättest, obwohl sie das vor Saemi nicht zugeben wollte. Vielleicht war das der Tropfen, der das Fass zum Überlaufen brachte. Oder?«

»Erzähl weiter!«

»Am Abend musste Halla noch mal in der Staatskanzlei vorbeifahren, um ein paar Sachen zu erledigen. Du durftest mit ihr fahren. Das war nichts Besonderes. Vielleicht wolltet ihr ja hinterher noch ausgehen?«

Sie schweigt.

»Aber das ist nicht so wichtig. Halla musste, aus welchen Gründen auch immer, nochmal in den Konferenzsaal der Regierung. Du bist ihr dorthin gefolgt und hast auf sie eingeschlagen. Auf die gleiche Weise, wie du auch auf mich losgegangen bist. Nur ist es dir gelungen, deine Tat zu vollenden.«

Lilja Rós guckt auf ihre Hände, die sie in ihrem Schoß hält. »Du hast noch keine Waffe erwähnt«, sagte sie dann leise.

»Ach, habe ich das vergessen?«

Sie nickte.

»Ich tippe schon seit längerem auf die Statue. Dieses moderne Kunstobjekt, das Halla zu ihrem fünfundzwanzigsten Geburtstag geschenkt bekommen hat.«

Sie erbleicht.

»Ich habe auf einem Video gesehen, dass Halla die Statue auf ihrem Schreibtisch in der Staatskanzlei stehen hatte. Aber nach dem Mord war sie nicht mehr da. Die Statue war auch nicht bei ihr zu Hause. Vielleicht hast du sie nach der Tat in den Hafen geworfen. Oder sie woanders versteckt. Aber das kommt mit Sicherheit noch heraus.«

Lilja Rós ging langsam ans Fenster und starrte hinaus. »Wie lange hast du schon den Verdacht?«, fragte sie dann.

»Im Krankenhaus hatte ich genug Zeit, die ganze Sache zu durchdenken.«

»Aber du kannst nichts beweisen.«

»Das ist ja auch nicht mein Job.«

Sie stand immer noch regungslos vor dem vergitterten Fenster und guckte hinaus, als mich ein Gefängniswärter aus der Zelle ließ.

An der Pforte treffe ich auf Raggi. »Wie lief's?«, fragte er.

»Überhaupt nicht.«

Erst, als wir uns ins Auto gesetzt hatten und losgefahren waren, fing er an zu lachen.

»Was ist denn so lustig?«

»Eigentlich interessiere ich mich ja gar nicht für das, was Kenner ›die schönen Künste‹ nennen«, erklärte er. »Aber es wäre mir im Traum nicht eingefallen, dass moderne Kunst geradezu tödlich sein kann!« Er lachte so heftig, dass seine Speckrollen wie Wellen im Meer auf- und abwogten.

Also doch.

»Ihr habt das Gespräch abgehört?«

»Wir haben uns darauf geeinigt, dass nichts mitgeschnitten wird. Und das haben wir auch eingehalten.«

»Du hast gewusst, was ich meinte. Kein Abhören.«

»Versprechen sollen eingehalten werden, Stella. Wortwörtlich. Darauf baut deine Arbeit als Anwältin.«

»Fahr mich nach Hause.«

»Außerdem hat sie ja gar nichts gesagt. Du hast die ganze Zeit geredet.«

Und jetzt habe ich endlich das Gefühl, dass Jackie wirkt und sich im ganzen Körper ausbreitet. Ich leere das Glas und schaue noch eine Weile auf die beiden Freundinnen auf der Mattscheibe.

Halla und Lilja Rós.

Sie sind zusammen auf Reisen. Da steht Halla an einem Tag mit strahlend blauem Himmel an einem See. Hinter ihr sieht man die blauweißen Berge. Mit einer Hand winkt sie. Lilja Rós kommt ins Bild gelaufen. Jetzt stehen beide nebeneinander.

Ich halte das Video an. Das Standbild mit den beiden wackelt ein bisschen. Sie haben sich gegenseitig die Arme auf die Schultern gelegt und lachen. Mit der Sonne im Gesicht und leichtem Wind in den Haaren.

Zwei Freundinnen. Mörder und Opfer.

Ich stehe auf, mache das Video aus, stelle das Glas in der Küche in die Spüle und tigere langsam durch die Wohnung.

Alleine.

Das ist schon okay. Ich bin es gewohnt, für mich selber zu sorgen. Keine Bindungen, die man am nächsten Morgen nicht mehr lösen kann. So will ich das haben. So soll es sein.

Hätte ich Halla gemocht? Wenn ich sie kennen gelernt hätte? Wie sähe unsere Beziehung aus?

Ich frage mich das zum wiederholten Mal. Sie hatte was, das mich nicht in Ruhe lässt, wenn ich mit Jackie alleine bin. Irgendwas, das in mir ein merkwürdiges Gefühl weckt. Eine mit Trauer gemischte Sehnsucht nach etwas, das nie wird sein können. Vielleicht war es richtig, was Lilja Rós gesagt hatte? Dass Halla und ich uns ähnlich sind? Wie Seelenverwandte?

Es hat keinen Sinn, sich jetzt darüber Gedanken zu machen. Halla gehört zur Vergangenheit. Wie Lilja Rós. Man muss nur die Bindungen durchtrennen. Das, was vorbei ist, zur Seite schieben. Vergessen.

Ich gehe den Flur entlang, ins Büro hinein und setze mich an den Schreibtisch. Hier ist meine Arbeit. Scheinchen kassieren. Ohne sie ist das Leben kalt. Überall.

Mich schüttelt es immer noch.

»Manchmal ist das Leben kalt, obwohl man Geld ohne Ende hat.«

Sagt Mama.

Das ideale Verbrechen

Aus dem Isländischen
von Elena Teuffer

1

»Aaah!«

Der heiße Strahl spritzt mit gewaltigem Druck aus den winzig kleinen, runden Löchlein des silbergrauen Griffes und drängt sich hinein. Weiter und weiter. Hart und weich zugleich. Fordernd. Spielt mit dem ausgehungerten Fleisch wie ein fingerfertiger Kerl.

»Hmmm!«

Ich schließe die Augen, entspanne mich und öffne mich völlig für diesen frechen, stürmischen, nassen Liebhaber. Erlaube ihm, sich nach Herzenslust auszutoben. Aufreizende Funken zu entfachen. Sie zu einem leidenschaftlichen Feuer zu steigern, dessen Flammen immer wilder züngeln. Bis der Höhepunkt erreicht ist.

Beinahe.

Höre auf, kurz bevor der Damm bricht. Liege im heißen Wasser, alle Nerven angespannt. Stöhnend und keuchend. Genieße diese schmerzhafte Wonne, mich zum Warten zu zwingen. Mich nicht zu befriedigen. Nicht sofort. Später. Später. Der Abend hat gerade erst begonnen.

»Der größte Spaß kommt immer erst noch.«

Sagt Mama.

Recke mich nach dem Glas am Badewannenrand. Kippe den Rest in einem Schluck hinunter. Lasse Jackie Daniels auf der Zunge lodern und den Hals ausbrennen. Lasse das Feuerwasser aus Tennessee endlich den ganzen Weg abwärts rinnen.

»Hmmm!«

Er ist immer so verdammt gut.

Ich wohne alleine in meinem Haus. Ich bin immer noch Single. Auch ungebunden, was die Vergangenheit angeht. Höre nie etwas von Papa im Osten. Zum Glück. Bekomme noch Briefe von Mama. Hin und wieder. Sie ist immer noch in Amerika.

Aber das spielt eigentlich keine Rolle. Ich habe ja mich.

Schließlich stehe ich aus dem heißen Bad auf. Steige klatschnass auf den gekachelten Fußboden. Fahre mit meinen feuchten Zehen in die weichen Badeschlappen. Wickele mich fest in das große Handtuch. Werfe im Vorübergehen einen Blick auf das bleiche Gesicht im beschlagenen Spiegel. Binde dann mein blondes Haar im Nacken zusammen und stecke es zu einem Knoten auf. Gehe über den Flur ins Wohnzimmer. Nehme die Fernbedienung und mache die Glotze an. Setze mich aufs Sofa. Lehne mich zurück. Lausche meinem schnellen Herzschlag, der erhitzt und aufgeregt im ganzen Körper spürbar ist. Zu allem bereit.

Heute Abend will ich einen draufmachen. Wohlverdient nach einem guten Tag. Einem Drei-Millionen-Tag! Der Typ hatte die Verhandlung in erster Instanz gewonnen. Dachte, dass die Sache damit gelaufen sei. Aber ich habe nicht aufgegeben. Wusste, dass man im Bezirksgericht keinen Blumenpott gewinnt. Habe deshalb sofort Einspruch eingelegt. Und gewonnen. Heute. Drei Millionen Kronen. Plus Anwaltskosten.

Bingo!

Ich schließe die Augen. Sehe im Geiste wieder die leidende Miene des Typen vor mir, als das Urteil am Nachmittag im Obersten Gericht vorlag. Als ob er einen kräftigen Tritt in die empfindlichste Stelle bekommen hätte.

Wunderbar!

Was gibt es Besseres, als diesen ungehobelten Flegeln zu zeigen, dass niemand damit durchkommt, Stella Blómkvist zu schikanieren?

Nichts!

Obwohl. Fast nichts.

Ich höre mit einem Ohr dem Gequatsche im Fernsehen zu. Irgendwelche Diskussionen über Kunst, was eher nicht mein Ding ist. Habe trotzdem keine Lust, auf ein anderes Programm umzuschalten. Sehe aus den Augenwinkeln, dass da zwei Typen am Tisch im Studio sitzen und so tun, als ob sie die herausragendsten Intelligenzbestien der Welt seien. Stelle schnellstens fest, dass es sich nur um zwei meinungs- und hirnlose Trantüten handelt, die über irgendeine Theateraufführung reden. Unmöglich herauszufinden, ob sie die Aufführung gut oder schlecht fanden. Nur leeres Geschwafel.

Uff!

Stehe auf. Gehe ins Schlafzimmer. Trockne mich vor dem Spiegel ab. Langsam. Gaaanz langsam.

Blase mir dann die Feuchtigkeit aus dem langen Haar. Meinem Schmuckstück. Meinen schönen Haaren, die das Einzige in meinen Genen sind, das mit der Silikonfrau mithalten kann. Diese, die im Kino berühmt dafür wurde, dass sie die Kerle im Bett umgebracht hat. Hinterher. Wie eine Bienenkönigin.

Raus auf die Piste!

Ich durchwühle den Kleiderschrank. Wähle und verwerfe. Immer wieder. Ende schließlich bei einer schwarzen Lederkombination. Der Rock ist kurz und eng. Schmiegt sich angenehm an meine nackte Haut an. Die Bluse unter der Jacke ist schneeweiß. Wie die Unschuld.

Ha!

Als ich wieder ins Wohnzimmer komme, ist die Diskussion immer noch im Gange. Jetzt sitzen zwei Frauen am Tisch und unterhalten sich über Bücher. Das ist doch viel besser. Ich habe beide schon einmal gesehen, aber weiß nicht mehr, wie sie heißen. Die burschikose Blondine stellt die Fragen. Sie ist noch ziemlich jung. Hat alles im Griff. Intelligent. Die Kritikerin ist wesentlich älter. Wahrscheinlich um die fünfzig. Hat knallrotes Haar. Mit Sicherheit gefärbt. Hat sich Make-up kiloweise ins Gesicht gespachtelt. Kann sich manchmal so wunderbar aufregen. Macht mindestens ein Buch in jeder Sendung nieder. Unterhaltung vorprogrammiert.

Ich gieße mir mehr Jackie ins Glas. Setze mich wieder aufs Sofa. Fahre mir mit dem kühlen Glas über die Lippen. Genehmige mir einen großzügigen Schluck.

Die Kritikerin ist in Fahrt gekommen.

»Dieses Buch ist doch hundsmiserabel!«, wettert sie. Ihre Stimme zittert vor wütender Strenge. Als wäre sie persönlich schwer beleidigt worden. »Ich verstehe einfach nicht, was der Verlag sich dabei denkt, so was herauszugeben! Das wird auf ewig der Schandfleck im Programm sein!«

»Aber das ist ja jetzt schon das dritte Buch des Verfassers, und alle haben sich sehr gut verkauft«, sagt die Blondine. Sie ist auf einmal heiser geworden. Räuspert sich. Setzt dann fort: »Ist denn die Handlung wirklich so schlecht?«

»Ja, ich habe es doch schon gesagt, es ist noch nicht mal ein guter Entwurf einer Handlung«, antwortet die Kritikerin und fuchtelt mit den Händen. Ihr rotes Haar knistert wütend unter dem starken Scheinwerferlicht. »Man kann die Sache drehen und wenden, wie man will. Die Charaktere haben keine Tiefe, überhaupt keine, und der Stil ist eine Zumutung. Ich möchte nichts über seine bisherigen Bücher sagen, denn ich habe keine Lust gehabt, sie zu lesen, aber diese Geschichte hier verrät mir ganz eindeutig, dass dieser Mann einfach nicht schreiben kann. Der Verlag sollte ihn eigentlich abbremsen, denn man tut ja niemandem einen Gefallen damit, so einen Müll zu veröffentlichen.«

»Du gibst diesem Buch vermutlich nicht besonders viele

Sterne«, sagt die Blondine und reckt sich zum Wasserglas, das genau zwischen den beiden auf dem Tisch steht.

»Der Verfasser hat keinen einzigen Stern verdient«, antwortet die Kritikerin und bebt vor Aufregung.

»Das wär's also«, sagt die Blondine mit krächzender Stimme. Sie lächelt, um ihre plötzliche Stimmlosigkeit zu entschuldigen. Guckt in die Kameralinse wie in einen Spiegel, in dem sie sich in narzisstischer Selbstverliebtheit betrachtet.

Dann hebt sie das Glas wieder an die Lippen und trinkt. Sie nimmt ein paar kräftige Schlucke, als ob sie tagelang keine Flüssigkeit bekommen hätte. Leert das Glas zur Hälfte. Versucht wieder, die Zuschauer anzulächeln und zu zeigen, dass alles völlig in Ordnung ist.

Das Lächeln gefriert.

Das Gesicht der Blondine erstarrt. Sie presst sich die Hände auf die Brust. Der Mund ist weit offen, als ob sie unter größter Anstrengung versuchen würde, Luft zu bekommen, es aber nicht schafft. Sie starrt mit weit aufgerissenen Augen und leerem Blick direkt in die Kamera.

Ich fühle mich unwohl auf meinem Sofa. Irgendwie ist es besonders unangenehm, in diese großen, starren Augen auf dem Bildschirm zu sehen, ohne helfen zu können. Sie wird doch wohl nicht mitten in einer Live-Sendung den Löffel abgeben?

Der Blondine fällt das Glas aus der Hand. Es landet auf dem Tisch. Das Wasser spritzt in alle Richtungen, während sie langsam vornüber auf die Tischplatte kippt.

Die Kritikerin springt auf und beugt sich kreischend über sie. Ruft immer wieder etwas, das niemand versteht. Stößt die Blondine ein paar Mal an, aber sie scheint völlig außer Gefecht zu sein. Plötzlich verschwinden beide von der Mattscheibe. Als Nächstes erscheint eine wohl bekannte Mitteilung:

»Pause – wir bitten um Entschuldigung.«

Ich genehmige mir einen Riesenschluck Jackie. Schlucke

ihn sofort herunter, ohne den Geschmack oder das Feuer zu genießen. Versuche nur, mich zu beruhigen. Gucke automatisch immer wieder auf die Mattscheibe. Warte mit wachsender Ungeduld, was da noch kommen mag.

Nach einer guten Weile geht das Programm einfach weiter, als wäre nichts passiert. Irgendeine idiotische Seifenoper über das verworrene Liebesleben amerikanischer Jugendlicher auf der Highschool.

Unmöglich!

2

Na endlich!

Es geht schon auf drei Uhr morgens zu, als ich einen jungen Kerl entdecke, der mein Blut in Wallung bringt. Im Striplokal Eldóradó. Er steht an einer der Bars und trinkt mit zwei älteren Typen, die mit impotentem Eifer Porno-Valdis Stripperinnen zugucken.

Mein Kandidat lächelt den tanzenden Mädchen zu. Lächelt wie ein Traumprinz.

Ich tue so, als sähe ich die drohenden Mienen von Valdis angesäuerten Rausschmeißern nicht, die es nicht ausstehen können, wenn andere Frauen als die ihren versuchen, die Kunden aufzureißen. Ich werfe gierige Blicke auf das schwarze Haar, das markante Gesicht und den schlanken Körper. Als er schließlich meine scharfen Blicke bemerkt, dreht er sich zur Seite und guckt in meine Richtung. Zögerlich.

Ich hebe mein Jackie-Glas, leere es in einem Zug und gehe dann zum Angriff über.

Er ist groß und sieht gut aus. Obwohl er ein heruntergekommenes Sakko trägt, hat er was von einem römischen Gott. Bis er den Mund aufmacht.

Scheiß drauf. Keiner ist vollkommen. Schon gar nicht junge

Kerle, die sich in Etablissements dieser Art in der Innenstadt aufhalten. Außerdem bin ich heute Nacht nicht auf der Suche nach einem guten Redner. Jedenfalls nicht, um mich mit ihm zu unterhalten.

Der Alkoholpegel meines Hengstes ist genau richtig. Hat genug getrunken, um mich klasse zu finden, aber noch nicht so viel, dass er mitten im Gefecht einschlafen würde.

Der muss genügen.

Nach ein paar engen Tänzen im Halbdunkel ist er auch steif und groß geworden. Für alles zu haben. Da führe ich ihn hinaus in die Nacht.

Die Innenstadt ist straßenlaternenhell. Und gedrängt voll mit Leuten, die von einer Kneipe zur nächsten ziehen.

Besoffene auf Schritt und Tritt.

Umso besser. Dann fällt man nicht so auf.

Ich lasse die Betrunkenen betrunken sein, denn ich muss mich um was anderes kümmern. Muss meinen Hengst so schnell wie möglich zu mir nach Hause schaffen. Mit einem Taxi. Habe natürlich meinen silbergrauen Benz zu Hause in der Garage gelassen. Würde mir im Traum nicht einfallen, mit meinem Schätzchen mitten in der Nacht in die Innenstadt zu fahren, wenn ich einen draufmachen will.

Wir mischen uns unter die Leute in der rappelvollen Austurstraeti. Halten die ganze Zeit nach einem Taxi Ausschau, während wir Arm in Arm auf den grauen Ingólfstorg zugehen.

Der Typ bleibt ab und zu stehen, um seine Standfestigkeit beizubehalten. Kann besser küssen als reden. Das verheißt Gutes.

Aber wo zum Teufel bleibt mein Taxi?

Ich suche mit den Augen den ganzen Platz ab, aber entdecke kein einziges gelbes Schild auf Fahrt. Nur Leute, die auf Teufel komm raus Spaß haben wollen, bevor es wieder Tag wird. Saufen, feiern und die Sau rauslassen, als ob es um ihr Leben ginge. Schreien und rufen. Lachen und weinen.

Weinen?

Ein junges Mädchen. Noch ein Kind. Recht klein. Schwarzhaarig. Mit asiatischen Augen. Sie lehnt sich an eine Hauswand unten im Fischersund, guckt auf den grauschwarzen Asphalt und weint.

Das Mädchen ist lächerlich angezogen. Hat einen rosa Bademantel an, den sie vorne fest zusammenhält. Und rosa Hausschuhe.

Ich schüttele den Kopf.

Nein, das ist keine Fata Morgana. Sie ist immer noch da.

»Komm«, sage ich und ziehe meinen Hengst wie an Zügeln hinter mir her in die schmale Gasse.

Sie schaut auf, als ich schon fast vor ihr stehe. Guckt mich mit dunklen, ängstlichen Augen an. Wie ein verletztes Tier auf der Flucht.

»Was ist passiert?«

Sie antwortet nicht. Starrt nur. Mit Todesangst.

»Hey, alles in Ordnung?«

Mir wird schnell klar, dass ich mich anhöre wie ein Idiot. Es ist doch völlig eindeutig, dass mit ihr nicht alles in Ordnung ist.

»Help?«, fragt sie schließlich auf Englisch mit fernöstlichem Akzent.

»Das Mädchen ist wahrscheinlich eine Ausländerin«, stellt mein nächtlicher Prinz fest. Wahre Sherlock-Holmes-Qualitäten!

Ich befrage sie auf Englisch. Bekomme keine Antworten außer immer der gleichen Frage: »You help?«

Mein Hengst wird unruhig. »Soll ich nicht die Polizei holen?«, fragt er und schaut sich suchend um. »Da sitzen zwei im Auto.«

Das Mädchen folgt seinem Blick. Sieht das Polizeiauto. Geht ein paar Schritte rückwärts.

»No!«, ruft sie ängstlich. »No!«

Ich merke, dass ich mich dem Blick der tränennassen Augen nicht entziehen kann.

»Warte!« Ich ziehe den Kerl zurück. Betrachte mir das Mädchen genauer. Merke, wie sich Jackies Wirkung in Luft auflöst. Bin mit einem Mal wieder völlig nüchtern.

»Besorg uns lieber ein Taxi«, sage ich.

Er zieht los wie ein gehorsames Muttersöhnchen.

»Okay«, beschwichtige ich das Mädchen und lächele, um sie zu beruhigen. »Okay.«

Als das Taxi kommt, lasse ich sie zuerst in den Fond einsteigen.

»Sie ist in Schwierigkeiten«, erkläre ich dem Typen, der sich vorne neben den Taxifahrer gesetzt hat. »Ich möchte, dass sie sich ein bisschen bei mir erholt.«

Da wird die Autotür aufgerissen. Ein Mann um die fünfzig steckt seinen Kopf zu mir rein. Er ist sonnenbankgebräunt. Mit Megabizeps, als würde er sämtliche Nachmittage nur in irgendwelchen Muckibuden herumhängen und Eisen stemmen. Der Kopf ist glatt rasiert.

»Hey!«, ruft er. »Wo fährst du mit ihr hin?«

»Geht dich nichts an.«

»Sie gehört zu mir«, sagt er. Starrt dann das Mädchen an und blafft sie im Befehlston auf Englisch an: »Come!«

Ich schaue sie an.

»No! No!«, ruft sie und schüttelt heftig den Kopf.

»Weg mit den Pranken!«, rufe ich.

Die Glatze fixiert mich. Bläst mir starken Knoblauchatem ins Gesicht.

Abartiges Ekelpaket.

»Du hast ja keine Ahnung, in was du dich da einmischst, meine Gute«, sagt er.

Meine Gute? Ich merke, wie Wut in mir hochkocht.

»Ich kümmere mich um sie«, fährt er im gleichen Tonfall fort.

»Raus mit dir, du Schwein!«, brülle ich.

Er zögert. Versucht, mich mit Blicken zu töten. Richtet sich dann schnell auf und läuft um das Auto herum. Will die Tür auf der anderen Seite aufmachen.

Ich recke mich quer über die Rückbank. Kann gerade noch die Kindersicherung drücken, bevor er sich am Türgriff zu schaffen macht.

»Fahr schon!«, rufe ich dem Taxifahrer zu.

Er zögert.

Der Glatzkopf hämmert mit den Fäusten auf die Fensterscheibe. Kräftig. Das ganze Auto vibriert unter den Schlägen. Das Mädchen lehnt sich zitternd vor Angst an mich.

»Bist du taub?«, rufe ich. »Gib Gas!«

Der Taxifahrer greift zum Handy.

»Ich lass mir nicht mein Auto beschädigen«, sagt er und tippt seelenruhig eine Nummer ein.

»Was hast du vor?«, fragt der Typ auf dem Beifahrersitz.

»Die Polizei anrufen, natürlich!«, antwortet der Fahrer und hält sich das Handy ans Ohr. »Ich brauche ein Protokoll, falls er etwas ramponiert hat.«

Mein Typ beeilt sich, die Tür zu öffnen, und steigt aus. Er steckt noch mal den Kopf durch die offene Autotür und schaut mich verlegen an. »So was ist nichts für mich«, sagt er entschuldigend, knallt die Autotür zu und verschwindet.

Verdammt! Warum musste ich bloß an einen so gehirnlosen Schwanzträger geraten?

Die Glatze steckt seine Knoblauch-Visage durch die Beifahrertür. »Come!«, sagt er wieder zu dem Mädchen. Im Befehlston, als würde er mit einem ungehorsamen Hund reden.

»Die Polizei ist schon unterwegs«, sagt der Fahrer.

»Es wäre aber nicht nötig gewesen, die zu holen«, sagt die Glatze. Er wirkt plötzlich sichtlich beunruhigt.

Ich nutze die Gelegenheit, beuge mich nach vorne und sage zum Fahrer: »Wenn du einen Anwalt brauchst, um die Glatze dazu zu kriegen, die Schäden am Auto zu bezahlen, bin ich sofort dazu bereit.«

»Bist du Anwältin?«, fragt er.

»Die ganze Stadt fürchtet mich.«

Der Glatzkopf guckt mich forschend an. »Das ist alles ein bedauernswertes Missverständnis«, sagt er schließlich. Kriecht aus dem Auto. Knallt die Türe zu.

»Hey, Moment mal!«, ruft der Fahrer. Aber er reagiert zu spät. Die Glatze ist in der Menschenmenge verschwunden.

Ich lehne mich zurück. Versuche, das Mädchen zu beruhigen, während der Fahrer das Auto nach Schäden absucht und den Polizisten die Vorkommnisse zu Protokoll gibt. Als er sich wieder hinter das Lenkrad setzt, reiche ich ihm eine meiner Visitenkarten.

»Wohin soll's gehen?«, fragt er und steckt die Karte ins Handschuhfach.

Das Auto fährt langsam aus der Innenstadt. Die Nacht ist gelaufen. Der Typ abgehauen, ohne seine vorderste Pflicht zu tun. Stattdessen habe ich jetzt ein ausländisches Kind am Hals, das scheinbar nur drei Worte der englischen Sprache zu kennen scheint:

You, help und no.

Verdammt noch mal! Warum muss ich mich immer in Sachen einmischen, die mich überhaupt nichts angehen?

»Nächstenliebe ist ein Vollzeitjob.«

Sagt Mama.

3

Raggi macht eine Schlankheitskur.

Man sieht es ihm aber nicht an. Noch nicht. Er füllt seinen Schreibtischstuhl im Büro der Kriminalpolizei aus wie noch nie. Stößt jedes Mal mit seiner Wampe an die Schreibtischkante, sobald er etwas auf seine Memo-Zettel kritzeln muss.

Augenfällig wird die Schlankheitskur allerdings durch seine Gemütslage. Raggi ist wegen jeder kleinsten Kleinigkeit sofort beleidigt. Regt sich ständig über alles und nichts auf. Hat den Eindruck, dass seine Umwelt nur ein einziges Interesse verfolgt: ihm auf die Nerven zu gehen.

Das bezieht sich auch auf die Klage des fernöstlichen Mädchens.

Gestern Nacht habe ich die Kleine zu Hause erst mal ins Bett gesteckt. Hatte selber noch keine Lust, schlafen zu gehen. Machte mir einen tiefschwarzen Espresso. Ging dann in mein Büro im Erdgeschoss des Hauses. Machte den Computer an. Sah nach meinem Kontostand. Trug dann meine neuesten Zahlungen in das Buchhaltungsprogramm ein. Soll und Haben.

Erst gegen Mittag erreichte ich Sigrún, eine isländische Staatsbürgerin philippinischer Abstammung. Hochgebildet. Spricht mehrere Sprachen.

Als sie endlich vorbeikommen konnte, gingen wir hoch ins Gästezimmer und haben das Mädchen geweckt. Sie unterhielten sich. Umarmten und küssten sich. Lachten und weinten gleichzeitig.

Ein riesiger Wortschwall sprudelte aus dem Mädchen. Sie redete ohne Punkt und Komma in einer Sprache, von der ich nicht ein einziges Wort verstand.

Schließlich hatte ich die Nase voll davon, außen vor zu sein. »Was sagt sie?«, fragte ich.

»Sie heißt Corazon und ist erst 18 Jahre alt«, antwortete Sigrún. »Ihre Geschichte ist wirklich schrecklich und ein Fall für die Polizei, denke ich.«

»Bist du sicher? Heute Nacht wirkte sie völlig verängstigt, als sie die Goldjungs in der Innenstadt sah.«

»Goldjungs?«

»Die Bullen.«

»Goldjungs. Das Wort habe ich noch nie gehört.« Sigrún gab das Wort in ihre Datenbank im Gehirn ein und wandte sich dann wieder Corazon zu. Sie sprachen eine Weile aufgeregt miteinander.

Dann schaute Sigrún zu mir: »Sie sagt, dass sie heute Nacht ganz alleine in der Menschenmenge war, auf der Flucht in einer unbekannten Stadt, in der sie niemanden kannte. Aber jetzt ist alles ganz anders, weil sie neue Freunde und eine Anwältin gefunden hat, nicht wahr?«

Was sonst?

Also machten wir uns auf den Weg zur Kripo.

Raggi stimmt jetzt also zu, ein Protokoll aufzunehmen. Schiebt die Akten auf dem Tisch zur Seite. Rückt währenddessen eine Packung Herbalife hinter den Computer. Findet ein paar unbeschriebene Notizblätter. Stellt den Kassettenrecorder an. Guckt das Mädchen prüfend an. Behält sie die ganze Zeit im Auge, während sie spricht.

Raggi fragt. Sigrún übersetzt. Ich höre mir Corazons Geschichte ein zweites Mal an. Es ist die gleiche Geschichte wie zu Hause im Schlafzimmer. Keine Widersprüchlichkeiten.

Die Glatze hatte Corazon vor einem Monat von den Philippinen hergebracht. Sie konnte kaum ein Wort Englisch. Er nur ein paar Worte Philippinisch. Sie unterhielten sich mit der Hilfe eines Dolmetschers. Er bot ihr an, als Au-pair-Mädchen nach Island zu kommen. Sie sollte auf Kinder aufpassen, kochen, waschen und putzen und dafür gut bezahlt werden.

Ihre mittellose Familie war von dem Angebot völlig begeistert. Sie hatten noch nie einen Isländer getroffen. Wussten auch nichts über Island. Nur, dass das Land in Europa war, wo alle Geld ohne Ende hatten. Also sagte sie zu.

Der Albtraum begann am Morgen, nachdem sie im Haus der Glatze in der Weststadt angekommen war. Als sie im fensterlosen Kellerzimmer wach wurde, waren alle ihre Kleider verschwunden. Auch ihr Gepäck und ihre Ausweise. Und die Tür war abgeschlossen.

Es war nicht vorgesehen, dass sie Kinder hüten oder kochen sollte. Die Glatze zeigte ihr gleich am ersten Tag, wo's langging. Fesselte sie ans Bett und vergewaltigte sie. Nahm den Geschlechtsverkehr auf ein Video auf, das er ihr hinterher vorspielte. Machte ihr klar, dass das Video an ihre Eltern auf die Philippinen geschickt würde, wenn sie irgendwie aufsässig werden würde.

Obwohl ihr nach den ersten Tagen völlig klar war, welche Rolle sie im neuen Land spielen sollte, wehrte sie sich weiter. Da drohte er ihr, sie fürchterlich zu entstellen. Zeigte ihr Fotos eines anderen asiatischen Mädchens. Er gab vor, dass er sie für ähnlichen Ungehorsam bestraft hatte. Das Gesicht war völlig entstellt. Die Haut war von irgendeiner Säure völlig verätzt.

»You next?«, fragte er drohend.

Da gab sie schließlich auf.

Einige Tage später verlangte die Glatze, dass sie sich anzog. Fuhr sie gegen Abend in einem schwarzen Jeep durch die Stadt. Raus aufs Land. Zu einem Sommerhäuschen, wo ein anderer älterer Typ um die fünfzig darauf wartete, sie zu missbrauchen. Die Glatze holte sie nach zwei Stunden wieder ab.

Die abendlichen Ausflüge häuften sich. Manchmal fuhren sie zu Häusern in der Stadt. Manchmal raus aufs Land in ein Sommerhaus. Eins lag an einem großen See. Einige Male fuhren sie zu einem Holzhaus an einem Fluss. Da wohnte ein älterer Mann, der von ihr besonders begeistert zu sein schien. Wollte sie immer wieder haben. Sie konnte nichts tun, außer ihnen allen zu Willen zu sein.

Raggi fragt sie genauer nach diesen Orten. Will Ortsnamen und andere Details haben.

Corazon kann das Haus am Fluss beschreiben. Sowohl von außen als auch von innen. Aber sie kennt keine isländischen

Bezeichnungen. Weder Ortsnamen noch die der Männer. Sie kann die Sprache nicht. Weiß noch nicht mal, wie die Glatze in Wirklichkeit heißt. Nur dass die Kunden ihn Sjonni nennen. Oder irgendwas in der Richtung.

Am Abend, als sie verschwinden konnte, hatte die Glatze vergessen abzuschließen. Sie lag in ihrem Bademantel auf dem Bett und guckte Fernsehen. Hörte etwas an der Türe kratzen. Stand auf, um nachzusehen, was das war. Nahm die Klinke in die Hand. Die Tür ging auf, und eine grauweiße Katze schoss zu ihr ins Zimmer. Sie hörte, dass die Glatze im Obergeschoss Radau machte, und zögerte nicht lange. Fand die Kellertür ins Freie und flüchtete hinaus in die Nacht. Rannte, so schnell sie konnte, bis sie auf Menschen stieß, mit denen sie doch keinen Kontakt aufnehmen konnte. War schon fast dabei, aufzugeben, als sie auf mich traf. Ihre Retterin.

»Würdest du das Haus wiederfinden?«, fragte Raggi.

Sie schüttelt den Kopf. Weiß nur, dass es nicht weit von der Stelle weg war, wo sie mich getroffen hatte. Ungefähr zwanzig Minuten war sie auf der Straße gelaufen. Oder eine halbe Stunde. So ungefähr.

»Aha«, sagt Raggi. »Das finden wir schon raus.«

»Wie?«, frage ich.

»Sie braucht eine Aufenthaltsgenehmigung, um im Land bleiben zu dürfen. Das muss ja irgendwo registriert worden sein. Und damit auch, wo ihr Wohnsitz ist. Wir kriegen das schon raus.«

»Wo soll sie in der Zwischenzeit bleiben?«

»Das Ausländeramt kann sie in einem Hotel oder auf dem Natostützpunkt unterbringen.«

»Es wäre nicht gut, wenn sie jetzt irgendwo ganz alleine wäre, denn sie ist nach dieser schrecklichen Erfahrung am Boden zerstört«, sagt Sigrún.

Wahre Worte. Corazon sitzt vor dem Schreibtisch wie eine ängstliche Maus. Schaut mich flehentlich an.

»Sie kann bei mir bleiben«, sage ich schließlich zu Raggi. »Bis die Sache geklärt ist.«

»Mach, was du willst. Ich gebe das weiter.«

»An wen?«

»An das Ausländeramt. Sie gehört schließlich in deren Zuständigkeitsbereich.«

»Soweit ich weiß, waren Entführung und Vergewaltigung bisher eure Sache.«

»Wir verfolgen natürlich diesen Aspekt des Falles.«

»Ich rufe morgen an«, sage ich und stehe auf.

»Dafür gibt es ja Telefon.«

»Sag Corazon, dass sie in den nächsten Tagen bei mir bleiben kann«, sage ich zu Sigrún.

»Bist du der wiedergeborene barmherzige Samariter?«, fragt Raggi grinsend. »Wenn nicht sogar eine neue Mutter Teresa! Ich hätte wirklich nicht damit gerechnet, ausgerechnet dich in dieser Rolle zu sehen.«

Ich gucke ihn scharf an.

»Oder du bist bekehrt worden«, fährt er im gleichen Tonfall fort. »Es wäre wirklich ein Erlebnis, dich auf dem Ingólfstorg deinen Glauben bezeugen zu hören.«

»Ich rufe dich noch gleich heute Abend an«, antworte ich säuerlich. »Nur um dich zu ärgern natürlich, Herzchen.«

Raggi und ich sind eine Art Freunde. Schon seit ich frisch von der Uni weg die Verteidigung Kleinkrimineller übernommen hatte. Er hat mir in der Anfangsphase manchmal geholfen. Schien der einzige menschliche Typ bei der Kripo zu sein. Aber natürlich steht er unter dem Pantoffel seiner Vorgesetzten. Muss nach deren Pfeife tanzen. Deshalb sind wir schon so manches Mal heftigst aneinander geraten. Aber wir wissen beide, dass das im Grunde nichts an unserer Freundschaft ändert. Sie hat sich immer als stärker erwiesen als zeitweilige Wortgefechte und Streitereien.

Er scheucht mich mit der rechten Hand zur Tür, wendet sich

mit säuerlicher Miene dem Computer zu, wirft die Herbalife-Schachtel zur Seite und fängt an, die Tastatur zu traktieren.

»Schlankheitskur machen heißt dem Tod ins Auge sehen.«

Sagt Mama.

4

Raggi hat vollkommen Recht. Ich bin bekehrt.

Er hatte nur den falschen Gott im Sinn. Mammon ist mein Mann. Den gibt's auch in der Bibel. Der Gott des Geldes. Gott all dessen, was die Räder zum Laufen bringt. Gott unser aller, die den Mut haben, für sich selbst zu leben.

In den nächsten Tagen möchte ich mich nur um Mammon kümmern. Immer mehr Geldscheine kassieren. Die Schuldner festnageln. Auf dem Markt kaufen und verkaufen. Dafür sorgen, dass mein Vermögen und meine Investitionen immer mehr abwerfen.

Im letzten Jahr ging es mit dem Scheinchenkassieren etwas schleppend. Seit dem Angriff auf mich in Kópavogur kann ich zwar mit der Schulter, die so schlimm gebrochen war, wieder gut arbeiten. Aber ich habe manchmal unangenehme Schmerzen. Besonders spätabends. Dann spuckt mein Unterbewusstsein Erinnerungen vergangener Zeiten aus, die ich am liebsten vergessen will. Der Bronzestatuen-Mord. Und Lilja Rós.

In den ersten Monaten nach dem Attentat habe ich mich auskuriert und gelernt, richtig mit dem Computer umzugehen. Mein Cousin Sindri hat mir einen Internetzugang besorgt. Das Schätzchen. Hat mir beigebracht, den Computer für mich arbeiten zu lassen. Informationen zu besorgen. Kontostand abzufragen. Überweisungen zu tätigen. An der Börse kaufen und verkaufen. Kein Problem. Ich bin schnell dahinter gekommen, dass der Computer das beste Hilfsmittel der Geldwirtschaft ist.

Meine Wohnung war noch nie so sauber wie in den letzten Tagen. Corazon geht in dankbarem Glückseligkeitsrausch von Zimmer zu Zimmer. Räumt ständig auf. Wäscht auch jedes einzelne Kleidungsstück, das sie zwischen die Finger bekommt.

Wir verständigen uns hauptsächlich mit Gesten und Blicken.

Das klappt.

Ich hatte keine Lust, auf die Ergebnisse von Raggis Nachforschungen zu warten. Machte mich noch am gleichen Tag mit Corazons rechtlicher Lage vertraut. Klapperte ein paar Ämter ab. Wenn die Sachbearbeiter ihren Pass sehen wollten, wurde ich unverschämt. Füllte dann ein paar Anträge aus. Bekam sie unterschrieben und gestempelt. Gegen Abend hatte sie alle nötigen Papiere zusammen, um in Island bleiben zu können. Alles auf meine Verantwortung.

Die Zeitungen quellen über mit Berichten vom Herzschlag des blonden Fernsehsternchens. Sie hieß Steinunn. Wurde Steina genannt. Die Todesursache ist noch nicht geklärt. Jedenfalls nicht offiziell.

Sie lebte noch, als sie ins Krankenhaus eingeliefert wurde. War aber im Koma. Kam nie wieder zu Bewusstsein. Es hat sicher einige Stunden gedauert, bis sie gestorben war.

Warum hörte ihr Herz zu schlagen auf? Sie war noch nicht mal dreißig und dem Hörensagen nach bei guter Gesundheit. Trotzdem hatten alle mit eigenen Augen verfolgen können, wie sie mitten in der Livesendung einen Herzinfarkt bekam. Diejenigen, die die Uraufführung verpasst hatten, konnten sich an den Wiederholungen in den Nachrichten der diversen Sender aufgeilen. Das war die beliebteste Show der Woche.

Aber junge Leute bekommen nicht einfach aus heiterem Himmel einen Herzinfarkt. Deshalb begannen sofort im ganzen Land die Gerüchte zu brodeln. Da war was im Wasser, von dem sie getrunken hat, sagten die meisten. Hundertprozentig. Mit Sicherheit hochwirksames Gift.

Aber dann war es Mord.

Ich verfolge normalerweise eher solche Nachrichten als das übliche Gewäsch der Presse. Die Massenmedien scheinen ausschließlich Interesse an Gymnastik und an Skandälchen der politischen Kulissenschieber zu haben. Diese Art Unterhaltung ist nichts für mich.

Natürlich kannte ich die Fernsehblondine überhaupt nicht. Deswegen könnte mir der Fall egal sein. Aber ich war sozusagen live bei ihrem Herzinfarkt dabei gewesen – so als wäre es zu Hause bei mir im Wohnzimmer passiert. Das prägt und bleibt im Gedächtnis hängen. Verbindet einen mit unsichtbaren starken Banden sogar mit völlig unbekannten Leuten.

Ich liege im Bett. Bin grade am Einschlafen, als das Telefon klingelt. Habe eigentlich keine Lust. Hebe letzten Endes trotzdem aus alter Gewohnheit ab.

»Kannst du uns helfen?«, fragt die Frau am Telefon, ohne sich vorzustellen. Die Stimme ist ruhig und besonnen. Aber zittert trotzdem vor unterdrückter Erregung.

»Am liebsten nicht. Ich war schon fast eingeschlafen.«

Die Frau schweigt einen Augenblick. »Aber du wurdest uns besonders empfohlen«, sagt sie dann.

»Von wem?«

»Ich weiß nicht, wie er heißt.« Die Stimme bricht. »Es war ein dicker Beamter bei der Kripo.«

Raggi?

»Um was geht es?«

»Um das, was da im Fernsehen passiert ist.«

Mit einem Schlag bin ich hellwach. Setze mich im Bett auf. »Inwiefern?«

»Meine Tochter wurde den ganzen Tag verhört. Sie behaupten, dass sie etwas furchtbar Schreckliches getan hat.«

Etwas furchtbar Schreckliches?

Das klingt viel zu gut, um sofort schlafen zu gehen. Deshalb notiere ich Namen und Adresse, ziehe mich wieder an, setze mich in meinen Benz, öffne die Garage mit der Fernbedienung, fahre rückwärts heraus und mache mich auf den Weg ins Neubauviertel Grafarvogur, wo Mutter und Tochter wohnen.

Mein Benz ist ein Genuss auf Rädern. Einfach das Beste, was es auf der Welt gibt.

Die beiden wohnen in einer Drei-Zimmer-Wohnung im Dachgeschoss eines neuen Mehrfamilienhauses. Es steht inmitten einer Siedlung von Häusern, die ungefähr alle gleich aussehen.

Die Mutter öffnet die Tür. Ich schätze sie so um die fünfzig. Etwas dicklich und abgespannt. Mit glattem, dunkelbraunem Haar und abgearbeiteten Händen.

»Ich heiße Heidrún«, sagt sie und reicht mir zur Begrüßung die Hand. »Danke, dass du gekommen bist.«

Die Wohnung ist sauber und ordentlich. Hellgrauer Teppich auf dem Fußboden im Wohnzimmer. Rote Couchgarnitur. Eichentisch und einige gepolsterte Stühle. Ein großer Fernseher an einer Wand. Kleine Porzellanfiguren im Regal.

»Und das hier ist meine Ásta.«

Die Tochter sitzt am großen Couchtisch. Sie scheint um die zwanzig zu sein. Schlank und groß. Feminin, obwohl das helle Haar so kurz geschnitten ist wie bei einem Jungen.

Sie ist mit den Nerven fertig. Hält eine Limoflasche in den Händen, die sie gedankenlos hin und her dreht. Die Augen sind geschwollen. Sie hat geweint.

Ich setze mich ihr gegenüber an den Tisch.

»Darf ich dir einen Kaffee anbieten?«, fragt Heidrún.

»Das wäre nicht schlecht.«

Sie geht in die Küche. Lässt uns alleine.

Ich komme direkt zur Sache: »Erzähl mir, um was es geht.«

»Sie glauben, dass ich etwas ins Wasser getan habe, das Steina getrunken hat, kurz bevor sie starb«, sagt Ásta. Sie konzentriert sich auf die halb leere Limo-Flasche. »Irgendein Gift, soweit ich das verstanden habe.«

»Warum glauben sie das?«

»Es gehört zu meinem Job beim Fernsehen, mich während solcher Sendungen um das Wasser zu kümmern. Also, saubere Gläser und kaltes Wasser zu besorgen, in die Gläser einzugießen, all so was.«

»Hast du es auch in besagter Sendung gemacht?«

Sie nickt.

»Niemand anders?«

»Nein.«

»Bist du ganz sicher?«

»Ja. Aber ich habe das Wasser nur aus der Kanne in die Gläser eingeschenkt. Ich habe nichts Gefährliches in das Wasser getan, wie sie behaupten. Das ist wirklich wahr.«

Heidrún bringt den Kaffee herein. Er ist ziemlich stark. Peppt einen ganz schön auf.

Ich öffne meine Aktentasche. Hole meinen Notizblock und einen Stift heraus. »Lass uns das Ganze genau durchgehen. Was du an diesem Abend gemacht hast.«

»Ich habe es den ganzen Tag schon x-mal erzählt.«

Ich starre sie an, bis sie den stechenden Blick fühlt und mich ansieht. Sich klar macht, um was es geht.

»Entschuldige«, sagt sie. »Ich bin nur so müde.«

»Kein Problem. Berichte mir jetzt von der Sache mit dem Wasser.«

»Steina hatte das Studio an diesem Abend zweimal. Zuerst hat sie mit Gunna über Kinofilme geredet, danach Hallgerdur interviewt.«

»Ist das die Literaturkritikerin?«

»Ja, genau.«

»Erzähl weiter.«

»Ich habe die Kanne wie immer am Waschbecken in der Maske gefüllt und dann zwei Gläser für Gunna und Steina eingeschenkt.«

»Was dann?«

»Als Steina und Hallgerdur drankamen, waren schon beide Gläser aus den Kulissen abgeräumt worden. Es war nur ein Glas im Studio übrig. Ich habe es zu spät bemerkt, aber Steina meinte, es sei schon in Ordnung, also habe ich in das Glas eingegossen und es auf den Tisch gestellt.«

»Wo war die Kanne zwischen den beiden Teilen?«

»Auf dem Tisch hinter den Kulissen, wie immer.«

»Im Studio?«

Sie nickt.

Meine Tasse ist leer. Heidrún schenkt mir aus der hellblauen Kaffeekanne nach.

»Was haben sie im Wasser gefunden?«

»Ich weiß es nicht.«

»Haben sie nichts darüber gesagt?«

»Nein.«

»Vielleicht wissen sie es noch nicht.«

Der Kaffee ist immer noch heiß und stark.

»Wie lange arbeitest du schon dort?«

»Erst seit ein paar Wochen«, antwortet Ásta. »Steina hat mir einen Platz besorgt.«

»Also habt ihr euch schon vorher gekannt?«

»Ja, sie hat mich in der Schule in Fernsehjournalistik unterrichtet. Sie arbeitet auch als Lehrbeauftragte.«

»Hat gearbeitet«, verbessere ich unbewusst.

Sie schaut hoch. Das Gesicht beginnt zu zittern. Dann bricht sie in Tränen aus.

Heidrún tröstet ihre Tochter. Legt ihr den Arm um die Schultern. Streichelt ihr den Kopf. Trocknet dann ihr Gesicht mit einem weißen Taschentuch, als sei sie immer noch ein Kind.

Ich warte, bis Ásta sich wieder beruhigt hat. »Was haben sie sonst noch gegen dich in der Hand?«

»Nichts.«

»Bist du sicher?«

»Sie versuchen, die Tatsache, dass Steina an dem Abend schlechte Laune hatte, aufzublasen. Sie hat einige angemotzt und mich auch.«

»Warum?«

»Beim Eingießen ist Wasser auf ein Blatt gespritzt, das auf dem Tisch lag, als sie sich auf das Gespräch mit Gunna vorbereitet hat.«

»War es deine Schuld?«

»Wahrscheinlich. Ich war ziemlich gestresst.«

»Warum?«

»Ach, einfach so, nichts Besonderes.«

»Guck mich an!«, sage ich scharf.

Sie schaut auf. Ich gucke ihr fest in die Augen.

»Hast du irgendwas zu verbergen?«

Sie schüttelt den Kopf.

»Und du hast nichts Tödliches ins Wasser getan?«

»Nein!«

Zum ersten Mal ist ein plötzlicher Gefühlsausbruch in ihrer Antwort zu spüren.

»Ásta ist ein ehrliches und warmherziges Mädchen«, sagt Heidrún. »Sie würde doch nie auf die Idee kommen, jemandem etwas zu Leide zu tun, dafür lege ich meine Hand ins Feuer.«

Ich lasse mich überzeugen. Jedenfalls im Moment. Lasse ein Antragsformular aus meiner Aktentasche gleiten. Fülle es aus.

»Unterschreib das hier«, sage ich und schiebe das Blatt zu ihr über den Tisch.

Ásta nimmt den Stift, den ich ihr reiche. Einen Augenblick später ist sie offiziell meine Klientin.

»Danke«, sagt Heidrún. »Es ist eine große Erleichterung, sie in guten Händen zu wissen. Du musst dir auch keine Sorgen wegen des Honorars machen, denn ich kümmere mich darum.«

»Mächtig ist das Mutterherz.«

Sagt Mama.

5

Der stellvertretende Polizeichef sitzt wie der Meister des Universums hinter dem großen Schreibtisch und schaut überheblich auf Ásta herab, die ihm auf dem weißen Stuhl gegenübersitzt.

Er hatte sofort zu Beginn des Verhörs seine altbekannte Miene aufgesetzt, als hätte er Verstopfung: versteinertes Gesicht, zusammengepresste Lippen, stechender Blick. Sie wollen Ásta auf die Psychotour kriegen.

Ich sehe auch, dass die Masche schnell den gewünschten Erfolg hat. Sie wird unsicher. Antwortet mit halben Sätzen. Weicht seinem Blick aus, guckt mal auf den Boden, mal zu mir.

Der Kerl hat sein Handwerk gelernt.

Raggi darf die ersten Fragen stellen. Wiederholt alles, was sie beim ersten Verhör schon durchgekaut haben. Lässt sie alle Details vom Tathergang am besagten Abend noch einmal berichten. Wer was, wie und warum getan hat. Das verschüttete Wasser. Steinunns schlechte Laune. Das Glas, aus dem sie trank. Die Reaktionen, als sie bewusstlos wurde. Alles olle Kamellen. Die gleichen Fragen. Gleiche Antworten. Nichts Neues.

Ásta gehen diese Wiederholungen auf die Nerven. Regt sich auf. Vergisst meine Ermahnung, dass sie eiskalt und ruhig überlegen soll, bevor sie antwortet. Und genau das wollen sie. Währenddessen wartet der Vize ab und beobachtet wie ein Geier seine Beute genau, bevor er zufasst. Plötzlich beginnt er, selber Fragen zu stellen.

»Wann hast du Steinunn kennen gelernt?«

»Das hab ich doch auch schon erzählt«, antwortet Ásta. »Sie war meine Lehrerin.«

»Was hat sie unterrichtet?«

»Also, wie man beim Fernsehen arbeitet, Sendungen erstellt und so. Sie ist mit uns den ganzen Prozess durchgegangen.«

»Wie hast du dich mit ihr verstanden?«

»Ganz prima.«

»Wie gut hast du sie denn gekannt?«

»Sie war meine Lehrerin, wie ich eben schon gesagt habe.«

»Was hat sie dir denn noch alles beigebracht?«

»Was noch?«, wiederholt Ásta. »Nichts.«

»Und trotzdem hat sie dir einen Job beim Fernsehen besorgt?«

»Anderen hat sie auch geholfen.«

»Wart ihr nicht gute Freundinnen?«, fragt der Vize scharf. Das letzte Wort betont er ganz besonders.

»Wir haben uns gut verstanden.«

»Ihr wart doch ganz besonders gute Freundinnen, nicht wahr?«

»Ich weiß nicht, was du meinst«, antwortet Ásta. Ihr scheint die Frage peinlich zu sein. »Ganz normal, wie es so üblich ist, glaube ich.«

»Ach ja? Ganz normal, wie es üblich ist?«, fragt der Vize überheblich und starrt sie weiterhin an. Aus seinen Augen spricht ganz eindeutig Verachtung.

»Ja«, antwortet sie mit leiser Stimme.

Das Schweigen zieht sich. Ich habe keine Ahnung, auf was der Kerl hinaus will. Gucke deshalb Ásta an und versuche, ihr geistigen Beistand zu leisten. Lächele aufmunternd, als sie aufschaut.

Dann gibt der Vize mit seinem langen, knochigen Zeigefinger ein Zeichen.

Raggi nimmt die Fernbedienung, die auf dem Tisch liegt, und macht den Videorecorder an, der uns gegenüber an der Wand auf einem Tisch neben einem großen Fernseher steht. Als er auf einen anderen Knopf drückt, verschwindet der graue Schnee von der Mattscheibe, und ein Bild erscheint.

Für eine Weile schauen wir alle schweigend den Bildschirm an. Dann japst Ásta nach Luft und schlägt die Hände vors Gesicht.

Verdammte Bestien!

»Was zum Teufel soll das?«, frage ich und versuche, meine Wut im Zaum zu halten. Ohne großen Erfolg.

Sie tun so, als sei nichts passiert, und gucken sich weiter den Film auf dem Bildschirm an. Ein Video mit Steinunn und Ásta, zusammen im Bett. Nackt. Verschlungen in leidenschaftlichen Umarmungen.

»Ach ja, alles ganz normal, wie üblich?«, wiederholt der Vize schließlich höhnisch.

Ásta bricht in Tränen aus. Ich springe auf und eile zu ihr. Sie lassen das Video weiterlaufen.

»Das war's für uns«, sage ich und helfe Ásta hoch. »Dann könnt ihr Spanner wenigstens ungestört weiterglotzen.«

»Sie geht nirgendwo hin«, sagt der Vize schroff.

»Ásta ist nicht im Stande, nach dieser Schikanierung weitere Fragen zu beantworten.«

»Du bist nicht in der Lage, das zu beurteilen.«

»Dann verlange ich, dass ein Arzt hergerufen wird. Sofort!«

Der Vize bewegt erneut für Raggi seinen langen, dünnen Zeigefinger. Raggi macht das Video aus.

»Ich gebe ihr ein paar Minuten, um sich zu beruhigen«, sagt der Vize. »Dann machen wir weiter.«

»Nicht ohne ärztliche Untersuchung.«

»Sie braucht keinen Arzt.«

»Ich verbiete ihr, weitere Fragen zu beantworten, es sei denn, sie wird einer ärztlichen Untersuchung unterzogen. Ihr könnt den ganzen Tag lang Fragen stellen, aber ich sorge dafür, dass ihr nicht eine Antwort bekommt. Keine einzige!«

Sie werfen sich schnell ein paar Blicke zu. Dann nickt der Vize langsam. Raggi steht auf und schiebt sich langsam raus auf den Flur.

Als der Arzt schließlich erscheint, hat Ásta sich schon wieder beruhigt. Er untersucht sie oberflächlich und misst dann den Blutdruck.

»Sie ist nervlich etwas angespannt, aber ansonsten in guter Verfassung«, sagt er und packt seine Instrumente wieder in die schwarze Tasche. »Ich kann ihr natürlich etwas Beruhigendes geben.«

»Kein Medi-Dope«, antworte ich.

Er schaut mich mit vorgetäuschtem Mitleid an. Schüttelt dann verdrießlich den Kopf.

»Ist sie in der Lage, vernommen zu werden?«, fragt der Vize.

»Medizinisch gesehen ist sie in Ordnung.«

»Gut. Stell mir darüber ein Attest aus.«

Was sonst? Klassischer Fall von gegenseitiger Hilfeleistung bei Staatsdienern.

»Ich beantrage, mit Ásta unter vier Augen sprechen zu dürfen, bevor die Vernehmung fortgesetzt wird«, sage ich. »Sonst rate ich ihr, keine weiteren Fragen zu beantworten.«

»Du hast dazu kein Recht.«

»Dann verklag mich doch.«

Wir taxieren uns eine Weile, während der Vize die Situation einschätzt. Dann trifft er eine Entscheidung.

»Ihr bekommt zehn Minuten«, stößt er mit gepresster Stimme hervor.

Als sie auf den Flur hinausgegangen sind, führe ich Ásta wieder zum Tisch und setze mich neben sie. Sie ist völlig fertig.

»Ich habe nicht gewusst, dass sie Videos von uns aufgenommen hat«, sagt sie ziemlich leise.

»Wie soll ich dir denn helfen, wenn du mir nicht die komplette Wahrheit sagst?«

»Müssen es denn alle wissen?«

»Der Knackpunkt ist, dass sie es schon wissen. Und ich

konnte dich noch nicht mal auf das Verhör vorbereiten, weil du mir nichts von eurer Beziehung gesagt hast.«

»Entschuldige.«

»Wir haben nur wenig Zeit. Wann begann die Sache?«

»Letztes Jahr.«

»Wer hat die Initiative ergriffen?«

»Sie.«

»Wart ihr noch zusammen, als sie starb?«

»Ja. Aber ich wollte Schluss machen.«

»Wann?«

»Ein paar Mal. Aber da wurde nie was draus.«

»Ist an dem Tag, an dem sie starb, noch etwas anderes zwischen euch vorgefallen? Irgendetwas, was sie wissen könnten?«

»Im Laufe des Tages habe ich ihr wieder einmal gesagt, dass ich Schluss machen wolle. Dieses Mal war ich mir hundertprozentig sicher, und deshalb bekam sie schlechte Laune.«

Ásta wischt sich das Gesicht mit einem rosa Taschentuch ab.

»Wer wusste von eurer Beziehung?«

»Niemand, glaube ich.« Sie zögert. »Außer Kalli.«

»Kalli?«

»Steinas Mann. Er hat uns einmal erwischt.«

Die Zeit ist um.

»Du musst wohl oder übel ihre Fragen zu eurer Beziehung beantworten«, sage ich. »So wie die Lage aussieht, kommst du nicht darum herum. Aber denk daran: wenn du mir noch mal etwas Wichtiges verschweigst, gehe ich einfach und lasse dich bei diesen Geiern alleine zurück. Kapiert?«

Sie nickt. »Ich konnte dir nichts darüber sagen, als du neulich Abend zu uns nach Hause gekommen bist«, sagt sie und schaut mich mit Tränen in den Augen an. »Dann hätte Mama es auch gehört. Das wäre einfach furchtbar.«

Na klar! Schiss vor Muttern hoch zehn!

6

Das Verhör endet im Chaos. Ásta heult lauthals. Ich schreie den Vize an. Er brüllt zurück. Raggi versucht, die Wogen zu glätten, und macht damit alles noch schlimmer. Wir sind nahe dran an einer Prügelei.

»Raus!«, ruft der Vize schließlich und zeigt mit zitterndem Finger auf die Tür. Mit diesem knochigen. »Raus, bevor ich dich in den Knast schicke, alte Hexe!«

Ich denke überhaupt nicht daran zu gehen, aber Raggi packt mich von hinten mit eisernem Griff und schiebt mich zur Tür. Er schnauft und pustet auf dem Weg wie ein uralter Traktor.

Ásta folgt uns raus auf den Gang. Dort streckt Raggi den Arm nach der Klinke aus und knallt hinter uns die Tür zu.

Bäng!

»Du hast sie ja nicht alle, Stella!«, sagt er keuchend vor der Tür.

»Der hat sie ja wohl nicht alle!«, antworte ich lautstark.

»Denk an deine Mandantin.«

»Genau das tue ich.«

Ein paar Leute sind hier und da auf dem Gang stehen geblieben und verfolgen unser Gespräch. Raggi ist das nicht recht.

»Kommt mit rein zu mir«, sagt er und watschelt den Gang entlang.

Ásta versucht, ihre Tränen unter Kontrolle zu bekommen. In Raggis Büro biete ich ihr einen Stuhl an und reiche ihr noch ein Taschentuch, als sie sich gesetzt hat.

»Versuch jetzt, dich zu beruhigen«, sage ich und starte einen Versuch zu lächeln. »Dann fahre ich dich nach Hause.«

Raggi hat sich an seinen Schreibtisch gesetzt. Seine Speckrollen werden von der Tischkante massiert. Er grabscht unbewusst nach seiner Herbalife-Packung und lässt sie zwischen den Händen hin und her wandern.

»Nächstes Mal hast du nicht so viel Glück«, sagt er.

»Dieser Spanner da drinnen ist der, der hier Glück hatte!«, rufe ich. »Wir könnten ihn mit Sicherheit wegen sexueller Nötigung verklagen!«

»Er hat doch nur gefragt, was wir fragen müssen. Die Beziehung der beiden ist wichtig für die Ermittlungen.«

»Seit wann ist es ein Verbrechen, Lesbe zu sein?«

»Ach, hör doch auf!«

»Diese Gesetze muss ich wohl überlesen haben.«

Er starrt mich düster an, ohne ein Wort zu sagen.

»Ich weiß noch nicht mal, warum ihr Ásta überhaupt ein zweites Mal verhört. Ist wirklich ein Verbrechen begangen worden? Kannst du mir das vielleicht sagen?«

»Ein endgültiges Ergebnis liegt noch nicht vor.«

»Warum dann dieses Verhör? Rennt ihr etwa den Gerüchten der Presse hinterher? Oder irgendwelchen Klatschgeschichten?«

Raggi legt die Packung zur Seite und faltet seine Hände über seiner Wampe. Er schließt für einen Augenblick die Augen, als ob er tief in eine Meditation versinken würde.

»Die Resultate der Obduktion und der chemischen Analyse des Trinkwassers lassen leider länger auf sich warten als geplant«, antwortet er schließlich ruhig. »Wir wollten aber die Zeit nutzen, um schon mal einige Sachen zu klären.«

»Ihr habt kein Recht, unschuldige Leute über ihr Privatleben zu verhören.«

»Ich möchte nicht länger mit dir darüber streiten«, sagt Raggi erschöpft.

Ásta ist immer noch ziemlich niedergeschlagen, als ich mit ihr im Benz in den Grafarvogur brause. Aus dem, was dem Vize in seiner Tirade entfuhr, konnte man schließen, dass es Kalli gewesen war, der das Liebesvideo der Polizei zugespielt hatte. Er gab auch zu Protokoll, dass Steinunn immer wieder die Beziehung beenden wollte und an jenem Tag, als sie starb, wieder einen Versuch unternommen hatte. Ganz entgegen Ástas Aussage.

Wer von beiden sagte die Wahrheit?

Ich wusste es noch nicht. Kannte Ásta nicht gut genug, um sicher zu sein. Hatte sie mir nicht wissentlich wichtige Informationen vorenthalten? Vielleicht tat sie das immer noch?

Ich werfe einen schnellen Blick in ihre Richtung. Sie hat aufgehört zu weinen. Starrt in ihren Schoß. Zerknüddelt mein Taschentuch und schiebt es nervös zwischen ihren Händen hin und her. Scheint ein pures Nervenbündel zu sein.

Kann ich ihr vertrauen? Das ist die große Frage, auf die ich eine Antwort finden muss. Aber ich weiß nur das über sie, was sie mir selbst erzählt hat. Und ihre Mutter. Ich brauche andere Informationen. Muss ein paar Leute fragen, die sie kennen. Vielleicht alte Schulfreunde ausfindig machen. Oder Mitarbeiter beim Fernsehen fragen. Das wäre wahrscheinlich das Beste. Bei der Gelegenheit kann ich mir auch gleich angucken, wie es in dem Studio aussieht, in dem Steinunn den Herzschlag bekam.

Heidrún ist nicht zu Hause. Deshalb muss ich Ásta alleine zurücklassen. Geht nicht anders. Ich ermuntere sie, sich auszuruhen. Sich aufs Bett zu legen und zu schlafen. Kräfte zu sammeln für die nächste Runde.

Corazon bereitet ein hervorragendes Essen vor. Ich merke das schon am Geruch, während ich die blitzblank geputzte Treppe hochsteige. Aber ich habe gar keine Lust auf Essen, sondern auf was ganz anderes. Ich habe ein starkes Bedürfnis nach ein paar kräftigen Schlucken meiner Lieblingsflüssigkeit. Würde was auch immer für ein Glas Jack pur geben. Sogar ein ganzes Königreich, wenn ich es auf Lager hätte.

Den ersten Schluck kippe ich hastig hinunter, aber den nächsten lasse ich lange auf der Zunge brennen und ganz langsam den Hals hinabrinnen.

Welch ein Unterschied!

Setze mich dann ins Wohnzimmer. In den weichen Sessel. Genehmige mir einen dritten Schluck. Umspiele ihn mit meiner Zunge, bis mir Tränen in die Augen steigen.

Wow!

Was diese Art von Oralverkehr angeht, würde selbst Monica L. vor meinen Künsten erblassen.

Schließlich genehmige ich mir den letzten Schluck, lege den Kopf gemütlich an die Sessellehne, schließe die Augen und genieße es zu spüren, wie sich das Feuerwasser im Körper ausbreitet.

Ich rühre mich erst wieder, als Corazon mit dem Abendessen ins Wohnzimmer kommt. Der starke Essensgeruch steigt mir in die Nase, zumal sie mit Gewürzen nicht gerade sparsam umgeht.

Sie verwöhnt mich, als wäre ich eine Prinzessin. Sehr verführerisch, aber ich darf mich nicht daran gewöhnen, mich von ihr bedienen zu lassen. Ist nicht mein Stil. Möchte nicht von anderen abhängig sein. Damit war's vorbei, als ich nach Reykjavík in die Uni ging. Für den Rest meines Lebens. Nie wieder.

Corazon geht zurück in die Küche. Nach einer Weile hieve ich mich aus dem Sofa und gehe ihr nach. Sehe, dass sie dort essen möchte.

»Komm mit!«, sage ich entschlossen. »Nimm dein Essen mit ins Wohnzimmer.«

Natürlich versteht sie kein Isländisch. Aber kann gleich den Tonfall deuten. Den Befehlston in der Stimme. Und die Gesten. Lächelt unsicher, während ich ihr helfe, ihren Teller und die Töpfe ins Wohnzimmer zu tragen. Stelle alles auf den Couchtisch. Bedeute ihr, dass sie sich auf das Sofa setzen soll. Lasse mich dann wieder in den gemütlichen Sessel sinken, mache den Fernseher an und genehmige mir noch einen vorzüglichen Bissen.

»Ausgezeichnet«, sage ich und schaue lächelnd zu ihr.

»Okay?«, fragt sie.

»Okay«, antworte ich mit starker Betonung. Sie freut sich merklich und bedient sich endlich auch.

Ich höre mir die Nachrichten vom ersten Programm eher an, als tatsächlich hinzusehen. Ich möchte nur mitkriegen, ob es von der Polizei Neuigkeiten zu den Ermittlungen von Steinunns Tod gibt. Schon beachtenswert, wie unbedeutend die Nachrichten ansonsten sind. Dorsch und Kapelan, Aluminium und Elektrizität. Und Politiker, die mit viel Blabla nichts sagen. Dass sie sich dafür nicht zu schade sind.

Nach dem Essen schütte ich mir wieder die dunkle Flüssigkeit ins Glas. Mache es mir dann im weichen Sessel besonders gemütlich, schließe die Augen und genehmige mir einen großzügigen Schluck Jack pur.

Der beste Geschmack der Welt.

Kurze Zeit später ruft Corazon mir die Wirklichkeit ins Bewusstsein zurück. Sie schreit auf, sodass ich mich genötigt sehe, die Augen zu öffnen und sie anzusehen.

»Was ist denn?«, frage ich.

Sie guckt wie gebannt auf den Fernseher. Auf dem Bildschirm ist gerade ein gut aussehender, weißhaariger Mann zu sehen, der interviewt wird. Er trägt einen modischen Anzug, hat einen Schmerbauch und höfliches Auftreten.

Mir kommt er gleich bekannt vor. Habe diesen Typen schon oft in den Nachrichten der Fernsehsender oder auf den Seiten der Tageszeitungen gesehen. Mir fällt bloß grade nicht ein, wie zum Teufel er heißt.

Dann erscheint sein Name auf dem Bildschirm. Geirmundur.

Na klar! Hätte ich doch wissen müssen! Er ist der Leiter irgendeines Riesenunternehmens. Ein richtig großer Hecht also.

Corazons Reaktion war heftig, als sie den Kerl auf dem Bildschirm gesehen hat. Jetzt gestikuliert sie wütend, während sie aufgebracht ohne Punkt und Komma redet.

Zweifellos etwas Wichtiges. Nur dass ich kein einziges Wort verstehe.

»Okay«, sage ich schließlich, stehe auf, hole mein Handy und wähle Sigrúns Nummer. »Beruhige dich, während ich telefoniere!«

Sie wird still. Guckt mich aufgeregt an, als könnte sie es kaum erwarten, mir ein schreckliches Geheimnis anzuvertrauen.

7

Was ist eigentlich los mit mir?

Warum bin ich auf einmal so unschlüssig? Warum zögere ich, mit aller Kraft auf die Säulen der Macht loszugehen? Das sieht mir gar nicht ähnlich.

Werde ich vielleicht alt?

Nein!

Oder einfallslos?

Nein, auch nicht.

Bin eher auf der Hut. Gebranntes Kind scheut das Feuer und so. Ich habe mich früher schon mal mit all denen angelegt, die der Meinung waren, Land und Einwohner seien ihr Privateigentum, und das war nicht so lustig. Deshalb ist es sicher normal, kurz zu zögern und sich was Gutes einfallen zu lassen. Nicht einfach ohne nachzudenken ins kalte Wasser springen, wie ich es bisher getan habe.

Realistisch sein.

Warum sollte ich privat und persönlich auf einen der einflussreichsten Männer der Gesellschaft losgehen? Auf den Kerl von Corazon?

Und wie sollte ich die Sache angehen, wenn ich schon so töricht bin, mich darauf einzulassen?

Fragen. Zweifel.

Unerträglich!

Als ich Sigrún erreicht und Corazon das Handy gegeben habe, quatscht sie los wie ein Wasserfall. Dann reicht sie mir das Telefon wieder.

»Sie ist so außer sich wegen dieses Mannes, den sie eben in den Nachrichten gesehen hat«, sagt Sigrún.

»Was ist mit ihm?«

»Sie behauptet, dass Geirmundur der Mann sei, den sie ein paar Mal getroffen hat, wenn Sjonni mit ihr ins Sommerhaus am Fluss gefahren ist.«

Ich gucke Corazon prüfend an. »Ist sie sich ganz sicher?«

»Ja.«

Ich setze mich erst mal wieder ruhig hin und labe mich am Jack. Denke die Sache gezielt durch.

Und zögere.

Beschließe dann, erst mal Thórólfur anzurufen. Ein alter Studienkollege aus der Juristischen Fakultät. Zuallererst mehr Informationen sammeln. Er weiß alles über Politik und Finanzwelt. Schreibt lange Artikel im *Morgunbladid.* Ich lese das nie, sehe nur seinen Namen in der Zeitung und weiß, dass er was drauf hat und immer gut informiert ist.

»Geirmundur?«, wiederholt er mich am Telefon. »Willst du ihn verklagen?«

»Ich bin nur neugierig.«

»Wenn du Interesse an solchen Männern zeigst, steckt doch immer noch was anderes Dubioses dahinter«, sagt Thórólfur.

Schlaues Kerlchen.

Es gelingt mir, ihn zuzuquatschen. Nach einer kleinen Weile redet er wie ein wandelndes Lexikon. Geirmundur hatte ein paar Jahre im Parlament gesessen, bekam aber irgendwann, als er keine Lust mehr hatte, für ein Taschengeld Politik zu betreiben, den Direktorenposten.

»Die Opposition nennt ihn manchmal die leibhaftige Riesenkrake«, erklärt Thórólfur, »oder den Direktor Islands. Es ist tatsächlich so, dass er sowohl im Geschäftsleben als auch in der Politik viel Einfluss hat. Mir wurde mal gesagt, er telefoniere täglich mit dem Premierminister.«

»Und was ist mit seinem Privatleben? Ist er verheiratet?«

»Seine Frau starb vor einigen Jahren an Krebs.«

»Hat er keine Neue?«

»Ich hab nichts darüber gehört.«

»Er wird doch wohl kaum ein Keuschheitsgelübde abgelegt haben?«

Thórólfur lacht. »Der Kerl ist ein Energiebolzen und eine harte Nuss, wenn es um Geschäfte geht«, sagt er. »Aber im Sommer investiert er seine Kräfte eher in Lachs-Angeln und Schnaps, hab ich gehört. Vielleicht auch in Frauen, aber das weiß ich wirklich nicht.«

»Wie ich höre, hat es dir der Typ wirklich angetan?«

»Geirmundur ist eine unglaublich schillernde Persönlichkeit. Macht viel mehr Spaß, sich mit ihm zu beschäftigen und nicht mit den ganzen anderen farblosen Jüngelchen«, antwortet Thórólfur. »Er ist eigentlich ein richtiger Schürzenjäger, wie es sie früher mal gab. Heutzutage sind solche Männer rar, weil alle versuchen, sich in der Mittelmäßigkeit zu verstecken.«

Mannomann. Wirklich bemerkenswert, wie begeistert kleine Jungs immer von großen Jungs sind!

Ich lasse mir nichts anmerken. Habe nichts davon, mein Lexikon vor den Kopf zu stoßen.

Am nächsten Morgen zögere ich nicht länger. Lasse Sigrún zu uns kommen. Lasse sie Corazons Aussage genau übersetzten. Setze eine schriftliche Erklärung auf, die beide unterschreiben. Fahre dann direkt mit dem Benz zur Kripo.

Raggi liest das Schriftstück öfter als einmal durch. Legt es neben sich auf den Schreibtisch. Sitzt dann wie ein schwitzender Buddha regungslos auf seinem schwarzen Schreibtischstuhl und schaut mich undurchdringlich an.

»Was soll ich damit machen?«, fragt er schließlich.

»Was glaubst du?«

»Nichts.«

»Wie, nichts?«

»Nichts.«

Ich versuche, meine Wut zurückzuhalten. »Warum?«

»Niemand kann die Aussage des Mädchens bezeugen. Niemand.«

»Mit wem hast du geredet?«

»Sie kam auf völlig legalem Weg als Dienstmädchen oder Au-pair ins Land«, fährt Raggi fort, ohne auf meine Frage zu antworten. »Sie hat unter guten Verhältnissen bei Sigurjón gewohnt, in einem schönen, hellen Zimmer, das ich selbst gesehen habe. Zwei Zeugen sagen aus, dass sie das Haus putzen und manchmal kochen sollte, aber es sich ansonsten hat gut gehen lassen.«

»Haben das die Freunde von der Glatze gesagt?«

»Von der Glatze?«

»Von Sjonni? Sigurjón? Oder wie auch immer du den kahl rasierten Kriminellen nennen möchtest?«

»Diese Zeugen waren oft bei Sigurjón zu Gast. Sie können deshalb beurteilen, was dort vor sich ging. Sie meinen, dass die Behauptungen von dem Mädchen ausgemachte Lügengeschichten und Fantastereien sind, nichts anderes.«

»Glaubst du das auch?«

»Ja, und dieser neue Versuch hier bestärkt mich noch in dieser Annahme.« Raggi nimmt das Papier wieder zur Hand und liest es noch einmal durch. Schüttelt dann den Kopf. »Pass bloß auf, dass sie sich nicht noch alle Parlamentsdiskussionen im Fernsehen anguckt!«, legt er nach und grinst anzüglich. »Sie wäre im Stande, die ganze Regierung zu verklagen!«

Ich springe auf und gehe zum Tisch. »Wollt ihr das also unter den Teppich kehren?«

»Wir müssen unsere Zeit und die Mannschaft, die wir haben, zur Klärung von wirklichen Kriminalfällen einsetzen.«

»Mir kann keiner weismachen, dass Corazon diese Geschichten nur erfindet. Das ist doch Blödsinn.«

»Wir sind da anderer Meinung.«

»Dann seid ihr mal wieder auf der falschen Fährte, wie schon so oft.«

Er grinst wieder. »Man muss auch mal verlieren können, Stella, nimm dir ein Beispiel an den Kollegen!«

»Du meinst, wie ein Mann?«, keife ich zurück.

»Ach, entschuldige, ich wollte dich nicht beleidigen«, sagt er und kann seine Freude nicht länger verbergen. Grinst so breit, dass es aussieht, als würde sein verschwitztes Gesicht in zwei Teile springen.

Aber ich bin nicht in der Laune, um mich schweigend mit dämlichen Witzchen abzufinden. Noch nicht mal, wenn sie von Raggi kommen.

»Du hast dir doch nicht etwa das verschwundene Polizei-Koks reingezogen?«, frage ich wütend. »Oder bekommt Herbalife deinem verfetteten Gehirn nicht?«

Aber Raggi überhört mein Gekeife. Lacht nur.

»Die Dummheit ist immer gehörlos.«

Sagt Mama.

8

»Mein Gott, sehe ich nicht schrecklich aus?«, fragt Hallgerdur schon wieder und schaut sich zum wahrscheinlich zwanzigsten Mal im großen Spiegel in der Maske an.

»Du siehst super aus«, antwortet die gestresste Visagistin und lächelt mechanisch, während sie gebrauchte Kleenex-Tücher in den Mülleimer wirft. In der vergangenen Viertelstunde hat sie Make-up, Puder und Lippenstift in das Gesicht der Kritikerin gespachtelt. Unmöglich, unter der ganzen Schmiere noch irgendwo ein Stückchen echte Haut zu entdecken.

Hallgerdur soll in ein paar Minuten zur Livesendung ins Studio gehen. Scheint irgendwie stressig zu sein. Sie tigert die ganze Zeit hektisch in der Maske auf und ab. Hin und wieder wirft sie einen Blick auf voll gekritzelte Notizzettel. In der Zwischenzeit quatscht sie ohne Punkt und Komma.

Ich hatte die Erlaubnis des Aufnahmeleiters bekommen, heute Abend den Kulturbericht des Fernsehens hinter den Kulissen zu verfolgen. Um mit eigenen Augen zu sehen, wie alles jenseits der Scheinwerfer und der Kameras abläuft.

Der Leiter der Sendung scheint an die vierzig zu sein. Groß. Und schlank. Mit glänzenden Haaren und einem dunklen, modischen Dreitagebart.

Er hat Mitleid mit Ásta. Sagt, dass es ihm schwer fällt zu glauben, dass sie das Verbrechen begangen haben soll.

»Sie ist doch so ein nettes Mädchen«, hat er am frühen Abend gesagt, als er mich in sein Büro gebeten hatte. Zog dann die Nase schon wieder hoch. Schwierig zu beurteilen, ob es wegen Schnupfen oder Koks war. »Aber ich fand es selbstverständlich, ihr ein paar Tage frei zu geben, bis sich der Fall geklärt hat.«

Ich lächelte, als würde ich zustimmen.

»Von hier aus wird die Sendung geleitet«, fuhr er fort und zeigte mir, wie er innerhalb von Sekunden entscheiden kann, welche Kameraeinstellung ausgestrahlt wird. Es gab dort alle möglichen Bildschirme und Geräte, Knöpfe und Schalter, von denen ich keine Ahnung hatte und die mich noch weniger interessierten. Hörte ihm deshalb nur mit einem Ohr zu, während ich meinen Blick über das Studio schweifen ließ, über die Bühne, wo die Interviews stattfinden sollten, und den Weg, der vom geschlossenen Tonstudio auf den Flur und direkt in die Maske führte. Dort sorgten ein paar Maskenbildner dafür, dass die, die im Fernsehen erschienen, einigermaßen erträglich aussahen.

Jetzt läuft die Sendung auf vollen Touren.

»Wann musst du rein?«, fragt Hallgerdur mich plötzlich. Es ist, als habe sie mich endlich in der Maske wahrgenommen.

»Ich gucke nur zu.«

»Hast du ein Glück. Ich habe mir geschworen, im nächsten Herbst aufzuhören, aber dann mache ich doch immer weiter.«

»Warum?«

»Manchmal kommt es mir vor, als sei es meine Pflicht«, antwortet sie. »In der Literaturszene wird mir so viel Bedeutung geschenkt, dass mir schon mal gesagt wurde, ich sei die einzige Kritikerin, die es in ihren Händen halte, ob sich ein neues Buch verkauft oder nicht.«

»Gefällt dir das?«

»Aber alle diese Strapazen machen mich richtig nervös«, sagt sie, ohne auf meine Frage zu antworten. »Vielleicht bin ich im tiefsten Inneren einfach so ein unverbesserlicher Masochist«, fügt sie hinzu und lächelt künstlich.

»Masochist? Das ist nicht unbedingt die gängigste Beschreibung, die ich über dich gehört habe.«

»So? Was denn?«, fragt sie aufgeregt und schaut mich wissbegierig an. »Was wird über mich gesagt?«

Ich lächele.

Sie starrt mich an und wirft dann überheblich den Kopf in den Nacken. »Ich vertrage es schon, das zu hören.«

»Spielt es für dich eine Rolle, was andere über dich sagen?«

»Nein, natürlich ist es mir völlig egal, aber ich möchte es trotzdem wissen«, antwortet sie.

»Jemand hat dich Sadist genannt.«

»Ja, ja, auch Biest, Schlachter, Arschloch, unbefriedigte Kuh und vieles mehr«, fährt sie fort und breitet ihre Arme aus. »Sag, was du willst, aber Fakt ist natürlich, dass diese abgeschmackten Verfasser keine Kritik vertragen. Und die Herausgeber sind auch nicht besser.«

»Du machst das bestimmt ganz hervorragend heute Abend«, sage ich einschmeichelnd.

»Klopf auf Holz!«, ruft sie. »Toi, toi, toi! Klopf auf Holz, sofort!«

Ich schaue mich um, sehe aber auf den ersten Blick nichts, das aus Holz sein könnte. Überall scheint es Plastik, Eisen, Aluminium, Glas und Stoff zu geben, aber kein Holz.

»Hier«, sagt sie schließlich und gibt mir einen kleinen Bleistift, den sie in ihrer Handtasche gefunden hat. »Klopf auf ihn!«

Ich ticke mit meinem Zeigefinger leicht auf ihren Bleistiftstummel.

»Aaah!«, sagt Hallgerdur. Sie atmet ein paar Mal tief ein und aus und steckt dann den Bleistift wieder in ihre Handtasche.

»Bist du so abergläubisch?«

»Was ist denn dabei?«, fragt sie spitz.

»Äh, nichts.«

»Man weiß ja nie, ob so was nicht doch irgendeinen Einfluss hat. Ich sehe keinen Grund, das Schicksal herauszufordern.«

»Das Schicksal? Ist es möglich, sowohl abergläubisch zu sein als auch an das Schicksal zu glauben?«

Bevor Hallgerdur antworten kann, kommt ein junger Kerl in die Tür. Er ist groß. Mit gestylten Muskeln. Und kurz geschnittenem schwarzen Haar. Erinnert mich an den spanischen Banderas, nur jünger. Appetitlicher.

»Du bist als Nächstes dran«, sagt er zu Hallgerdur.

»Oh Gott, liebster Kári, sehe ich nicht schrecklich aus?«, fragt sie und guckt den Kerl erwartungsvoll an, der sie eine Weile eingehend betrachtet.

»Du bist klasse«, antwortet er schließlich und öffnet die Tür, um die Kritikerin durchzulassen.

Hallgerdur lächelt froh, wirft schnell noch einen Blick auf ihre Notizen und geht dann zügig durch die Tür ins Fernsehstudio.

Ich gehe ihr mit Abstand hinterher. Sehe, wie sie sich an den Tisch setzt. Ihr gegenüber nimmt ein Mann mittleren Alters

Platz, der einen Anzug anhat. In dem abgedunkelten Studio wuseln noch viele Leute hin und her. Jemand kommt und befestigt ein kleines Mikrofon an der Kleidung der Kritikerin. Die Visagistin begutachtet noch einmal Hallgerdurs Gesicht und korrigiert ein paar kleine Flecken mit einem weichen Puderkissen. Kári kommt mit einer Kanne Wasser und gießt ein Glas ein, das auf dem Tisch steht. Er geht mit der Kanne zurück und stellt sie auf ein kleines Tischchen, das im Schatten gleich neben dem Eingang vom Studio steht.

Die Kritikerin vergisst sofort alle Nervosität, als sie anfängt zu reden. Schaut nur kurz zu Beginn auf ihre Aufzeichnungen auf dem Tisch, taucht dann aber ins Gesprächsthema ein und lässt die Fetzen fliegen.

Ich höre ihr kaum zu. Beobachte eher alles, was sich außerhalb des Sets abspielt. Die Leute, die hinter den Scheinwerfern in der Dunkelheit herumschleichen. Gehe dann zur Wasserkanne und bleibe dort eine Weile stehen, ohne dass mich jemand bemerkt. Bin sicher, dass egal wer genau das Gleiche an jenem schicksalhaften Abend gemacht haben könnte. Das ist ein Plus für Ásta. Wenn denn überhaupt Gift im Wasser gewesen war, das Steinunn getrunken hatte.

Hallgerdur ist nach der Sendung noch nervöser, nachdem Kári sie wieder aus dem Studio begleitet hat. Sie setzt sich in den Stuhl vor einem der großen Spiegel und redet wie ein Wasserfall, während sich die Visagistin aufs Neue bemüht, ihr Gesicht zu verschönern. Will überzeugt werden, dass sie alles toll gemacht hat. Ich gebe ihr die Vergewisserung.

Als ihre Stimme von all dem Gequatsche heiser wird, holt die Schminkfrau ein Glas Wasser und reicht es ihr.

»Nein, nein, bist du wahnsinnig?«, schreit Hallgerdur auf.

»Aber das beruhigt den Hals.«

Die Kritikerin lacht sichtbar nervös. »Glaubst du etwa, dass ich mich nach dem, was passiert ist, noch traue, hier Wasser zu trinken?«, fragt sie. »Kommt überhaupt nicht in Frage.«

»Aber es kommt direkt aus dem Hahn.«

»Ist mir doch egal«, sagt sie und steht auf. »Ich will das Schicksal nicht noch einmal herausfordern.«

»Noch einmal?«, frage ich.

»Ja«, sagt sie und stopft ihre Notizen in eine schwarze Handtasche. »Wusstest du das nicht? Es war mein Glas, aus dem Steina getrunken hat. Mein Glas!«

9

Hallgerdur ist nicht mit dem Auto gekommen. Also ergreife ich die Gelegenheit, sie noch ein bisschen auszuquetschen, und biete ihr an, sie in meinem silbergrauen Stahlross nach Hause zu kutschieren. Ich muss mich noch nicht mal besonders anstrengen, Infos aus ihr herauszufischen. Ab und zu mal das Gesprächsthema in die richtige Richtung lenken, und sie quatscht den ganzen Weg raus nach Seltjarnarnes wie ein Wasserfall.

»Normalerweise brauche ich in diesen Sendungen immer etwas zu trinken. Ich kriege so schnell einen trockenen Hals, wenn ich viel rede, und trinke fast alle zehn Minuten ein Glas leer. Aber zum Glück brauchte ich das an diesem verhängnisvollen Abend nicht.«

»Glaubst du wirklich, dass es dein Glas war und nicht das von Steinunn?«

»Das ist völlig klar. Kurz bevor wir loslegten, gab es ziemliche Scherereien. Das Mädchen hatte nur ein Glas zur Hand. Steina sagte, dass sie kein Wasser bräuchte, und scheuchte sie weg. Aber mitten in der Sendung wurde sie auf einmal so heiser, dass ihre Stimme fast versagte. Das passiert manchmal aus heiterem Himmel und ist wirklich schrecklich. Da nahm sie mein Glas, trank daraus und kippte dann genau vor meiner Nase um. Ein unglaublicher Schock.« Die Kritikerin kichert nervös. »Zum Glück war ich wegen dem Buch, das ich gerade in der Mache hatte, viel zu aufgeregt, sodass ich gar nicht ans Trinken dachte«, fährt sie fort. »Mir wurde gesagt, dass ich den armen Jungen völlig fertig gemacht habe, aber das ist mir egal.«

»Vielleicht war das Wasser ja ganz harmlos?«

»Nein, nein, ich bin vollkommen überzeugt davon, dass es vergiftet war.«

Ich halte den Benz vor einem großen, in Weiß und Rot angestrichenen Einfamilienhaus an.

»Das passt so gut zu allem anderen, was diesen Winter passiert ist«, fährt sie fort.

»Was zum Beispiel?«, frage ich.

Sie guckt zu den dunklen Fenstern des Hauses. »Gunnar ist nicht da«, stellt sie fest. »Komm rein, und ich erzähl dir die ganze Geschichte.«

Das Wohnzimmer ist edel eingerichtet. Dicke, samtweiche Teppiche. Große Gemälde an den Wänden. Möbel, die aussehen, als kosteten sie ein Vermögen. Trotzdem knirscht das dunkle Leder ein wenig, als ich mich aufs Sofa setze. Das wird doch wohl kaum Kunstleder sein?

Hallgerdur geht direkt zum Barschrank aus Hartholz, der in einer Ecke steht, und öffnet den Kühlschrank. Alles befindet sich an Ort und Stelle: Hochprozentiges, Sodawasser und andere nicht alkoholischen Getränke zum Mixen, Eiswürfel im Gefrierfach.

Sie bringt eine Flasche und zwei Schnapsgläser an den Tisch. Irischer Whiskey.

»Für mich nicht«, sage ich, als sie einschenkt. »Ich muss noch zurückfahren.«

»Scheiß drauf.«

Ich lasse den Iren trotzdem stehen. Habe viel zu viele Feinde bei der Polizei, um es darauf anzulegen, mit Alkohol am Steuer erwischt zu werden. Außerdem wartet zu Hause schon Jackie auf mich.

Sie kippt sich ein Glas in einem Zug herunter, gießt sich wieder ein und setzt sich in den Sessel mir gegenüber.

»Zuerst dachte ich, es sei einfach nur eine Reihe von merkwürdigen Zufällen. Etwas, das jedem passieren könnte. Aber erst als Steina starb, habe ich die Begebenheiten in Zusammenhang gebracht und alle Vorkommnisse als Einheit betrachtet.«

»Was für Begebenheiten?«, frage ich.

»Zuerst waren es Blumen. Es war letzten Winter, spät im November, wenn ich mich richtig erinnere. Als ich nach Hause kam, lag ein großer Blumenstrauß hier auf dem Tisch. Ich dachte, sie seien von Gunnar, denn er schenkt mir manchmal Blumen, wenn er wieder irgendeinen hirnlosen Schwachsinn angestellt hat und mehr Geld braucht. Aber er sagte, dass ein Bote die Blumen gebracht habe, und deshalb suchte ich die Karte.«

Sie nimmt sich einen guten Schluck.

»Und?«

»Die dazugehörige Karte war schwarz. Kohlrabenschwarz.«

»Was stand drauf?«

»Nichts. Stell dir mal vor, du bekommst eine namenlose schwarze Karte! Das ist wirklich gruselig.«

So langsam hätte ich schon Lust auf das irische Feuerwasser. Genehmige es mir aber nicht.

»Dann habe ich mir die Blumen näher angesehen und sah, dass es neunzehn weiße Chrysanthemen waren.« Hallgerdur starrt mich an. »Es bedeutet immer den nahenden Tod, wenn man weiße Chrysanthemen geschickt bekommt«, fügt sie nach einer kurzen Pause hinzu.

»Wer sagt das?«

»Das weiß doch jeder!«

Ich schaue ihr schweigend zu, wie sie das Glas noch einmal leert.

»Wir waren uns absolut sicher, dass uns irgendein erbärmlicher Schwachkopf verarschen will«, fährt sie fort. »Deshalb schmiss ich die Blumen weg und dachte nicht mehr weiter darüber nach. Ich habe diese Blumensendung auch nicht mit den späteren Ereignissen in Verbindung gebracht, die ebenfalls sehr merkwürdig waren.«

»Erzähl mir ein paar Beispiele.«

»An einem Abend, als ich schon ins Bett gehen wollte, kam ein Pizzakurier zu uns. Er brachte zehn Pizzen, von denen er sagte, wir hätten sie bestellt. Das war natürlich völlig abwegig, aber er behauptete steif und fest, dass derjenige, der die Bestellung aufgegeben hätte, meinen Namen, Adresse und Telefonnummer angegeben hätte, und das passte alles zusammen.«

»Was hast du gemacht?«

»Nun ja, am Ende hab ich ihn einfach rausgeschmissen. Was sollte ich auch mit zehn Pizzen?«

»War das nicht ein Fehler der Firma?«

»Nein, ich bin sicher, dass das vorsätzlich geschah. Aber wir haben auch das als dummen Streich verbucht und den Vorfall nicht weiter verfolgt.«

»Noch was?«

»An einem Morgen hatte ich auf allen Reifen meines Autos einen Plattfuß«, berichtet sie weiter. »Wir mussten den Abschleppdienst kommen lassen. In der Werkstatt haben sie nichts an den Reifen feststellen können, außer natürlich, dass die Luft raus war. Der Mechaniker hat mir gesagt, jemand hätte einfach die Luft rausgelassen.«

»Vielleicht die Kinder hier im Viertel?«

Sie ist viel zu sehr damit beschäftigt, in ihren Erinnerungen zu kramen, um mir zu antworten.

»Vor zwei Wochen sollte ich einen Vortrag in Selfoss halten. Am Abend vorher hatte ich auf dem Heimweg noch zur Sicherheit voll getankt. Als ich dann auf der Fahrt in den Osten gerade die Skihütte links liegen gelassen hatte, blieb auf einmal der Wagen stehen. Es gelang mir, einen Lastwagenfahrer anzuhalten und ihn einen Blick auf das Auto werfen zu lassen. Er lachte mich ziemlich schnell schallend aus und sagte, der Tank sei einfach nur leer. Beim Losfahren habe ich natürlich nicht auf die Benzinanzeige geachtet, denn das Auto sollte ja eigentlich voll getankt sein.«

»Hast du auch wirklich getankt?«

»Natürlich!«

»Aber das sind doch alles eher harmlose Streiche. Sie stellen keine Bedrohungen dar, und schon gar keine Mordversuche. Ich sehe da keinen Zusammenhang.«

Bei diesem Kommentar flippt sie völlig aus. »Du glaubst dann wohl auch, dass ich nicht alle Tassen im Schrank habe?«, ruft sie.

Auch?

Ich schüttele den Kopf. Sehe keinen Anlass, sie schon in diesem Stadium des Falles zu enttäuschen. Muss sie unbedingt bei der Stange halten, damit sie mehr erzählt.

»Eine weiße Lüge ist immer besser als die schwarze Wahrheit.«

Sagt Mama.

10

In der peinlichen Stille kommt ein Auto zu meiner Rettung. Das Scheinwerferlicht gleitet für einen Moment durch das große Fenster im Wohnzimmer, als das Auto die Einfahrt zum Haus entlangfährt.

Hallgerdur schaut kurz aus dem Fenster, als wir hören, wie eine Autotür mit Kraft zugeknallt wird, und gießt sich dann mehr vom Iren ins Schnapsglas.

»Gunnar meint«, sagt sie und nickt mit dem Kopf in Richtung Gang, »ich sei nicht ganz dicht.«

»Glaubst du wirklich, dass jemand dich mit organisierten und durchdachten Heimsuchungen quält und sogar dein Leben bedroht?«

»Ich bin davon überzeugt.«

»Wer sollte auf diese schreckliche Weise gegen dich eingenommen sein?«

»Da kommt doch auf jeden Fall schon mal die Hälfte der Bevölkerung in Frage«, sagt Gunnar, während er ins Wohnzimmer kommt. Er ist dicklich, mit leicht angegrauten Schläfen und geröteten Wangen. Dem blaugrauen Anzug sieht man an, dass er eine Menge Geld gekostet hat. Er geht zur Minibar, ohne zu grüßen.

»Wenn es dein Beruf ist, unschuldige Leute öffentlich zu verunglimpfen, so wie meine Frau es aus Jux und Dollerei betreibt, dann kannst du darauf wetten, dass sich deine Feinde schneller vermehren als Mücken auf einem Misthaufen«, fährt er im gleichen Tonfall fort.

»Du hast doch sicher mitgekriegt, dass mein liebster Gunnar versucht, in Alliteration zu reden«, sagt Hallgerdur höhnisch. »Er hält sich versehentlich für einen großer Dichter, vor allem, wenn er mal wieder ein paar Millionen Kronen durch angeborene Idiotie verloren hat und sich besäuft.« Sie kippt das Glas in einem Zug runter. »Er verliert natürlich mein Geld«, fügt sie hinzu und schenkt sich erneut ein Glas ein.

Gunnar durchsucht die Minibar.

»Machst du auf *big business*?«, frage ich.

Sie gibt ihm keine Chance, zu antworten. »Das, was Gunnar macht, nennt sich eigentlich Finanzberatung«, sagt sie und hebt die Stimme. »Andere wenden sich dieser Branche zu, um Geld zu vermehren, aber er hat sich darauf spezialisiert, Geld zu verlieren. In seinen Augen ist das genauso viel Kunst, wie einen guten Roman zu schreiben.«

»Was weißt du denn schon darüber, wie man einen guten Roman schreibt?«, fragt Gunnar und schüttet Cola in amerikanischen Wodka. »Deine einzige Erfahrung auf dem Gebiet des literarischen Schaffens ist es doch, einen besonders schlechten Roman zu schreiben.«

»Was hast du denn jetzt schon wieder angestellt, Gunnar?«

Er probiert den Wodka. Dreht sich dann um. »Du weißt doch bestimmt, dass sich die große Kritikerin Jahre damit abgemüht hat, den schlechtesten Roman Islands zu schreiben, oder?«, sagt er und schaut mich grinsend an. »Man konnte niemanden dazu bringen, diese furchtbare Kreation als Buch herauszugeben, obwohl sie damals vor den Herausgebern wirklich auf den Knien herumgerutscht ist.«

»Gunnar ist mein tiefster Bewunderer«, sagt sie und versucht zu lächeln.

»Was hat noch der alte Dichter Benedikt Anno dazumal gesagt: Der, der was kann, macht. Der, der nichts kann, lehrt. Deshalb ist meine Hallgerdur Kritikerin und nicht Schriftstellerin.«

»Er lernt solche Zitate auswendig, damit die Leute denken, er sei belesen.«

»Neulich wollte ich doch noch mal dein altes Manuskript überfliegen, zu meiner ewigen Erheiterung, aber ich habe es nirgendwo gefunden. Du hast es doch nicht etwa endlich in den Müll geschmissen?«, fragt Gunnar hämisch.

»Du musst heute aber viel verloren haben.«

Er setzt sich aufs Sofa. »Prost«, sagt er zu mir und hebt sein Glas. »Gehörst du zu den wenigen glücklichen Schriftstellern, die meine Frau zurzeit über alles liebt und deren stinklangweilige Bücher sie über den grünen Klee lobt?«

»Nein.«

»Dann musst du wohl beim Fernsehen arbeiten. Die meinen, sie sei der helle Wahnsinn, wenn ich ihre Lieblingsworte zitieren darf. Mir hat einer auf einer Silvesterfeier gesagt, sie sei so wunderbar blutrünstig und geil.«

»Stimmt was nicht damit?«

»Womit?«

»Blutrünstig und geil zu sein?«

»Bist du ganz sicher, dass du nicht beim Fernsehen arbeitest?«

»Ja.«

»Unglaublich«, sagt er. Trinkt sein Glas zur Hälfte leer. Grinst dann Hallgerdur an: »Du fährst doch jetzt nicht auch auf Mädchen ab?«

»Ist es nicht wunderbar, so einen Mann zu haben?«, fragt sie.

»Unsere Ehe ist wirklich sehr liebevoll und glücklich«, sagt Gunnar und schaut wieder mich an. »Ich habe sie noch nie schlecht behandelt, und im Gegenzug hilft sie mir auch gerne über finanzielle Engpässe hinweg.«

»Zumal er mich ausnimmt wie eine Weihnachtsgans.«

»Soll ich wirklich glauben, dass du weder ein Kritikerschleimer noch ein Fernsehheini oder eine lesbische Liebschaft bist?«

Ich nicke lächelnd. Will nichts sagen, was diese unglaublich witzige Komödie stören könnte.

»Sieh mal an. Die Menschen sind schlecht.«

»Sie ist Rechtsanwältin, mein Schatz«, sagt Hallgerdur. Ein gemeines Grinsen huscht über ihre Lippen, als sie sieht, dass er zusammenzuckt.

»Eine Rechtsanwältin? Was willst du mit einem Anwalt?«

»Was glaubst du wohl?«

»Ich glaube gar nichts«, antwortet er.

»Da haben wir dein Leben in Kurzfassung: gar nichts!«

Gunnar guckt mich an. Wachsamkeit ist in seinen Augen. »Darf ich fragen, um was es geht?«

»Wir unterhalten uns nur«, antworte ich.

»Ach so.« Er steht auf. »Dann ist es wohl am besten, wenn ich euch nicht weiter dabei störe.«

Lautes und böses Gelächter von Hallgerdur begleitet ihn auf den Flur. Ich gucke sie fragend an.

»Er hat Angst, dass ich jetzt endlich den Geldhahn zudrehe«, sagt sie. »Es tut ihm gut, ein paar Tage gequält zu werden.«

»Hast du Geld, er aber nicht?«

»Mein Vater war einer der großartigen Seegrafen, und wir drei Geschwister haben stattlich geerbt. Aber ich musste ein Viertel meines Anteils an der Reederei verkaufen, damit Gunnar weiter Geld verlieren konnte, ohne offiziell Bankrott zu gehen.«

»Das ist doch idiotisch.«

»Ja, das finde ich auch. Aber so ist das Leben.«

»Was hast du eigentlich von dieser Beziehung?«

»In meiner Familie war es verpönt, unverheiratet zu sein«, antwortet sie, lacht wieder und schenkt sich mehr von dem Iren ein. »Mittlerweile lässt Gunnar mich auch meistens in Ruhe, es sei denn, er ist blank.«

»Findest du das richtig?«

»Er will lieber was Frischeres.«

Hallgerdur schaut schweigend auf den Grund des kleinen Glases in ihrer Hand. Vergisst Ort und Zeit. Verliert ihre Maske. Auf einmal sehe ich die Frau, die sich hinter all dem dick aufgetragenen Make-up und der scharfen Zunge verbirgt. Eine einsame Frau mittleren Alters in ihrem stinkteuren Ledersessel.

»Glück bekommst du nicht für Geld. Auch nicht für viel Geld.«

Sagt Mama.

11

Der erste feurige Riesenschluck treibt mir Tränen in die Augen. Schickt einen Energieschub durch den ganzen Körper.

Wunderbar!

Jackie war wirklich das Warten wert. Er ist einfach der Beste. Immer.

Ich bin alleine in meinem Büro. Sitze in der Abenddämmerung auf dem Boden mit dem Rücken an die Wand gelehnt und lasse meine Gedanken schweifen.

Das mit dem Glück und dem Geld ist schon merkwürdig. Natürlich hatte Mama bis zu einem gewissen Grad Recht. Es ist wirklich nicht möglich, Glück zu kaufen, auch wenn man viel Geld hat. Aber das ist nur die eine Seite der Medaille. Wenn man kein Geld hat, kann man gar nichts kaufen.

Ich trinke noch einen Schluck. Lasse ihn auf der Zunge brennen.

Hmmmm!

Glück steht also nicht zum Verkauf. Genauso wenig wie die wahre Liebe oder das ewige Leben. Aber Geld ist trotzdem das Wichtigste. Wenn du genug Scheinchen besitzt, kannst du lange Zeit verdrängen, dass das Glück, das endlos in der Weltgeschichte umherschwirrt, sich sonst wo befindet, nur nicht bei dir. Da liegt also der Hase im Pfeffer.

Deswegen mache ich auch weiter, Scheinchen zu kassieren. Auf meinen Konten Geld anzuhäufen.

Aber ich kann nicht aufhören, an Gunnar und Hallgerdur zu denken. Was für eine merkwürdige Beziehung! Gegenseitige Abneigung, die sie noch nicht mal verheimlichen. Starke finanzielle Verbindungen, die alle einseitig sind. Was hält die beiden eigentlich zusammen? Warum hat sie sich nicht schon längst von diesem selbstherrlichen Blutsauger getrennt? Gibt es etwas Entwürdigenderes, als einem mittelalten Fettwanst, der nur Interesse an Frischfleisch hat, Geld in den Rachen zu werfen?

Oh Mann.

Als ich nach Hause kam, habe ich Raggi angerufen. Aber es gab immer noch keine Ergebnisse von der Obduktion. Und auch keine chemische Analyse des Wassers.

Er ging direkt in die Vorwärtsverteidigung.

»Wir warten genau wie du auf diese Ergebnisse«, sagte er. »Es ist ja nicht unsere Schuld, dass sich das so lange hinzieht.«

»Habe ich das behauptet?«

»Ich habe dieses dämliche Wasser jedenfalls nicht nach Frankfurt geschickt.«

»Nach Frankfurt? Was sagst du da?«

Raggi stockte. »Ich habe nicht Frankfurt gesagt«, antwortete er entnervt.

»Doch!«

»Nein, zum Teufel!«

»Was hat eine polizeiliche Wasserprobe in Frankfurt zu suchen?«

Es gelang mir, ihm Stück für Stück das ganze Trauerspiel aus der Nase zu ziehen. Irgendjemand im Labor hatte einen großen Fehler begangen. Hat die Probe aus dem Wasserglas in ein Paket verstaut, das vom Institut nach Deutschland verschickt werden sollte. Es kam erst nach ein paar Tagen heraus, die die Polizei mit emsigem Suchen nach der Probe verbracht hatte. Alles wurde auf den Kopf gestellt – sowohl in den Lagerräumen der Kripo als auch des Labors –, bis das Versehen herauskam und allen Beteiligten klar wurde, dass das Wasser auf dem europäischen Festland unterwegs war.

»Wenn du irgendwo erwähnst, dass du das von mir hast, spreche ich kein Wort mehr mit dir«, brüllte Raggi ins Telefon.

»Was regst du dich denn so auf?«

»Ich reg mich auf, wann ich will!«

»Mann, pass auf deine Pumpe auf!«

»Als ob du dir irgendwelche Sorgen wegen meines Herzens machen würdest.«

»Natürlich mache ich mir welche, mein Herz.«

Er stöhnte dumpf.

»Habt ihr mit der Kritikerin geredet?«, fragte ich.

»Mit Hallgerdur? Sie hat direkt am Abend eine Aussage gemacht, aber die war nicht brauchbar.«

»Du solltest noch mal mit ihr reden.«

»Warum?«

»Sie hat Angst.«

»Vor was?«

Ich erzählte ihm von Hallgerdurs Befürchtungen.

»Ist die nicht einfach ein bisschen hysterisch?«, fragte er.

Ach du liebe Zeit!

»Du solltest sie trotzdem noch mal befragen.«

»Mal sehen.«

Als ich begann, ihn über den Stand der Dinge in Sachen Corazons Klage auszufragen, war er noch kürzer angebunden.

»Ich habe dir doch schon gesagt, dass der Fall von unserer Seite aus abgeschlossen ist«, antwortete er.

»Aber ihr habt doch noch nicht mal begonnen, richtig zu ermitteln.«

Er wurde wieder laut. »Der Fall ist abgeschlossen, habe ich gesagt. Abgeschlossen!«

»Wirklich interessant, wie viel Angst ihr vor den großen Mächtigen habt. Die haben euch doch alle in der Tasche.«

»Hier hat niemand Angst vor irgendwem. In diesem Fall gibt es einfach nichts mehr zu ermitteln. Kapierst du das nicht? Ende, aus, finito! Wie dieses dämliche Telefonat!«

Er hat den Hörer tatsächlich auf die Gabel geknallt.

Ich genehmige mir noch einen, als Corazon anklopft, hereinguckt und das Licht anmacht. Falls sie überrascht ist, mich auf dem Boden sitzen zu sehen, lässt sie sich nichts anmerken. Ist mittlerweile so einiges gewöhnt.

»Essen?«, fragt sie auf frisch gelerntem Isländisch.

Ich stehe auf und nehme das Glas mit in den oberen Stock.

Natürlich wollten die Goldjungs nicht weiter in dem Fall von Corazon ermitteln. Und sie würden damit sogar durchkommen, es sei denn, ich unternähme etwas, was ihnen den Boden unter den Füßen heiß werden ließe.

Aber was?

12

Am nächsten Sonntag wache ich frühmorgens auf. Alle noch verbliebenen Zweifel sind endgültig wie weggeblasen. Weiß genau, was ich zu tun habe. Tun muss.

Das ist den Goldjungs zu verdanken. Oder besser gesagt, sie sind daran schuld. Sie waren der Tropfen, der das Fass zum Überlaufen gebracht hat. Kamen am frühen Samstagmorgen zu mir nach Hause, um Corazon zu einem neuen Verhör abzuholen. Ließen schnell erkennen, dass sie sie nicht länger als Opfer betrachteten. In ihren Augen war sie eine Kriminelle. Hatte die Anschuldigungen an die Glatze erfunden und dann auch noch einen bekannten Ehrenmann in ihr Lügennetz verstrickt. Geirmundur.

Der Vize eröffnete das Verhör. Er gab die Zeugenaussage der Glatze und seiner zwei Kumpanen zum Besten, die darin bestanden zu bezeugen, wie gut Corazon es in der Weststadt gehabt habe. Sie behaupteten auch, dass sie keine Lust gehabt habe zu arbeiten. Stattdessen habe sie den ganzen Tag vor dem Fernseher gehangen und dann danach getrachtet, das Nachtleben zu genießen.

Corazon schüttelte kräftig den Kopf, als der Dolmetscher die Behauptungen der Glatze und seiner Zeugen übersetzte.

»Nein, nein«, sagte sie und schaute mich ängstlich an. »Das stimmt nicht.«

»Natürlich nicht«, kommentierte ich. »Diese Zeugenaussagen sind komplette Lügenmärchen.«

»Ich werde Kommentare dieser Art von der Rechtsanwältin nicht dulden«, bellte der Vize.

Aber obwohl sie Corazon fast drei Stunden lang bearbeiteten, gelang es ihnen nicht, sie dazu zu bewegen, ihre Aussage zu ändern. Es stand also Aussage gegen Aussage. Und es war glasklar, welche Ansicht die Goldjungs in der Sache vertraten.

»Wenn du glaubst, dass das die richtige Methode ist, um eine Aufenthaltsgenehmigung in Island zu bekommen, irrst du dich gewaltig«, sagte der Vize. »Falsche Anschuldigungen wegen verbrecherischer Tätigkeiten sind eine sehr ernste Angelegenheit und können zu einer Freiheitsstrafe führen, der dann selbstverständlich die Ausweisung aus dem Land folgt.«

»Ich lege Einspruch ein, dass meiner Klientin auf diese Weise gedroht wird«, sagte ich.

»Wir machen ihr nur klar, was isländische Gesetze vorschreiben.«

Corazon war für den Rest des Tages völlig niedergeschlagen. Verstand nicht, wie es möglich war, die Tatsachen derartig zu verdrehen, und fürchtete, dass sie mit Schimpf und Schande nach Hause geschickt würde.

Ich versuchte, sie zu trösten und wieder aufzubauen. Dabei merkte ich, wie ich immer wütender wurde. Und war überzeugt, dass ich in der Sache etwas unternehmen musste. Initiative ergreifen. Einen Weg finden, um sie mit der Nase ganz brutal auf die richtige Fährte zu stoßen.

Aber wie?

Vielleicht damit, direkt in die Höhle des Löwen einzudringen und auf Geirmundur selber loszugehen?

Die Kerle, die ganz oben sitzen, haben nicht nur viel Macht. Sie sind auch empfindlich, was ihre eigene Person angeht. Lag es da nicht am nächsten, sich auf den Kerl zu stürzen? Mal kräftig bei ihm anzuklopfen und ihn in Rage zu bringen?

Als ich am Tag danach aufwache, ist mein Vorgehen beschlossene Sache.

Ich brauchte gerade mal zwei Telefonate, um den Typen aufzustöbern. Er ist in seinem Ferienhaus am Fluss.

Mein Benz schnurrt auf dem Asphalt. Ich werfe ab und zu einen Blick in den Straßenatlas, der auf dem Beifahrersitz liegt. Brauche ihn aber eigentlich nicht. Corazon hatte mir in groben Zügen den Weg erklärt. Auch das Ferienhaus. Sowohl von innen als auch von außen. Sie hatte im Protokoll für die Goldjungs alles detailgenau beschrieben.

Ich fühle mich in meinem Traumauto wie auf Wolken. Wir haben die Sonne im Rücken, mein Benz und ich, zumal es schon fast Mittag ist. Haben gleich unser Ziel erreicht.

Ich erkenne das Haus sofort, als ich es in der Ferne entdecke. Das Sommerhaus hat die Größe eines kleinen Einfamilienhauses, aus dunkel gestrichenem Holz. Das Dach ist rot. Die Fenster auch. Eine große Veranda befindet sich an zwei Seiten des Hauses. Ein Garten rundherum. Viele große Bäume. Aber keine Blumen.

Es sieht alles genauso aus wie in Corazons Beschreibung. Sie hat ein gutes Auge. Und ein gutes Gedächtnis.

Ein frisch aufgeschütteter Kiesweg führt von der Hauptstraße runter zum Fluss. Ich parke den Benz außerhalb des Zauns neben einem glänzenden schwarzen Jeep. Ein echter Seegrafenwagen. Könnte direkt aus dem Autohaus kommen.

Ich steige aus. Schaue mich um.

Niemand ist im Garten. Auch keine Bewegungen hinter den Gardinen.

Glasklar, was ich machen muss.

Ich gehe über die Veranda zur Tür. Schlage ein paar Mal fest an die Tür.

Warte einen Moment.

Hämmere dann erneut noch kräftiger an die Tür. Dreimal mit kurzem Abstand. Die Schläge dröhnen so laut, dass der Lärm reichen müsste, um sogar einen Landstreicher zu wecken, der seinen Rausch ausschläft.

Endlich höre ich Geräusche im Haus.

Geirmundur reißt die Tür auf. Grob. Er sieht verschlafen aus. Das grauweiße Haar ist durcheinander und ungekämmt.

Der Kerl ist grade wach geworden. Unwirsch. Ganz eindeutig schön verkatert nach einer feucht-fröhlichen Nacht. Er taxiert mich mit blutunterlaufenen Augen.

»Was, verdammt noch mal, soll dieser Krach?«, fragt er und bindet sich den Gürtel seines dunkelblauen Bademantels zu. Seine Stimme klingt heiser. Barsch. Feindlich.

Ich stürme an ihm vorbei ins Haus. Bleibe mitten im Wohnzimmer stehen. Drehe mich langsam einmal um meine eigene Achse. Betrachte den weichen Teppich. Die teuren Möbel. Die Malereien. Die Bar in der Ecke. Den Durchgang in die Küche. Ich erkenne alles wieder.

Er starrt hinter mir her.

»Ich muss nur was überprüfen«, sage ich. Marschiere dann in den schmalen Gang auf der Suche nach den Schlafzimmern.

Die Tür ganz am Ende, hatte Corazon gesagt.

Nehme die Klinke in die Hand. Öffne die Tür. Erkenne das Zimmer sofort. Alles stimmt. Außer dieser Frau im Bett. Sie liegt auf dem Bauch. Im Tiefschlaf trotz des ganzen Krachs. Ich sehe nur das helle Haar und den nackten Rücken.

Geirmundur kommt in die Tür. Sein Gesicht ist rot und angeschwollen. Nicht nur vom Gelage der Nacht. Sondern vor Wut. Rasender Wut.

»Was zum Teufel hast du in meinem Haus zu suchen, du freches Weibsstück?«, fragt er und ergreift mich. Fest. Seine starken Finger quetschen meine Haut am Arm.

»Weißt du das nicht?«

»Dann würde ich dich nicht fragen, dämliches Miststück!«

»Du tust mir weh!«

»Dann antworte schon!«

»Was für ein Kavalier!«

Er zieht mich hinaus auf den Flur. Schließt die Tür zum Schlafzimmer. Schiebt mich vor sich her ins Wohnzimmer.

Der Typ hat Kraft in den Händen. Vielleicht ist das nur die Energie der Wut. Aber es reicht völlig aus. Es gelingt mir nicht, mich loszumachen.

»Was willst du?«, fragt er noch einmal.

»Den Ort sehen, wo das Verbrechen begangen wurde.«

»Das Verbrechen? Von was für einem Verbrechen sprichst du?«

»Von der Vergewaltigung.«

»Vergewaltigung?«

Geirmundur ist tatsächlich überrascht. Er hatte offensichtlich etwas ganz anderes erwartet.

»Wer soll hier wen vergewaltigt haben?«, fragt er.

»Kommen so viel Frauen in Frage?«

»Du bestimmt nicht.« Er starrt mich immer noch mit verkaterten Augen an. »Keinem Mann, der noch alle beisammen hat, würde es einfallen, dich zu vergewaltigen. So viel steht fest.«

»Lass mich los.«

»Zuerst antwortest du mir. Dann kannst du meinetwegen ans Ende der Welt verschwinden.«

»Gegen dich ist Anklage wegen Vergewaltigung eines Mädchens von den Philippinen erhoben worden.«

»Verdammter Blödsinn!«

»Von dem Mädchen, das dein Freund Sigurjón eingesperrt und gezwungen hat, zu deinem und anderer Leute Vergnügen die Beine breit zu machen!«

»Sigurjón? Was für ein Scheiß-Sigurjón?«

»Dieses Mal kommst du nicht davon. Das Mädchen hat dich auf Fotos wiedererkannt.«

Der Typ marschiert mit großen Schritten auf die Tür zu. Zieht mich hinter sich her auf die Veranda. Stößt mich die Treppe hinunter. Geht danach wieder zum Haus.

»Wer schickt dich eigentlich?«, fragt er im Eingang. »Bist du eine von diesen durchgeknallten Stígamót*-Weibern oder was?«

* Stígamót: Verein, der ein Frauenhaus unterhält und Frauen, die Opfer von Sexualverbrechen wurden, berät und rechtliche Hilfe anbietet. (Anm. d. Übers.)

Ich massiere mir meinen Arm. Versuche, die Schmerzen zu lindern. Das Blut wieder in Zirkulation kommen zu lassen.

»Das Mädchen hat dieses Sommerhaus von innen beschrieben. Ganz genau. Es passt alles zusammen.«

»Wenn du nicht augenblicklich verschwindest, lass ich die Polizei kommen und dich einlochen!«, ruft er und schmeißt die Türe zu. Der Knall ist so laut, dass er im ganzen ruhigen Tal widerhallt.

»Wir kriegen dich!«, rufe ich.

Gehe dann schnell zu meinem Benz auf den Parkplatz.

Als ich davonfahre, steht der Typ am Fenster. Jemand steht direkt hinter ihm. Im Schatten. Die blonde Freundin hat sich also aus dem Bett erhoben.

Auf dem Weg in die Stadt überlege ich, was bei der Aktion herausgekommen ist.

Jetzt weiß ich jedenfalls, dass Corazon in Geirmundurs Sommerhaus war. Kein Zweifel.

Und der Kerl glüht vor Wut. Ist völlig ausgerastet, wie zu erwarten war.

An wem lässt er seine Wut jetzt aus? An der Glatze? Den Goldjungs? Oder an Corazon?

Oder an mir?

Das wird sich sicher schnell herausstellen. Ich habe mein Bestes getan, um Geirmundur aus der Reserve zu locken. Jetzt ist er am Zug.

13

»Zur Seite, bitte!«

Zwei massige Goldjungs bahnen Ásta einen Weg durch den Menschenauflauf, der sich auf dem Flur angesammelt hat. Fotojäger und Fernsehtrottel drängeln um die Wette, um die Gefangene auf Film und Zelluloid zu bannen.

Sie hat sich ihre rote Jacke über den Kopf gelegt, um ihr Gesicht zu verstecken. Zum Glück. Zieht sie auch erst herunter, als die Türen zum Saal des Obersten Gerichts geschlossen worden sind.

Die Goldjungs hatten Ásta vor drei Tagen verhaftet. Frühmorgens, kaum dass die Ergebnisse von Steinunns Obduktion vorlagen. Am gleichen Abend noch bekamen sie vom Bezirksgericht das Okay für Untersuchungshaft, wogegen ich natürlich lauthals Einspruch einlegte. Und jetzt wird gleich das Oberste Gericht seine Entscheidung verkünden.

Ásta und ich sitzen nebeneinander. Sie ist total im Eimer. Sie versucht, ihr Zittern zu unterdrücken, indem sie sich mit beiden Händen am Stuhl festhält.

»Unsere Chancen stehen nicht schlecht«, sage ich ermutigend. Aber Ásta nimmt mich kaum wahr. Sie hatte nie erwartet, verhaftet zu werden, geschweige denn in Untersuchungshaft zu kommen. Ein ganz schöner Schock.

Heidrún gelingt es besser, ihre Gefühle zu verbergen. Sie sitzt in der vordersten Zuschauerbank und zeigt keine Anzeichen von Angst und Furcht, die sie doch bestimmt plagen. Nickt ganz im Gegenteil Ásta aufmunternd zu, wenn diese den Kopf hebt und einen schnellen Blick in den Saal wirft.

Die Obduktion hatte ergeben, dass Steinunn einen schweren Herzfehler hatte. Aber die direkte Ursache für das Herzversagen waren trotzdem illegale Drogen.

Allerdings wurden in ihrem Körper Reste verschiedener Rauschgifte gefunden. Darunter war eine erhebliche Menge Ecstasy, geringfügige Restbestände von Lysergid, dem berühmten Rauschmittel LSD und Spuren eines starken Schlafmittels. Es war bereits bestätigt worden, dass Steinunn es an den meisten Abenden nahm, um einschlafen zu können. Sie hatte also einen wahrhaftigen Medikamentencocktail intus.

Der Gerichtsmediziner meinte trotzdem zu wissen, welche Droge letzten Endes den Ausschlag gab. Vor dem Bezirksgericht erläuterte er, dass Steinunn eine große Portion einer gefährlichen Art Ecstasy-Pillen bekommen hätte, in denen die Stoffe PMA und PMMA anstelle von MDMA benutzt wurden. Diese tödlichen Tabletten, die neuerdings hier zu Lande unter der Bezeichnung »Mitsubishi« verkauft würden, könnten leicht eine völlig gesunde Person ins Jenseits befördern. Und sie hätten zweifellos Steinunn das Leben gekostet, vor allem wegen ihres angeborenen Herzfehlers. Daran bestünde kein Zweifel.

Die Goldjungs gingen davon aus, dass Ásta die E-Pillen heimlich in Steinunns Glas getan hatte und damit die Verantwortung für ihren Tod trug. Deshalb nahmen sie sie fest, bevor die Ergebnisse der chemischen Untersuchung der Wasserprobe vorlagen. Der Bezirksrichter schien der gleichen Ansicht zu sein und verurteilte sie umgehend zu zehn Tagen Untersuchungshaft.

Die Presse drehte durch. Die fanden es unglaublich spannend, dass ein junges Mädchen unter Mordverdacht stand. Und dann sah sie auch noch gut aus! Das war Unterhaltung vom Feinsten.

Ich fand es beispiellos, dass die Bürohengste nicht auf die Analyse des Wassers warteten. Sie hatten kein Beweismaterial, das Ásta direkt mit Steinunns Tod in Verbindung brachte. Trotzdem wurde sie in den Knast geschickt.

Was für ein Prozess!

Im dicht besetzten Verhandlungssaal herrscht Schweigen. Erwartungsvolles Schweigen. Die meisten Zuschauer sind Männer, junge und alte. Sie glotzen Ásta neugierig an. Manche gucken weg, wenn ich sie scharf ansehe, als ob sie sich ein bisschen für ihren Voyeurismus schämten. Aber das hält nur kurz an. Sie können die Augen nicht von ihr wenden.

Perverse Schweine!

Endlich kommen die Männer in den Saal. Einer nach dem anderen in einer Reihe. Mit einer Robe nach mönchischer Sitte, wie die berüchtigte Inquisition im Mittelalter.

Der Vorsitzende hält ein Buch in der Hand. Steht wie der oberste Priester der Gerechtigkeit vor dem Altar. Liest das Urteil. Es ist ganz kurz: »Der Antrag auf Untersuchungshaft wird abgelehnt.«

Ein verwundertes Murmeln geht durch den Saal. Die Pressegang ist völlig überrascht. Und mit Sicherheit auch enttäuscht. Der Vize reagiert am stärksten auf das Urteil. Sein Gesicht zieht sich zusammen, als hätte er in eine Zitrone gebissen.

Ich grinse in wunderbarer Siegesstimmung breit zu ihm hinüber. Heidrún guckt zu ihrer Tochter und lächelt erleichtert. Ásta atmet tief durch. Lehnt sich mit Freudentränen an mich.

»Du bist frei wie ein Vogel«, sage ich und klopfe ihr auf die Schulter.

»Das habe ich dir zu verdanken.«

Ich grabsche mir eine Kopie des Urteils. Überfliege schnell die Begründung, während die Schlüssellochgucker langsam den Saal verlassen. Sehe, dass es mir gelungen ist, die Richter zu überzeugen. Sie waren auch der Ansicht, dass es an Beweisen mangelt. Aus dem Wortlaut geht indirekt hervor, dass die Goldjungs mit dem Antrag auf Untersuchungshaft hätten warten sollen, zumindest bis die Analyse des Wassers vorliegt.

Vielleicht ist dieses Urteil nur eine Galgenfrist. Aber ein Sieg weckt in mir immer wieder die gleichen tollen Gefühle.

»Noch nicht«, sage ich, als Ásta aufstehen will. »Wir versuchen zuerst, die Geier auf dem Gang loszuwerden.«

Aber als ich kurz darauf den Kopf durch die Tür stecke, stehe ich im Blitzlichtgewitter. Die Pressefritzen warten also immer noch auf sie.

Zum Schluss haben wir keine andere Wahl, als Ásta die rote Jacke über den Kopf zu hängen und so auf den Flur zu gehen. Ich führe sie hinaus auf den Parkplatz, setze sie in meinen silbergrauen Nobelschlitten und düse mit Mutter und Tochter auf dem schnellsten Weg in den Grafarvogur. Rate ihnen, sich den Rest des Tages zu entspannen. Sich auszuruhen. In den nächsten Tagen könnte der Trubel wieder losgehen. Die Goldjungs geben sicherlich nicht auf.

Am Abend rufe ich Raggi an. Bekomme die Bestätigung, dass die Wasserprobe in Deutschland gefunden worden ist und in den nächsten Tagen im Land erwartet wird.

»Aber warum knöpft ihr euch eigentlich den Mann von Steinunn nicht mal vor?«, frage ich.

Raggi lacht.

»Habe ich irgendetwas Witziges gesagt?«

»Es gibt keinen Grund, ihn zu verdächtigen.«

»Hat Steinunn nicht das ganze Dope von ihm gekriegt?«

»Was für Dope?«

»Na, alle diese Medikamente, die man in ihr gefunden hat.«

»Karl ist Spezialist in der Chirurgie. Er war natürlich nicht der Hausarzt seiner Frau.«

»Welcher Quacksalber hat ihr denn dann den Dopingcocktail verschrieben?«

»Soweit ich weiß, vertraute der Hausarzt dem Urteilsvermögen seiner Patientin und gab ihr die Medikamente, um die sie bat.«

»Ich glaube, ihr solltet mal lieber den Kalli durchleuchten, als endlos auf Ásta herumzuhacken. Wie du weißt, ist Mord meistens ein Hobby innerhalb der Familie.«

»Er war weit weg, als Steinunn im Studio aus dem Wasserglas trank. Ásta jedoch war vor Ort und hatte sowohl die Möglichkeit als auch ein Motiv.«

»Er war doch wohl kaum erfreut über ihre Affäre?«

»Das kann man doch wohl kaum Affäre nennen.«

»Was meinst du?«

»Meines Wissens nach hat Steinunn ihn nie mit einem anderen Mann betrogen.«

»Wo ist der Unterschied?«

»Ach, du weißt schon, zwei Mädchen, die ein bisschen miteinander herumspielen. Das ist doch ziemlich unschuldig, so was geht vorbei. Karl sagt, dass er diese Beziehung nie ernst genommen hat.«

»Teufel noch mal, er hat sie aber ernst genug genommen, um euch gleich davon zu berichten!«

»Damit hat er uns ja auch endlich auf die heiße Spur gebracht.«

»Auf die falsche Spur, ja.«

»Ach, Stella, es hat doch keinen Zweck. Und jetzt lass mich bitte in Ruhe.«

»Wie kannst du bloß so verdammt vernagelt sein?«

»Ich hab keine Lust mehr«, sagt er.

»Raggi, Schätzchen. Mach doch die Augen auf!«

Er lässt sich nicht erweichen. Die Goldjungs sind der festen Überzeugung, den Mordfall gelöst zu haben. Sie sind für Argumente nicht empfänglich.

»Nichts blendet so sehr wie der Selbstbetrug.«

Sagt Mama.

14

Mein Benz und ich sind auf dem Weg ins Kjós, um neue Informationen über Geirmundur und die Glatze zu holen.

Meine silberne Nobelkarosse schnurrt sanft über den Asphalt. Umschmeichelt mich verführerisch im Fahrersitz. Benimmt sich wie ein verschmuster Siamkater.

Er ist immer noch meine einzig wahre Liebe.

Zuerst wollte ich auf den Köder nicht anbeißen. Zumal ich vermutete, dass das Telefonat heute Morgen völliger Blödsinn war. Wahrscheinlich will mich nur irgendein Handlanger von Geirmundur oder der Glatze umsonst auf eine Landpartie schicken.

Aber als es darauf ankam, konnte ich der Versuchung natürlich nicht widerstehen. Ich musste sicher sein. Vielleicht hatte mich ja auch ein echter Informant angerufen? Die Wahrscheinlichkeit ist verschwindend gering. Wie ein Sechser im Lotto.

Der Typ am Telefon hatte mir genug Beweismaterial versprochen, um Geirmundur und die Glatze festzunageln.

»Ich habe sowohl schriftliche Unterlagen als auch Fotos«, sagte er.

»Dann komm doch mit den Sachen in mein Büro«, antwortete ich.

»Bist du verrückt? Ich will nicht, dass mich jemand in deiner Nähe sieht!«

»Warum nicht?«

»Du hast es nicht gerade mit Pfadfindern zu tun. Wenn die Männer wüssten, dass ich Informationen an dich durchsickern lasse, würden sie mich abmurksen, ganz klar.«

»Wie dramatisch.«

»Ich meine es ernst! Erkennst du nicht, was für Geirmundur auf dem Spiel steht, wenn herauskommt, dass er ein achtzehnjähriges Mädchen vergewaltigt hat?«

»Wo sollen wir uns treffen? In der Stadt?«

»Weißt du, wo der Staupastein ist? Dieser Felsen, der so aussieht wie ein kleines Schnapsglas?«

»Prost!«

»Der Berg befindet sich an der alten Ringstraße im Kjós.«

»Eine Dreiviertelstunde Autofahrt? Viel zu weit!«

»Ich erwarte dich pünktlich um zwölf Uhr mittags an dem Felsen.«

Er beendete das Gespräch, bevor ich antworten konnte.

War das eine Verarschung?

Vielleicht. Aber ich konnte es nicht drauf ankommen lassen.

Auf dem Vesturlandsveg, der aus der Stadt herausführt, herrscht reger Verkehr. Viele verlassen die Straße in Mosfellsbaer. Alle anderen fahren geradeaus weiter zum Tunnel, der unter dem Hvalfjördur herführt. Mein Benz ist das einzige Auto, das nach rechts in den Tídaskard abbiegt.

Der Frühling ist feucht und ungemütlich. Dunkelgraue Wolken hängen immer noch in der Luft. Die Erde ist voll gesogen von der Schneeschmelze in den letzten Tagen. Die Überbleibsel des Winters verschwinden aus dem Tiefland.

Die einspurige Schotterstraße, die von der Hauptstraße an den Hang zum Staupastein führt, ist vom Winter arg mitgenommen. Sie ist mit Schlaglöchern und ausgewaschenen Rinnen von den Frühlingsfluten überzogen.

Der Benz arbeitet sich vorsichtig den Abhang hinauf. Bald kann ich das Heck eines großen grauschwarzen Jeeps sehen, der auf dem Parkplatz hinter dem berühmten Steinbecher der Natur steht.

Es sieht so aus, als ob nur ein Mann im Auto wäre. Er sitzt hinter dem Steuer. Wendet mir den Rücken zu. Hat ein rotes Baseballkäppi auf dem Kopf.

Ich lasse den Benz vorsichtig den Abhang hinauffahren. Parke dann rückwärts ein. Halte hinter dem Jeep an, sodass es leichter ist, zu verschwinden, falls es nötig sein sollte. Holzauge, sei wachsam!

Mein Informant lässt mich nicht lange warten. Er öffnet die Beifahrertür und setzt sich neben mich.

Ein dunkelhaariger Typ. Abgemagert. Wahrscheinlich um die fünfzig. Sieht ganz schön verlebt aus. Er hat ein völlig zerfurchtes Gesicht, wie das Waschbrett, das Oma immer benutzte.

»Geirmundur ist wütend auf dich.« Er kommt direkt zur Sache und guckt mich forschend an. Er hat dunkle und tief liegende Augen.

»Wie nett.«

»Und wenn Geirmundur vor Wut tobt, dreht sein Freund Sjonni völlig durch.«

»Und was geht mich das an?«

»Ihre Wut richtet sich gegen dich.«

»Wie du selber siehst, zittere ich bei diesen Nachrichten und klappere vor Angst mit den Zähnen«, antworte ich lächelnd. »Wo sind die Unterlagen, die du mir versprochen hast?«

»Du sollst sie in Zukunft in Ruhe lassen«, sagt er, ohne mir zu antworten.

Ich gucke ihm direkt bis auf den Grund seiner kleinen schwarzen Löcher.

»Ihre Nachricht an dich lautet, dass du aufhören sollst, dich in ihre Angelegenheiten einzumischen.«

»Du hast also keine Unterlagen für mich?«

»Warst du dumm genug, das tatsächlich zu glauben?«

Also war es tatsächlich eine Verarschung.

»Und du bist nur ein kleiner, unbedeutender Laufbursche?«

»Sie baten mich, dich zu warnen.«

»Dann hast du das ja erledigt.«

»Sie haben mir aufgetragen, dir Vernunft beizubringen und dir zu zeigen, was mit denen passiert, die sich in ihre Privatangelegenheiten einmischen.«

Oh Mann. Dieser Typ fängt an, mir mächtig auf die Nerven zu gehen. Ich finde, dass ich mir jetzt genug von diesem Blödsinn angehört habe.

»Du hättest mir diese Bagatelle auch am Telefon mitteilen können«, sage ich wütend.

»Telefongespräche sind so unpersönlich.«

»Mach, dass du aus meinem Auto kommst!«

Er lehnt sich zu mir hinüber. »Zuerst muss ich ganz sicher sein, dass du mich auch richtig verstanden hast«, sagt er und fährt dabei mit seiner Hand unter meine Haare. Streicht mit seinen zigarettengelben Fingern meine Wange herunter bis unter das Kinn. Legt die Hand um meinen Hals und drückt ganz langsam zu, bis ich kaum noch Luft kriege.

»Manchen Weibern fällt es so unglaublich schwer, uns Männer zu verstehen«, fährt er fort. Seine Stimme klingt ganz gelassen. Völlig ruhig. Als ob er über das Wetter reden würde. »Bist du eine von diesen Zicken, die schwer von Kapee sind und die man hin und wieder mal ein bisschen durchbläuen muss, um die Gehirnzellen in die richtige Reihenfolge zu bringen?«

Ich fasse mit beiden Händen seinen Arm und versuche, den Griff zu lockern. Aber er ist stärker, als er aussieht. Seine Finger bewegen sich keinen Millimeter.

Plötzlich lächelt er, sodass man die gelben Zähne glänzen sieht, und lässt dabei ein wenig locker.

Ich schnappe nach Luft. »Du Ungeheuer!«, rufe ich und massiere mir meinen gequetschten Hals.

»Solche Nachrichten möchte ich immer persönlich überbringen«, sagt er grinsend. »Dann können auch keine Missverständnisse aufkommen.«

»Ich verklag dich wegen Körperverletzung!«, rufe ich. »Und das mache ich auch ganz persönlich, du Affe!«

Das Lächeln erreicht die schwarzen Augen nicht. »Du wirst niemanden verklagen«, sagt er. »Du lässt Geirmundur in Frieden. Du lässt Sjonni in Frieden. Und du lässt mich in Frieden. Im Gegenzug lassen wir dich in Frieden. Auf diese Weise wird alles ein großes Friedensbündnis zwischen uns.«

Es hat keinen Sinn, sich weiter mit diesem Irren zu unterhalten. Am besten wäre es, ihn auf dem schnellsten Weg loszuwerden.

»In Ordnung«, sage ich. »Also raus jetzt!«

»Ich muss ganz sicher sein, dass du mich auch richtig verstanden hast.«

»Die Botschaft war leicht verständlich.«

»Du möchtest also mit diesen Verfolgungen aufhören?«

»Was glaubst du?«

Das Lächeln verschwindet. Die schwarzen Augen starren mich an, ohne zu erkennen zu geben, was er denkt.

»Ich bin leider nicht ganz davon überzeugt, dass du dir über den Ernst der Lage im Klaren bist«, antwortet er schließlich. »Aber dem kann man ein bisschen nachhelfen.«

Ich nehme den Schlüssel und lasse den Benz an.

»Ja, dem kann man ein bisschen nachhelfen«, wiederholt der Typ, ohne eine Miene zu verziehen.

Sobald er die Tür geschlossen hat, fahre ich den Schotterweg langsam hinunter. Ich hätte schon Lust, mit hundert Sachen von diesem Irren wegzubrausen, aber das darf ich natürlich meinem Auto nicht zumuten. Ich beschädige doch meine Luxuskarosse nicht auf ungepflegten Trampelpfaden! Deswegen zwinge ich mich, auf dem Weg bis zur Hauptstraße langsam und vorsichtig durch die Schlaglöcher zu fahren.

Als der Benz an der Gabelung anhält, spüre ich plötzlich einen schweren Schlag.

Bäng!

Ein lautes Klirren wird hörbar, als das Auto plötzlich nach vorne ruckt. Mein Hinterkopf knallt schnell und kräftig auf die Kopfstütze des Fahrersitzes.

Ich werfe einen schnellen Blick in den Rückspiegel. Sehe den grauschwarzen Jeep direkt hinter mir. Er hat den Benz auf die Straßenmitte geschoben.

Der Irre glotzt mich durch die Windschutzscheibe an. Grinsend.

Ich warte nicht auf eine neue Attacke, sondern gebe Gas und fahre mit dem Auto der Nase nach den Abhang hoch in den Hvalfjördur hinein.

Als ich wieder in den Spiegel schaue, ist das Geländewagenungeheuer immer noch direkt hinter mir. Folgt mir wie ein schrecklicher Schatten.

Hier kann man einfach nicht über hundertzwanzig fahren. Die Straße ist zwar frei, aber kurvenreich, und direkt neben dem Asphalt führen steile Abhänge hinunter ins Meer. Mir fällt im Traum nicht ein, mich für diesen Widerling umzubringen.

Mit der einen Hand halte ich das Lenkrad fest, während ich

mich mit der anderen zum Handschuhfach recke und mein Mobiltelefon nehme. Ich muss Hilfe rufen. Den Notruf erreichen. Halte das Telefon ans Ohr, aber höre kein Signal. Gucke auf das Handy.

Verdammt!

Die Batterie ist leer. Tot. Mausetot.

Ich pfeffere das nutzlose Gerät weg. Gucke wieder in den Spiegel. Sehe, dass der Typ im großen Jeep immer noch da ist. Direkt hinter mir. Verfolgt mich wie ein mordlustiger Irrer in einem amerikanischen Gangsterfilm.

Natürlich ist es gefährlich, mit dieser Geschwindigkeit in den Hvalfjördur hineinzufahren, Hügel hoch und runter und um scharfe Kurven. Aber es gibt nirgendwo Platz, um zu wenden, also muss ich mit dem Affenzahn weiterfahren.

Als der Benz sich erneut in eine Kurve legt, schießt der grauschwarze Jeep plötzlich an meine rechte Seite und zwingt mich auf die linke Spur.

Ich versuche, die Geschwindigkeit zu erhöhen, aber er macht es auch. Dann drossele ich plötzlich das Tempo. Aber es scheint, als hätte er damit gerechnet. Schließlich gebe ich wieder anständig Gas, mit dem gleichen Erfolg.

Das Geländewagenungeheuer hält die ganze Zeit das gleiche Tempo wie ich, bis wir oben auf einem steilen Kap ankommen. Da biegt der Irre plötzlich nach links und kickt den Benz kräftig mit dem Ende seiner Stoßstange in die Seite, sodass mein Auto mit fürchterlichem Krach und Gepolter gegen die Leitplanke geworfen wird.

15

»Maaamaaaaaa!!!«

Ich höre mich selber schreien. Irgendein verborgenes Bedürfnis, das sich vor langer Zeit in der Tiefe meiner Seele häuslich eingerichtet hat, schickt diesen lauten Ruf nach Mama, als alles um mich herum völlig aus den Fugen gerät. Eine Art instinktiver Urschrei, der aus den dunklen Tiefen des Unterbewusstseins kommt, während ich in meiner geliebten Silberkarosse aus dem Sitz gehoben werde und mit dem Auto über die Leitplanke und weit über die Ringstraße hinausfliege.

Der Benz knallt unsanft auf den groben Schotter und die rasiermesserscharfen Steine jenseits der Straße und wird wieder hoch in die Luft geschleudert. Der Sicherheitsgurt spannt sich so abrupt und brutal über meinem Körper, dass ich plötzlich starke Schmerzen in Brust und Schulter empfinde. Im gleichen Augenblick bläst sich im Handumdrehen ein schneeweißer Airbag auf und verhindert, dass sich mein Kopf beim Zusammenstoß mit der in kleinste Stückchen zersprungenen Windschutzscheibe in blutiges Hackfleisch verwandelt.

Mein Traumauto kommt wieder unsanft mit lautem, schneidenden Getöse, das einem durch Mark und Bein geht, auf dem steinigen Boden auf. Dann kippt der Benz und rutscht den Abhang immer weiter hinunter, bis er zwischen zwei großen Felsen hängen bleibt, die hoch über dem schwarzen Strand aufragen.

Nach all diesem Krach tritt plötzlich Stille ein.

Totenstille.

Ist das das Ende?

Nein, zum Teufel! Ich bilde mir ein, dass ich noch nicht ganz tot bin. Noch nicht. Trotzdem ist mein Ego nur bruchstückhaft vorhanden. Als ob das Gehirn nach den Stößen und dem Salto mortale noch nicht ganz funktionsfähig sei.

Ich schnappe in kurzen Abständen nach Luft. Spüre, wie das Herz mit schmerzhaftem Druck Blut pumpt, in rasender Akkordarbeit. Ich bin körperlich und geistig völlig durcheinander, und alle Körperfunktionen arbeiten wie auf der Überholspur.

Aber ich bin nicht tot.

Für eine Ewigkeit denke ich nur daran zu atmen. Solange ich atmen kann, bin ich am Leben. Klare Sache.

Ganz allmählich beruhigt sich mein Körper. Das Herz verlangsamt sich. Die Lunge benimmt sich wieder normal. Das Gehirn fängt an zu arbeiten.

Sind meine Knochen irgendwo gebrochen? Komme ich aus dem Auto? Ist mein Benz schrottreif? Ist der Irre immer noch oben an der Straße? Wartet er vielleicht auf mich?

Ein Gedanke jagt den nächsten. Zischen mit einem Affenzahn zwischen Millionen Gehirnzellen umher. Lassen Fragen auftauchen, auf die ich keine Antwort weiß.

Ich habe das Gefühl, als ob der Benz halb auf der Seite läge, mit dem Heck hoch in die Luft. Ich selber bin völlig auf dem Sitz eingekeilt, als wäre ich in Metall eingegossen, und hänge schräg nach links. Der Sicherheitsgurt hält mich fest. Der Airbag auch.

Habe ich irgendwo Knochenbrüche?, frage ich mich im Geiste erneut.

Zuerst checke ich die Hände. Fühle sofort, dass ich alle Finger bewegen kann. Die Arme müssten dann also in Ordnung sein.

Aber was ist mit den Füßen?

Sie sind im Wrack total eingekeilt. Ich versuche, meine Zehen zu strecken. Alle auf einmal. Sie bewegen sich ein bisschen. Sie scheinen auf die Befehle des Gehirns zu reagieren. Vielleicht habe ich auch keinen Beinbruch?

Aber die Brust? Und die linke Schulter? Da tut es mir wahnsinnig weh. Als ob jemand mich windelweich geprügelt hätte. Mich mit geballter Faust und voller Kraft verdroschen hätte.

Die Schmerzen versetzen mich unfreiwillig weit zurück in die Vergangenheit. Zurück in jene Zeit, die ich mich so lange gezwungen habe zu vergessen. In jenes Zimmer im Keller im Osten.

»Hör auf, Papa! Hör auf!«

Irgendetwas in mir verlangt danach, weinen zu dürfen. Aber ich versage mir das. Nie weinen. Nicht ein einziges Mal. Immer stark genug sein, um alles auszuhalten. Sich nicht vom Unglück übermannen lassen, egal wie widerwärtig es sein mag.

Mein eisenharter Wille gewinnt wieder die Oberhand über alles andere. Ganz langsam gelingt es mir, meine aufgewühlten Gefühle zu bändigen. Auch diese unterbewussten. Schaufele die alten Schlangengruben wieder zu. Sperre die Geheimnisse wieder weg. Sie haben sich gefälligst wieder in tiefster Dunkelheit des Unterbewusstseins zu verstecken.

Dann versuche ich, mich aus dem Sicherheitsgurt zu befreien. Und wenn es nur wäre, um die Schmerzen zu lindern. Aber es klappt nicht. Von allen Seiten wird etwas dicht an mich gedrückt. Der Sitz, der Airbag, die Tür. Und das Dach, das bei der Karambolage bis an meinen Kopf eingedrückt wurde.

Ich stecke fest. Komme ohne Beistand nirgendwo hin. Bin gezwungen, darauf zu warten, dass mir jemand zu Hilfe kommt.

Aber was ist mit dem Kriminellen, der versucht hat, mich zu töten? Er muss doch gesehen haben, welche katastrophalen Auswirkungen sein Auffahrmanöver hatte! Vielleicht war das Ergebnis viel schlimmer, als er erwartet hat? Wie würde er reagieren? Hilfe rufen?

Nein. Das war unwahrscheinlich.

Es ist, als ob mein Herz einen Aussetzer macht.

Vielleicht kommt der Kerl runter zum Autowrack, um sich davon zu überzeugen, dass ich auch ganz sicher tot bin? Ihm müsste ja klar sein, dass ich ihn den Goldjungs im Detail beschreiben könnte. Ihn vor Gericht ans Kreuz nageln kann. Spuren der Kollision müssten auch an seinem Jeep deutlich zu erkennen sein. Sicher genügend Beweise, um ihn ein paar Jahre in die Faulenz-Anstalt zu schicken. Vielleicht wollte er dieses Risiko nicht eingehen und kommt hier herunter und vollendet sein Werk?

»Ganz ruhig, Stella, ganz ruhig«, flüstere ich mir zu. »Entweder kommt der Typ oder auch nicht. Das ist nicht länger in deiner Hand. Du musst einfach abwarten. Versuchen, klar zu bleiben. Und das Beste hoffen.«

Hoffen?

Das ist nicht gerade mein Ding.

Aber der Kerl kommt nicht. Niemand lässt sich beim Wrack blicken.

Die Zeit vergeht unglaublich langsam, aber sicher. Eine Stunde nach der anderen verstreicht in die Ewigkeit, ohne dass Hilfe kommt.

Es beginnt langsam zu dämmern. Schon seit langem tut mir der ganze Körper weh. Ich bin wahnsinnig durstig. Und habe Hunger.

Wahrscheinlich bin ich eingeschlafen. Oder bewusstlos geworden. Zumindest komme ich erst wieder zu mir, als sich jemand an meinem Gesicht zu schaffen macht. Ich öffne die Augen. Sehe eine große Hand, die sich durch die gebrochene Fensterscheibe und am weißen Airbag entlangstreckt. Und ein Gesicht außerhalb des Fensters.

»Sie ist wieder zu sich gekommen«, ruft ein Mann mit tiefer Stimme, der ganz dicht an der Autotür steht. Er hat einen kriegerischen Helm auf dem Kopf.

»Leuchtet mal hierher!«, ruft ein anderer.

Kurz darauf wird das Auto in grelles Flutlicht getaucht.

»Wir müssen dich aus dem Auto rausschweißen«, sagt der mit der tiefen Stimme zu mir. »Bleib ganz ruhig.«

Sie brauchen lange, um mich aus dem Wrack zu befreien. Sie müssen mit dem Schweißbrenner ein großes Teil aus der zusammengequetschten Seite des Benz lösen. Auch die Lehne des Fahrersitzes. Erst dann können sie mich vorsichtig durch das Loch auf den Schotter und die Steine bugsieren. Hier legen sie mich auf eine Bahre und tragen mich den Abhang hinauf und in den Krankenwagen, der an der total verbeulten und zerrissenen Leitplanke wartet.

»Habe ich Brüche?«, frage ich den Arzt, der sofort anfängt, mich zu untersuchen, als der Krankenwagen in die Stadt losfährt.

»Zum Glück finde ich nirgendwo einen offenen Bruch«, antwortet er widerwillig. »Aber mit Sicherheit können wir es erst nach dem Röntgen sagen.«

Später setzt er sich und schaut mich an.

»Wenn du nach dieser Gewalttour keine Knochenbrüche hast, ist das ein echtes Wunder.«

Wunder?

Es bringt nichts, sich mit mir über derlei Aberglauben zu unterhalten. Ich glaube nicht an Wunder. Nicht mehr.

»Wunder sind Gottes Art, um Entschuldigung zu bitten.«

Sagt Mama.

16

»Dein Benz ist berühmt geworden«, sagt Raggi, während er wie ein freundlicher Teddybär ans Krankenbett in der Unfallstation tappt. »Guck mal.«

Er reicht mir eine *DV*. Auf dem Titelblatt der Nachmittagsausgabe im Yellow-Press-Stil ist ein riesiges Bild von meiner Silberkalesche. Mein schöner Benz ist ein schrecklicher zusammengedrückter Haufen aus verbeultem Blech und zersplittertem Glas geworden. Oben über dem Bild wird mit dicker, roter Schrift gefragt: »Mordversuch?«

Es schüttelt mich beim Anblick meines so furchtbar mitgenommenen Traumautos. Und wie zum Kuckuck war ich lebendig aus diesem grauenhaften Blechhaufen gekommen?

»Das ist sicher das, was man eine ›Viertelstundenberühmtheit post mortem‹ nennt«, fährt Raggi fort, der sich fest vorgenommen hat, witzig zu sein.

»Ich bin nicht tot. Vielleicht nicht in bester Verfassung, aber trotzdem noch recht lebendig, soweit ich weiß.«

»Ich meinte eigentlich das Auto.«

Hahaha!

Er versucht wohl nur, mich ein wenig aufzumuntern. Kann ich auch ganz gut gebrauchen. Seit ich kurz nach Mitternacht in die Ambulanz eingeliefert wurde, habe ich endlose Untersuchungen über mich ergehen lassen müssen. Diese Weißgekleideten haben mir überallhin Spritzen gesetzt und Schläuche verlegt. Mir befohlen, alles mögliche widerliche Zeug zu schlucken. An meinem Körper herumgedrückt und gepiekt, als wäre er eines der Weltwunder. Zwischendurch wurde ich in riesengroßen Aufzügen viele Stockwerke hoch- und runtergefahren und vor kalten Röntgengeräten in alle möglichen Positionen gedreht.

Und das Ergebnis?

Drei angebrochene Rippen und Hämatome am ganzen Körper, die meisten jedoch auf der Brust, den Schultern und den Beinen. Und dann hatte ich sicher auch noch einen leichten Nervenzusammenbruch. Das sagen jedenfalls die süßen Kerle in den weißen Kitteln.

»Du wirst ein paar Wochen lang gelb, grün und blau sein«, hatte einer von ihnen gesagt, als er gegen Mittag nach mir sah. Er versuchte auch, witzig zu sein. »Aber ansonsten ist alles in Ordnung mit dir. Das ist wirklich unglaublich.«

Die Nacht verging in einer Art Nebel, denn ich hatte im Krankenwagen eine gute Dosis Medi-Dope bekommen, die dafür sorgte, dass mir mein Körper nicht mehr so höllisch wehtat.

Trotzdem war ich wach genug, um zu merken, dass sie mich hier und da untersuchten. Von Kopf bis Fuß.

Ich berichtete allen, die mir zuhören wollten, was sich auf der Straße am Hvalfjördur abgespielt hatte. Auch dem unerfahrenen Goldjüngelchen, der seichte Versuche machte, mich zwischen wiederholtem Fotoshooting à la Röntgen zu verhören. Etwas von den Informationen war eindeutig an die Zeitung durchgesickert. Da stand, dass ein großer Jeep meinen Benz absichtlich von der Straße gedrängt hatte.

Die Ärzte wollen mich nach Hause schicken. Sagen, dass ich es ein paar Tage langsam angehen lassen soll. Und sie schärfen mir ein, mich natürlich sofort zu melden, wenn auf einmal irgendwo Schmerzen auftauchen. Aber ansonsten wird mir Entspannen und Ausruhen verordnet.

»Ich fahr dich in die Stadt«, sagt Raggi, die Güte in Person. »Wir können den Fall auf dem Weg eingehend besprechen.«

Er versucht, sich von seiner besten Seite als ein echter Gentleman zu zeigen. Er zieht den Vorhang vor das Bett, damit ich mich in Ruhe anziehen kann, ohne dass mich alle beglotzen. Als würde mir das etwas ausmachen.

Mir tut der ganze Körper weh. Und ich bin schlapp. Muss in Etappen aufstehen. Rolle mich erst auf die Bettkante. Richte mich ganz vorsichtig auf. Ziehe die weiße Krankenhauskleidung aus und meine eigene an. Es ist mir unangenehm, so langsam und steif zu sein. Als wäre ich auf einmal eine alte Frau.

Oh Mann! Diese Wehleidigkeit ist unerträglich. Man lebt nicht vom Selbstmitleid allein. Im Gegenteil. Ich sollte mich deshalb aufregen. Die Wut in richtige Bahnen lenken. Mal richtig ausrasten.

»Verdammte Schweine!«, wüte ich laut für mich alleine. »Ich lasse euch bei lebendigem Leib zerfleischen!«

Raggi steckt den Kopf durch den Vorhang. »Ist alles in Ordnung?«, fragt er besorgt.

Mir geht es gleich schon viel besser.

Das Polizeiauto wartet vor der Einfahrt der Notaufnahme. Raggi und ich setzen uns auf den Rücksitz. Dann fährt sein Fahrer los.

»Das war nichts anderes als ein Mordversuch«, sage ich.

»Ich wäre mit Sicherheit tot, wenn ich nicht in einem Benz gesessen hätte.«

»Du hattest auch Glück, dass du nicht betrunken warst.«

Ich drehe mich schnell zu Raggi hin und fühle, wie ein stechender Schmerz über den Rücken zum Hals hochfährt.

»Was sagst du da?«

»Nur, dass das den Ausschlag gab, dir zu glauben.«

»Hast du gedacht, ich hätte das alles selber inszeniert?«

»Manche haben das am Anfang in Erwägung gezogen.«

»Dass ich meinen Benz schrottreif gefahren habe und mich selber fast dabei umgebracht hätte, nur um irgendein Märchen zu erfinden?«

»Ja, manch einer war der Ansicht, er hätte die volle Berechtigung zu untersuchen, ob es ein gestellter Unfall war. Es hätte eine Verzweiflungstat sein können oder schlichtweg Trunkenheit am Steuer.«

»Und mit welchem Ziel?«

»Nun, um uns zu zwingen, in einem Fall zu ermitteln, den wir bereits abgelehnt haben. Was sonst?«

»Ihr habt ja vielleicht eine blühende Fantasie!«

In den nächsten Minuten herrscht totale Stille im Auto. Ich kann kaum glauben, dass die Goldjungs so daneben sind. Und doch – wahrscheinlich fanden sie alles besser, als gezwungen zu sein, die politischen Top-Männer zu stören. Wie bescheuert das auch sein mag.

Plötzlich übermannt mich wieder die Wut. Starre Raggi wieder an. »Woher weißt du eigentlich, dass ich nicht betrunken war?«, frage ich aufgebracht.

»Wir haben das heute Nacht im Krankenhaus überprüfen lassen.«

»Ohne mein Einverständnis? Das ist strafbar!«

»Ich habe das in deinem Interesse veranlasst«, antwortet Raggi völlig gelassen. »Aber du kannst mich natürlich verklagen, wenn du willst.«

Ich atme tief ein. Atme dann ganz langsam wieder aus. Wiederhole das ein paar Mal. Versuche, mich wieder zu beruhigen.

Vielleicht sagt er ja die Wahrheit? Vielleicht dachte er wirklich daran, was für mich das Beste sei?

»Die Beschreibung des Täters, die du uns gegeben hast, klang ziemlich bekannt in der Zentrale«, fährt Raggi fort. Er greift nach einem Papphefter, der auf dem Beifahrersitz liegt, öffnet ihn und zeigt mir ein Schwarz-Weiß-Foto.

Ich erkenne das zerfurchte Gesicht und die schwarzen Augen sofort wieder.

»Das ist die verdammte Bestie«, erkläre ich. »Bin ganz sicher.«

»Der harte Höddi ist ein alter Bekannter von uns«, sagt Raggi. »Er geriet schon in jungen Jahren auf die schiefe Bahn und hat oft für Körperverletzungs- und Rauschgiftdelikte gesessen. Trotzdem ist es jetzt schon drei oder vier Jahre her, seit er das letzte Mal eingelocht wurde.«

»Von was lebt er denn so?«

»Laut unbestätigter Quellen war er meistens als Geldeintreiber beschäftigt, besonders für Dealer, aber auch für Stripkönige wie zum Beispiel Porno-Valdi. Er soll nicht zimperlich sein, wenn er zur Tat schreitet, wie ich gehört habe. Deswegen nennen sie ihn den harten Höddi.«

Porno-Valdi?

Böse Zungen behaupten, dass er nicht nur der König des Nachtlebens in der Hauptstadt sei, sondern auch der der schattenreichen Unterwelt, wo Drogen an- und verkauft werden. Der unerreichbare Hintermann, bei dem alle geheimen Fäden zusammenlaufen.

Wie gefährlich er als Gegner ist, weiß ich aus eigener Erfahrung. Hatte ihn ein- oder zweimal wegen des Mordes in der Staatskanzlei getroffen. Der Kleinkriminelle, den ich damals verteidigen sollte, war ein Bote in Lohn und Brot des Pornokönigs gewesen.

»Und die Glatze? Arbeitet er auch für Valdi?«

»Darüber ist mir nichts bekannt«, antwortet Raggi. »Aber die kennen sich mit Sicherheit. Die Szene ist doch so klein.«

»Habt ihr Höddi schon gekriegt?«

»Noch nicht, als ich das letzte Mal Neuigkeiten abgefragt habe. Aber er ist schon auf jeder Polizeistation und auf dem Flughafen in Keflavík zur Fahndung ausgeschrieben. Schlechter sieht es mit dem Jeep aus.«

»Wieso?«

»Deine Beschreibung passt genau auf ein Auto, das vorgestern gestohlen wurde.«

Verdammt! Also war es kaum möglich, einen Zusammenhang zwischen Höddi und dem Jeep herzustellen. Und auch nicht mit der Glatze. Und schon gar nicht mit Geirmundur.

»Aber der Jeep wird sich finden«, fährt Raggi fort. »Und wer weiß, vielleicht hat Höddi ein paar Spuren hinterlassen, vielleicht sogar Fingerabdrücke?«

Wir sind bei meinem Reihenhaus angekommen.

Raggi steigt zuerst aus dem Polizeiauto aus, reicht mir die Hand und guckt mir hinterher, als ich zur Haustüre gehe. Wartet geduldig, während ich klingele. Einmal. Zweimal. Dreimal.

Jedes Mal, wenn ich auf die Klingel drücke, höre ich deutlich das Schellen im Gang. Aber Corazon kommt nicht an die Tür.

17

Ich schlage ein paar Mal mit geballter Faust an die Tür. Nicht, weil es irgendetwas ändern würde, denn natürlich hört man die Klingel viel besser als meine erbärmlichen Attacken. Aber ich muss mich irgendwie abreagieren. Meine Ungeduld loswerden.

Wo steckt Corazon?

Mit Sicherheit nicht schlafend im Bett am helllichten Tag. Niemals.

Wo dann?

Ist sie zu krank, um an die Türe zu kommen? Oder hat sie sich vielleicht Sorgen gemacht, weil ich gestern Abend nicht wie gewohnt nach Hause gekommen bin, und bei Sigrún um Hilfe gebeten?

Schließlich drehe ich mich zu Raggi um, der immer noch am Polizeiauto steht. Rufe zu ihm hinüber: »Habt ihr Corazon eigentlich Bescheid gesagt, dass ich im Krankenhaus bin?«

»Keine Ahnung«, antwortet er und watschelt ein paar Schritte in meine Richtung.

»Du hast sie jedenfalls nicht benachrichtigt?«

»Nein, daran habe ich überhaupt nicht gedacht.«

»Dann hat es wohl niemand gemacht.«

Probleme, Probleme!

Das erste ist natürlich dieses verdammte Schloss. Wie soll ich in meine Wohnung kommen? Meine Schlüssel sind immer noch irgendwo tief im Autowrack vergraben.

Vielleicht wäre es am besten, erst mal per Telefon zu recherchieren?

Ich vergesse mich einen Augenblick und beginne, nach dem Handy zu suchen.

Teufel noch mal! Es steckt natürlich auch irgendwo im Schrotthaufen.

»Ruf doch mal für mich bei Sigrún an«, sage ich zu Raggi.

Er zieht sein Mobiltelefon aus der Lederhülle und guckt mich fragend an. Zum Glück weiß ich die Nummer auswendig.

»Corazon?«, fragt sie verwundert. »Sie hat mich heute Morgen angerufen und mich gefragt, ob ich wüsste, wo du wärst. Ich riet ihr nur, ruhig zu bleiben und abzuwarten, du wärst sicher nur unterwegs, Party machen. Stimmt etwas nicht?«

»Wollte sie irgendwohin gehen?«

»Sie hat mir gegenüber nichts dergleichen erwähnt.«

Corazon würde sich nie ohne Sigrúns oder meine Begleitung vor die Haustür wagen. Sie hatte dafür viel zu viel Angst vor der Glatze. Dann muss ihr in der Wohnung etwas zugestoßen sein. Ich muss deshalb da rein. Sofort.

»Ich habe keinen Ersatzschlüssel«, sage ich und reiche Raggi das Telefon.

»Willst du dann nicht den Schlüsseldienst kommen lassen?«

»So schnell wie möglich.«

Raggi geht zurück zum Polizeiauto, lässt den Fahrer in der Zentrale anrufen und schnellstmöglich einen Schlosser ordern.

Einige neugierige Nachbarn hängen hinter ihren Gardinen und beobachten uns. Meinen mit Sicherheit, dass die Goldjungs mich endlich für ein unglaubliches Verbrechen festgenommen haben. Wurde ja auch Zeit!

Diese Schnuckelchen haben dann ein richtig saftiges Thema, das sie beim Abendessen durchkauen können. Mir doch egal.

Die Oma im Nachbarhaus beobachtet uns aus dem Wohnzimmerfenster. Das ist die einzige Familie in der Straße, wo drei Generationen zusammenwohnen. Die alte Frau scheint immer zu Hause zu sein. Sie sagt sogar immer Guten Tag, wenn wir uns zufällig auf dem Bürgersteig begegnen.

Als der Schlüsseldienst die Haustür geöffnet hat, flitze ich in die Wohnung und gucke in ein Zimmer nach dem anderen.

Alles ist aufgeräumt. Sauber und ordentlich. Aber Corazon ist nirgendwo zu sehen. Ich sitze auf ihrem Bett im Gästezimmer, als Raggi endlich die Treppe hochkommt. Er versucht, sein gewichtsbedingtes Gekeuche zu überspielen.

»Ist das Mädchen nicht da?«

»Nein, sie scheint sich in Luft aufgelöst zu haben.«

»Oder ist sie vielleicht einkaufen gegangen? Mir wurde gesagt, das kommt in den besten Familien vor.«

Das war sicher sarkastisch gemeint.

»Im Kühlschrank ist mehr als genug zu essen«, antworte ich und versuche, ruhig zu bleiben. »Hier wird immer im Voraus für eine ganze Woche eingekauft.«

»Ja ja, das wird sich schon alles klären.«

Ich folge Raggi die Treppe hinunter und raus auf den Bürgersteig.

»Vielleicht haben die Nachbarn sie gesehen?«, sage ich. »Komm, wir reden mal mit der Oma.«

Die alte Frau sieht, dass wir auf ihr Haus zugehen. Sie kommt schnell an die Tür. »Bei euch jungen Leuten ist ja immer was los!«, sagt sie und lächelt gutmütig.

»Ich habe meinen Schlüssel verloren und kam nicht rein«, antworte ich. Zumal es immer gut ist, die Erklärungen einfach zu halten. »Du hast doch sicher das Mädchen bemerkt, das bei mir zu Gast ist, nicht wahr?«

»Die Ausländerin?«

Ich nicke.

»Ja, sicher.«

»Hast du gesehen, ob sie heute das Haus verlassen hat?«

»Ja, sie wurde um die Mittagszeit herum abgeholt.«

»Abgeholt? Von wem?«

»Nun, von zwei jungen Männern.«

»Was für Männer?«

»Es waren zwei gut aussehende Jungs, die einen hervorragenden Wagen fuhren, aber mehr weiß ich nicht über sie, Liebes.«

»Hattest du den Eindruck, dass sie freiwillig mit ihnen geht?«

»Freiwillig?«, wiederholt die Oma und überlegt eine Weile. »Ich habe gar nicht daran gedacht, dass es nicht so sein könnte. Die beiden haben sie allerdings zwischen sich zum Auto geführt, aber das alles schien ganz normal zu sein.«

Raggi betrachtet die alte Frau eingehend. »Hast du dir zufällig die Nummer des Autos gemerkt?«, fragt er.

»Nein, nein, mein Guter, glaubst du, dass ich auf solche Kleinigkeiten Acht gebe?«

»Das gefällt mir nicht«, sage ich besorgt zu Raggi. »Waren die beiden vielleicht von euch?«

»Ausgeschlossen«, antwortet er, holt aber trotzdem wieder sein Handy hervor, geht ein paar Meter von mir weg auf das Polizeiauto zu und beginnt zu telefonieren.

Verdammter Schlamassel!

Ich glaube allerdings nicht daran, dass die Goldjungs Corazon in meiner Abwesenheit zu einem Verhör abgeholt hatten. Und dann kommt nur einer in Frage.

Die Glatze!

Plötzlich sehe ich die Ereignisse der letzten vierundzwanzig Stunden in einem völlig neuen Licht. Die Glatze wusste, dass ich für eine Weile außer Gefecht war, denn Höddi, der Geldeintreiber, hatte dafür gesorgt. Die Glatze ergriff deshalb die Gelegenheit, während Corazon alleine zu Hause war. Täuschte sie irgendwie, um mit den beiden Tunichtguten mitzugehen, die schnell mit ihr wegfuhren.

Aber wohin?

Wo konnten die Typen sie vor den Goldjungs verstecken? Und vor mir?

»Niemand von uns hat heute mit Corazon zu tun gehabt«, sagt Raggi und macht das Handy aus.

Ich lasse mich von ihm nicht in meinen Überlegungen behindern. Erzähle ihm sofort von meiner neuen Vermutung von der Glatze und seinen Kumpanen. Lasse mich nicht von der Ungläubigkeit beeindrucken, die von dem fetten Gesicht trieft.

»Sie müssen sie an einen Ort gebracht haben, von dem sie sich absolut sicher sind, dass sie ihnen dort nicht schaden kann«, füge ich hinzu.

»Das ist wirklich besonders weit hergeholt«, antwortet Raggi trocken. »Sogar für dich.«

»Ach ja? Hast du eine bessere Erklärung für ihr Verschwinden?«

Er kratzt sich an seinem haarlosen Hinterkopf.

»Komm schon, denk nach, Mann!«, rufe ich heftig. »Was würdest du mit Corazon machen, wenn du sie loswerden wolltest?«

Er zögert, bei dem Spiel mitzumachen.

»Ich würde sie wahrscheinlich nach Hause schicken«, antwortet er dann doch nach längerem Nachdenken und zuckt gleichzeitig mit den Schultern. »Ja, ich denke schon.«

Nach Hause? Auf die Philippinen? Warum ist mir das nicht sofort eingefallen?

»Aber dafür brauchen sie ihren Pass«, sage ich und packe Raggi am Arm. »Wo ist er?«

»Beim Ausländeramt.«

»Bist du sicher?«

»Natürlich.«

»Überprüf es, Mensch, mach schon!«

Er guckt mich wütend an. Ist wirklich sauer geworden, was ich mir herausnehme. Aber ich bearbeite ihn weiter. Und am Ende gibt er nach. Geht ein wenig zur Seite und telefoniert wieder mit dem Handy.

Währenddessen werfe ich einen Blick auf die Uhr. Es ist schon nach fünf am Nachmittag.

Wenn sie mit Corazon direkt zum internationalen Flughafen nach Keflavík gefahren sind, ist es möglich, dass sie schon in der Luft ist.

Verdammte Schwanzträger!

Raggi sieht aus wie vom Donner gerührt, als er zurückkommt. »Die Polizei auf dem Flughafen checkt das gerade ab«, sagt er bedeutungsschwanger. »Ich muss sofort aufs Revier.«

»Was ist denn jetzt mit ihrem Pass?«, rufe ich ihm nach.

»Der scheint verschwunden zu sein, wie auch immer das passieren konnte!«

18

Uff! Wie soll ich mich entspannen? Es ist einfach nicht möglich! Mir mangelt es an innerem Frieden, um dem Rat der Weißgekleideten zu folgen und mich auszuruhen.

Als der Schlüsselheini endlich mit seiner Arbeit fertig war, das Schloss der Haustüre auszutauschen, setze ich mich in mein Büro und telefoniere durch die Weltgeschichte.

Zuerst bitte ich Sigrún, sich bereit zu halten, damit wir mit Corazon reden können, wenn sie wieder auftaucht. Dann drohe ich dem Polizeipräsidenten alles Übel der Welt an, wenn die Goldjungs nicht alles Menschenmögliche unternehmen, um Corazon so schnell wie möglich zu mir nach Hause zurückzubringen. Und verlange neue Nachrichten von Raggi, der nichts zu berichten hat. Zwischendurch wimmele ich die Journalisten ab. Meistens mit undeutlichen Versprechen, dass ich ihnen, um mich zu erleichtern, später alles über den Mordversuch im Hvalfjördur erzählen werde, wenn sie mich nur ein paar Tage in Ruhe lassen.

Das Warten auf neue Nachrichten über die Suche nach Corazon zerrt an den Nerven. Wenn ich nicht am Telefon hänge, klettere ich aufgebracht die Treppe hoch und runter und werfe einen Blick in jedes Zimmer. So als ob ich die Hoffnung hätte, etwas zu finden, was ich dringend brauche. Etwas Wichtiges.

Natürlich verhalte ich mich völlig idiotisch. Aber ich kann mich einfach nicht beherrschen.

Jahrelang war ich mir selber genug. Alleine, aber ganz bestimmt nicht einsam. Jetzt hingegen kommt es mir vor, als ob etwas fehlte. Habe das Gefühl einer unbegreiflichen Leere, die dieses ziellose Umherstreunen zwischen den Zimmern verursacht.

Außerdem habe ich Lust auf mein geliebtes, brennend heißes Feuerwasser aus Tennessee. Aber ich nötige mich, dieser

Versuchung zu widerstehen. Schwöre mir, die Finger von meinem Jackie zu lassen, bis Corazon wieder da ist.

Als ich erneut anrufe, hat Raggi frische Nachrichten.

»Das Mädchen sitzt in einem Flugzeug, das vor anderthalb Stunden nach Kopenhagen abgeflogen ist«, sagt er.

»Woher weißt du das?«

»Das Ticket ist auf ihren Namen ausgestellt, und außerdem hat sie bei der Ausreise ihren Pass gezeigt.«

Vor anderthalb Sunden? Diese Goldjungs sind doch immer gleich lahmarschig.

»Ist sie alleine unterwegs?«

»Uns wurde gesagt, dass niemand mit ihr an Bord gegangen ist«, antwortet er. »Diejenigen, die sie zum Flughafen gebracht haben, sind bestimmt gleich abgehauen, sobald sie durch die Passkontrolle war.«

»Das Flugzeug muss zum Wenden veranlasst werden!«, sage ich bestimmt. »Und zwar umgehend!«

»Wir haben diese Möglichkeit in Betracht gezogen.«

»Und?«

»Das Ergebnis war, dass unsere Kollegen in Kopenhagen das Mädchen in Empfang nehmen und sie mit der nächsten Maschine zurückschicken.«

»Mit der nächsten Maschine? Wann kommt sie?«

»Heute Nacht.«

»Ist das sicher?«

»Ja. Soweit ich weiß, ist die Sache mit den Dänen geklärt.«

»Und ihr wollt sie dann in Keflavík in Empfang nehmen?«

»Mit Sicherheit.«

»Dann komme ich auch. Und Sigrún.«

»Wir haben unsere eigenen Dolmetscher.«

»Was du nicht sagst!«

»Wir müssen das Mädchen natürlich sofort bei der Ankunft vernehmen.«

»Aber doch nicht mitten in der Nacht?«

»Das ist nicht ausgeschlossen.«

»Das Verhör wird doch wohl bis morgen warten können.«

»Mal sehen.«

»Nehmt ihr Sigrún und mich mit zum Flughafen?«

Raggi lacht. »Darf es noch ein Hotel auf Spesen sein?«, fragt er.

»Das wäre nett.«

»Entspann dich, Stella. Ich fahr sie heute Nacht zu dir.«

Mich entspannen?

Ach ja, richtig, ich soll mich ausruhen. Versuchen zu schlafen, wie schwierig das auch sein mag. Wenigstens ein kleines Nickerchen machen.

»Abgemacht.«

Ich seufze unabsichtlich. Lege den Hörer auf die Gabel. Horche in die Stille. Mache mir klar, dass mein Körper kurz davor ist, vor Müdigkeit und Belastung aufzugeben.

Zuerst überzeuge ich mich, dass das neue Schloss auch tatsächlich funktioniert. Dann gehe ich ins Bad. Mache die Dusche an. Stelle den kräftigen Strahl so heiß, wie es meine Haut gerade noch aushält. Ziehe mich langsam aus. Verteile meine Klamotten um mich herum auf dem Fußboden. Betrachte meinen nackten Körper im großen Spiegel. Fahre mit meinen Fingern den roten Striemen entlang, der schräg von der Schulter über die Brust läuft. Die Klauen des Sicherheitsgurtes. Sehe, dass sich gleich Hämatome gebildet haben. Bald werde ich mit blauen Flecken übersät sein.

Der heiße Strahl massiert mir von hinten Schultern und Hals. Mir geht es langsam besser. Beginne, mich zu entspannen. Gebe mir duftendes Duschgel in die Hand. Massiere damit vorsichtig meinen weichen, schmerzenden Körper. Nehme dann den Duschkopf und spüle mit dem Wasser den Schaum in die Duschtasse. Hab noch nicht einmal die Kraft, um in der Fantasie feuchte Träume zu wecken. Ich bin völlig am Ende.

Als ich mich mit dem großen Badetuch abgetrocknet habe, gehe ich langsam ins Schlafzimmer und lege mich nackt unter die Decke. Das heiße Wasser hat die Nerven beruhigt. Das Gehirn an die totale Müdigkeit des Körpers erinnert. Und an die Schlaflosigkeit. Mir gelingt es gerade noch, meinen schwarzweißen Gockel auf den Nachttisch zu stellen, bevor ich ins Traumland entschwinde.

»Sofðu, unga ástin mín ...«*

Sang Mama ...

19

Der Duft weckt mich aus dem Tiefschlaf.

Der wunderbare Geruch von starkem kohlschwarzem Espresso mischt sich mit dem leichten Duft von Desire, das Corazon sich im Flugzeug auf dem Weg zurück gekauft hatte. Sie sitzt mit einem kleinen Tablett auf dem Schoß bei mir an der Bettkante und betrachtet mich, während ich wach werde.

Raggi hat sie in der Nacht zu mir nach Hause gebracht, wie er versprochen hatte. Noch auf der Schwelle begann sie, vor Freude zu weinen und drückte mich an sich. Dann lachte sie unsicher, als fürchte sie, dass mir ein solcher Gefühlsausbruch nicht gefallen würde.

Ich versuchte, sie zu überzeugen, dass es in bester Ordnung sei. Gab ihr einen leichten Kuss auf die Backe. Streichelte ihr über den Kopf. Wischte ihr die Freudentränen von den schokoladenbraunen Wangen. Führte sie dann ins Gästezimmer, wo noch alles so war wie gestern, als sie so unerwartet verschwunden war. Sagte ihr, dass sie schlafen gehen sollte. Hier wäre sie sicher. Und noch einiges andere, das sie natürlich

* Sofðu, unga ástin mín: [Ü: Schlafe, mein liebes Kleines...] Bekannte isländische Volksweise, Wiegenlied. (Anm. d. Übers.)

nicht verstand, aber da Sigrún bei sich zu Hause schlief, mussten weitere Gespräche warten. Ich selber war auch noch völlig verschlafen, kroch wieder unter die Decke und schlief schnell ein.

Aber das ist schon einige Stunden her. Mein Gockel auf dem Nachttisch zeigt mir an, dass es schon fast Mittag ist.

Aua!

Als ich meine Kaffeetasse nehmen will, tut mir mein ganzer Körper weh, wie nach einer anständigen Prügelei.

Corazon stutzt. Mit ihren dunkelbraunen Augen guckt sie mich forschend an. Fragend und besorgt zugleich.

Als ich mich im Bett aufsetze und mich an das Kopfstück vom Bett anlehne, schreit sie kurz auf. Guckt entsetzt auf den Striemen, den der Sicherheitsgurt hinterlassen hat, und auf die blauen Flecken. Dann sprudelt ein Wortschwall aus ihr heraus. Aber ich verstehe natürlich kein einziges Wort.

Schließlich reicht sie mir die Kaffeetasse, steht auf und geht auf den Flur. Der Kaffee ist heiß und stark und die reinste Koffeinbombe. Genau das, was ich brauche, um richtig wach zu werden.

Kurz darauf kommt sie mit einem Tiegel in der Hand wieder ins Schlafzimmer. Setzt sich neben mich auf den Bettrand und fängt an, mich mit der hellen Creme einzuspachteln. Beginnt an der Schulter, arbeitet sich weiter vor über die Brust und endet auf der Seite.

Ich lehne meinen Kopf an das Bettgestell und schließe die Augen. Genieße das Gefühl, wie ihre Finger die feuchte Creme auf meine empfindliche Haut auftragen. Meine Brustwarzen stellen sich unbewusst bei der Berührung auf.

Na, Stella, so nicht!

Ich öffne die Augen wieder und lächele entschuldigend.

Aber sie hat nichts bemerkt. Trägt weiter die feuchte Creme auf alle blauen Flecken auf, die sie sieht. Verschließt danach den Tiegel wieder, stellt ihn auf den Nachttisch und putzt sich die Hände ab. Guckt mir dann in die Augen. Lächelt schüchtern.

In diesem Augenblick habe ich das Gefühl, dass Corazon die kleine Schwester sein könnte, die ich nie bekommen habe. Die kleine Schwester, von der ich als Einzelkind so oft geträumt habe. Von der ich bis zu meinem sechsten Geburtstag geträumt habe. Da hatte ich Papa und Mama gefragt, ob ich nicht eine kleine Schwester als Geburtstagsgeschenk haben könnte. Mama hatte nur gelacht und den Kopf geschüttelt. Aber das hat Papa nicht gereicht. Er lachte zwar auch, aber es war kein freundliches Lachen.

»Auf was für Ideen du kommst, dumme Göre!«, schnauzte er mich an. »Als wäre ein Balg nicht schon mehr als genug!«

Mehr als genug. Einer dieser Sätze, die sich weigern, ein für alle Mal im Mülleimer des Gehirns zu verschwinden. Die immer wieder hochkommen, nur um mich zu ärgern.

Eine kleine Schwester?

Ich betrachte Corazon noch immer. Das zierliche Gesicht. Die dunklen Augen, die wie ein orientalischer Zauberspiegel aussehen. Die zarten Lippen. Plötzlich halte ich sie an den Schultern fest und ziehe sie zu mir hin. Gebe ihr einen Kuss auf die Wange. Weiß sofort, dass ich ab jetzt gut auf sie aufpassen werde. Alles tun werde, was in meiner Macht steht, um ihr die Zukunft zu ermöglichen, die sie sich selber aussucht.

Als Sigrún am Nachmittag kommt, höre ich mir Corazons Bericht an.

Sie ging davon aus, dass die zwei Männer, die zu Besuch kamen, von den Behörden waren. Sie ließ sich vollständig davon überzeugen, als sie ihr ihren Pass zeigten. Deshalb ließ sie die Männer ins Haus. Hier gaben ihr die zwei mit Gesten und Mimik zu verstehen, dass sie ihre Sachen packen und mit ihnen kommen sollte. Sie traute sich nicht, ihnen zu widersprechen. Ihr war bald klar, dass sie Richtung Flugplatz fuhren. Erkannte die Landschaft von der Hinreise wieder. Die Typen kümmerten sich darum, sie auf dem internationalen Flughafen in Keflavík einzuchecken; erst nach Kopenhagen und von dort aus mit einer anderen Maschine weiter nach Manila. Dann wurde sie von ihnen durch die Passkontrolle geschleust. Dort empfing sie irgendeine Mitarbeiterin der Fluggesellschaft und ging mit ihr hoch in den Wartesaal. Dann suchte sie Corazon wieder auf, als der Flug aufgerufen wurde, und begleitete sie bis an die Gate. Während dieser ganzen Zeit konnte sie nicht mit einer einzigen Person reden. Traf auf niemanden, der ihre Sprache verstand. Erst als sie in Kastrup ankam. Dort wurde sie von Polizisten abgefangen, die einen Dolmetscher mitgebracht hatten. Der erklärte ihr, dass sie nach Island zurückgeschickt würde. Wusste nicht, aus welchem Grund. Waren einfach Anordnungen.

Sigrún berichtet ihr, was mir in meinem Silberschlitten passiert sei, und wie das möglicherweise damit in Zusammenhang stehen könne, dass sie außer Landes geschafft werden sollte. Wahrscheinlich sei die Glatze der Drahtzieher beider Vorkommnisse.

Corazon ist völlig geknickt. Bricht in Tränen aus. Erklärt wortreich, dass diese Tragödie allein ihre Schuld sei.

Ich setze mich neben sie, nehme sie in den Arm und versuche, sie aufzumuntern. Mache ihr klar, dass sie doch nicht für die Straftaten anderer verantwortlich sei. Diese Männer hätten mich attackiert und sie entführt. Das sei deren Vergehen und nicht ihres. Schließlich lässt sie sich trösten. Nachdem sie meine Bluse völlig durchweicht hat. Ist dann auch noch darüber besorgt. Ich sage ihr, sie solle sich wieder einkriegen. Blusen sind zum Vollheulen da. Als sie sich wieder halbwegs im Griff hat, stehe ich auf und hole eine halb volle Flasche Jackie Daniels. Gieße drei kleine Schnapsgläser ein.

Wir stoßen darauf an, dass Corazon wieder in Sicherheit ist.

Die beiden nippen vorsichtig am Getränk, während ich das Glas in einem Zug leere. Lasse die brennende Flüssigkeit die

Zunge umspielen, bis mir der Jackie Tränen in die Augen treibt.

Welch ein Genuss!

Am Nachmittag fahren wir drei zu den Goldjungs, die eine detaillierte Aussage von Corazon zu Protokoll nehmen. Sie kann unter anderem sehr genau beschreiben, wie die beiden Männer ausgesehen haben.

Ich habe heute keine Energie, den Goldjungs auf die Füße zu treten. Muss das warten lassen. Erreiche Raggi am Abend, der aber so tut, als wisse er von nichts.

»Komm morgen vorbei«, sagt er. »Dann können wir die aktuelle Sachlage durchgehen.«

Okay. Ich habe keine Lust, mich jetzt mit ihm zu streiten. Möchte mich nur entspannen. Kräfte sammeln. Und Zeichensprache mit Corazon reden.

20

Sie ergriffen den harten Höddi am nächsten Morgen.

Am frühen Nachmittag bestellten sie mich zur Kripo, um ihn offiziell bei einer Gegenüberstellung zu identifizieren.

Raggi und der Vize gucken düster drein. Sie sehen aus, als ob der Stress sie umbringen würde.

Höddis Rechtsanwalt hingegen ist die Ruhe selbst. Ein gesetzter Herr um die fünfzig, der allgemein als der schleimige Einar bezeichnet wird. Immer im feinsten Stöffchen. In der Branche berühmt dafür, den Reichen die Kastanien aus dem Feuer zu holen. Wird hauptsächlich bestellt, wenn hohe Tiere in misslichen Lagen landen.

Warum verteidigt ein solcher Rechtsanwalt Kleinkriminelle wie Höddi? Das ist nicht sein Stil.

Die Männer werden ins kleine Nebenzimmer geführt, Sechs an der Zahl. Alle im ähnlichen Alter. Haben ganz alltägliche Kleidung an. Hosen aus dem Kaufhaus, Hemd, Sportjacke.

Die Goldjungs stellen sie an der Wand auf. Einen neben den anderen. Dann geben sie mir ein Zeichen, mir alle ganz genau anzusehen.

Eigentlich muss ich das gar nicht. Habe meinen Angreifer sofort erkannt, als er ins Zimmer kam, zumal nicht die Chance besteht, dass ich den Teufel in naher Zukunft vergesse.

Trotzdem tue ich, um was sie mich bitten. Gehe langsam, aber bestimmt an ihnen vorbei. Gucke ihnen allen ins Gesicht. Schön der Reihe nach. Drehe dann abrupt um und bleibe vor dem Schurken mit den schwarzen Augen und den gelben Zähnen stehen. Spieße diese zerfurchte Visage fast mit meinen Blicken auf.

»Das ist das Biest«, erkläre ich und zeige auf ihn.

»Bist du auch ganz sicher?«, fragt der schleimige Einar und guckt mich lächelnd an. Sein Tonfall gibt zu verstehen, dass ich mich doch sicher vertan haben müsse.

Aber diese Masche zieht bei mir nicht.

»Klare Sache«, antworte ich bestimmt.

»Dann wäre das also geklärt«, sagt der Vize. »Führt sie wieder raus.«

Die Formalitäten werden von den Goldjungs schnell erledigt. Als ich meine Aussage unterschrieben habe, ruft Raggi mich zu sich rein. Man sieht ihm an, wie erschöpft er ist. Er hat einen noch leidenderen Gesichtsausdruck als gewöhnlich. Stöhnt, als er sich an den Schreibtisch setzt.

»Wie geht's jetzt weiter?«, frage ich.

»Das wird nachher besprochen«, antwortet er. »Wahrscheinlich allerdings erst heute Abend.«

»Er wandert doch selbstverständlich hinter Gitter?«

»Deine Identifizierung war schon sehr überzeugend, das kann niemand bezweifeln. Aber Höddi streitet alles ab.«

»Wie meinst du das?«

Raggi zählt an den Fingern ab, während er erklärt: »Erstens bestreitet er, jemals mit dir geredet zu haben. Zweitens behauptet er, nie mit dir eine Verabredung im Hvalfjördur gehabt zu haben. Und drittens leugnet er, dich gerammt zu haben. Wie gesagt, er streitet alles ab.«

Ach nee! Was sonst?!

»Er wird doch wohl kaum vergessen haben, sich ein Alibi zu beschaffen?«, frage ich höhnisch.

»Allerdings nicht«, antwortet Raggi.

»Und was für einen hart gesottenen Gangster hat dieser Affe dazu gekriegt, für sich zu lügen?«

»Sigurjón ist der Hauptzeuge.«

»Die Glatze?«, rufe ich. Sogar mir wäre im Traum nicht eingefallen, dass die beiden so verdammt dreist sein könnten.

»Sigurjón hat eine offizielle Aussage gemacht, in der er bezeugt, dass Höddi in der besagten Zeit bei ihm zu Hause war, und nicht, wie du behauptest, im Hvalfjördur. Sie haben Videos geguckt und Karten gespielt, sagt er.«

»Karten gespielt?«

»Ja«, antwortet Raggi, ohne die Miene zu verziehen. »Gemäß seiner Aussage haben sie Schwarzer Peter gespielt.«

Ich kann nicht anders. Ich muss einfach lachen, obwohl mir nicht danach ist.

Die Glatze und Höddi fühlen sich also so sicher, dass sie meinen, sich erlauben zu können, die Goldjungs zum Besten zu halten. Ich glaub es einfach nicht, Schwarzer Peter!

»Ihr nehmt das doch wohl nicht ernst?«

»Es steht Aussage gegen Aussage.«

»Was für ein Blödsinn. Niemand, der noch alle Sinne beisammen hat, kann die Glatze in diesem Fall ernst nehmen. Höddi hat doch genau für ihn die Drecksarbeit erledigt. Und du weißt das.«

Raggi fährt sich mit der Hand übers Gesicht, ohne mir zu antworten. Reibt sich die Augen.

»Jetzt geben wir alles dran, um so schnell wie möglich diesen Jeep zu finden«, sagt er nach ein paar Schweigeminuten. »Da müssen doch ein paar Indizien zu finden sein.«

Ich stehe auf. Gehe zum Schreibtisch. »Und in der Zwischenzeit wollt ihr dieses Schwein weiter auf der Straße herumlaufen lassen? Obwohl ich ihn identifiziert habe?«

»Ich habe dir eben gesagt, dass das noch nicht entschieden wurde.«

»Schwachsinn, verdammt noch mal!«

»Es bringt überhaupt nichts, mich anzumotzen!«

Ich nehme meine Aktenmappe. Marschiere zur Tür. Drehe mich da noch einmal um. »Was ist eigentlich mit diesen zwei Typen? Ich meine die, die Corazon zum Flughafen gebracht haben?«

»Wir suchen noch.«

»Ihr habt sie also immer noch nicht gefunden.«

»Nein.«

»Und ihr Pass? Weißt du, wie sie an den gekommen sind?«

»Der Fall wird beim Ausländeramt untersucht.«

»Die ermitteln gegen sich selbst? Na super!«

Raggi legt seine Hände auf den Bauch.

»Findest du es nicht merkwürdig, dass der schleimige Einar zu Höddis Verteidigung bestellt ist? Für einen kleinen, unbedeutenden Dealer und Geldeintreiber? Geht dir da wirklich kein Licht auf?«

Raggi guckt mich missmutig an, ohne mir zu antworten.

»Es ist wirklich traurig zu sehen, dass ihr euch zum Spielball dieser Verbrecher machen lasst! Und alles nur wegen deren Verbindungen zu Geirmundur, nicht wahr?«

Die dicken Pausbacken erröten vor schnell aufkochender Wut. Raggi möchte am liebsten etwas Unzivilisiertes von sich geben, hält sich aber in letzter Sekunde zurück. Stattdessen signalisiert er mir mit der Hand, dass ich endlich verschwinden soll.

Ich öffne die Tür. Gucke noch mal kurz über die Schulter. »Lass dir von der Glatze Schwarzer Peter beibringen. Das ist so ein simples Spiel, das könnt sogar ihr lernen!«

Knalle die Tür hinter mir zu. Stapfe den Gang entlang und hinaus ins trübe Wetter. Beeile mich, zu meinem Mietwagen zu kommen, und schmeiße die Aktentasche auf die Rückbank.

Diese gerissenen Schweine!

Normalerweise hätte die Gegenüberstellung ausgereicht, um einen Antrag auf Untersuchungshaft für den harten Höddi durchzukriegen. Das Alibi war so eindeutig an den Haaren herbeigezogen, dass man es nicht für voll nehmen konnte. Sollte er nicht eingelocht werden, gab es dafür nur eine Erklärung: Angst vor politischem Druck.

Aber das ist deren Entscheidung, nicht meine. Ich kann in der Sache nichts mehr unternehmen. Kann nur abwarten und gucken, was passiert, wie andere Opfer von Verbrechern. Jedenfalls zurzeit. Und hoffen, dass sie den grauschwarzen Jeep so schnell wie möglich finden. So ein Auto kann doch in Island nicht spurlos verschwinden! Er musste irgendwo versteckt sein. Die Frage ist nur, wo.

Ich quetsche mich in meine kleine japanische Blechdose. In den Mietwagen, den ich benutzen muss, während die Versicherung meine Schadensanzeige bearbeitet. Hatte den Benz natürlich kaskoversichert. Was anderes wäre nie in Frage gekommen. Möchte mir einen neuen Traumschlitten besorgen. Am liebsten die gleiche Marke, nur ein neueres Modell. Meine Begleitung verjüngen, wie es die Männer machen.

Kurz, bevor ich zu Hause ankomme, klingelt das Handy. Es ist Ásta.

»Ich bin völlig am Ende«, sagt sie. »Ich traue mich nicht aus dem Haus, während die Sache so über mir hängt.«

Ich versuche, sie moralisch aufzubauen. Sage ihr, dass sie so tun soll, als sei nichts passiert, und alles machen soll, worauf sie Lust hat. Aber ich höre, dass meine Rede keinen Einfluss auf sie hat. Ihre Stimme klingt immer noch, als würde sie gleich anfangen zu weinen.

Schließlich gebe ich auf und verspreche ihr, vorbeizukommen.

»Manchmal müssen Frauen zusammenhalten.«

Sagt Mama.

21

Ásta geht vor mir her in die Küche. Lässt kaltes Wasser aus dem Hahn rinnen. Trinkt, als ob sie völlig ausgetrocknet und am Verdursten sei. Sie ist nass geschwitzt. Auf der hellen Bluse sind Schweißflecken. Und zwar nicht nur unter den Achseln.

Ich habe keine Lust, die Zeit mit inhaltslosem Smalltalk zu vergeuden.

»Wir wollen eins mal von vornherein klarstellen«, sage ich und gucke sie scharf an. »Hast du Ecstasy-Pillen in Steinunns Glas getan?«

»Nein!«, ruft sie.

»Sie hat es doch wohl kaum selbst getan?«

»Warum denn nicht?«, fragt Ásta zurück. »Sie hatte oft Dope dabei.«

»Hast du gesehen, wie sie sich solche Tabletten reingezogen hat?«

»Na klar! Und wenn wir zusammen ausgegangen sind, hat sie mir auch manchmal was gegeben.«

»Wer weiß noch davon?«

Sie zuckt die Achseln.

»Das ist eine brenzlige Angelegenheit«, sage ich barsch.

»Ich vermute, einige ihrer Freunde«, antwortet sie und guckt mich besorgt an: »Und Kalli natürlich.«

»Weiß Kalli, dass Steinunn dir Ecstasy gegeben hat?«

»Ja, und?«

»Wenn die Goldjungs beweisen können, dass du Zugang zu Ecstasy hast, steckst du bis zum Hals in der Patsche.«

Ihr scheint endlich klar zu werden, dass es mir vollkommen ernst ist.

»Wie schlimm sieht es denn aus?«

»Sie könnten zum Beispiel wieder versuchen, das Oberste Gericht dazu zu kriegen, dich in U-Haft zu stecken, und diesmal mit mehr Erfolg.«

»Oh mein Gott, meinst du wirklich?«

»Aber sicher.«

Sie überlegt. »Ich erinnere mich, dass Kalli uns einmal gesehen hat. Ganz am Anfang unserer Beziehung kam er einmal überraschend nach Hause. Wir wollten gerade auf die Piste und einen draufmachen, und da hat er gesehen, wie wir Ecstasy geschluckt haben.«

Zum Teufel!

Dann ist es also nur eine Frage der Zeit, wann die Goldjungs es erfahren. Kalli wird sein Wissen an sie weitergeben, wie die Videokassette auch.

Vielleicht war Steinunn selber die beste Verteidigung? Wenn sie laut Obduktionsbericht oft Drogen genommen hatte, warum dann nicht auch vor oder während der Sendung? Um sich aufzuputschen? Oder vielleicht auch zur Beruhigung?

»Erzähl mir mehr über Steinunn«, fordere ich.

»Warum?«

»Ich muss alles über sie wissen, um dir helfen zu können.«

Ásta gibt nach.

»In Ordnung, aber zuerst muss ich mir was Stärkeres zu trinken holen«, sagt sie und geht langsam aus der Küche.

Ich folge ihr in ihr Zimmer. Es ist ziemlich klein, aber nett eingerichtet. Eine dicke rote Tagesdecke auf dem Bett. Ein kleiner Apple-Computer auf dem Schreibtisch. An einer Wand Regale mit Büchern, CDs und einer schwarzen Stereoanlage. Ein Drehstuhl. Ein weißer Kleiderschrank. Ein großes

Plakat an der Wand mit zwei Mädchen drauf, die in ein Mikrofon grölen. Mit Sicherheit irgendwelche Popstars. Ich kenne sie nicht. Habe die Popszene nicht verfolgt, seit Madonna ganz oben war. Keiner ist so gut wie sie. Niemals.

Es stellt sich heraus, dass »etwas Stärkeres« ein rötliches, lieblich plätscherndes Gesöff aus dem Reich der Kopffüßler ist. Ásta gießt den neuseeländischen Rotwein in zwei Gläser. Reicht mir das eine. Nippt an der blutroten Flüssigkeit. Setzt sich dann auf ihr Bett. Nimmt noch einen Schluck.

Ich setze mich auf den Stuhl und mache eine halbe Drehung. Habe mich nie daran gewöhnt, Rotwein einfach so zu trinken, sondern immer mit einem Festtagsmenü. Probiere aber trotzdem etwas von dem Tropfen, um ihr Gesellschaft zu leisten. Dann frage ich weiter nach Steinunn.

»Sie war unternehmungslustig«, sagt Ásta. »Als hätte sie immerzu Angst, etwas zu verpassen, und deshalb musste sie alles sofort ausprobieren, bevor es zu spät war.«

»Wusstest du, dass sie herzkrank war?«

»Steina hat es mir gegenüber nie erwähnt. Sie benahm sich eher so, als hätte sie viel zu viel Energie und als müsste sie sich immer sofort austoben, um ihre innere Kraft loszuwerden.«

»Wann fing eure Beziehung an?«

»Ziemlich schnell nach Kursbeginn.«

»Und wie kamt ihr zusammen?«

»Sie hat mich eingeladen, mit ihr auszugehen.«

»Hast du ihr einen Anlass gegeben?«

Ásta grabscht sich ein Kissen, legt sich auf den Rücken und schiebt sich das Kissen in den Nacken. Guckt an die Decke. Stellt ihr Glas auf dem Bauch ab.

»Sie wollte mich eines Tages einfach unter vier Augen sprechen. Sie sagte, sie habe von jemandem im Kurs gehört, ich sei eine Lesbe und zur Zeit Single. Sie hatte Lust, das kennen zu lernen. Eigentlich hörte es sich an, als wollte sie eine neue Sorte Eiscreme ausprobieren.«

»Aber dann hat sich doch etwas geändert?«

»Sie konnte nicht aufhören«, erzählt Ásta und guckt zu mir. Ein geheimnisvolles Lächeln umspielt ihre Lippen.

»Das Abenteuer wurde also zur stürmischen Liebe?«

»Am Anfang war es für Steina nur ein Spiel. Sie war einfach so, wollte das Leben bis auf das Letzte auskosten, alles ausprobieren, so weit gehen, wie sie konnte, alles auf die Spitze treiben.«

Ásta leert ihr Rotweinglas.

»Nach einer Weile war ich mir jedoch über ihre wirklichen Gefühle nicht mehr so im Klaren. Alles wurde ziemlich kompliziert.«

Sie stellt das Glas auf den Nachttisch, setzt sich wieder hin und beginnt, ihre Bluse aufzuknöpfen. »Ich bin so wahnsinnig verschwitzt, die Bluse ist schon ganz feucht«, sagt sie und zieht sie aus.

»Ist es wahr, dass Steinunn dich nicht gehen lassen wollte?«

»Ja, das stimmt. Ich wollte Schluss machen. Ich fühlte mich nicht wohl, mit einer Frau zusammen zu sein, die weiter bei ihrem Macker wohnte und deshalb ganz tief im Inneren keine Lesbe war. Aber jedes Mal wenn ich es zur Sprache brachte, ist sie völlig ausgerastet. Manchmal hatte ich das Gefühl, dass sie selbst entscheiden wollte, wann wir Schluss machen, manchmal nahm sie unsere Beziehung richtig ernst.«

»Hattest du selber nie Zweifel?«

»Woran?«

»Dass du verliebt warst?«

Sie nimmt die rechte Hand hinter den Rücken, löst den BH und lässt ihn auf den Boden fallen. Legt sich dann wieder hin und schließt ihre Augen halb.

»Ich war vierzehn Jahre alt, als mir klar wurde, wie ich gepolt bin«, fährt sie nach kurzem Schweigen fort. »Ich war bis über beide Ohren verliebt, sodass danach einfach keine Männer mehr in Frage kamen.«

»Und Steinunn? War sie die große Liebe?«

Ásta schließt die Augen. Antwortet nicht sofort. Atmet tief ein, sodass sich die Brust hebt.

Sie sieht klasse aus. Kein Zweifel.

Mein Hals wird plötzlich trocken. Ich nehme einen großen Schluck Rotwein.

»Steinunn war einfach so völlig anders als das, was ich gewohnt war«, antwortet sie schließlich. »Vielleicht war ich nur so begeistert, weil um sie herum immer so unglaublich viel Spaß und Action war. Es war immer, als wäre morgen Weltuntergang.«

»Eine Frau am Rande der Verzweiflung, oder was?«

»Vielleicht ist das eine Erklärung. Ich weiß es nicht.«

»Was für Tabletten nahm sie denn sonst noch, außer Ecstasy, meine ich?«

»Sie hat immer alles Mögliche geschluckt, um zu funktionieren. Alle möglichen Aufputschmittel auf Rezept. Kalli müsste doch etwas darüber wissen.«

Kalli?

Natürlich müsste er am besten von allen wissen, was für Medikamente seine Frau nahm. Vielleicht war die Zeit gekommen, ihm mal einen Besuch abzustatten?

Ásta guckt zu mir hin. »Schmeckt dir der Rotwein nicht?«

»Ich steh mehr auf harte Sachen.«

»Hier gibt's nichts anderes. Mama ist völliger Antialkoholiker.«

»Wusste sie wirklich nichts über Steinunn und dich?«

»Sie findet Beziehungen dieser Art abartig«, antwortet sie.

»Warum glaubst du das?«

»Ich weiß es einfach.«

»Du kriegst sie doch bestimmt dazu, ihre Meinung zu ändern.«

»Nein.«

»Aber sie will doch alles für dich tun. Das sieht doch jeder!«

Ásta antwortet nicht. Guckt mich nur mit diesem besonderen Lächeln auf den Lippen an.

»Du musst es ihr selber sagen«, fahre ich fort.

»Ich kann es einfach nicht.«

»Wäre jedenfalls besser, als wenn sie es sonst wie erfährt«, sage ich und stehe auf. »Überleg's dir mal.«

»Musst du schon los?«

»Ja, ich muss noch tausend Sachen erledigen.«

Ásta steht auf, als ich mein halb volles Glas auf den Schreibtisch stelle.

»Ich fühle mich nur sicher, wenn du bei mir bist«, sagt sie und umarmt mich plötzlich. Völlig unerwartet.

»Wenn ich nur so stark wäre wie du«, flüstert sie und presst ihre nackten Brüste an mich.

Ich bin völlig verblüfft. Was selten vorkommt. Brauche ein paar Minuten, um mir klar zu werden, wie ich am besten reagieren soll. Löse mich dann vorsichtig, aber bestimmt aus ihrer Umarmung.

Sie fixiert mich mit ihren himmelblauen Augen, beugt sich schnell vor und küsst mich. Ihre Lippen sind heiß. Gierig. Entfachen Feuer. Entflammen die Leidenschaft.

Ich küsse zurück. Völlig unbeabsichtigt.

Dann gewinnt die Vernunft Oberhand.

»Es hat keinen Sinn«, sage ich kurzatmig und schiebe sie von mir weg. »Und schon gar nicht zu diesem Zeitpunkt.«

Sie setzt sich wieder aufs Bett und lächelt mich an wie eine Mona Lisa, die weiß, dass sie gewonnen hat.

22

Meistens versuche ich, alles genau entgegengesetzt zu machen, wenn ich kann. Ich finde es klasse, nicht so zu sein wie alle anderen.

Es ist Freitag. Der Fastentag. An diesem Tag mussten alle hungern, während die alten Kirchenmänner regierten. Die haben es genossen, alle zu peinigen. Auch sich selbst. Brauchten sogar einen besonderen Tag dafür. Den Tag der Selbstkasteiung.

Deshalb ist der Freitag mein Festtag. Da höre ich immer schon kurz nach Mittag auf, an Mammon und Kriminelle zu denken. Gehe lieber ausschweifend Lebensmittel und Wein einkaufen. Suche aus und verwerfe immer wieder. Suche das Beste. Nehme mir dann ausgiebig Zeit, mir eine Delikatesse zu kochen. Genieße es, mich selbst zu verwöhnen.

Normalerweise bin ich der einzige Gast bei meinem freitäglichen Festschmaus. Aber heute sind wir zu dritt. Ich habe Sigrún eingeladen, damit Corazon und ich uns endlich mal richtig unterhalten können. Wird ja auch Zeit!

Corazon darf dieses Mal *chef de cuisine* sein. Sie will unbedingt, dass ich philippinische Gerichte koste, die es bei ihr zu Hause an Festtagen gab. Im kleinen Ort südlich von Manila. Also gucke ich diesmal beim Kochen nur zu.

Sie ist eine geschickte Köchin. Hat es von ihrer Mutter gelernt, sagt sie. Es macht ihr unglaublichen Spaß, Gerichte aus ihrer Heimat zuzubereiten. Lächelt uns oft zu. Erklärt uns das Gericht: Adobo. Verwendet köstliches Schweinefleisch. Würzt mit zwei Zwiebelsorten, Zitronensaft, Sojasoße und anderen Leckereien.

Der pure Genuss.

Nach dem Essen fühle ich mich wohl. Gieße Jackie ins Glas. Nippe vorsichtig am Getränk. Will den Nachgeschmack des Essens nicht wegspülen. Nicht sofort. Aber trotzdem den lieblichen Geruch aus Tennessee riechen.

Wir reden im Wohnzimmer über Corazons Zukunft. Ich versuche herauszufinden, was sie selbst möchte. Nicht in den nächsten Tagen. Sie bleibt natürlich bei mir, bis ihre Situation geklärt ist. Aber was ist mit den nächsten Monaten? Und Jahren? Möchte sie wieder zurück nach Hause? Oder in Island bleiben?

Corazon ist bescheiden. Passt auf, dass sie nicht aufdringlich wirkt. Aber ich höre schnell heraus, dass sie nicht nach Hause zurückwill. Wenn es sich vermeiden lässt. Es wäre bestimmt eine große Schande. Und außerdem baut die Familie auf sie. Darauf, dass sie in diesem fernen Land genug verdient, um Geld nach Hause zu schicken.

Ich biete ihr an, in den nächsten Monaten bei mir zu wohnen, während sie lernt, sich auf Isländisch zurechtzufinden. Verspreche, dafür zu sorgen, dass sie nicht des Landes verwiesen wird. Und dass ich in absehbarer Zeit eine Stelle für sie finden werde.

Sie freut sich unbeschreiblich. Hört gar nicht auf, sich bei mir zu bedanken. Bietet mir an, sie Cora zu nennen.

Wir stoßen auf die Zukunft an. Unterhalten uns angeregt bis nach Mitternacht. Dann geht Sigrún nach Hause. Und Cora ins Bett.

Ich selbst bin ruhelos und habe überhaupt keine Lust, alleine unter meine Decke zu kriechen. Ertrage die Vorstellung nicht.

Mein Glas ist immer noch halb voll. Ich nehme es mit. Die Flasche auch. Gehe die Treppe runter. Ins Büro. Setze mich an den alten Schreibtisch am Fenster. In meinen bequemen Chefsessel mit der hohen Lehne. Genehmige mir einen großzügigen Schluck Jackie. Und noch einen. Gieße mir noch ein Glas ein. Stelle es auf den Tisch. Und die Flasche auch. Fühle, wie die Hitze des Feuerwassers durch den Körper strömt. Mit den Gehirnzellen spielt.

Aaah!

Aber ich brauche noch einen, bevor ich den Brief aufmache.

Zuerst überfliege ich die feine Schrift. Von Anfang bis Ende. Dann fange ich wieder von vorne an und lese langsamer. Sie erzählt von ihrem Leben in Minnesota. In diesem Winter war es dort genauso kalt wie in Island. Beschreibt auch die Leute, die sie vor kurzem getroffen hat. Dann wurde Johnny krank, der Mann, den sie geheiratet hat. Trotzdem haben sie Pläne für den Sommer gemacht. Wollen ein paar Wochen nach Kalifornien. Der Brief endet wie immer mit Ratschlägen. Ich soll mich vor allem Möglichen in Acht nehmen. In Liebe, Deine Mama.

Ich bin immer wieder von ihren Briefen enttäuscht. Sie handeln immer von etwas anderem als von uns. Auch jetzt.

Lege ihn dann in eine Schublade. Zu den anderen Briefen.

Genehmige mir noch einen Schluck.

Zum Teufel noch mal! Ich habe keine Lust, hier herumzuhängen und innerlich zu heulen wie ein Kind. Meinetwegen soll sie doch in Amerika ihren Spaß haben. Ist mir doch egal.

Ich nehme den Hörer ab. Rufe ein Taxi. Leere mein Glas. Ziehe mir schnell die Jacke über. Schmeiße mir ein bisschen Farbe auf die Lippen. Schneide Fratzen vor dem Spiegel. Schlüpfe in die Schuhe. Fahre in die Innenstadt. Mich vergnügen!

Es ist spätnachts, als ich endlich in Stimmung komme. Begebe mich ganz in die Gewalt von Jackie und der Musik. Checke dabei die Hengste ab. Suche mir einen brauchbaren One-Night-Stand.

Heute Nacht will ich einen Orgasmus haben. Ganz klar.

»Hallo! Wir kennen uns doch!«

Er steht an der Bar, als ich mir Nachschub hole. Lächelnd. Wahrscheinlich um die dreißig. Sexy. Ich weiß, dass ich ihn schon mal gesehen habe. Trotzdem brauche ich einen Moment, um ihn einzusortieren.

Na klar! Der Typ, der mich beim Fernsehen in Empfang genommen hat. Der, der die Sendung geleitet hat, als Steinunn starb.

»Schön, dich wiederzusehen«, sage ich und versuche, mich zu erinnern, wie er hieß. Reynir? Runólfur? Irgendwas in der Richtung.

»Alle reden über dich«, fährt er fort. »Du bist zurzeit die Berühmtheit der Stadt!«

»Wie nett.«

»Was möchtest du trinken?«

»Du darfst gerne bezahlen, wenn du unbedingt willst«, sage ich und hebe mein Glas.

Er bestellt sich eine Margarita. Bezahlt mit einer goldenen Kreditkarte. Führt mich dann zu einem Tisch.

»Hat Ásta sich wieder erholt?«, fragt er.

»Erwartungsgemäß.«

»Ja, es ist wirklich furchtbar, wenn Unschuldige in so was reingezogen werden.«

»Also, du bist sicher, dass sie unschuldig ist?«

Er lächelt wissend und tippt sich mit seinem Zeigefinger an die Nase, als ob er über die Sache viel mehr wüsste als alle anderen.

Aber ich habe keine Lust, ihn weiter über den Fall auszuquetschen. Die Musik ist schnell und aufputschend. Der Hengst sieht vorzeigbar aus. Und ist vielleicht auch zu allen Schandtaten bereit?

So eine Gelegenheit darf man sich nicht entgehen lassen. Ich fordere ihn deshalb zu einem engen Tanz mit mir auf. Habe gleich das Gefühl, dass er auch interessiert ist.

Wir gehen zu ihm nach Hause. Er wohnt in der oberen Etage in einem alten Holzhaus im Thingholt, direkt in der Innenstadt. Bittet mich ins Wohnzimmer. Legt eine CD auf. Holt eine halb volle Cognacflasche aus einem Schrank.

Ich ziehe mir Jacke und Schuhe aus. Schnappe mir den Hengst. Drehe mit ihm zum Takt der Musik ein paar Runden im Wohnzimmer.

»Möchtest du nichts trinken?«, fragt er.

Ich schüttele den Kopf. Gebe ihm einen feuchten Kuss. Einen langen. Und tiefen. Schmiege mich an ihn an. Habe nur das eine im Kopf. Ertrage keine Verzögerungstaktiken mehr.

Aber er ist altmodisch. Möchte es lieber im Bett machen. Führt mich ins Schlafzimmer. Lässt die Kleidung auf den Boden fallen. Wartet in den Boxershorts, dass ich das Gleiche mache.

Lächelnd schiebe ich meine Hand unter den Gummizug. Ergreife den Prinz. Fühle, dass er Gutes verheißt.

Knie mich hin. Ziehe ihm den Boxer herunter. Packe den Prinz mit eisernem Griff. Drücke zu. Spüre seine Kraft.

Sehr gut!

»Leg dich hin!«, sage ich. Meine Stimme klingt rau vor Lüsternheit. Ich betrachte meinen Hengst im Bett, während ich mich untenherum ausziehe. Aber nicht obenherum. Will den Armen nicht erschrecken. Nicht in diesem Augenblick. Setze mich rittlings über seine Beine. Spiele ein wenig mit ihm. Ziehe dann dem Prinzen einen Schlafanzug an. Führe ihn ein.

Aaah!

Ich habe meinen Hengst völlig unter Kontrolle. Ich halte ihn mit den Knien fest. Benutze den Prinzen wie ein lebendiges Spielzeug. Entfache die Leidenschaft in meinem Körper. Langsam, ganz langsam. Bis der letzte Damm wie durch eine kräftige Tiefensprengung bricht. Dann lege ich auf ihm los. Gebe meinen Gefühlen freien Lauf. Kreische lauthals, als ich einen heftigen Orgasmus bekomme.

»Wenn nur das Leben eine endlose Gaudi wär.«

Sagt Mama.

23

Verdammte Feiglinge!

Die Goldjungs haben darauf verzichtet, Untersuchungshaft für den harten Höddi zu beantragen. Behaupten, es sei für die Ermittlungen des Falles nicht notwendig. Vielleicht, wenn der Jeep gefunden würde, aber auch erst dann.

Raggi versucht, die Schlamperei zu entschuldigen, als ich um die Mittagszeit bei der Kripo reinschaue. Aber es gelingt ihm nicht. Es sieht so aus, als sei er selber nicht davon überzeugt, dass sie richtig gehandelt haben. Aber er hat innerhalb der Behörde wenig Einfluss auf den Fall. Da haben seine Vorgesetzten das Sagen.

Nach den Neuigkeiten ist mein Tag im Eimer. Ich könnte in die Luft gehen! Und ich war doch nach dieser Nacht so fit! Erholt wie noch nie zuvor. Der Hengst hieß Runólfur. Hab es an der Haustür gelesen, als ich mich gegen Morgen davongeschlichen habe. Ich ließ ihn schlafen, denn er hatte gezeigt, was er konnte – hervorragend und ausdauernd. Kam direkt in die Spitzenklasse. Zumal ich fest entschlossen bin, bald wieder bei ihm vorbeizuschauen. Solche Hengste findet man nicht in jeder Bar.

In mir kocht die Wut auf die Goldjungs. Natürlich haben nur sie die Macht, etwas zu unternehmen. Aber es kommt überhaupt nicht in Frage, in der jetzigen Situation aufzugeben. Ganz im Gegenteil, ich werde alles daransetzen, den harten Höddi in den Knast zu schicken. Und die Glatze auch. Die einzige Möglichkeit ist, den Goldjungs auf die Nerven zu gehen. Unerträglich sein. Am besten jeden Tag dort aufkreuzen, bis sie sich gezwungen sehen, etwas zu unternehmen.

Aber ich muss mich auch um andere und näher liegende Sachen kümmern. Unternehme eine kurze Fahrt zum herrschaftlichen Hauptgebäude der Versicherungsgesellschaft. Sie haben das Wrack bereits begutachtet und sind bereit, ihren Teil zu bezahlen. Ohne aufzumucken.

Als Nächstes fahre ich beim Autohändler vorbei und bestelle mir eine neue Silberkarosse. Möchte ihn so schnell wie möglich geliefert bekommen, damit ich diese japanische Blechdose loswerde.

Da klingelt das Handy.

Es ist Ásta. Sie ist mutlos, niedergeschlagen. Weinerlich.

Also stimme ich schließlich zu, sie zu treffen, aber nicht bei ihr zu Hause. Deshalb lade ich sie ins Café Paris ein. Dort läuft man jedenfalls nicht Gefahr, dass ihr irgendein Blödsinn einfällt.

Sie hat eine große Sonnenbrille auf, als würde sie in einem amerikanischen Thriller spielen. Ihre Nerven sind bis auf das Äußerste angespannt. Die Stimme zittert. Sie findet, dass ihr Leben grundlos zerstört wurde.

Ist das ihr Ernst? Oder zieht sie eine Show ab?

Das herauszufinden ist schwierig. Aber als sie die dunkle Brille für einen Moment abnimmt, sehe ich die dunklen Ringe unter den blauen Augen. Wie nach lang andauernder Schlaflosigkeit.

»Ich warte immer darauf, dass sie wiederkommen«, sagt sie und rührt den Kaffee nicht an. »Auch nachts.«

»Das geht nicht. Du musst doch schlafen!«

»Ich fühle mich so einsam und alleine, und ich habe niemand anderen als dich, mit dem ich darüber reden kann.«

Obwohl ich normalerweise gegen Medi-Dope bin, rate ich ihr, mit ihrem Hausarzt zu reden und sich Schlaftabletten verschreiben zu lassen. Und dann mal zehn Stunden am Stück zu schlafen. Danach würde sie sich fühlen wie ein neuer Mensch.

Ásta verspricht, mit dem Arzt zu reden. Aber ich weiß nicht, ob sie es ernst meint, und biete ihr an, ihn selber anzurufen und mit ihm zu sprechen. Werde beim fünften Versuch endlich zu ihm durchgestellt. Beschreibe ihm Ástas Zustand und bekomme ihn dazu, ein Rezept telefonisch an die nächste Apotheke durchzugeben.

»Komm, ich fahr dich nach Hause«, sage ich und schiebe den lauwarmen Kaffee in die Mitte des Tisches. »Die Tabletten holen wir auf dem Weg.«

Kurze Zeit später hält sie das Medikament in den Händen, und wir fahren los Richtung Grafarvogur. Aber als wir auf der Miklabraut sind, der Hauptverkehrsader der Stadt, sagt sie plötzlich: »Ich habe dir doch noch nicht alles gesagt.«

Natürlich nicht!

»Dann erzähl es mir jetzt«, antworte ich.

»Wir haben uns oft in einer kleinen Wohnung getroffen, die Steinunn benutzen durfte.«

»Wo?«

»Im Breidholt. Ich habe einen Schlüssel, wenn du sie sehen willst.«

Was sonst?

Ásta zeigt mir den Weg zu einem stattlichen Hochhaus im oberen Teil des Viertels, der auf einem Berg liegt.

»Die Wohnung ist im siebten Stock«, sagt sie.

Wir warten auf den Aufzug. Lassen erst ein paar ausgelassene Kinder heraus. Dann fahren wir hoch und gehen einen langen Gang entlang.

»Hier ist es.« Sie holt den Schlüssel aus ihrer kleinen roten Handtasche und öffnet die Tür. Knipst das Licht im Wohnzimmer an.

Als Allererstes fallen mir die Bilder an den Wänden auf. Nur erotische Zeichnungen von nackten Leuten beim Liebesspiel.

Ásta setzt sich auf das rosa Sofa.

An der Wand gegenüber dem Sofa steht ein großer Fernseher. Und ein Videogerät. Und viele Videokassetten, von denen einige farbige Bilder auf den Covers haben. Eine von denen nehme ich aus dem Regal. Es ist leicht erkennbar, was auf dem Video drauf ist. In diese Kategorie scheinen allerdings die meisten zu gehören. Pornos.

»Da habt ihr ja genug zum Gucken gehabt«, sage ich.

»Das kann schon nett sein«, antwortet Ásta. »Steina wollte oft etwas laufen lassen, wenn wir zusammen waren.«

Manche der Videos sind internationale Fließbandarbeiten. Aber auf anderen scheinen eigene Aufnahmen zu sein.

Ich werfe einen kurzen Blick auf Ásta. »Gibt es hier vielleicht auch Aufnahmen von dir?«

»Ich weiß nicht. Sie hat mir nie erzählt, dass sie uns filmt.«

Glaubt sie wirklich, dass ich ihr das abnehme?

Ich überfliege die Videos im Regal. Auf manchen stehen Namen, die mit mindestens zwei verschiedenen Handschriften vermerkt worden sind. Sowohl Frauen- als auch Männernamen. Aber nur die Vornamen. Ich lese einen Namen nach dem anderen, mit denen ich nichts anfangen kann, bis ich ein Video finde, auf dem nur ein Wort steht: Ásta.

Ich lege sie auf den Fernseher und suche weiter, bis ich alle Titel durchhabe.

Es ist das einzige Video mit ihrem Namen. Ganz sicher.

Ich nehme es wieder und lasse es schnell in meiner Aktentasche verschwinden.

Ásta verfolgt alles sehr genau. »War das etwa …?«

»Was hast du denn gedacht?«

Ich setze mich auf das weiche, breite Sofa. Überlege, was zu tun ist, als ich auf einmal Geräusche höre. Wie tiefes Stöhnen. Schaue Ásta fragend an, die erbleicht ist. Sie schüttelt den Kopf. Gibt vor, nicht zu wissen, was los ist.

Vielleicht.

Das Gestöhne kommt aus dem Schlafzimmer am Ende des Ganges. Daran besteht kein Zweifel.

Was sollen wir machen? Schnell wieder verschwinden? Oder den Geräuschen nachgehen und nachsehen, woher sie kommen?

Abhauen ist jedenfalls nicht mein Stil.

Ich gehe den Gang entlang. Öffne leise die Tür zum Schlafzimmer. Achte darauf, dass man mich nicht hört.

Ein völlig nackter Mann liegt stöhnend im Bett. Er ist blond. Wahrscheinlich um die vierzig. Er ist mit Ketten an Kopf- und Fußende des Bettes gefesselt. Riesige Sicherheitsnadeln hängen in den erregten Brustwarzen, und Klemmen mit Kabeln daran halten seinen steifen Prinzen umschlossen. Alles aus rostfreiem Stahl, scheint mir.

Ein Mädchen kniet zwischen seinen Beinen. Kann nicht erkennen, ob sie jung oder alt ist, denn sie steckt von Kopf bis Fuß in einer Ledermontur. Sie hat eine Maske über dem Gesicht und schwarze Stiefel an. Sie konzentriert sich darauf, den Prinzen mit den verkabelten Instrumenten zu foltern. Allerdings stöhnt der Kerl nicht nur vor Schmerz, sondern auch vor Lust. Ihm scheint es zu gefallen.

Ich halte mir den Mund zu, um nicht laut loszuprusten. Ich finde das so unglaublich witzig. Fand Sadomasochismus noch nie toll. Sado-Maso ist doch bescheuert.

Sie schauen beide auf, als ich mich nicht mehr zurückhalten kann. Der Typ öffnet die Augen, als er mein Gelächter hört. Er ist völlig geschockt, als er mich in der Tür sieht. Zuerst erbleicht er. Dann wird er knallrot. Nicht vor Scham, sondern vor Wut.

»Was zum Teufel machst du in meiner Wohnung?!«, fragt er wütend und rüttelt an den Ketten.

Das Mädchen bewegt sich nicht. Guckt mich nur weiter durch die Schlitze ihrer Ledermaske an.

Ich höre Ásta hinter mir. Sie kommt in die Tür. Zieht die Luft ein.

»Das ist Kalli«, flüstert sie mir ins Ohr.

»Mach mich los!«, befiehlt er dem Mädchen im Bett.

Aber sie hat eine ziemlich lange Leitung. Kniet weiterhin regungslos zwischen seinen Beinen und starrt uns an. »Sollen die zugucken?«, fragt sie schließlich. Die Stimme klingt kindlich.

»Natürlich nicht!«, ruft er. »Mach mich jetzt los!«

Sie steigt vorsichtig aus dem Bett, holt einen Schlüssel, der auf dem Nachttisch liegt, und macht sich daran, die Schlösser an den Ketten aufzuschließen.

Ich gehe näher ans Bett heran. Versuche, mein Lachen zu unterdrücken, aber ohne viel Erfolg. Begucke mir eingehend die Kabel, die den Prinzen immer noch gefangen halten, obwohl er schon zusammengefallen ist wie ein zerplatzter Luftballon.

»Ist das wirklich toll?«, frage ich.

Aber Kalli ist nicht in der richtigen Stimmung, mir zu antworten. Sobald seine Hände von den Ketten befreit sind, zieht er sich die Sicherheitsnadeln aus der Brust und befreit seinen Prinzen aus dem Kabelsalat. Zieht sich dann schnell einen dicken dunkelbraunen Bademantel an, der auf einem Stuhl vor dem Toilettentisch und dem Spiegel liegt.

»Hast du etwa einen Schlüssel zu der Wohnung?«, fragt er Ásta frech, während er in den Flur geht.

»Entschuldige die Störung«, sage ich zu dem Ledermädchen. »Wir wussten nicht, dass jemand hier ist.«

»Kein Problem«, antwortet sie leise.

Kalli hält Ásta eine wütende Gardinenpredigt, als ich wieder ins Wohnzimmer komme. Ich schneide ihm abrupt das Wort ab.

»Steinunn hat ihr den Schlüssel gegeben, also hat sie ein Recht darauf, hierher zu kommen«, sage ich und werfe ihm scharfe Blicke zu. Sein Gesicht ist vor Wut angeschwollen. »Aber ich konnte ja nicht wissen, dass du gerade den Tod deiner Frau feierst.«

»Den Tod … meiner Frau … feiern???« Er kriegt kaum Luft vor Zorn.

»Ich bin sicher, dass es die Goldjungs interessieren wird, zu hören, wie du dich freust, Steinunn los zu sein«, fahre ich im gleichen Tonfall fort.

»Die Goldjungs?«

»Die Bullen.«

Der Kerl ist sichtlich geschockt. Er guckt mich forschend an.

»Nicht alle verarbeiten ihre Trauer auf gleiche Art«, sagt er nach einer Weile Stille. »Ich behaupte daher, dass das ganz normal ist.«

»Dann erzähl denen das!«

Das Mädchen kommt aus dem Schlafzimmer. Sie hat ihre

Garderobe gewechselt. Sieht aus wie ein Schulmädchen. Ganz jung.

»Ich bin weg«, sagt sie leise.

Kalli läuft zu ihr hin. »Ich ruf dich heute Abend an«, sagt er.

Sie nickt und verschwindet durch die Tür.

»Mir scheint, dass sie noch minderjährig ist«, sage ich.

»Was für ein Blödsinn.«

»Ich krieg das raus, darauf kannst du wetten.«

Er steht für einen Moment wie angewachsen im Flur. Scheint auf einmal ratlos zu sein. Erschöpft. Guckt Ásta und mich abwechselnd an. Seufzt dann. Geht ins Wohnzimmer. Lässt sich in den tiefen Sessel fallen.

»Was wollt ihr eigentlich von mir?«, fragt er.

Bingo!

24

Kalli ist gewieft, was seine Verteidigung angeht. Besonnen und konzentriert in allen Antworten. Streitet entschieden ab, Steinunn jemals Rauschgift gegeben zu haben. Weder Kokain, Ecstasy, LSD oder etwas anderes. Falls sie solche Mittel genommen hatte, dann von sich aus oder mit anderen zusammen. Zum Beispiel mit Ásta.

Ich glaube ihm kein Wort.

Er streitet auch ab, ihr Medi-Dope besorgt zu haben. Ihr Hausarzt hätte die alleinige Verantwortung dafür gehabt, solche Rezepte auszustellen. Das alles sei schon zu Protokoll gegeben worden und in den Händen der Polizei. Keine Geheimnisse diesbezüglich. Sagt er.

Auch das zu glauben, fällt mir schwer.

Kalli bestätigt jedoch, dass Steinunn immer auf der Überholspur gelebt hat.

»Genau das war es, was mich am meisten an ihr fasziniert

hat, als ich sie kennen lernte«, erzählt er. »Sie war immer bereit, die ausgetretenen Pfade zu verlassen und etwas Verrücktes, Neues auszuprobieren. Deshalb war jeder Tag mit ihr wie ein neues Abenteuer.«

»Und nach einer Weile?«

»Wir waren sechs Jahre verheiratet. Da schleift sich natürlich ein gewisser Trott ein. Aber wir haben trotzdem versucht, das Leben gemeinsam zu genießen.«

»Was war mit dem Herzfehler?«

»Merkwürdigeweise schien Steina zu ahnen, dass sie nicht alt werden würde«, sagt er. »Sie benutzte den Herzfehler als Vorwand, um ihre Vorhaben durchzusetzen und das zu machen, was sie wollte.«

»Aber du als Arzt wusstest natürlich, dass sie herzkrank war.«

»Ich wollte, dass sie sich untersuchen lässt«, antwortet Kalli. »Ich habe sogar einen Termin für sie vereinbart. Aber sie hat immer gesagt: Wenn es etwas Ernstes ist, will ich nicht wissen, was es ist. Sie wollte lieber mit der Ungewissheit leben.«

Kalli guckt mich an. Kalt und ausdruckslos.

»Und wie seid ihr zu der Wohnung hier gekommen?«, frage ich.

»Nach zwei oder drei Jahren wollten wir beide etwas ändern. Ich wollte Sachen ausprobieren, an denen sie kein Interesse hatte und andersherum. Also diskutierten wir die Sache durch wie gesittete Leute, und das Ergebnis war, dass wir beide unsere besonderen Bedürfnisse am besten auf diese Weise befriedigen könnten. Wir benutzten diese Wohnung hier abwechselnd, sodass jeder an bestimmten Tagen der Woche Nutzungsrecht hatte.«

»Vorsichtig ausgedrückt eine ungewöhnliche Ehe, oder nicht?«

»Wir hielten das für eine praktische Einrichtung. Und es gab keine Geheimnisse zwischen uns, denn wir haben dem anderen immer alles erzählt, was wir alleine gemacht haben.« Er wirft einen Blick auf Ásta. »Zumal es ja nichts anderes als Kurzweil war.«

»Und was war mit Eifersucht?«

»Ich denke, dass Eifersucht kindisch und unreif ist«, antwortet Kalli und lächelt überheblich. »Wir waren beide über so etwas erhaben.«

»Und warum warst du dann so wütend auf mich?«, fragt Ásta.

»Wütend auf dich?«

»Hast du das vielleicht vergessen?«

»Das betraf nicht dich persönlich.«

»Worum ging es?«, frage ich.

»Steina hat ein Mal unsere Regeln gebrochen, als sie dieses Mädchen da nach Hause mitgebracht hat. Ich habe sie zusammen im Ehebett gefunden, und laut unserer Abmachung war das absolut tabu. Deshalb bin ich ausgerastet. Aber Steina und ich haben das hinterher in Ruhe besprochen, sie hat sich entschuldigt, und damit war alles vergeben und vergessen.«

Vergessen?

Ich betrachte ihn sehr genau von oben bis unten. Glaube nicht einen Augenblick daran, dass diese merkwürdige Ehe so einfach und reibungslos funktionierte. Passt überhaupt nicht zu meinen Erfahrungen mit der Natur des Menschen.

»Wir wissen, dass Steinunn diverse Aufputschmittel benutzte«, sage ich. »Woher hatte sie die?«

»Es ist völlig zwecklos, mich danach zu fragen.«

»Aber war Rauschgift nicht ein Teil eurer Versuchsreihe? Zum Beispiel mit Kokain?«

»Ich habe das bereits verneint.«

Ásta steigt ins Gespräch ein: »Steina hat aber was anderes gesagt.«

»Was sagst du da?«

»Sie hat mir erzählt, dass ihr Spitt und Ecstasy geschluckt

habt. Und Acid auch«, fährt Ásta fort. »Sie hat mir sogar von den Wirkungen berichtet, weil ich ihr gesagt hatte, dass ich so was noch nie probiert habe.«

»Ich habe an euch schon viel zu viel Zeit verplempert«, sagt Kalli kalt und ruhig und steht auf. »Am besten gibst du mir jetzt den Schlüssel.«

Ásta zögert.

»Ansonsten lasse ich ein neues Schloss einsetzen.«

Sie kramt den Schlüssel aus ihrer Tasche und reicht ihn Kalli.

Ich nehme meine Aktenmappe und gehe zur Tür. Drehe mich noch mal auf der Schwelle um. Sehe, dass Kalli immer noch im Wohnzimmer steht und uns hinterherguckt. Sein Gesichtsausdruck ist verkniffen. Hasserfüllt.

»Ich glaube dir nicht«, sage ich.

»Das ist mir völlig egal«, antwortet er.

Ásta hält sich an meinem Arm fest, während der Aufzug abwärts fährt. Der Besuch scheint sie sichtlich mitgenommen zu haben.

»Steina hat immer gesagt, dass er eiskalt sei«, flüstert sie. »Sie kam sich manchmal vor wie ein Versuchskaninchen im Labor. Kalli hat ständig alles beobachtet, was sie gemacht hat, und notierte sich sogar ihre Reaktionen, als sei sie eine Ratte im Käfig.«

»Hat sie das so gesagt?«

»Ja.«

Als wir ins Auto eingestiegen sind, frage ich sofort: »Was hat er eigentlich gesagt, als er euch zusammen erwischt hat?«

»Er ist völlig ausgerastet. Er kam ins Schlafzimmer gefegt und schrie uns an. Er benutzte eine ganze Palette an Vokabular unter der Gürtellinie, das ich noch nicht mal wiedergeben kann. Dann stürmte er wieder hinaus und knallte die Tür mit Karacho hinter sich zu. Ich weiß, dass Steina Angst vor ihm hatte, jedenfalls nach dieser Begebenheit.«

Mir fällt es leichter, Ástas Beschreibung von Kallis Raserei zu glauben als seinen Behauptungen von einer herzlosen, berechnenden Übereinkunft, die Steinunn erlaubte, ihn nach Belieben zu betrügen. Hatte er schließlich aufgehört, es bei Worten und Türenknallen zu belassen, und war stattdessen zu Taten geschritten? War es denkbar, dass Kalli Steinunn ermordet hatte?

Auf dem Weg in den Grafarvogur hänge ich diesen Gedanken nach. Ásta sitzt müde und schweigsam auf dem Beifahrersitz.

Zwei Polizeiautos warten vor dem Mehrfamilienhaus, in dem Ásta wohnt. Als ich meine japanische Blechdose in die Parkbucht fahre, springen zwei Goldjungs aus dem einen Streifenwagen und kommen mit schnellen Schritten zu uns herüber.

»Bleib ganz ruhig«, sage ich zu Ásta.

Der eine Goldjunge öffnet die Beifahrertür. »Du kommst mit uns«, sagt er zu Ásta.

Ich steige schnell aus und trete zwischen die beiden. »Um was geht's?«

»Sie soll zu einem Verhör kommen«, sagt er.

»Ich komme mit.«

»Du kannst uns in deinem Auto folgen, wenn du willst«, sagt der Goldjunge und führt Ásta weg.

Ich kann nichts anderes machen, als ihr gut zureden; sie soll Ruhe bewahren und nichts ohne mein Beisein sagen. Und dann fahre ich hinter ihnen her zur Kripo.

25

Im kleinen Zimmer, das für Verhöre genutzt wird, ist es eng. Ásta sitzt ganz in meiner Nähe und versucht, ihre Nervosität zu überspielen. Raggi hat hinter dem Tisch Platz genommen und pult mit besonderer Sorgfalt den Dreck unter seinen Nägeln hervor. Einer der Goldjungs steht an der geschlossenen Tür Wache.

Wir warten darauf, dass der Vize geruht, sich blicken zu lassen. In der Zwischenzeit nutze ich die Möglichkeit, das Ergebnis der chemischen Wasseranalyse zu lesen.

Das ist der Bericht über die »Mordwaffe«, wie Raggi das Glas einmal genannt hat. Doch wie es scheint, zu Unrecht.

Ich überfliege das Schriftstück, das mehr oder weniger in schwer verständlichem Jargon gehalten ist. An einigen Stellen sind lange lateinische Wörter, die Ärzte benutzen, um ihr Spezialwissen vorzuführen. Trotzdem habe ich schnell des Pudels Kern erfasst. Zuerst die Wasserkanne. Da wurde nichts Verdächtiges gefunden. Nur ganz normales Leitungswasser.

Dann das Glas. Es war noch genügend Wasser für eine chemische Analyse übrig. Darin wurden Reste von etwas gefunden, was die Kenner der Pharmazie Lysergsäurediethylamid nennen.

Mir kommt dieser lange Name gleich bekannt vor. Habe ihn oft in Verbindung mit anderen Rauschgiftfällen gesehen. Das ist die berühmte Bezeichnung für das Mittel Lysergid, das Halluzinationen hervorruft. Mit anderem Namen LSD.

Was für eine Erleichterung!

Im Bericht des Obduktionsarztes war schon aufgezeigt worden, dass die »Mordwaffe« die gefährlichste Form von Ecstasy-Pillen war, die die Stoffe PMMA und PMA enthielten. Aber im Wasserglas wurden keine Reste dieser Stoffe gefunden.

Also haben die Goldjungs nichts in der Hand.

Ásta schaut auf und guckt mich mit diesen tiefblauen Augen an. Ihr Lächeln verschwindet genauso schnell, wie es gekommen war.

Plötzlich kommt der Typ hereingestürmt. Mit grimmiger Miene wie ein wütender Stier. Aber edel angezogen. Sehr imposant, das muss man dem Knaben schon zugestehen. Setzt sich Ásta gegenüber an den Tisch. Beugt sich vor. Guckt ihr direkt in die Augen. Macht einen missglückten Versuch, freundlich zu sein.

»Meine liebe Ásta, das Spiel ist aus«, sagt er. »Jetzt wissen wir genau, was du ins Glas getan hast. Erzählst du uns noch, warum?«

Ásta wird ängstlich. Guckt mich Hilfe suchend an. Wendet sich dann wieder dem Vize zu.

»Aber ich habe nichts ins Wasser getan«, antwortet sie schließlich.

»Die chemische Analyse sagt uns aber etwas anderes. Deshalb ist weiteres Leugnen zwecklos.«

»Aber es ist wahr!«

Da beginnt er, seine Fragen wie mit einem Maschinengewehr abzufeuern: »Wo hast du die Pillen her?«

»Was ... was für Pillen?«

»Die LSD-Pillen, die du ins Wasser getan hast?«

Sie schüttelt den Kopf.

»Wo hast du sie gekauft? In der Schule? In einer Bar? Wo?«

Mit dieser Aktion gibt er zu erkennen, dass sie nicht den geringsten Beweis in der Hand haben, dass Ásta überhaupt LSD besessen hat.

Schließlich reicht es mir.

»Sie hat schon zum x-ten Mal ausgesagt, dass sie nichts über diese Tabletten weiß«, sage ich wütend.

Der Vize antwortet mir noch nicht mal. Stattdessen bearbeitet er Ásta weiter. »Du hast das Wasser ins Glas geschüttet«, donnert er. »Du hast das Glas vor Steinunn auf den Tisch gestellt. Du hast alles gemacht, niemand sonst kam dem Glas nahe. Siehst du nicht ein, wie sinnlos es ist, uns weiter anzulügen?«

»Aber ich sage die Wahrheit«, antwortet Ásta.

Sie kommen nicht weiter, egal, was sich der Vize einfallen lässt. Ásta wiederholt nur immer wieder die gleichen Antworten. Erstaunlich, wie gut sie sich behauptet, so gestresst, wie sie am Anfang war.

Natürlich ist das Verhör nur eine bedeutungslose Farce. Ein verzweifelter Versuch, um Ásta dazu zu bringen, die Tat zu gestehen. Nur so können die Goldjungs ihr Ansehen retten, bevor sie öffentlich eingestehen müssen, dass nichts für Ástas Verantwortung für Steinunns Tod spricht.

»Gut gemacht«, sage ich und lächele ihr zu, als der Vize aufspringt und mit langen Schritten aus dem Raum marschiert.

Ich erwische Raggi gerade noch, als er schon dabei ist, sich in einen Streifenwagen zu quetschen, um in die Mittagspause zu entschwinden. Gehe gleich auf ihn los.

»Ihr seid ja nicht ganz bei Trost!«, sage ich aufgebracht. »Verfolgt Ásta, obwohl sie völlig eindeutig unschuldig ist, aber lasst dieses verdammte Schwein Höddi frei rumlaufen, trotz des zweifelsfreien Ergebnisses der Gegenüberstellung! Ihr müsst ja verdammt stolz auf euer Tagewerk sein!«

»Wir kommen voran«, sagt Raggi völlig gelassen.

»Ihr seid mit Höchstgeschwindigkeit auf dem Weg in die völlig falsche Richtung!«

Er schüttelt den Kopf.

»Was ist mit der Attacke auf mich?«, frage ich. »Ist jemand überhaupt noch dabei, den Jeep ausfindig zu machen?«

»Selbstverständlich.«

»Und?«

»Er ist immer noch nicht gefunden worden«, antwortet Raggi. »Aber wir haben die Aussage eines jungen Paares, denen das besagte Auto am entsprechenden Tag auf der Hellisheidi entgegengekommen ist. Deshalb haben wir die Suche nun auch auf das Südland ausgedehnt.«

»Ihr seid wohl noch nicht auf die Idee gekommen, in die Garage der Glatze zu gucken?«

Er senkt seinen Blick auf seinen Schmerbauch, ohne mir zu antworten.

»Hallo?!«

Da schaut er auf. »Wir haben dort tatsächlich schon geguckt«, antwortet er leidend. »Du kannst wirklich glauben, dass wir unser Bestes geben.«

»Und was zum Teufel hat das bisher gebracht?«

Raggi nimmt den inneren Griff der Autotür. »Lass mich jetzt die Tür zumachen«, sagt er.

Ich latsche zu meinem Mietwagen, fahre nach Hause und stapfe direkt in mein Büro. Da hätte ich fast meinen Cousin Sindri über den Haufen gerannt. Hatte ihn heute Morgen zu mir bestellt, weil mein Computer sich weigerte, mir zu gehorchen. Jetzt kniet er auf dem Fußboden und nimmt ein paar Verbindungen unter die Lupe.

Sindri ist der einzige Verwandte, mit dem ich regelmäßig Kontakt habe. Er denkt an nichts anderes als Computer. Sie sind seine Lieblingsbeschäftigung. Zumal er auch alles über diese Geräte weiß. Kann angenehm davon leben, Homepages zu codieren und Computerprobleme anderer Leute zu lösen. Aber ansonsten spielt er nur herum. Wacht morgens mit den Rechnern auf und geht abends mit ihnen schlafen. Ein wahrer Computerfreak.

»Hast du den Fehler gefunden?«, frage ich und knalle meine Aktenmappe auf den Schreibtisch.

»Es wird«, antwortet er, ohne aufzusehen.

Ich sortiere die Unterlagen in der Sache Staatsanwaltschaft gegen Ásta an die richtige Stelle im Aktenschrank ein. Für die Goldjungs gibt es jetzt keinen Grund mehr, sie wegen Mordes zu verdächtigen. Deshalb war es so idiotisch von ihnen, sie immer noch zu verfolgen. Genauso bescheuert, wie den harten Höddi weiterhin frei herumlaufen zu lassen.

Meine Wut flammt wieder auf. Hat mich völlig im Griff. Die Wut auf die Goldjungs und dieses verrottete System. Es juckt mich buchstäblich in den Fingern, diesem verfluchten Verein das Leben schwer zu machen. Aber wie?

»Verdammte Idioten!«, fluche ich laut mit mir selber.

»Wer?«, fragt Sindri und wendet seinen Blick für einen Moment von den Steckkontakten ab.

»Ich meine alle diese Ratten im System.«

»Hast Recht.«

Ich muss mich einfach abreagieren. Die Worte strömen aus mir heraus wie ein Wasserfall. Ich erzähle Sindri alles über die Verbindungen zwischen Geirmundur, der Glatze, dem harten Höddi und dem Attentat im Hvalfjördur. Erkläre ihm, was für eine Heidenangst die Goldjungs haben, denen auf die Zehen zu treten, die wirklich Macht in der Gesellschaft haben.

Er findet auch, dass es eine unerträgliche Ungerechtigkeit ist.

»Warum lässt du dich nicht von Journalisten und Reportern interviewen und deckst die Machenschaften dieser Kerle auf?«, fragt er und wendet sich wieder meinem Computer zu.

»Sie brauchen Beweise. Obwohl ich natürlich weiß, dass der harte Höddi mir im Auftrag von Geirmundur gedroht hat, bestreitet er das. Und ich war so blöd und hatte kein Aufnahmegerät dabei.«

»Fahr jetzt mal den Computer hoch«, sagt er und steht auf.

Der Rechner reagiert sofort. Er singt wie ein heiserer Computerengel, während er die Programme lädt.

»Versuch jetzt mal, etwas auszudrucken.«

Auch das geht wie geschmiert.

»Du bist ein Genie«, sage ich.

Mein Cousin hat aufgehört, sich gegen diese Bezeichnung zu wehren, aber beginnt gleich, sein Zeug einzupacken.

»Warum machst du dir nicht das Internet zu Nutze?«, fragt er.

»Wie denn?«

»Im Internet kann man behaupten, was man will, und wenn es spannend genug ist, springt die Presse sofort darauf an, nur weil es im Netz steht.«

»Aber könnte man es nicht sofort auf mich zurückführen?«

»Nicht unbedingt.«

»Wie meinst du das?«

»Man kann eine Webseite erstellen, die auf einem Server im Ausland liegt, ohne dass jemand dahinter kommen kann, wem sie gehört.«

»Bist du sicher?«

»Na klar.«

Tolle Idee. Oder etwa nicht?

Ich lasse mir die Idee von Cousin Sindri eine Weile durch den Kopf gehen. Es wäre sicherlich möglich, auf einer namenlosen Webseite diverse Andeutungen zu machen, ohne Spuren zu hinterlassen, dass die Informationen von mir kommen. Die Verbindung Geirmundur – Glatze aufzeigen. Auch den harten Höddi. Und möglicherweise Porno-Valdi. Man könnte sich auch über die Tatenlosigkeit der Goldjungs auslassen. Alles schön zu einem giftigen Cocktail zusammenrühren.

»Wenn du willst, helfe ich dir dabei«, fährt er fort.

Die Vorstellung hat was. Trotzdem möchte ich mir die Sache noch durch den Kopf gehen lassen. Möchte nichts voreilig vom Stapel brechen. Bin so verdammt wachsam geworden.

»Ich sag dir bald Bescheid«, verabschiede ich Sindri und danke ihm mit meinem schönsten Lächeln, das ich im Repertoire habe. Mache dann bis zum Abend weiter und schufte in eigener Sache, was ich in den letzten Tagen vernachlässigt habe. Checke den Kontostand. Sehe nach meinen Aktien und Zahlungen. Bereite Inkassoverfahren, Zwangsvollstreckungen und Klagen vor. Alles, um immer mehr Scheinchen zu kassieren.

So gegen acht arbeite ich immer noch auf Hochtouren, als das Telefon klingelt. Nehme den Hörer aus alter Gewohnheit ab, obwohl ich beschäftigt bin. Bin in Gedanken nicht ganz dabei, aber werde schnell aus der Welt des Geldes gerissen.

»Mein Gott, du musst mir helfen!«, kreischt die Stimme. »Ich bin in einer wahren Hölle gelandet!«

Gott? Hölle? Und die Fernsehkritikerin? Alles auf einmal? Das verheißt Gutes.

26

Ich muss gezwungenermaßen in meiner japanischen Nuckelpinne in den Osten aufs Land fahren, als ich endlich die Erlaubnis bekomme, Hallgerdur am nächsten Tag zu treffen.

»Ich habe die ganze Nacht kein Auge zugetan«, ist das Erste, was sie sagt, als die Gefängnisaufseher sie in das kleine Zimmer bringen, in dem wir unter vier Augen reden können. »Mir ist völlig unverständlich, wie man in diesem schrecklichen Haus schlafen kann.«

Man sieht ihr die Schlaflosigkeit an. Das Gesicht ist angeschwollen und müde. Die Haut ungeschminkt und großporig. Unter den Augen dunkle Ringe. Sie ist völlig hibbelig, als ob ihre Nerven bis aufs Äußerste angespannt seien.

»Im Allgemeinen gibt's hier Medi-Dope zum Einschlafen«, antworte ich und öffne meine Aktenmappe.

»Sie haben mir gestern Abend ein paar Tabletten gegeben, aber die haben nichts gebracht.«

Sie geht zum vergitterten Fenster, bleibt dort eine Weile stehen und schüttelt dann den knallroten Kopf, als ob sie immer noch nicht glauben könnte, dass sie hier hinter den Eisenstangen festgehalten wurde und nicht frei und ungebunden auf der anderen Seite war.

Nach einer Weile kommt sie zurück und nimmt mir gegenüber Platz am Tisch, der in der Mitte des Zimmers steht. »Die letzten vierundzwanzig Stunden waren ein einziger Albtraum!«, fährt sie fort und windet die Hände, sodass die Knöchel weiß hervortreten. »Es ist, als ob ich plötzlich in einen Roman von Kafka geraten wäre.«

Bevor ich in den Osten fuhr, habe ich von der Kripo in groben Zügen gehört, was vorgefallen war. Als Hallgerdur gestern Nachmittag von Amsterdam nach Hause kam, wurde ihr Gepäck beim Zoll durchsucht. Niemand wollte mir sagen, ob der pure Zufall oder ein Tipp dazu geführt hatten. Tatsache ist, dass in ihrem Koffer weißes Pulver in kleinen Tütchen gefunden wurde. Sie lagen gut versteckt unter Toffees in einer großen Mackintosh-Dose. Bei genauerer Untersuchung kam heraus, dass es sich um Kokain handelte.

Die einzige Frage, die den Goldjungs im Kopf herumschwirrte, war, ob Hallgerdur eine dienstbare Unschuldige oder eine Verkäuferin sei. Schmuggler oder Dealer.

Gemäß ihrer Aussage ist sie weder das eine noch das andere.

»Nicht ein Einziger hier glaubt mir etwas«, ruft sie aufgebracht. »Dieses Kokain gehört mir nicht, zumal ich es noch nie vorher gesehen habe, bis es mir die Zollbeamten am Flughafen in der Dose gezeigt haben. Ich habe auch überhaupt keine Ahnung, wo das Rauschgift herkommt und wie es in meinem Koffer gelandet ist. Und das ist die Wahrheit, nichts als die Wahrheit!«

»Wir gehen die Sache jetzt mal in Ruhe durch«, sage ich und hole meinen Notizblock aus der Tasche. »Schritt für Schritt. Und wir beginnen ganz am Anfang. Wann bist du abgeflogen?«

»Am Donnerstag letzter Woche. Mir war schon vor langem angeboten worden, einen Vortrag über moderne isländische Literatur in Amsterdam zu halten, auf einer Tagung skandinavischer Schriftsteller. Das Programm dauerte drei Tage, aber ich entschloss mich, noch drei weitere Tage auf eigene Kosten dranzuhängen.«

»Im gleichen Hotel?«

»Ja, ich habe die ganze Zeit im Pulitzer gewohnt. Es liegt ganz zentral in der Innenstadt.«

»Dann kommen wir zur Dose. Hast du sie selber gekauft?«

»Ich habe so eine Dose bei der Abreise im Tax Free Shop gekauft.«

»Die Dose gehört also dir?«

»Ich weiß nicht, ob es dieselbe Dose ist, die ich gekauft habe. Die sehen ja alle gleich aus.«

»Wo hast du sie verwahrt, während du in Holland warst?«

»Im Hotel.«

»Ich meine, wo? Im Koffer? Auf dem Tisch? Im Schrank?«

»Sie stand wahrscheinlich meistens auf dem Tisch neben dem Fernseher.«

»Hast du die Dose selber in den Koffer gepackt, bevor du aus dem Hotel ausgecheckt hast?«

»Ich habe gestern früh meinen ganzen Kram in den Koffer geworfen.«

»Auch die Dose?«

»Wahrscheinlich.«

»Bist du nicht sicher?«

»Doch, ich denke schon, aber mir wäre es im Traum nicht eingefallen, dass irgendetwas anderes als Süßigkeiten in der Dose ist, das kann ich dir sagen!«

»Du hast sie also an dem Morgen nicht geöffnet?«

»Nein, ich habe verschlafen. Ich bin in einen so wahnsinnigen Zeitdruck geraten, dass ich alles in nullkommanix in den Koffer schmeißen musste, um nicht das Flugzeug zu verpassen.«

»Hast du die Dose auf dem Tisch stehen lassen, wenn du in die Stadt gegangen bist?«

»Ja, das hab ich doch schon gesagt.«

»Wann hast du denn das letzte Mal etwas von den Toffees gegessen?«

Sie überlegt. »Ich weiß es nicht mehr genau, aber wahrscheinlich an dem Tag, bevor ich nach Hause gekommen bin.«

»Und da sah alles ganz normal aus?«

»Ja, nur ganz gewöhnliche Süßigkeiten. Aber ich habe natürlich nicht in der Dose herumgewühlt. Ich habe mir nur ein paar Toffees herausgenommen.«

»Hat dich jemand im Hotelzimmer besucht?«

Hallgerdur zögert einen Moment. »In Holland waren Vertreter von Verlagen«, antwortet sie, nachdem sie einen Moment überlegt hat. »Und wir trafen uns natürlich, wie es auf solchen Veranstaltungen üblich ist, sind manchmal zusammen essen gegangen und so.«

»Aber kam einer von ihnen zu dir aufs Zimmer?«

Sie schüttelt den Kopf.

»Wirklich keiner?«

»Nein, keiner von ihnen.«

»Aber vielleicht irgendein Ausländer, den du in Amsterdam getroffen hast?«

»Nein, auch nicht.«

Ich gucke Hallgerdur forschend an. Habe im Gefühl, dass sie mir nicht die ganze Wahrheit sagt. Das verheißt nichts Gutes, weder für sie noch für mich.

»Du musst dir deine Situation vor Augen führen«, sage ich barsch. »Du bist mit einem halben Kilo Kokain erwischt worden. Niemand, der bisher auf dem Flughafen in Keflavík mit einer derartigen Menge festgenommen wurde, kam an einer langen Haftstrafe vorbei. Außer natürlich Kio Briggs, aber das hatte nur damit zu tun, dass die Goldjungs die Ermittlungen vermasselt haben. Auf noch so eine Eselei kannst du nicht hoffen. Hast du das verstanden?«

»Aber ich bin unschuldig!«

»Kannst du das beweisen?«

»Ich? Müssen die mir nicht beweisen, dass ich schuldig bin?«

»Sie haben dich auf frischer Tat mit dem Koks im Gepäck ertappt.«

Hallgerdur stöhnt schwer. »Das muss ein Traum sein«, sagt sie müde.

»Nein, das ist die eiskalte Realität.«

Sie schweigt eine Weile. Guckt auf ihre Hände, die in ihrem Schoß liegen. »Was rätst du mir, was ich tun soll?«, fragt sie mich schließlich mit zittriger Stimme.

»Wenn du das Koks nicht selber in der Dose versteckt hast, hat es jemand anders in deinem Hotelzimmer getan. Hast du jemanden kennen gelernt, dem du das zutrauen würdest?«

»Mir fällt niemand ein«, sagt sie und schüttelt den Kopf.

»Okay. Nachher denkst du darüber nach, welche Leute du getroffen hast, und schreibst alle Namen auf eine Liste, die wir morgen durchgehen können.«

»Das ist ja nicht weiter schwierig.«

»Und vergiss niemanden. Ich will alle denkbaren Namen wissen, so unwahrscheinlich sie auch sein mögen.«

»Was passiert als Nächstes?«, fragt Hallgerdur.

»Du wirst ein paar Wochen in Untersuchungshaft verbringen.«

Sie ist sichtlich geschockt. »Ein paar Wochen?«, wiederholt sie. »Bist du sicher?«

»Da kommst du nicht drum herum.«

»Großer Gott!«, ruft sie. »Wissen die denn nicht, wer ich bin? Was fällt denen eigentlich ein, mich wie eine Schwerverbrecherin zu behandeln?! Alle kennen mich! Ich bin berühmt!«

Ich schmeiße meinen Notizblock in die Aktenmappe. Schließe sie.

»Weiß Gunnar schon Bescheid?«

Hallgerdurs Gesicht erstarrt.

»Die Polizei hat versprochen, ihn zu benachrichtigen«, antwortet sie schließlich.

»Soll ich mich mit ihm in Verbindung setzen, wenn ich wieder in der Stadt bin?«

»Das wäre wahrscheinlich das Beste.«

»Ich sehe dich später wieder, wenn im Bezirksgericht die

Verhandlung wegen der Untersuchungshaft eröffnet wird. Fehlt dir etwas, das ich dir dann mitbringen könnte?«

»Ob mir etwas fehlt?«, fragt sie und lacht unabsichtlich vor Nervosität. »Weißt du nicht, dass jemandem, dem die Freiheit genommen wurde, alles fehlt? Im wörtlichen Sinne alles!«

Ich stehe auf. Beeile mich, rauszukommen. Es regnet. Höre, wie das Tor des mächtigen Gitterzauns hinter mir ins Schloss fällt.

»Mit der Freiheit ist es wie mit dem guten Wetter. Du lernst es erst richtig zu schätzen, wenn es wieder weg ist.«

Sagt Mama.

27

Gunnar lädt mich nach der Arbeit auf ein Glas in seinem Wohnzimmer ein. Er nimmt die Nachrichten von Hallgerdurs Unglück ziemlich auf die leichte Schulter. Reagiert viel zu unberührt.

»Mir wäre im Traum nicht eingefallen, dass sie in der Kokain-Branche ist«, sagt er grinsend und nimmt einen Schluck von seinem Klaren.

»Sie streitet jegliche Schuld ab.«

»Ja, natürlich. Willst du wirklich nichts?«

»Hast du Jackie?«

»Was für einen Jackie?«

»Jack Daniels?«

»Nein, tut mir Leid.«

»Dann möchte ich nichts.«

Er nimmt noch einen Schluck Wodka und guckt mich nachdenklich an.

»Willst du gar nicht wissen, wie es deiner Frau geht?«, frage ich barsch.

»Du berichtest mir doch sicher alles.«

Ich beschreibe ihm die missliche Lage, auf die Hallgerdur sich einstellen muss.

»Und was kann sie zu ihrer Verteidigung vorbringen?«, fragt er und befeuchtet seine Lippen mit der roten Zungenspitze.

»Dass jemand das Kokain im Hotel in ihren Koffer geschmuggelt haben muss.«

»Ach nee. Meinst du nicht, dass sie das schon öfter gehört haben?«

»Was willst du damit sagen?«

»Ansonsten wüsste ich nicht, dass sie irgendwelche abgebrühten Feinde in Holland hat«, fährt er fort. »Was meinst du?«

»Ich meine, dass Hallgerdur deine ganze Unterstützung braucht.«

»Ja, selbstverständlich. Hundertprozentig und das alles.« Sein Grinsen gibt zu erkennen, dass er sich köstlich amüsiert.

Ich fange an zu kochen. »Findest du das etwa witzig?«

»Ich finde es besser, eine Sache immer von der humorvollen Seite zu sehen«, antwortet er. »Wenn man ständig alles mit vollem Ernst betrachtet, wirkt die Realität überwiegend leicht vergiftet.«

»Wir müssen von der Theorie ausgehen, dass Hallgerdur unschuldig ist, und unsere Arbeit danach ausrichten«, sage ich und spieße ihn mit meinem Blick auf.

»Unbedingt.«

»Dann stellt sich die Frage, wer sie möglicherweise so sehr hasst, um sich auf diese Art und Weise zu rächen. Hast du irgendwelche Vorschläge?«

»Sie hat natürlich viele fertig gemacht, oft nur deshalb, um sich höflich für echte oder eingebildete Attacken zu revanchieren. Aber ich kann keine Namen nennen.« Er beginnt, auf und ab zu gehen.

»Derjenige muss es sich auch leisten können, 500 Gramm Kokain in Amsterdam zu kaufen«, schiebe ich hinterher.

»Ich dachte immer, dass die meisten Schriftsteller grundsätzlich pleite sind?«, antwortet er. »Aber ansonsten kenne ich mich persönlich nicht in der Literaturszene aus, denn das war immer ihr Spielplatz, nicht meiner.«

Gunnar befeuchtet wieder seinen Hals mit Edel-Alk. »Aber wenn du auf der Suche nach Verfassern bist, die sie im Fernsehen niedergemacht hat, kannst du sie dir selber herauspicken«, fährt er nach einer kurzen Pause fort. »Hallgerdur hat natürlich alle ihre Sendungen auf Video aufgenommen.«

»Das könnte hilfreich sein.«

Ich stehe auf. Folge ihm in den ersten Stock in ein großes Bücherzimmer. An den Wänden stehen voll gestopfte Bücherregale. Beim Fenster ein dunkelbrauner Schreibtisch, der mit allem möglichen Zeug beladen ist: ein Apple-Computer, viele Bücher, Zeitschriften, verschiedene Zeitungen. Eine dunkle Pinselei von Kjarval gegenüber dem Fenster. Unter dem Gemälde ein Fernseher auf einem verschlossenen Unterschrank.

Gunnar beugt sich hinunter und reißt die Türen vom Fernsehschrank weit auf. »Hier ist die ganze Herrlichkeit«, sagt er und bedeutet mir, näher zu kommen.

Ich zähle die Videokassetten. Es sind achtzehn. »Ist sie auf allen drauf?«

»Du kannst sicher viele Abschnitte einfach überspulen. Manchmal ließ sie viel mehr von der Sendung aufnehmen als den Part, in dem sie vorkommt. Außerdem tätschelt sie natürlich ihre Schätzchen, und bei den Teilen musst du natürlich auch nicht so genau hinhören.«

»Aber das sind viele Stunden Arbeit!«

»Ja und? Ich nehme an, du wirst dafür bezahlt?«, fragt er und grinst breit.

Ich gucke mir die Videos genauer an. Sie sind alle mit einem Datum beschriftet. Aber mit nichts anderem. Es sind wahrscheinlich die Tage, an denen die Sendungen ausgestrahlt wurden. »Ich komme morgen wieder, um mir dieses Sammelsurium anzugucken.«

»Du musst dir die Mühe nicht machen, meine Liebe, nimm doch die Videos einfach mit«, antwortet er umgehend. »Du kannst sie dir nach Herzenslust zu Hause reinziehen.« Er stellt sein Wodka-Glas auf den Tisch. »Ich geb dir eine Plastiktüte.«

Wenig später hat er alle Videos in zwei Hagkaupstüten gepackt. »Bitte schön, Fräulein Rechtsanwältin!« Dabei verbeugt er sich tief.

»Du schauspielerst wie ein totaler Anfänger«, sage ich unfreundlich, nehme die Videos, gehe aus dem Bücherzimmer, die Treppe herunter und zum Auto.

Warum verhält Gunnar sich so? Ist es ihm wirklich egal, dass Hallgerdur hinter Schloss und Riegel sitzt? Vielleicht ist er sogar froh, seine Frau los zu sein?

Sein kaltes Auftreten deutet darauf hin.

Cora ist zum Isländischkurs gefahren, als ich am Abend nach Hause komme. Ich schmeiße die Videos auf den Fußboden vor den Fernseher. Möchte es auf morgen verschieben, sie mir näher anzusehen. Mache mir in der Küche was Schnelles zu essen. Setze mich dann vor den Computer, um meinen Kontostand abzuchecken und meine Aufgaben für morgen zu planen.

Da ruft mein Cousin Sindri an. »Ich muss dir mal schnell was zeigen«, sagt er.

»Was?«

»Darüber rede ich nicht am Telefon.«

»Warum nicht?«

»Darf ich vorbeikommen?«

»Na klar.«

Er klopft zwanzig Minuten später. Kommt mit seinem Laptop ins Büro. Stellt ihn auf den Tisch, macht ihn an, drückt ein paar Tasten. Summt währenddessen vor sich hin.

»Wie gefällt dir das?«, fragt er schließlich und dreht den Bildschirm zu mir. Er hat eine Webseite aufgerufen. »Geheimnisse aus Reykjavíks Unterwelt« steht dort quer über die ganze Seite.

»Bist du verrückt?«

»Noch ist das nur in meinem Computer«, antwortet er. »Ich wollte dir die Seite erst zeigen, bevor ich sie ins Netz stelle.«

Er hat einen Artikel geschrieben, der sich wie ein Orakel liest. Nennt keine Namen, aber beschreibt Geirmundur, die Glatze und den harten Höddi, sodass viele erkennen sollten, um wen es sich handelt. In den Text hat er das Foto aus der *DV* eingebaut, auf dem man den Schrotthaufen sieht, der einmal mein wunderbarer Silberschlitten war. Nach dieser Lektüre kann niemand mehr bezweifeln, dass die drei namenlosen Männer hinter dem Attentat am Hvalfjördur stehen. Aber es wird nicht direkt gesagt.

»Mann, du kannst ja richtig gut zwischen den Zeilen schreiben!«

»Ist die Seite so in Ordnung?«, fragt er.

»Ich hab das nicht gesehen«, antworte ich und gucke Sindri an. »Will es nicht, darf es nicht. Weiß auch nicht, was du damit machen willst. Will es nicht wissen. Darf es nicht wissen. Ich muss alles abstreiten können, ohne dass jemand mir eine Lüge nachweisen kann. Verstehst du?«

»Natürlich.«

»Du machst, was du für richtig hältst. Aber frag mich nicht.«

Er fährt den Laptop runter. Packt ihn sich unter den Arm. »Kein Problem«, sagt er und lächelt fröhlich. »Du kannst dir dann ja schon mal ein paar tolle Formulierungen für deine Interviews zurechtlegen!«

Ist Sindri nicht toll? Wir lachen zusammen, während ich ihn zur Tür begleite.

28

Ich habe von Literatur keinen Schimmer.

Natürlich musste ich gezwungenermaßen alle möglichen Geschichten und Gedichte in der Schule lesen. Das meiste von irgendwelchen toten Kerlen, was ich nicht genial fand.

Trotzdem kaufe ich ein oder zwei Schinken pro Jahr. Schenke mir selber ein Buch zu Weihnachten. Oft das neueste von Vigdís Grímsdóttir. Sie ist wirklich gut.

Es hat mich zwei lange Abende gekostet, alle Sendungen auf Hallgerdurs Videos durchzugucken, zumal achtzehn Folgen bis zu drei Jahre alter Kritik darauf zu sehen sind. Bin allerdings überrascht, wie gut sie über viele Bücher sprach. Als ich alles durchgesehen hatte, waren nur neun Namen auf meiner Liste. Fünf Männer und vier Frauen, die von Hallgerdur am allerschlimmsten heruntergeputzt wurden.

Nun zählen Schriftsteller überhaupt nicht zu meinen Spezialgebieten. Weiß nichts über sie außer das, was alle wissen. Zum Beispiel, dass Laxness tot ist.

Deshalb muss ich mich in der Literaturwelt schlau machen. Muss besonders diese neun Schriftsteller unter die Lupe nehmen, um ihre möglichen Reaktionen besser einschätzen zu können, nachdem die Kritikerin sie in einer Livesendung mit Glanz und Gloria abgeschossen hat.

Am besten, alte Schulverbindungen aktivieren und sich mal mit Tóti unterhalten. Eigentlich heißt er Thórarinn, wurde aber in der Schule immer Tóti Doofie genannt. Arbeitet jetzt bei einem großen Verlag und kennt wegen seiner Arbeit unglaublich viele Schreiberlinge in- und auswendig. Findet es auch ganz toll, sich selber reden zu hören.

Ich bin vor ihm im Restaurant. Bestelle mir einen Jackie als Vorspeise und warte ungeduldig darauf, dass Tóti sich blicken lässt.

Im Gymnasium war er immer der kleine Junge mit den komischen Klamotten. Trug immer eine knallrote Fliege. Hatte dazu entweder ein dunkelrotes oder hellgrünes Jackett an. Und enge schwarze Hosen.

Jetzt hat er einen grauen Anzug an, wie alle anderen Bürohengste auch. Aber die Fliege ist immer noch an ihrem Platz. Vielleicht das letzte Zeichen des alten Individualismus?

Er beginnt gleich zu plaudern, als ob er den Faden von unserem Gespräch von gestern Nachmittag wieder aufnehmen würde, als wir unsere angeregte Diskussion abbrechen mussten. Obwohl ich ihn lange nicht gesehen hatte. Wahrscheinlich fast zwei Jahre.

Als unser noch fast lebendiges Sushi serviert worden ist, frage ich ihn direkt über die Kritikerin aus.

»Hallgerdur?«, fragt er, glühend vor Eifer. »Kennst du sie?«

»Ja, ein bisschen.«

»Ist sie nicht ein wunderbarer Horror? Eigentlich ist sie wie zwei völlig verschiedene Menschen, wenn du verstehst, was ich meine, irgendwie total schizophren. Man kommt gut mit ihr aus, solange man ihr nur genug auf die Schulter klopft, du weißt schon, ihr ständig sagt, wie toll und klug und lustig sie ist und so. Aber sie kann allen gegenüber, die sie aus irgendeinem Grund nicht ausstehen kann, richtig ekelig werden. Dann geht sie auf einen los wie der schlimmste Tornado in der Karibik, diese allerschlimmsten, verstehst du? Tornado Hallgerdur! Passt doch, oder?«

Er findet das wahnsinnig lustig.

»Aha.«

»Ich weiß, dass sie es genießt, die Schriftsteller zu Hackfleisch zu verarbeiten«, fährt er fort. »Ich bin mir sicher, dass sie auf der Stelle einen Orgasmus kriegt. Manchmal stelle ich mir vor, dass sie sich zur Zeit Neros wohl gefühlt hätte. Zur Hauptveröffentlichungszeit vor Weihnachten sehe ich sie in einem surrealistischen Kinofilm vor mir, wo sie bis Mitte

Wade im Blut ihrer Feinde watet und das genüsslich auskostet!«

Er lacht fröhlich.

»Die Schriftsteller nehmen so ein Abschlachten erwartungsgemäß übel?«

»Durchaus.« Er schmatzt gierig an seiner Rohkost. »Sieh mal, viele von unseren besten Leuten sind übersensibel, was Kritik angeht, und nicht nur von der Presse, verstehst du, denn die Kritik geht ja schon bei uns los. Ich muss oft lange Vorreden schwingen, um sie dazu zu bringen, notwendige Änderungen vorzunehmen, bevor wir ihre Bücher verlegen. Deshalb bin ich auch der Erste, der zugibt, dass Schriftsteller sich manchmal wie halsstarrige, unverständige Kinder benehmen.«

Tóti seufzt.

»Aber trotzdem haben sie auf gar keinen Fall eine unverschämte Hinrichtung in der Öffentlichkeit verdient, nur weil sie ein Buch geschrieben haben«, fährt er fort. »Natürlich sind alle gekränkt, wenn sie eine ungerechte und brutale Kritik in der Presse bekommen. Ich meine, mit manchen kann man tage- und wochenlang nicht reden, aber andere reagieren mit einer Wahnsinnswut auf alle und alles, nicht nur auf den Kritiker, verstehst du. Wieder andere stürzen sich in schwärzeste Depressionen, sodass ich mir manchmal vorkomme wie ein Psychologe beim Nottelefon des Roten Kreuzes, wenn vor Weihnachten die Wogen hochschlagen. Du weißt schon, wie einer von denen, die immer versuchen, Kinder davon abzuhalten, sich umzubringen!«

Das findet er auch lustig.

Ich warte auf den kohlschwarzen Espresso, bevor ich ihm meine Liste mit den neun Namen zeige.

»Hmmm«, sagt er, nimmt seine runde Brille ab und überfliegt schnell die Namensliste. »Haben diese Schriftsteller noch etwas anderes gemeinsam, als Bücher geschrieben zu haben?«, fragt er und guckt mich prüfend an.

»Sag du's mir. Du bist doch der Profi.«

Er schüttelt den Kopf. »Sie kommen alle aus einer anderen Richtung, scheint mir, und sind, um ehrlich zu sein, sehr unterschiedliche Verfasser. Dann sind sie auch bei verschiedenen Verlagen, verstehst du, nur zwei sind bei uns.«

»Aber Hallgerdur hat die Bücher aller im Fernsehen niedergemacht.«

»Aha! Darum geht's. Hmmmhmmm. Da könntest du Recht haben.« Er guckt wieder auf die Namensliste. »Und weißt du, manche haben es sogar verdient, denn es sind wirklich nicht alles Genies, sag ich dir.«

»Wie meinst du, haben sie reagiert?«

»Hmmm.« Tóti guckt wieder auf den Notizzettel. »Ich weiß natürlich am besten, wie sie auf unsere Leute gewirkt hat, diese zwei hier. Natürlich waren sie gekränkt und wütend, aber das war's auch, denn sie bekamen von anderen Kritikern gute Rezensionen. Also konnten sie darauf pfeifen, was Hallgerdur gesagt hatte. Zumal beide seitdem neue Bücher bei uns veröffentlicht haben.«

Also bleiben noch sieben Namen.

Tóti berichtet mir, was er über die Kandidaten weiß. Einer nach dem anderen. Langsam wird die Liste kürzer. Schließlich sind nur noch zwei Namen übrig. Nicht, weil die beiden auf irgendeine Weise verdächtiger wären als die anderen Schriftsteller. Tóti weiß einfach nicht genug über sie.

»Wenn ich mich richtig erinnere, haben die beiden eines gemeinsam: Sie haben nur jeweils einen Roman geschrieben«, sagt er nachdenklich, »und dann kam nichts mehr. Ich weiß nicht, warum, aber es gab immer schon Verfasser, die nur einen Roman geschrieben haben, und dann war Schluss. Zumal diese Branche nichts für jeden ist, das kann ich dir sagen.«

Er gibt mir die Liste zurück. Ich gucke auf die beiden Namen, die übrig geblieben sind. Die beiden heißen Alda Ósk und Bjarnleifur und haben beide vor ungefähr anderthalb Jahren einen Roman veröffentlicht. Bücher, über die Hallgerdur mit großer Verachtung gesprochen hatte.

»Ich weiß noch, dass mich die Sache mit dem Mädchen total überrascht hat«, fährt Tóti fort, »obwohl Hallgerdur einen natürlich immer wieder überrascht. Ihr Buch war nämlich richtig gut, natürlich ein Erstlingswerk und so, du weißt, aber sehr persönlich und irgendwie anders als das, was die meisten momentan so schreiben.«

»Und Bjarnleifur?«

»Ich kann mich an seinen Roman überhaupt nicht erinnern, also kann das nichts Dolles gewesen sein.« Er nippt am Kaffee. »Du hast mir gar nicht erzählt, warum dich diese Leute interessieren«, sagt er und guckt mich fragend an.

Ich schüttle den Kopf, ohne zu antworten.

Er beugt sich näher zu mir herüber: »Ist es vielleicht wahr, was ich gehört habe?«

»Was denn?«

»In der Stadt kursiert das Gerücht, dass Hallgerdur angegriffen und vermöbelt wurde und jetzt mit schweren Verletzungen im Krankenhaus liegt. Geht es darum?«

Ich lächele nur. Gestehe ihm zu, das zu glauben, was er will. Bezahle die Rechnung, bedanke mich für die Unterhaltung und gehe hinaus in den regenfeuchten Frühling.

Hallgerdur hat das Urteil auf Untersuchungshaft schlecht verkraftet, obwohl ich sie im Vorfeld gründlich auf genau diesen Entscheid vorbereitet hatte. Zum Glück war ihr Name noch nicht in der Presse genannt worden. Das Zollamt in Keflavík hatte eine Pressemitteilung veröffentlicht, in der auch das Urteil erwähnt wurde, ohne Namen zu nennen. Es wird aber nicht lange dauern, bis herauskommt, um wen es sich handelt, denn Gerüchte, dass Hallgerdur etwas Schreckliches zugestoßen sei, trampeln durch die Stadt wie geklonte Dinosaurier.

Auf dem Weg ins Büro klingelt das Telefon.

Raggi ist dran. »Du wolltest doch heute in den Osten, nicht wahr?«, fragt er. »Um Hallgerdur zu treffen?«

»Ja. Und?«

»Sie ist auf der psychiatrischen Abteilung der Universitätsklinik und wird dort die nächsten Tage bleiben.«

»Was ist passiert?«

»Ich weiß es nicht so genau, aber uns wurde mitgeteilt, dass sie heute Morgen völlig die Kontrolle verloren hat und durchgedreht ist. In der Folge hat der Gefängnisarzt verlangt, dass sie umgehend ins Krankenhaus transportiert wird.«

Ich beende schnell das Gespräch. Rufe in der Uniklinik an. Erreiche einen Arzt, der mir berichtet, dass Hallgerdur mit Spritzen ruhig gestellt worden sei. Sie schlafe gerade und sei nicht in der Verfassung, jemand anderen als Ärzte zu treffen. Frühestens in ein oder zwei Tagen könne ich sie sprechen.

Verdammter Schlamassel!

29

Mein Silberschlitten ist abholbereit.

Voller Erwartung mache ich mich mit der japanischen Dose auf den Weg zum Autohaus, um meinen neuen Benz abzuholen. Aber beim ersten Anlauf komme ich nicht weit. Mein Handy bricht die Fahrt ab.

»Hier ist Stöd 2.«

Die Leute vom Privatfernsehen haben also mitgekriegt, dass Sindri die Homepage ins Netz gestellt hat. Denen ist gleich klar geworden, um was es geht, und nun wollen sie den Fall in den Abendnachrichten bringen. Aber nicht nur auf der Basis von Informationen und Behauptungen, die sich auf der Seite befinden, sondern mit Hilfe von Interviews mit all denen, die möglicherweise am Fall beteiligt sind. Also auch mit mir.

Das Telefonat überrascht mich nicht. Ich hatte schon

durchdacht, wie ich am besten auf so einen Anruf reagieren sollte. Hatte schließlich beschlossen mitzuspielen. Weiß genau, was ich der Presse erzählen darf und was nicht. Möchte auf dem Seil tanzen. So weit gehen wie möglich, ohne etwas zu sagen, was direkt gelogen ist.

Zuerst hatten sie die Idee, das Interview neben dem Autowrack zu führen. Aber das war leider nicht möglich. Das Auto ist immer noch unter Verschluss bei den Goldjungs. Die halten den Wagen für ein Beweisstück und sagen deshalb Nein. Stattdessen lassen mich die Fernsehhengste vor dem Haupteingang der Kriminalpolizei posieren.

Der Nachrichtengeier versucht so gut er kann, mich in die Falle tappen zu lassen. Will mich dazu kriegen, dass ich mehr sage, als ich will. Aber es gelingt ihm nicht. Ich bin auf der Hut.

»Kannst du die Namen der Männer nennen, die dort beschrieben werden?«

»Kannst du das?«, frage ich zurück.

»Viele finden es völlig offensichtlich, welcher Mann der Finanzwelt gemeint ist, der auf der Webseite beschrieben wird«, antwortet er. »Aber ich habe dich gefragt. Kannst du uns Namen nennen?«

»Zweifellos fielen mir gewisse Männer ein, als ich diesen Ausdruck gelesen habe, den du mir gezeigt hast. Aber da im Text keine Namen genannt werden, kann ich natürlich nichts behaupten. In so einer ernsten Angelegenheit halte ich es nicht für richtig, Mutmaßungen in der Öffentlichkeit zu diskutieren.«

»Aber hast du nicht selber Anteil am Schreiben dieser Webseite?«

»Natürlich nicht. Das ist eine lächerliche Anschuldigung.«

»Aber weißt du, wer die Seite geschrieben hat?«

»Was fällt dir ein, das zu fragen? Ich wusste noch nicht einmal, dass dieser Text im Internet ist, bevor du mir den Ausdruck gezeigt hast, und das war ja erst eben.«

»Was glaubst du, warum diese Behauptungen ins Netz gestellt worden sind?«

»Ich kann das nur vermuten. So wie du. Oder irgendjemand.«

»Und was ist deine Vermutung?«

»Ich finde es am wahrscheinlichsten, dass jemand in der Stadt es merkwürdig findet, wie schlecht die Ermittlungen in dem Mordanschlag vorangehen. Und dass derjenige deshalb beschlossen hat, auf den Fall aufmerksam zu machen. Oder was meinst du?«

»Das klingt wahrscheinlich. Wer könnte es sein?«

»Da musst du andere fragen.«

»Aber was ist mit den Ermittlungen? Weißt du, warum sie bisher zu keiner Festnahme geführt haben?«

»Nein. Diejenigen, die die Ermittlungen leiten, sollten das beantworten.«

»Auf der Webseite wird angedeutet, dass politische Einflüsse den Fortschritt der Ermittlungen erschwert haben. Bist du auch dieser Ansicht?«

»Ich weiß nur, dass ich mein Bestes getan habe, um bei der Lösung des Falles behilflich zu sein, ohne dass es bisher zu Aktionen der Polizei gekommen ist.«

»Was heißt das?«

»Es ist ja kein Geheimnis, dass ich den Täter bei einer Gegenüberstellung identifiziert habe. Und das ist schon einige Tage her.«

»Vor einigen Tagen? Willst du damit sagen, dass die Polizei weiß, wer dich im Hvalfjördur angefahren hat, und den Mann trotzdem nicht festgenommen hat?«

»Ich möchte noch mal betonen, dass ich den Mann erkannt habe und dass er immer noch auf freiem Fuß ist.«

»Wer ist es?«

»Es ist nicht meine Aufgabe, die Öffentlichkeit darüber zu informieren.«

»Aber warum ist er denn dann nicht festgenommen worden?«

»Das wissen andere besser als ich.«

»Okay«, sagt der Reporter und lässt das Mikrofon sinken. »Das muss reichen.«

Dann fahre ich weiter zum Autohaus, um mein neues Traumauto abzuholen. Erledige die Formalitäten schnell. Nehme den Schlüssel an mich. Lasse mich in den weichen, wunderbaren Ledersitz fallen. Starte den Motor. Fahre auf die Straße. Gebe Gas. Fädele mich auf die Miklabraut ein.

Was für ein Unterschied! Als ob man auf einem arabischen Teppich in die Zukunft fliegen würde.

Ich kann mir nicht vorstellen, mich sofort an die Arbeit zu begeben. Möchte eine Spritztour aufs Land unternehmen. Fahre trotzdem kurz nach Hause. Hole Cora ab. Versuche, ihr klar zu machen, dass wir zu einer Landpartie aufbrechen.

»Das macht Spaß!«, sagt sie in ihrem frisch erlernten Isländisch und lächelt.

Der Benz rauscht die Ártúnsbrekka hoch, durch Mosfellsbaer und rechts ab ins Landesinnere auf die Landstraße nach Thingvellir. Als wir den Gljúfrasteinn erreicht haben, gebe ich Gas. Brause los wie auf einer deutschen Autobahn. Ich fahre mit hundertfünfzig die leer gefegte Straße entlang und habe überhaupt nicht das Gefühl, so schnell zu sein. Es ist genauso gemütlich, wie zu Hause im Wohnzimmer im Sessel zu sitzen.

Fantastisch.

Es ist ausnahmsweise mal trocken, als wir nach Thingvellir kommen. Die Luft ist klar und kühl unter den hellen Wolken. Weit und breit ist niemand zu sehen.

Außer uns.

Cora hat in der letzten Zeit große Fortschritte im Isländischen gemacht, zumal sie sich vorgenommen hat, die Sprache gut zu sprechen. Lernt jeden Tag im Kurs neue Vokabeln. Wenn sie kann, nimmt sie mich als Trainingspartner und fragt mich nach allem Möglichen aus dem täglichen Leben oder aus den Nachrichten.

Jetzt erzähle ich ihr, was ich über Thingvellir behalten habe. Zeige ihr die Münzspalte, den Wasserfall und den Ertränkungsteich, der mich jedes Mal wieder aufs Neue wütend werden lässt. Es gruselt sie, über alle Frauen zu hören, die die Schweine Anno dazumal an dieser Stätte umgebracht haben. Will von diesem Fluss so schnell wie möglich weg, weshalb ich mit ihr ins Hotel Valhöll gehe. Versuche, sie diese Grausamkeiten über Kaffee und Pfannkuchen vergessen zu lassen.

Wir schaffen es, noch vor den Abendnachrichten zu Hause zu sein. Das Feuerwerk auf Stöd 2 ist wunderbar. Sie zeigen die Webseite. Vergrößern die saftigsten Abschnitte. Dann kommt eine ganze Reihe an Interviews. Zuerst mit mir. Dann mit dem Vize, der wütend und kurz angebunden ist. Sagt, der Fall mache normale Fortschritte. Weist Anschuldigungen um politischen Druck von sich. Will nicht bestätigen, dass ich den Angreifer bei einer Gegenüberstellung identifiziert habe. Endet mit der Ankündigung, dass bereits begonnen wurde, Nachforschungen anzustellen, wer hinter dieser namenlosen Webseite steht. Will nicht beantworten, ob er glaubt, dass ich die Verantwortung dafür trage, aber sagt, dass man diese Seite als Versuch, die polizeilichen Arbeiten zu behindern, betrachten kann.

Hahaha!

Die Nachrichtengeier haben auch Geirmundur erreicht. Allerdings nur per Telefon, aber das reicht auch völlig. Er ist völlig außer sich und behauptet, es sei von vorne bis hinten eine dicke Lüge, dass er etwas mit dem Attentat im Hvalfjördur zu tun habe. So was zu behaupten seien boshafte Verleumdung und Rufmord der schlimmsten Art. Er habe schon seinen Anwalt beauftragt, diese Seite bei der Polizei anzuzeigen.

»Ich finde, du solltest lieber mal gucken, was diese grobschlächtige Anwaltshexe so treibt«, fällt er dem Journalisten ins Wort, als der Nachrichtengeier versucht, eine neue Frage zu stellen. »Ich habe sie ein einziges Mal kennen gelernt, und da ist sie früh an einem Sonntagmorgen mit Krawall und Lärm in unser Sommerhaus eingefallen, sodass ich sie mit Gewalt rauswerfen musste. Ansonsten weiß ich nichts über dieses unverschämte Weibsbild und will auch nichts mit ihr zu tun haben, und Gott ist mein Zeuge, dass ich die Wahrheit sage!«

Die Nachrichtenredaktion hat auch versucht, den harten Höddi aufzutreiben, der sich in einem Einfamilienhaus auf dem Arnarnes eingenistet zu haben scheint. Es wird gezeigt, wie der Nachrichtengeier ein paar Mal an die Haustür klopft. Aber niemand macht auf.

Mir geht's richtig gut vor dem Fernseher. Ich genieße es, zu sehen und zu hören, wie es den Amtsschimmeln heiß unter dem Hintern wird.

Na endlich.

Weiß natürlich, dass die Goldjungs stinksauer auf mich sind. Schieben mir zweifellos die Schuld in die Schuhe, hinter dieser Sache zu stecken, sie damit unter Hochdruck zum Handeln zu zwingen, was sie aber nicht wollen.

Wie werden sie jetzt reagieren?

Möglicherweise werden sie mich in den nächsten Tagen noch öfter heimsuchen als bisher. Aber ich bin darauf vorbereitet. Bin ganz kämpferisch.

»Wer ein Feuer entfacht, muss die Hitze aushalten können.«

Sagt Mama.

30

Ich darf Hallgerdur erst nach vier Tagen treffen, als die Ärzte sie wieder zurück ins Gefängnis geschickt haben.

Nach vier Tagen, an denen viel los war.

Der Vize ist völlig ausgetickt, wie ich erwartet hatte. Bestellte mich zu einer Unterredung direkt am nächsten Morgen nach den Nachrichten von Stöd 2 und hielt mir eine Gardinenpredigt. Sagte, dass er eine Anzeige zur Anwaltskammer schicken wolle. Wenn ich nicht selbst daran beteiligt gewesen sei, die Seite ins Netz zu stellen, dann wäre es ja völlig eindeutig, dass ich dem Verfasser zumindest Informationen gegeben hätte und damit wüsste, wer dahinter stecke. Ich sei daher mitschuldig, die Polizei zu verunglimpfen und sie in ihrer Arbeit zu behindern.

Natürlich zahlte ich es ihm mit gleicher Münze heim. Erinnerte ihn an die isländische Verfassung, Meinungsfreiheit, die Menschenrechtskonvention der Vereinten Nationen und an den Europäischen Gerichtshof für Menschenrechte. Dass es in diesem Lande immer noch die Freiheit gäbe, seine Meinung frei zu äußern, auch seine Ansichten zu unfähigen Goldjungs und unmoralischen Politikussen. Ich selber hätte nichts mit dieser Webseite zu tun, aber würde sie als vollkommen legale Meinungsäußerung ansehen. Natürlich könnte er mich von oben bis unten verklagen, wenn es ihm dann leichter fiele, morgens einen hochzukriegen, aber die Gesetze wären auf meiner Seite.

»Du solltest lieber versuchen, die echten Ganoven zu fangen, und mich in Ruhe lassen!«, rief ich zum Schluss und stürmte hinaus.

Aber er beließ es nicht bei leeren Worten. Noch am gleichen Tag verfasste er eine Anklageschrift und gab sie an die Presse weiter. Und bestellte den harten Höddi zum Verhör. Und die Glatze auch. Fand es eindeutig an der Zeit, zu zeigen, dass sich etwas tat, um das Attentat auf mich aufzuklären.

Die meisten Medien griffen das Thema auf, aber jeder auf seine Weise. Stöd 2 machte einfach mit täglichen Nachrichten weiter, aber das Staatsfernsehen hielt eine Diskussionsrunde ab mit dem Thema »Hetze im Netz«. Sie bestellten ein paar Neunmalkluge in die Sendung »Scheinwerfer«, die sich darüber ausließen, wie gefährlich es für Gesetz und Ordnung im Land sei, dass niemand diese unverschämten Leute verfolgen würde, die allen möglichen Mist ins Netz stellen.

Mannomann!

Als ich Gunnar anrief, hatten die Goldjungs ihm schon berichtet, dass Hallgerdur krank sei. Wie es Hallgerdur geht, schien ihm heute allerdings genauso wenig Sorgen zu machen wie vor ein paar Tagen.

»In der Uniklinik gibt es gute Ärzte«, sagte er. »Die flicken sie schnell wieder zusammen.«

»Soweit ich weiß, hatte sie einen Nervenzusammenbruch.«

»Hallgerdur war schon immer auf Höhenflug«, antwortete Gunnar. »Sie haben ihr bestimmt Prozak oder etwas Ähnliches gegeben, um sie wieder runterzuholen.«

Hingegen machte er sich wesentlich mehr Sorgen um seine Finanzen.

»Wenn sie ein paar Wochen in Einzelhaft ist, wie ich die Polizei verstanden habe, wird das meinem Betrieb sehr ungelegen kommen«, sagte er.

»Inwiefern?«

»Ja, das ist nämlich so, dass sie formal die Prokura für das Geschäft hat und alle größeren Abhebungen und Verträge und Ähnliches gegenzeichnen muss.«

»Während sie in Untersuchungshaft ist, kann sie das nicht machen.«

»Genau das ist das Problem, und deshalb brauche ich eine schriftliche Ermächtigung, um selber die Finanzen zu regeln, während sie in Haft ist.«

»Das ist dein Problem.«

»Die Polizei hat mir verboten, Hallgerdur zu besuchen, während sie in U-Haft sitzt, aber soweit ich weiß, hast du als ihre Anwältin das Recht dazu. Deshalb ist es doch ganz normal, dass du das mit ihr regelst.«

Ich ließ ihn eine Weile am Telefon zappeln.

»Okay«, sagte ich schließlich. »Wenn ich Zeit habe, werde ich das Thema Hallgerdur gegenüber anschneiden. Aber ich habe natürlich keine Ahnung, wie sie die Sache angehen will.«

»Hallgerdur kann verhältnismäßig realistisch sein, wenn es um Finanzen geht«, antwortete Gunnar. »Ich bin sicher, dass sie nicht möchte, dass die Firma Bankrott geht. Das ist eine Sache von vielen, die man in ihrer Familie nicht macht.«

Ich bin geschockt, als ich sehe, wie Hallgerdur aussieht.

Ihr Gesicht ist kreideweiß und eingefallen, und ihre Augen sind verschleiert, als sie langsam zum Tisch kommt und sich mir gegenüber hinsetzt.

Sie spricht undeutlich, als sie meine Fragen beantwortet. Es fehlen auch jegliche Kraft und Elan, die früher so typisch für sie waren. Alle starken Gefühle.

Ich bin mir sicher zu wissen, woher das kommt. Ich habe die gleiche Miene schon oft im Knast gesehen. Hallgerdur ist mit Medi-Dope voll gepumpt.

Sie lebt erst gegen Ende des Gespräches auf, als ich ihr von Gunnar und seinen Sorgen bezüglich des Unternehmens und dessen Finanzen berichte.

»Wie geht es ihm?«, fragt sie und richtet sich im Stuhl auf.

Ich überlege mir die Antwort einen Moment. »Sagen wir mal so, er trägt es mit Fassung.«

»Dacht ich's mir doch. Er ist sicher froh, mich für ein paar Wochen los zu sein.«

»Vielleicht fällt es ihm leicht, seine Gefühle zu verbergen?«

»Wie witzig du manchmal sein kannst«, antwortet Hallgerdur bitter. »Was will er sonst noch von mir?«

»Er sagt, dass er die Prokura braucht, um die Firma zu leiten.«

»Ja, natürlich, um ganz in Ruhe mein Geld zu verpulvern.«

»Ich gebe das nur weiter, ohne Garantie.«

Sie beugt sich vor. »Ich muss die Wahrheit wissen«, sagt sie und guckt mir fest in die Augen. »Was glaubst du, für wie lange ich sitzen werde?«

»Es ist ziemlich hoffnungslos, genaue Prognosen abzugeben. Vielleicht gelingt es uns nachzuweisen, dass dir das Rauschgift nicht gehört.«

»Und wenn nicht? Wenn ich aus dieser grauenhaften Falle nicht herauskomme? Was dann?«

»Es ist wirklich schwierig, das jetzt vorauszusagen.«

»Sei mir gegenüber aufrichtig«, sagt sie kurz angebunden. »Ich kann niemandem außer dir vertrauen.«

Also sage ich ihr die Wahrheit. »Im schlimmsten Fall musst du damit rechnen, dass ein Urteil auf zwei bis vier Jahre lauten kann. Jedenfalls kaum mehr.«

»Zwei bis vier Jahre?«

Sie nickt ein paar Mal ganz langsam, als ob ich nur bestätigt hätte, was sie selbst schon geahnt hat.

»Aber wir werden natürlich mit voller Kraft kämpfen«, füge ich hinzu. »Du darfst nicht schon im Vorfeld aufgeben.«

Hallgerdur ist eine Weile ganz in Gedanken versunken. Ihre Hände liegen bewegungslos auf dem Tisch. »Ich habe da eine Idee«, sagt sie wenig später und guckt mich direkt an. Eine neue Entschlossenheit zeigt sich auf ihrem Gesicht. Sogar eine gewisse Härte. »Hast du die Papiere in der Tasche?«

»Ja.«

»Gib sie mir mal.«

Ich beuge mich zu meiner Aktenmappe herunter, die neben dem Stuhl auf dem Fußboden steht, nehme ein Antragsformular für die Prokura heraus und reiche es ihr.

»Mir wird hier noch nicht einmal ein Stift anvertraut«, sagt sie und wirft einen schnellen Seitenblick auf den Gefängnisaufseher, der an der Türe steht. »Die glauben bestimmt, dass ich ihn dazu benutzen würde, mich umzubringen.«

Sie nimmt meinen Stift und beginnt zu schreiben. »Brauchst du nicht auch Zeugen?«, fragt sie.

»Der hier reicht«, antworte ich und bedeute dem Gefängnisaufseher, dass er mal zu uns herüberkommen soll. Nach einer kurzen Diskussion bringe ich ihn dazu, auf dem Formular zu unterschreiben.

»Braucht man nicht zwei?«, fragt Hallgerdur.

»Ich unterschreibe auch.«

»Das glaube ich nicht«, antwortet sie.

»Warum?«

»Lies es dir erst mal durch.«

Ich ziehe den Antrag zu mir herüber. Drehe ihn um und beginne zu lesen.

Verdammt!

Hallgerdur hat nicht Gunnar ermächtigt, ihre Geldangelegenheiten zu regeln, während sie im Gefängnis ist. Sie hat meinen Namen als Prokurator eingesetzt.

»Was soll das denn heißen?«

»Wenn ich Gunnar eine so umfassende Vollmacht gebe, bin ich in ein paar Monaten bankrott«, antwortet sie dumpf.

»Aber ich habe doch keine Ahnung von euren finanziellen Angelegenheiten.«

»Ach, hör doch auf! Du bist intelligent genug, um zu sehen, ob Gunnar völligen Schwachsinn baut oder nicht. Und du wirst dafür natürlich auch gut bezahlt.« Sie streckt die Arme über den Tisch aus und nimmt meine Hände in ihre. »Du bist die Einzige, der ich trauen kann. Es gibt sonst niemanden.«

»In Ordnung. Aber Gunnar wird darüber nicht gerade glücklich sein.«

»Dann habe ich wenigstens etwas, an dem ich mich an diesem schrecklichen Ort erfreuen kann.«

Eine Weile sitzen wir uns schweigend gegenüber. Dann nimmt sie ein Blatt Papier aus ihrer Tasche.

»Hier sind die Namen derer, die ich in Amsterdam getroffen habe«, sagt sie und reicht mir das mit handschriftlichen Notizen gefüllte Blatt. »Ich habe zu jedem noch ein paar Bemerkungen notiert.«

»Ist einer von denen ein wahrscheinlicherer Kandidat als ein anderer, dich abgrundtief zu hassen?«, frage ich und überfliege schnell die Namen.

Hallgerdur schüttelt den Kopf.

»Du hast die, die dich im Hotel besucht haben, nicht gekennzeichnet.«

»Es war nur einer.«

»Wer?«

»Kári.«

Ich finde den Namen schnell auf der Liste. »Arbeitet beim Fernsehen«, hat sie hinter seinem Namen vermerkt.

Aha! Der Kári! Ich kann ihn flugs vor mir sehen. Die jüngere Ausgabe vom spanischen Banderas. Der knackige Kerl, der in die Maske kam, um Hallgerdur zu holen und sie ins Studio zu begleiten.

»Was hat er in Amsterdam gemacht?«

»Ich habe ihn nicht gefragt.«

»Und wann kam er zu dir?«

Sie lässt sich Zeit zum Überlegen. »Ich habe ihn am Samstagabend in einem Nachtclub getroffen«, antwortet sie schließlich. »Er hat mich dann zum Hotel begleitet und war in der Nacht auf meinem Zimmer.«

»Und dann?«

»Wir haben die letzten drei Abende miteinander verbracht. Und Nächte.«

»In deinem Zimmer?«

»Ja.«

»Hat das schon hier zu Hause angefangen, bevor du nach Holland geflogen bist?«

Sie schüttelt den Kopf.

»Ist er der Einzige, den du zu dir ins Zimmer eingeladen hast?«

»Deshalb berichte ich dir doch von ihm.« Schmerz und Angst sprechen aus ihren dunklen Augen. »Aber ich finde es trotzdem so unwahrscheinlich, dass er das Kokain in meine Tasche gesteckt hat, ich glaube einfach nicht, dass er das gemacht hat, das wäre so … so …« Sie beendet den Satz nicht.

»Schlüpferfieber macht blind.«

Sagt Mama.

31

Sonntagsmorgens schlafe ich aus. Immer. Weigere mich, vor Mittag aufzuwachen, zumal ich ausgedehnten Schlaf nach einer nächtlichen Vergnügungstour in den einschlägigen Etablissements der Stadt gut gebrauchen kann.

Allerdings war ich an diesem Samstagabend zu Hause geblieben. Gab eine ausgelassene Damenparty für Cora, Sigrún und ein paar ihrer Freundinnen. Da wurde bis weit in die Nacht getratscht, gesungen und getanzt. Ich genoss es zu sehen, wie viel Spaß Cora hatte – als wäre sie zu Hause bei ihrer eigenen Familie.

Ich schlafe immer noch wie ein Stein, als gegen zehn draußen jemand den Finger in die Klingel drückt.

Cora öffnet die Haustür. Kommt kurz darauf zurück.

»Raggi wartet unten«, sagt sie.

Am Sonntagmorgen? Frechheit!

Ich krieche aus dem Bett, mache mich im Gesicht ein bisschen zurecht, halte den dicken Bademantel dicht an mich, fahre mit den Zehen in die Hausschuhe und tappe völlig unausgeschlafen und gähnend die Treppe hinunter.

Raggi hat es sich in meinem Chefsessel gemütlich gemacht. Ein Jüngelchen, das ich noch nie gesehen habe, sitzt ihm gegenüber am Tisch.

»Na, hat man dich endlich gefeuert?«, frage ich Raggi. Nur

so, um ihn ein bisschen zu nerven, als kleine Rache, weil er mich so früh geweckt hat.

Er steht auf. Das Jüngelchen auch.

Als ich mich in meinem schwarzen Sessel zurückgelehnt habe, gucke ich sie beide abwechselnd fragend an.

»Wo warst du letzte Nacht zwischen zwölf und zwei?«, fragt Raggi.

»Was geht dich das an?«

»Willst du die Frage hier oder auf dem Revier beantworten?«

»Was für eine Frage!«

Sie gucken beide auf mich. Warten auf eine Antwort.

»Ohne dass du ein Recht hast, mich über mein Privatleben auszufragen, bin ich bereit, dieses unglaubliche Geheimnis zu lüften, damit ich euch so schnell wie möglich wieder loswerde. Ich war hier bei mir zu Hause, um meinen Pflichten als hervorragende Gastgeberin nachzukommen.«

»Du hattest also eine Party.«

»Jahaa.«

»Gib uns ein paar Namen deiner Gäste.«

»Warum?«

»Um dich von der Liste der Verdächtigen zu streichen.«

Langsam werde ich sauer. »Verdächtigt? Für was zum Teufel?«

Das Jüngelchen verdreht die Augen in Raggis Richtung. Dieser überlegt einen Moment, ob er mir antworten soll.

»Beim harten Höddi wurde heute Nacht Feuer gelegt«, antwortet er schließlich. »Sein Haus wurde von den Flammen vernichtet.«

»Ach, wie nett!«

»Nicht für ihn.«

»Nein, aber zweifellos für alle, die dieses Tier seit Jahren verfolgt und fertig gemacht hat, ohne dass ihr etwas unternommen habt, um ihn zu stoppen.«

Raggi muss sich beherrschen. »Nennst du mir jetzt ein paar Namen?«, fragt er erneut.

Mir steht der Sinn eher danach, ihm zu sagen, dass er mich mal kann, aber mir wird schnell klar, dass das nichts bringt.

Er fängt sofort an zu telefonieren, als ich ihm die Nummer von Sigrún gegeben habe. Redet kurz mit ihr.

»In Ordnung, danke schön«, sagt er, beendet das Gespräch und steckt das Handy in die Tasche. »Wir finden schon raus.«

Ich folge ihnen hinaus auf den Flur. »Hast du gedacht, dass ich unter die Brandstifter gegangen bin?«

»Wir mussten dich natürlich wegen der Vorgeschichte überprüfen.«

»Hat er nicht selber Feuer gelegt, um das Geld von der Versicherung zu kassieren?«

»Nein, Höddi war auf dem Land. Es war zum Glück niemand im Haus, als es in Flammen stand.«

»Und alles ruiniert, sagst du?«

»Heute Morgen sah es so aus.«

»Wie mich das freut.«

»Ja, ich dachte mir schon, dass diese Neuigkeit das Bonbon des Tages ist.«

Ich flitze schnell in den ersten Stock. Springe kurz in die Dusche. Setze mich dann in die Küche und nage an meinem Frühstück, während Cora sich durch die Überschriften der Wochenendausgabe einer Zeitung buchstabiert. Und wieder einmal davon überzeugt wird, dass die Wege der Gerechtigkeit unerforschbar sind. Oder so ähnlich.

Trotz mehrfacher Versuche war es mir nicht gelungen, mit Bjarnleifur Kontakt aufzunehmen. Fand dann schließlich heraus, dass er vor ungefähr einem Jahr ins Ausland verzogen ist, vermutlich, um irgendwo zu studieren. Die Telefonnummer von Alda Ósk bekam ich hingegen sofort bei der Telefonzentrale des Verlags, der ihr Buch veröffentlicht hat. Ich habe bisher dreimal probiert, bei der Nummer anzurufen, aber es ging nie jemand dran. Ich werde es daher später noch mal versuchen müssen.

Vor dem Wochenende bin ich noch kurz in die Stadtbücherei gegangen und habe mir die Bücher der beiden ausgeliehen. Habe gestern mal ins Debüt von Bjarnleifur geguckt, aber hatte schon nach ein paar Seiten genug.

Jetzt ist die »Frühlingsliebe« dran. Das ist der Titel des ersten und einzigen Romans von Alda Ósk. Er ist kurz, nur um die hundert Seiten. Eine Art Schnellimbiss-Buch.

Als ich es mir im Wohnzimmer in meinem Sessel gemütlich gemacht habe, fange ich an, die Geschichte zu lesen. Es überrascht mich, wie stark mich das Buch mit einer unbefangenen, gefühlvollen Beschreibung der ersten Liebe gleich auf der ersten Seite fesselt. Die Hauptpersonen im Roman sind zwei Mädchen, die beide vierzehn Jahre alt sind und sich verlieben. Nicht in Jungen, sondern ineinander. Verstehen zuerst nicht, was los ist. Haben dann Schwierigkeiten, sich mit dieser unüblichen Liebe abzufinden, aber sind genötigt, die Fakten zur Kenntnis zu nehmen. Die Geschichte ist lustig. Traurig. Begeistert einen und beschäftigt einen noch lange.

Als ich das Buch durchgelesen habe, bleibe ich noch eine Weile im Sessel sitzen und lasse die Geschichte im Kopf nachhallen. Hole dann das Video mit Hallgerdurs Kritik, schiebe sie in das Gerät und finde den richtigen Abschnitt.

Sie zieht wirklich abscheulich über das Buch her. Verhöhnt die Verfasserin. Spielt das Thema herunter. Findet es unbedeutend und nicht überzeugend. »Das ist eine völlig leere Gefühlsduselei, wie wir es von diesen vielen schlechten, massenproduzierten Liebesromanen kennen, die in den Büchereien so beliebt sind«, sagt sie gegen Ende. »Wenn die Verfasserin ernst genommen werden möchte, muss sie noch mal ganz von vorne anfangen.«

Ich mache den Fernseher aus. Verstehe überhaupt nichts mehr.

Kann einfach keine Verbindung zwischen dem Buch und der Kritik herstellen. Dass ein so schönes Buch eine solch niederschmetternde Kritik verdient haben soll. Aber natürlich habe ich von Literatur keine Ahnung. Ich bin keine Kritikerin. Zum Glück, wenn so eine Geschichte zu schlechter Literatur gezählt wird.

Als ich wieder in die Küche komme, blättert Cora das *Morgunbladid* durch, das auf dem Küchentisch liegt. Ich setze Wasser auf. Mache mir einen starken Espresso.

»Siehst du irgendetwas Interessantes?«

»Hier sind ganz viele Artikel über Verstorbene«, antwortet sie. »Viele Seiten.«

»Hoffentlich niemand, den ich kenne«, antworte ich und werfe abwesend einen Blick über ihre Schulter, während sie die Nachrufe durchblättert.

Plötzlich sehe ich ein bekanntes Gesicht. »Warte mal!«, rufe ich und blättere eine Seite zurück.

Runólfur lächelt mich auf einem relativ neuen Schwarz-Weiß-Foto an. Der, der beim Staatsfernsehen die Sendung geleitet hat, in der Steinunn gestorben ist. Der Hengst, der so gut im Bett war, dass er gleich in einer Nacht in der Spitzenklasse gelandet ist.

Mausetot.

»Kennst du ihn?«, fragt Cora.

»Flüchtig.«

Dem Artikel zufolge war Runólfur vor ein paar Tagen gestorben. Ganz plötzlich. Nirgendwo wird erwähnt, dass er an einer schweren Krankheit gelitten hätte. Ganz im Gegenteil schien sein Tod alle Verwandten sehr zu überraschen.

Ich bin bestürzt über Runólfurs plötzlichen Tod. Ich hatte immer noch mal bei ihm vorbeigehen wollen, um mich für die schöne Nacht zu bedanken und das Spiel zu wiederholen.

Jetzt ist es zu spät.

32

Haus Nummer 17.

Ich dirigiere meine Silberkarosse vorsichtig auf den Bürgersteig. Mache den Motor aus. Bleibe noch einen Moment im Auto sitzen und betrachte den Eingang.

Es ist ein altes, kleines Holzhaus. Die Außenwände sind schwarz angestrichen, aber das Wellblech auf dem Dach ist rot. Und die Fensterrahmen auch.

Ein kleines, schnuckeliges Häuschen. Genau wie im Roman. Frühlingsliebe.

Da nie jemand ans Telefon ging, wenn ich angerufen hatte, machte ich mich auf den Weg in die Altstadt von Hafnarfjörður. Ich wollte klingeln und mit eigenen Augen sehen, ob nicht immer noch jemand in diesem Haus wohnt, der mich auf Alda Ósk verweisen kann.

Auf dem Klingelschild steht nur ein Name: Hólmfrídur.

Nachdem ich ein paar Mal auf die Klingel gedrückt habe, hört man endlich Schritte im Haus. Dann wird die Tür aufgerissen.

»Ja? Was willst du?«

Die Frau, die an die Türe kommt, ist wahrscheinlich um die fünfzig. Klein, abgemagert. Hat ihr langes, dunkles Haar zu einem Pferdeschwanz gebunden. Trägt einen Arbeitsoverall, der mit bunten Flecken übersät ist, und hält einen feuchten Pinsel in der Hand.

»Bist du Hólmfrídur?«

»Was willst du?«

»Störe ich?«

»Siehst du das nicht?«, fragt sie und wedelt mit dem Pinsel.

»Ich suche Alda Ósk.«

Hólmfrídur stockt der Atem. Sie wirft den Kopf nach hinten, als hätte ich ihr einen Schlag aufs Kinn gegeben. Erbleicht.

»Alda Ósk?«, flüstert sie.

»Ja, ich würde mich gerne mal mit ihr unterhalten.«

Sie kriegt sich schnell wieder ein. Ihre Wangen werden plötzlich flammend rot.

»Soll das irgendwie witzig sein?«, fragt sie und schaut mich so wütend an, als ob sie mich mit ihrem Blick aufspießen wollte.

»Nein, ganz im Gegenteil. Wohnt sie nicht mehr hier?«

Sie starrt mich eine Weile schweigend an. »Nein!«, antwortet sie schließlich und knallt dabei die Tür so kräftig zu, dass es im harten Holzrahmen nachhallt.

Verdammte Frechheit!

Ich fange wieder an zu klingeln. Einige Male. Gebe nicht auf, bis sie wieder an die Türe kommt.

»Es ist wirklich wichtig, dass ich mit Alda Ósk in Kontakt komme!«, sage ich, sobald sie die Tür öffnet. »Kannst du mir nicht sagen, wo sie ist?«

»Du willst also wissen, wo Alda Ósk ist!« Man sieht Hólmfrídur ihre heftigen Gefühle an. Atmet aufgebracht. Errötet und erbleicht abwechselnd. »Warum eigentlich?«

»Das ist ein bisschen kompliziert.«

»Ach ja? Ein bisschen kompliziert?« Unerwarteterweise fängt sie an zu lachen. Aber in ihrem Gelächter ist keine Freude. Nur wahnsinnige Wut. Und verbitterte Trauer.

»Ich verspreche, sofort zu gehen, sobald du mir ihre neue Adresse gegeben hast.«

Hólmfrídur bleibt einen Moment regungslos stehen und starrt mich an. Dann trifft sie plötzlich eine Entscheidung. Schmeißt den Pinsel auf den Fußboden. Nimmt einen Schlüsselbund vom Regal auf dem Flur. Stürmt aus der Haustür. Wirft die Tür hinter sich zu. Rennt die kleine Treppe herunter und auf ein altes rotes Russenauto zu. Öffnet die Tür an der Fahrerseite. Setzt sich hinter das Lenkrad. Wirft den Motor an. Dreht sich kurz zu mir um.

»Komm!«, ruft sie, »ich zeige dir, wo Alda Ósk ist!«

Ihre Aufgewühltheit zeigt sich auch in ihrem Fahrstil. Hólmfrídur jagt durch die engen Straßen der Altstadt bis hinunter zum Hafen und von dort aus den Bach entlang auf die Reykjanesbraut. Sie scheint nicht zu hören, wie schwerfällig der Motor ihres alten Autos unter der Anstrengung stöhnt. Beugt sich die ganze Zeit über das Lenkrad und stiert eifrig durch die verstaubte Windschutzscheibe, ohne ein Wort zu sagen. Als ob sie hypnotisiert wäre.

Plötzlich biegt sie von der Reykjanesbraut nach links ab. Bremst abrupt auf einem asphaltierten Parkplatz. Stellt den Motor ab. Springt hinaus. Lässt die Autotür offen stehen. Marschiert mit langen Schritten los. Bleibt stehen. Dreht sich um.

»Willst du nicht mitkommen?«, ruft sie mir zu.

Ich gehe ihr auf dem Fußweg nach. Vorbei an einem Stein nach dem anderen. Mir dämmert, was ich zu erwarten habe.

Sie bleibt vor einem Grabstein aus rauem Basalt stehen.

»Hier ist sie«, sagt Hólmfrídur. »Bist du jetzt zufrieden?«

Der Name ist mit deutlichen Buchstaben in den Stein gemeißelt worden: Alda Ósk Sigvaldadóttir.

Die Jahreszahlen unter den Buchstaben zeigen, dass sie nur neunzehn Jahre alt war, als sie starb.

»Du hast gesagt, es sei ein wenig kompliziert, nicht wahr?«, ruft Hólmfrídur. Dann beruhigt sie sich allmählich. Sie legt die eine Hand auf den grauen Stein und schaut auf das Grab hinunter, den Rücken ein wenig gebeugt.

»Ich hatte keine Ahnung, dass sie tot ist«, sage ich. Ärgere mich gleichzeitig über mich selbst. Habe meine Hausaufgaben nicht gemacht. Hätte zum Beispiel Alda Ósk im Nationalregister suchen sollen. Dann wäre die Wahrheit schnell ans Licht gekommen und uns beiden die traurige Begebenheit erspart geblieben.

»Was wolltest du eigentlich von ihr?«, fragt Hólmfrídur leise.

Natürlich kann ich ihr nicht sagen, um was es geht. Jedenfalls jetzt nicht.

»Ich habe den Roman gelesen, den sie geschrieben hat«, antworte ich nach kurzem Überlegen, »und ich fand, ich müsste die Autorin treffen.«

Sie richtet sich auf. Guckt mich argwöhnisch an. »War das alles?«

Ich nicke.

Sie fährt sich mit der Handfläche langsam über das Gesicht, als ob sie ihre Tränen verbergen wolle, die sie in der Bewegung mit den Fingern wegwischt.

»Wie oft habe ich mir gewünscht, dass sie diese Geschichte nicht geschrieben hätte«, sagt sie.

»Warum?«

»Dann wäre Alda Ósk noch bei mir und nicht dort in der kalten Erde begraben, da bin ich ganz sicher.«

Sie beugt sich zum Grab hinunter und beginnt, die braunschwarzen Blätter vom letzten Herbst aus dem Gras zu sammeln, das nach dem langen, kalten Winter wieder anfängt zu sprießen.

Dann steht sie auf und geht mit langsamen Schritten in Richtung Parkplatz. »Ich weiß nicht, was in mich gefahren ist«, sagt sie entschuldigend auf dem Weg zurück in die Stadt. »Ich habe völlig die Selbstbeherrschung verloren, als du da auf einmal bei mir auf der Treppe standest und nach Alda Ósk gefragt hast, als ob sie noch am Leben wäre.«

»Das ist verständlich.«

»Komm doch bitte mit rein. Ich mache uns einen Kaffee.«

Das größte Zimmer im Erdgeschoss ist eindeutig Hólmfríđurs Atelier. Auf der Staffelei ist ein halb fertiges Gemälde. Die Farben sind schreiend kräftig. Überspannt wie die Gefühlsschwankungen der Malerin.

Der starke Geruch alter und neuer Farbe und anderer chemischer Stoffe ist überwältigend. Auch in der Küche.

Hólmfrídur stellt den Wasserkocher an und sucht dann eine saubere Tasse, findet aber keine.

»Wie du siehst, bin ich keine tolle Hausfrau«, sagt sie und hält zwei benutzte Tassen unter den Heißwasserstrahl in der Spüle.

»Wohnst du hier alleine?«

»Ist das nicht offensichtlich?«

Sie gießt Nescafé auf. Sucht erfolglos nach Milch im Kühlschrank. Zuckt die Achseln. Setzt sich mir gegenüber an den Tisch.

»Also, dir hat die Geschichte gefallen?«, fragt sie.

»Es ist eine derer, die man nicht vergisst.«

Hólmfrídur schnauft. »Kaum jemand weiß noch, dass das Buch überhaupt erschienen ist«, sagt sie bitter.

»Aber das stimmt doch gar nicht!«

»Alda Ósk hat das Buch in ihrem jugendlichen Idealismus geschrieben und ihr Herz darin auf die Goldwaage gelegt. Sie hat in ihrer Naivität gewiss gedacht, dass eine solche Ehrlichkeit geschätzt würde.« Sie schüttelt den Kopf über der Kaffeetasse. »Wenn sie nur mit mir gesprochen hätte, bevor sie das Manuskript eingereicht hätte, dann hätte ich sie vorwarnen und ihr die Augen öffnen können, wie schlecht die Welt zu denen ist, die es ablehnen, sich hinter aufgesetzten Masken zu verstecken.«

»An was ist sie gestorben?«

Hólmfrídur antwortet mir nicht. Sitzt nur einen Moment regungslos da mit der Kaffeetasse in der Hand. Stellt sie dann auf den Tisch. Steht auf. Geht zur Treppe, die zum Dachgeschoss führt. »Komm mit!«

Ich gehe nach ihr die steile Treppe hinauf und weiter in einen engen Flur, wo sie eine Tür öffnet und mir bedeutet, ihr zu folgen.

Es ist ein kleines Schlafzimmer mit Dachschräge. Hier ist alles aufgeräumt. Eine geblümte Decke liegt über dem Bett, und darauf sitzen zwei Puppen. Auf dem Schreibtisch unter dem Fenster ein kleiner Computer. An den holzverkleideten Wänden sind einige Regale, voll gestopft mit Büchern und allerlei Erinnerungsstücken.

»Hier ist immer noch alles so, wie sie es hinterlassen hat«, sagt Hólmfrídur. »Das Zimmer war nie aufgeräumter als an dem Tag, an dem sie starb.«

Im Zimmer herrscht eine merkwürdige Stimmung. Obwohl alles in Reih und Glied steht, merkt man doch, dass hier lange niemand mehr gewohnt hat. Eher ein Museum als ein Zuhause.

Ich setze mich auf den Stuhl vor den Computer. Ein Fotoalbum liegt auf dem Schreibtisch. Als ich es aufs Geratewohl öffne, stoße ich auf ein Foto, das ich gleich wiedererkenne. Ein Foto von Alda Ósk. Das, was hinten auf dem Buchrücken abgedruckt war. Sie sieht ihrer Mutter ganz schön ähnlich. Nur viel jünger. Das Gesicht sieht gleichzeitig kindlich und reif aus. Wie der Gesichtsausdruck eines Teenagers, der schon schmerzliche Erfahrungen in der Welt der Erwachsenen gemacht hat.

Sie ist auf den meisten Fotos im Album. Mal alleine, mal mit anderen Leuten, die ich nicht kenne. Außer Hólmfrídur.

Bis ich auf einmal ein großes Foto von ihr mit ihrer Freundin aufschlage. Sie umarmen sich. Drücken ihre Wangen fest aneinander. Gucken lächelnd direkt in die Kamera.

Alda Ósk. Und Ásta.

33

Hallgerdur ist immer noch gedopt, bekommt aber eine geringere Dosis Beruhigungsmittel als in den ersten Tagen nach ihrer Entlassung aus der Klinik. Daher ist sie etwas wacher, als ich sie wieder im Gefängnis treffe, und hat sich mit ihrer Situation vertraut gemacht. Scheint endlich bereit zu sein, alles zu tun, um sich aus der Lage zu befreien, die sie »Falle« nennt.

Die Polizeioberen schickten Raggi mit Gefolgsleuten in den Osten, um eine neue Aussage von Hallgerdur aufzunehmen, nachdem ich sie davon überzeugt hatte, dass sie von Kári und ihren nächtlichen Abenteuern im Pulitzer-Hotel berichten müsse. Es wäre eine Bagatelle, außerehelichen Geschlechtsverkehr mit einem knackigen jungen Mann zu gestehen, im Vergleich zu dem, was sonst auf sie zukäme: eine lange Haftstrafe für Rauschgiftschmuggel.

Trotzdem war sie zögerlich, den Goldjungs seinen Namen zu nennen. Gab erst nach, als ich ihr mein Gespräch mit Kári rekapitulierte.

Er lachte, als ich ihn beschuldigte, Hallgerdur ins Ausland gefolgt zu sein, um Rauschgift in ihrem Koffer zu verstecken.

»Es war totaler Zufall, dass ich nach Amsterdam geflogen bin, und ebenso, dass ich in dieser Bar gelandet bin«, antwortete er. »Bei einem so tollen Angebot habe ich natürlich gleich zugegriffen.«

»Es war also purer Zufall, dass du zur gleichen Zeit in der gleichen Bar wie Hallgerdur warst? Von diesen tausenden von Vergnügungsstätten, aus denen du in der Weltstadt auswählen konntest? Glaubst du wirklich, dass ich dir so einen Blödsinn abkaufe?«

»Das ist die heilige Wahrheit«, antwortete er.

»Was ist passiert, nachdem ihr euch getroffen hattet?«

»Die Kuh war total verrückt nach mir. Erst hat sie mir Drinks spendiert, dann verlangte sie, mit mir zu tanzen, und als es spät nachts war, hat sie mich angebettelt, es ihr zu machen.« Er lachte hämisch. »Um ehrlich zu sein, habe ich noch nie eine Frau kennen gelernt, die so bedürftig war wie sie. Was für mich natürlich klasse war, denn sie machte alles, um was ich sie bat. Wirklich alles, was mir einfiel. Deshalb gab es für mich nur selten langweilige Durchhänger.«

Er stritt vehement ab, etwas mit dem Kokain zu tun zu haben.

»Nein, das hängst du mir nicht an«, sagte er und grinste. »Niemand kann mir nachweisen, jemals in meinem Leben Kokain gekauft zu haben, weder hier in Island noch im Ausland.«

»Er hat sich gelangweilt?«, fragte Hallgerdur bitter, als ich ihr die Quintessenz des Gespräches wiedergab. »Hat er das gesagt?«

»Und noch viel Schlimmeres.«

»Ja, das ist sicher die Grausamkeit der Jugend.«

Beim Verhör geht Raggi Hallgerdurs neue Informationen genauestens durch. Er fragt sie präzise nach allen Begegnungen mit Kári aus, zuerst beim Fernsehen und später in Amsterdam, und lässt sich ihre Treffen minutiös schildern. Obwohl er Geduld zeigt, wenn Hallgerdur manchmal zögert, seine direkten Fragen zu beantworten, hakt er beharrlich weiter nach, bis alle Details geklärt sind.

»Ist es jetzt deine neue Theorie, dass Kári das Kokain ohne dein Wissen in deinen Koffer geschmuggelt hat?«, fragt er zum Abschluss.

»Ich weiß über diese Geschichte nur zwei Sachen«, antwortet sie. »Erstens, dass ich das Kokain nicht in die Tasche gepackt habe, und zweitens, dass er in diesen drei Nächten genügend Möglichkeiten gehabt hätte, vor allem wenn ich geschlafen habe.«

Die Gefängnisaufseher bringen Hallgerdur umgehend in ihre Zelle zurück, sobald sie ihre Aussage unterschrieben hat. Raggi und ich gehen zusammen den kalten Gang entlang zum Haupteingang.

»Ist Kári bei euch im Register?«, frage ich.

»Nein, ich habe ihn gleich abgecheckt, als du mir von Hallgerdurs zu erwartender Aussage berichtet hast. Er hat sich noch nie etwas zu Schulden kommen lassen, noch nicht mal ein Knöllchen.«

»Der sieht sich vor.«

Wir sind schon draußen auf dem Parkplatz, als ich mich bei Raggi erkundige, ob er Runólfur eigentlich getroffen hat.

»Meinst du den, der sich neulich umgebracht hat?«, fragt er.

Ich stutze. »Hat er Selbstmord begangen?«

»Dieser Runólfur, von dem ich rede, wurde in seiner Garage gefunden. Er hatte die Abgase ins Auto geleitet, eine klassische Methode, um sich vorzeitig über den Jordan zu befördern.«

Ich packe Raggi am Arm, bevor es ihm gelingt, die Autotür zu öffnen.

»Habt ihr eine Aussage von ihm aufgenommen, wegen der Sache mit Steinunn?«, frage ich.

Jetzt ist er derjenige, der überrascht ist. »Warum?«

»Runólfur war der Sendeleiter im Fernsehen an dem Abend, an dem Steinunn starb. Wusstest du das nicht?«

»Sprechen wir über den gleichen Mann?«

»Es sind wohl kaum in der letzten Zeit viele Dreißigjährige gestorben, die Runólfur heißen.«

»Nein, wohl nicht.«

»Er gab vor, etwas mehr über die Sache zu wissen als andere, als ich ihn vor ein paar Tagen getroffen habe.«

»Was denn genau?«

»Es ergab sich nicht die Gelegenheit, ihn zu fragen.«

»Du verheimlichst mir doch nicht etwa was?«, antwortet Raggi und grinst.

Runólfurs Tod geht mir auf dem Rückweg über die Hellisheidi die ganze Zeit durch den Kopf. Natürlich habe ich ihn nur in dieser einen Nacht kennen gelernt, aber da hat er sich nicht wie jemand verhalten, der lebensmüde ist. Ganz im Gegenteil. Er war lebhaft und voller Energie.

Was war mit ihm passiert?

Das Handy stört meine Überlegungen. Gunnar ist dran, und er ist gelinde gesagt schlecht gelaunt.

Das überrascht mich nicht. Ich hatte damit gerechnet, dass ihm heute mein Einschreiben zugestellt wird, das die Kopie der Prokuravollmacht, die Hallgerdur mir erteilt hat, enthält. Ich habe es bereits im Handelsregister eintragen lassen, was bedeutet, dass er weder Geld noch anderes Eigentum von Hallgerdur bewegen darf, es sei denn, er bekommt mich dazu, meine Unterschrift auf die Papiere zu setzen.

Er hebt zu einer Tirade am Telefon an. Beschuldigt mich, meine Stellung missbraucht zu haben. Aber ich würge ihn schnell ab. Habe keinen Nerv, mir so ein Männergeschwafel anzuhören.

»Hör auf mit diesem Blabla, Gunnar«, sage ich. »Hallgerdur hat mir ihre Geschäfte anvertraut, nicht dir. Daran gibt's nichts zu rütteln. Ich verlange eine Besprechung mit dir und den Steuerberatern morgen Nachmittag, wo ihr mir eine Übersicht über den Stand der Dinge gebt und sämtliche Informationen über alles, was an Transaktionen geplant ist. Verstanden?«

»Ich hätte gute Lust, diese Vollmacht vor Gericht anzufechten«, sagt er langsam.

»Das ist deine Sache. Aber in der Zwischenzeit habe ich das Sagen. Morgen um fünf Uhr. Okay?«

Er hat keine andere Wahl, gibt nach und knallt den Hörer auf.

Ich habe wenig Lust, für Hallgerdur die Geldgeschäfte zu erledigen. Hab schon viel zu viel zu tun. Aber werde mich trotzdem erst mal darum kümmern müssen. Kann gar nicht anders, solange sie meine Klientin ist und im Untersuchungsgefängnis in Einzelhaft sitzt.

Cora ist dabei, das Abendessen zu richten, als ich wieder in die Stadt komme. Sie macht so gute Fortschritte im Isländischen, dass sie sogar schon Nachrichten von Klienten entgegennimmt, die hereinschneien, wenn ich nicht da bin. Sie wird mehr und mehr unverzichtbar.

Dieses Mal essen wir zusammen vor dem Fernseher, während die Nachrichten über den Bildschirm flimmern. Die meisten Beiträge verfolge ich wie üblich aus den Augenwinkeln. Sie sind so überwältigend langweilig.

Aber einer der letzten Beiträge weckt doch wirklich mein Interesse. Ich grabsche nach der Fernbedienung, stelle den Ton lauter und stiere gebannt auf die Mattscheibe, wo gerade gezeigt wird, wie ein starker Kran eine schwere Ladung vom Meeresboden hievt. Eine Last, die ich gleich wiedererkenne.

»... aber als der Taucher dort gesucht hat, wo es im Hafenbecken am tiefsten ist, fand er nicht die Leiche des Seemanns, sondern ein großes Auto, von dem niemand wusste, dass es hier in Thorlákshöfn von der Brücke ins Meer gefallen ist«, sagt der Reporter. »Gestern Nachmittag wurde ein großer Kran herbestellt, um das Auto zu bergen, und dabei wurden diese Bilder aufgenommen. Wie man gut erkennen kann, handelt es sich bei diesem Wagen um einen Jeep. Es ist ein Auto genau der Marke, das die Polizei im Zusammenhang mit dem vermeintlichen Mordanschlag im Hvalfjördur seit ein paar Tagen suchen lässt. Dort war das Auto einer bekannten Rechtsanwältin von der Straße abgedrängt worden. Die Polizei weigerte sich jedoch, heute Abend zu bestätigen, dass es sich dabei um das gesuchte Fahrzeug handelt, sagte aber, dass der Fall gerade untersucht werde.«

Ich gehe sofort zum Telefon.

»Warum habe ich bloß geahnt, dass du am Telefon bist?«, fragt Raggi. Er versucht immer noch, witzig zu sein.

»Ich bin sicher, dass es das Auto ist.«

»Vieles weist darauf hin«, antwortet er.

»Was ist mit Höddi? Könnte er nicht versuchen, auszureisen, jetzt, wo das Auto gefunden wurde?«

»Die Polizei am Flughafen ist schon in Alarm versetzt worden. Der kommt nicht weit.«

»Schnell reagiert.«

»Wir sind immer wachsam.«

»Trotzdem ist es totaler Zufall, dass der Jeep gefunden wurde. Wenn dieser Seemann nicht auf Sauftour gegangen und verschwunden wäre, läge der Jeep immer noch gut versteckt im Hafenbecken und würde da auch noch jahrelang bleiben.«

»So ist das Leben, Stella. Eine Aneinanderreihung von merkwürdigen Zufällen von der Wiege bis zur Bahre.«

»Ist das deine Philosophie?«

»Kennst du eine bessere?«

Danach erzähle ich Cora, dass sich die Schlinge um den Hals der Glatze langsam zuzieht. Sie lächelt, als sie die Nachrichten hört, sagt, dass die Zukunft in Gottes Hand liege, und isst weiter, als sei nichts geschehen.

Aber ich kann nicht so gelassen bleiben. Ich brenne darauf, die beiden hinter Schloss und Riegel zu sehen, den harten Höddi und die Glatze, am besten jahrelang. Ich finde, das ist die mindest denkbare Strafe für die Gewalt Cora und mir gegenüber.

Auge um Auge, Zahn um Zahn. Nichts anderes ist wirklich Gerechtigkeit, egal, wer was dazu sagt.

»Die Rache und die Dummheit sind Zwillinge, die barfuß gehen.«

Sagt Mama.

34

Ásta ist alleine zu Hause.

Sie sieht wesentlich besser aus als noch vor ein paar Tagen. Es scheint, als wäre sie den Stress losgeworden, der ihr Verhalten in den letzten Wochen geprägt hat. Zumal die Goldjungs aufgehört haben, ihr das Leben zu verleiden.

Ihr fröhliches Lächeln reicht bis in die Augen. Sie umarmt mich. Drückt mich herzlich an sich. Ganz plötzlich gehen mir

Ausschnitte des Videos durch den Kopf, das ich im Liebesnest einkassiert hatte. Szenen von Ásta und Steinunn beim intensiven Liebesspiel.

Ich weiche ihren Lippen aus. »Erst müssen wir reden.«

Ihr Lächeln verschwindet. »Fangen sie schon wieder an?«, fragt sie und meint zweifellos die Goldjungs. Folgt mir dann ins Wohnzimmer und setzt sich mir gegenüber aufs Sofa. Macht sich wieder Sorgen.

»Nein«, antworte ich. »Erzähl mir von Alda Ósk.«

Ásta starrt mich an. Eine neue Wachsamkeit ist in ihren Augen. »Alda Ósk?«

»Tu doch nicht so. Ich habe vorgestern Hólmfrídur getroffen, und sie ist mit mir auf den Friedhof in Hafnarfjördur gefahren. Zum Grab.«

Sie lehnt sich mit einem Ruck zurück. »Was hat das mit meinem Fall zu tun?«

»Du weißt das doch mit Sicherheit besser als ich.«

Sie schüttelt den Kopf.

»Ach nein?«

Sie bleibt noch ganz ruhig, sieht aber ziemlich blass aus.

Okay. Nächster Schritt.

»Du weißt natürlich, dass Hallgerdur in U-Haft sitzt, wegen Verdachts auf Drogenschmuggel?«, frage ich.

»Ja, ich hab es irgendwo gelesen.«

»Und bedauerst das nicht gerade, scheint mir?«

Ásta zuckt mit den Schultern. Versucht, nach Möglichkeit keine Miene zu verziehen.

»Es könnte mit Alda Ósk in Verbindung stehen«, fahre ich fort.

»Wie das denn?«

Mir geht ihr Versteckspiel langsam auf die Nerven. »Vielleicht erklärt das auch gleich, warum du das LSD in Hallgerdurs Wasserglas getan hast.«

»Hab ich das?«

»Mir ist es im Prinzip egal, ob du es mir gegenüber zugibst oder nicht«, antworte ich. »Es spielt ja mittlerweile sowieso keine Rolle mehr. Aber ich will wissen, was hier gespielt wird. Deshalb sollst du mir von Alda Ósk erzählen.«

Sie antwortet nicht sofort. Betrachtet mich, als versuche sie, die Situation einzuschätzen. Zu entscheiden, was sie machen soll.

»Ich habe ein schönes Foto gesehen, wo Alda Ósk und du zusammen drauf seid«, fahre ich fort. »Ihr Buch handelt von euch beiden, oder?«

»Hast du es gelesen?«

»Ja.«

»Dann weißt du alles.«

»Nicht, was passierte, nachdem das Buch zu Ende ist.«

Ásta steht auf, geht langsam zum Wohnzimmerfenster und schaut hinaus auf die in der Sonne liegende Grasfläche.

»Ich sehe sie immer noch lebendig vor mir stehen, so wie sie aussah, als ich sie das erste Mal traf«, sagt sie schließlich. »Mama ist mit mir nach Hafnarfjördur gefahren, um Elfen und Trolle zu besuchen. Sie glaubt, dass sie dort in den Felsen wohnen. Alda Ósk lag im Gras unter einem Stein. Sie hat sich die Blumen angeguckt und sich mal wieder ein neues Abenteuer ausgedacht, über das sie schreiben könnte, wenn sie wieder nach Hause käme. Sofort als sich unsere Blicke trafen, habe ich gemerkt, dass nichts mehr so sein würde, wie es war. Alles war völlig verändert, nur weil ich wusste, dass es sie gab. Am nächsten Tag, als ich zu ihr nach Hause fuhr, zeigte sie mir, was sie über mich am Vorabend geschrieben hatte, und da war mir klar, dass wir beide das Gleiche gefühlt haben.«

»Die große Liebe?«

»Die einzige. Obwohl wir beide gerade mal vierzehn Jahre alt waren.«

»Und dann?«

»Wir konnten nichts mehr rückgängig machen. Wir mussten lernen, mit dieser Liebe umzugehen, obwohl sie anders war als bei allen anderen, die wir kannten. Wir mussten uns damit abfinden, dass diese Art von Liebe das einzig Normale für uns wäre. Für mich war das irgendwie leichter als für sie.«

»Inwiefern?«

»Alda Ósk litt unter unerträglichen Schuldkomplexen«, sagt Ásta nach langem Schweigen. »Sie reagierte auf Kritik immer damit, sich selbst zu verurteilen und zu bestrafen. Wenn jemand sie mit unschönen Worten beschimpfte, fand sie, dass sie es verdient hätte. Ich habe versucht, sie dahin zu bekommen, dass sie auf diejenigen wütend würde, die sie beschimpften, nicht auf sich selber, aber sie hat das nie gekonnt.«

»Sich bestraft? Wie denn?«

»Auf unterschiedliche Art und Weise. Manchmal aß sie einfach nichts mehr. Aber meistens versuchte sie, sich zu verletzen. Stach sich mit einem Bleistift oder einer Nagelfeile oder mit etwas anderem, was gerade zur Hand war. Einmal hat sie sich mit einer Schere geschnitten. Ich habe sie völlig mit Blut besudelt und bewusstlos gefunden, aber ich konnte noch rechtzeitig den Krankenwagen rufen.«

»Hat sie sich nie in psychologische Behandlung begeben?«

Ásta dreht sich um. »Wer hätte ihr das sagen sollen? Hólmfrídur war nie zu Hause, wenn Alda Ósk sie gebraucht hätte, und Sigvaldi war meistens völlig von seiner Arbeit eingenommen, wenn sie ihn aufsuchte. Wir waren also nur zwei Kinder, die versuchten, sich so gut es ging über Wasser zu halten.«

»Und dann kam das Buch?«

»Sie hat ständig geschrieben. Besonders nachdem Sigvaldi ihr den Computer geschenkt hatte. Dann saß sie stundenlang an ihrem Mac und hat alle möglichen Geschichten und Abenteuer erfunden. Und ich bekam nach und nach alles zu lesen. Bis sie anfing, über uns zu schreiben.«

»Was ist dann passiert?«

»Sie tat plötzlich so geheimnisvoll und verriet nicht, mit was sie beschäftigt war. Sie wollte mir das Manuskript erst zeigen, wenn es ganz fertig gestellt war. Eines schönen Sommerabends kam sie dann zu mir nach Hause, ging aber sofort wieder, bevor ich anfangen konnte, zu lesen, als ob sie Angst hätte, dass ich sie wütend ausschimpfen würde.«

»Und?«

Ásta setzt sich wieder aufs Sofa.

»Kurz vor Mitternacht hatte ich die Geschichte durch und rief sie sofort an, aber bei ihr zu Hause ging niemand dran. Irgendwie hatte ich das Gefühl, sie würde in dem Park auf mich warten, wo wir uns das erste Mal getroffen haben. Ich habe gerade noch den letzten Bus erreicht und fand sie tatsächlich dort im Gras liegend. Sie sagte, ihre größte Angst wäre gewesen, dass ich nie mehr wieder kommen würde.«

»Was ist dann passiert?«

»Alda Ósk war die letzten Wochen vor Erscheinen des Buches wahnsinnig gespannt. Meistens war sie aufgedreht vor Vorfreude, aber manchmal war sie auch deprimiert, wenn sie sich mal wieder selber davon überzeugt hatte, dass ihre Geschichte schlecht ankommen würde.«

»Und?«

»Ich war sehr erleichtert, als die erste Kritik erschien. Sie war so positiv. Da war ich sicher, dass alle anderen auch so ausfallen würden, und machte mir keine Sorgen mehr über die Reaktionen der Presse.«

»Aber dann kam Hallgerdur im Fernsehen.«

»Ich habe an dem Abend, als die Hexe ihr schreckliches Urteil im Fernsehen verkündete, im Kiosk gejobbt und fand erst heraus, was sie gesagt hatte, als ich in der Nacht nach Hause kam und schnell durch die Videoaufnahme spulte. Ich habe sofort versucht, Alda Ósk zu erreichen, aber niemand ging bei ihr zu Hause dran. Trotzdem war Licht in der oberen Etage, als ich mit dem Taxi zu ihr kam. Ich hatte so eine Angst, dass ich den Taxifahrer dazu bewegt habe, mit mir hochzugehen.«

Sie schließt die Augen.

»Wir haben sie im Badezimmer gefunden. Sie lag zusammengerollt auf der rechten Seite und hatte die Schere noch in der Hand. Aber das dunkelrote Blut war schon lange auf dem Fußboden getrocknet.«

Ásta bleibt eine Weile bewegungslos sitzen. Dann lehnt sie sich an die Rückenlehne des Sofas und schaut mich an. »Alda Ósk hatte weit aufgerissene Augen, als würde sie ihrer Seele hinterhergucken, wie sie den Körper verlässt. Ich möchte es jedenfalls gerne glauben.«

»Hat sie nichts hinterlassen?«

»Am Tag danach habe ich einen Brief gefunden. Er lag auf ihrem Schreibtisch.«

Sie steht auf, geht in ihr Schlafzimmer, kommt kurz darauf mit einem zusammengefalteten weißen Blatt in der Hand zurück und reicht es mir.

Die Buchstaben sind groß und die Schrift zittrig:

»Vergib mir alles.
Auch die Liebe.
Es ist besser so.«

35

In den nächsten Tagen geht alles drunter und drüber.

Von frühmorgens bis spät in die Nacht bin ich bis über beide Ohren damit beschäftigt, in eigener Sache und anderer Leute Angelegenheiten zu schuften. Gönne mir keine Pause von den fast unzählbaren Aufgaben des Tages, so wie jeder andere hoffnungslose Workaholic.

Ganz schön viel Zeit geht dafür drauf, Hallgerdurs und Gunnars finanzielle Situation zu durchleuchten. Obwohl der

Steuerberater auf dem Papier viele Antworten parat hat, habe ich noch mehr Fragen.

Nach einigen Besprechungen steht aber fest, dass die Firma pleite ist. Wenn Gunnar nicht einige zigmillionen neues Kapital in seinen Betrieb investieren kann, wird er zahlungsunfähig. Dann muss er versuchen, die Schulden auf einen Betrag zu drücken, den der Betrieb verkraften kann. Ansonsten ist ein Bankrott unausweichlich. Obwohl er diese Überlegungen selber alle vehement abgelehnt und darauf hingewiesen hat, dass Hallgerdur immer noch einiges an Kapital in der Reederei der Geschwister besitzt, ist meine Entscheidung klar und eindeutig. Hallgerdur muss ihn ein für alle Mal von seinem Goldesel entwöhnen. Was genug ist, ist genug.

Als es jedoch darauf ankommt, ist sie nicht bereit, eine so folgenschwere Entscheidung sofort zu treffen. Sie möchte damit warten, bis über ihre eigene Zukunft entschieden worden ist, und weist mich an, den Betrieb bis dahin mit homöopathischen Dosen am Laufen zu halten. Deshalb verkaufe ich für sie Aktien und melke genug vom Quotengewinn in Gunnars Schuldenhalde, um ihn über Wasser zu halten.

Völliger Schwachsinn natürlich, aber das ist ihre Sache.

Ich muss mich auch um meine eigenen Finanzen kümmern. Hab sie schon viel zu lange vernachlässigt. Deshalb lege ich mich in die Vollen, um mehr Scheinchen zu kassieren und dafür zu sorgen, dass sie sich dort vermehren können, wo Hoffnung auf den meisten Gewinn besteht. Treibe auch wieder Schulden ein und bereite mich auf verschiedene Prozesse vor. Unternehme alles, was möglich ist, um meine Geldmühle wieder ins Rollen zu bringen.

Am Wochenende bringt Raggi mir endlich gute Nachrichten.

Der harte Höddi ist in Untersuchungshaft. Man hatte nicht nur an einigen Stellen auf der Stoßstange des Jeeps Lackspuren von meinem völlig unbrauchbaren Silberpfeil gefunden, sondern auch gut lesbare Fingerabdrücke, die der harte Höddi im Auto hinterlassen hatte. Es ist daher möglich, nachzuweisen, dass der gestohlene Jeep benutzt wurde, um mein Auto anzufahren und dass Höddi zur gleichen Zeit darin gesessen hat.

In Folge knöpften sie sich endlich die Glatze wegen des Alibis, das er dem harten Höddi gegeben hatte, zum eingehenden Verhör vor. Er hielt sich immer noch an seine ursprüngliche Version.

»Seine Situation ist zurzeit etwas ungemütlich«, sagt Raggi. »Wenn Höddi verurteilt wird, und zurzeit weist alles darauf hin, wird Sigurjón wegen Falschaussage angeklagt. Wir hoffen, dass er nachgibt, bevor es dazu kommt.«

»Was ist mit Geirmundur?«

»Was soll mit ihm sein?«, fragt Raggi. Er wird sauer, wenn er nur den Namen hört.

»Er wusste natürlich auch, was geplant war.«

»Wenn du damit die Attacke auf dich meinst, haben wir nichts in der Hand, was beweist, dass er mit in die Planung einbezogen war.«

»Aber Höddi hat mir selber gesagt, dass die Drohungen von beiden, Geirmundur und der Glatze, kamen.«

»Als Anwältin weißt du, dass das nicht reicht.«

»Habt ihr Höddi und die Glatze nach Geirmundur gefragt?«

»Wir fragen nach allem Möglichen, wie du weißt.«

»Hat Höddi gestanden?«

»Nein, er streitet nach wie vor alles ab, oder besser gesagt, der schleimige Einar für ihn. Er hat allerdings eine ziemlich lächerliche Verteidigung hingelegt. Und so, wie die Sache momentan aussieht, ist sie eigentlich nur dazu nütze, das Urteil zu erschweren, wenn es zur Verkündung kommt.«

Ist mir doch egal. Je schwerer das Urteil, desto besser.

Aber das Problem ist natürlich, dass es keine Möglichkeit gibt, Geirmundur zu kriegen, es sei denn, Höddi oder die Glatze sagen gegen ihn aus. Und die Wahrscheinlichkeit scheint bei kleiner als null zu liegen.

Manchmal, wenn ich für Mammon und mich ins Feld ziehe, fällt mir Alda Ósk ein. Ich betrachte sie mittlerweile als das erste Opfer in einem scheußlichen Spiel. Mir ist es trotzdem nicht gelungen, eine direkte Verbindung zwischen ihrem Tod und dem Rauschgift in Hallgerdurs Koffer zu finden. Noch nicht.

Ich halte Kári natürlich für den wahrscheinlichsten Schuldigen. Aber alle meinten, dass er Alda Ósk nicht kannte. Zwischen ihnen schien es keine Verbindung zu geben. Die Verhöre der Goldjungs waren nicht von Erfolg gekrönt. Er gab ohne Umschweife zu, Hallgerdur im Hotel besucht zu haben, stritt aber vehement ab, etwas von dem Kokain zu wissen, geschweige denn, es in der Mackintosh-Dose versteckt zu haben. Und keine der Informationen, über die die Goldjungs verfügen, deuten darauf hin, dass Kári jemals in seinem Leben illegales Rauschgift gekauft oder genommen hätte.

Hallgerdur sitzt deshalb immer noch in der Tinte.

Als ich spät am Abend nach Hause komme, mache ich wie gewöhnlich am Ende eines Arbeitstages den Computer an. Öffne den Kalender, um die Aufgaben für morgen festzulegen. Lehne mich danach in meinen gemütlichen Chefsessel zurück. Schließe die Augen. Versuche, mich zu entspannen. Lasse meine Gedanken schweifen.

Ich sehe den grauen Grabstein wieder einmal im Geiste vor mir. Ihren Namen. Alda Ósk Sigvaldadóttir. Und die Jahreszahlen.

Sigvaldadóttir?

Ganz richtig. Ich habe mich immer noch nicht mit diesem Sigvaldi unterhalten. Mit ihrem Vater. Weiß noch nicht mal, wer er ist oder was er macht. Aber wenn er tatsächlich so ein distanzierter Vater ist, wie Ásta ihn dargestellt hat, ist er wahrscheinlich wenig hilfreich.

Aber trotzdem.

Mir gefallen offene Enden nicht. Sie lassen mich nie in Ruhe. Gehen mir auf die Nerven wie ein ständig juckendes Ekzem. Deshalb muss ich einfach mal hören, was dieser Sigvaldi zu sagen hat, selbst wenn es nur dazu dient, mein Gewissen zu beruhigen.

Ásta muss doch wissen, wo man ihn erreichen kann.

Ich bin schon drauf und dran, den Hörer abzuheben, als mein Blick wieder auf den Computer fällt. Dort sind natürlich alle Informationen über den Kerl, die ich brauche. Deshalb lege ich den Hörer wieder hin, rufe das Nationalregister auf und beginne zu suchen.

Nach einer Weile habe ich den vollen Namen von Sigvaldi, ID-Nummer und Adresse. Fehlt nur noch die Telefonnummer.

Moment mal!

Die Adresse kommt mir bekannt vor. Die ID-Nummer auch. Ich bin ganz sicher, dass ich beides schon bei mir auf dem Tisch hatte.

Wann?

Ich schließe schnell das Nationalregister. Öffne stattdessen meine Datenbank mit den Namen aller Klienten. Dort habe ich detaillierte Informationen über alle, mit denen ich als Anwältin Kontakt hatte. Alle, von Anfang an.

Um diesen Sigvaldi zu suchen, gebe ich seine ID-Nummer und seine Adresse ein. Sofort erscheint ein langer Artikel auf meinem Bildschirm.

Wow.

Was für ein Kick! Ich fühle mich, als ob ich auf einmal das vermisste Glied in der Kette gefunden hätte. Lehne mich so weit im Sessel zurück, wie ich kann. Schaue grinsend auf den Namen auf dem Bildschirm. Betrachte Hallgerdurs Schmuggelfall plötzlich in einem ganz anderen Licht.

Alda Ósk hatte keinen gewöhnlichen Vater. Er ist berühmt-berüchtigt. Gefährlich. Der einzige wahre König des Nachtlebens in der Hauptstadt. Vielleicht auch der Drahtzieher in der

Reykjavíker Unterwelt. Ein Mann, der mit Sicherheit viel Erfahrung hat, illegales Rauschgift für sich kaufen und verkaufen zu lassen, obwohl es den Goldjungs nie gelungen ist, ihm etwas nachzuweisen.

Porno-Valdi.

36

Ich beschließe umgehend, noch heute Abend Kontakt mit Porno-Valdi aufzunehmen. Auch wenn es zu nichts anderem nütze ist, als ihn wissen zu lassen, dass ich ihn wegen einer Verschwörung gegen Hallgerdur verdächtige.

Er macht es mir nicht leicht.

Erstens steht er nicht im Telefonbuch. Hat mit Sicherheit viele Telefonnummern, aber alle geheim.

Zweitens ist er nicht zu Hause. Natürlich habe ich die Adresse aus dem Nationalregister. Und als ich kurz vor Mitternacht das Auto in der Einfahrt des herrschaftlichen Einfamilienhauses im Laugarás parke, sehe ich einen Lichtschein im Haus. Aber mein Klopfen und mein ausdauerndes Drücken der Klingel bleiben unerhört. Das Haus ist verrammelt wie eine Burg, und niemand scheint da zu sein.

Dann brause ich in die Innenstadt. Versuche, ihn im Eldóradó aufzutreiben, der ältesten und größten Stripbar in Valdis Betriebsnetz. Natürlich führt er die Geschäfte in wesentlich mehr Etablissements in der Hauptstadt. Es wird gemunkelt, dass er seine Finger in den meisten Firmen der Vergnügungsbranche hat, die halbwegs guten Profit abwerfen; egal, ob sie legal oder in der Unterwelt angesiedelt sind.

Aber alle Quellen lassen darauf schließen, dass das Eldóradó immer noch das Zentrum ist, die eigentliche Schaltzentrale des Betrugsnetzes, das Valdi seit Jahren knüpft.

Drinnen ist es rammelvoll und die Stimmung ausgelassen.

Die Mädchen hampeln um die Stangen herum, und aufgedrehte Kerle, die scheißteuren Champagner saufen, glotzen sich die Augen aus dem Kopf. Viele von ihnen sehen jung und yuppiemäßig aus. Einige haben ihre Handys am Ohr, als ob sie noch nicht einmal an einem Ort wie diesem darauf verzichten könnten, den Stand ihrer Aktien zu verfolgen.

Valdis Aufpasser gucken mich gleich missbilligend an. Sie scheinen es immer in den falschen Hals zu kriegen, Frauen unter den Gästen zu sehen. Ihrer Meinung nach ist wohl der einzige richtige Ort für uns oben auf der Bühne, um die Beine vor verschwitzten Kunden breit zu machen, oder in den Separees, um bei näherer Bekanntschaft noch mehr Scheinchen für das Etablissement hereinzuholen.

Ich setze mich an einen kleinen Tisch und kritzele ein paar Zeilen auf die Rückseite meiner rosa Visitenkarte. Ein paar Worte, die hoffentlich die notwendige Neugier und großes Interesse bei Valdi wecken werden: »Ich weiß alles über Hallgerdur, Alda Ósk und die Rache.«

Ich halte einem breit gebauten, rothaarigen Kerl meinen Zettel unter die Nase. Man sieht ihm an, dass er einer der Rausschmeißhelden der Bar ist.

»Das ist für Valdi«, sage ich.

Er schaut sich beide Seiten der Visitenkarte an. Murmelt etwas völlig Unverständliches, dreht sich auf dem Absatz um und verschwindet kurz darauf hinter einer Tür, die links von der Treppe liegt, die in den oberen Stock führt. Dort steht noch ein Muskelprotz mit überkreuzten Armen und grimmigem Ausdruck im aufgedunsenen Gesicht Wache.

Die letzte Begegnung von Valdi und mir endete nicht gerade in Freundschaft. Ganz im Gegenteil. Man konnte kaum ausmachen, wer von uns beiden am Ende wütender war. Deshalb erwarte ich nicht, dass mich der Pornokönig auf ein nettes Pläuschchen zu seiner Erheiterung einlädt. Fürchte, um ehrlich zu sein, eher, dass er es ablehnt, mich zu treffen.

Bald darauf kommt der rothaarige Kerl wieder durch die Tür, geht direkt zur Bar in der Ecke, lässt den Barkeeper etwas in ein Glas gießen und bringt es zu mir.

»Man wird dich wissen lassen, wenn Sigvaldi dich empfangen kann«, sagt er mit heiserer Stimme und stellt das Glas auf den Tisch.

Die erste Hürde ist genommen.

Wahrscheinlich ist es ein Plus, dass Valdi sich noch erinnert, welches Wässerchen mein Lieblingsgetränk ist. Im Glas ist eine großzügige Ration herrlichen Jackies. Mindestens eine dreifache. Aufregend-feurig und erfrischend. Die sollte für die nächste Viertelstunde reichen.

Aber der Rothaarige begleitet mich schon nach zehn Minuten zu Valdi rein. Das Büro ist groß. Eine Art Mischung von Arbeitsplatz und Wohnzimmer. Ein riesiger Schreibtisch in der Mitte, rechts eine schwarze Ledersofagruppe und ein Tisch mit dicker Marmorplatte.

Valdi sitzt auf seinem Thron hinter dem Schreibtisch. Man sieht ihm sein Alter an. Er ist nicht mehr schlank und durchtrainiert wie ein Bodybuildingsportler. Er ist seit unserer letzten Begegnung dicker und schlapper geworden, und er hat sich eine kleine Fettschicht am Bauch zugelegt. Mittlerweile hat er eine Menge grauer Haare in seiner glänzenden Mähne.

Allerdings kleidet er sich immer noch nach der gleichen Mode. Hat einen schwarzen Anzug an und ein schwarzes Hemd. Aber einen roten Schlips.

Valdi beugt sich über den großen Schreibtisch. Sein Blick ist nach wie vor scharf und stechend. »Wie soll ich das verstehen?«, fragt er und dreht meine Visitenkarte zwischen zwei Fingern hin und her.

Ich werfe einen schnellen Blick auf den rothaarigen Rausschmeißer, der immer noch direkt hinter mir steht, und danach fragend auf Valdi. Er bedeutet ihm mit einer Handbewegung zu verschwinden.

»Ich hab's mir doch gedacht, dass die Namen von Hallgerdur und deiner Tochter die Schlüssel zu dieser Tür sind«, antworte ich.

Er setzt die altbekannte Raubtiermiene auf. »Es hat sich noch für niemanden als gesund erwiesen, in meinem Privatleben herumzuschnüffeln«, sagt er. »Ich dachte, du wüsstest das.«

»Aber trotzdem machst du es selber zu einer öffentlichen Sache.«

»Wie meinst du das?«

»Die Anklage von Hallgerdur muss das Schicksal deiner Tochter ans Tageslicht zerren.«

»So ein Blödsinn. Es besteht keine Verbindung.«

»Ich kann natürlich nachvollziehen, dass du verletzt und wütend bist. Ich wäre das an deiner Stelle mit Sicherheit auch. Aber geht es nicht trotzdem zu weit, unschuldige Leute ins Gefängnis wandern zu lassen?«

»Wie kann ich so eine idiotische Frage beantworten?«

»Ich meine natürlich deine Rache.«

»Was für eine Rache?«

Ich gucke Valdi eine Weile schweigend an. Sein Gesicht ist wie ein Buch mit sieben Siegeln. Auch die dunklen Augen geben mir keinen Anhaltspunkt, was er wirklich denkt.

»Soll ich dir meine Theorie verraten?«

»Kann irgendeine menschliche Macht mich davor bewahren?«

»Ich bin davon überzeugt, dass du hinter der Festnahme von Hallgerdur am Flughafen steckst. Dass du das Kokain in Amsterdam hast kaufen und in ihrem Koffer deponieren lassen. Dann hast du sicher auch noch den Zöllnern einen Hinweis gegeben, damit sie wissen, wo sie suchen müssen. Alles das, um Alda Ósk zu rächen.«

»Was du nicht sagst! Ich muss ja wahnsinnig gerissen sein, wenn ich das alles getan haben soll, ohne selber davon zu wissen!«

»Es ist nicht meine Absicht, dass du hier und jetzt deine Tat gestehst. Aber findest du nicht, dass es jetzt reicht?«

Er lehnt sich in seinem Sessel zurück. Drückt seine Fingerspitzen fest zusammen. Massiert sich dann die dunklen Bartwurzeln am Kinn. »Ich habe irgendwo gehört, dass du die Verteidigung von Hallgerdur übernommen hast.«

Ich nicke.

»Weißt du, was sie meiner Tochter angetan hat?«

»Natürlich. Ich habe das Buch gelesen, die Kritik angesehen und mich mit Hólmfrídur und Ásta unterhalten.«

»Und trotzdem bist du auf ihrer Seite?«

»Alle haben das Recht auf die Hilfe eines Rechtsanwaltes. Sogar du.«

»Und du bist also die Königin der blinden Gerechtigkeit?«, fragt Valdi höhnisch.

»Stimmt was nicht damit, Gerechtigkeit zu wollen?«

»Wir sollten uns das vielleicht mal aus der Nähe ansehen. Nehmen wir Hallgerdur als Beispiel. Was hat sie verloren? Ihren guten Ruf, wie man es nennt, wenn man in diesem Fall überhaupt von so etwas reden kann. Für eine Weile werden einige ihren Namen mit Rauschgiftschmuggel in Verbindung bringen, und damit verliert sie wahrscheinlich ihre Stellung in der Literaturwelt. Sie wandert auch ins Gefängnis, könnte aber bei guter Führung schon nach zwei bis drei Jahren wieder entlassen werden und hat dann immer noch genug Geld, um jahrzehntelang das Luxusleben zu führen, das sie gewöhnt ist. Stimmst du dieser Beschreibung zu?«

»Sie klingt in groben Zügen wahrscheinlich.«

»Aber Alda Ósk hat ein viel schwereres Los gezogen. Hallgerdurs Urteil hat sie das Leben gekostet, als sie noch nicht einmal zwanzig war. Also, wo ist da die Gerechtigkeit?«

»Ich muss diesen Vergleich wohl als Geständnis werten.«

»Überhaupt nicht.« Valdi schüttelt den Kopf. »Ganz im Gegenteil möchte ich dich eindringlich warnen, meinen Namen in der Öffentlichkeit mit Hallgerdurs Kokainschmuggel in Verbindung zu bringen.«

»Warum sollte ich nicht den einzigen Trumpf, den Hallgerdur in der Hand hat, benutzen?«

»Erstens, weil du nichts in der Hand hast, um diese idiotische Verschwörungstheorie zu begründen, noch nicht mal Gerüchte, von Beweisen ganz zu schweigen. Und ich kann dir versichern, dass sich diese Situation nicht groß ändern wird, egal, wie tief du versuchst, in meinem Privatleben zu graben.«

»Ach ja?«

»Zweitens wird nichts verhindern können, dass Hallgerdur verurteilt wird und hinter Schloss und Riegel wandert, zumal sie dort hingehört. Wenn ihr Urteil gesprochen sein wird, bin ich glatt dazu in der Lage, dich wegen übler Nachrede zu verklagen und von dir eine Megasumme als Schadensersatz abzuzocken.«

»Ich glaube, ich gehe das Risiko ein.«

»Sogar du müsstest doch realistisch genug sein, um dich nicht auf ein so glattes Eis zu wagen.«

Ich finde, dass jetzt die Zeit gekommen ist, um zurückzuschlagen.

»Ich verstehe gut, wie schwierig es für dich sein muss, dir selber gegenüber die unbequeme Wahrheit einzugestehen, dass du nicht für Alda Ósk in diesen Kreuzzug gegen Hallgerdur ziehst, sondern für dich selber.«

»Welcher Kreuzzug?«

»Rache ist vielleicht süß, aber sie kann nie das Wissen um deine eigene Schuld auslöschen. Kann nie alle die Jahre wieder gutmachen, in denen du deine Tochter vernachlässigt hast.«

Er wird weiß vor Wut. Haut mit geballten Fäusten und voller Kraft auf den Tisch. »Was erdreistest du dich, mich zu kritisieren, du Hure!«

»Ich erinnere dich bloß an die Tatsache, dass du nie da warst, wenn Alda Ósk dich gebraucht hätte. Und nichts, was du jetzt unternimmst, kann das ändern. Es wird dich wohl dein ganzes Leben lang quälen, zu wissen, dass du ein miserabler Vater warst, der seine Tochter ständig enttäuscht hat, als sie noch am Leben war.«

Valdi kriegt sein Temperament wieder in den Griff. »Du gehst jetzt besser«, sagt er. »Und zum letzten Mal – ich rate dir, mich in Ruhe zu lassen.«

Plötzlich steht der Rothaarige wieder neben mir, als ob er irgendwo ein Signal erhalten hätte, dass das Gespräch beendet sei.

In der Tür drehe ich mich noch mal kurz um. Sehe, dass Valdi sich über den Schreibtisch gebeugt und beide Hände vor das Gesicht geschlagen hat.

»Für Reue ist es zu spät, wenn du schon in der Hölle bist.«

Sagt Mama.

37

Hallgerdur hat schlechte Laune.

»Wo warst du?«, ist das Erste, was sie sagt, als der Gefängnisaufseher sie zur Abendessenszeit in das Verhörzimmer führt. »Ich habe den ganzen Tag auf dich gewartet!«

»Musstest du denn dringend weg?«, frage ich bissig. Habe keine Lust, mir am Ende eines langen und stressigen Tages grundlos eine Gardinenpredigt anzuhören.

»Das hat damit nichts zu tun«, antwortet sie aufgebracht. »Du hast gesagt, du kämst um zwei Uhr, und das war vor fünf Stunden.«

»Dann ist es am besten, die Zeit gut zu nutzen und zur Sache zu kommen.«

Sie ist zu unruhig, um sich zu setzen. Läuft stattdessen zwischen Fenster und Besprechungstisch auf und ab. »Ich kann Unpünktlichkeit nicht leiden«, fährt Hallgerdur fort. »Man zeigt damit völlig unerträgliche Respektlosigkeit gegenüber einer Person.«

»Setz dich!«

Sie bleibt stehen. Guckt mich wütend an. »Fängst du jetzt auch schon an, mir Befehle zu erteilen?«

»Ich habe wenig Zeit.«

»Hier sagen mir ständig alle, was ich zu tun und zu lassen habe. Es ist nicht auszuhalten!«

»Du solltest dich besser daran gewöhnen.«

»Nie im Leben! Ich bin dazu geboren, frei zu sein und selber über mich zu bestimmen.«

Ich öffne meine Aktenmappe. Hole einen Notizbock und einen Stift heraus.

»Und warum kommt Gunnar eigentlich nie zu Besuch?«

»Du bist immer noch in Untersuchungshaft. Er darf dich erst besuchen, wenn das Urteil gefällt ist.«

»Erst, wenn ... Wieso redest du, als wäre der Fall schon verloren?«

»Ich glaube, dass du dich auf das Schlimmste einstellen musst«, sage ich und gucke sie scharf an. »Soweit ich weiß, wird dir die Anklageschrift nach einer Woche bis zehn Tagen zugestellt. Von deren Seite sind die Ermittlungen abgeschlossen.«

Sie starrt mich an. Kommt dann zum Tisch. Setzt sich, ohne den Blick von mir abzuwenden. »Was heißt das?«

»Wir können davon ausgehen, dass sich das Bezirksgericht mit dem Fall im nächsten Monat befassen wird. Höchstwahrscheinlich fällen sie ihr Urteil noch vor den Sommerferien.«

»Vor den Sommerferien?«, wiederholt sie.

»Ja, im Spätsommer ist für gewöhnlich Verhandlungspause.«

»Aber ich bin unschuldig!«

»Wie ich dir schon so oft gesagt habe, ist der Fall ganz simpel: Du bist mit dem Kokain ins Land gekommen, egal, ob wissentlich oder unwissentlich. Wenn es uns nicht gelingt zu beweisen, dass mit überwältigender Wahrscheinlichkeit jemand anders ohne dein Wissen das Rauschgift in deinen Koffer getan hat, wirst du zu ein paar Jahren Gefängnis verurteilt. Leider sieht es so aus, dass diejenigen, die ich für die Besitzer des Kokses halte, alles abstreiten, und wir können vor Gericht nicht beweisen, dass sie lügen. Aber wir werden trotzdem alles Menschenmögliche versuchen, unter anderem werden wir sie als Zeugen aufrufen lassen und sehen, ob sie bereit sind, einen Schwur auf ihre Lügen abzulegen.«

»Meinst du Kári?«

»Ja, Kári und Porno-Valdi.«

»Porno-Valdi?« Hallgerdur kann ihren Schrecken nicht verbergen. »Was habe ich mit diesem ekelhaften Mann zu tun?«

»Mehr als du glaubst.«

»Was denn?«, wiederholt sie.

»Erinnerst du dich an ein junges Mädchen namens Alda Ósk? Sie hat einmal einen Roman mit dem Titel ›Frühlingsliebe‹ geschrieben.«

Hallgerdur faltet ihre Hände und drückt sie so fest zusammen, dass die Gelenke weiß hervortreten. »Warum fragst du?«

»Sie könnte die Ursache dafür sein, dass du jetzt hier sitzt.«

»So ein Blödsinn.«

»Weißt du, was mit ihr passiert ist?«

»Das geht mich nichts an.«

»Also weißt du es?«

Hallgerdur kann nicht länger still sitzen. Sie springt auf. Fängt wieder an, auf und ab zu gehen. »Ihre Mutter ist eine völlig durchgedrehte Alkoholikerin. Eines Abends ist sie in einer Kneipe auf mich losgegangen und hat mich mit ungeheuerlichen Ausdrücken beschimpft. Zum Glück war ich mit mehreren Leuten unterwegs, die noch rechtzeitig eingreifen konnten, denn sonst hätte sie mich sicher vermöbelt.«

»Sie hat dich natürlich beschuldigt, am Selbstmord schuld zu sein?«

»Was natürlich idiotisch ist. Als ob ich immer daran denken könnte, was Leute, die nicht alle Tassen im Schrank haben, in ihrem Privatleben machen! Das geht mich nichts an.«

»Bist du immer noch so sicher?«

»Niemand bringt sich wegen einer Kritik um. Mir haben alle bestätigt, dass das Mädchen schon immer sehr merkwürdig war. Sie hatte sogar schon einige Selbstmordversuche hinter sich, bevor sie mit diesem endlich erfolgreich war. Deshalb ist es völlig abwegig, mir für das, was sie sich angetan hat, die Schuld in die Schuhe zu schieben.«

Ich schaue Hallgerdur schweigend an. Warte darauf, dass sie sich beruhigt. Schließlich setzt sie sich wieder an den Tisch.

»Kannte Kári das Mädchen?«, fragt sie nach langem Schweigen.

»Leider ist es mir nicht gelungen, eine Verbindung zwischen den beiden herzustellen. Und auch nicht zwischen Kári und Porno-Valdi. Das ist das Problem.«

»Ist dieser Valdi ein so schlimmer Krimineller, wie alle behaupten?«

»Für ihn wäre es jedenfalls eine einfache Sache gewesen, das Kokain zu kaufen und in deinen Koffer schmuggeln zu lassen.«

»Aber warum hat er es auf mich abgesehen?«

»Alda Ósk war seine Tochter.«

Hallgerdur erbleicht. »Seine Tochter?« Sie braucht eine Weile, um das zu verdauen. »Willst du damit sagen, dass er aus Rache hinter all dem steckt?«

»Ich habe den Verdacht. Aber ich kann nichts beweisen.«

»Dass ich in diesen ganzen Schlamassel geraten bin, nur weil eine Göre so eine blöde Geschichte geschrieben hat?«

Ich nicke. »Übrigens fand ich diese Geschichte überhaupt nicht blöd«, sage ich.

Hallgerdur braust sofort wieder auf. »Willst du etwa behaupten, dass du Ahnung von Literatur hast?«, fragt sie barsch.

»Nein, nein, nur so wie Lieschen Müller.«

»Lieschen Müller hat keinen Geschmack, was Literatur angeht. Deswegen verkaufen sich die schlechtesten Bücher immer am besten.«

»Aber nachdem ich mir deine Kritik auf dem Video angeguckt habe, war mir trotzdem nicht klar, warum du das Buch so schlecht findest.«

»Es war dir nicht klar?« Sie springt auf. »Ich muss nie lang und breit erklären, was ich finde«, sagt sie und beugt sich über den Tisch. »Wenn ich im Fernsehen sage, dass eine Geschichte schlecht ist, dann wissen alle Literaturliebhaber im Land, dass sie schlecht ist. Ich muss nichts anderes sagen. Und wenn ich einer Geschichte drei oder vier Sterne gebe, wissen alle, dass sie hervorragend ist. So ist das. Also sollst du dich nicht erdreisten, meine Ehre als Kritikerin in Zweifel zu ziehen.«

»Habe ich das?«

»Weißt du immer noch nicht, wer das Oberste Gericht der Literatur in Island ist?«, fährt sie im gleichen Tonfall fort, erwartet aber eindeutig nicht, dass ich antworte. »Das bin ich! Wer kann einem Buch gute Verkaufszahlen bringen, nur dadurch, dass gut darüber im Fernsehen berichtet wird? Ich! Wer kann ein schlechtes Buch derart niedermachen, dass es – wohlgemerkt verdient – für immer in Vergessenheit gerät? Ich! Niemand sonst. Deshalb muss ich einen Mindeststandard einhalten. Diese blöde Geschichte war einfach Müll, und ich habe es gesagt. Hätte ich etwas anderes gesagt, wäre ich mir selbst nicht treu geblieben und hätte meine Zuschauer betrogen.« Sie lehnt sich wieder am Stuhl an. »Ich habe nichts falsch gemacht.«

Hallgerdur zittert und bebt vor Aufregung, Wut und tiefem Selbstmitleid. Und die Tränen beginnen, die faltenreichen, ungeschminkten Wangen herunterzurinnen.

»Heul doch, und du wirst nur nass im Gesicht.«
Sagt Mama.

38

Cora ist glücklicher als ein singender Kanarienvogel.

Als ich heute Morgen wach wurde, war sie noch fröhlicher als gewöhnlich. Trällerte ein lustiges, aber fremdartiges Lied, während sie den Küchentisch abräumte.

»Warum bist du so gut gelaunt?«, fragte ich.

»Ach, einfach alles in Ordnung«, antwortete sie verlegen.

»Wie, in Ordnung?«

»Keine Gefahr mehr.«

»Gefahr?«

»Du weißt schon«, sagte sie und tätschelte sich den Bauch.

Aha!

Ich konnte gut verstehen, dass sie sehr erleichtert war. Es war mir selber schon mehr als einmal passiert, dass ich zwischen Hoffen und Bangen warten musste, wenn die Schutzmaßnahmen unerwartet ihren Geist aufgegeben hatten oder in der Hitze des Augenblicks vergessen worden waren.

Der heutige Tag ist straff durchorganisiert. Eine Menge größerer und kleinerer Geldangelegenheiten müssen abgehandelt werden. Am Nachmittag muss ich schon wieder in den Osten zum Gefängnis fahren, um mit Hallgerdur die Lage zu besprechen, da jetzt die Anklageschrift vorliegt.

Aber manchmal sind die besten Pläne nichts wert. Heute ist einer dieser Tage, der von einem Anruf auf dem Handy völlig über den Haufen geschmissen wird.

Der Anruf überrascht mich. Ein älterer Herr ist dran und stellt sich als Hallmundur vor – der Vater von Runólfur. Dem vor kurzem verstorbenen Sendeleiter vom Fernsehen. Er hätte einen Brief in Verwahrung, mit meinem Namen darauf.

Eine halbe Stunde später sitze ich bei Hallmundur im Wohnzimmer. Er scheint alleine zu Hause zu sein. Er ist um die sechzig, recht füllig, pausbackig, mit tiefen Geheimratsecken und dünnem, grau meliertem Haar. Er sieht traurig und bedrückt aus.

Der Umschlag liegt auf dem Sofatisch, ein ganz normales Exemplar, bis auf das, dass mein Name und meine Telefonnummer draufstehen. Und das Wort »Privat«, unterstrichen.

»Meine Frau und ich fanden es richtig, dir den Umschlag zu geben, weil er so eindeutig an dich gerichtet ist«, sagt Hallmundur.

Ich drehe den Umschlag zwischen den Fingern hin und her und ertaste etwas Hartes, etwas Kleines, Unregelmäßiges.

Vielleicht ein Schlüssel?

»Wo hast du den Umschlag gefunden?«

»Er war hier bei uns im Schrank. Runólfur bat mich ein paar Tage, bevor er starb, ihn zu verwahren.«

»Ich konnte es kaum glauben, als ich den Nachruf sah.«

»Es kam wie aus heiterem Himmel. Es schmerzt uns, dass er keine Erklärung hinterlassen hatte. Wir konnten nirgendwo einen Brief an uns finden, oder etwas anderes in der Art.«

»Ich fand, dass Runólfur der unwahrscheinlichste Selbstmordkandidat war, den es je gab.«

Hallmundur zuckt sichtbar zusammen, als das Wort laut ausgesprochen wird. Er braucht Zeit, um sich wieder zu beruhigen. »Es fällt mir schwer, das zu glauben«, antwortet er nach längerem Schweigen. »Aber die Tatsachen sprechen für sich, also ist das etwas, mit dem wir uns abfinden müssen. Trotzdem kann ich überhaupt nicht verstehen, warum er es getan hat. Runólfur war bei bester Gesundheit, er hatte einen sicheren Arbeitsplatz, und ihm gelang alles, was er sich vornahm. Er hatte keinen Grund, in den Tod zu gehen.«

Ich reiße den Umschlag auf.

Drin ist ein Schlüssel. Und ein Zettel. Darauf stehen eine Nummer und ein Name.

»Dieser Schlüssel gehört zu einem Bankschließfach in der Landsbanki«, sage ich. »Runólfur hat dort sicher etwas für mich verwahrt.«

»Vielleicht den letzten Brief?«, fragt Hallmundur.

»Das wird sich zeigen.« Ich stehe auf, lege den Schlüssel zurück in den Umschlag und stecke ihn in meine Aktenmappe. »Wenn sich dort etwas findet, was Licht auf die Sache wirft, lasse ich es dich wissen.«

Aber es ist kein Brief.

Stattdessen finde ich im Bankschließfach eine Plastiktüte mit dem Namenszug der staatlichen Alkoholläden ÁTVR. Darin befinden sich Videos. Zwei Kassetten. Sonst nichts.

Ich presche mit dem Päckchen auf schnellstem Weg nach Hause. Schiebe zuerst die Kassette, die mit einer »1« beschriftet ist, in das Videogerät. Setze mich aufs Sofa und drücke auf Play.

Runólfur erscheint auf dem Bildschirm. Ich erkenne sofort, wo er sich befindet. Er sitzt in einem Sessel im Wohnzimmer bei sich zu Hause. Lehnt sich in Richtung Kamera vor.

»Heute Abend dachte ich mir, dass das eine geniale Idee sein könnte«, sagt er und schaut direkt in die Linse. »Hoffentlich bekommt kein anderer außer mir dieses Band jemals zu sehen, aber wenn du dir jetzt ansiehst, was ich zu sagen habe, ist alles schon im Eimer, und ich muss mich darauf verlassen, dass du etwas in der Sache unternimmst, obwohl es für mich selber dann schon zu spät sein wird. Wenn du hörst, was ich zu sagen habe, hältst du mich wahrscheinlich für einen gierigen Oberidioten, aber zum Umkehren ist es jetzt wohl zu spät.«

Ich höre mir die Aufnahme bis zu Ende an. Ich schätze, dass sie ungefähr zehn Minuten lang ist. Stecke dann die andere Videokassette ins Gerät und gucke sie mir an. Sie ist fast drei

Stunden lang. Danach bringe ich beide Kassetten wieder in der Aktenmappe unter und überlege eingehend, was ich als Nächstes unternehmen soll.

Runólfur hatte Recht. Er hatte sich wie ein gieriger Idiot benommen. Aber er hatte ganz bestimmt nicht Selbstmord begangen.

Schnell komme ich zu dem unausweichlichen Ergebnis. Natürlich gibt es nur eine Möglichkeit. Dann rufe ich Raggi an.

Eine Stunde später sitze ich wieder vor einem Fernseher, aber diesmal im Hauptquartier der Goldjungs. Der Vize ist mit einer fünfköpfigen Truppe aufgetaucht. Sie gucken sich schweigend beide Videos an.

Runólfur erklärt in seinem Monolog, dass auf der zweiten Kassette eine ununterbrochene Aufnahme aus einer Überwachungskamera zu sehen sei. Darauf sei alles aufgezeichnet, was am Tag, als Steinunn den Herzinfarkt bekam, im Studio passiert ist. Vom Zeitpunkt der Vorbereitungen für die Sendung bis zum Ende des Programms in diesem Studio.

Das Video beweist weder, dass Ásta die LSD-Tabletten ins Wasser getan hat, noch beweist es das Gegenteil. Man sieht nur, dass sie das Glas auf den Tisch gestellt hat. Danach und während der ganzen Zeit, bis die Sendung so unerwartet endete, schien niemand etwas ins Glas getan zu haben.

Überraschend sind allerdings die Begegnungen von Runólfur und Steinunn. Auf der Videokassette ist zu sehen, dass der Sendeleiter eine halbe Stunde, bevor die Livesendung beginnt, ins Studio kommt und ihr ein Glasdöschen mit Tabletten reicht. Und dass sie sich gleich zwei Tabletten aus dem Glas nahm und schluckte. Später, als die Sendung wegen der Werbepause unterbrochen wurde, holte sie wieder das Glas hervor und nahm erneut ein oder zwei Tabletten ein. Sie hatte also aus eigener Initiative innerhalb von einer Stunde drei oder vier Tabletten genommen.

Aber was für Tabletten?

Diese Frage hatte Runólfur sich auch gestellt, nachdem alles vorbei war und er das Video aus der Überwachungskamera ansah. Es hatte ihn nicht gewundert, dass Steinunn Tabletten nahm, bevor die Sendung ausgestrahlt wurde. Sie nahm immer ungefähr eine Stunde, bevor die Livesendung losging, etwas zur Beruhigung. An diesem Tag jedoch hatte sie die Tabletten vergessen und rief ihren Mann an, der das Glasdöschen eigenhändig zum Fernsehen brachte. Sie hatte sich schon für das Studio zurechtgemacht, weshalb Kalli Runólfur die Tabletten gab und ihn bat, sie so schnell wie möglich Steinunn zukommen zu lassen. Was er auch tat.

»Ein paar Tage nach den Vorkommnissen rief ich Karl an«, fährt Runólfur in seinem Monolog auf dem Video fort, »und fragte ihn ganz direkt, was für Tabletten sich in dem Glas befunden haben, das ich Steinunn gegeben habe. Er versicherte mir, es seien nur diese normalen Beruhigungstabletten gewesen, die sie vor jeder Sendung nahm. Am Tag darauf rief ich ihn wieder an und sagte, dass ich der Polizei von diesem Vorfall berichten müsse, aber da bat er mich inständig, ihn vorher zu treffen, um die Sache zu besprechen. Ich stattete ihm also einen kurzen Besuch in seiner Praxis ab. Dort redete er mir eindringlich zu, der Polizei nichts aus eigener Initiative zu berichten, denn das Ergebnis wäre nur, dass er verdächtig würde und Gerüchte entstünden, die für einen Mann in seiner Stellung höchst gefährlich wären. Dann begann er zu fragen, ob er nicht im Gegenzug etwas für mich tun könnte, und bevor ich michs versah, stand ich mit einem Scheck in Höhe von fünfhunderttausend Kronen in der Hand da.

In den nächsten Tagen rief mich der Arzt immer wieder an, um zu erfahren, ob die Polizei mich vernommen hätte. Später hat er auch nach dir gefragt. Er schien von unserem Treffen erfahren zu haben und fragte ständig nach, ob du mit mir über die Tabletten gesprochen hättest. Schließlich erinnerte er mich daran, dass ich ja bereits das Geld angenommen hätte, was die Polizei ganz leicht als Bestechung interpretieren könnte. Das sei ein schwer wiegendes Verbrechen, und deshalb sei es das Beste für mich, denen gar nichts zu sagen.«

Runólfur senkt für eine Weile den Blick, schaut dann aber wieder direkt in das weit geöffnete Auge der Kamera.

»Um die Wahrheit zu sagen, gefällt mir die Art, wie dieser Arzt mit mir redet, nicht. Ich kann den Behörden jetzt natürlich nicht mehr berichten, was ich weiß, und deshalb habe ich beschlossen, den Mund fest geschlossen zu halten. Aber manchmal beschleicht mich der Verdacht, dass Karl mir etwas antun könnte. Also kam mir der Gedanke, alles auf ein Video aufzunehmen und Vorbereitungen zu treffen, damit du beide Videos bekommst, falls mir etwas Unnatürliches zustoßen sollte.«

Zum ersten Mal lächelt er auf dem Video.

»Es kann natürlich alles auch pure Einbildung und Blödsinn sein«, fährt er nach einer kleinen Pause fort. »Vielleicht habe ich in den letzten Tagen zu viele Krimis gesehen. Aber trotzdem geht es mir jetzt viel besser, wo ich mein Gewissen erleichtert habe, und sei es nur vor der Kamera.«

Im Besprechungszimmer herrscht noch eine ganze Weile Stille, nachdem das Band zu Ende ist. Dann steht der Vize auf.

»Das ist ein wirklich interessanter Beitrag zum Fall«, sagt er. »Wir werden der Sache nachgehen.«

Raggi steckt die Videokassetten in einen durchsichtigen Plastikbeutel, schließt ihn und beschriftet ihn mit einem Edding.

»Hoffentlich nehmt ihr auch diesen so genannten Selbstmord von Runólfur unter die Lupe«, sage ich.

»Wir kümmern uns um alles Weitere«, erwidert der Vize kurz angebunden. »Wir müssen uns jetzt beraten.«

»Schmeißt du mich raus?«

»Wir haben zu arbeiten.«

Ich grabsche mir meine Aktentasche vom Tisch und marschiere auf die Tür zu. »Es ist wirklich nicht nötig, mir so überschwänglich zu danken«, sage ich und gucke sie abwechselnd an.

Aber sie reagieren mit keinem Wort. Warten nur ungeduldig darauf, dass ich mich aus dem Raum vertschüsse.

Verdammte unerzogene Grobiane!

39

Ich bin auf dem Weg in die Höhle des Löwen.

Die Goldjungs hatten Kalli schon ein paar Mal verhört, konnten ihm aber nichts nachweisen. Das war natürlich zu allererst ihre eigene Schuld. Sie waren von Anfang an so von Ástas Schuld überzeugt gewesen, dass sie den Doktor nur als trauernden Ehemann wahrnehmen wollten. Vor zwei Wochen gaben sie ihm sogar alle Gegenstände, die Steinunn an dem Abend, an dem sie umkippte, bei sich hatte. Darunter ihre Kleidung, den Ehering und die Handtasche, in der sich noch die restlichen Tabletten befanden. Ihnen war noch nicht einmal in den Sinn gekommen, vor der Rückgabe zu überprüfen, welche Tabletten in dem Glas waren.

Raggi machte aus seinem Ärger über die Sache keinen Hehl, zumal Karl natürlich Antworten auf alle ihre Fragen parat hatte. Er hatte ihnen sogar das Glasdöschen wieder überreicht, von dem er zugab, es an diesem schicksalhaften Tag Steinunn gebracht zu haben. Auf dem Gläschen waren undeutliche Fingerabdrücke der beiden und auch Runólfurs, ein paar Beruhigungstabletten darin, aber keine Spuren von Ecstasy.

»Aber das sagt uns gar nichts, denn er hatte viel Zeit, das Glas von innen zu reinigen und die Tabletten darin auszutauschen«, sagte Raggi. »Das Ergebnis ist ganz einfach, dass uns hinreichendes Beweismaterial fehlt, um eine Anklage zu erreichen, von einem Urteil ganz zu schweigen.«

»Was ist mit dem Scheck?«, fragte ich.

»Runólfur hat zwar einen Scheck über fünfhunderttausend Kronen eingelöst und auf sein Konto in der Landsbanki eingezahlt«, erklärt Raggi, » aber er war nicht von Karl unterschrieben worden, sondern von Steinunn.«

»Von Steinunn?«

»Der Scheck war blanko unterschrieben worden, und aus dem Datum lässt sich schließen, dass er ein paar Tage vor Steinunns Tod ausgestellt wurde. Karl streitet ab, etwas über diesen Scheck zu wissen, geschweige denn, dass er ihn Runólfur gegeben hat.«

Die Goldjungs haben also nichts gegen Kalli in der Hand. Er ist frei wie ein Vogel.

Ásta bekam erst mal einen Schreck, als sie hörte, dass alles, was sich im Studio abgespielt hatte, auf Video aufgenommen wurde. Aber sie fühlte sich gleich wieder wohler, als ich ihr versicherte, dass auf dem Band nichts sei, was ihr schaden könnte.

»Willst du damit sagen, dass sie es selber war?«

»Sie nahm die Tabletten aus eigener Initiative, da gibt es überhaupt kein Vertun. Hingegen finde ich es unwahrscheinlich, dass sie wusste, was für Tabletten sie da schluckte.«

»Aber dann hat ...?«

»Kalli die Tabletten im Glas vertauscht? Ja, ich verwette meinen Benz darauf, dass er es ganz bewusst in der Absicht getan hat, Steinunn über den Jordan zu schicken. Die Frage ist nur, ob es Kalli gelingt, den vollkommenen Mord zu begehen.«

»Arme Steina.«

»Mir scheint, dass die Goldjungs die Sache völlig vermasselt haben«, fahre ich fort. »Wenn Kalli nicht von selber gesteht, können sie nichts machen.«

»Der gesteht nie!«

Nie?

Der Gedanke, dass Kalli mit einem Mord davonkommt, lässt mich nicht in Ruhe. Trotzdem ist mir nicht so ganz klar, warum mich das so nervt. Ich arbeite nicht im Gerechtigkeitsbusiness. Diese Rolle haben andere in der Gesellschaft inne, die Goldjungs und die Gerichte. Warum sollte ich meine Zeit damit vergeuden, die Fehler der Amtsschimmel auszubügeln?

Vielleicht sind es diese starrenden Augen, die mich nervös machen? Steinunns Augen auf dem Bildschirm? Manchmal kommt es mir so vor, als würden sie mich verfolgen. Wie die Augen des ungeheuren Gespenstes Glámur, das Grettir den Starken in einer Saga verschreckt.

Runólfur hatte auch Besseres verdient, als als ein weiterer Zähler in der Selbstmordstatistik der Hagstofa* zu enden.

Außerdem ist da auch noch Ásta. Wenn man alles so belässt, würde der Mord im Fernsehen immer ein Fleck auf ihrer weißen Weste bleiben. Der einzige Weg, sie vom unterschwelligen Verdacht der öffentlichen Meinung zu reinigen, ist, den richtigen Täter öffentlich für die Tat zu verurteilen.

Aber wie könnte man das anstellen?

Nach einigem Hin- und Herüberlegen fällt mir nichts Schlaueres ein, als Kalli einen Besuch abzustatten und seine Nerven zu strapazieren.

Ihn ein bisschen einschüchtern und schikanieren. Mal sehen, ob ich ihn nicht so verschrecken kann, dass er Fehler macht.

Mein Cousin Sindri will mir beistehen. Er befestigt einen kleinen Sender am Kragen meiner Lederjacke. Wird in seinem Auto auf dem Parkplatz vor dem Liebesnest im Breidholt sitzen und unser Gespräch auf Band aufnehmen, in der Hoffnung, dass Kalli etwas sagt, was man als Schuldeingeständnis verwerten könnte.

Begeistert ist Sindri allerdings von meiner Unternehmung

* Staatliches isländisches Statistikamt (Anm. d. Übers.)

nicht. Sagt, dass es Sache der Polizei sei, Mörder zu entlarven. Der Gute macht sich sicher nur Sorgen um mich.

Er hört erst auf zu nörgeln, als ich ihm die Handy-Nummer von Raggi gegeben habe, damit er umgehend dort anrufen kann, falls es für mich gefährlich werden sollte.

»Aber ich geb sie dir nur, damit du dich wohler fühlst«, sage ich. »Kalli ist nicht so abgedreht, um zu versuchen, mir die Lichter auszublasen.«

»Hoffentlich muss ich diesen Satz nicht in meine Sammlung berühmter letzter Worte aufnehmen«, antwortet Sindri und unternimmt einen missglückten Versuch zu lächeln.

Ich hatte Kalli am Vormittag angerufen und auf ein Tête-à-Tête im Liebesnest bestanden. Er war ziemlich zögerlich. Aber am Ende gelang es mir doch, ihn davon zu überzeugen, dass es für ihn selbst am besten wäre.

Sindri und ich verfolgen von weitem, wie Kalli auf den Parkplatz gefahren kommt und schnell auf das Hochhaus zugeht. In der einen Hand hält er eine Tasche, in der anderen eine Plastiktüte. Ich gebe ihm eine Viertelstunde. Nachdem wir zum wiederholten Male überprüft haben, dass der Sender auch wirklich in Ordnung ist und der Empfänger im Auto auch, fährt Sindri mich langsam zur Eingangstür.

Ich warte draußen, bis das Auto außer Sichtweite ist. Dann klingele ich, hole den Aufzug und fahre direkt hoch in den siebten Stock.

Kalli, in Jeans und schwarzem Rollkragenpullover, weist mich ins Wohnzimmer, ohne ein Wort zu sagen. Bietet mit einer Geste an, in einem rosa Sessel Platz zu nehmen.

Auf dem Couchtisch stehen eine Flasche Jackie und zwei Whiskygläser.

»Wer hat dir mein Lieblingsgetränk verraten?«, frage ich.

»Ich bin genauso neugierig wie du«, sagte er und setzt sich in den Sessel mir gegenüber. »Und wenn ich nach etwas frage, bekomme ich normalerweise die Antworten, die ich brauche.«

Er gießt die Gläser mit der schönen braunen Flüssigkeit halb voll. »Zum Wohl!«, sagt er und hebt sein Glas in meine Richtung.

Aaah!

Jackie ist doch immer gleich wunderbar.

Kalli lehnt sich im Sessel zurück, fährt mit dem Zeigefinger über den Rand des Glases und schaut mich aus eiskalten Augen an. Wartet völlig entspannt darauf, dass ich meine Karten auf den Tisch lege.

»Ich habe dir ein kleines Geschenk mitgebracht«, sage ich und lächele.

»Das wäre aber nicht nötig gewesen.«

Er stellt das Glas auf dem Tisch ab, als ich ihm das kleine Päckchen reiche. Piddelt das Tesa ab. Passt auf, dass er das Geschenkpapier nicht zerreißt. Guckt sich dann mit verärgerter Miene die glänzenden Handschellen an. Findet das offensichtlich nicht lustig.

»Sollen mir die Handschellen etwas sagen?«, fragt er schließlich.

»Was meinst du denn?«

»Ich verstehe solche Witze nicht.«

»Willst du sie nicht anprobieren?«

Er steckt den Schlüssel in das Schlüsselloch und öffnet sie. »Man weiß ja in der Tat nie, wann man sie mal brauchen kann«, sagt er und guckt zu mir. »Vielleicht eher früher als später.« Der Ausdruck in seinen Augen ist immer noch weit unter null Grad.

»Ganz deiner Meinung«, antworte ich und lächele erneut.

»Aber wahrscheinlich haben wir nicht das Gleiche im Sinn.«

»Ich spreche natürlich von deiner bevorstehenden Festnahme wegen Mordes. Besser gesagt, Doppelmord.«

»Dann weißt du mehr als ich.«

»Stimmt.«

»Ich habe nichts von der Polizei zu befürchten.«

Jackie erfrischt mich – und flößt mir noch mehr Mut ein. »Das kommt auf mich an, nicht auf die Bullen.«

»Wie meinst du das?«

»Ich habe den Goldjungs das Video von Runólfur zugespielt, wusstest du das nicht?«

Er schüttelt den Kopf.

»Dann weißt du es jetzt.«

»Ja, und?«

Ich greife wieder nach meinem Jackie. Lasse ihn eine Weile auf der Zunge brennen, bevor ich das Getränk herunterschlucke. Lächele dann wieder, um zu zeigen, dass ich auf keinem Gebiet schüchtern bin.

»Ich habe ihnen eben nicht alles gegeben. Habe das Beste nämlich für dich aufgehoben.«

Kalli spielt mit den Handschellen, ohne sie anzusehen. »Das Beste?«

»Sieh mal, Kalli, ich bin Geschäftsfrau. Warum sollte ich dem Staat etwas schenken, wenn ich selber daran verdienen könnte?«

»Was ist es?«

Ich stelle das leere Glas auf dem Couchtisch ab. Warte darauf, dass er von neuem einschenkt. Sehe, dass seine Hand ein wenig zittert.

»Wie du vielleicht weißt, war Runólfur ein besessener Filmemacher. Hallmundur sagte mir, dass für ihn nichts wirklich war, es sei denn, er hatte es auf Video und konnte es sich im Fernsehen anschauen. Deshalb hatte er eine Kamera in jedem Winkel.«

»Hallmundur?«

»Der Vater von Runólfur. Ich hatte eine nette Unterhaltung mit dem Alten. Bekam von ihm eine Menge Videos, aus Runólfurs Besitz.«

»Was geht mich das an?«

»Nun, auf einem Video ist eine Aufnahme der Kamera, die Runólfur in seiner Garage installiert hatte. Super Bilder. Tolle Qualität und so.«

Kalli erstarrt im Sessel.

»Und du bist wirklich sehr fotogen«, füge ich hinzu und lächele mein freundlichstes Lächeln.

»Es sind nicht alle in der Lage, stilvoll zu lügen.«

Sagt Mama.

40

Kalli erholt sich erstaunlich schnell vom ersten Schock. Dann beugt er sich plötzlich zu mir hinüber und lacht mich aus vollem Hals aus.

»Alle Achtung, du bist wirklich eine gute Schauspielerin!«, ruft er und schüttelt den Kopf. »Ich hätte dir beinahe geglaubt!«

»Es bleibt natürlich dir überlassen, was du tun willst«, antworte ich. »Entweder glaubst du jetzt mir oder den Goldjungs später.«

»Du bluffst doch nur. Ich bin hundertprozentig sicher, dass in Runólfurs Garage keine Kamera installiert war.«

Bingo! Er hat den ersten Fehler gemacht! Also spiele ich meine Komödie weiter. »Ich möchte jedoch betonen, dass die Videokassette nicht lange auf dem Markt sein wird. Du hast daher nicht viel Zeit, um dich zu entscheiden.«

»Hör doch auf mit dem Blödsinn.«

»Wenn ich für das Video keine anständige Bezahlung bekomme, bleibt mir natürlich nichts anderes übrig, als es den Goldjungs kostenlos zu überlassen.«

Er hat aufgehört zu lachen.

»Es täte mir natürlich außerordentlich Leid, denn Scheinchen sind die Freude meines Lebens. Aber du hast die Wahl.«

»Ich behaupte, dass du alles nur erfunden hast«, sagt er.

»Ist das dein letztes Angebot?«

»Es war die ganze Zeit viel zu dunkel in der Garage, um Aufnahmen zu machen.«

Bingo! Kalli hatte einen zweiten Fehler gemacht, der noch gröber war als der erste.

»Du hältst dich eindeutig nicht auf dem Laufenden, was technische Neuerungen angeht«, sage ich und lasse mir nichts anmerken. »Man kann mittlerweile sogar in völliger Dunkelheit filmen.«

Ihm wird plötzlich klar, was er gesagt hat. »Ich meine … Ich wollte sagen, dass ich natürlich nicht in der Garage war, sondern wollte dich nur darauf aufmerksam machen, dass Garagen normalerweise fensterlos sind und es daher darin zu dunkel ist. Nichts anderes.«

»Tu doch nicht so. Ich habe mir das Video angeguckt und weiß ganz genau, wie du es geschafft hast, Runólfur um die Ecke zu bringen. Das Einzige, was ich nicht verstehe, ist, warum du es überhaupt getan hast. Du hast doch genug Geld.«

Ich schaue Kalli schweigend an. Warte darauf, dass er einen Entschluss fasst.

»Es war keine Frage des Geldes«, antwortet er schließlich.

»Was dann?«

»Man konnte ihm nicht vertrauen.«

»Ich verstehe.«

»Ich bin mir da nicht so sicher.«

»Willst du meine Theorie hören?«

Er nickt.

»Du hast befürchtet, dass er singen könnte, bevor du das Glasdöschen von den Goldjungs zurückbekommen hättest, stimmt's?«

Kalli glotzt mich an. »Du bist schlauer, als ich dachte«, sagt er nach einer langen Schweigeminute.

»Mir ist das völlig egal. In meinen Augen ist das nur ein Geschäft, wie ich vorhin schon gesagt habe. Ich biete eine Ware an. Wenn du sie kaufst, ist die Sache aus der Welt, was mich angeht. Begraben und vergessen.«

»Begraben und vergessen?« Er überlegt.

»Wo ist das Video?«, fragt er schließlich.

»An einem sicheren Ort.«

»Und was hattest du dir gedacht, wie der Handel über die Bühne gehen soll?«

»Du hebst ein Bündel Scheinchen von deinem Konto ab, und dann tauschen wir unsere Geschenke aus.«

»Wie in einem Film?«

»Das ist ganz einfach.«

»Entschuldige bitte«, sagt er und steht auf. »Ich muss mal kurz auf die Toilette. Fühl dich in der Zwischenzeit wie zu Hause.«

»Okay.«

Ich fühle mich wunderbar. Finde es schwierig, mich im Sessel zu halten. Möchte am liebsten verschwinden. Bin überzeugt, dass ich den Sieg schon errungen habe. Sindri hat das ganze Gespräch bestimmt auf Band aufgenommen, also wird es nicht mehr lange dauern, bis der Herr Doktor Karl hinter Schloss und Riegel sitzt.

Als ich gerade das Glas auf dem Couchtisch abstellen will, bemerke ich den Geruch. Ein beißender Gestank, der den Geruchssinn bis aufs Äußerste reizt, sodass mir fast schlecht wird.

Aber es ist zu spät.

Kalli drückt das feuchte Tuch fest auf meine Nase und den Mund. Ich kann es nicht vermeiden, das Chloroform einzuatmen.

Als ich ganz langsam aus der Betäubung erwache, habe ich nicht den geringsten Schimmer, wo ich bin. Erinnere mich für den Anfang an nichts. Erst als ich die Augen öffne und Kalli an meiner Seite sitzen sehe, fällt mir alles wieder ein.

Ich bin im Schlafzimmer. Er hat mir die Lederjacke und die Schuhe ausgezogen. Hat mich an Händen und Füßen ans Bett gefesselt und mir etwas Kräftiges, Ekliges über den Mund geklebt.

»Aha! Gut zu sehen, dass du wieder zurück im Leben bist«, sagt er. »Dann können wir uns ja wieder den Geschäften zuwenden.«

Sein Grinsen hat etwas Irres.

»Mir gefällt dein Angebot noch nicht so richtig«, fährt er fort. »Ist es nicht viel zufriedenstellender, wenn du dir mit dem Video deine Freiheit erkaufst? Ich behaupte, dass die Freiheit viel wertvoller ist als Geld. Findest du nicht auch?«

Ich grummle wütend hinter dem Klebeband.

»Du sagst mir, wo das Video ist, und sobald ich es habe, befreie ich dich aus diesem Gefängnis. Bist du nicht auch der Meinung, dass das ein faires Angebot ist?«

Verdammter Schlamassel!

Ich habe überhaupt keine Ahnung, wie ich mich diesem Wahnsinnigen gegenüber verhalten soll. Kann ihm natürlich nicht sagen, wo sich ein Video befindet, das es gar nicht gibt. Weiß auch nicht, was Kalli mit der Jacke gemacht hat, an der sich der Sender befindet. Ob Sindri uns wohl immer noch zuhört? Oder hat er vielleicht schon Raggi angerufen?

Kalli reißt das Klebeband mit einem Ruck vom Mund. Das tut wahnsinnig weh. Als ob er mir das Gesicht abreißen würde.

»Wenn du laut schreist, muss ich dir die Fresse wieder zukleben. Ist das klar?«, fragt er.

»Okay.«

»Möchtest du mir jetzt sagen, wo das Video ist?«

Ich teste die Handschellen, aber sie halten mich fest im Bett. Merke sofort, dass es nichts bringt. Muss deshalb versuchen, mit Kalli so lange wie möglich zu reden. Ihn unterhalten. Muss Cousin Sindri genug Zeit geben, um die Kavallerie zu holen.

»Wie kann ich sicher sein, dass du mich wirklich gehen lässt?«

»Glaubst du meinen Worten nicht?«

»Kannst du mir sagen, warum ich das tun sollte?«

»Weil du keine andere Wahl hast.«

»Das ist wohl wahr.«

»Also, wo ist das Video?«

Die Hauptsache ist, Zeit zu gewinnen. Zeit, Zeit, Zeit.

»Es ist hoffnungslos, es heute Abend zu holen«, sage ich.

»Warum?«

»Ich verwahre das Video in meinem Bankschließfach. Du musst warten, bis die Búnadarbanki morgen früh öffnet.«

Er guckt mich prüfend an. »Ich glaube dir nicht«, sagt er schließlich und schüttelt den Kopf.

»Aber es ist wirklich wahr!«

»Ich bin der Meinung, dass du das Video bei dir zu Hause aufbewahrst.«

»Nein.«

Er schweigt wieder einen Moment. Kommt dann zu einem Ergebnis. »Du lügst mich an. Ich bin mir dessen ganz sicher.«

»Nein, nein. Warte nur bis morgen. Dann siehst du, dass ich die Wahrheit sage.«

Kalli schüttelt den Kopf, streckt sich nach der Rolle mit dem Klebeband, die auf dem Nachttisch liegt, reißt ein Stück ab, hält mein Kinn grob fest, schiebt es hoch und klatscht mir dann das Klebeband wieder über den Mund. Ich kann noch nicht mal die Lippen bewegen.

»Das ist nur dazu da, um sicherzustellen, dass du nicht die Nachbarn störst, während ich versuche, deinem Gedächtnis ein wenig auf die Sprünge zu helfen«, sagt er, die Ruhe in Person.

Verdammter Quacksalber! Was hat er vor?

Kalli steht auf, geht ganz gemächlich zum großen Schrank im Schlafzimmer, beugt sich zu einer schwarzen Tasche herunter, die dort weiter hinten liegt, kommt mit ihr zurück und setzt sich wieder auf das Bett.

»Der Schmerz ist wirklich ein interessantes Objekt«, fährt er mit der gleichen Ruhe fort, als würde er sich mit seinem besten Freund über etwas völlig Alltägliches unterhalten. »Richtig dosiert ist er wunderbar. Ja, wahrscheinlich sogar der einzige Beweis, dass wir lebendig sind.«

Er knöpft meine weiße Bluse auf. Öffnet sie nach beiden Seiten. Ergreift die linke Brust. Drückt seine Nägel so weit in die Haut wie möglich. Beginnt dann, mit seinem Daumen die Brustwarze zu umspielen, die sich aufrichtet, ohne dass ich Einfluss darauf habe.

»Aber andererseits kann der Schmerz auch tödlich sein, wenn man den großen Strich überschreitet«, sagt er genießerisch. »Besonders für die, die nicht das richtige Training haben, ihn zu genießen.«

Kalli lässt los.

»Ich behaupte, dass die Suche nach Wissen über die Natur des Schmerzes unglaublich wichtig für die medizinische Wissenschaft ist. Und es lässt sich wohl kaum vermeiden, dass wissenschaftliche Versuche hin und wieder missglücken. Man kann sogar beweisen, dass die Medizin nicht zuletzt auch aus den Fehlern von uns Wissenschaftlern lernt.«

Er holt eine unheimlich aussehende Stahlklemme aus der schwarzen Tasche. Sie hat an beiden Seiten spitze Enden.

»Es hat mich völlig überrascht, dass Steinunn kein Verständnis für diese einfache Tatsache in der Wissenschaft aufbrachte. Sie konnte mir einen banalen Unfall nicht verzeihen und drohte mir, mich zu verlassen. Da kam ich zu dem folgerichtigen Ergebnis, dass ich ihr nicht länger vertrauen konnte. So wie später auch Runólfur. Und jetzt dir.«

Ich habe das Gefühl, dass dieses Lächeln etwas Grauenhaftes verheißt.

»Nun möchte ich dir einen kleinen Vorgeschmack auf das

geben, was dich erwartet, wenn du weiterhin so böse zu mir bist.«

Er lässt die Klemme mit Schmackes auf die Brust schnellen.

Der Schmerz ist unerträglich. Ich schreie so laut auf, wie es in meiner Macht steht. Kann mich nicht beherrschen. Aber weiß natürlich, dass niemand außer mir selber diesen schrillen Notruf hört. Fühle, wie mir wegen der Schmerzen und der Angst, die in mir hochsteigt, kalter Schweiß am ganzen Körper ausbricht.

Warum zum Teufel habe ich mich mit diesem Wahnsinnigen abgegeben? Und wo ist Sindri? Und Raggi?

Kalli fängt gerade erst an. Er fährt fort, mich in aller Ruhe zu foltern, erklärt in Details, was er gleich machen wird, und beobachtet dann meine Reaktionen mit eiskalter Neugier, als ob er ein Wissenschaftler sei, der wichtige Forschungen betreibt.

Er quält mich nicht mehr, um herauszufinden, wo das Video ist. Die Misshandlungen sind zum Selbstzweck geworden. Ich kann es an seinen kalten Augen und dem widerlichen Grinsen erkennen, das mir bis in den dunkelroten Nebel der Bewusstlosigkeit folgt.

41

»Hilfe!«

Ich wache atemlos auf. Ich bin am ganzen Körper verschwitzt. Fühle, wie die Lungen im Akkord atmen und das Herz um sich schlägt wie ein Vogel, der in der Faust des Jägers sein Todesurteil empfängt. Meine Seele ist immer noch völlig vom grauenhaften Albtraum vereinnahmt.

Jemand öffnet die Tür und macht das Licht auf dem Nachttisch an. Es ist die Lernschwester, die Nachtdienst hat.

»Hast du wieder schlecht geträumt?«, fragt sie und tupft mir mit Papiertüchern den Schweiß im Gesicht ab.

Ja, der Traum war fürchterlich. Schon wieder.

Die Nächte sind unerträglich. In den fünf Tagen, die vergangen sind, seit ich bei Kalli im Bett bewusstlos wurde, habe ich so gut wie gar nicht geschlafen. Nur ab und zu bin ich mal eingenickt.

Doktor Karl. Der Mörder.

Die Erinnerungen an seine schrecklichen Torturen kommen immer wieder aus den tiefen, dunklen Schlangengruben des Gedächtnisses hoch, wenn ich gerade weggedöst bin. Dann wecken sie ein solches Grauen und Schrecken im Inneren, dass ich im Schlaf aufschreie und schweißgebadet aufwache.

Die Ärzte haben mich zu stärkeren Schlaftabletten zu überreden versucht, aber ich will nicht. Glaube nicht daran, den Horror mit Medi-Dope niedrig zu halten. Das einzig Sinnvolle ist, sich diesem Teufel zu stellen und ihn langsam aber sicher zu zwingen, sich meinem Willen zu beugen und in die Tiefe des Vergessens zu verschwinden.

Ich kam erst im Krankenwagen wieder zu einer Art Bewusstsein, als ich mit rasender Geschwindigkeit vom Liebesnest im Breidholt runter in die Stadt zur Notaufnahme transportiert wurde. Später sagte man mir, dass mein Cousin Sindri es endlich nach vielen Versuchen geschafft hatte, Raggi zu erreichen und zu alarmieren. Als die Goldjungs bei Kalli an die Tür schlugen, öffnete er, als wäre alles in bester Ordnung, und leugnete, dass ich mich bei ihm in der Wohnung befände. Sagte, ich hätte die Wohnung schon vor einer Stunde verlassen. Aber Raggi gab nicht nach, verlangte Zutritt und fand mich schließlich gefesselt und blutig im Bett liegend.

»Ich habe so etwas noch nie gesehen«, sagte Raggi, als er mich im Krankenhaus besuchen kommt, einen Tag nachdem die Ärzte ihre Arbeit abgeschlossen hatten, mich nach der Tortur wieder zusammenzuflicken. »Als ich das ganze Blut sah, dachte ich, er hätte dich umgebracht.«

»Vielleicht nimmst du dann nächstes Mal meine Hinweise ernster«, antwortete ich.

»Unser Eindruck von Kalli war völlig falsch«, sagte Raggi. »Ich bin der Erste, der das zugibt. Aber er schien so normal zu sein, als wir uns in den ersten Tagen, nach Steinunns Tod, mit ihm unterhielten, und wir haben uns täuschen lassen. Im Nachhinein könnte man natürlich behaupten, dass wir ihn gleich hätten durchschauen sollen, denn die gefährlichsten Verbrecher sind eben die, die so aussehen, als seien sie völlig normal.«

Er setzte sich auf den Stuhl neben das Krankenbett und berichtete mir kurz, was die Goldjungs in dem Fall unternommen hatten. Der Arzt saß bereits in Untersuchungshaft, und es gab schon einen richterlichen Beschluss, dass Kalli sich einem psychologischen Gutachten unterziehen soll. Aber das würde einige Wochen oder sogar Monate dauern. Im Anschluss daran würde beschlossen werden, ob er für seine Tat verantwortlich zu machen sei.

»Vielleicht endet er auf Sogn, du weißt schon, der Strafvollzugsanstalt für psychisch kranke Täter«, sagte Raggi.

»Das wäre eine Katastrophe«, antwortete ich. »Was glaubst du, wie schnell Kallis Kollegen dafür sorgen, dass er wieder auf die Straße gesetzt wird?«

»Du rechnest aber auch immer mit dem Schlimmsten, Stella!«

»Zumal ich ja meistens Recht behalte.«

»Manchmal«, gab er zu.

Kurz bevor Raggi ging, kommt Sindri zur Tür herein. Er ist mittlerweile die Nummer eins auf meiner Top-Ten-Liste der beliebtesten Personen. Weil er mir das Leben gerettet hat.

»Ich dachte zuerst, der Junge erzählt irgendeinen Stuss«, sagte Raggi, als er das Telefonat mit Sindri Revue passieren ließ. »Aber es gelang ihm, mich zu überzeugen, dass du wirklich in Gefahr bist.«

»Ansonsten wäre ich tot.«

»Aber ich verstehe einfach nicht, warum du auf eigene Faust ein so großes Risiko eingegangen bist«, sagt Raggi und schüttelt den Kopf. »Warum hast du es nicht zuerst mit mir besprochen?«

»Als ob das irgendeinen Erfolg gehabt hätte! Deine Vorgesetzten hätten so eine Aktion doch nie zugelassen.«

»Nein, wahrscheinlich nicht.«

»Deswegen sah ich keinen anderen Ausweg, als die Sache selber in die Hand zu nehmen.«

Es ist immer noch schwierig, mich zu bewegen. Ich bin überall auf Brust und Bauch zugepflastert und verbunden. Kalli war mit seinen Folterinstrumenten noch nicht weiter abwärts vorgedrungen, als Sindris Rettungstrupp an die Türe klopfte. Da ich mit Betäubungsmitteln voll gepumpt werde, habe ich in den Wunden keine Schmerzen.

»Hat Kalli die beiden Morde gestanden?«, frage ich.

Raggi schüttelt den Kopf. »Er ist nur wegen des Angriffs auf dich in Untersuchungshaft«, antwortet er. »Sindri ist es nicht gelungen, euer Gespräch im Schlafzimmer aufzunehmen, aber wir werden natürlich weiterhin versuchen, ihn dazu zu bringen, die beiden Morde zu gestehen. Außerdem sammeln wir gerade Beweismaterial gegen ihn.«

»Inwiefern?«

»Wir nehmen alles unter die Lupe, was wir bei ihm zu Hause gefunden haben, sowohl im Einfamilienhaus als auch in der Wohnung im Breidholt. Er besitzt ein wirklich kurioses Sammelsurium an Instrumenten. Und wir haben schon die Erlaubnis bekommen, Runólfurs Leiche zu exhumieren und eingehend obduzieren zu lassen. Leider wurde das nicht zur Genüge gemacht, weil es wie ein typischer Selbstmord aussah. Wir gehen auch Karls Lebenslauf und Karriereabschnitte durch, alle Operationen und anderes in dieser Art, und versuchen herauszufinden, was er mit seiner Rede über Unfälle für die Wissenschaft meinte.«

In den ersten Tagen im Krankenhaus waren die Besuche kurz und ermüdend. Aber gestern ging es mir dann schon wieder etwas besser, sodass ich für einen Moment aufstehen konnte. Trotzdem verbringe ich immer noch die meiste Zeit im Bett und freue mich gewaltig auf den Moment, wenn ich endlich in einer Tour von Mitternacht bis zum Morgen durchschlafen kann, ohne dass mich der grauenhafte Albtraum rückwärts aus dem Traumland rausschmeißt.

Cora kommt jeden Tag vorbei und liest mir die wichtigsten Nachrichten vom Anrufbeantworter vor. Einige landen direkt im Mülleimer, aber um andere muss ich mich kümmern. Ich habe versucht, ihr beizubringen, wie sie sich am Telefon verhalten soll. Merke immer mehr, wie wichtig sie für mich geworden ist. Fühle mich wie Robinson Crusoe, der auf seinen Freitag nicht verzichten kann.

Ansonsten habe ich wenig Energie, über das weltliche Geschehen nachzudenken, und, um ehrlich zu sein, noch weniger Interesse daran. Nach diesem Schlag ist mir meine Gesundheit am wichtigsten. In den nächsten Tagen und Wochen werde ich mich darauf konzentrieren müssen, Kräfte zu sammeln. Mich und das Dasein wieder in den Griff zu kriegen.

Jedenfalls versichern mir die Ärzte jeden Tag, dass ich mich wieder völlig erholen werde. Aber sie sagen auch, dass es lange dauern wird. Und damit meinen sie nicht nur die körperlichen Verletzungen.

»Möchtest du vielleicht etwas trinken?«, fragt die Lernschwester, als sie mich ein bisschen im Bett zurechtgelegt hat.

Sie bietet mir leider nicht meinen wunderbaren Jackie an. Nur kühles, klares Wasser, das mich erstaunlicherweise erfrischt.

Als sie das Licht ausmacht, muss ich aufs Neue wieder alleine in der Dunkelheit warten, was da kommen mag.

»Die Nacht hat ihre eigenen Gesetze.«

Sagt Mama.

42

Das Urteil über Hallgerdur ist gefallen und der Sommer vorbei. In den letzten Tagen hat ein kalter Herbstwind die vergilbten Blätter der Bäume über die Bürgersteige und Plätze der Stadt geblasen.

Ich bin auf dem Weg in die Stadt und komme gerade aus dem Osten vom Gefängnis, in dem Hallgerdur eine vierjährige Haftstrafe verbüßt. Die Verhandlung war um einige Wochen vertagt worden, während ich mich von den Misshandlungen erholt habe. Aber als der Fall endlich verhandelt wurde, tat ich alles, was in meiner Macht stand, um den Richter davon zu überzeugen, dass Hallgerdur ein unschuldiges Opfer ihrer Feinde sei. Ließ sogar Kári und Porno-Valdi als Zeugen aufrufen. Aber sie stritten alles ab. Sagten, dass meine Anschuldigungen lächerlich seien. Reine Erfindung. Die Presse amüsierte sich ein paar Tage königlich, aber die Zeugenvernehmungen hatten keinen Einfluss auf den Richter – allerdings hatte ich das auch nicht erwartet.

Hallgerdur vertrug das Urteil schlecht und versank ein paar Tage in tiefste Depressionen, bekam aber zwischendurch immer mal wieder kräftige Wutanfälle. Sie ist immer noch verbittert und fühlt sich von allen und allem im Stich gelassen, ist aber gleichzeitig realistisch genug zu erkennen, wie klein die Wahrscheinlichkeit ist, dass das Urteil vom Obersten Gericht revidiert wird.

»Stell dir doch mal vor, wie ich nach so vielen Jahren Verbannung und Tatenlosigkeit an diesem gottverlassenen Ort aussehe!«, schimpft sie wütend.

»Du musst doch nicht tatenlos sein.«

»Nicht?«

»Du kannst einen Antrag auf die Genehmigung eines Laptops stellen.«

»Glaubst du etwa, dass jemand Kritiken aus dem Gefängnis veröffentlicht?«

»Es würde mich nicht überraschen, wenn irgendeine Zeitung das für die beste Werbung überhaupt hielte.«

»Versuch nicht, mich aufzumuntern. Das lohnt sich nicht.«

Hallgerdur ist in den letzten Monaten ziemlich heruntergekommen, zumal sie aufgehört hat, sich zurechtzumachen. Sagt, dass sie keinen Sinn darin sieht, für die Gefängniswärter Make-up aufzulegen. Kaut immer wieder darauf herum, dass niemand sie außerhalb der Gefängnismauern zu sehen bekommt. Jahrelang. Eine halbe Ewigkeit!

Meine Besuche bei ihr wurden seltener. Ich habe mich bereits aus den Geldgeschäften der Eheleute zurückgezogen. Habe Hallgerdur einen Steuerberater empfohlen, der die Prokura übernahm. Treffe sie gerade nur, um den Fall für das Oberste Gericht vorzubereiten.

»Vielleicht sollte ich versuchen, etwas zu schreiben, während ich hier in Verbannung bin«, sagt sie, als ich gerade gehen will. »Wie wäre es, wenn ich versuchen würde, einen Roman über eine berühmte Frau zu schreiben, die verfolgt und unschuldig zu Gefängnis verurteilt wird?«

Verbittertes Gelächter folgt mir auf den Gang.

Im strahlenden Sonnenschein ist wenig Verkehr auf der Hellisheidi. Meine Silberkarosse hat auf dem größten Teil der Strecke den glänzenden Asphalt für sich ganz alleine.

Kalli ist immer noch in Untersuchungshaft. Die psychologische Untersuchung ist abgeschlossen, aber die Goldjungs halten streng geheim, was dabei herauskam. Schweigen wie Gräber.

Andererseits wurden der harte Höddi und die Glatze angeklagt, obwohl ihr Fall noch nicht auf das Tagesprogramm des Gerichts gekommen ist. Höddi sitzt in Untersuchungshaft, die Glatze läuft frei herum.

Beide haben durch ihr Schweigen dazu beigetragen, dass

Geirmundur in Ruhe gelassen wird. Bisher wurde auch nichts aus der Klage, die Geirmundur mir anhängen wollte, trotz seiner lautstarken Drohungen im Frühjahr. Einige Zeit, nachdem ich aus dem Krankenhaus entlassen worden war, habe ich den schleimigen Einar getroffen. Er sagte einschmeichelnd, dass Geirmundur im Hinblick auf die Ereignisse des Sommers dieses traurige Missverständnis zwischen uns vergessen wolle. Das reichte, um mich zum ersten Mal kräftig aufzuregen, seit ich Kalli zwischen die Finger geraten war. Aber der schleimige Einar lächelte nur als Antwort auf meine Verfluchungen, wünschte mir gute Besserung und gab dabei höflich mit Gesten und Worten zu verstehen, wie verständlich es doch sei, dass ich nach dieser Erfahrung seelisch noch nicht wieder auf der Höhe sei.

Uff!

Coras Fall wird auch nicht vor Gericht verhandelt werden. Die Goldjungs hatten natürlich nie Interesse daran, die Sache zu klären, und haben deshalb auch kein Beweismaterial, das reichen würde, um gegen jemanden Anklage zu erheben. Die interne Untersuchung des Ausländeramtes, wie Coras Pass in die Hände der immer noch unbekannten Typen gelangen konnte, die sie auf den Flugplatz gefahren haben, war auch völlig erfolglos. Offiziell zumindest.

Cora schien dieses Ergebnis zu erleichtern. Mittlerweile will sie so wenig wie möglich an ihre ersten schrecklichen Wochen in Island erinnert werden. Sie betrachtet sie als Albtraum, den niemand ungeschehen machen kann und den man am besten vergisst. Obwohl ich mit so einem Ende überhaupt nicht einverstanden bin, sehe ich keine Möglichkeit, Geirmundur und der Glatze etwas Ungesetzliches nachzuweisen.

Noch nicht jedenfalls.

Auf dem Weg vom Gefängnis nach Hause fahre ich in den Grafarvogur.

Ásta hat mich während des ganzen Sommers über ständig aufs Neue überrascht. Sie hat mich sofort im Krankenhaus besucht, als sie in der Presse von den Misshandlungen erfahren hatte. Außerdem kam sie in den ersten Wochen, in denen ich mich erholt habe, täglich zu mir nach Hause. Half mir, viele schwere Stunden durchzustehen, wenn sogar die Wut mich im Stich ließ. Einfach nur dadurch, dass sie da war und mir damit zeigte, dass Jackie nicht mein einziger Freund war. Sie wusste, wie sie mit mir reden sollte, unterhielt sich mit mir über alles und nichts und brachte mich sogar wieder zum Lachen. Da wurde mir klar, dass kein Aufputschmittel besser wirkt als Lachen.

Früher fand ich es völlig in Ordnung, mit mir alleine zu sein. Ich brauchte keine mir nahe stehenden Menschen, um mein Leben zu verkomplizieren. Aber nach dem Horror bei Kalli hat sich das geändert. Da fand ich es oft unerträglich, abends alleine zu sein, wenn Cora zu ihrem Kurs ging oder ihre Freundinnen traf. Manchmal gab ich dem schwarzen Nebel einfach nach, der das Gemüt einlullte, und legte mich mit Jackie ins Bett.

An einem solchen Abend klingelte Ásta an der Tür und gab nicht auf, bis ich mich aus dem Bett zwang, um die Tür aufzumachen. Sie guckte mich mit einem Blick aus einer Mischung von Besorgnis und Kritik an, sagte aber kein Wort. Half mir wieder die Treppe herauf, schob mich ins Bad und unter die Dusche. Ließ mich erst wieder raus, als der meiste Alkohol den gleichen Weg wie der Seifenschaum genommen hatte.

»Das ist schon besser«, sagte sie dann.

Ich drehte mich von ihr weg. Die Ärzte in der plastischen Chirurgie hatten bisher nur einen Teil der Narben vertuschen können. Wollte sie die restlichen nicht sehen lassen.

Aber sie erlaubte es nicht. Begann stattdessen, mich mit dem weichen Handtuch vorsichtig abzutrocknen. Führte mich dann ins Schlafzimmer, half mir ins Bett, strich mir das nasse Haar aus dem Gesicht und küsste mich. Zuerst ganz vorsichtig, dann schon stürmischer. Ganz langsam gelang es ihr, ein Feuer zu entfachen, von dem ich mir eingeredet hatte, Kalli hätte es endgültig gelöscht.

Hat sie mich gerettet?

Vielleicht. Zumindest gelang es mir nach und nach, meine Depressionen einzudämmen und aufzuhören, mich selber zu bemitleiden. Mich aus der Wehleidigkeit herauszureißen und mich zu überzeugen, dass es auch ein Leben nach den schlimmsten Schicksalsschlägen gibt.

Ich machte mir auch wieder meine Wut auf die Männerschweine zu Nutze, die mich beinahe zur Strecke gebracht hätten. Wusste, dass ich ihnen niemals den Gefallen tun konnte, aufzugeben. Niemals.

Als ich schon fast im Grafarvogur bin, rufe ich Ásta von meinem Handy aus an und sage ihr Bescheid, dass ich auf dem Weg bin. Ich hatte ihr versprochen, mit ihr eine Stippvisite nach Hafnarfjördur zu machen, wo sie Blumen auf das Grab ihrer Jugendfreundin legen möchte.

Alda Ósk wäre heute 21 Jahre alt geworden.

Ásta hat ihr Haar wachsen lassen. Es fällt in hübschen Wellen über ihre Schultern, als sie sich neben mich setzt. In ihrem Lächeln sind immer noch Verheißungen und Geheimnisse versteckt, obwohl ich mittlerweile ihre Geheimnisse fast alle kenne.

Auf dem Weg zum Blumenladen erzählt sie mir von ihrem Tag in der Uni. Ich genieße es, mir ihre alltäglichen Berichte anzuhören, die für mich als Teil ihres Lebens allein schon dadurch etwas Besonderes sind.

Natürlich weiß ich nicht, was die Zukunft bringt. Ob diese Beziehung hält, mit einem Knall platzt oder langsam ausklingt, verschwindet und zu einer alten Erinnerung werden wird. Versuche, nicht darüber nachzudenken. Nach den Ereignissen des Sommers halte ich es für das Beste, von Tag zu Tag zu leben. Den Augenblick zu genießen.

»Der nächste Tag fängt erst morgen an.«

Sagt Mama.

HELENE TURSTEN

»Ein würdiges weibliches Gegenstück zu den Kurt-Wallander-Romanen von Henning Mankell.«

LEXIKON DER KRIMINALLITERATUR

73233 / € 9,00 [D]

Ein neuer Fall für Irene Huss: Drei Leichen geben der Polizei Rätsel auf – ein Pfarrer und seine Frau wurden im Schlaf erschossen, der gemeinsame Sohn liegt tot im Sommerhaus.
»...ein hervorragend gemachter Krimi, der Spannung mit Anspruch bietet.« DER BUND

73147 / € 10,00 [D]

Eines Morgens im Mai wird am Fjordufer von Göteborg eine grausam verstümmelte männliche Leiche gefunden. Wer ist der Tote? »Die Tätowierung ist eine dicht erzählte, klug komponierte, spannende Geschichte. Ein Klasse-Krimi.«

FRANKFURTER RUNDSCHAU

72624 / € 9,00 [D]

»Beim Lesen kommt einem unweigerlich P.D. James in den Sinn.«

VADSTENA TIDNING

btb

www.btb-verlag.de

Leif GW Persson

»Vergessen Sie Mankell: Leif GW Persson ist Schwedens bester Kriminaler.«

COSMOPOLITAN

btb

Zwischen der Sehnsucht des Sommers und der Kälte des Winters
Roman (73195)

In guter Gesellschaft
Roman (73338)

Die Profiteure
Roman (73376)

Eine andere Zeit, ein anderes Leben
Roman (75132)

Mörderische Idylle
Roman (75170)

»Ein unbedingtes Muss für alle, die skandinavische Kriminalliteratur lieben.«

ANNE HOLT

www.btb-verlag.de